W0195353

Liebe hat immer Saison

MIRA® TASCHENBUCH
Band 26009
1. Auflage: Januar 2017

Konzeption/Reihengestaltung: fredebold&partner GmbH, Köln
Umschlaggestaltung: büropecher, Köln
Redaktion: Laura Oehlke
Titelabbildung: Harlequin Books S.A.
Satz: GGP Media GmbH, Pößneck
Druck und Bindearbeiten: GGP Media GmbH, Pößneck
Printed in Germany
Dieses Buch wurde auf FSC®-zertifiziertem Papier gedruckt.
ISBN 978-3-95649-604-2

www.mira-taschenbuch.de

Werden Sie Fan von MIRA Taschenbuch auf Facebook!

Linda Lael Miller

Verlockung pur

Roman

Aus dem Amerikanischen von
Louisa Christian

1. Kapitel

Mark Holbrook war ein Starjournalist. Und er saß genau auf der anderen Seite des Flugzeuggangs. Carly Barnett überlegte, ob sie ihn ansprechen sollte, und ging in Gedanken die Möglichkeiten durch.

Sie konnte sich zu ihm beugen, leicht auf seinen Arm tippen und erklären: Entschuldigen Sie bitte, ich verfolge Ihre Karriere schon seit der Highschool. Ich möchte Ihnen sagen, wie sehr mir Ihre Arbeit gefällt. Nicht zuletzt Ihretwegen habe ich beschlossen, ebenfalls Journalistin zu werden.

Nein, das war zu naiv.

Vielleicht sollte sie zweifelnd auf ihr Mittagessen blicken und fragen: Entschuldigen Sie bitte, haben Sie zufällig ein Papiertaschentuch für mich?

Dieser Einfall war auch nicht besonders intelligent. Hoffentlich entwickelte sie mehr Fantasie, wenn sie erst ihre neue Stelle bei der „Times" in Portland angetreten hatte.

Heimlich beobachtete Carly Mark Holbrook, der sich mit der linken Hand eifrig Notizen machte und das Essen nicht beachtete, das die Stewardess ihm kurz zuvor gebracht hatte. Er war groß und jünger, als sie wegen seiner Bekanntheit angenommen hatte. Höchstens zwei- oder dreiunddreißig Jahre konnte er sein. Er hatte schönes braunes Haar und braune Augen und müsste sich eigentlich rasieren. Einmal schaute er zu Carly hinüber, schien sie aber nicht wahrzunehmen.

Carly war enttäuscht. Immerhin hatte sie ebenfalls schon im Rampenlicht gestanden, wenn auch aus einem anderen Grund als Mr. Holbrook. Normalerweise übersahen die Männer sie nicht.

Sie räusperte sich, und er hob den Kopf.

„Hallo", sagte Mark und lächelte derart, dass es Carly heiß überlief.

Obwohl sie daran gewöhnt war, die seltsamsten Fragen zu beantworten – zum Beispiel, was sie tun würde, wenn sie die Welt für einen Tag regieren könnte –, fiel ihr nichts Besseres ein als: „Hallo! Schmeckt Ihnen das Essen nicht?"

Vergnügt nahm er ein knuspriges Brötchen vom Tablett und biss kräftig hinein.

Carly errötete ein wenig.

Er lachte über ihre Verlegenheit und streckte seine Hand hinüber. „Mark Holbrook", sagte er herzlich.

Carly war ein Leben lang zur Höflichkeit erzogen worden und konnte die angebotene Hand nicht ignorieren. Sie nahm sie höflich, wenn auch etwas steif, und antwortete: „Carly Barnett."

Mark sah sie aufmerksam an. „Sie kommen mir irgendwie bekannt vor. Sind Sie vielleicht Schauspielerin?"

Wenn sie sich in ihr Schneckenhaus zurückzog, sobald jemand etwas Ärgerliches sagte, würde sie nicht lange im Zeitungsgeschäft bleiben, das war Carly klar. Deshalb lächelte sie so reizend wie möglich und antwortete: „Vor vier Jahren war ich Miss United States."

„Nein, das meine ich nicht", erwiderte Mark so rasch, dass Carly ein wenig verletzt war. „Machen Sie Fernsehwerbung für eine Rasiercreme oder so?"

„Normalerweise brauche ich mich nicht zu rasieren", sagte Carly freundlich.

Mark lachte leise. Es klang nett, männlich und unbekümmert. „Sie sind also eine Schönheitskönigin", stellte er fest.

Carlys Lächeln erstarb. Verärgert warf sie den Kopf zurück, und ihre kinnlangen blonden Locken wippten auf und ab. „Ich bin Reporterin", sagte sie kühl. „Zumindest werde ich es ab Montagmorgen sein."

Er nickte. „Natürlich beim Fernsehen."

Carly ärgerte sich über Marks Annahme, dass der Beruf, den

sie ausüben wollte, etwas mit ihrem Aussehen zu tun haben müsse. Dabei hatte sie ihr Collegexamen in Kansas mit Auszeichnung bestanden und sogar eine wöchentliche Kolumne in ihrer Heimatzeitung geschrieben. Außer ihrer Schönheit hatte sie durchaus weitere Qualitäten aufzuweisen. „Nein", antwortete sie, „ich habe eine Stelle bei der ‚Times' angenommen."

Mark Holbrooks Augen funkelten immer noch, doch er wurde ernst. „Verstehe. Das ist eine der besten Zeitungen an der Westküste."

„Stimmt", antwortete Carly ihm. „Wenn ich mich nicht irre, ist sie sogar eine Konkurrenz für Ihr Blatt." Augenblicklich bedauerte Carly, verraten zu haben, dass sie wusste, wer Mark war. Doch jetzt war es zu spät. Deshalb versuchte sie, möglichst gleichgültig zu wirken.

Erneut lächelte Mark Holbrook vergnügt. „Sie haben Ihre Hausaufgaben nicht ordentlich gemacht, Miss Barnett", stellte er fest. „Ich arbeite seit zwei Jahren ebenfalls bei der ‚Times'."

Sie würden also im selben Verlag arbeiten. Während Carly noch über diese Erkenntnis nachdachte, sammelte die Stewardess die Tabletts wieder ein. Anschließend wurden Getränke angeboten. Als der Wagen weiterrollte, sah Carly, dass Mark Holbrook ein Glas Whisky in der Hand hielt.

Mit ihrem Tomatensaft fühlte sie sich ihm ein wenig überlegen, doch nur so lange, bis ihr einfiel, dass Mark Holbrook Pulitzerpreisträger war und schon Präsidenten und Könige und einige der größten Filmschauspieler interviewt hatte.

Inzwischen beachtete er sie gar nicht mehr, sondern schrieb konzentriert weiter.

Kurz darauf setzte das Flugzeug zur Landung an. Automatisch klappte Carly ihren Tisch hoch und schnallte sich an. Fliegen machte sie nervös, ganz besonders die Starts und die Landungen. Sie krallte sich derart an die Armlehnen, dass ihre Fingerknöchel schmerzten. Obwohl sie häufig flog, hatte sie sich immer noch nicht daran gewöhnt und bezweifelte, dass sie es je tun würde.

Als das Flugzeug aufsetzte und rumpelnd die Landebahn entlangraste, schloss sie fest die Augen und erwartete das Schlimmste.

„Alles in Ordnung", hörte sie eine Stimme und sah erschrocken auf.

Mark Holbrook beobachtete sie belustigt und ergriff ihre Hand.

Carly kam sich richtig albern vor und lächelte unsicher. Doch als die Turbinen der großen Maschine auf Umkehrschub geschaltet wurden und das Geräusch der über die Flügel rasenden Luft in die Kabine drang, verzog sie erneut das Gesicht.

„Meine Damen und Herren", ertönte die Stimme der Stewardess über den Lautsprecher, „wir sind soeben in Portland, Oregon, gelandet. Die Außentemperatur beträgt etwa 10 Grad, und es fällt ein leichter Frühlingsregen. Wir danken Ihnen, dass Sie mit unserer Linie geflogen sind, und hoffen, Sie bald wieder an Bord begrüßen zu können. Bitte, bleiben Sie sitzen, bis die Maschine an ihrer Parkposition völlig zum Stehen gekommen ist."

Mark gehörte offensichtlich zu jenen Reisenden, die sich nie an diese Aufforderung hielten. Er drückte Carly kurz die Hand, stand auf und holte sein Handgepäck herunter.

„Kann ich Sie mit in die Stadt nehmen?", fragte er.

Einen Augenblick bedauerte Carly beinahe, dass ihre Freundin Janet in der Flughafenhalle auf sie warten würde. Dann schüttelte sie den Kopf. „Nein, danke. Ich werde abgeholt."

Mark zog eine Visitenkarte aus der Tasche und reichte sie ihr. „Hier", sagte er scherzhaft, „falls Sie bei der Einarbeitung Hilfe benötigen, rufen Sie mich ruhig an."

Carly strahlte ihn an und antwortete im selben Ton: „Ich nehme an, dass ich mir selbst helfen kann, Mr. Holbrook."

Er lachte leise und ging zusammen mit den ersten Reisenden nach vorn. Plötzlich drehte er sich noch einmal um, zwinkerte ihr herausfordernd zu und lächelte derart, dass ihre Knie weich wurden.

Fünf Minuten später verließ Carly ebenfalls das Flugzeug. Ihre beste Freundin Janet McClain erwartete sie aufgeregt am Tor. Sie kannten sich seit der Highschool.

„Ich dachte schon, du hättest das Flugzeug verpasst", schalt Janet, nachdem die beiden Freundinnen sich umarmt hatten. Sie war eine attraktive Brünette mit dunklen Augen und arbeitete als Einkäuferin in einem großen Kaufhaus in Portland. Auf ihren Rat hin hatte Carly das Elternhaus endgültig verlassen, um sich an der Westküste ein eigenes Leben aufzubauen.

„Ich wollte nicht ins Gedränge kommen", antwortete Carly. „Ist mein Apartment fertig?"

Janet schüttelte den Kopf. „Die Farbe ist noch nicht getrocknet, aber mach dir deshalb keine Sorgen. Du kannst ein paar Tage bei mir wohnen – die Möbel sind sowieso noch nicht da."

Carly nickte. Weiter vorn entdeckte sie Mark Holbrook. Gern hätte sie gewusst, ob er von jemandem abgeholt wurde. Aber bei ihrer Größe von einsachtundsechzig war jedes Hochrecken sinnlos.

„Wen starrst du so an?", fragte Janet neugierig. „Hast du jemanden im Flugzeug kennengelernt?"

„So könnte man es nennen", gab Carly zu. „Ich saß gegenüber von Mark Holbrook."

Janet war beeindruckt. „Der Journalist? Hast du mit ihm gesprochen?"

„Oh ja", antwortete Carly. „Er war so gnädig, ein paar Worte an mich zu richten."

„Hat er dich eingeladen?"

Carly seufzte. Sie wünschte, es wäre so und war gleichzeitig froh, dass es nicht der Fall war. Aber sie wollte nicht zugeben, wie hin- und hergerissen sie war. Reporter mussten eindeutig Stellung beziehen können. „Er gab mir seine Visitenkarte."

Janet ging nicht weiter auf das Thema ein, obwohl sie, nach ihren Briefen und Telefongesprächen zu urteilen, neuerdings unbedingt heiraten und ein Kind bekommen wollte.

Sie holten Carlys Gepäck und ließen es von einem Träger zu Janets Wagen bringen, der ganz hinten auf dem Parkplatz stand.

„Montag geht es also für dich los", bemerkte Janet, nachdem sie ihren schnittigen Wagen geschickt in den Nachmittagsverkehr eingefädelt hatte. „Bist du schon aufgeregt?"

Carly nickte. Trotzdem musste sie an zu Hause denken. Dort war es später als hier. Bald würde ihr Vater seine Tankstelle schließen und heimfahren. Da die Tochter nicht mehr für ihn kochte, würde er vermutlich ein Fertiggericht zum Abendessen kaufen und damit seinen Cholesterinspiegel in die Höhe treiben.

„Du bist ziemlich still", stellte Janet fest. „Hast du ein schlechtes Gewissen?"

Energisch schüttelte Carly den Kopf. Ihr Leben lang hatte sie davon geträumt, für eine große Zeitung zu arbeiten, und bedauerte nichts. „Ich musste nur gerade an meinen Vater denken. Nachdem ich fort bin, hat er niemanden mehr, der für ihn sorgt."

„Du liebe Güte, Carly", antwortete Janet entsetzt. „Das klingt ja, als wäre er ein Greis. Wie alt ist er – fünfundvierzig?"

Carly seufzte. „Fünfzig. Und er ernährt sich nicht richtig."

Janet lächelte schelmisch. „Nachdem seine altjüngferliche Tochter nicht mehr auf ihn aufpasst, wird er sich wahrscheinlich schnell in eine lustige Witwe oder Geschiedene verlieben und eine heiße Affäre beginnen. Vielleicht heiratet er sogar wieder und zeugt eine ganze Schar von Kindern."

Lächelnd schüttelte Carly den Kopf. Doch während sie hinaus in die neblige Landschaft Oregons blickte, heiterte sich ihre Miene auf. Endlich hatte sie die Chance, ihre Träume zu verwirklichen und mehr zu sein als eine Schönheitskönigin.

Hoffentlich konnte sie sich auch in der Alltagswelt durchsetzen.

Carlys Apartment befand sich im selben Haus wie Janets. Es

handelte sich um eine kleine weiß gestrichene Zweizimmerwohnung. Da die Wände noch feucht waren, roch es stark nach Chemie.

Der frisch gereinigte Teppichboden war beige, und im Wohnzimmer befand sich ein Kamin aus falschem weißen Marmor. Carly freute sich schon darauf, in ihrem geliebten Chenillebademantel vor dem knisternden Feuer zu lesen.

„Na, was hältst du davon?", fragte Janet und breitete die Arme aus.

Carly wünschte, die Farbe wäre schon trocken und die Möbel wären angekommen. Schade, dass sie sich nicht sofort einrichten und an ihr neues Heim gewöhnen konnte. „Großartig. Danke, dass du dir meinetwegen so viel Mühe gemacht hast, Janet."

„Ach, so schwierig war das gar nicht, da ich ja selbst in diesem Haus wohne. Komm, ziehen wir uns um. Anschließend gehen wir essen und schauen uns einen Film an."

„Hast du bestimmt keine andere Verabredung?", fragte Carly und folgte der Freundin hinaus. Sie dachte an Reggie, ihren ehemaligen Verlobten, und fragte sich, was er in diesem Augenblick wohl tat. Wahrscheinlich machte er seine Runde durchs Krankenhaus oder schwamm im Country Club. Carly bezweifelte ernsthaft, dass sie er sie vermisste. Die Karriere ging ihm über alles. „Bist du verliebt?"

Sie waren an Janets Tür angekommen, bevor die Freundin antwortete. „Ich weiß nicht recht. Tom sieht gut aus. Er ist nett und hat eine sichere Stellung. Vielleicht reicht das – und die Liebe ist nur das Fantasieprodukt irgendeines Dichters."

Kopfschüttelnd folgte Carly Janet in die Wohnung, die genauso geschnitten war wie ihre. Nur der Teppich war grün. „An deiner Stelle würde ich nichts überstürzen", warnte sie die Freundin. „Vielleicht ist doch etwas dran an der Liebe."

„Mag sein", stimmte Janet ihr zu, warf die Handtasche auf das Sofa und streifte den Regenmantel ab. „Zumindest bricht sie einem das Herz und lässt einen nachts nicht schlafen."

Nach dieser Bemerkung gab Carly den Versuch auf, die

Freundin von ihrem Standpunkt zu überzeugen. Außerdem hatte sie selbst keine Ahnung von der Liebe, denn sie war noch nie richtig verliebt gewesen – nicht einmal in Reggie.

„Die Ratgeberecke?", fragte Carly in dem vollgestopften Eckbüro am Montagmorgen. „Ich dachte, ich sollte als Reporterin arbeiten …"

Allison Courtney, Carlys neue Chefin, stand groß und aufrecht auf der Schwelle. Sie war eine sachliche Frau mit aufmerksamen grauen Augen, glattem blonden Haar, das fest zu einem Knoten verschlungen war, und tadellosem Make-up. „Wir haben Sie eingestellt, weil wir Sie für eine gute Teamarbeiterin hielten, Carly", schalt sie freundlich.

„Das bin ich auch, aber …"

„Eine Menge Leute würden wer weiß was für solch eine Stelle geben. Dafür bezahlt zu werden, anderen zu raten, was sie tun sollen …"

Carly hatte sich vorgestellt, Senatoren und Obdachlose zu interviewen, Prozesse zu beobachten und über Vergleiche zwischen der Polizei und der Unterwelt zu berichten. Natürlich wusste sie, dass die Ratgeberecke als „Perle" galt. Aber sie wäre nie auf den Gedanken gekommen, diesen Bereich zu übernehmen, und war daher ehrlich enttäuscht. Trotzdem riss sie sich zusammen und fragte so fröhlich wie möglich: „Womit soll ich anfangen?"

Allison lächelte befriedigt zurück. „Jemand wird Ihnen gleich die Post dieser Woche bringen. Die nötigen Fachleute finden Sie in der Kartei. Vielleicht können Sie außerdem bei den Büroarbeiten aushelfen. Willkommen in unserem Team." Nach diesen Worten ging sie hinaus und schloss die Tür hinter sich.

Carly stellte ihre Aktentasche mit einem Knall auf den Schreibtisch und sank auf ihren Stuhl. „Büroarbeit?", wiederholte sie und warf einen Blick auf die Computeranlage. „Du liebe Güte. Bin ich etwa bis nach Oregon gezogen, um als Sekretärin zu arbeiten?" Wie zur Antwort summte ihr Telefon.

„Carly Barnett", sagte sie in die Sprechmuschel, nachdem sie zuvor vier Knöpfe gedrückt hatte, um die Verbindung zu bekommen. „Ich wollte nur feststellen, ob es funktioniert", antwortete eine fröhliche weibliche Stimme. „Ich bin Emmeline Rogers und sozusagen Ihre Sekretärin."

Carly wurde klar, dass in dieser Redaktion vermutlich eine ganze Menge Büroarbeiten anfielen. „Guten Tag", antwortete sie zurückhaltend.

„Möchten Sie eine Tasse Kaffee?"

Jetzt fühlte sich Carly schon besser. „Ja gern, das wäre sehr nett."

Kurz darauf kam Emmeline mit dem Kaffee herein. Sie war klein, hatte glattes braunes Haar und grüne Augen und lächelte verbindlich. „Ich habe Zucker mitgebracht, für den Fall, dass Sie welchen möchten."

Carly bedankte sich erneut und schüttete ein halbes Päckchen in den heißen starken Kaffee. „Irgendwo sollen ein paar Briefe für mich sein. Wissen Sie etwas darüber?"

Emmeline nickte. „Ich bringe sie Ihnen."

„Danke", antwortete Carly.

Fünf Minuten später kehrte Emmeline mit einem riesigen Postsack zurück und schüttete den Inhalt auf den Schreibtisch. Carly konnte kaum noch über den Berg sehen. Sowohl ihr Telefon als auch die Computertastatur waren verschwunden. Sie trank einen Schluck Kaffee und murmelte: „Allison sagte, ich solle Ihnen bei der Büroarbeit helfen, wenn ich nichts mehr zu tun habe."

Emmeline lächelte. „Allison hält sich für sehr witzig. Wir anderen sind nicht ganz ihrer Meinung."

Carly lachte leise und fuhr sich mit den Fingern der linken Hand durchs Haar. Bis zu ihrer Trennung von Reggie und ihrem Entschluss, nach Oregon zu ziehen, hatte sie es lang getragen. Die neue Frisur, bei der das Haar nur etwa fünf Zentimeter unter die Ohrläppchen reichte, war eine Art Demonstration. Sie wollte völlig neu beginnen.

„Läuten Sie bitte, falls Sie etwas benötigen", sagte Emmeline und ging.

Carly begann, die Briefe zu stapeln. „Falls Sie noch solch eine Lawine für mich haben, sollten Sie gleich einen Suchtrupp mitschicken", rief sie ihr nach.

Gerade waren das Telefon und die Tastatur wieder aufgetaucht, da klopfte es kurz an der Tür. Bevor Carly „Herein" rufen konnte, steckte Mark Holbrook den Kopf ins Zimmer.

„Tag", sagte er und betrachtete den Berg Briefe mit kaum verhohlener Belustigung.

Carly sah ihn mürrisch an. „Tag", antwortete sie.

Er betrat das winzige Büro und schloss die Tür. „Ihre Sekretärin macht gerade Pause", erklärte er. Er trug ein kariertes Flanellhemd, Jeans und ein Cordjackett.

Carly wusste nicht recht, was sie von diesem Mann halten sollte. Er rief eine seltsame Mischung von Gefühlen in ihr hervor, die nicht leicht zu durchschauen war, und ließ ihr keinen Platz zum Atmen. Das beunruhigte und erschreckte sie. Sie fühlte sich zu Mark hingezogen und ärgerte sich, dass sie so wenig Erfahrung als Journalistin besaß.

Mark zog den einzigen Stuhl heran, drehte ihn herum, setzte sich rittlings darauf und legte seine Arme auf die Rückenlehne. „Wie soll die Spalte künftig genannt werden? Fragen Sie Miss Sympathie?"

„Ich war nicht Miss Sympathie", stellte Carly fest.

„Das wundert mich", antwortete Mark vielsagend.

Carly beugte sich vor und fragte so finster wie möglich: „Haben Sie einen besonderen Wunsch, Mr. Holbrook?"

„Ja, ich möchte Sie heute Abend zum Essen einladen."

Carly band die Briefstapel mit Gummiringen zusammen und legte sie auf den Seitenschrank. Ein leichter Schauer rieselte ihr Rückgrat hinab. Obwohl der Instinkt ihr dringend riet, die

Einladung abzulehnen, nickte sie und antwortete: „Ich würde mich darüber freuen."

„Anschließend könnten wir ins Kino gehen, wenn Sie wollen."

Carly betrachtete den Berg von Briefen, der beantwortet werden musste. „Dann würde es zu spät. Vielleicht ein andermal."

Träge nahm Mark einen Brief in die Hand, öffnete ihn und las stirnrunzelnd. „Dieser ist von einem Teenager. Was werden Sie dem Mädchen antworten?", fragte er und reichte Carly das Blatt.

Carly nahm die linierte Seite und überflog sie. Die junge Schreiberin ging noch zur Highschool und wurde von ihrem Freund bedrängt, endlich mit ihm zu schlafen. Sie wollte wissen, wie sie ablehnen konnte, ohne den Jungen zu verlieren.

„Ich finde, sie sollte bei ihrem Standpunkt bleiben", antwortete Carly. „Wenn der Junge wirklich etwas für sie empfindet, wird er verstehen, weshalb sie noch nicht möchte."

Mark nickte nachdenklich. „Natürlich erwartet niemand von Ihnen, dass Sie alle Briefe beantworten", erklärte er.

Carly spürte seine Missbilligung, auch wenn er sie gut verbarg. „Was gefällt Ihnen an meiner Antwort nicht?", fragte sie.

„Sie ist mir zu einfach, das ist alles." Es klang nicht vorwurfsvoll.

Ohne zu wissen, weshalb, wurde Carly plötzlich aggressiv. „Ich nehme an, Ihnen fiele etwas Besseres ein."

Mark seufzte. „Nein, ich würde nur ausführlicher antworten und dem Mädchen raten, mit ihrer Vertrauenslehrerin zu reden. Vielleicht auch mit ihrem Arzt. In Portland gibt es eine Menge Probleme, Carly. Die Jugendlichen haben hier größere Sorgen, als die Schönste beim Schulball zu sein oder in den Fanklub einer Footballmannschaft aufgenommen zu werden."

Carly lehnte sich zurück und verschränkte die Arme. „Wäre

es möglich, dass Sie mich für oberflächlich halten, nur weil ich einmal Miss United States gewesen bin, Mr. Holbrook?", fragte sie ruhig.

Mark lächelte. „Hätte ich Sie zum Abendessen eingeladen, wenn ich Sie für oberflächlich hielte?"

„Wahrscheinlich."

Er zuckte mit den Schultern und spreizte die Finger. „Ich bin sicher, Sie meinen es gut", gab er großzügig zu. „Sie sind nur noch etwas unerfahren, das ist alles."

Carly nahm ein Päckchen Briefe und schaltete ihren Computer ein. Nach einem weiteren Knopfdruck begann auch der Drucker zu summen. „Und ich werde nie erfahrener werden, wenn Sie stundenlang in meinem Büro herumsitzen und meine Qualifikation anzweifeln", antwortete sie.

Er stand auf. „Ich nehme an, Sie haben ein Examen in Psychologie abgelegt?"

„Sie wissen genau, dass es nicht der Fall ist."

Mark war schon an der Tür und hatte die Hand auf den Griff gelegt. „Richtig. Ich habe es im Handbuch für Schönheitsköniginnen gelesen. Sie haben einen Abschluss in …"

„Journalismus", unterbrach Carly ihn.

Sein Gesicht war zwar finster, aber seine Augen funkelten immer noch, als er sich verabschiedete. „Bis zum Abendessen", erklärte er und verließ das Büro.

Zutiefst beunruhigt machte sich Carly wieder an die Arbeit. Sie öffnete den ersten Brief, nahm den gefalteten Bogen heraus und begann zu lesen.

Gegen Mittag schwirrte ihr Kopf. Nicht im Traum wäre sie auf den Gedanken gekommen, dass so viele Leute derart am Leben verzweifelten. Sie zog ihren Regenmantel über, nahm ihre Handtasche und ihren Schirm und verließ das Bürogebäude der „Times".

In einem kleinen Selbstbedienungsrestaurant wählte sie einen Hähnchensalat und eine Diät-Cola, setzte sich an einen der Metalltische und blickte auf die Leute, die an dem nassen Fenster vorübereilten.

Automatisch gingen ihre Gedanken zu Reggie zurück. Vielleicht war es doch falsch gewesen, die Verlobung aufzulösen, Kansas zu verlassen und ein neues Leben zu beginnen. Immerhin war Reggie ein grundehrlicher Mensch. Er verdiente schon jetzt eine sechsstellige Summe im Jahr, und sein weitläufiges Backsteinhaus war vollständig bezahlt.

Düster nahm Carly ihre Plastikgabel und aß einen Bissen Salat. Vielleicht hatte Janet recht, und Liebe bedeutete nur gebrochene Herzen und Schlaflosigkeit. Vielleicht war sie eine Art neurotischer Zwangsvorstellung. Oder es gab sie überhaupt nicht.

Nach der Mittagspause kehrte Carly ins Büro zurück. Eine Nachricht war an den Monitor ihres Computers geheftet. In leicht nach rechts geneigten schwarzen Buchstaben hieß es auf der Rückseite eines Briefumschlags: „Dieser Mann braucht unbedingt fachmännische Hilfe. Treffen wir uns um sieben unten in der Halle. Mark."

Fünf Minuten vor fünf kam Allison in ihr Büro. „Na, wie geht's?"

Carly lächelte mühsam. „Bis heute Morgen hatte ich noch einige Hoffnung für die Menschheit", antwortete sie.

Allison deutete auf die Expertenkartei auf dem Seitenschrank. „Ich nehme an, Sie machen eifrig Gebrauch davon. Ihre Vorgängerin hat ausgezeichnete Kontakte zu Fachleuten aufgebaut."

„So weit bin ich noch gar nicht", antwortete Carly. „Ich sortiere die Unterlagen noch."

Allison hob drohend den Finger. „Vergessen Sie nicht, dass der Redaktionsschluss auch für Sie gilt."

Carly nickte. Ihr war durchaus klar, dass sie ihre Kolumne bis Mittwochabend abliefern musste. „Ich werde rechtzeitig fertig sein", versicherte sie und war erleichtert, dass Allison nicht näher auf das Thema einging, sondern sie wieder verließ.

Gerade hatte sie die Briefe in ihre Aktentasche gepackt, als Janet erschien, um sie abzuholen.

„Na, wie war es?", fragte die Freundin und drückte auf den Fahrstuhlknopf. Die Türen schlossen sich.

„Zermürbend", antwortete Carly und schlug mit der Handfläche auf die Aktentasche. „Man erwartet von mir, dass ich auf alle Schwierigkeiten eine Antwort weiß, angefangen von Schuppenflechte bis zum Atomkrieg."

Janet lächelte. „Du wirst es schon schaffen", tröstete sie die Freundin.

Die Fahrstuhltüren öffneten sich wieder, und Carly stand plötzlich Mark Holbrook gegenüber. Sie hatte das Gefühl, der Boden versinke unter ihren Füßen.

Janet stieß sie heftig an.

„M-Mark, das ist Janet McClain", stotterte Carly nervös. „Wir waren zusammen auf der Highschool und auf dem College."

Mark lächelte verbindlich. „Hallo", sagte er und sah Carly wieder an. „Vergessen Sie nicht – wir sind für sieben Uhr zum Abendessen verabredet."

Carly war immer noch wie erstarrt und konnte als Antwort nur nicken.

„Ich nehme alle dummen Bemerkungen zurück, die ich je über die Liebe gemacht habe", flüsterte Janet, während sie weitergingen. „Soeben wurde ich vom Gegenteil überzeugt."

Carly war völlig durcheinander, aber das sollte ihre Freundin nicht merken. „Glaub mir", meinte sie scherzhaft, „Mark Holbrook mag zwar fantastisch aussehen, aber er ist viel zu überheblich, um einen guten Ehemann abzugeben."

„Hm", antwortete Janet nur.

„Was ich damit sagen wollte: Nicht jede Einladung zu einem Abendessen endet mit einem Heiratsantrag …"

„Natürlich nicht", stimmte Janet ihr bereitwillig zu.

Ein scharfer, feuchter Wind schlug ihnen entgegen, als sie auf den Bürgersteig vor dem Gebäude der „Times" traten, und Carlys Wangen röteten sich. Sie schützte ihre Augen. „Ich weiß, dass er der falsche Mann für mich ist. Nach allem, was er erreicht hat, muss er ebenso ehrgeizig sein wie Reggie. Aber ..."

„Aber?", wiederholte Janet.

„Als er mich zum Essen einlud, wollte ich eigentlich ablehnen", gestand Carly. „Doch irgendwie wurde ein Ja daraus."

2. Kapitel

Fünf Minuten vor sieben traf Carly vor dem Gebäude der „Times" ein. Sie trug einen hübschen blauen Overall aus Crêpe de Chine, den Janet ihr geliehen hatte, und hatte ein schlechtes Gewissen wegen der zahlreichen ungelesenen Briefe, die bei ihr zu Hause lagen.

Zögernd betrat sie die große Eingangshalle und blickte sich um. Eigentlich dürfte ich gar nicht hier sein, dachte sie. Sie hatte das Elternhaus verlassen, um ein neues Leben zu beginnen, und so anziehend Mark Holbrook auch sein mochte, er passte nicht zu ihrem Plan.

In diesem Augenblick schlug die Fahrstuhlglocke an. Die Türen öffneten sich, und Mark tauchte auf. Er trug noch dieselbe Kleidung wie zuvor: Jeans, Flanellhemd und das Cordjackett.

„Ich wünschte beinahe, ich hätte eine Krawatte umgebunden", sagte er und betrachtete Carly anerkennend. Erneut lächelte er, dass es ihr durch Mark und Bein ging. „Sie sehen entzückend aus, Miss Sympathie."

Carly überhörte die Anspielung auf ihr Jahr als Schönheitskönigin absichtlich. Mark schüchterte sie seltsam ein. „Danke", antwortete sie nur.

Sie gingen drei Blocks weiter zu einem rustikal-eleganten Restaurant. Der Barkeeper begrüßte Mark wie einen guten alten Bekannten. Kurz darauf saßen sie in einer Nische auf Holzbänken mit Rückenlehnen, die höher als ihre Köpfe waren. Ein Ober brachte die Speisekarten und redete Mark mit dem Namen an.

Wahrscheinlich hat er schon die unterschiedlichsten Frauen hierher geführt, dachte Carly und ärgerte sich unerklärlicherweise über diesen Gedanken. Sie wählte ein mexikanisches Gericht und Mark ein Steak.

„Kommen Sie mit den Briefen weiter?", wollte er von Carly wissen, als sie wieder allein waren.

Carly seufzte. Wahrscheinlich würde sie heute Nacht bis zwei oder drei Uhr aufbleiben müssen, um alle zu lesen. „Sagen wir es einmal so", antwortete sie auf seine Frage. „Eigentlich sollte ich jetzt zu Hause sein und arbeiten."

Der Wein wurde gebracht. Mark nahm einen Probeschluck und nickte. Der Getränkekellner füllte die Gläser, stellte die Flasche auf den Tisch und ging wieder.

Mark hob das Glas und stieß mit Carly an. „Auf alle Arbeitsbesessenen dieser Welt", sagte er.

Carly trank einen Schluck und setzte ihr Glas ab. Mark hatte sie mit seiner Bemerkung an Reggie erinnert. „Was ist Ihnen im Leben am wichtigsten?", fragte sie, um sich abzulenken. Die Bedienung brachte den Salat.

„Materielle Dinge bedeuten mir nicht viel", antwortete Mark. „Mir geht es um die Menschen. Und der wichtigste Mensch für mich ist mein Sohn Nathan."

Obwohl es sicher nicht zu einer engeren Beziehung zwischen ihr und Mark kommen würde, erschrak Carly bei der Erwähnung eines Kindes. „Ich hoffe, Sie sind nicht verheiratet", sagte sie und hielt den Atem an.

„Nein, ich bin geschieden, und Nathan lebt bei seiner Mutter in Kalifornien." Für den Bruchteil einer Sekunde erkannte Carly den Schmerz in seinem Blick. Dann funkelten seine Augen wieder schelmisch. „Würde es Ihnen etwas ausmachen – wenn ich verheiratet wäre?"

Verärgert spießte Carly eine Kirschtomate auf. „Ob es mir etwas ausmachen würde? Natürlich."

„Vielen Frauen wäre es gleichgültig."

„Ich bin nicht viele Frauen", antwortete Carly entschlossen.

„Man sagt, in dieser Gegend herrscht Männermangel. Möchten Sie nicht heiraten und Kinder haben?"

„In einigen Jahren vielleicht. Im Augenblick möchte ich mir erst einmal ein eigenes Leben aufbauen."

„Und das ging in Kansas nicht?"

„Ich möchte es hier tun", antwortete Carly entschlossen.

Mark lächelte. „Wie stellen Sie sich dieses Leben vor?"

Carly hatte langsam das Gefühl, ausgefragt zu werden. Aber sie wusste ja, wie das Gehirn eines Reporters arbeitete. „Ich möchte vor allem für eine Zeitung arbeiten – keine Ratschläge geben, sondern Artikel schreiben – wie Sie. Später werde ich mir vielleicht ein kleines Haus und einen Hund kaufen."

„Außerordentlich befriedigend", meinte Mark.

Das klang so wenig überzeugt, dass Carly ihn erstaunt ansah: „Was soll das denn heißen?"

Langsam lehnte sich Mark zurück. „Ich habe nur laut nachgedacht. Schade, dass nur wenige Frauen heutzutage noch Kinder haben wollen."

„Ich habe nicht behauptet, dass ich kein Kind möchte", stellte Carly fest. Sie hatte ziemlich laut gesprochen und errötete, weil die Gäste am Nebentisch aufmerksam geworden waren und zu ihr herüberschauten. „Ich mag Kinder sogar sehr", flüsterte sie.

Sie zuckte zusammen, weil der Kellner mit dem Hauptgericht neben ihr aufgetaucht war, und Mark lächelte über ihre Reaktion.

„Lassen wir das Thema lieber, ja?", zischte sie.

„In Ordnung", stimmte Mark ihr zu. „Sagen Sie mir stattdessen, was Sie veranlasst hat, an Schönheitswettbewerben teilzunehmen?"

Das war auch kein Thema nach Carlys Geschmack, aber sie war es gewohnt. „Fragen Sie lieber, wer", antwortete sie. „Es war meine Mutter. Als ich vier Jahre alt war, schickte sie mich zum ersten Mal zu einem Wettbewerb und tat es immer wieder, bis ich ins College kam."

„Dort gewannen Sie dann den Titel der Miss United States?"

Carly nickte und lächelte versonnen bei dem Gedanken an jene aufregenden Tage. „Man hätte glauben können, Mutter hätte ihn gewonnen, so sehr hat sie sich gefreut."

Mark schnitt sein Steak an. „Sie müssen ihr sehr fehlen."

Carly senkte den Kopf und strich die Serviette auf ihrem Schoß glatt. „Sie starb einige Wochen später an Krebs."

Als Carly die Hand wieder auf den Tisch legen wollte, hielt Mark sie fest. „Tut mir leid", sagte er ruhig.

Sein Mitgefühl trieb ihr Tränen in die Augen. „Es hätte schlimmer kommen können", flüsterte sie endlich. „Sie brauchte nicht lange zu leiden."

Mark nickte nur und blickte sie so zärtlich an, dass der Schmerz nachließ.

„Wie alt ist Ihr Sohn?", fragte Carly etwas befangen.

Marks Stimme klang heiser. „Er ist zehn", antwortete er, öffnete seine Brieftasche und nahm ein Foto heraus.

Nathan Holbrook hatte ebenfalls braunes Haar und braune Augen und sah genauso gut aus wie sein Vater. Er trug einen Baseballanzug und hielt einen Schläger fest in den Händen.

Lächelnd gab Carly das Bild zurück. „Es muss schwer sein, so weit von ihm getrennt zu leben", stellte sie fest.

Mark nickte und wandte den Blick einen Moment ab.

„Stimmt etwas nicht?", fragte sie leise.

„Ich möchte Sie nicht damit belasten", antwortete Mark und schob die Brieftasche in das Jackett. „Wollen Sie wirklich nicht mit ins Kino kommen?"

Carly dachte an den Stapel Briefe, den sie noch lesen musste, und schüttelte bedauernd den Kopf. „Vielleicht ein anderes Mal. Ich muss Allison und all denen, die das Sagen haben, erst einmal beweisen, dass ich meinem Beruf gewachsen bin."

Sie beendeten die Mahlzeit, und Mark bezahlte die Rechnung mit einer Kreditkarte. Während sie zu seinem Wagen gingen, der in der Tiefgarage unter dem Zeitungsgebäude geparkt war, ließ er Carlys Hand nicht los. Keine Viertelstunde später standen sie vor der Tür von Janets Apartment.

Mark senkte den Kopf und gab Carly einen Kuss, der sie trotz seiner Harmlosigkeit erregte.

„Gute Nacht", murmelte er, während Carly immer noch versuchte, die Fassung zu bewahren. Kurz darauf war Mark im Fahrstuhl verschwunden.

„Nun?", fragte Janet, sobald Carly die Wohnung betreten hatte.

„Es war Liebe auf den ersten Blick", versicherte Carly der Freundin. „Wir werden noch heute Nacht heiraten, morgen nach Rio fliegen und übermorgen eine Familie gründen."

Janet sprang von der Couch und folgte Carly durch das Schlafzimmer zum Bad. Auf der Türschwelle blieb sie stehen und sah zu, wie die Freundin den Overall gegen ein übergroßes T-Shirt wechselte. „Nun erzähl schon!", rief sie. „Alles haargenau!"

Carly hängte den Overall in den Wandschrank zurück. „Mark und ich passen nicht zusammen", erklärte sie.

„Woher weißt du das?"

„Der Mann bringt mich völlig durcheinander. Er ruft die unterschiedlichsten Gefühle in mir hervor. Einerseits ist er sehr anziehend, andererseits kann er ganz schön grob werden. Außerdem hat er furchtbar altmodische Ansichten in Bezug auf Frauen."

Janet schien enttäuscht zu sein. Dann strahlte sie plötzlich. „Könntest du mich dann mit ihm zusammenbringen, wenn du nicht noch einmal mit ihm ausgehst?"

Carly wunderte sich selbst, wie heftig sie auf Janets Bitte reagierte. Sie durchquerte das Wohnzimmer, nahm ihre Aktentasche von der Anrichte und stellte sie mit einem harten Ruck auf den Arbeitstisch. „Ich habe nicht behauptet, dass ich nicht noch einmal mit Mark ausgehe", erklärte sie, öffnete die Schlösser und holte einen Stapel Briefe heraus.

Janet lächelte zufrieden, wünschte der Freundin eine gute Nacht und ging ins Bett. Carly betrachtete sehnsüchtig das Klappsofa, kochte sich eine Tasse Tee und begann zu arbeiten.

Obwohl Emmeline nicht da war, fand Carly am nächsten Morgen eine Nachricht auf dem Monitor.

„Redaktionsbesprechung um 9 Uhr 30 im Konferenzzimmer", las sie.

Carly sah auf ihre Armbanduhr, setzte sich an den Schreibtisch und begann zu lesen. Sie war beinahe erleichtert, als es halb zehn wurde und sie zu der Besprechung musste.

Der lange Konferenztisch war dicht besetzt. Eine riesige Kaffeemaschine stand auf einem Tisch in der Ecke, und bläulicher Zigarettenrauch zog die Wände hinauf. Alle redeten durcheinander. Carly goss sich eine Tasse Kaffee ein und setzte sich auf den einzigen freien Stuhl. Als die Sekretärin ihr eine Schachtel mit Gebäck reichte, schüttelte sie dankend den Kopf.

Durch die Rauchschwaden erkannte sie Mark, der ihr unmittelbar gegenübersaß. Er neigte den Kopf zur Seite und lächelte nachsichtig.

Schon wieder die unterschiedlichsten Gefühle, dachte Carly und antwortete mit einem gepressten Lächeln.

Der Chefredakteur, ein schlanker weißhaariger Mann mit bis zu den Ellbogen aufgerollten Ärmeln und Hosenträgern, rief zur Ordnung. Carly hörte aufmerksam zu, während er die Ziele der Zeitung beschrieb und die Aufträge vergab.

Der beste, ein Artikel für die Sonntagsausgabe über Rauschgift, ging an Mark, und Carly beneidete ihn glühend darum. Während er draußen war und sich mit dem wirklichen Leben auseinandersetzte, würde sie in ihrem kleinen Büro stecken und Briefe verzweifelter Leser beantworten.

Mark lehnte sich zurück. Er trank weder Kaffee noch aß er etwas. Er rauchte auch nicht, sondern sah Carly eindringlich an. Als die Besprechung zu Ende ging, stand sie erleichtert auf.

„Na, wie gefällt es Ihnen, für die Ratgeberspalte zu schreiben?", rief der Chefredakteur plötzlich.

Unbehaglich blickte Carly zu Mark, der am offenen Fenster lehnte.

„Ehrlich gesagt, ich habe noch gar nichts geschrieben", antwortete sie diplomatisch. „Zurzeit arbeite ich mich noch durch die Briefe."

Mark trat wieder an den Tisch und stützte die Hände auf eine Stuhllehne. „Ihnen ist doch klar, dass Miss Barnett nicht die richtigen Voraussetzungen für diese Tätigkeit mitbringt?", fragte er.

Carly sah ihn ungläubig an, doch er lächelte ungerührt.

Mr. Clark beobachtete sie und antwortete nachdenklich: „Allison glaubt, dass Miss Barnett durchaus damit zurechtkommt."

Carly beachtete Mark nicht. „Es wird Ihnen bestimmt nicht leidtun, dass Sie mir diese Chance gegeben haben, Mr. Clark", erklärte sie.

Der ältere Mann nickte zerstreut und verließ das Konferenzzimmer. Carly wollte ihm folgen, doch Mark hielt sie am Oberarm fest.

„Geben Sie mir Gelegenheit zu einer Erklärung", sagte er leise.

Mark hatte mit seiner Bemerkung beinahe dafür gesorgt, dass sie ihre Stellung verlor. Und das, nachdem sie eben ihr Elternhaus verlassen und fast alle ihre Ersparnisse beim Umzug draufgegangen waren. „Eine Erklärung erübrigt sich", antwortete sie und machte sich los. „Sie haben keinen Zweifel an Ihrer Meinung über meine Fähigkeiten gelassen."

Mark wollte etwas erwidern, unterließ es jedoch. Verärgert ging er an Carly vorüber und verschwand in seinem Büro.

Carly machte sich wieder an die Arbeit. Gegen Mittag hatte sie alle Briefe gelesen und drei ausgewählt, die sie in ihrer Ratgeberecke beantworten wollte. Die Probleme waren ihrer Meinung nach eindeutig, deshalb brauchte sie keinen Fachmann hinzuzuziehen. Für eine Antwort reichte der gesunde Menschenverstand aus.

Gerade beendete sie die Vorlage für ihre erste Spalte, da klopfte es an der Tür, und Allison trat ein. Sie war nicht bei der Konferenz gewesen und sah ziemlich müde aus.

„Haben Sie Ihre Spalte schon fertig?", fragte sie vorsichtig. „Wir brauchen dringend Hilfe für ‚Essen und Mode'."

Carly gab den Befehl für die Textausgabe ein und reichte Allison kurz darauf das Blatt.

Allison überflog den Text, gab einige „Hm, hm" von sich, die Carly nichts sagten, und nickte schließlich. „Ich nehme an, so ist es in Ordnung. Ich bringe Sie zu ‚E & M'. Bitte helfen Sie Anthony für den Rest des Tages. Er ist am Ende seiner Weisheit."

Carly freute sich. Zwar würde sie nicht wie Mark die Polizei bei einer Rauschgiftrazzia begleiten, aber vielleicht konnte sie über eine Modenschau oder eine Backvorführung berichten. Bei beiden Aufgaben kam sie unter die Leute.

Anthony Cornelius erwies sich als schlanker, gut aussehender junger Mann mit blondem Haar und blauen Augen. Allison stellte Carly vor und verschwand wieder.

Er deutete auf den Stuhl vor seinem makellos aufgeräumten Schreibtisch und meinte: „Genug der schönen Worte. Ich versinke fast in Arbeit und brauche dringend Ihre Hilfe. Im Hotel St. Regis findet heute ein Kochwettbewerb statt, während im Einkaufszentrum die größte Modenschau aller Zeiten läuft. Unnötig, zu erwähnen, dass ich nicht an zwei Orten gleichzeitig sein kann."

Carly verbarg ihre Freude, schlug die Beine übereinander und fragte: „Was soll ich für Sie tun?"

„Das überlasse ich Ihnen", antwortete Anthony und blätterte in seinem Terminkalender. „Mode oder Essen."

Carly hatte ihre Wahl schon getroffen. „Ich übernehme den Kochwettbewerb", erklärte sie.

„Fabelhaft", antwortete Anthony, ohne aufzusehen. „St. Regis Hotel, 14 Uhr 15. Ein Fotograf ist schon bestellt. Anschließend sehen wir uns hier wieder."

Carly nahm ihre Handtasche, ihr Notizbuch und ihren Mantel und ging zu Fuß zum St. Regis. Während der nächsten Stunden interviewte sie zahlreiche Hobbyköche, kostete deren Spezialgerichte und konnte ihnen sogar einige Geheimrezepte entlocken.

Am Spätnachmittag kehrte sie ins Büro zurück und stellte fest, dass ein neuer Stapel Briefe eingetroffen war. Sofort setzte sie sich an den Computer und begann mit ihrem Artikel über den Kochwettbewerb.

Trotz seiner Freundlichkeit war Anthony ein anspruchsvoller Vorgesetzter. Carly musste ihren Text dreimal überarbeiten, bis er zufrieden war. Gerade wollte sie den Computer ausschalten und die Briefe mit nach Hause nehmen, da tauchte eine Mitteilung auf dem Monitor auf.

„Hallo, Carly", las sie.

Stirnrunzelnd schob sie ihre Lesebrille wieder in die Höhe und schrieb, ohne nachzudenken: *„Hallo."*

„Wie wäre es mit einem weiteren Abendessen heute Abend? Ich koche uns etwas."

Aha, es war Mark. *„Nein, danke"*, schrieb Carly entschlossen, *„ich verkehre nicht mit Verrätern."*

„Ich werde Ihnen alles erklären, wenn Sie mir Gelegenheit dazu geben."

„Wie kommen Sie auf meinen Bildschirm?"

„Betriebsgeheimnis. Essen wir nun zusammen oder nicht?"

„Nein."

„Nützt es, wenn ich Sie bitte?"

Carly schaltete den Computer aus, stopfte die Briefe in die Aktentasche, verließ das Büro und fuhr mit dem Bus nach Hause. Dort erfuhr sie zu ihrer großen Freude, dass ihr Wagen und ihre Möbel angekommen waren.

„Ich habe dafür gesorgt, dass Ihr Bett gleich aufgestellt wurde", sagte die untersetzte Hausverwalterin, während Carly den Schlüssel im Schloss drehte.

Das Wohnzimmer war zwar angefüllt mit Umzugskisten, aber die Couch und der Sessel standen an ihrem Platz, auch der kleine Fernsehapparat.

Carly legte die Aktentasche und die Handtasche auf den Schreibtisch und nahm den Telefonhörer ab. Lächelnd lauschte sie auf das Freizeichen: Der Anschluss funktionierte.

Plötzlich hatte sie es sehr eilig. Sie dankte Mrs. Pickering für ihre Bemühungen und lief hinaus zum Parkplatz. Ihr blauer Mustang stand an der richtigen Stelle. Er war einer der Preise, den sie als Miss United States gewonnen hatte.

Rasch schloss Carly den Wagen auf, setzte sich ans Steuer und ließ den Motor an. Im nächsten Supermarkt, der die ganze Nacht geöffnet hatte, kaufte sie einen Einkaufswagen voller Esswaren und Putzmittel. Wieder zu Hause, bereitete sie sich eine leichte Mahlzeit aus Suppe und Salat zu.

Sie hinterließ eine Nachricht auf Janets Anrufbeantworter und rief ihren Vater an, der um diese Zeit immer die Abendnachrichten verfolgte.

Don Barnett nahm den Hörer beim zweiten Läuten ab.

„Tag, Dad. Hier ist Carly."

„Hallo, meine Schöne", antwortete er. „Alles geregelt?" Die Freude war seiner Stimme deutlich anzuhören.

Carly setzte sich an den Schreibtisch und berichtete dem Vater von ihrer Wohnung und der neuen Stelle.

Ihr Vater hörte interessiert zu und erzählte anschließend, dass Reggie sich mit einer Krankenschwester aus Topeka verlobt hatte.

„Er hat nicht lange gebraucht, um sich zu trösten, nicht wahr?", fragte Carly. Sie wusste selbst nicht, was sie erwartet hatte. Vielleicht, dass Reggie so anständig war, ihr ein oder zwei Monate nachzutrauern.

Ihr Vater lachte leise. „Bedauerst du deinen Schritt etwa?"

„Nein", erklärte Carly aufrichtig. „Ich hätte nur nicht geglaubt, dass man mich so schnell vergessen würde." Sie redeten noch eine Weile und versprachen sich zum Abschluss, in Verbindung zu bleiben.

Carly bekam richtig Heimweh. Ihre Mutter hatte ihr nie besonders nahegestanden, bei ihrem Vater war das anders. Wehmütig zog sie sich um.

Plötzlich klopfte jemand an ihre Tür. Sie drückte ein Auge an den „Spion" und erkannte Mark. So weit die Kette es zuließ, öffnete sie die Tür und sah ihn unbarmherzig an. „Sollten Sie nicht bei einer Razzia sein?"

Mark lächelte unwiderstehlich. „Die findet erst morgen statt. Darf ich hereinkommen?"

Ihr Wohnzimmer stand voller Kisten. Sie trug nur ihren rosa Bademantel, und ihr Haar war bestimmt zerzaust. Außerdem hätte der Mann sie heute Morgen beinahe um ihre Stellung gebracht. Trotzdem löste Carly die Kette und öffnete die Tür.

Mark trug Jeans und einen dunkelblauen Sportpullover mit einer weißen 39 darauf. In der Hand hielt er einen Strauß rosa Tausendschön.

Verächtlich betrachtete Carly die Blumen, obwohl sie insgeheim Tausendschön liebte. „Bilden Sie sich etwa ein, Sie könnten mich mit ein paar Blumen vergessen lassen, wie Sie mich heute Morgen bloßgestellt haben.

Mark seufzte. „Ich wollte Clark dazu bringen, Ihnen eine andere Aufgabe zu übertragen?"

„Ich kann froh sein, dass er mich nicht hinausgeworfen hat", antwortete Carly. Missmutig nahm sie die Tausendschön, trug sie in die Küche und füllte ein Glas mit Wasser.

Als sie sich umdrehte, stieß sie mit Mark zusammen. Einen langen köstlichen Augenblick schien ihr Körper mit seinem zu verschmelzen. Das Bedürfnis, den Bademantel auszuziehen und seine nackte Haut an ihrer zu spüren, überkam sie so unerwartet, dass Carly heftig erschrak. Sie schüttelte den Kopf, um wieder klar denken zu können, und wollte an Mark vorübergehen.

Mark drückte sie mit den Hüften an die Anrichte, und Carly fühlte, wie ihr die Hitze vom Bauch ins Gesicht stieg. Seine Stimme klang leise und hypnotisch.

„Ich bin noch nicht fertig mit meiner Entschuldigung", erklärte er, beugte den Kopf und legte vorsichtig die Lippen auf Carlys Mund.

Sie wimmerte leise, weil sie Mark zurückstoßen wollte, es aber nicht fertigbrachte. Sein Kuss wurde fordernder. Er verschloss ihren Mund und drang mit der Zunge tief zwischen ihre Lippen.

Selbst bei Reggie hatte sie solch einer Versuchung mühelos widerstehen können. Und den hatte sie ursprünglich heiraten wollen. Bei Mark gelang ihr das nicht. Er überwand ihren Widerstand und weckte mit seinem Kuss ein nie gekanntes unbändiges Verlangen.

Wie Wachs wurde sie in seinen Händen und schmiegte sich an ihn. Ihr schwirrte der Kopf, und sie hatte das undeutliche Gefühl, zu einer wilden sinnlichen Reise aufzubrechen.

Mark lachte leise und gab Carlys Mund frei. Zärtlich knabberte er an ihrem Hals und umschloss mit einer Hand ihre Brust. Die rosige Spitze unter dem Frottierstoff wurde sofort fest. Carly stöhnte hilflos, und Mark setzte sie auf die Anrichte. Er schob den Stoff zurück und begann, leicht an der pulsierenden Spitze zu saugen.

Carly holte scharf Luft. Sie musste Mark unbedingt fortschieben, aber sie brachte es nicht fertig. Was er tat, war viel zu verlockend.

Mit heißen Küssen fuhr er über ihren Hals und die Schulter, entblößte auch die andere Brust und nahm kühn die Spitze zwischen die Lippen.

Carly stieß einen erstickten Schrei aus und ließ den Kopf zurückfallen. Mit einer Hand hielt sie sich an Marks Schulter fest, mit der anderen zog sie seinen Kopf noch näher.

Mit beiden Knien umklammerte sie seine Taille und zitterte am ganzen Körper, während er mit der Hand ihren Bauch abwärts strich. Als er das Zentrum ihrer Weiblichkeit erreichte, zuckte sie zusammen und schrie leise auf.

„Pst", flüsterte er, und sein Atem streifte dabei sinnlich ihre Brust, „es ist alles in Ordnung."

Carly hob seinen Kopf und presste die Lippen auf seinen Mund. Er küsste sie verzehrend, um anschließend wieder ihre

Brüste zu liebkosen. Carly hob die Beine und setzte die Füße auf die Kante, eine instinktive Geste der Hingabe.

Mark fuhr mit federleichten Küssen ihren Bauch hinab und spreizte Carlys Beine.

Feiner Schweiß überzog ihren Körper, während Mark sie so intim mit seinen Lippen verwöhnte, wie es nie zuvor ein Mann getan hatte. Die erregendsten Gefühle durchströmten sie, und sie drehte und wand sich, während Mark sie immer weiter dem Höhepunkt zutrieb.

Vor Erregung schrie sie laut auf und gab sich hemmungslos der Lust hin. Als alles vorbei war, weinte sie verwirrt und erleichtert.

Langsam ließ Mark ihre Fersen los, sodass sie die Beine senken konnte. Er verschloss ihren Bademantel und küsste sie auf die Stirn.

„Meine Güte", flüsterte Carly und schämte sich plötzlich entsetzlich.

Mark zog ihre Lippen mit dem Finger nach und betrachtete sie freundlich. „Nichts als körperliche Anziehungskraft", stellte er fest und wandte sich zu Carlys Verblüffung plötzlich ab.

Sie sprang von der Anrichte und musste einen Moment warten, bis ihre Knie wieder fest wurden. Mark hatte die Tür schon erreicht und legte die Hand auf den Griff.

Carly zog den Gürtel ihres Bademantels enger. Sie konnte es einfach nicht glauben. Eben noch hatte dieser Mann sie ungeheuer erregt und auf einen wilden Höhepunkt getrieben – und jetzt wollte er gehen. „Wohin willst du?"

Überheblich sah er sie an. „Nach Hause."

„Aber ..."

Er lächelte wehmütig. „Ja", beantwortete er ihre unausgesprochene Frage, „ich begehre dich. Aber wir werden noch warten."

Endlich konnte Carly sich wieder rühren. Verärgert ging sie ein paar Schritte auf ihn zu. Erst schürte Mark ihr Verlangen, bis sie es kaum noch aushielt, dann ließ er sie einfach stehen.

„Du wärst der Erste gewesen", erklärte sie höhnisch, und ihre Stimme war kaum zu hören.

Marks Blick glitt über ihren schlanken Körper, der immer noch vor Entrüstung bebte. „Ich werde der Erste sein", versicherte er ihr. „Und der Letzte."

Dann ging er hinaus.

3. Kapitel

Am nächsten Tag sah Carly Mark nicht. Doch am späten Nachmittag, als sie gerade nach Hause gehen wollte, tauchte eine weitere mysteriöse Nachricht auf ihrem Bildschirm auf.

„Netter Bericht über den Kochwettbewerb", hieß es in leuchtend grünen Buchstaben. *„Aber dieser ‚Zermürbten aus Farleyville' zur Scheidung zu raten, war wirklich anmaßend. Für wen hältst du dich?"*

Carly seufzte tief. Bisher hatte es in ihrem Leben nur richtig und falsch gegeben. Jetzt hatte sie es mit einem Mann zu tun, der erst dafür sorgte, dass ihre Knie weich wie Wachs wurden, und im nächsten Augenblick ihre ernsten Grundsätze ins Wanken brachte.

Einen Moment hielt sie die Finger über das Keyboard, dann schrieb sie: *„Wenn dir meine Spalte nicht gefällt, Holbrook, tu uns beiden den Gefallen und lies sie das nächste Mal gar nicht erst."*

Marks Antwort kam sofort. *„Schön, wenn ein Anfänger derart Wert auf den Rat eines Fachmanns legt …"*, las Carly.

„Danke", tippte sie zurück. *„Gute Nacht und auf Wiedersehen."* Entschlossen schaltete sie den Computer aus, nahm ihre Sachen und verließ ihr Büro.

Zu ihrer Enttäuschung kamen am nächsten und übernächsten Tag keine Nachrichten von Mark, und er tauchte auch nicht bei den Redaktionsbesprechungen auf.

Eine ganze Woche verging, bis sie ihn bei einem Presseempfang im Ballsaal eines Hotels in der Stadtmitte wiedersah. Während die anderen Männer im Anzug erschienen waren, trug er Jeans, einen leichten blauen Pullover und ein sportliches Tweedjackett und sah wie immer fantastisch aus.

Sein Blick glitt über Carlys gewagtes rotes Schlauchkleid.

Sofort richteten ihre Brustspitzen sich auf und zeichneten sich unter dem Stretchstoff ab.

„Hallo", sagte er leise, und seine Stimme erinnerte Carly an die Ereignisse auf der Anrichte in ihrer Küche.

Ihre Wangen röteten sich, und sie verschränkte abwehrend die Arme. „Aha", erklärte sie bissig, „ich stelle fest, dass du die Rauschgiftrazzia überlebt hast."

Mark ergriff ihren Ellbogen und führte sie freundlich, aber bestimmt durch das Gewühl der Vertreter von Presse, Funk und Fernsehen in die Eingangshalle. „Wir müssen miteinander reden."

Carly sah zu ihm auf. „Ich halte es für sinnvoller, wenn wir unsere Unterhaltung auf Mitteilungen über den Computer beschränken. Besser noch", fügte sie hinzu und wollte an ihm vorbeigehen, „wir stellen sie ganz ein."

Wieder ergriff Mark ihren Arm und drückte sie auf eine mit königsblauem Velours bezogene Bank. Er setzte sich neben sie, sah ihr in die Augen und runzelte die Stirn. „Was habe ich jetzt schon wieder falsch gemacht?"

Carly richtete sich hoch auf, holte tief Luft und atmete langsam wieder aus. „Das ist die dümmste Frage, die ich je gehört habe", erklärte sie steif.

„Das wage ich zu bezweifeln angesichts der Dinge, die man früher von dir wissen wollte. Zum Beispiel: ‚Wie stellen Sie es an, dass Ihnen beim Gehen die Krone nicht vom Kopf fällt?' oder ‚Welchen Beitrag leistet Ihrer Meinung nach der Stepptanz zum Weltfrieden?'"

Carly beugte sich zu ihm hinüber. „Ich wäre dir dankbar, hochdekorierter Mr. Pulitzerpreisträger, wenn du endlich aufhören würdest, Bemerkungen über meinen seinerzeitigen Titel zu machen!"

Seine wunderbaren leuchtend braunen Augen funkelten. „Einverstanden", gab er nach. „Beantworte mir nur noch eine Frage, dann lasse ich dich in Ruhe."

„Also gut", antwortete Carly vorsichtig. „Frag mich."

„Was hast du bei dem Schönheitswettbewerb gemacht?"

„Wie bitte?"

„Andere Kandidatinnen sangen bei der Endausscheidung, tanzten oder spielten ein klassisches Stück auf dem Klavier. Was hast du getan?"

Carly schluckte und wandte sich ab.

Mark gab ihr einen kleinen Stups.

„Ich habe einen Dirigentenstab herumgewirbelt", stieß sie endlich hervor. „Bist du jetzt zufrieden?"

„Nein", antwortete Mark. Obwohl er ernst blieb, war ihm die Belustigung deutlich anzumerken. „Aber ich werde das Thema trotzdem für den Augenblick fallen lassen."

„Dann ist es ja gut", grollte Carly und sprang auf.

Mark zog sie wieder zurück. „Mach ein freundlicheres Gesicht, Carly", sagte er. „Wenn du keine Frotzelei verträgst, wirst du es keine fünf Minuten im Pressegeschäft aushalten."

Carly wurde dunkelrot und wäre am liebsten nach draußen an die frische Luft gerannt. „Deiner Meinung nach bin ich also nicht nur unfähig, sondern auch zu dünnhäutig."

Mark lachte leise und schüttelte den Kopf. „Ich habe nie behauptet, dass du unfähig wärest, aber du bist ausgesprochen reizbar. Mir ist noch nicht ganz klar, was du mehr brauchst: eine ordentliche Tracht Prügel oder eine ausführliche Lehrstunde auf der Matratze."

Jetzt reichte es. Wütend sprang Carly auf und mischte sich wieder unter die Menge.

Am liebsten hätte sie das Hotel sofort verlassen, aber sie wusste, wie wichtig Kontakte waren. Deshalb blieb sie noch eineinhalb Stunden.

Sorgfältig ging sie Mark aus dem Weg, lernte die unterschiedlichsten Leute kennen und ließ sich deren Visitenkarten geben. Endlich zog sie ihren modischen Seidenblazer wieder an und lief zum Parkplatz.

Erst als sie hinter das Lenkrad glitt, merkte Carly, dass Mark auf dem Beifahrersitz saß. „Wie bist du denn hereingekommen? Der Wagen war verschlossen!", fuhr sie ihn überrascht an.

Mark lächelte schelmisch. „Den Trick habe ich von Iggy De Fazzio gelernt, während ich ihn für einen Artikel über Straßenbanden interviewte."

Es würde nichts nützen, wenn sie Mark aufforderte, den Wagen sofort zu verlassen, das war Carly klar. Und sie war nicht kräftig genug, um ihn eigenhändig hinauszuwerfen. Deshalb schaltete sie die Zündung ein und sah ihn an.

„Wo soll es hingehen, Mr. Holbrook?"

„Zu mir nach Hause", antwortete er, als wäre es das Normalste der Welt.

„Hat dir schon jemand gesagt, dass du einfach abscheulich bist?", fragte sie und ordnete sich in den spärlichen Abendverkehr ein.

„Nein, im Gegenteil. Tauschen wir die Plätze", forderte Mark sie auf.

„Weshalb?"

„Weil ich dir nicht gleichzeitig schmeicheln und den Weg angeben kann", antwortete er.

Carly wusste selber nicht, weshalb sie diesem Mann gehorchte, der sie ständig beleidigte. Trotzdem hielt sie an und überließ ihm das Lenkrad. Kurz darauf fuhren sie die Autobahn entlang.

„Du hast also einen Dirigentenstab gewirbelt", begann Mark strahlend. „Bist du wenigstens dabei noch durch einen brennenden Reifen gesprungen?"

Carly schlug ihm leicht auf den Arm, doch ihre Mundwinkel zuckten verräterisch. „Ist das deine Vorstellung von Schmeichelei?"

Er lachte. „Hast du interessante Leute auf dem Empfang kennengelernt?"

„Einige Nachrichtensprecher vom Fernsehen und den Gastgeber einer Talkshow", antwortete sie und beobachtete ihn aus dem Augenwinkel. „Freitagabend gehe ich mit Jim Benson von Kanal 37 zum Essen."

Marks Miene verhärtete sich nur eine Sekunde, dann warf er ihr einen kurzen Blick zu. „Der ist ein Weiberheld", erklärte er.

„Wenn er sich nicht ordentlich benimmt, werde ich ihn mit meinem Stab zur Vernunft bringen", antwortete Carly schlagfertig.

Mark räusperte sich und bog in eine Ausfahrt. „Carly …"

„Ja?"

„Wir haben von Anfang an alles falsch gemacht."

Carly verschränkte die Arme vor der Brust. „Und wessen Schuld war das?"

Vor einer roten Ampel hielt Mark an. „Um des lieben Friedens willen gebe ich zu, dass es meine Schuld war", murmelte er. „Zumindest teilweise …"

„Sehr großzügig", unterbrach sie ihn.

Die Ampel schaltete um, und sie fuhren einen Hügel hinauf. „Verdammt", knurrte er, „lässt du mich bitte ausreden?"

Ergeben breitete Carly die Hände aus. „Aber gern."

Er bog in eine lange, kurvenreiche Einfahrt, und das Scheinwerferlicht strich über immergrüne Bäume, riesige Farne und dichtes Buschwerk. Neben einem kleinen kompakten Transporter hielt er an und schaltete das Licht und die Zündung aus. „Du bist mir böse, weil ich neulich nicht aufs Ganze gegangen bin."

Carly hätte Mark am liebsten eine Ohrfeige gegeben, weil er sie an den Vorfall auf der Anrichte erinnerte, aber sie riss sich zusammen. „Du arroganter Kerl!", fuhr sie ihn an und ballte die Fäuste. „Wie kannst du es wagen, so mit mir zu reden?"

Er stieg aus, schlug die Tür heftig zu und kam auf ihre Seite. Bevor sie den Wagen verriegeln konnte, beugte er sich über sie und flüsterte unmittelbar vor ihren Lippen: „Deshalb." Heftig küsste er sie auf den Mund.

Zuerst wehrte Carly sich gegen seine Küsse. Sie machte sich ganz steif und presste die Lippen zu einer schmalen Linie zusammen. Doch bald hatte Mark ihren Widerstand gebrochen. Sie wimmerte vor Lust und sank schlaff an die Rückenlehne.

Mark nahm ihren Arm, half ihr aus dem Wagen und führte sie ins Haus. Im schwachen Schein der Verandalampe erkannte Carly, dass es sich um ein altmodisches Backsteingebäude mit Holzläden an den Fenstern und einem Oberlicht über der Tür handelte.

Auf dem schmalen Flur küsste Mark sie erneut, und die Gefühle, die sie bei dieser Berührung durchströmten, verdrängten Carlys Bedenken über die Unterschiede zwischen ihm und ihr.

„Mir scheint, wir müssen erst einmal etwas hinter uns bringen, bevor wir wirklich begreifen, was mit uns geschehen ist, Carly", sagte Mark, nachdem er ihren Mund wieder freigegeben hatte. Langsam schob er den Blazer von ihren Schultern.

Carly, die auf der Highschool und dem College für kühl gehalten worden war, verwandelte sich plötzlich in eine anschmiegsame und willige Liebesgöttin.

Natürlich musste sie schleunigst zurück zu ihrem Wagen und nach Hause fahren, aber sie konnte sich nicht von Mark trennen.

Er führte sie in ein hübsch eingerichtetes Wohnzimmer, in dem die Lampen schon brannten, und drückte sie auf die Couch. Carly sah zu, wie er das Holz im Kamin anzündete, dann fiel ihr Blick auf den Schreibtisch vor dem Fenster. Ein Monitor flimmerte zwischen Stapeln von Büchern und Papieren.

„Ich arbeite häufig zu Hause", erklärte Mark, stand auf und rieb die Hände aneinander. „Jetzt sieht man es zwar nicht, aber von diesen Fenstern hat man einen großartigen Blick auf den Fluss."

Carly bemühte sich immer noch, ihren schwindenden Widerstand aufrechtzuerhalten, aber es war hoffnungslos. Nach Marks Küssen war sie wie berauscht.

Er ging kurz hinaus und kehrte mit einer Flasche Wein und zwei Gläsern zurück. Wie selbstverständlich setzte er sich neben Carly auf das weiche Sofa, das mit auberginefarbenem Wildleder bezogen war, öffnete die Flasche und füllte die Gläser.

Carly wurde langsam klar, dass ihre Chancen, das Haus so unberührt zu verlassen, wie sie gekommen war, ebenso gering waren wie die Flucht aus einem Harem. Merkwürdig war nur, dass sie gar keine Lust hatte, wieder zu gehen. Mark reichte ihr ein Glas, und sie trank vorsichtig einen Schluck.

„Ich bin übrigens gar nicht so dumm, wie du zu glauben scheinst", sagte sie abwehrend. „Auf dem College hatte ich fantastische Noten."

Er lächelte, stellte sein Glas auf den Couchtisch und zog ihre Beine auf seinen Schoß. „Hm", meinte er und streifte erst den einen, dann den anderen Pumps ab.

Mit einem letzten Anflug von Stolz richtete Carly sich auf. „Du glaubst mir nicht."

Mark streichelte besänftigend ihren rechten Fuß und ihre Ferse, und wider Willen entspannte sie sich. „Oh doch, es bleibt mir gar nichts anderes übrig", antwortete er ruhig. „Für deine Stelle bei der ,Times' hatten sich über hundert Kandidaten beworben, und alle besaßen die entsprechenden Voraussetzungen."

Carly freute sich. „Tatsächlich?"

Mark nutzte den aufreizenden Seitenschlitz an ihrem roten Kleid und streichelte die Rückseite ihres Knies. „Bestimmt", versicherte er.

Sie stellte ihr Glas beiseite und hatte das Gefühl, schon jetzt zu viel getrunken zu haben. Das Feuer im Kamin knisterte und knackte. „Ich müsste eigentlich nach Hause fahren", sagte sie.

„Ich weiß", stimmte Mark ihr zu.

„Immerhin wäre es möglich, dass ich dich nicht einmal mag."

„Auch das weiß ich", antwortete er lächelnd.

„Aber wir werden miteinander schlafen, nicht wahr?"

Mark nickte. „Ja", sagte er, stand auf, zog Carly von der Couch und umarmte sie zärtlich. Dann küsste er sie auf die

Nasenspitze und fuhr fort: „Wenn du tatsächlich nach Hause möchtest, kannst du natürlich gehen."

Carly lehnte die Stirn an seine Brust und schlang die Arme um seine Taille. „Ich kann nichts dafür", flüsterte sie, „ich möchte bleiben."

Er legte einen Finger unter ihr Kinn und hob ihren Kopf an, damit er ihr in die Augen sehen konnte. Dann bewegte er die Lippen, als wollte er etwas sagen, küsste sie stattdessen jedoch auf den Mund.

Wieder hatte Carly das Gefühl, in einem Strudel zu versinken, in eine Welt entführt zu werden, in der normale Regeln nicht galten. Als Mark sie aufhob, legte sie den Kopf an seine Schulter.

Er trug sie eine Treppe hinauf, einen Gang entlang und in ein Zimmer, das über die gesamte Breite des Hauses reichte. Carly entdeckte einen Kamin, die undeutlichen Formen einiger Sessel und endlich das gewaltige Bett.

Es bestand aus dunklem Holz, stand auf einem Podest und beherrschte den ganzen Raum. Das Lager war der Herzensdame eines Ritters würdig. Carly empfand nicht nur heftiges Verlangen, sie hatte plötzlich das Gefühl, alles, was nun folgen würde, wäre vollkommen richtig.

Mark trug sie die drei mit Teppichboden bedeckten Stufen hinauf und stellte sie auf die Füße. Carly rührte sich nicht, als er ihr Kleid hinten öffnete und bis zu den Hüften hinabschob.

Mondlicht schien durch die breiten Fenster in der gegenüberliegenden Wand und verlieh Carlys Haut den transparenten Perlmuttschimmer weißer Opale. Sie fand sich wunderschön, als Mark nun zurücktrat und sie bewunderte. Seine Augen schienen in dem dämmrigen Raum zu glühen. Nach einer Weile beugte er den Kopf und küsste die pulsierende Stelle an ihrem Hals.

Carly begann zu zittern. Sie hatte das Gefühl, ein Leben lang auf diesen Augenblick gewartet zu haben.

„Mark", flüsterte sie, und ihre Stimme verriet ihre Verwirrung und ihr Verlangen.

Langsam und methodisch streifte Mark ihre Strumpfhose, ihren BH und ihren Slip ab und legte Carly nackt auf den Samtüberwurf seines Bettes. „Wie schön du bist", murmelte er heiser.

Als Zeichen unbewusster Ergebenheit hob Carly die Hände über den Kopf und sah zu, wie er sich im Halbdunkel ebenfalls auszog. „Ich habe noch nie …"

Mit einem zärtlichen, aufmunternden Kuss brachte er sie zum Schweigen. „Ich weiß, Liebling", sagte er. „Ich werde so vorsichtig wie möglich sein." Dann lag er neben ihr, liebkoste mit seiner kräftigen Hand ihre Brüste, spielte mit der Spitze, die immer fester wurde, und strich über ihre Taille und ihre Hüfte.

„Mark …", stöhnte Carly. Neulich in ihrer Wohnung hatte er die Glut in ihr nur geschürt. Jetzt brannten die Flammen so lichterloh, als wollten sie sie verzehren.

Mark beugte sich über sie und sog an ihrer Brust. Carly wimmerte vor Lust und schob die Finger in sein dichtes glänzendes Haar. Er ließ sie eine Weile gewähren, dann fasste er mit einer Hand ihre beiden Handgelenke und legte ihr die Arme wieder über den Kopf, sodass sie ihm restlos ausgeliefert war.

Mit der anderen Hand strich er in kleinen, aufreizenden Kreisen ihren Bauch hinab, bis er durch die seidigen Locken das Zentrum ihrer Weiblichkeit erreichte.

Ihre Haut glühte unter seiner Hand, während er sie weiter liebkoste. Carly bog den Kopf zurück, keuchte leise und spreizte instinktiv die Beine.

Doch Mark küsste und reizte weiter ihre Brüste. Die rosigen Spitzen waren fest und feucht geworden, und Carly hatte das Gefühl, es keine Sekunde länger auszuhalten, wenn er sie nicht endlich nahm und sie ganz befriedigte.

Sie flehte ihn an, und er glitt zwischen ihre Schenkel. Wie neulich fasste er ihre Fersen, drückte sie auseinander und ließ sie nicht wieder los.

Während Mark sie an ihrer intimsten Stelle liebkoste, drückte

Carly die Fersen in die Matratze, schrie lustvoll auf und warf sich im Rhythmus seines Zungenspiels hin und her.

Wild schlug sie mit den Händen um sich, krallte die Finger in den Bettüberwurf, klammerte sich anschließend an Marks Schultern und schob die Hände schließlich in sein Haar. Ihre kurzen Locken, die das Gesicht umrahmten, waren feucht und klebten an ihrer Stirn und ihren Wangen. Verzückt strebte sie immer stärker dem Gipfel der Lust zu.

Heftige Lust erschütterte sie, und ihr ganzer Körper bebte, während sie hochschnellte, um Marks aufreizenden Zungenschlägen entgegenzukommen. „Hör auf", flehte sie atemlos. „Bitte, hör endlich auf!"

Mark reagierte sofort. Er schob die Hände unter ihren Po, hielt ihn fest und stützte Carly, bis sich der Sturm, der in ihrem Körper tobte, gelegt hatte. Anschließend ließ er sie vorsichtig auf die Matratze gleiten. Überwältigt von dem sinnlichen Erlebnis lag Carly stumm da.

Langsam küsste er ihre feuchte Stirn, ihre Augenlider und ihre Wangen. Erneut sog er an ihren Brüsten, zunächst träge, dann immer leidenschaftlicher. Als er ihre Beine mit einer Kniebewegung spreizte und sich auf sie legte, ließ sie es willig geschehen, obwohl ihr klar war, dass sie anschließend nicht mehr dieselbe sein würde.

Langsam strich Carly mit den Händen über seinen muskulösen Rücken, während er die rosigen Spitzen reizte, bis sie es nicht mehr aushielt.

Sie umklammerte seine Hüften und presste Mark an sich, sodass er schließlich nachgab.

Unendlich langsam und vorsichtig drang er in sie ein, und bei jedem Zentimeter sehnte sich Carly nach mehr. Einen Moment spürte sie den ziehenden Schmerz, als er das Hindernis überwand, mit dem sie sich für ihn bewahrt hatte. Aber seltsamerweise vergrößerte dies ihre Lust sogar.

Mark stöhnte leise, nachdem er fast ganz in sie eingedrungen war. Er zerrte das Kissen unter ihrem Kopf hervor und schob es unter sie, damit sie sich besser an ihn schmiegen konnte.

Sein zweiter Stoß kam ebenfalls vorsichtig, doch als sie ihn mit leisen, feurigen Worten antrieb, drang er kraftvoll tiefer.

Carly schlang die Beine um seine Taille. Sie klammerte sich an ihn und verwandelte ihre Vereinigung in einen zärtlichen Kampf. Gegen Ende, als sie beide außer sich vor Ekstase waren und vor Erschöpfung zitterten, packte Mark ihre beiden Hände und hielt sie über ihrem Kopf fest. Während sie ihn mit Liebesworten anstachelte, hielt er einen Moment völlig still, um sie dann beide zum Gipfel der Lust zu treiben.

Carly warf den Kopf zurück, stieß leise kehlige Laute aus und nahm Mark fest in sich auf. Er reagierte mit einem ekstatischen Schrei und füllte sie ganz mit seiner Wärme aus.

Regungslos lagen sie eine Weile stumm da und waren außerstande, auch nur ein Wort zu sprechen. Endlich stand Mark auf und hob Carly, die immer noch benommen war, auf die Arme, trug sie ins Badezimmer und setzte sie auf den Rand der tiefen Marmorwanne.

Gewandt beugte er sich hinab, drehte die beiden Hähne auf und nahm zwei riesige weiße Badelaken aus dem Regal. Er legte die Tücher bereit und ließ Carly vorsichtig in die Wanne gleiten. Nachdem das Wasser eine bestimmte Höhe erreicht hatte, drückte er auf einen Schalter, sodass es in kräftigen Strahlen um sie herum zu wirbeln und sprudeln begann.

Schließlich drehte er die Hähne wieder zu, rutschte hinter Carly in die Wanne und schob seine kräftigen Beine zu beiden Seiten ihres Körpers. Locker legte er die Arme um ihre Taille, beugte sich hinab und küsste ihre nackten Schultern.

Carly bog den Kopf zurück und sah Mark an. Erst jetzt konnte sie wieder sprechen. „Hätte ich gewusst, dass es so schön ist, wäre ich sexbesessen geworden", sagte sie.

„Ich auch", sagte er und knabberte an ihrem Hals.

Strahlend drehte sich Carly zu ihm. „Na, na", meinte sie:

„Für dich war es doch nicht das erste Mal."

„Nein, das nicht", antwortete er. „Aber ich kann aufrichtig behaupten, dass es noch nie so war wie heute."

Carly tauchte tiefer ins Wasser und lehnte sich an seine breite Brust. „Ich wette, das sagst du zu allen Frauen."

Er lachte leise und küsste sie aufs Haar. „Du irrst dich", erklärte er. Mit leichten kreisenden Bewegungen ließ er die Seife über ihre Brust gleiten.

Das war nur der Anfang. Bald streichelte und liebkoste er sie erneut, und sie gab sich ihm hin und wollte so bald wie möglich wieder eins mit ihm werden.

Um Mark ihren Wunsch klarzumachen, drehte sie sich herum, sodass sie ihn ansehen konnte, und kniete sich zwischen seine Beine.

„Du ergreifst gern selbst die Initiative, nicht wahr?", gurrte sie, nahm ein Stück frische Seife aus der Messingschale, tauchte sie ins Wasser und schäumte sie zwischen den Händen auf.

Mark lehnte sich zurück, legte den Kopf auf den Wannenrand und lächelte dreist. „Eben schienst du noch nichts dagegen zu haben."

Mit langsamen, sinnlichen Bewegungen seifte Carly seine muskulöse Brust ein, zog kleine Kreise in dem dichten Schaum und reizte die festen Spitzen mit der Fingerspitze.

„Das muss irgendeine symbolische Bedeutung haben", gab sie heiser zu. „Aber ich habe sie noch nicht entdeckt."

Er bog den Kopf weiter zurück und schloss zufrieden die Augen. Carly erkannte plötzlich, dass auch Hingabe eine Menge Vertrauen erforderte.

„Denk nach, Carly", zog er sie auf. „Denk einmal darüber nach."

Carly wollte nicht nachdenken. Sie wollte diesen Mann erregen, bis er sie anflehte, ihm Erlösung zu schenken, genau wie er es zuvor bei ihr getan hatte. Und sie wusste auch, wie sie es anstellen musste.

Sie ließ sich Zeit, und Mark hatte nichts dagegen. Doch

schließlich stieg er aus der Wanne, zog Carly mit und ließ das Wasser ablaufen.

Zärtlich wickelte er Carly in eines der riesigen Badetücher und zog sie an den Stoffzipfeln zu sich. Sie spürte, dass er schon wieder voll erregt war.

„Oh Mark", flüsterte Carly schläfrig, „ich kann – nicht noch mal."

„Das glaubst du nur", antwortete er an ihrer Stirn. Er führte sie zu seinem Bett zurück, trocknete sie ab und legte Carly mitten auf das Laken. Behutsam kniete er sich zwischen ihre Schenkel, damit sie sie nicht schließen konnte, und hob ihre Hüften mit beiden Händen an.

„Es ist mir ernst", protestierte sie, als er sich ihre Beine über die Schultern legte, „Ich kann nicht …"

Mit dem erfahrenen Spiel seiner Zunge brachte Mark sie zum Schweigen, und sie stöhnte angesichts der Hitze, die ihren müden Körper durchströmte und ihm neue Kraft verlieh.

Mark lachte leise, als er ihre Reaktion bemerkte. „Genau das habe ich mir gedacht", sagte er und hielt Carly eisern fest. Hilflos war sie seinen Lippen, die ihr die lustvollsten Empfindungen und süße Qualen bereiteten, ausgeliefert und warf den Kopf wie von Sinnen von einer Seite zur anderen.

Mark war unbarmherzig. Hingebungsvoll verschlang Carly die Füße und bog sich ihm entgegen, während er sie zu einem rauschhaften Höhepunkt führte.

Anschließend bat sie ihn, sie ganz zu nehmen und sie dann schlafen zu lassen, aber er hatte noch nicht genug. Er brachte sie in eine andere Stellung, reizte sie erneut, bis die Intensität der Gefühle ihr fast die Sinne raubten, und gab erst nach, als ihre Zuckungen sich legten und ihre Lustschreie in der Dunkelheit verhallt waren.

Nun sammelte Carly ihre letzten Kräfte, um Vergeltung von Mark zu verlangen, und fiel wie ausgehungert über ihn her. Sie wusste inzwischen, wie sie in dem uralten Kampf der Liebenden die Oberhand gewinnen konnte, und hatte genauso wenig Mitleid mit ihm wie er zuvor mit ihr. Mark keuchte wie im Fieber und erregte Carly damit ebenso wie mit seinen Liebkosungen und Küssen.

Endlich hielt Mark es nicht mehr aus. Er schob ihren Kopf zurück und rang keuchend nach Luft. Anschließend drückte er Carly vorsichtig auf die Matratze und nahm sie mit einer einzigen kraftvollen Bewegung.

Carly bäumte sich auf, leidenschaftlich fiel sie in seinen wilden Rhythmus ein. Wie durch einen Nebel hörte sie Mark ihren Namen rufen und spürte, wie er sich vor dem Höhepunkt anspannte.

Endlich lagen sie beide still da, und die Nacht hüllte sie mit ihrer Dunkelheit ein.

Fröhliches Pfeifen weckte Carly auf. Erschrocken riss sie die Augen auf, denn ihr fiel ein, wo sie war und wie sie sich in Marks Armen verhalten hatte.

Verlegen biss sie sich auf die Unterlippe. Es war Morgen, und sie musste in ihrem hautengen roten Abendkleid nach Hause fahren.

In diesem Augenblick kam Mark aus dem Badezimmer. Er hatte ein Handtuch um die Hüften geschlungen und hielt eine Zahnbürste in der Hand. Strahlend sah er Carly an, öffnete eine Schublade und warf ihr ein gestreiftes Pyjamaoberteil zu.

Sie zog es über und versteckte sich dabei unter der Wolldecke. Lachend kehrte er ins Badezimmer zurück.

Carly wollte unbedingt duschen, aber sie mochte jetzt nicht an Mark vorbeigehen. Da es in einem so großen Haus mindestens noch ein weiteres Bad geben musste, eilte sie hinaus und fand tatsächlich eine Dusche am anderen Ende des Flurs. Rasch verriegelte sie die Tür und trat unter den heißen Wasserstrahl.

Nachdem sie sich gewaschen hatte, zog sie den BH, den Slip und die Strumpfhose vom Vorabend wieder an und wollte gerade ihr Kleid überstreifen, da klopfte es an der Tür.

„Es ist noch früh, Carly", sagte Mark fröhlich, als wäre dies ein ganz gewöhnlicher Morgen. „Gib mir deine Schlüssel, dann fahre ich zu deiner Wohnung und hole dir ein paar Sachen."

Carly presste die Wange an die Tür. Es war ihr peinlich, einen Mann so persönliche Dinge wie Kleider, Unterwäsche und Kosmetikartikel besorgen zu lassen. Aber sie zählte ihm auf, was sie brauchte.

4. Kapitel

Carly wartete eine ganze Weile, bis sie sicher sein konnte, dass Mark das Haus verlassen hatte, dann öffnete sie die Tür und trat auf den Flur. Er lehnte gegenüber an der Wand und grinste sie frech an. Besitzergreifend glitt sein Blick über ihren Körper.

„Ich sagte doch, es ist noch früh", erklärte er mit einer Stimme, die wie ein Kuss oder eine Liebkosung auf Carly wirkte. Erschrocken wich sie ins Badezimmer zurück und schlug die Tür zu.

Mark lachte vergnügt. „Bereust du, was geschehen ist?"

„Ja!", rief Carly. „Geh fort und lass mich in Ruhe."

„Immer noch reizbar", stellte er resignierend fest. „Vielleicht hätte ich dir doch lieber den Po versohlen sollen."

Carly verriegelte die Tür, ging zum Waschbecken und drehte den Wasserhahn weit auf. Dann trällerte sie laut, damit Mark merkte, dass sie ihm nicht zuhören wollte – falls er überhaupt etwas sagte.

Eine Viertelstunde verging, bevor sie wieder vorsichtig auf den Gang spähte. Mark war fort – das ganze Haus wirkte seltsam leer. Sie zog sein Pyjamaoberteil über die Unterwäsche und verließ das Badezimmer.

Auf dem Weg zur Küche, wo hoffentlich frisch aufgebrühter Kaffee stand, musste sie das Wohnzimmer durchqueren. Da Mark nicht da war, schlenderte sie zum Schreibtisch, setzte sich auf den Stuhl und überflog den Text auf dem Monitor.

Eine heftige Erregung erfasste sie, während sie die Zeilen las, denn es handelte sich um ein Bühnenstück. Die Geschichte erzählte von dem schmerzlichen Ende einer Ehe und war so ergreifend, dass Carly ihren Kaffeedurst vergaß, die Brille aus der Handtasche holte und auch die vorigen Seiten las.

Sie hörte erst auf, als eine Wagentür ins Schloss fiel. Das Geräusch brachte sie schlagartig in die Gegenwart zurück, und sie überlegte, dass es Mark vielleicht nicht recht war, wenn sie sein Stück las. Mit klopfendem Herzen drückte sie den „Page down"-Knopf, bis der ursprüngliche Text wieder auftauchte.

Sie war in der Küche und goss sich gerade eine Tasse Kaffee ein, als Mark mit ihrem Kleidersack und dem Kosmetikkoffer hereinkam. Er warf ihr einen merkwürdigen Blick zu, und Carly fürchtete, dass man ihr das schlechte Gewissen anmerkte. Gut, dass ich keine Spionin bin, dachte sie und nahm Mark die Sachen ab. „Danke."

Er küsste sie flüchtig auf die Stirn. „Gern geschehen", antwortete er.

Carly trank einen weiteren Schluck Kaffee und stellte die Tasse beiseite. Wenn sie rechtzeitig im Büro sein wollte, musste sie sich beeilen. „Wie lange bist du schon auf?", fragte sie.

Mark schenkte sich ebenfalls Kaffee ein und lächelte sie über den Tassenrand an. „Ein paar Stunden. Ich kann am besten schreiben, bevor die Vögel aufgewacht sind."

Auf der Türschwelle zögerte Carly. Sie fühlte sich ausgesprochen wohl in Marks Haus und seinem Pyjamaoberteil, und das beunruhigte sie. „Dein Artikel über die Rauschgiftrazzia war gut", gab sie zu. Der Bericht hatte den Aufmacher für die Sonntagsausgabe gebildet.

Mark öffnete den Kühlschrank und holte Eier, Speck und eine Flasche Orangensaft heraus. „Danke, Carly", sagte er kurz. „Ich würde zwar gern hierbleiben und mir den ganzen Tag dein Loblied anhören, aber ich habe zu tun – und du ebenfalls."

Carly hatte das Gefühl, entlassen zu sein. Die zarte Vertrautheit des „Morgens danach" war dahin. Sie wandte sich ab und kehrte ins Badezimmer zurück. Als sie wieder herauskam, telefonierte Mark. Auf seinem Monitor flimmerte inzwischen eine farbige Grafik.

Er winkte ihr zum Abschied zu – wie einem Zeitungsjungen oder dem Gasmann –, und sie spürte einen heftigen Stich in der

Brust. Offensichtlich habe ich meinen Zweck erfüllt, dachte sie bitter. Ihre Laune besserte sich erst, als sie eine einzelne gelbe Rosenknospe auf ihrem Sitz entdeckte.

Im Büro wartete ein weiterer Postsack voller Briefe auf sie. Außerdem hatte Janet schon dreimal angerufen.

Carly trank den Kaffee, den Emmeline ihr brachte, und wählte die Nummer ihrer Freundin. Sie versprach, nach der Arbeit eine Pizza mit ihr zu essen und ihr alles zu erzählen. Dann begann sie, die Post durchzusehen.

Stirnrunzelnd stellte Carly fest, dass zahlreiche Leser ihr heftige Vorwürfe machten, weil sie der „Zermürbten aus Farleyville" zu einer Scheidung geraten hatte. Offensichtlich stimmte die Öffentlichkeit voll und ganz mit Marks Meinung überein.

Sie las immer noch und aß zwischendurch einige Käsechips aus dem Automaten in der Halle, als Mark um Viertel vor zwei ihr Büro betrat. Inzwischen war sie tatsächlich gereizt. Noch keine zwei Wochen war sie für die Ratgeberecke verantwortlich, und schon schien ganz Portland über sie herzufallen. „Was willst du denn?", fuhr sie Mark an.

Mark lächelte derart, dass Carly unwillkürlich an die vergangene Nacht erinnert wurde. „Ich wollte dich fragen, ob du mit mir zu Mittag isst. Anschließend könnten wir uns vielleicht einen Film ansehen."

Carly trank einen Schluck Diät-Cola und setzte die Dose mit einem dumpfen Knall ab. „Nicht alle Angestellten dürfen kommen und gehen, wie sie möchten", erwiderte sie und sah ihn durch ihre Lesebrille an. „Oder mitten am Arbeitstag ins Kino verschwinden."

Mark zog einen Stuhl heran und setzte sich. „Meine ältere Schwester ist genauso wie du. Wenn sie übermüdet ist oder nichts Richtiges zu essen bekommt …" Er zeigte auf die Käsechips. „… sinkt ihr Blutzucker, und sie wird richtig giftig. Kein schöner Anblick."

Carly nahm die Brille ab und rieb sich die Augen. „Hast du nichts zu tun?"

„Ich bin gerade zwischen zwei Aufträgen", antwortete er.

Die Gegensprechanlage auf ihrem Schreibtisch summte, und Carly drückte auf den Knopf. „Ja?"

„Eine Psychologin ist am Telefon", verkündete Emmeline. „Sie ist furchtbar wütend, weil Sie der ‚Zermürbten aus Farleywille' …"

„Zur Scheidung geraten haben", beendete Carly den Satz. „Stellen Sie das Gespräch bitte durch", fügte sie ergeben hinzu, nahm den Hörer ab und drehte Mark den Rücken zu.

Die Psychologin schimpfte Carly gehörig aus. „Kurz gesagt, Miss Barnett", schloss sie, „Sie sollten an einen Platz versetzt werden, wo Sie keinen Schaden mehr anrichten können!"

Carly erinnerte sich an ihre Übungen im Antistressprogramm und zwang sich zur Ruhe. Sie bedauerte, die Psychologin verärgert zu haben, und legte den Hörer auf. Als sie den Stuhl wieder zurückdrehte, war Mark gegangen, und sie fühlte sich richtig leer.

Eine halbe Stunde später wurde sie zum Chefredakteur gerufen. Carly war sicher, dass er sie hinauswerfen würde, und nahm sich vor, keinerlei Unsicherheit zu zeigen.

„Wir haben einige Beschwerden über die Art und Weise erhalten, wie Sie die Ratgeberspalte führen", sagte Mr. Clark, nachdem Carly sich auf den Stuhl vor seinem imponierenden Schreibtisch gesetzt hatte. Sein Gesicht war sehr ernst. Sie wartete schweigend.

Plötzlich lächelte der Chefredakteur. „Und das ist gut", fuhr er strahlend fort. „Es bedeutet, dass die Leute Ihre Antworten lesen. Sie rütteln die Menschen auf und reißen sie aus ihrer Selbstzufriedenheit. Was allerdings nicht heißt, dass Sie nicht etwas vorsichtiger sein könnten."

Carly war unendlich erleichtert. „In Zukunft werde ich bei heiklen Fragen einen Fachmann hinzuziehen", versprach sie.

Mr. Clark lehnte sich zurück und stützte den Kopf auf die Finger. Offensichtlich war Carly noch nicht entlassen. „Ihr Artikel über den Kochwettbewerb hat mir gefallen", sagte er. „Hätten Sie Lust, weitere Aufträge dieser Art zu übernehmen? Wir überlegen nämlich, ob wir die Beiträge für die Ratgeberspalte nicht von einer Spezialagentur beziehen sollen."

Carly wäre dem Chefredakteur am liebsten um den Hals gefallen. „Natürlich hätte ich Lust dazu", antwortete sie gelassen.

„Dann ist es ja gut", antwortete Mr. Clark. Sein Telefon begann zu läuten. Er nahm den Hörer ab und fuhr mehr zu sich selber fort: „Vielleicht können Sie Holbrook bei seinem Artikel über die Rechte der Väter helfen. Damit auch die weibliche Seite zur Sprache kommt."

Carly nickte. Sie wusste nicht recht, was sie von dem Vorschlag halten sollte. Sicher, Mark war ein hervorragender Journalist, und sie konnte eine Menge von ihm lernen. Aber wenn sie sich die Aufgabe teilten, würde sie sich gewaltig zusammenreißen müssen, um ihre Gedanken bei der Sache zu halten.

Mr. Clark entließ sie mit einer Handbewegung. Carly eilte hinaus und war plötzlich bester Laune. Auf ihrem Schreibtisch lag ein Putensandwich mit Marks Aufforderung: „Iss dies erst mal, damit du niemandem an den Kragen gehst!"

Mark meldete sich nachmittags nicht mehr, und Carly war gleichzeitig erleichtert und enttäuscht. Wahrscheinlich durfte sie nicht zu viel erwarten, nur weil sie mit ihm geschlafen hatte. Vermutlich hatte er ihren Namen längst abgehakt und war bereits auf dem Weg zu seiner nächsten Eroberung.

Ihre Laune hatte sich nicht gebessert, als Carly zu Hause ankam. Deshalb zog sie sich um und ging erst einmal in den kleinen, aber gut ausgestatteten Fitnessraum des Apartmenthauses und turnte das gesamte Programm durch.

Auf dem Rückweg traf sie mit Janet zusammen.

„Du bist die einzige Frau, die selbst verschwitzt noch gut aussieht", staunte die Freundin.

Carly musste daran denken, wie schweißüberströmt sie gestern Abend gewesen war. Errötend schloss sie die Wohnungstür auf.

Janet setzte sich an den Tisch. „Dir gelingt einfach alles", stellte sie fest. „Erst warst du Miss United States, und jetzt gehst du mit einem berühmten Journalisten."

Carly öffnete den Kühlschrank und holte zwei Dosen Diät-Cola heraus. „Ich gehe nicht mit Mark Holbrook, wie du es nennst", sagte sie.

Janets Lippen zuckten ein wenig. Offensichtlich unterdrückte sie ein Lächeln. „Ich begreife nicht, weshalb du solch ein Geheimnis daraus machst, Carly. Die meisten Frauen würden es von allen Dächern schreien. Immerhin ist Mark ein toller Mann …"

Carly füllte zwei Gläser mit Eis und setzte sich an den Tisch. Ohne die Freundin anzusehen, sagte sie: „Er behandelt mich mit freundlicher Herablassung, Janet. Mir ist längst klar, dass er nur eine kleine dumme Schönheitskönigin in mir sieht, die sich erheblich übernommen hat …"

„Immerhin hast du die Nacht mit ihm verbracht", stellte Janet sachlich fest.

„Ich weiß nicht, wie ich das erklären soll", antwortete Carly kläglich.

„Das brauchst du gar nicht", versicherte Janet ihr. „Schließlich bist du eine erwachsene Frau."

Carly biss sich auf die Unterlippe. Natürlich hatte Janet recht. Aber sie empfand immer noch das Bedürfnis, ihre Gefühle jemandem anzuvertrauen, und dafür war niemand so geeignet wie die beste Freundin. „Es ist mir nie schwergefallen, die Männer abzuweisen", sagte sie ruhig. „Selbst bei Reggie war es leicht, Nein zu sagen. Mark braucht mich dagegen nur zu küssen, und ich werde süchtig nach Sex."

Janet lachte amüsiert.

Carly errötete. „Es ist mir sehr ernst, Janet", sagte sie. „Dieser Mann hätte beinahe dafür gesorgt, dass ich meine Stellung verlor. Er macht bissige Bemerkungen über meinen Schönheitstitel und erklärt, dass ich völlig unfähig bin. Und anschließend dreht er sich um und holt mich zu sich ins Bett. Bin ich nicht wirklich jene typische ‚Frau, die zu viel liebt'?"

Ihre Freundin amüsierte sich köstlich. „Vielleicht bist du einfach eine Frau, die liebt. Punkt. Hör auf, dich zu quälen, Carly, und analysiere nicht alles zu Tode." Sie warf einen Blick auf die Armbanduhr. „Gehen wir immer noch eine Pizza essen?"

Carly nickte. „Es darf allerdings nicht zu spät werden. Ich muss noch eine Menge tun."

Janet ging in ihre eigene Wohnung, um sich umzuziehen, und Carly duschte rasch. Zwanzig Minuten später trug sie eine wollweiße Cordhose und einen weichen, dazu passenden Pullover. Da läutete es.

Carly öffnete und nahm an, es wäre Janet. Stattdessen stand Mark vor der Tür. Er sah blass aus.

„Was ist passiert?", fragte Carly und ließ ihn herein.

Er betrachtete sie anerkennend. „Es geht um etwas Persönliches – nichts, worüber du dir Gedanken zu machen brauchtest", sagte er kläglich.

Carly schloss die Tür. „Weshalb bist du dann gekommen?"

Mark fuhr sich mit der Hand durch das braune Haar. „Ich weiß auch nicht. Ich dachte – nach der letzten Nacht könnte ich vielleicht mit dir reden."

Sie blieb vor ihm stehen und sah ihm in die Augen. „Natürlich kannst du das."

„Du willst gerade ausgehen." Es war eine reine Feststellung.

„Janet und ich wollen eine Pizza essen, das ist alles. Du darfst gern mitkommen."

Er lächelte in einer Weise, die Carly zu Herzen ging. „Danke, aber ich bin heute bestimmt kein guter Gesellschafter."

Sie legte die Hand auf seinen Oberarm. „Erzähl mir, was passiert ist", forderte sie ihn leise auf.

Wieder seufzte er. „Meine Mutter hat mich vor einer Stunde angerufen. Jeanine – meine Exfrau – hatte einen Unfall auf der

Autobahn. Nathan war bei ihr und liegt mit einem gebrochenen Arm im Krankenhaus."

Carly sah ihn mitfühlend an. „Dann musst du sofort hinfahren."

„So einfach ist das nicht."

„Weshalb nicht? Nathan ist dein Sohn. Er ist ein kleiner Junge, und er ist krank."

„Und seine Mutter hat einen Gerichtsbeschluss erwirkt, dass ich ihn nicht besuchen darf."

Carly schwieg eine Weile und dachte darüber nach, was dieser Beschluss bedeutete. „Bist du ihm gegenüber gewalttätig geworden?", flüsterte sie und konnte sich beim besten Willen nicht vorstellen, was Marks Ehefrau zu rechtlichen Schritten zum Schutz ihres Kindes bewogen haben mochte.

„Nein, aber ich war wütend – furchtbar wütend. Genau darauf hatte Jeanine gewartet. Sie ging zu einem Rechtsanwalt und erklärte, dass ich gefährlich wäre."

Carly legte die Stirn an Marks Schulter, atmete im selben Rhythmus wie er und spürte seinen Kummer und seinen Schmerz. Endlich sah sie ihn mit Tränen in den Augen an. „Soll ich mitkommen?"

Er zog sie an sich und küsste sie. „Nein", sagte er. „Ich möchte nur wissen, dass du an mich denkst und hier bist, wenn ich zurückkehre."

„Mark …"

Er hob ihren Kopf an und küsste sie verzehrend, und all die Gefühle, die Carly so fürchtete, kehrten zurück. Wenn Mark sie hier und jetzt haben wollte, würde sie sich ihm ohne zu zögern hingeben. Und dieser Gedanke erschreckte sie.

„Ich rufe dich an", sagte er.

Carly nickte nur. Sie folgte Mark zur Tür und sah ihm nach. Janet kam beinahe unbemerkt dazu. Sie trug Designerjeans und ein Sweatshirt.

„Es scheint wirklich ernst zu sein", stellte sie fest.

„Gehen wir essen", antwortete Carly nur.

Als Carly am nächsten Morgen ihr Büro betrat, stand ein Strauß rosa Tausendschön in einer hübschen Kristallvase auf ihrem Schreibtisch.

„Es ist noch zu früh, um von Liebe zu sprechen", las sie auf der Karte, „aber ich bin ernsthaft verliebt. In Dich, natürlich. Ich habe meinen Schlüssel bei Deiner Sekretärin hinterlassen, falls Du da sein möchtest, wenn ich heimkehre. Bis bald, Mark."

Ein ungeheures Glücksgefühl durchströmte Carly, und sie schaltete den Computer ein. Emmeline brachte eine Tasse Kaffee und gab ihr den Schlüssel. Diskret, wie sie war, stellte sie keine Fragen und enthielt sich jeder Bemerkung.

Carly bearbeitete ihre Leserbriefe und beriet sich eingehend mit den Fachleuten. Pünktlich bei Redaktionsschluss hatte sie den Text für ihre Ratgeberspalte fertig.

Abends fuhr sie zu Marks Haus, auch wenn das eigentlich überflüssig war, denn heute würde er gewiss noch nicht zurückkommen. Sie lief durch die Zimmer, versicherte sich, dass alle Türen und Fenster verschlossen waren, und setzte sich an den Schreibtisch.

Eine Schublade war nicht ganz zu, und Carly versuchte, sie zu schließen. Da sie klemmte, griff sie hinein. Sie wollte wirklich nicht schnüffeln, aber als sie die Hand zurückzog, hatte sie ein Manuskript herausgeholt. „Gebrochene Schwüre". Es war der Computerausdruck von Marks Stück. Da konnte sie nicht widerstehen.

Kurz darauf war Carly restlos in die Lektüre vertieft. Sie merkte nicht, wie die Zeit verging und dass es draußen dunkel wurde. Tränen standen in ihren Augen, als sie das Manuskript endlich in die Schublade zurücklegte.

In diesem Augenblick läutete das Telefon. Es war Mark.

Carly bekam ein schlechtes Gewissen. Mit dem Handrücken wischte sie die Tränen fort und versuchte, ihr Unbehagen mit einem Scherz zu überspielen. „Deine Alarmanlage funktioniert nicht", sagte sie.

Mark lachte. „Ich hatte sie nicht eingeschaltet. Schön, dass du dort bist, Carly. Das ist beinahe, als wärest du bei mir."

„Wie geht es Nathan? Hast du ihn gesehen?"

„Eine Frage nach der anderen, Liebling. Nathan geht es gut. Ich bin wahrscheinlich in einer schlechteren Verfassung als er."

„Und Jeanine?"

Mark zögerte lange. „Sie ist so schwierig wie immer."

„Aber sie wurde bei dem Unfall nicht verletzt?"

„Nein."

„Und was war mit dem Besuchsverbot? Hattest du deswegen Schwierigkeiten?"

„Ich hatte mich mit dem Anwalt meiner Eltern in Verbindung gesetzt. Bei meiner Ankunft war das Verbot schon aufgehoben. Ich erzähle dir alles, wenn ich morgen nach Hause komme."

Carly wurde es ganz warm ums Herz. „Vielleicht schaue ich nach der Arbeit mal vorbei", sagte sie.

„Bring deine Zahnbürste mit", antwortete Mark mit sinnlicher Stimme.

Sie ging nicht auf seine Bemerkung ein. „Danke für die Blumen – sie sind hübsch."

Sie unterhielten sich noch eine Weile und wünschten sich schließlich widerstrebend eine gute Nacht.

Auf der Rückfahrt dachte Carly über das Bühnenstück nach. Mark besaß tatsächlich ein großes Talent zum Schreiben. Seine Worte hatten sie zutiefst gerührt. Eigentlich hätte sie ihm erzählen müssen, dass sie sein Manuskript gelesen hatte, aber das hatte sie nicht gewagt.

Das Stück handelte von einem Mann, einer Frau und einem Kind und schilderte schmerzlich das Auseinanderfallen der Familie. Es erforderte keine besondere Intelligenz zu erkennen, dass Mark seine eigene Scheidung beschrieben hatte und die Trennung von seinem Sohn als herben Verlust empfand.

Der nächste Tag verlief so hektisch wie gewöhnlich, und Carly blieb keine Zeit, über ihre eigenen Probleme nachzudenken. Um halb sieben stieg sie in ihren Wagen, in dem sich schon ihre Reisetasche und ihr Kosmetikkoffer befanden, und fuhr zu Marks Haus. Unterwegs kaufte sie kurz in einem Supermarkt ein. Sein Wagen war nicht da.

Carly schloss die Tür auf und trat ein. „Mark?", rief sie hoffnungsvoll, erhielt aber keine Antwort.

Sie brachte ihre Tasche in sein Zimmer, zog Jeans und ein T-Shirt an und kehrte ins Wohnzimmer zurück. Nach einigen vergeblichen Versuchen gelang es ihr, die Scheite im Kamin anzuzünden. Anschließend nahm sie eine Kassette mit Musik von Mozart und schaltete die Stereoanlage ein.

Sie zerkleinerte gerade die Zutaten für einen Salat, als Marks Wagen in die Einfahrt bog. Ihr Herz tat vor Erregung einen Sprung, und sie eilte zur Tür.

Mark wirkte erschöpft und musste sich rasieren. Aber er strahlte über das ganze Gesicht. „Hallo, Liebling", sagte er heiser, als sie die Arme um ihn legte.

Carly streichelte seine Wange. „Kriege ich keinen Kuss?"

Lachend zog er sie an sich. Als sein Mund ihre Lippen berührte, durchzuckte sie wildes Begehren.

Endlich gab er sie frei, und sie rang nach Luft. „Ich hoffe, du hast nicht im Flugzeug gegessen", stieß sie atemlos hervor. „Ich möchte nämlich für dich kochen."

Mark holte seinen Koffer aus dem Wagen und verzog scherzhaft das Gesicht. „Du bist eine Miss United States, rätst völlig Fremden, sich scheiden zu lassen, und kannst auch noch kochen?", zog er sie auf. „Wie viele Talente besitzt du eigentlich?"

Sie sah ihn keck über die Schulter an und ging in Richtung Tür. „Eine ganze Menge."

Lachend folgte Mark ihr ins Haus.

Während Carly die Steaks und die Kartoffeln briet, duschte Mark und zog sich um. In Jeans und einem sportlichen Pullover kam er zurück. Sein dichtes braunes Haar war noch feucht.

„Daran könnte ich mich gewöhnen", sagte er, stellte sich hinter Carly und legte ihr die Arme um die Taille. Mit seinen warmen Lippen liebkoste er ihren Hals.

Carly sträubte sich spielerisch, obwohl sie nichts dagegen gehabt hätte, wenn Mark sie schnurstracks in sein Bett entführt hätte. „Du bist ein Pascha, Mr. Holbrook."

„Ich weiß", bekannte er, hob ihr Haar hoch und küsste Carly zärtlich auf den Nacken.

Bebend drehte sie sich in seinen Armen und sah ihm in die Augen. Sie musste ihm unbedingt erzählen, dass sie sein Stück gelesen hatte, während es noch so gut zwischen ihnen stand. „Mark, ich ..."

Er legte ihr den Zeigefinger auf den Mund. „Später", sagte er. „Was immer du sagen willst, bitte warte, bis wir gegessen und uns geliebt haben."

Beim Abendessen sprachen sie nicht über Nathan oder Marks Reise nach San Francisco. Stattdessen berichtete Carly von einigen komischen Briefen, die sie im Büro erhalten hatte. Sie lachten viel, und einmal stiegen Carly vor Rührung die Tränen in die Augen, weil es so schön war, Mark am Picknicktisch im Innenhof gegenüberzusitzen und seinen wechselnden Gesichtsausdruck zu beobachten.

Während Mark das Geschirr in die Spülmaschine stellte, erzählte Carly ihm, dass die Ratgeberspalte wahrscheinlich eingestellt werden sollte. Gespannt wartete sie auf seine Reaktion und war erleichtert, als er lächelnd meinte: „Bestimmt wird man eine andere Aufgabe für dich finden."

Carly atmete tief ein und lehnte sich an die Frühstückstheke. „Das hat man schon", verkündete sie.

Mark sah sie neugierig an. „Spann mich nicht auf die Folter, Liebling. Schickt man dich etwa als Korrespondentin ins Weiße Haus?"

Mit der Zungenspitze befeuchtete sie ihre Lippen. „Wahrscheinlich werde ich mit dir zusammenarbeiten", antwortete sie. „An dem Artikel über die Rechte der Väter. Mr. Clark möchte, dass auch der Standpunkt der Frauen berücksichtigt wird."

Mark schlug die Tür der Spülmaschine zu. „Na, großartig."

Carly ging zu ihm und legte ihm zärtlich die Hand auf den Arm. „Mark, ich bin nicht Jeanine", sagte sie ruhig. „Ich nutze die Situation bestimmt nicht aus."

Er zog sie an sich und barg sein Gesicht in ihrem Haar. „Du hast mir so gefehlt", antwortete er heiser.

5. Kapitel

Mark kniete vor dem Kamin und legte frisches Holz in die Glut, während Carly auf der Wildledercouch saß und die Beine untergeschlagen hatte. Der Weißwein in ihrem Glas schimmerte wie flüssiges Gold.

„Es geht alles ziemlich schnell zwischen uns", sagte sie.

Mark blickte über die Schulter zurück. „Meinst du, das könnte ein Problem sein?"

Langsam trank Carly einen Schluck und dachte nach. „Ja, wenn man bedenkt, dass wir noch gar nicht richtig begriffen haben, was mit uns los ist."

Mark setzte sich zu ihr, nahm ihr das Weinglas ab und stellte es auf den Tisch. „Mach dir deswegen keine Gedanken, Carly. Ich glaube, es handelt sich ganz einfach um reine Begierde", sagte er, presste sie auf das Kissen und beugte sich über sie.

Mark war geradezu unglaublich direkt, aber Carly brachte es nicht fertig, dagegen zu protestieren. Sie wollte ja, dass er sie mit seinem Körper niederdrückte, damit sie sich in dem schillernden Feuerwerk verlieren konnte, das er mit seinen Liebkosungen in ihrem Kopf auslöste.

Mark verschloss ihren Mund und drängte seine Zunge zwischen ihre Lippen. Carly hatte das Gefühl, er hätte sie schon jetzt in Besitz genommen. Leidenschaftlich warf sie die Arme um seinen Hals und reagierte hemmungslos.

Keuchend beendete Mark den Kuss und glitt mit den Lippen ihren Körper hinab. Carly schob ihr T-Shirt hinauf und öffnete schnell ihren BH. Er stöhnte vor Lust angesichts ihrer nackten Brüste, die sie ihm darbot. Als er eine Spitze zwischen die Lippen nahm und vorsichtig mit den Zähnen daran knabberte, schrie sie leise auf und grub die Finger in seinen muskulösen Rücken.

Bisher hatte sich Mark immer viel Zeit gelassen, bevor er sie ganz nahm. Heute trieb beide ein derartiges Verlangen, dass es kein Halten gab. Während Mark an ihren Brüsten sog, öffnete er ihre Jeans und schob sie hinunter.

Carly stieß ihre Schuhe fort, und Mark zog ihr die Hose ganz aus. Dann lag sie in ihrem Slip, dem geöffneten BH und dem T-Shirt, das sie unter die Achseln geschoben hatte, da und kam sich trotz des unvorteilhaften Anblicks wunderschön vor, denn Mark betrachtete sie hingerissen.

„Nimm mich", flüsterte sie und legte die Hände neben den Kopf auf das weiche Polster. Er beugte sich hinab und liebkoste sie zärtlich durch den seidigen Stoff ihres Slips, bis sie leise stöhnte und nicht mehr still liegen konnte.

Ungeduldig zog er sich aus, kniete sich zwischen Carlys Beine, hakte die Daumen unter den Bund des Slips und schob den Stoff hinab.

„Glaub ja nicht, dass du so leicht davonkommst, Liebling", zog er sie auf und massierte mit dem Daumen leicht ihre erregbarste Stelle. Seine Augen glänzten vor Verlangen, während er ihr ins Gesicht sah. „Ich habe vor, dich eine ganze Weile zu beschäftigen."

Carly stöhnte auf, als er nur ein Stück in sie eindrang, und krallte sich an seinen nackten Rücken. „Bitte, Mark, halt mich nicht hin …"

Als Antwort nahm er sie ganz, genoss das Gefühl, wie sie ihn umschloss, und hob ihre Hüften, um tiefer in sie einzudringen.

„Schneller", forderte Carly ihn auf.

Er lachte leise. „Habe ich dir etwa gefehlt?"

„Oh, halt den Mund, Mark Holbrook!"

Anschließend liebte er sie wild und leidenschaftlich, und auf dem Gipfel der Lust rief sie schluchzend seinen Namen.

Mark überschüttete ihre Augenlider, ihre Wangen und ihr Kinn mit unzähligen heißen Küssen, und Carly hatte in jenen überwältigenden Augenblicken das Gefühl, gleichzeitig zärtlich geliebt und vollends unterworfen zu werden.

Als der Ansturm der Begierde vorüber war, sank Mark auf sie hinab und barg seinen Kopf an ihrer Brust. Sein Atem ging rau, und er konnte nur mühsam sprechen. „Wenn das – noch besser wird, brauche ich – eine Atemtherapie."

Carly lachte leise und nahm sein Gesicht zwischen beide Hände. „Sieh mich an, Mark. Ich muss dir etwas erzählen, bevor ich den Mut dazu verliere."

Er hob den Kopf, und seine braunen Augen funkelten schelmisch. „Du bist früher ein Mann gewesen."

Carly lachte hell auf. „Falsch."

„Du warst im Gefängnis!"

Sie durfte das Spiel nicht weitertreiben. „Ich habe dein Stück gelesen", stieß sie hervor. „Ich habe es gefunden und gelesen."

Mark sah sie eine ganze Weile finster an. Dann setzte er sich auf und griff nach seinen Kleidern.

„Mark?"

„Ich habe es gehört, Carly."

„Ich kann verstehen, dass du böse bist. So neugierig hätte ich nicht sein dürfen. Aber das Stück ist ausgezeichnet – wirklich."

Mark schlüpfte in seine Jeans und eilte zum Schreibtisch.

Verlegen zog Carly sich an, während er die Schublade aufriss, das Manuskript herausnahm und es ihr zuwarf. Fächerförmig fielen die Blätter zu Boden. „Mark …"

„Es gefällt dir?", zischte er. „Nun, dann nimm es. Es gehört dir. Kleide meinetwegen die Nistkästen damit aus."

„Was ist mit dir los, Mark?", fragte Carly und schloss den Reißverschluss ihrer Jeans. Als er nicht antwortete, sondern schweigend aus dem Fenster in die Dunkelheit starrte, kniete sie nieder und sammelte die Seiten ein. „Ich würde wer weiß was dafür geben, wenn ich so schreiben könnte", fuhr sie fort.

Er drehte sich herum und war zu Carlys Erleichterung wesentlich ruhiger. „Dann müsstest du erst einmal denselben Schmerz erleiden", sagte er. „Glaub mir, der Preis ist zu hoch."

Wie ein Kind drückte Carly das Manuskript an die Brust und

stand auf. „Ich habe den Schmerz mitempfunden, Mark. Deshalb ist es ja solch eine fabelhafte Arbeit …"

„Hör zu", unterbrach Mark sie heftig, „es ist mir völlig gleichgültig, ob du das Stück gelesen hast oder nicht. Aber es betrifft einen Abschnitt meines Lebens, über den ich nicht reden will. Ich möchte nicht mehr daran erinnert werden."

„Darf ich es behalten?", fragte Carly vorsichtig. „Mit nach Hause nehmen?"

„Mach damit, was du willst."

Traurig durchquerte Carly das Zimmer und legte das Manuskript in ihre Aktentasche. Sie hätte wissen müssen, dass Mark verärgert sein würde. Sie hatte die tiefsten Geheimnisse seiner Seele entdeckt.

„Carly?"

Sie fühlte seine starken, zärtlichen Hände auf ihren Schultern. „Bitte entschuldige, Mark", flüsterte sie.

Er drehte sie zu sich. „Nein, ich hatte unrecht", antwortete er heiser. „Ich muss mich bei dir entschuldigen."

Sie lächelte gequält. „Wir wussten beide, dass es zwischen uns nicht klappen würde, nicht wahr?", fragte sie.

Er schüttelte sie leicht. „Natürlich klappt es", widersprach er sofort. „Es muss klappen."

Carly hätte beinahe losgeheult. „Weshalb?"

„Weil ich dich brauche, und ich hoffe sehr, dass du mich ebenfalls brauchst. Deshalb. Vielleicht liebe ich dich sogar."

„Nur vielleicht?", fragte Carly und verschränkte die Arme. Sie zitterte innerlich und war verwirrt. „Was für ein merkwürdiges Geständnis war das denn?"

Mark packte die Gürtelschlaufen ihrer Jeans und riss Carly an sich. „Ich gebe mir größte Mühe, Carly. Weshalb hilfst du mir nicht dabei?", fragte er, und sein Gesicht war ganz nahe. „Ich weiß wirklich nicht, ob mein Gefühl für dich Liebe ist. Ja, ich bin nicht einmal sicher, ob es diese romantische Liebe überhaupt gibt. Aber seit zehn Jahren empfinde ich zum ersten Mal wieder etwas, und das soll auch so bleiben."

Bebend holte Carly Luft. „Wahrscheinlich bist du einfach sexbesessen", erklärte sie resignierend.

Mark lachte auf, legte Carly über die Schulter und gab ihr einen kräftigen Klaps auf den Po. „Ich schätze, du hast recht", stimmte er ihr zu.

„Lass mich runter!", keuchte Carly.

„Mir gefallen solche romantischen Augenblicke", erklärte Mark und trug sie ungerührt ins Schlafzimmer. „Dabei komme ich mir vor wie Errol Flynn als Pirat."

„Du bist ja verrückt!"

Er stieg die Stufen zu seinem Bett hinauf und ließ Carly auf die Matratze fallen.

„Wirst du wohl wieder besserer Laune werden, Liebling? Wir erleben nämlich etwas ganz Tolles."

„Was denn?"

Mark streckte sich neben ihr aus. „Wenn ich das wüsste. Aber wie ich schon sagte – ich möchte auf keinen Fall, dass es wieder aufhört."

Carly wusste nicht, ob sie weinen oder lachen sollte. Tränen stiegen ihr in die Augen. „Nimm mich ganz fest in die Arme", bat sie leise.

Am nächsten Morgen fuhr Carly sicherheitshalber mit dem eigenen Wagen zur Arbeit und hoffte inständig, dass keiner der Kollegen merkte, wie es zwischen ihr und Mark stand. Abends kehrte sie zu ihm zurück, und er kochte Spaghetti für sie beide.

Sie lachten viel, unterhielten und liebten sich, sprachen aber nicht mehr über Marks Stück. Auch nicht über den Auftrag, den sie eventuell gemeinsam übernehmen sollten.

Am Freitag ging es im Büro besonders hektisch zu. Die Entscheidung, die Ratgeberecke einzustellen, wurde offiziell, und Carly fühlte sich ein wenig mitschuldig, denn sie hatte mit ihrer Antwort an die „Zermürbte aus Farleyville" erheblichen Ärger ausgelöst.

Zum Glück konnte sie ihr Büro behalten, und Mr. Clark

verkündete in einer Sonderkonferenz, dass sie und Mark die nächste Zeit zusammenarbeiten sollten. Carly war überglücklich.

Doch etwas in Marks unnahbarem Blick störte sie.

„Wir fangen gleich heute Abend mit der Arbeit an", erklärte er, nachdem die anderen das Konferenzzimmer verlassen hatten.

Carly schluckte: „Ich kann nicht."

Er zog die Augenbrauen in die Höhe, „Du kannst nicht?", wiederholte er geradezu entnervend nachsichtig. „Weshalb nicht, wenn ich fragen darf?"

Carly holte tief Luft und stieß sie zischend wieder aus. „Weil ich zum Abendessen mit Jim Benson von Channel 37 verabredet bin. Erinnerst du dich?"

Mark ging zur Tür und schloss sie langsam. „Sag ab", forderte er sie auf.

Carlys Wangen wurden vor Verärgerung dunkelrot. „Wie bitte?"

Er sah sie fest an. „Du hast mich genau verstanden, Carly."

Carly empfand überhaupt nichts für Jim Benson. Sie wollte nur Kontakt zum Fernsehen bekommen. Deshalb antwortete sie ruhig: „Hör mal, es ist doch nichts dabei. Außerdem waren wir beide noch nicht zusammen, als ich den Termin ausmachte."

„Aber jetzt sind wir es", stellte Mark fest.

Sie legte ihm die Hand auf den Arm. „Es ist doch nur ein Abendessen", versicherte sie und verließ das Konferenzzimmer.

Mark folgte ihr nicht.

Während Carly duschte und sich anzog, überlegte sie, dass es vermutlich gut wäre, wenn sie noch andere Männer kennenlernte. Zwischen Mark und ihr war alles sehr schnell gegangen, und sie hatte kaum Gelegenheit, ihre Beziehung aus einem gewissen Abstand zu betrachten.

Allerdings müsste Mark dann das Recht haben, ebenfalls

mit anderen Frauen auszugehen. Und dieser Gedanke gefiel ihr gar nicht.

Jim Benson kam pünktlich um sieben. Er war groß und sah mit seinem dunklen Haar, den vorzeitigen grauen Schläfen und den leuchtend blauen Augen gut aus. Anerkennend betrachtete er Carlys locker fallendes gelbes Kleid.

Janet war gerade auf dem Flur. Mit offenem Mund stand sie da, drückte ihre Einkaufstüte an sich und starrte ihnen nach.

„Das war meine beste Freundin", erklärte Carly, während sie den Fahrstuhl betraten.

Jims schnittiger Sportwagen stand auf dem Parkplatz. Ritterlich hielt er ihr die Tür auf. Er war ein ausgesprochen netter Mann, der Carly vermutlich interessiert hätte, wäre Mark nicht gewesen.

Als sie am Tisch saßen, meinte er plötzlich: „Wenn Sie bei der ‚Times' arbeiten, müssen Sie eigentlich Mark Holbrook kennen."

Carly nickte nachdenklich.

„Er und ich sind seit Langem befreundet", fuhr Jim fort. „Ich hoffe, Sie haben nichts dagegen, dass ich ihn und seine Freundin eingeladen habe, nachher noch einen Drink mit uns zu nehmen."

Beinahe hätte Carly sich verschluckt. „Bitte, sagen Sie mir ehrlich: Hat Mark sich selber eingeladen?"

Jim lächelte schelmisch. „Nun …"

Verärgert warf Carly die Serviette auf den Tisch. „Herrje, dieser hinterlistige …"

„Bin ich etwa nicht ganz auf dem Laufenden?", fragte der Nachrichtensprecher höflich.

Carly seufzte. Jim war wirklich sehr nett, deshalb wollte sie ihm nichts vorspielen. „Um die Wahrheit zu sagen: Zwischen Mark und mir hat sich etwas entwickelt. Ich weiß nicht, ob es Liebe ist. Aber es ist ziemlich ernst. Mark war ganz schön wütend, als ich erklärte, ich würde die Verabredung mit Ihnen nicht absagen."

Jim lächelte breit. „Sie meinen, er will Sie nachher in Verlegenheit bringen?"

„Ich fürchte, ja", antwortete Carly. „Tut mir leid, Jim."

„Deshalb können wir doch trotzdem Freunde bleiben", meinte er und öffnete die Speisekarte. „Die Shrimps sind hier sehr gut."

Carly hatte absolut keinen Appetit mehr, seit sie wusste, dass Mark jeden Moment auftauchen konnte. Aber sie bestellte die Shrimps und aß sie auf.

Sie saßen schon in der Bar, als Jim plötzlich sagte: „Schauen Sie nicht zur Tür, Ihr Partner kommt gerade herein. Tanzen wir, dann hat er etwas zum Nachdenken."

Der Gedanke gefiel Carly. Sie lächelte herzlich und ließ sich von Jim auf die kleine Tanzfläche führen. Obwohl sie es vor Neugier kaum aushielt, sah sie nicht nach, mit wem Mark erschienen war. „Beobachtet er uns?", fragte sie.

Jim lachte leise und zog sie enger an sich. „Oh ja. Am liebsten würde er mich mit den Blicken durchbohren."

„Wer ist bei ihm?"

„Die Dame vom Wetterbericht auf Kanal 18. Sehr niedlich."

Bevor Carly sich so weit gedreht hatte, dass sie Marks Freundin sehen konnte, kam er zu ihnen auf die Tanzfläche, riss sie aus Jims Armen und knurrte: „Darf ich übernehmen?"

„Nein", antwortete Carly. Doch als sie sich losmachen wollte, hielt er sie fest. „Das ist ja lächerlich", fuhr sie ihn an.

„Also gut, ich gebe es zu. Ich bin schrecklich eifersüchtig."

Carly tat, als wäre sie erstaunt. „Das hätte ich nie gedacht …"

Er kniff sie heimlich in den Po. „Du hast mir deinen Standpunkt eindeutig klargemacht, Carly: Ich habe keinerlei Rechte auf dich. Trotzdem wirst du nicht mehr mit anderen Männern ausgehen."

„Weshalb nicht?"

„Weil ich – dich mag."

„Nun, ich – mag – dich auch. Vielleicht liebe ich dich sogar. Aber du benimmst dich heute Abend unmöglich, Mark."

Die Musik hörte auf. „Wie wäre es übrigens, wenn du mich deiner Freundin vorstelltest?"

Er räusperte sich und führte Carly zum Tisch, an dem Jim schon mit der jungen Frau vom Wetterbericht saß. „Ich sagte ja, er ist ein Weiberheld."

„Und er sagte mir, du wärst sein Freund", schimpfte Carly.

„Das war ich, bis er etwas mit dir anfangen wollte", antwortete Mark immer noch gereizt.

Jim stand auf, sobald er Carly bemerkte, und die beiden Männer tauschten einen unergründlichen Blick. Mark rückte den Stuhl für Carly zurecht und setzte sich anschließend neben seine Begleiterin.

„Das ist Margery Woods", sagte er. „Margery – Carly Barnett."

Die junge Frau sah sie mit ihren braunen Augen erstaunt an. „Miss United States, neunzehnhundert …"

„Oh, lassen wir dieses Thema bitte", unterbrach Carly sie sofort.

„Ich habe Sie bei der Veranstaltung gesehen und alles auf Video aufgenommen. Ich zeichne alle Schönheitswettbewerbe auf."

Carly sah Mark und Jim Hilfe suchend an. Beide wirkten, als hätten sie sich heimlich verschworen. „Das – ist ja nett", sagte sie. „Sind Sie schon lange mit Mr. Holbrook befreundet, Margery?"

Marks selbstzufriedene Miene verschwand.

„Mit Unterbrechungen seit ungefähr einem halben Jahr", antwortete Margery. Schelmisch sah sie Mark an. „Neuerdings geht das Gerücht, er ziehe mit einem Sternchen aus dem Nachrichtenbüro herum."

Carly brachte ihren Schluck Wein nur mit Mühe hinunter. Na warte, Junge, sagte ihr Blick. Dann wechselte sie das Thema.

Als Jim sie nach Hause fuhr, war sie restlos erschöpft.

„Tut mir leid", sagte sie vor der Tür. „Der heutige Abend muss eine Qual für Sie gewesen sein."

Lächelnd küsste er sie auf die Stirn. „Ehrlich gesagt, ich habe seit Wochen nicht mehr so viel Spaß gehabt. Falls es Ihnen hilft, bestätige ich Ihnen gern, dass Mark Sie liebt."

Carly wurde ganz warm ums Herz. „Es hilft mir", antwortete sie leise.

„Das habe ich befürchtet", meinte er und verabschiedete sich.

Carly betrat ihre Wohnung, zog ihre hochhackigen Schuhe aus und fuhr sich mit der Hand durch das Haar. Natürlich flackerte die rote Lampe ihres Anrufbeantworters.

Sie ging hinüber und drückte auf den Knopf.

„Wer war der Kerl?", fragte Janet ohne Vorrede. „Natürlich weiß ich, wer er ist, denn ich kenne ihn vom Fernsehen. Aber weshalb gehst du mit ihm aus, obwohl du eine heiße Affäre mit Mark Holbrook hast? Ruf mich unbedingt heute Abend noch an, oder mit unserer Freundschaft ist es vorbei."

Carly lächelte und hörte die nächste Nachricht ab.

„Carly, hier ist Dad. Ich wollte nur wissen, wie es dir geht. Ruf mich morgen mal an, wenn du Zeit hast. Ich werde in der Tankstelle sein."

Ihr Hals schnürte sich zusammen, denn sie hätte gern mit ihrem Vater gesprochen. Vielleicht durchschaute sie ihre Beziehung zu Mark dann besser. Langsam sank sie auf ihren Schreibtischstuhl.

„Ich gebe zu, ich habe mich wie ein Steinzeitmensch benommen", hörte sie Mark sagen. „Aber so leid es mir tut, ich würde garantiert wieder so handeln. Ich hole dich morgen zum Frühstück ab. Gute Nacht."

Carly spulte das Tonband zurück und schaltete den Apparat aus. Was ihr Vater wohl von Mark Holbrook und seinen selbstherrlichen, aber unwiderstehlichen Methoden halten würde?

Das Läuten des Telefons schreckte sie auf. Das konnten nur Mark oder Janet sein. „Hallo?", sagte sie schnippisch.

„Tag, Kleines", antwortete ihr Vater.

„Dad", erneut sah sie auf die Uhr. „Wie geht es dir? Du bist doch nicht krank?"

Don Barnett lachte leise. „Muss ich krank sein, wenn ich mein kleines Mädchen anrufen möchte?"

Carly atmete erleichtert auf. „Ich freue mich sehr über deinen Anruf, gestand sie, „denn ich muss unbedingt mit dir reden."

„Fang an."

Tränen stiegen Carly in die Augen. Ihr Vater hörte ihr immer zu, und sie war ihm dankbar dafür. „Ich glaube, ich habe mich verliebt, Dad", begann sie. „Er heißt Mark Holbrook und ist einfach abscheulich. Aber ich kann nicht von ihm lassen."

Ihr Vater lachte herzlich. „Das freut mich für dich, Liebes."

„Hast du nicht gehört, Dad? Ich sagte, er wäre abscheulich! Und das stimmt. Er hat den Pulitzerpreis bekommen und macht sich ständig über meinen Schönheitstitel lustig …"

„Es gibt Schlimmeres."

„Wahrscheinlich wird er mich bitten, zu ihm zu ziehen", stieß Carly hervor.

Don Barnett schwieg eine ganze Weile. „Was wirst du ihm antworten, falls er es tut?"

Carly schluckte trocken. „Ich werde Ja sagen."

Falls ihr Vater eine eigene Meinung dazu hatte, behielt er sie für sich. „Du bist erwachsen, Carly, und musst selber wissen, was du tust."

Es läutete an der Tür, und Carly verabschiedete sich und sah durch den „Spion". Es war Janet.

„Weshalb hast du nicht angerufen?", fragte die Freundin vorwurfsvoll. „Ist es zwischen dir und Mark aus?"

Carly schüttelte den Kopf. „Nein, aber es ist ziemlich kompliziert. Jim ist nur ein Bekannter. Ich muss Kontakte knüpfen, Janet."

Janet betrachtete ihre frisch lackierten Fingernägel. „Wenn du wirklich kein persönliches Interesse an Jim Benson hast, könntest du mich vielleicht mit ihm bekannt machen", sagte sie endlich.

Carly lächelte. „Sicher", antwortete sie freundlich. „Ich werde sehen, was ich tun kann."

„Du bist eine echte Freundin!" Janet strahlte über das ganze Gesicht. Dann sah sie auf die Uhr. „Es ist schon spät, ich muss morgen Überstunden machen. Lass wieder von dir hören."

Carly musste morgen ebenfalls früh aufstehen. Trotzdem konnte sie nicht einschlafen. Deshalb zog sie Marks Manuskript hervor und begann zu lesen.

Erneut staunte sie, wie gut dieser Mann schreiben konnte. Wenn das Stück doch aufgeführt werden könnte! Es eignete sich sowohl für die Bühne als auch für die Leinwand.

Plötzlich kam Carly eine Idee, die sie kaum zu Ende zu denken wagte. Die Versuchung, das Manuskript an einen Literaturagenten zu schicken, war geradezu überwältigend. Mark hatte gesagt, sie könne mit dem Stück machen, was sie wolle. Allerdings war er dabei furchtbar wütend gewesen.

Endlich schlief sie erschöpft ein.

Carly hatte den Eindruck, höchstens fünf Minuten geschlafen zu haben, und fuhr erschrocken auf. Sonnenstrahlen fielen durch das Fenster herein, und Mark – jemand anders konnte es nicht sein – drückte heftig auf die Türglocke.

Rasch zog Carly ihren Morgenrock über, lief zur Tür und schaute durch den „Spion". Natürlich hatte sie recht. Sie ließ Mark herein und machte sich auf eine Strafpredigt gefasst.

„Du bist ja gar nicht fertig", stellte er fest. „Was für eine Reporterin bist du denn? Draußen geht die Welt weiter, und du …" Schelmisch betrachtete er ihren rosa Bademantel. „… stehst hier herum und siehst aus wie ein riesiges Stück Zuckerwatte."

Carly trat einen Schritt zurück und zog ihren Gürtel fester. Inzwischen wusste sie, wie gefährlich es war, so nahe in einem Bademantel bei Mark zu stehen. „In zehn Minuten bin ich so weit", versicherte sie.

„Ich gebe dir fünf Minuten", erwiderte er und blickte auf seine Uhr. „Wir müssen ein Flugzeug bekommen."

Verblüfft starrte Carly ihn an. „Ein Flugzeug?"

Mark nickte und schob die Hände in die Gesäßtaschen. „Wenn du mit mir über die Rechte der Väter schreiben sollst, wirst du einige Recherchen dafür anstellen müssen. Zur Einführung werde ich dir Nathan vorstellen."

„Aber ich kann doch nicht einfach wegfahren …"

„Weshalb hat Clark mir dieses Thema wohl übertragen?", unterbrach Mark sie. „Er weiß, dass ich mich mit Leib und Seele hineinknien werde. Und du bist meine Assistentin. Wohin ich gehe, wirst auch du gehen. Also, beeil dich."

Carly lief ins Badezimmer, duschte, föhnte ihr Haar und legte ein leichtes Make-up auf. Dann zog sie einen Koffer unter dem Bett hervor.

„Wie lange werden wir bleiben?", rief sie.

Mark erschien auf der Türschwelle. Er trank eine Tasse Kaffee und sah unglaublich attraktiv aus in seinen Jeans und dem Shetlandpullover. „Lange genug, damit du begreifst, dass nicht nur die Rechte der Frauen mit den Füßen getreten werden", antwortete er.

Carly hatte keine Lust, schon vor dem Frühstück mit Mark über dieses Thema zu streiten. Sie packte den Koffer, so gut es ging, und legte auch das Manuskript hinein. Anschließend hinterließ sie eine Nachricht für Janet und fuhr mit Mark zum Flughafen.

6. Kapitel

Nachdem sie die Tickets gekauft und das Gepäck aufgegeben hatten, betraten Mark und Carly ein stark besuchtes Restaurant, um zu frühstücken. Carly verließ den Tisch für einen Moment. Als sie zurückkehrte, lag ein längliches Samtkästchen neben ihrem Orangensaft.

Mit flinken Händen öffnete sie den Deckel und betrachtete das zierliche Goldarmband aus quadratischen Kettengliedern. Sprachlos sah sie Mark an.

Er nahm das Armband aus dem Kästchen und legte es um ihr Handgelenk. „Ich kann nicht einfach so tun, als wäre dies eine reine Geschäftsreise, Carly", sagte er ernst. „Bitte, zieh zu mir, wenn wir wieder in Portland sind."

„Das kommt mir zu plötzlich, Mark", antwortete sie leise und wunderte sich über die eigenen Worte. Zu ihrem Vater hatte sie etwas ganz anderes gesagt. „Ich brauche noch ein bisschen Zeit." Ihre Beziehung zu Mark war noch nicht gefestigt, und sie durfte sie nicht gefährden.

Sie wollte das Armband wieder abnehmen, aber Mark hielt ihre Hand fest.

„Einverstanden, Carly", sagte er ruhig. „Ganz gleich, wie du dich entscheidest: Ich möchte, dass du das Armband behältst."

Schweigend beendeten sie das Frühstück und gingen an Bord.

Nach dem Start war Mark wieder ganz der professionelle Journalist. Er zog sein Notizbuch und einen Stift hervor und begann, Carly seine Ansichten über das Thema „Väterliche Rechte" zu erklären. Aufmerksam hörte er sich ihre Meinung an und versprach, einiges davon in seinem Bericht zu verwenden.

Als sie in San Francisco landeten, lag die Grundstruktur des Artikels fest.

Im Taxi, das sie in die Stadt brachte, diskutierten sie weiter. Natürlich war Mark der Auffassung, dass die Väter bei der Frage des Sorge- und Besuchsrechts benachteiligt würden. Carly hielt das für ein Vorurteil. Sie wies darauf hin, dass viele Väter nicht einmal regelmäßig Unterhalt für ihre Kinder zahlten und erst recht nicht deren Erziehung übernehmen wollten.

Das Taxi hielt vor einem eleganten Haus hoch über der Bucht, und Carly sah erstaunt auf. Sie hatte nicht auf die Adresse geachtet, die Mark dem Fahrer genannt hatte.

„Wohnen wir nicht im Hotel?"

Lächelnd öffnete Mark ihr die Tür. „Das würden meine Eltern als Beleidigung empfinden", antwortete er.

Dann standen sie mit ihrem Gepäck auf dem Gehweg, und das Taxi fuhr den Hügel wieder hinab. Carly war nervös.

„Das ist unfair, Mark", sagte sie. „Du hättest mir sagen müssen, dass ich deine Familie treffen würde."

„Du hast mich nicht danach gefragt", antwortete er, während eine untersetzte Frau in Hausmädchenkleidung die Tür öffnete und auf die Veranda trat.

„Sie sind da!", rief sie über die Schulter.

Mark wollte Carlys Koffer tragen, aber sie kam ihm zuvor. „Wie willst du mich vorstellen?", fragte sie leise. „Als die Frau, mit der du zusammenleben möchtest?"

„Das klingt ja richtig feindselig", flüsterte Mark zurück, während eine große, blendend aussehende Frau mit weißem Haar strahlend aus dem Haus kam. Das musste Marks Mutter sein.

Mrs. Holbrook küsste ihren Sohn auf die Wange. „Ich freue mich sehr, dass du gekommen bist", sagte sie.

„Leider nur für ein paar Tage, Mutter", erklärte Mark herzlich und fuhr fort: „Das ist Carly." Freundschaftlich legte er den freien Arm um Carlys Taille.

Höflich reichte Carly Mrs. Holbrook die Hand. „Guten Tag."

Mrs. Holbrooks Händedruck war freundlich und fest.

„Herzlich willkommen, Carly. Ich freue mich sehr, Sie kennenzulernen." Dann wandte sie sich an Mark. „Wir haben allerdings ein kleines Problem."

„Worum handelt es sich?", fragte Mark und ging in Richtung Tür.

„Jeanine ist hier."

Carly hätte am liebsten auf der Stelle kehrtgemacht.

Mark blieb auf der Treppe stehen und sah seine Mutter stirnrunzelnd an. „Was in aller Welt …"

Bevor er den Satz beenden konnte, tauchte eine große hübsche Frau mit dunkelrotem Haar, grünen Augen und makelloser Haut auf der Schwelle auf.

Besitzergreifend ging ihr Blick zu Mark und wanderte anschließend zu Carly.

„Das ist also Marks kleine Schönheitskönigin", sagte sie eiskalt.

Carly hatte das Gefühl, eine Ohrfeige bekommen zu haben. Sie hob den Kopf und sah Jeanine herausfordernd an.

Mrs. Holbrook hakte Carly unter und schob sie zur Tür, sodass Jeanine Platz machen musste. „Sei nicht so frech", erklärte sie ruhig. „Carly ist mein Gast."

Das Hausmädchen führte Carly die Treppe hinauf in ein entzückendes Zimmer, das ganz in gedämpftem Dunkelrot und Elfenbein gehalten war. Eine Verbindungstür führte nach nebenan.

Kaum hatte Carly ihren Koffer geöffnet, kam Mark herein.

„Ich muss dich warnen", sagte er und küsste Carly zärtlich auf den Mund. „Du wirst hier genau beobachtet."

„Vielen Dank", antwortete Carly wütend. Sie ärgerte sich immer noch, dass Jeanine sie als Schönheitskönigin bezeichnet hatte, und sie war ziemlich sicher, woher diese Beschreibung stammte.

Mark breitete hilflos die Arme aus. „Mach dir nichts daraus, Liebling. Ich mag sie auch nicht, deshalb wurden wir ja geschieden."

„Woher wusste sie, dass wir kommen würden?", fragte Carly leise.

Mark setzte sich auf den Rand des Himmelbettes. „Wahrscheinlich hat meine Mutter es ihr erzählt."

Carly überlegte, ob sie nicht ein Taxi rufen und zum Flugplatz zurückfahren sollte. Ganz konnte sie sich allerdings nicht dazu entschließen.

Mark zog sie auf seinen Schoß, sie wehrte sich, aber er hielt sie fest, und sie gab verärgert nach.

Er knöpfte ihre Bluse so weit auf, dass er den Spalt zwischen ihren Brüsten küssen konnte, und ließ die Hand locker auf ihrem Schenkel liegen.

Carly hatte das Gefühl, jemand hätte sie in siedendes Wachs getaucht und anschließend ein Streichholz an ihren Körper gehalten. „Mark, nicht hier und nicht jetzt."

„Hm", stimmte er ihr zu, schob ihren BH beiseite und nahm unbekümmert eine rosige Spitze zwischen die Lippen.

Carly machte sich ganz steif, konnte den Zauber aber nicht brechen. „Mark …", wehrte sie sich matt.

Er hob ihren Leinenrock hoch und fuhr mit der Hand unter ihren Slip und den Strumpfgürtel. Gleichzeitig sog er weiter an ihrer Brustspitze. „Hm …"

Carly unterdrückte einen Aufschrei, als er das Zentrum ihrer Lust erreichte und damit zu spielen begann. „Du – bist einfach – unmöglich!", keuchte sie.

Er lachte leise, liebkoste ihre andere Brust und knabberte durch die feine Spitze ihres BHs daran. „Das bezweifle ich nicht", gab er zu, drang mit den Fingern in sie ein und reizte sie mit dem Daumen.

Carly klammerte sich an seine Schultern und seufzte ergeben auf. Feiner Schweiß bildete sich unter ihrer Unterlippe und zwischen ihren Brüsten, während ihr Körper auf Marks Liebkosungen reagierte. Hilflos warf sie den Kopf zurück. „Und – so selbstherrlich …"

Mark glitt mit der Zunge unter ihren BH und suchte nach

der Spitze. „Es gefällt dir doch", erklärte er und zog Carly weiter aus.

Das ist ja das Schlimme, dachte sie und wand sich hilflos unter seinen Händen. Es gefiel ihr tatsächlich.

Obwohl sie sich größte Mühe gab, es zu verhindern, schrie Carly auf dem Höhepunkt auf, und Mark presste rasch die Lippen auf ihren Mund.

Als sie schließlich benommen an seine Brust sank, schloss er ihren BH wieder, knöpfte die Bluse zu und zog ihren Rock glatt.

Carly schwankte ein wenig, nachdem er sie auf den Boden gestellt hatte, und er hielt sie an den Hüften fest. Noch einmal küsste er sie zärtlich auf den Mund, dann verschwand er nach nebenan.

Mark war noch keine fünf Minuten gegangen, da klopfte jemand leise an die Außentür. Carly saß am Fenster, blickte hinaus auf die Bucht und fragte sich gerade, ob ihre Gefühle für Mark Liebe oder nur Leidenschaft waren.

„Herein!", rief sie.

Mrs. Holbrook betrat das Zimmer. „Das Mittagessen ist beinahe fertig", sagte sie. „Ich hoffe, Sie haben Hunger. Elenor macht hervorragende Krabbensandwiches."

Carly lächelte mühsam. „Das klingt verlockend", antwortete sie und wagte nicht zu fragen, ob Jeanine noch da war. Zum Glück klärte Mrs. Holbrook sie auf.

„Jeanine ist fort, im Augenblick zumindest", verkündete sie. „Ich hätte ihr lieber nicht erzählen sollen, dass Mark und Sie kommen wollten."

Carly senkte den Blick. Das Wort „Schönheitskönigin" ging ihr nicht aus dem Kopf, und sie fragte sich, weshalb Mark sie nicht als Journalistin oder Assistentin vorgestellt hatte. Es tat weh, immer noch mit dem längst abgelaufenen Titel bezeichnet zu werden, wenn man so hart gearbeitet hatte, um schreiben zu lernen. „Das macht doch nichts, Mrs. Holbrook", sagte sie schließlich.

„Bitte, nennen Sie mich Helen", antwortete die Frau und reichte Carly die Hand hin. „Was halten Sie davon, die Sandwiches im Garten zu essen? Mark telefoniert gerade mit seinem Vater."

Carly nickte und folgte Helen die Treppe hinab.

Der Garten erwies sich als eine Terrasse, die mit knospenden Rosensträuchern und blühenden rosa Azaleen gesäumt war.

Ein Glastisch stand unter einem rosa und weiß gestreiften Sonnenschirm. Von hier aus hatte man einen herrlichen Blick auf die Golden-Gate-Brücke. Salzige Luft wehte vom Wasser herauf und spielte in Carlys Haar.

„Wissen Sie, dass Mark ein Stück über seine Ehe und seine Scheidung geschrieben hat?", fragte sie, nachdem das Hausmädchen die Sandwiches und ein kostbares Teegeschirr gebracht hatte.

„Das wundert mich nicht", antwortete Helen, und ihr hübsches Gesicht wurde traurig. „Er bewältigt fast alle Probleme, indem er darüber schreibt."

Carly kannte Helen Holbrook noch keine Stunde und fühlte sich in deren Gegenwart schon richtig wohl. „Es ist fabelhaft", fuhr sie fort. Schon die Erinnerung an die überwältigenden Empfindungen, die das Stück in ihr ausgelöst hatte, trieb ihr beinahe Tränen in die Augen. „Und er will nichts damit machen."

Helen seufzte. „Manchmal bilde ich mir ein, dass ich meinen Sohn begreife. Meistens muss ich jedoch einsehen, dass er nach seinen eigenen Regeln lebt."

Carly nickte. „Er hat mir das Stück geschenkt", fuhr sie fort. „Er sagte, ich könne damit tun, was ich wolle."

Helen sah Carly an, und die beiden Frauen verstanden sich sofort. „Dann dürften Sie das Recht haben, gewisse naheliegende Schritte zu unternehmen", meinte Helen.

Bevor Carly antworten konnte, tauchte Mark in der offenen Flügeltür auf.

Er hielt ein Sandwich und ein Glas Eistee in der Hand. Heimlich zwinkerte er Carly zu und erinnerte sie an das, was oben vorgefallen war.

Ihre Wangen röteten sich augenblicklich.

„Jeanine bringt Nathan in einer Stunde her", erzählte er.

Carly kam sich wie ein Eindringling vor, blieb aber sitzen. Ihr war längst klar geworden, dass sie nicht wegen des Zeitungsartikels nach San Francisco geflogen waren, sondern weil Mark mit seiner Vergangenheit abschließen wollte.

Helen sah ihn unbehaglich an. „Jeanine trinkt in letzter Zeit immer häufiger", gestand sie schließlich.

Carly wollte jetzt mit einer Entschuldigung auf ihr Zimmer gehen, doch Mark hielt sie fest.

„Wahrscheinlich war sie auch bei dem Unfall betrunken", meinte er düster.

Helen Holbrook verzog die Lippen zu einer schmalen Linie und antwortete: „Ich nehme es an. Natürlich streitet sie es ab."

Mark schlug mit der Faust auf den Glastisch. Er sprang auf, klammerte sich an die Steinbrüstung und sah hinaus auf die Bucht. „Eines Tages wird sie Nathan noch umbringen."

Carly hätte ihm gern geholfen, aber sie konnte nichts tun.

Endlich kehrte Mark an den Tisch zurück, war aber zu nervös, um sich zu setzen. Er stützte die Hand auf Carlys Schulter, und sie legte ihre Finger darüber.

Helens Blick ging von Carly zu ihrem Sohn, und sie lächelte verständnisvoll. „Ich glaube, ich werde mich mal für eine Weile zurückziehen", verkündete sie und verschwand.

Carly stand auf und schlang die Arme um Marks Taille. „Deine Mutter gefällt mir", sagte sie.

Er küsste sie kurz. „Mir auch. Aber ich nehme nicht an, dass du über sie reden möchtest."

Carly schüttelte den Kopf und fasste die Aufschläge seines leichten Tweedjacketts. „Du hast recht. Ich möchte wissen, wie du Jeanine kennengelernt und weshalb du dich in sie verliebt hast."

„Ich habe Jeanine nicht kennengelernt – ich kannte sie schon immer", antwortete Mark resigniert. „Alle erwarteten, dass wir heiraten würden, und wir wollten niemanden enttäuschen."

„Du musst sie doch einmal geliebt haben."

Mark schüttelte den Kopf. „Ich wusste nicht, was Liebe war", antwortete er heiser. „Nicht, bis Nathan auf die Welt kam. Sobald Jeanine erkannte, wie viel ich für meinen Sohn empfinde, begann sie, ihn als Waffe gegen mich zu verwenden."

Ich weiß, hätte Carly gern gesagt, ich habe dein Stück gelesen. Stattdessen legte sie den Kopf an seine Schulter und betrachtete die hübsche Bucht.

„Ich will ihn wiederhaben, Carly", fuhr Mark fort. „Nicht nur für ein Wochenende, im Urlaub oder während der Sommerferien. Für immer."

Das wunderte Carly nicht. „Nach deinen Erzählungen stehen die Chancen dafür nicht besonders gut", antwortete sie leise.

„Ich werde vor Gericht gehen und das Sorgerecht für ihn beantragen."

Carly lehnte sich zurück, damit sie Marks Gesicht sehen konnte. Sie erkannte seine Entschlossenheit und ahnte, weshalb er so verbittert von den Rechten der Väter gesprochen hatte. Ihr Herz wurde schwer. „Du könntest den Prozess verlieren", warnte sie ihn.

„Das Leben ist voller Risiken", antwortete er.

Carly und Mark waren im Wohnzimmer, als Jeanine mit Nathan zurückkehrte. Er war ein hübscher, ernsthafter Junge und ähnelte seinem Vater derart, dass es Carly weh ums Herz wurde. Bekleidet war er mit Jeans und einem rotblau gestreiften T-Shirt, und sein linker Arm war in Gips.

Strahlend sah er seinen Vater an, sodass die Lücke sichtbar wurde, die seine beiden herausgefallenen Schneidezähne hinterlassen hatten.

„Hallo, Dad", sagte er leise.

Jeanine stand hinter ihrem Sohn. Carly bemerkte die Tränen in ihren Augen und empfand einen Moment Mitleid mit der

Frau. Vielleicht hatte Mark die Wahrheit gesagt, und er hatte Jeanine nie geliebt. Doch Carly war sicher, dass Jeanine ihn geliebt hatte und es vielleicht immer noch tat.

„Komm zu mir", sagte Mark heiser, und der Junge warf sich in seine Arme.

„Bring ihn bis neun Uhr zurück", forderte Jeanine ihren Exmann auf. „Und gib ihm keine Süßigkeiten. Davon wird er nur hypernervös."

Mark strich seinem Sohn über das dichte braune Haar und nickte schweigend. Carly war froh, dass Jeanine das Zimmer wieder verließ.

„Ich möchte dir jemanden vorstellen", sagte Mark zu Nathan. Er legte ihm den Arm um die Schultern und drehte ihn behutsam zu Carly. „Das ist meine – Freundin Carly Barnett. Carly, dies ist mein Sohn."

Carly reichte Nathan förmlich die Hand, und der Junge ergriff sie und sah sie feierlich an.

„Guten Tag", sagte er. „Mama hat erzählt, Sie wären eine Königin. Ich dachte, Sie tragen einen Badeanzug und eine Krone!"

Carly lachte. „Ich bin Reporterin", erklärte sie. „Die Sache mit der Königin ist schon lange vorbei."

In Helens bequemem Mercedes fuhren sie zum „Fisherman's Wharf" und sahen den Straßenkünstlern zu. Spaßmacher, Banjospieler und Akrobaten verliehen dem Platz das heitere Gepränge eines mittelalterlichen Marktes.

Carly stöberte eine Weile in den Läden, damit Mark und Nathan auf einer Bank sitzen und sich in Ruhe unterhalten konnten. Gelegentlich sah sie nach ihnen, und das Herz tat ihr weh, weil ihre Gesichter so ernst waren.

Leider hatte sie keine rechte Vorstellung davon, was zehnjährigen Jungen gefiel. Deshalb kaufte sie ihm ein Trickkartenspiel und eine Flasche mit Geheimtinte. Nach ungefähr einer Stunde kehrte sie zu Vater und Sohn zurück.

Zu ihrer Erleichterung freuten sich beide.

„Ich habe Hunger", verkündete Nathan.

Mark sah Carly fragend an, und sie schüttelte den Kopf. Sie war noch satt vom Mittagessen.

Mark besorgte für sich und Nathan eine heiße Wurst, und sie schlenderten damit am Wasser entlang. Als der Wind vom Meer zu kühl wurde, setzten sie sich wieder in den Wagen.

„Ich habe dir etwas mitgebracht", sagte Carly ein wenig verlegen zu Nathan und zeigte ihm die Tüte aus dem Zauberladen.

Nathan schob seine Hand zwischen die beiden Vordersitze und nahm das Geschenk. „Danke", antwortete er höflich. Die Tüte raschelte, während er sie öffnete. „Toll, Geheimtinte!"

Mark reihte den teuren Wagen wieder in den Verkehr ein. „Verschütte sie bloß nicht", bat er seinen Sohn. „Deine Großmutter wäre nicht gerade entzückt."

Nathan lachte laut auf. „Sie würde es ja nie erfahren, Dad – die Tinte verschwindet doch!"

Nach einem Abenteuerfilm und dem Abendessen in einem rustikalen Restaurant am Wasser war Nathan so müde, dass er auf dem Rücksitz einschlief. Die Zauberkarten hielt er immer noch in der Hand. Bei seinem Anblick wurde es Carly ganz warm ums Herz.

Vor einem Stadthaus in einer steilen, kurvenreichen Straße hielt Mark an, und Jeanine tauchte sofort auf der Veranda auf.

„Komm, Junge", sagte Mark ruhig und weckte seinen Sohn. „Du musst ins Bett."

Nathan wurde langsam wach und lächelte Carly schläfrig an. „Würden Sie mir bitte ein Autogramm auf meinen Gips geben?"

Carly schluckte und suchte in ihrer Handtasche nach einem Stift. Dann schrieb sie ihren Namen unter den von Pauly Tosselli und zeichnete ein Herz daneben.

„Danke", sagte Nathan. „Wenn Sie wiederkommen, kenne ich bestimmt schon eine Menge Kartentricks."

Carly wartete im Wagen, während Nathan und Mark zum Haus gingen. Anschließend war Mark gereizt.

Carly legte ihm die Hand auf den Arm. „Das war doch schon

ein Fortschritt, Mark. Vor ein paar Wochen durftest du Nathan nicht einmal sehen."

„Jeanine riecht, als hätte sie den Nachmittag auf dem Boden eines Whiskyfasses verbracht", antwortete er gepresst.

Während es langsam dunkel wurde, fuhren sie durch die hübschen Straßen der Stadt zurück.

„Eines hast du nie erwähnt", versuchte Carly zu scherzen und strich über das Wildlederpolster des Wagens. „Dass deine Eltern offensichtlich in Geld schwimmen."

Mark entspannte sich ein wenig und lächelte kurz. „Oje, und ich wollte dir weismachen, dass ich ganz unten als Zeitungsjunge begonnen habe."

Marks Vater war inzwischen nach Hause gekommen. Er war ein eindrucksvoller Mann mit vollem weißen Haar, herzlichem Lachen und festem Händedruck.

„Das ist also die Reporterin, von der ich schon so viel gehört habe", sagte er und gewann mit diesem einen Satz auf Anhieb Carlys Herz. „Es wurde auch langsam Zeit, dass mein Sohn beruflich Konkurrenz bekommt."

Die vier nahmen einen Schlummertrunk zu sich, dann zog Carly sich zurück, damit Mark noch eine Weile mit seinen Eltern allein sein konnte.

Beinahe hätte sie laut aufgeschrien, als sie frisch geduscht und in einem übergroßen T-Shirt aus dem Badezimmer kam und Mark mit gekreuzten Beinen mitten auf ihrem Bett fand. Er trug eine schwarz-grau gestreifte Pyjamahose.

„Elenor hatte sie mir hingelegt", sagte er trotzig, als Carly fröhlich lachte. „Da musste ich sie doch anziehen."

„Runter von meinem Bett, Mr. Holbrook."

Er ließ sich zurückfallen und tat, als zöge er einen Pfeil aus der Brust. Als Carly sich über ihn beugte, um ihre Aufforderung zu wiederholen, griff er nach ihr und zog sie neben sich.

Wie stets verschwand ihr Widerstand, sobald er sie küsste. Sie legte ihm die Arme um den Nacken und schmiegte sich eng an ihn.

Vorsichtig machte Mark sich von ihr los, und seine Augen funkelten vor Vergnügen. Er stand auf, legte einen Finger auf den Mund, zog Carly mit und führte sie zu der Verbindungstür.

Sein Zimmer war ziemlich dunkel, aber Carly erkannte zahlreiche Wimpel und Bilder von Sportlern an der Wand. „Du hast keine Ahnung, wie lange ich von diesem Augenblick geträumt habe", flüsterte er.

„Wovon?"

Er setzte sie auf den Bettrand und küsste sie erneut. „Davon, heimlich ein Mädchen auf mein Zimmer zu bringen", antwortete er.

Carly lachte leise. „Na, hör mal. Willst du mir etwa weismachen, dass du es nie versucht hast?"

„Natürlich habe ich es versucht. Aber meine Mutter, Helen die Schreckliche, hat mich jedes Mal erwischt. Sie klopfte an die Tür und rief: ‚Dies ist eine Razzia'. Das wirkte wie eine eiskalte Dusche auf mich, wenn du verstehst, was ich meine."

Trotz seiner Scherze bebte Carly vor Erregung. Erwartungsvoll ließ sie sich von Mark auf den Rücken legen und schob ihr T-Shirt in die Höhe. Er zog es ihr über den Kopf, und sie lag nackt im Mondschein vor ihm. Ihre Brustspitzen richteten sich auf und wurden dunkelrot von seinen Liebkosungen.

„Du bist wunderschön, Carly", sagte Mark leise mit heiserer Stimme und legte die Hand auf ihren Bauch. „Wirklich wunderschön."

„Komm und küss mich", forderte sie ihn auf und zog seinen Kopf heran.

In immer größeren Kreisen streichelte Mark ihren Körper. Er erforschte ihre glatten Schenkel, spreizte sie und schob die Finger in das seidige Haar.

Carly versuchte, weiter in die Bettmitte zu rutschen, aber Mark ließ es nicht zu. Mit heißen Küssen fuhr er ihren Körper hinab, kniete schließlich neben dem Bett und schob die Hände unter ihre Knie.

„Ich kann nicht still bleiben", stieß Carly besorgt hervor. „Nicht, wenn du so etwas mit mir machst."

„Dann sei nicht still", antwortete er, und Carly presste ein Kissen auf den Mund, um nicht loszuschreien, als er mit den Lippen der Spur seiner Finger folgte.

Wehrlos warf sie den Kopf von einer Seite zur anderen und biss sich auf die Unterlippe, um die Geräusche zu dämpfen.

Unablässig reizte und erregte er sie, bis sie verzückt den Rücken durchbog, und liebkoste ihre Brüste, sodass Carly vor Lust leise wimmerte und ihr Körper wie wild zu zucken begann.

Endlich sank sie zurück und rang keuchend nach Luft. Ihre Haut glänzte vor Schweiß.

Aber Mark gab noch immer keine Ruhe. Er setzte sich auf den Boden, lehnte sich mit dem Rücken an das Bett, stellte Carly über sich und steigerte ihre Lust, bis sie unmittelbar vor dem Höhepunkt war.

Als sie nur noch wimmern konnte, legte er sie endlich auf das Bett und drang mit einer einzigen geschmeidigen Bewegung in sie ein.

Mit Carlys mühsamer Selbstbeherrschung war es vorbei, als er seinen Rhythmus beschleunigte. Sie bäumte sich ihm lustvoll entgegen, bis sie gemeinsam Befriedigung fanden.

„Schützt du dich eigentlich irgendwie?", keuchte Mark eine Viertelstunde später, als sie beide aus ihrer Betäubung erwacht waren.

Carly lachte. „Du denkst ein bisschen spät daran, Mark Holbrook. Mir ist es lieber, wenn der Mann die Verantwortung übernimmt."

Er hob den Kopf von ihrer Brust und blickte sie im Mondschein seltsam an.

„Keine Sorge", fuhr sie leise fort und schob die Finger in sein Haar. „Ich habe mir vorhin etwas besorgt."

„Carly …", begann er heiser.

Zärtlich streichelte sie sein Gesicht. Mark wusste vielleicht noch nicht, was er für sie empfand. Sie dagegen war sicher, dass sie ihn liebte. „Ja?"

„Würdest du mir ein Baby schenken, falls ich dich darum bitte?"

Carly sah ihn lange an, bevor sie antwortete. „Das hängt davon ab, ob du die Absicht hast, dich damit davonzumachen, oder ob ich es selbst aufziehen darf."

„Wir würden es gemeinsam aufziehen."

Sie holte tief Luft. „Und woher willst du wissen, dass wir uns in sechs Monaten oder sechs Jahren nicht wieder trennen möchten?"

„Kann man so etwas überhaupt wissen, Carly? Wenn alle Leute eine Garantie dafür forderten, wäre die Menschheit schon vor den Mammuts ausgestorben."

„Du müsstest dich schon etwas stärker festlegen, Mark. Ziemlich stark sogar."

Er senkte den Kopf und umkreiste mit der Zunge eine rosige Knospe, bis sie sich erneut aufrichtete. „Wie wäre es damit: Solange du mich willst, werde ich immer für dich da sein."

Carlys Augen wurden feucht. „Es ist geradezu beängstigend", sagte sie. „Vor einem Monat beschloss ich, mein eigenes Leben zu führen, nach Portland zu ziehen und eine neue Stelle anzunehmen. Bis dahin hatte ich mich noch keinem Mann hingegeben. Und plötzlich liege ich mit dir im Bett, und wir reden von Babys."

Mark richtete sich auf, sah ihr ins Gesicht und küsste ihre Tränen fort. „Ich verstehe schon", sagte er zärtlich. „Es ist, als würde man von einer Lawine erfasst."

Carly lachte unter Schluchzen. „Das klingt so romantisch."

In diesem Augenblick klopfte es leise an die Tür.

„Eine Razzia", flüsterte Mark und zog Carly rasch das Laken über den Kopf.

„Gute Nacht, mein Sohn", rief sein Vater vom Flur aus.

7. Kapitel

Am nächsten Tag luden die Holbrooks zu einem improvisierten Brunch ein, und Carly staunte über die Vielfalt der Leute, die so kurzfristig erschienen waren. Bevor sie das erste Glas Orangensaft austrinken konnte, hatte Mark sie einem Bankvorsteher, einem Kongressabgeordneten und einer Filmagentin vorgestellt.

Als Jeanine auftauchte, entschuldigte er sich und ging zu seiner Exfrau. Carly wusste, dass er das Sorgerecht für Nathan von ihr fordern wollte. Sie drückte ihm heimlich die Daumen, trat hinaus auf die Terrasse und blickte auf die Bucht. Der hellblaue Himmel und das marineblaue Wasser verschmolzen am Horizont. Dieses Bild würde sie nie vergessen.

„Schön, nicht wahr?"

Erschrocken drehte Carly sich herum und entdeckte Edina Peters, die Filmagentin. „Ja", sagte sie. „Ich könnte ewig so stehen bleiben. Kennen Sie die Holbrooks schon lange?"

„Ja", antwortete Edina nur.

„Mark hat ein Stück geschrieben. Es ist fabelhaft", fuhr Carly fort und wusste selber nicht, was sie plötzlich zu dieser Mitteilung veranlasste.

Edinas Interesse war sofort geweckt. „Das wundert mich nicht. Schließlich ist er ein erfolgreicher Journalist. Hat er Ihnen erzählt, dass er sich schon während der Highschool Geld mit Kriminal- und Science-Fiction-Geschichten verdiente?"

Carly schüttelte den Kopf.

„Hat er vor, das Stück jemandem zu überlassen?", fragte Edina vorsichtig.

Carly lehnte immer noch an der Terrassenbrüstung und verschränkte die Finger. „Er hat es mir geschenkt", sagte sie.

„Wie bitte?"

Carly sah sie nicht an. „Ich möchte es gern jemandem zu lesen geben, um festzustellen, ob mein Urteil richtig ist. Würden Sie es lesen?

Edinas Augen glänzten plötzlich. Äußerlich blieb sie völlig gelassen. „Sehr gern", antwortete sie ruhig. „Selbstverständlich würde ich nichts unternehmen, ohne mich vorher mit Ihnen abzustimmen."

Carly ging über die Hintertreppe nach oben und nahm das Manuskript aus ihrem Koffer. Edina wartete in der Küche auf sie, und ihre schlanke Hand zitterte ein wenig, als sie nach dem Stück griff.

„Bitte denken Sie daran: Mich interessiert nur Ihre Meinung", stellte Carly klar. „Ich bin nicht berechtigt, Marks Arbeit zu verkaufen."

Edina nickte, gab Carly ihre Visitenkarte und verließ fünf Minuten später das Haus.

Carly kehrte zu den anderen zurück und stellte fest, dass Mark sein Gespräch mit Jeanine beendet hatte. Nach seiner angespannten Miene und dem zuckenden Wangenmuskel zu urteilen, war es nicht gut gelaufen.

Sie hakte ihn unter und zog ihn in eine Nische. „Nun?"

„Jeanine weigert sich."

Carly streichelte sein Gesicht, um den Muskel zu beruhigen. „Hast du wirklich geglaubt, es ginge so einfach? Vergiss nicht, Nathan ist auch ihr Sohn."

Mark atmete schwer. „Jeanine ist Alkoholikerin", erklärte er.

„Deshalb kann sie ihr Kind trotzdem lieben", gab Carly zu bedenken. „Was du von ihr verlangst, ist für eine Mutter das Schwerste auf der Welt." Sie dachte kurz an das Stück und spürte plötzlich das Bedürfnis, hinter Edina Peters herzufahren und das Manuskript zurückzuholen.

Mark sah auf die Uhr. „Unser Flugzeug geht in zwei Stunden. Vielleicht sollten wir uns langsam zurückziehen."

Carly stellte sich auf die Zehenspitzen und küsste ihn auf die Wange. „Nett, dass du mir unseren Zeitplan mitteilst", zog sie ihn auf. „Erst erzählst du mir in letzter Minute, dass wir nach San Francisco fliegen, ohne mir zu verraten, wie lange wir bleiben, dann stellst du mich deiner Familie vor, und plötzlich erklärst du in aller Ruhe, dass wir in zwei Stunden wieder abreisen. Gibt es noch etwas, was ich wissen sollte, Mr. Holbrook?"

Lächelnd beugte er sich vor. „Ja. Du solltest wissen, dass ich dich gleich nach unserer Ankunft in Portland ins Bett zerren und dich lieben werde, bis du vor Erschöpfung zusammenbrichst."

Carly errötete und wandte sich ab. Sie war wütend, weil Mark sie inmitten all der Leute erregte und sie anschließend stundenlang auf die Befriedigung warten ließ.

Mark beschäftigte sich noch eine Dreiviertelstunde mit Nathan, dann verabschiedeten sich Carly und er von seiner Familie und fuhren mit einem Taxi zum Flughafen.

Inzwischen hatte Carly ein entsetzlich schlechtes Gewissen, weil sie der Agentin das Manuskript zum Lesen gegeben hatte. Aber sie besaß nicht den Mut, sich Mark anzuvertrauen.

„Kommst du mit zu mir?", fragte er, als die Maschine zur Landung ansetzte.

Nachdenklich drehte Carly das hübsche Armband an ihrem Handgelenk. „Nein", antwortete sie und strich nervös mit der Zungenspitze über die Unterlippe. „Ich finde, wir brauchen etwas Abstand."

Mark antwortete erst, als sie auf dem Weg zur Gepäckausgabe waren. „Was ist los, Carly?", fragte er. „Ich dachte, unsere Beziehung wäre in Ordnung."

Carly fühlte sich ganz elend.

„Das stimmt", antwortete sie. „Aber sie ist noch nicht sehr gefestigt. Ich möchte nicht, dass sie wie ein Strohfeuer aufflammt und anschließend in sich zusammenfällt. Das könnte passieren, wenn wir alles überstürzen."

Er lächelte kläglich. „Ich gebe es zwar ungern zu, aber vielleicht hast du recht. Trotzdem möchte ich heute Abend mit dir schlafen."

Wieder errötete Carly. „Nun – meinetwegen komm zu mir zum Abendessen. Ich finde nur, wir sollten nicht zusammen wohnen. Noch nicht."

Liebevoll sah er sie an. „Einverstanden. Aber was ist mit dem Baby, über das wir gesprochen haben?"

Vorsichtig vergewisserte Carly sich, ob jemand ihre Unterhaltung mithörte. „Ich glaube, das lassen wir lieber. Zumindest so lange, wie die Sache mit dem Sorgerecht für Nathan noch nicht geregelt ist. Man zeugt kein Kind aus einer Laune heraus, Mark. Außerdem …" Sie schwieg einen Moment und senkte den Blick. „… kann man kein Kind einfach durch ein anderes ersetzen."

Mark legte den Arm um ihre Taille und zog sie eng an sich. „In Ordnung, Liebling, du hast gewonnen. Aber üben können wir schon mal, nicht wahr? Damit es klappt, wenn wir so weit sind …"

Carly lachte, doch tief im Innern war sie unendlich traurig. Trotz aller Vernunft hätte sie am liebsten ihre Sachen gepackt, wäre zu Mark gezogen und hätte ein Baby bekommen.

Keinesfalls wollte sie jedoch in ein paar Jahren wieder geschieden sein, deshalb durften sie nichts überstürzen.

Nachdem sie ihr Gepäck bekommen hatten, fuhren sie zuerst zu Mark. Carly wartete im Wagen, während er seinen tragbaren Computer und Kleidung zum Wechseln holte. Bei einem chinesischen Restaurant hielten sie kurz an, dann ging es zu Carly.

Das Licht am Anrufbeantworter flackerte, als sie die Wohnung betraten. Carly hatte schon auf den Knopf gedrückt, bevor ihr einfiel, dass etwas auf dem Band sein könnte, das Mark nicht zu hören brauchte.

Schon ertönte Janets Stimme. „Ich wette, du bist mit deinem fantastischen Freund an einem romantischen Örtchen. Ruf mich an, sobald du zurück bist."

Mark, der auf der Couch saß und gerade die Schachteln mit dem Essen aus dem Chinarestaurant öffnete, hielt inne, polierte seine Fingernägel an seinem Hemd und lächelte herausfordernd.

Carly schlich zum Anrufbeantworter und schaltete ihn aus. Dann streifte sie ihre Schuhe ab und kuschelte sich neben Mark an die Kissen. Sie aßen direkt aus den Schachteln, fütterten sich gegenseitig und schauten sich einen alten Fernsehfilm an.

Anschließend ging Carly ins Schlafzimmer, um sich umzuziehen, und Mark folgte ihr kurz darauf. „Erinnerst du dich, was ich in San Francisco gesagt habe?", fragte er leise hinter ihr und liebkoste mit den Lippen ihren Nacken. Wider Willen begann Carly zu zittern. Seine Worte waren ihr nicht aus dem Kopf gegangen. „Ja", stieß sie hervor, während er ihr enges Top hochschob und ihre vollen nackten Brüste mit beiden Händen umschloss.

Er knabberte an ihrem Ohrläppchen. „Was habe ich denn gesagt?"

Carly fragte sich, ob viele Frauen sich derart rasch von einer Jungfrau in einen Vamp verwandelten. „Du – hast gesagt, du wolltest – mich lieben, bis ich – zusammenbreche."

Mark drehte sie in seinen Armen und zog ihr das Top über den Kopf. Ihre Brüste bebten von der Bewegung, und zwei rote Flecken bildeten sich auf ihren Wangen. Vorsichtig hob er Carly hoch, und sie wickelte die Beine um seine Taille und legte die Arme um seinen Hals.

Erst küsste Mark ihre Schlüsselbeine, dann den warmen, bebenden Brustansatz. Er zog an der rosigen Spitze, und Carly warf den Kopf zurück und hielt die Luft an. Sein glänzendes braunes Haar fühlte sich wie Seide zwischen ihren Fingern an.

„Sag mir, was du möchtest, Carly", forderte Mark sie auf.

„Dich", flüsterte sie. „Ich möchte dich auf mir, in mir – als Teil von mir …"

Mark legte sie auf das Bett und streifte ihr die Shorts und den Slip, den sie gerade angezogen hatte, wieder ab. Seine Augen glühten vor Verlangen, während er in sie eindrang.

Es war so schön wie immer, ja noch schöner. Manchmal

fürchtete Carly, dass sie diese Sinneslust niemals überleben würde. Gleichzeitig erreichten sie den Höhepunkt und lagen anschließend lange schweigend da.

Carly weinte leise.

„Was hast du?", fragte Mark heiser und trocknete ihre Tränen mit den Daumen.

„Ich wünsche mir so sehr, dass unsere Beziehung gut geht", antwortete sie endlich und kam sich richtig kindisch vor.

Mark küsste sie – nicht fordernd, sondern zärtlich und behutsam. Dann stand er auf und reichte ihr die Hand. „Das hängt ausschließlich von uns ab, Carly, und nicht von der Laune eines unberechenbaren Schicksals."

Er führte sie ins Badezimmer, und sie duschten gemeinsam. Dann trocknete Mark sich mit einem Handtuch ab und zog sich wieder an. Carly stand in ihrem rosa Bademantel auf der Türschwelle, beobachtete ihn und staunte erneut, wie gut er aussah. Mark besaß einen wunderbaren Körper – wie eine Statue von Michelangelo.

„Du gehst?", fragte sie leise.

Er unterbrach die Suche nach dem zweiten Schuh und küsste sie auf die Stirn. „Ja. Du bist restlos erschöpft und musst unbedingt Ruhe haben."

Carly schluckte. „Dich zu lieben, ist ganz schön anstrengend."

Mark sah auf. „Habe ich richtig gehört? Begann das entscheidende Wort tatsächlich mit einem L?"

Carly nickte. Es war schwer und ziemlich riskant, die eigenen Gefühle zu offenbaren, weil Mark jederzeit hinausgehen und nie wiederkommen konnte. „Ja. Ich liebe dich, Mark."

Mit beiden Händen fasste er ihre Schultern und sah sie eindringlich an. „Carly, was ich jetzt sage, kostet mich ein halbes Jahreseinkommen, denn ich habe mit allen meinen Freunden gewettet, dass mir so etwas nie passieren wird. Aber ich liebe dich ebenfalls."

Carly war zu gerührt, um antworten zu können, deshalb

nickte sie wieder. Er küsste sie zärtlich und suchte nach seinem zweiten Schuh.

„Schlaf dich richtig aus", sagte er. „Morgen fangen wir ernsthaft an zu arbeiten." Er küsste sie noch einmal und ging hinaus.

Carly verschloss die Tür hinter ihm und legte die Stirn an das Holz. Endlich ging sie zu ihrem Schreibtisch, schaltete das Tonband ein und hörte die restlichen Nachrichten ab. Gleichzeitig räumte sie die Überreste des chinesischen Abendessens fort. Plötzlich erstarrte sie, denn Edinas Stimme klang durch den Raum.

„Sie haben recht, Carly. Marks Stück ist wunderbar. Ich habe es in einem Zug gelesen. Wir müssen unbedingt erreichen, dass ich es einem Produzenten anbieten darf. Bitte, rufen Sie mich unter der Nummer an, die ich Ihnen am Montag gegeben habe, damit wir einen Plan fassen können."

Carlys Knie wurden ganz weich bei dem Gedanken, was geschehen wäre, wenn sie den Anrufbeantworter nicht nach Janets Nachricht ausgeschaltet hätte. Zögernd griff sie zum Telefon.

Janet nahm beim dritten Läuten ab.

„Ich bin's", sagte Carly und begann zu heulen.

Keine Minute später war die Freundin bei ihr. „Was ist passiert?", fragte sie und betrachtete Carlys zerzaustes Haar und die rot geweinten Augen.

„Ich habe mich in Mark verliebt", schluchzte Carly.

Janet lächelte teilnehmend und drückte die Freundin auf einen Stuhl. Dann lief sie in die kleine Küche, füllte den Teekessel und rief: „Das ist ja das Allerneueste. Wer hätte gedacht, dass du etwas für diesen Mann empfinden könntest ..."

Carly ging ihr nach und sah zu, wie Janet zwei Tassen und Teebeutel aus dem Schrank holte. „Ich habe etwas ganz Schlimmes getan", gestand sie. „Wahrscheinlich wird Mark es mir nie vergeben."

Janet verschränkte die Arme vor der Brust, lehnte sich an die

Anrichte und wartete, bis das Wasser kochte. „Was könnte das wohl sein?", fragte sie.

„Ich habe ein Bühnenstück von ihm einer Agentin gegeben, ohne ihn vorher zu fragen", antwortete sie kleinlaut.

Janet riss erstaunt die Augen auf. „Was hast du getan?"

„Zuerst fand ich es ganz richtig", fuhr Carly fort. „Natürlich habe ich die Frau ausdrücklich darauf hingewiesen, dass ich keine Vollmacht besitze, das Werk zu verkaufen. Aber jetzt hat sie mich angerufen – glücklicherweise hat Mark die Nachricht nicht gehört –, und ich habe furchtbare Angst, dass sie sich in ihrer Begeisterung nicht zurückhalten wird."

Der Teekessel begann zu pfeifen, und Janet goss das kochende Wasser in die Tassen und trug den Tee ins Wohnzimmer. „Du hast recht", meinte sie, nachdem die Freundinnen sich gesetzt hatten. „Das kann wirklich Ärger geben."

Carly legte die Finger um die heiße Tasse. „Seine Mutter war auch der Meinung, dass eine Fachkraft das Manuskript beurteilen müsse. Vielleicht hatte sie Edina sogar deshalb zum Brunch eingeladen."

Janet ging nicht auf diese Bemerkung ein. „Du musst es Mark unbedingt sagen, bevor er es von jemand anderem erfährt", sagte sie. „Das ist deine einzige Chance, Carly. Wenn die Agentin ihn anruft, könnte er furchtbar wütend auf dich werden."

Carly erinnerte sich an seine heftige Reaktion, nachdem sie ihm gestanden hatte, das Stück gelesen zu haben. Jetzt wird sich herausstellen, wie sehr – oder wenig – er mich liebt, dachte sie.

„Allerdings gibt es noch einen Ausweg", überlegte Janet. „Du könntest die Agentin bitten, dir die Arbeit zurückzuschicken und kein Sterbenswörtchen darüber zu verraten."

Carly verwarf den Vorschlag sofort. „Ich hätte keine ruhige Minute vor Sorge, dass Mark es doch herausfinden würde."

Janet deutete auf das Telefon. „Ruf ihn an. Ich warte bei mir, falls du mich brauchst." Damit sprang sie auf und verließ die Wohnung.

Carly starrte ihr nach, kaute auf dem Daumennagel, rief

Mark aber nicht an. Nein, überlegte sie, das tue ich morgen, nachdem ich mit Edina telefoniert und sie gebeten habe, mir das Manuskript zurückzusenden.

Sie bereitete sich eine Tasse Tee, nahm ein Buch aus dem Regal und ging ins Bett. Ohne Mark war es richtig leer.

Am nächsten Morgen hatte Carly dunkle Ringe unter den Augen. Mit keinem noch so geschickten Make-up ließen sie sich verbergen. Zweimal hatte sie vergeblich versucht, Edina anzurufen, als Mark kam, um sie abzuholen.

Stirnrunzelnd betrachtete er sie und legte ihr die Hand auf die Stirn. „Du siehst nicht gut aus, Liebling. Bist du krank?"

Ja, dachte Carly, elendig. „Nein", sagte sie laut.

Mark war nicht überzeugt. „Ich kann die Leute auch ohne dich interviewen", schlug er vor.

Eigensinnig schüttelte Carly den Kopf. Kurz darauf fuhren sie zum Gebäude der „Times", wo die Interviews mit den geschiedenen Vätern stattfinden sollten. Erst um zehn Uhr gelang es Carly, aus Marks Büro zu schlüpfen und Edina anzurufen. Diesmal meldete sich die Agentin.

„Haben Sie mit Mark gesprochen?", fragte Edina sofort.

Carly saß auf der Schreibtischecke und drückte den Hörer ans Ohr. „Nein", sagte sie. „Ich hätte Ihnen das Stück gar nicht geben dürfen, ohne vorher mit Mark zu sprechen. Bitte schicken Sie es mir zurück."

Einen Moment herrschte Stille. Dann antwortete Edina: „Miss Barnett, Marks Stück ist etwas ganz Besonderes. Ich könnte dafür sorgen, dass sich noch vor Einbruch der Dunkelheit ein Dutzend Produzenten darum reißen."

„Ich hatte Sie nur um Ihre Meinung gebeten, vergessen Sie das nicht", erklärte Carly gereizt. „Bitte, schicken Sie mir das Manuskript per Eilboten zurück."

„Ich fürchte, das geht nicht. Dann muss ich Mark eben selber anrufen. Wir sind alte Freunde – vielleicht hört er auf mich."

Erschrocken sprang Carly vom Schreibtisch. „Das dürfen

Sie nicht", flüsterte sie. „Er wird furchtbar wütend werden …"

Edina seufzte nachsichtig. „Mark ist sehr hitzig, das gebe ich zu. Aber wenn er erst einmal Zeit zum Nachdenken gehabt hat …"

„Schicken Sie mir das Manuskript umgehend zurück!", unterbrach Carly sie.

„Wenn Mark mich persönlich darum bittet, werde ich es natürlich tun."

Zu Carlys Entsetzen öffnete sich die Tür, und Mark schaute herein. „Fertig, um den Mann auf der Straße zu befragen?"

„Auf Wiederhören", sagte Carly und warf den Hörer auf die Gabel.

Drei Tage später hatte Carly den Eindruck, Mark und sie hätten jeden geschiedenen Vater in Portland interviewt. Trotzdem war sie noch unsicher.

„Manche dieser Kerle sind ausgesprochene Ekel. Wenn man deren Exfrauen befragte, bekäme man bestimmt eine ganz andere Geschichte zu hören!"

Mark sah sie herausfordernd an. „Dann tue es doch", meinte er.

Sofort griff Carly zum Telefon. „Einverstanden", erklärte sie.

Als sie am folgenden Abend nach Hause kam, war ein Eilbotenpäckchen für sie abgegeben worden. Trotz der Drohung, selber mit Mark zu sprechen, hatte Edina das Manuskript also zurückgeschickt. Hoffentlich ist diese Sache damit ein für alle Mal erledigt, überlegte Carly.

Die nächsten Tage sprach sie mit den Exfrauen der geschiedenen Männer, ließ sich deren Version erzählen und schrieb einen ersten Entwurf ihres Artikels. So vergaß sie für eine Weile, dass sie unbedingt mit Mark sprechen musste. Erst als sie fertig war, nahm sie sein Stück wieder in die Hand und schob es in die Schublade. Aus den Augen, aus dem Sinn, dachte sie schuldbewusst.

Gerade hatte sie ihren Bericht, der Marks Argumente entkräftete, zu Allison gebracht, da ließ Mr. Clark sie rufen. Erwartungsvoll ging sie zu ihm.

Der Chefredakteur kam direkt zur Sache. In Portland sollte ein Haus für misshandelte Frauen eröffnet werden, dessen Leiter ein paar völlig neue Ideen besaß. Ihn sollte Carly als Nächstes interviewen.

Beschwingt verließ sie das Büro. Dies war eine echte Chance, ihr Können zu beweisen. Carly Barnett, die Reporterin, dachte sie glücklich.

Vor Emmelines Schreibtisch blieb sie stehen. „Ist Mark – Mr. Holbrook schon da?"

Emmeline schüttelte den Kopf. „Er kommt und geht mehr oder weniger, wann er möchte", erklärte sie.

Mark stand mit dem Telefonhörer in der einen und einem Glas Orangensaft in der anderen Hand da und war starr vor Entsetzen.

„Sie sehen also", schloss Edina Peters, „es ist an der Zeit, dieses Juwel nicht länger in der Schublade zu verstecken, sondern es durch mich zu verkaufen. Es könnte mühelos für die Leinwand bearbeitet werden. Außerdem geht es um eine Menge Geld."

Endlich erwachte Mark aus seiner Erstarrung, und er schleuderte den Orangensaft in Richtung Kamin. Das Glas zerschellte an den Steinen. Seine Stimme klang gefährlich ruhig. „Carly hat Ihnen das Stück gezeigt", sagte er tonlos, obwohl Edina es ihm bereits erzählt hatte. Insgeheim hoffte er wohl, dass es ein Irrtum war.

„Sie hat es gut gemeint", antwortete Edina. „Anschließend bekam sie übrigens Gewissensbisse und bat mich, ihr das Manuskript zurückzuschicken. Das habe ich getan – nachdem ich einige Kopien davon angefertigt hatte."

Mark kniff die Augen zusammen. Sein Magen drehte sich, und seine Schläfen pochten. Oh Carly, dachte er.

„Mark?", fragte Edina vorsichtig.

Ihm war richtig elend. „Ich bin noch da, Edina", erklärte er.

„Darf ich das Manuskript verkaufen?"

Mein ganzes Herzblut steckt in dem Stück, dachte Mark. Es ist der Schlüssel zu meiner Seele. „Nein", antwortete er.

„Aber ..."

„Ende", unterbrach er sie und hängte den Hörer ein.

Eigentlich wollte Mark zu Hause arbeiten. Doch jetzt hatte er nur noch einen Wunsch, Carly zur Rede zu stellen. Mit quietschenden Reifen fuhr er los.

Ich hätte Carly nicht vertrauen dürfen, dachte er, während er die Autobahn entlangraste. Hätte ich mich bloß nicht in sie verliebt!

In diesem Augenblick hörte er eine Sirene hinter sich und schimpfte vernehmlich. Im Rückspiegel bemerkte er das Blaulicht: Es gab keinen Zweifel, hinter wem die Polizei her war.

Verärgert fuhr Mark an den Straßenrand.

8. Kapitel

Carly war im Zeitungsarchiv im Untergeschoss des Gebäudes gewesen, wo sie einige ältere Artikel über Frauenhäuser nachgelesen hatte. Ihr Herz tat einen kleinen Sprung, als sich die Fahrstuhltüren in der Eingangshalle öffneten und Mark eintrat.

Doch ihr Lächeln erstarb, sobald sie seinen Blick bemerkte, und sie erkannte, dass sie zu lange mit ihrem Geständnis über den Verbleib seines Stücks gewartet hatte. Sie wollte ihm alles erklären, aber kein Ton kam über ihre Lippen.

Mark drückte auf den Knopf, und die Türen schlossen sich wieder. Sein Blick war kühl und gleichgültig. „Mir scheint, ich habe die Wette mit meinen Freunden doch nicht verloren", sagte er mit rauer Stimme. „Ich war nicht verliebt – es war reine Wollust."

Carly sank an die Wand des Fahrstuhls und hielt sich an der Chromstahlstange fest. „Das war gemein", sagte sie leise. „Ich hatte Gründe für mein Handeln."

Mark drückte erneut auf einen Knopf, und der Fahrstuhl blieb abrupt stehen. Er stemmte die Hände zu beiden Seiten ihres Kopfes und sah sie eindringlich an.

„Ich höre", sagte er.

Carly schluckte. „Ich wollte das Urteil eines Fachmanns einholen", stieß sie endlich hervor, „denn ich hoffte, ich könnte dich dazu bewegen, ‚Gebrochene Schwüre' doch aufführen zu lassen."

Mark fuhr mit dem Zeigefinger den V-Ausschnitt ihrer Bluse hinab. „Um viel Geld zu verdienen? Daran bist du höchstens selbst interessiert – ich besitze schon ein Vermögen. Und bis vor einer Stunde hättest du alles von mir bekommen können, was du dir wünschtest."

Tränen traten Carly in die Augen angesichts dieser Demütigung, und sie wurde furchtbar wütend. „Würdest du bitte mit deinem Geschwafel aufhören und mir einen Moment zuhören? Dein Geld ist mir völlig egal – es hat mich nie interessiert. Ich wollte, dass das Stück aufgeführt wird, weil so ein ausgezeichnetes Werk …"

„… der Allgemeinheit gehört?", unterbrach Mark sie verbittert. „Hör auf, Carly. Das ist nur dummes Gerede."

„Es waren deine Worte, nicht meine", stellte sie fest und rang um Fassung.

Mark wandte sich ab und setzte den Fahrstuhl wieder in Bewegung. „Adieu, Carly", sagte er und wandte ihr seinen breiten Rücken zu. Die Türen öffneten sich, und er trat wortlos hinaus.

Wie betäubt ließ Carly den Fahrstuhl wieder nach unten fahren, drückte erneut auf den Knopf, erreichte ihr Stockwerk und eilte hinaus. Als Helen Holbrook anrief, saß sie immer noch regungslos vor Schmerz an ihrem Schreibtisch.

„Edina hat mich wegen des Stücks angerufen", erzählte Marks Mutter. „Sie sagte, mein Sohn wäre nicht gerade erfreut darüber, dass Sie ihr sein Manuskript gezeigt haben."

Carly dachte an Marks verbitterte Miene im Fahrstuhl und antwortete: „Ich fürchte, das ist eine erhebliche Untertreibung. Er will nichts mehr mit mir zu tun haben."

Helen seufzte. „Mein Sohn kann wirklich unausstehlich sein. Er ist ebenso dickköpfig wie sein Vater."

Carly verzog die Lippen zu einem verzweifelten Lächeln. „Sie sind sehr nett", sagte sie. „Aber Sie rufen doch sicher aus einem anderen Grund an, nicht wahr?"

„Richtig", stimmte Helen ihr zu. „Es ist etwas passiert, Carly, und ich möchte es Mark nicht am Telefon erzählen. Deshalb bitte ich Sie, es ihm persönlich von mir mitzuteilen."

Carly sah in Gedanken schon einen weiteren schweren Unfall, bei dem Nathan ernsthaft verletzt worden war. „Was ist passiert?", flüsterte sie und war auf alles gefasst.

„Jeanine hatte noch einen Autounfall", sagte Helen ernst. „Zum Glück war Nathan nicht bei ihr im Wagen. Aber er ist natürlich sehr bestürzt."

Carly stützte die Stirn auf die Hand. „Und Jeanine?"

„Sie ist bewusstlos, Carly, und wird den Unfall wahrscheinlich nicht überleben."

Carly schloss die Augen und erinnerte sich an die hübsche rothaarige Frau, die einmal mit Mark verheiratet gewesen war. „Oje."

„Nathan braucht seinen Vater jetzt unbedingt. Würden Sie bitte zu Mark gehen und es ihm so schonend wie möglich beibringen?"

Carly schluckte. „Ja, natürlich." Ihr Herz zog sich schmerzlich zusammen bei dem Gedanken, wie entsetzlich das alles für Nathan sein musste. „Ich gehe sofort zu ihm."

„Danke", antwortete Helen mit tränenerstickter Stimme. „Ich werde versuchen, Mark zur Vernunft zu bringen, während er hier ist. Er liebt Sie, Carly, und er wäre ein Dummkopf, wenn er diese Beziehung wieder lösen würde."

Carly dachte an den Blick in seinen Augen und bezweifelte, dass Helen Erfolg haben würde. Für Mark war die Beziehung zu Ende. „Danke", antwortete sie leise, und die beiden Frauen verabschiedeten sich.

Mark stand am Fenster seines Büros und starrte hinab auf die Stadt. Leise rief Carly ihn an, und er drehte sich mit finsterer Miene um.

„Jeanine hat schon wieder einen Unfall gehabt", begann Carly so behutsam wie möglich. Sie bemerkte die Angst in seinem Blick und fuhr rasch fort: „Nathan ist nichts passiert – aber ihr. Vermutlich wird sie den Unfall nicht überleben."

Alle Farbe wich aus Marks Gesicht. Wie gern hätte Carly ihn in die Arme genommen, aber sie wagte es nicht. Wahrscheinlich würde er sie zurückstoßen, und das ertrüge sie nicht. „Meine Güte", sagte er und griff sofort zum Telefon.

Carly schlüpfte aus dem Büro und schloss die Tür hinter sich.

Fünf Minuten später verließ Mark das Zeitungsgebäude, ohne sich von ihr zu verabschieden.

Fassungslos fuhr Carly nach Dienstschluss nach Hause. Sie öffnete die Tür, lief in ihre Wohnung, warf sich auf das Bett und weinte bitterlich.

Wenn Mark derart empfindlich ist und so wenig Einfühlungsvermögen besitzt, ist er sicher nicht der richtige Mann für mich, redete sie sich ein. In Wirklichkeit fühlte sie sich restlos zerschlagen. Deshalb duschte sie ausgiebig, zog ihre Shorts und ein Top an und fuhr hinab in den Fitnessraum.

Als sie zurückkehrte, läutete das Telefon. Sie eilte an den Apparat und hoffte inständig, es wäre Mark. Vielleicht war er ja zur Vernunft gekommen.

Enttäuscht und erleichtert zugleich hörte sie die Stimme ihres Vaters. „Hallo, Carly.“

Carly hätte am liebsten losgeheult, aber sie riss sich zusammen. Ihr Vater war Hunderte von Meilen entfernt, und es führte zu nichts, wenn sie ihn mit ihren Problemen belastete. „Hallo, Dad. Was gibt es?“

„Ich wollte dir nur sagen, dass mir dein Artikel über den Kochwettbewerb gefallen hat. Das war eine sehr gute Reportage.“

Wider Willen lächelte Carly. Don Barnett interessierte sich weder für Soufflés noch für Kuchen. Er rief an, weil er sie gern hatte. „Danke, Dad. Ich erwarte zumindest den diesjährigen Pulitzerpreis dafür.“

Ihr Vater lachte leise. „Ich konnte mich noch nie verstellen. Natürlich möchte ich wissen, wie es um dich steht.“

Carly holte tief Luft. „Alles ist schiefgegangen.“

„Was soll das heißen: es ist schiefgegangen?“, fragte er. „Welcher Dummkopf würde sich die Gelegenheit entgehen lassen, sein Leben mit dir zu teilen?“

„Zum Beispiel Mark Holbrook.“

„Vielleicht solltest du das nächste Flugzeug nehmen und hierher zurückkommen, Liebes. Ryerton ist zwar keine Weltstadt, aber eine Zeitung gibt es hier auch.“

Carly schüttelte den Kopf. „Auf keinen Fall, Dad – ich halte durch. Ich habe ebenso das Recht, in Portland zu leben und bei der ‚Times' zu arbeiten, wie Mark."

„In Ordnung, dann komme ich zu dir und schlage dem Kerl den Schädel ein."

Carly musste unwillkürlich lachen. „Das ist nicht nötig", versicherte sie ihrem Vater. „Natürlich bist du herzlich willkommen, wenn du mich besuchen willst. Aber ohne dich mit jemandem zu prügeln."

„Ich sollte wirklich ein Flugzeug nehmen und zu dir fliegen …"

„Das wäre großartig, Vater", antwortete Carly sofort. Don Barnett war seit zwanzig Jahren nicht mehr geflogen und würde Kansas nur in dringendsten Fällen verlassen. Nachdem sie das Gespräch beendet hatte, wählte Carly die Nummer der Holbrooks. Marks Vater war am Apparat. Seine Stimme klang ziemlich kühl, und Carly fragte sich, was Mark über sie erzählt hatte.

„Tut mir leid, wenn ich störe", begann sie. „Ich wollte mich nur erkundigen, wie es Jeanine geht."

Mr. Holbrook atmete tief durch. „Ihr Zustand hat sich etwas gebessert", sagte er. „Die Ärzte hoffen inzwischen, dass sie den Unfall doch überlebt. Allerdings weiß niemand, wie lange es dauern wird, bis sie sich völlig erholt hat." Er machte eine kurze Pause und fragte etwas wärmer: „Soll ich Mark bitten, Sie zurückzurufen, wenn er nach Hause kommt?"

„Nein", antwortete Carly sofort. Sie schwieg einen Moment und fuhr ruhiger fort: „Bitte, erzählen Sie ihm nichts von diesem Gespräch."

„Aber …"

„Bitte, Mr. Holbrook. Er wird sich nur darüber ärgern, und er braucht jetzt seine ganze Kraft für Nathan."

Marks Vater behielt seine Meinung für sich. Er bat Carly nur, auf sich aufzupassen, und verabschiedete sich.

Jeanine lag auf der Intensivstation. Mehrere Schläuche waren an ihren zerschundenen Körper geschlossen, und um den Kopf trug sie einen dicken Verband. Als Mark ihre Hand ergriff, öffnete sie die Augen.

„Nathan …", stieß sie mühsam hervor.

„Ihm geht es gut, Jeanine."

Tränen traten ihr in die Augen. „Nimmst du ihn – zu dir?"

Es wäre nicht richtig, jetzt die Unwahrheit zu sagen, überlegte Mark. Jeanine musste wissen, dass ihr gemeinsamer Sohn gut versorgt war. „Ja", sagte er und ließ ihre Hand nicht los. Zwar liebte er diese Frau nicht mehr, und seit er Carly kennengelernt hatte, wusste er, dass er es nie getan hatte. Aber es schmerzte ihn, sie so leiden zu sehen.

„Ich hatte getrunken", sagte Jeanine plötzlich ganz deutlich und sah Mark flehentlich an.

Er nickte. „Du brauchst dringend Hilfe, Jeanine."

Sie versuchte zu lächeln. „Vielleicht ist es dafür zu spät."

Mark schüttelte den Kopf. „Du wirst es schon schaffen", sagte er heiser.

„Pass auf Nathan auf", bat Jeanine und schloss die Augen. Kurz darauf war sie wieder eingeschlafen.

Zu Hause wartete Helen Holbrook auf ihren Sohn. Sie schenkte ihm eine Tasse koffeinfreien Kaffee ein und kam direkt zur Sache. „Du bist ein Dummkopf, Mark. Ein richtiger Idiot."

Mark rieb seine brennenden Augen mit Daumen und Zeigefinger. „Mutter, bitte, ich bin jetzt nicht in der richtigen Stimmung für solch ein Gespräch", sagte er müde.

„Das ist mir völlig gleichgültig", erwiderte Helen. „Carly hat Edina dein Stück gezeigt, weil sie es von einer Expertin prüfen lassen wollte. Sie hoffte, wenn du deren Urteil erführest, wärst du vielleicht doch mit einer Aufführung einverstanden."

Mark träumte schon seit über einem Jahr davon, die Arbeit bei der Zeitung aufzugeben und Stücke zu schreiben. Aber

„Gebrochene Schwüre" hatte er nur verfasst, um sich den Schmerz von der Seele zu schreiben.

„Während meiner Ehe mit Jeanine", begann er langsam, „wusste ich die halbe Zeit nicht, wo meine Frau war und was sie gerade anstellte. Bekanntlich führte das zu einigen ziemlich unangenehmen Überraschungen. Das möchte ich nicht noch einmal erleben."

„Carly ist nicht Jeanine, das weißt du tief im Herzen selbst. Außerdem habe ich den Eindruck, dass du die Frau liebst."

Mark seufzte. „Was meine Liebe betrifft – darüber werde ich hinwegkommen."

„Meinst du?", fragte Helen herausfordernd. „Sei dir nicht so sicher, mein Sohn. Liebe lässt sich nicht beliebig ein- und ausschalten."

Mark sprang auf und küsste seine Mutter auf die Stirn. „Gib es auf", sagte er entschlossen. „Zwischen mir und Carly ist es aus."

Er ging nach oben und öffnete vorsichtig die Tür zum Gästezimmer. Nathan lag im Bett und hatte die Arme und die Beine von sich gestreckt. Seine Augenlider zuckten im Schlaf.

Zärtlich strich Mark seinem Sohn das Haar aus der Stirn. Ich hatte dich so gern zu mir holen wollen, Kumpel, sagte er stumm. Aber auf diese Weise sollte es wirklich nicht geschehen.

Das Kind rührte sich und öffnete die Augen. „Dad?", fragte Nathan schläfrig.

Mark setzte sich auf den Bettrand. „Tut mir leid, Großer, ich wollte dich nicht aufwecken."

„Geht es Mama besser?"

„Ja", antwortete er. „Aber sie muss noch eine ganze Weile im Krankenhaus bleiben."

Nathan nahm die Nachricht mit der erstaunlichen Ergebenheit eines Zehnjährigen auf. „Ich darf sie doch besuchen?"

In diesem Augenblick fasste Mark einen Entschluss. Er würde nach San Francisco zurückkehren, ein Haus in der Stadt kaufen und hier mit seinem Sohn leben. Vielleicht würde er sogar ein Stück schreiben – eines, das ihn nicht in tiefster Seele berührte und das er daher einem Agenten anvertrauen konnte. „Natürlich darfst du sie besuchen", sagte er. „Und jetzt schlaf weiter. Du musst morgen zur Schule."

„Wo ist Carly, Dad? Wird sie bei uns wohnen?"

Mark hatte das Gefühl, einen Schlag ins Gesicht zu bekommen. Carly ... dachte er. Schon der Klang ihres Namens bereitete ihm unerträgliche Schmerzen. „Carly ist in Portland und macht ihre Arbeit", antwortete er endlich. „Sie kommt nicht her. Wir beide werden allein leben."

Einen Augenblick sah es aus, als würde Nathan losheulen. Mark erkannte, dass sein Sohn von einer vollständigen Familie mit einem richtigen Zuhause geträumt hatte. Es tat ihm weh, das Kind enttäuschen zu müssen. „Mama hat gesagt, dass Carly wahrscheinlich ein Baby bekommt. Stimmt das, Dad?", fragte er.

Mark schluckte trocken. Das fehlte noch, dachte er. „Nein", antwortete er bestimmt, um sich selbst zu überzeugen. „Nein, mein Junge, sie bekommt kein Baby."

Mit bekümmerter Miene brachte Emmeline Carly den Morgenkaffee. „Sie wissen sicher schon länger, dass Mr. Holbrook die Zeitung verlässt und nach San Francisco zieht", meinte sie.

Carly hatte das Gefühl, einen Schlag ins Gesicht zu bekommen. „N-nein", antwortete sie, ohne die Sekretärin anzusehen, und suchte in der Handtasche nach ihrer Brille. „Nein, davon wusste ich überhaupt nichts."

„Oh", sagte Emmeline verwirrt. „Tut mir leid, wenn ich etwas Unpassendes gesagt habe ..."

Carly nahm die Brille aus dem Futteral und setzte sie auf. „Was Mr. Holbrook tut oder sein lässt, geht mich nichts an", erklärte sie und schaltete den Computer ein. Die letzten drei Tage hatte sie unter dem Vorwand, sich vor einem gewalttätigen Ehemann zu verstecken, in einem Frauenhaus gewohnt und wollte einen Artikel über ihre Erfahrungen schreiben.

Für Emmeline war das Thema noch nicht erledigt. „Seine Exfrau wurde bei einem Unfall schwer verletzt, deshalb hat er das Sorgerecht für seinen Sohn beantragt. Ich nehme an, er möchte das Kind nicht aus seiner vertrauten Umgebung reißen, und es soll weiterhin seine Mutter sehen können."

„So wird es sein", antwortete Carly und bemühte sich um einen gleichgültigen Tonfall.

Endlich begriff Emmeline. Sie verabschiedete sich von Carly und schlüpfte hinaus.

Sobald sie allein war, schlug Carly mit der Faust auf die Schreibtischplatte. „Du verdammter Kerl! Fahr meinetwegen zur Hölle!", flüsterte sie.

Zum Glück verlangte der Zeitungsartikel ihre ganze Aufmerksamkeit. Als sie abends das Büro verließ, kam sie an Marks Zimmer vorüber und sah, dass Emmeline mit einigen Kolleginnen aus dem Schreibsaal Girlanden aufhängte.

„Morgen findet eine Abschiedsparty für Mr. Holbrook statt", rief Emmeline ihr zu.

Carly nickte. Sie brauchte sich nicht mehr von Mark zu verabschieden, das hatte er selbst erledigt. Deshalb beschloss sie, morgen außer Haus zu arbeiten.

In dieser Nacht warf sie sich ruhelos hin und her und schlief erst in den frühen Morgenstunden ein. Gleich nach dem Aufstehen musste sie sich heftig übergeben und eilte mit der Hand vor dem Mund ins Badezimmer.

„Na, großartig", schimpfte sie, taumelte in die Küche und bereitete sich eine Tasse Kamillentee zu. „Jetzt habe ich auch noch eine Grippe."

Der Tee beruhigte ihren Magen, und nach dem Duschen fühlte Carly sich wieder besser. Plötzlich bekam sie ein schlechtes Gewissen, weil sie wegen Marks Abschiedsfeier nicht ins Büro wollte.

Entschlossen zog sie ihr hübsches Kostüm aus rosa Hongkongseide an und gab sich besondere Mühe mit ihrem Haar und ihrem Make-up. Eine halbe Stunde später betrat sie lächelnd wie eine Miss United States das Nachrichtengebäude.

Sie schlüpfte in ihr Büro, lehnte sich an die Tür und hatte das Gefühl, gerade ein Minenfeld durchquert zu haben.

Entschlossen schaltete sie den Computer ein, öffnete ihre Aktentasche und wollte ihre Notizen durcharbeiten, bis Mark endgültig das Haus verlassen hatte. Da rief Mr. Clark alle Mitarbeiter zu sich.

Carly kam sich vor wie auf dem Gang zum Schafott. Sie stand auf, strich ihren Rock glatt und überprüfte ihre Frisur und ihr Make-up. Tapfer durchquerte sie die Halle und betrat das Konferenzzimmer.

Da nur noch ein Platz frei war, musste sie sich Mark gegenübersetzen. Er betrachtete sie nachdenklich mit seinen ernsten braunen Augen.

Carly wollte ihn zwingen, wieder wegzuschauen. Doch er schien es zu merken und gab nicht nach. Endlich senkte sie den Blick und wünschte sich, sie hätte ihrem ersten Impuls nachgegeben und sich für heute krankgemeldet.

Mr. Clark stand auf und erklärte in einer kleinen Ansprache, welch eine Freude es gewesen sei, mit Mark Holbrook zusammenzuarbeiten, und wie sehr er ihnen fehlen werde. Alle strahlten, als sie von Marks Plan erfuhren, ein Theaterstück zu schreiben. Außer Carly. Wütend sah sie Mark an.

Der lächelte unverfroren zurück.

Endlich kam Mr. Clark zum Ende seiner Lobeshymne und bat zu einem Umtrunk. Carly schlüpfte aus dem Konferenzzimmer und eilte in die entgegengesetzte Richtung.

Selbst in ihrem Büro hörte sie das Gelächter, und ihr Herz zog sich schmerzlich zusammen. Mark ging fort. Es war beinahe unvorstellbar, dass sie ihn ab morgen nicht mehr sehen würde.

Dagegen half nur eines: Sie musste sich mit Arbeit ablenken. Schon ihr Vater hatte gesagt, Arbeit heile alle Wunden.

Kaum hatte Carly ihren Computer eingeschaltet und sich hingesetzt, da tauchte eine Nachricht auf dem Bildschirm auf.

„Adieu, Kleines. Mehr Glück beim nächsten Mal."

Das gab Carly den Rest. Ihre Tränen begannen zu fließen, und sie konnte sie nicht zurückhalten. Sie stand noch am Fenster und blickte hinunter auf die Stadt, als es leise an die Tür klopfte.

„Ja?"

„Die Feier ist zu Ende, Carly", sagte Emmeline mitfühlend. „Ich übernehme gern Ihre Telefongespräche, falls Sie nach Hause gehen möchten."

Carly war eine gute Schauspielerin, und sie wusste, dass die Schau weitergehen musste. Aber die Fassade, hinter der sie sich verbarg, wankte gewaltig. Deshalb nickte sie, ohne die Sekretärin anzusehen, und fragte sich, wie sie je hatte annehmen können, niemand in der Zeitung wisse von ihrer Beziehung zu Mark.

Am nächsten Morgen rief Mr. Clark sie zu sich. „Sie sehen blass aus, Miss Barnett", stellte er fest. „Fühlen Sie sich nicht wohl?"

Mein Herz ist gebrochen, hätte Carly am liebsten geantwortet. „Ich bin wohl etwas erschöpft", sagte sie stattdessen.

Hoffentlich glaubte Mr. Clark jetzt nicht, die Arbeit wäre zu anstrengend für sie. Eine Kündigung oder Zurückstufung zu diesem Zeitpunkt würde sie nicht überleben.

„Ihr Artikel über die misshandelten Frauen hat mir gefallen. Das war eine ausgezeichnete Arbeit", erklärte er.

Carly beruhigte sich ein wenig. „Als Nächstes würde ich vorschlagen, einen Bericht über Unternehmerinnen …"

Mr. Clark winkte ab. „Nein, das hatten wir erst kürzlich. Am Sonnabend findet eine Floßfahrt statt. Eines jener Abenteuer, das leitenden Angestellten mehr Selbstvertrauen vermitteln soll. Ich möchte, dass Sie sich daran beteiligen. Die Fahrt wird drei Tage dauern."

Bei dem Gedanken, durch Stromschnellen zu schießen und von Strudeln herumgewirbelt zu werden, wurde es Carly schon wieder ganz elend. Trotzdem lächelte sie tapfer. „Das klingt aufregend", sagte sie.

„Natürlich werden wir einen Fotografen mitschicken. Falls einer von Ihnen beiden ertrinkt, kann der andere also immer noch eine Geschichte abliefern." Mr. Clark strahlte über seinen Scherz, und Carly lächelte pflichtgemäß.

Sie notierte sich die Einzelheiten und verließ früh das Büro, denn sie musste einiges vorbereiten. Unter anderem benötigte sie Wanderschuhe und einen Schlafsack. Am Ende hatte sie mehr eingekauft, als sie ohne fremde Hilfe tragen konnte.

Auf dem Heimweg fuhr Carly instinktiv zu Marks Haus. Sobald sie das Ende der Einfahrt erreicht hatte, merkte sie, dass er fort war. Trotzdem wendete sie nicht sofort. Mit Tränen in den Augen saß sie da und erinnerte sich, wie Mark und sie in diesem Haus geredet und gelacht und sich anschließend geliebt hatten. Ihm hatte sie ihre Jungfräulichkeit geopfert, und ganz gleich, wie viel Männer sie in Zukunft noch kennenlernte, die erste Nacht in seinen Armen würde sie nie vergessen.

Zärtlich strich sie über das goldene Armband, das Mark ihr geschenkt hatte, und öffnete den Verschluss. Dann stieg sie die Treppe zur Veranda hinauf und ließ das Schmuckstück durch den Briefkastenschlitz gleiten.

Die nächste Nacht schlief Carly vor nervöser Erschöpfung tief und fest. Am Morgen musste sie sich erneut übergeben. Offensichtlich hatte sie eine Art Wechselgrippe erwischt. Wie am Vortag bereitete sie sich einen Kräutertee, trank die Tasse ganz aus und fühlte sich kurz darauf wieder besser.

Den Tag verbrachte sie in der Turnhalle eines Gymnasiums, saß mit einer ganzen Reihe weiterer angehender Abenteurer auf der Zuschauerbank und hörte dem Leiter der Floßfahrt zu, einer Art Rambotyp.

Das Unternehmen sei nichts für Weichlinge, erklärte der Rambo. Leute, die es keine drei Tage in der Wildnis aushielten, sollten schnellstens wieder nach Hause gehen und das Ganze vergessen.

Diese Möglichkeit gefiel Carly, aber sie war aus dienstlichen

Gründen hier. Deshalb blieb sie. Außerdem musste sie sich beschäftigen, um nicht ständig an Mark zu denken.

Abends fand sie eine Nachricht von Jim Benson auf ihrem Anrufbeantworter. Offensichtlich wusste Jim, dass Mark die Stadt verlassen hatte, und erkundigte sich, ob Carly nach den Sechsuhrnachrichten mit ihm essen gehen wolle.

„Weshalb nicht?", sagte Carly laut. Das Leben glich einem Fluss, sie musste mitschwimmen. Deshalb rief sie Jims Büro an und ließ ihm durch seine Sekretärin ausrichten, dass sie um sieben Uhr im Sender wäre.

9. Kapitel

Jim betrachtete Carly aufmerksam. „Sie sehen entzückend aus wie immer", sagte er. „Aber Sie machen den Eindruck, als hätte Sie jemand ganz schön gebeutelt."

Carly lächelte mühsam. Mit diesem „Jemand" war Mark Holbrook gemeint. „Sie haben mich aus Mitleid eingeladen, nicht wahr?", fragte sie.

Jim schüttelte den Kopf. „Durchaus nicht", versicherte er. „Ich hege immer noch die vage Hoffnung, dass Sie Mark vergessen und langsam erkennen, dass ich ebenfalls ein vielversprechender netter Kerl bin."

Carly hakte sich bei ihm ein. „Das weiß ich jetzt schon, sonst wäre ich nicht hier."

Jim führte sie durch den Hinterausgang nach draußen und öffnete die Tür seines flotten Sportwagens. „Ich kenne ein ausgezeichnetes Fischrestaurant", erklärte er. „Wäre Ihnen das recht?"

Angesichts der seltsamen Magengrippe, die sie seit einigen Tagen quälte, hatte Carly keinen besonderen Appetit. Doch sie versuchte, gute Miene zu dem Vorschlag zu machen.

„Sagen Sie mir bitte eines", bat sie, während sie die Autobahn entlangfuhren. „Woher wussten Sie, dass es zwischen Mark und mir aus ist?"

Jim sah sie kurz an. „Er hat es mir erzählt. Ich sagte neulich doch, dass ich Mark schon lange kenne."

Am liebsten hätte Carly gefragt, was Mark von ihr erzählt hatte. Wahrscheinlich gehörte Jim zu jenen Freunden, mit denen er gewettet hatte, sich nie zu verlieben.

„Wenn Sie Mark wirklich lieben", fuhr Jim zögernd fort, „sollten Sie ihn nicht einfach aufgeben. Mir scheint, bei all seinem Kummer um das Sorgerecht für seinen Sohn und wegen Jeanines Unfall kann er nicht mehr klar denken. Er braucht ein bisschen Zeit, um wieder zu sich selbst zu kommen."

„Er will in San Francisco bleiben, hat er Ihnen das auch gesagt?"

„Das hat er."

Eine ganze Weile sah Carly stumm aus dem Wagenfenster. Eine heftige Gefühlswallung erfasste sie, und das brauchte Jim nicht zu merken. „Ich liebe ihn wirklich", gestand sie endlich leise, „aber ich sollte wohl froh sein, dass es so gekommen ist. Mark ist sehr launisch. Vermutlich hätte ich ständig Angst gehabt, ihn zu verärgern. Und wer möchte das schon?"

Jim lachte kläglich. „Was ist bloß mit mir los? Eigentlich sollte ich Sie davon überzeugen, was für ein toller Kerl ich bin." Er machte eine kurze Pause und fuhr fort: „Carly, Mark ist kein launischer Mann – er denkt pragmatisch und praktisch wie jeder gute Journalist. Sein augenblickliches Verhalten ist nicht typisch für ihn."

Endlich wagte Carly, Jim wieder anzusehen. „Was wollen Sie damit sagen?"

„Die Begegnung mit Ihnen hat ihn innerlich stark aufgewühlt. Wie ich ihn kenne – und glauben Sie mir, ich kenne ihn gut –, steht er immer noch unter einer Art Schock. Geben Sie ihm etwas Zeit und Abstand, dann wird er selber merken, dass er ein Dummkopf ist."

Obwohl Carly nicht die Absicht hatte, darauf zu warten, bis Mark ihr verzieh, trösteten Jims Worte sie. Sie machten ihr Hoffnung, dass der Schmerz eines Tages aufhören würde und sie nicht bis zum Ende ihrer Tage an gebrochenem Herzen leiden musste.

„Ich habe eine Freundin, die Sie gern kennenlernen möchte", sagte sie plötzlich, denn sie erinnerte sich an Janets Bitte.

Er lächelte. „Diese gut aussehende junge Frau mit der Lebensmitteltüte, die neulich auf dem Flur stand?"

Carly nickte. „Sie heißt Janet und ist ein fabelhafter Mensch."

Jim lachte. „Sie und ich sind schon ein Paar. Kann mir jemand sagen, weshalb ich neben einer der schönsten Frauen Amerikas sitze und die Vorzüge eines anderen Mannes preise?"

„Die Antwort ist ganz einfach", sagte Carly ruhig. „Weil Sie selbst ein fabelhafter Mensch sind. Merken Sie was, Jim? Ich begreife langsam, dass es noch andere nette Männer gibt."

Das Abendessen verlief erfreulich, obwohl Carly nicht viel essen konnte. Nachdem Jim sie nach Hause gebracht hatte, nahm sie ein Sprudelbad und ging mit einem Buch ins Bett. Doch ihre Gedanken wanderten immer wieder zu Mark.

Am Freitagnachmittag stieg sie mit ihrem Rucksack und dem aufgerollten Schlafsack in den Wagen und fuhr in Richtung Südosten nach Bend, wo die Floßfahrt beginnen sollte. Es war schon spät, als sie den Campingplatz erreichte. Als Erstes fielen ihr die zahlreichen Moskitos auf.

Denk nicht so negativ, schalt sie sich und zog ihren Rucksack hervor.

Die anderen saßen um ein riesiges Feuer und schienen sich sehr wohl zu fühlen. Offensichtlich war eine Floßfahrt für die meisten nichts Neues, während es Carly allein bei dem Gedanken daran schon ganz elend wurde.

Zuversichtlich lächelnd, trat sie in Jeans, Wanderstiefeln, einer Flanellbluse und einer leichten Jacke zu der Gruppe.

Das Haus, das Mark ausgewählt hatte, lag in einem vornehmen Stadtviertel von San Francisco und war weit genug von seinen Eltern entfernt, um gute Beziehungen zu ihnen aufrechtzuerhalten. Von seinem Arbeitszimmer hatte man einen herrlichen Blick auf die Bucht, und Nathan brauchte die Schule nicht zu wechseln. Für Mark war alles an diesem Haus perfekt.

Außer, dass Carly nicht mit einzog.

Er steckte die Hand in die Tasche seines Cordjacketts und berührte das Armband, das sie durch den Briefkastenschlitz seines Hauses in Portland geworfen hatte. Manchmal hatte er das Gefühl, Carlys Wärme und unglaubliche Energie noch in dem Edelmetall zu spüren.

Langsam trat er näher ans Fenster und betrachtete das Wasser. Die Möbel würden erst in einer Woche kommen, deshalb konnte er sich nicht setzen.

Das Leben ohne Carly gleicht einem Dreibein-Wettlauf, überlegte er. Anstatt größere Beweglichkeit und Freiheit zu haben, fühlte er sich eher gehemmt.

„Dad?"

Mark drehte sich herum und sah Nathan unsicher auf der Türschwelle stehen. „Darf ich hier hinein?", fragte sein Sohn.

Mark runzelte die Stirn. „Weshalb nicht?"

Nathan zuckte seine schmalen Schultern. „Mama mag nicht, dass ich ihr Wohnzimmer betrete. Sie hat Angst, ich könnte etwas auf dem Teppich verschütten."

Es kostete Mark einige Mühe, seine Verärgerung zu unterdrücken. Aber es führte zu nichts, wenn er auf Jeanine schimpfte. „Hier ist es anders, Junge", versicherte er seinem Sohn. „Wir werden uns wegen der Teppiche keine Gedanken machen."

Nathan strahlte ihn an, sodass seine kleine Zahnlücke zu sehen war, und Marks Herz zog sich schmerzlich zusammen.

„Bei Mama musste ich immer um neun Uhr ins Bett", fuhr der Junge fort und hoffte offensichtlich, dass der Vater diese Regelung ebenfalls aufhob.

„Daran wird sich auch nichts ändern", antwortete Mark.

„Schade ..."

„Hallo?", erklang plötzlich eine weibliche Stimme. „Ist jemand zu Hause?"

„Großmutter!", riefen Mark und Nathan gleichzeitig. Erfreut liefen sie die Treppe hinab und begrüßten Helen.

„Ich bringe euch etwas", sagte sie und zeigte auf einen Karton mit gegrillten Hähnchen, den sie unter dem Arm trug. „Darf ich zum Abendessen bleiben?"

Mark lächelte seiner Mutter zu, während Nathan ihr die Hähnchen abnahm.

„Großmutter darf doch bleiben, nicht wahr?", fragte der Junge über die Schulter zurück.

Die drei aßen in der geräumigen, hell erleuchteten Küche an einem Kartentisch, den Mark von seinen Eltern geliehen hatte. Nach der Mahlzeit schickte er seinen Sohn hinauf ins Bad.

„Ich finde immer noch, dass ihr bei uns wohnen solltet", schimpfte Helen, als Mark und sie allein waren.

Mark schüttelte den Kopf. „Es macht riesigen Spaß, in Schlafsäcken zu übernachten und sich von Fertiggerichten zu ernähren."

„Und woher kommt dein trauriger Blick, wenn ihr angeblich so viel Spaß habt?", forschte Helen scharfsinnig nach.

Marks Lächeln erstarb. „Man sieht es mir an?"

Helen nickte. „Ja, Mark. Wenn du inzwischen einsiehst, dass du einen Fehler gemacht hast, solltest du nach Portland fliegen und die hübsche junge Dame um Verzeihung bitten."

Mark seufzte. Glücklicherweise ahnte seine Mutter nicht, wie oft er sich das schon vorgenommen hatte und erst in letzter Minute anderen Sinnes geworden war. Carly begann gerade erst mit ihrer beruflichen Karriere, und er musste ein Heim für Nathan schaffen. Deshalb war es besser, wenn sich ihre Wege trennten.

„Carly geht mittlerweile mit Jim Benson aus", sagte er und hoffte, das Thema wäre damit für Helen erledigt. „Ich war nur ein Zwischenstadium."

„Unsinn. Wenn ihr beide in einem Zimmer wart, knisterte es in der Luft. Gleichgültig, mit wem Carly zurzeit ausgeht – sie liebt dich."

Mark war am Ende seiner Geduld. „Und ich liebe sie nicht. So ist das nun mal."

„Lügner", antwortete Helen unerbittlich. „Meinst du, ich sehe nicht, was mit dir los ist? Du bist halb wahnsinnig vor Sehnsucht."

„Du hast zu viele Liebesromane gelesen", erklärte Mark ruhig. Seine Mutter hatte recht, das wusste er genau.

Helen stand auf und begann, die Überreste des improvisierten Abendessens abzuräumen. Mark griff sofort ein und übernahm die Aufgabe selbst. Nicht einmal bei solchen Kleinigkeiten wollte er von anderen abhängig werden.

Nachdem seine Mutter gegangen war und Nathan in seinem daunengefütterten Schlafsack auf dem Boden seines Zimmers im oberen Stockwerk schlief, holte Mark seinen tragbaren Computer, stellte ihn auf den Kartentisch und schaltete ihn ein. „Carly", tippte er, ohne zu überlegen.

„Na, das fängt ja gut an", sagte er halblaut. Er lehnte sich zurück, legte die Hände hinter den Kopf und schloss die Augen. In Gedanken sah er Carly wieder mit Jim Benson tanzen. Obwohl Jim einer seiner besten Freunde aller Zeiten war, wurde Mark fast verrückt bei dem Gedanken, dass ein anderer Mann Carly in den Armen halten, sie küssen und mit ihr schlafen könnte.

Nein, überlegte er, das wird noch eine ganze Weile dauern. So schnell geht das bei Carly nicht.

Er erinnerte sich an die leisen, wollüstigen Liebesschreie, die sie ausgestoßen hatte, während er sie befriedigte. Seine Lenden zogen sich schmerzlich zusammen, und ein Kloß bildete sich in seinem Hals. Carly war eine gesunde, leidenschaftliche Frau. Über kurz oder lang würde sie sich wieder nach der Erfüllung sehnen, die ein männlicher Körper ihr geben konnte.

Wütend stand Mark auf, eilte zum Telefon und wählte Carlys Nummer, ohne zu überlegen, was er sagen wollte. Er musste ihre Stimme hören.

Der Anrufbeantworter schaltete sich ein, und Mark lehnte sich mit einer Mischung aus Enttäuschung und Erleichterung an die Wand. „Hallo, hier ist Carly", hörte er. „Für alle Freunde habe ich die Nachricht, dass ich zurzeit die Stromschnellen des Deschutes River bezwinge und Dienstagmorgen zurückkommen werde. Eventuelle Einbrecher weise ich darauf hin, dass ich gerade meinen Dobermann Otto bade. Alle bitte ich um eine Nachricht nach dem Pfeifton. Bis später."

Mark schloss die Augen und schluckte. Er bekam keinen Ton heraus. Nie hätte er geglaubt, wie schmerzlich es war, Carlys Stimme zu hören.

Langsam legte er den Hörer wieder auf und ging zu seinem Computer zurück. Aber die Worte wollten nicht kommen. Endlich schaltete er den Apparat aus, stieg die Treppe hinauf und sah nach Nathan.

Der Junge schlief fest, ein Teddy lag ganz in seiner Nähe. Mark lächelte wehmütig, schloss die Tür wieder und ging in sein eigenes Zimmer.

Mit dem großen angrenzenden Badezimmer und der Sitzecke glich es eher einer Suite und war vermutlich vorher das Reich der Kinder gewesen. Die Wände waren rosa und weiß gestreift, und der Boden war mit einem blassrosa Teppich ausgelegt.

Einen Moment stellte Mark sich ein kleines Mädchen mit Carlys großen blaugrünen Augen und einem blonden Wuschelkopf vor. Der Gedanke, dass es solch ein Kind vielleicht nie geben würde, brach ihm beinahe das Herz.

Entschlossen verließ er das Zimmer und schloss die Tür hinter sich. Gleich morgen wollte er dafür sorgen, dass der Raum so renoviert würde, wie es einem eingefleischten Junggesellen zukam.

Carly rollte ihren Schlafsack in der Nähe zweier Frauen aus, die sie bisher nicht in ihre Unterhaltung einbezogen hatten. Sie streifte die Schuhe ab, kroch in Jeans und Hemd zwischen die Daunen und horchte auf das Heulen einer Eule sowie das leise Plätschern des Flusses.

Der Himmel war sternenbedeckt, und die Spitzen der Kiefern schwankten in der Dunkelheit. Alles war märchenhaft schön. Nur ein Stein drückte unter ihrem linken Schenkel.

Seufzend stand Carly wieder auf und verschob den Schlafsack ein Stück. Doch als sie sich wieder hinlegte, war der Untergrund noch so hart und uneben wie zuvor. Hoffnungslosigkeit befiel sie. Sie war nur von Fremden umgeben, und Mark liebte sie nicht mehr.

Leise begann sie zu weinen, und ihr Körper bebte von

den Schluchzern, die sie mit dem Schlafsack vor dem Mund erstickte. Alles war so ungerecht. Die ganze Welt war ungerecht.

Es dauerte lange, bis Carly in einen unruhigen, erschöpften Schlaf fiel. Erst wenige Minuten schienen vergangen zu sein, als sie erschrocken auffuhr. Der Leiter der Expedition hockte neben ihr. Er war ein gut aussehender Mann, konnte Carly aber weder mit seinem nachsichtigen Lächeln noch mit seinen Worten für sich gewinnen. „Aufwachen, Pfadfinderin", sagte er. „Die anderen sind schon fast fertig."

Entsetzt sprang Carly auf und musste sich sofort wieder übergeben. Die Hand vor den Mund gepresst, eilte sie zu den Toiletten.

Als sie mit weichen Knien leichenblass wieder herauskam, wartete eine hübsche dunkelhaarige Frau in kakifarbenen Shorts und einer karierten Baumwollbluse auf sie. Ein Fotoapparat hing um ihren Hals.

„Na, geht es wieder besser?", fragte sie und reichte Carly die Hand. „Ich bin Hope McCleary und nicht ganz freiwillig bei diesem Unternehmen."

Carly schluckte und war froh, endlich ein freundliches Gesicht zu sehen. „Carly Barnett", antwortete sie. „Ich wurde ebenfalls sozusagen zu diesem Abenteuer verurteilt. Ich soll einen Bericht für die Zeitung darüber schreiben."

Hope lächelte. „Bei mir handelt es sich um eine Zeitschrift. Ich besitze ein Lokalblatt in Kalifornien."

Gemeinsam kehrten die beiden Frauen ins Lager zurück, und Hope half Carly, den Schlafsack aufzurollen und mit dem Rucksack auf einem der zusammengebundenen Stämme zu verstauen. Alles wurde sorgfältig mit einer Gummiplane abgedeckt.

Der Rambotyp kam vorbei und betrachtete Carly missbilligend von oben bis unten. „Sie haben nicht gefrühstückt", stellte er fest.

Carly merkte, wie sich ihr fast der Magen drehte.

„Vielleicht hat sie keinen Appetit", fuhr Hope ihn an. „Lassen Sie sie doch erst einmal zu sich kommen."

Der Expeditionsleiter verschwand sofort, und Carly sah Hope bewundernd an. „Geben Sie es zu: Sie sind ein Engel, der mich davon überzeugen soll, dass das Leben doch lebenswert ist."

Lächelnd schüttelte Hope den Kopf. „Ich bin kein Engel, meine Liebe. Ansonsten haben Sie allerdings recht: Das Leben lohnt sich wirklich."

Sie machte eine kurze Pause und fuhr fort: „Wie ich schon sagte: Ich bin Verlegerin einer kleinen Zeitschrift in San Francisco. Woher kommen Sie, Carly, und für welche Zeitung schreiben Sie?"

Carly verspürte einen Stich, als sie den Namen jener Stadt hörte, die ihr so gut gefallen hatte. Vielleicht wäre sie oft dorthin gereist, hätte sich ihre Beziehung zu Mark anders entwickelt. „Ich bin aus Portland, und mein Chefredakteur möchte einen interessanten Bericht über Abenteuer für leitende Angestellte. Wahrscheinlich muss ich froh sein, dass er mich nicht mit den Stieren durch die Straßen von Pamplona rennen lässt."

Hope lachte und legte Carly die Hand auf die Schulter. „Sie sind eine unerschrockene Frau", stellte sie fest, „aber Sie sehen ein bisschen blass um die Nase aus. Möchten Sie nicht lieber hierbleiben und die Leute nach ihrer Rückkehr befragen?"

Carly hätte wer weiß was für ein Zimmer im Motel an der Autobahn gegeben, aber ihre schwache Seite durfte keinesfalls die Oberhand gewinnen. Deshalb erklärte sie entschlossen: „Ich mache die Fahrt mit."

Bald saßen sie auf den Stämmen, trugen feuchte orangefarbene Schwimmwesten und hörten dem Rambotyp zu, der seine letzte Rede des Morgens hielt. Alle müssten beim Rudern mit zupacken, erklärte er. Ein einziger Drückeberger könne das ganze Floß zum Kentern bringen. Bei dieser Bemerkung sah er Carly fest an. Sie saß auf der feuchten Bank und hielt seinem Blick stand. Ihre Jeans waren schon jetzt durchnässt, und sie hoffte inständig, dass sie nicht aufgeben musste.

Kurz darauf fuhren sie los und glitten zwischen den Bergen hindurch. Am Ufer besaß die Erde einen rötlichen Schimmer, und die Farbe war hier und dort in die Baumstämme gedrungen. Schon bald verlor Carly ihre Angst und ruderte kräftig mit.

Glasklares Wasser bespritzte sie, und ein paarmal kam ihr der Morgenkaffee wieder hoch. Doch insgesamt war es ein aufregendes Erlebnis.

Der Konvoi aus drei riesigen Flößen trieb bis zum Mittag weiter, dann ließ der Rambotyp zum Essen anlegen. Zitternd vor Kälte und hocherfreut, dass sie der ungewohnten Tätigkeit gewachsen war, trank Carly Kaffee und unterhielt sich mit den anderen.

Eine halbe Stunde später scheuchte ihr Führer sie wieder auf die Flöße, und sie fuhren weiter. Viele erlebnisreiche Stunden später hielten sie für die Nacht an und schlugen ihr Lager auf einer Lichtung auf, wo ein Steinkreis die Feuerstelle markierte.

Carly durchstöberte ihren Rucksack nach trockenen Kleidern und ging in den Wald, um sich umzuziehen. Bei ihrer Rückkehr brannte das Feuer schon, und das Essen wurde in großen Kühlbehältern von Bord geholt.

Carly erinnerte sich, dass eine Pfadfinderin immer vorausdenken musste. Deshalb hängte sie ihre nassen Jeans und die Bluse über einen Busch und versteckte die Unterwäsche dahinter.

Plötzlich zuckte sie zusammen, denn der Leiter stand vor ihr und betrachtete sie eingehend.

„Wie war noch gleich Ihr Name?" Nachdem ihm klar geworden war, dass Carly ebenfalls ein Lebensrecht besaß, wollte er wohl leutselig werden.

Nennen Sie mich die Unerschrockene, hätte sie beinahe geantwortet. Laut sagte sie: „Ich heiße Carly. Carly Barnett. Und Sie sind …"

„Haben Sie bei der Einführung nicht richtig zugehört?",

fragte der Rambotyp stirnrunzelnd. „Ich bin John. John Walters. Vergessen Sie das nicht wieder." Verärgert wandte er sich ab und eilte davon.

Carly legte die Hand an die Stirn und grüßte kurz.

Lachend kam Hope näher. „Sammeln wir lieber trockenes Holz, bevor John auf den Gedanken kommt, dass Sie eine Meuterei vorbereiten."

„Ich kann ihm einfach nichts recht machen", klagte Carly und folgte Hope.

„Möchten Sie es denn?", fragte Hope über die Schulter zurück.

Carly lachte leise. Sie fühlte sich von Minute zu Minute wohler. Es war schön zu wissen, dass sie auch allein zurechtkam und nicht gleich sterben würde, weil Mark sie mit ihren Erinnerungen zurückgelassen hatte. „Nein, eigentlich nicht", antwortete sie. „Zwischen diesem Rambotyp und mir würde es doch nicht klappen."

Sie fanden genügend trockenes Holz und kehrten mit vollen Armen zum Lager zurück.

„Haben Sie schon einmal daran gedacht, für eine Zeitschrift zu schreiben?", fragte Hope, während sie das Holz neben der Glut zu Boden warfen.

„Bisher nicht", antwortete Carly. „Das heißt aber nicht, dass ich es nicht gern versuchen würde. Weshalb fragen Sie?"

„Offensichtlich sind Sie eine ganz besondere Frau, und ich suche einen Ersatz für einen Angestellten. Würden Sie mir so bald wie möglich ein paar Arbeitsproben senden?"

In Gedanken gingen Carly die Artikel durch, die sie für die „Times" geschrieben hatte – den Insiderbericht über das Frauenhaus, die Gegendarstellung zu Marks Artikel über die Rechte der Väter und die Reportage über den Kochwettbewerb. „Ich fürchte, ich habe noch nicht viel", sagte sie schließlich. „So lange arbeite ich ja noch nicht für das Blatt."

„Schicken Sie mir einfach, was Sie können", sagte Hope.

Die Nacht war auf bittersüße Weise schön. Alle saßen um das Lagerfeuer, aßen heiße Würstchen mit Kartoffelsalat, tranken helles Bier und sangen, begleitet von John Walters' Gitarre. Würziger Kiefernduft erfüllte die Luft, und der Fluss sang sein uraltes geheimnisvolles Lied.

Carly brach beinahe das Herz vor Kummer darüber, dass Mark nicht bei ihr war. Sie überlegte inzwischen, weshalb sie sich über seine Sticheleien wegen ihres Schönheitstitels derart geärgert hatte. Rückblickend wurde ihr klar, dass er sie nur hatte aufziehen wollen.

„Wer war es?", fragte Hope, während sie ihre Schlafsäcke am Feuer nebeneinander ausbreiteten. Einige Teilnehmer hatten ein kleines Zelt mitgebracht, die meisten schliefen unter freiem Himmel.

„Wer?", fragte Carly ausweichend. Sie war sich nicht sicher, ob es ihr besser ginge, nachdem sie von Mark erzählt hatte, oder ob sie wieder weinen müsste.

„Der Kerl, der Sie mit diesem Blick eines ausgesetzten Welpen in den Augen zurückgelassen hat."

Carly kroch in ihren Schlafsack. „Jemand, mit dem ich zusammengearbeitet habe", sagte sie. Der mich außerdem in sein Bett geholt hat und den ich liebe, fügte sie stumm hinzu.

Hope sah zum herrlichen Nachthimmel hinauf und verschränkte die Hände hinter dem Kopf. Sie sprach so leise, dass nur Carly ihre Worte verstand. „Das Kind, das Sie erwarten, ist von ihm, nicht wahr?"

Einen Augenblick schien die Erde unter Carlys Schlafsack zu beben. Entsetzt legte sie die Hände auf ihren flachen Bauch und ging in Gedanken den Kalender durch.

„Du liebe Güte", flüsterte sie und schloss die Augen.

„Tut mir leid", sagte Hope, „ich dachte, Sie hätten es schon gemerkt."

Carly biss sich auf die Unterlippe. Die Übelkeit, ihre Stimmungsschwankungen ... Sie hätte es wissen müssen.

„Was werden Sie tun?", fragte Hope.

„Ich weiß es nicht", stieß Carly hervor. Eines war ihr sofort klar: Sie würde dieses Baby bekommen und es aufziehen. Weiter konnte sie jetzt nicht denken.

„Sie sollten es ihm sagen, ganz gleich, wer er ist", riet Hope ihr.

„Wahrscheinlich", stimmte Carly ihr halbherzig zu. Mark hatte ein Recht darauf zu erfahren, dass er wieder Vater wurde. Aber sie war sich nicht sicher, ob sie den Mut dazu aufbrachte. Vielleicht glaubte er, sie wolle ihn mit dem Kind an sich binden. Oder er versuchte durch einen Rechtsanwalt, ihr das Sorgerecht entziehen zu lassen. Immerhin hatte er dasselbe bei Jeanine vor.

Hope schwieg, und Carly lag zusammengerollt in ihrem Schlafsack und überlegte, wie schwer die Wehen und die Geburt ohne die moralische Unterstützung eines Partners werden würden. Endlich schlief sie ein.

Mit den ersten Vögeln wachte sie wieder auf, lief in den Wald und übergab sich erneut. Dann begann der zweite Tag.

Wenig später kenterte das Floß, und alle acht Teilnehmer stürzten in die eisigen Fluten. Während Carly mit der Strömung kämpfte, ihr Wasser in den Mund und die Nase drang und der Sprühnebel sie halb blind machte, konnte sie nur eines denken: Wenn bloß meinem Baby nichts passiert!

Keuchend erreichte sie mit den anderen das Ufer. Aber die Schlafsäcke und die Rucksäcke waren verloren.

Zum Glück hatte sich eine schöne Kameradschaft zwischen den Reisenden entwickelt, und alle taten sich zusammen und halfen denen, die nichts mehr besaßen. John hatte sogar einige Extrawolldecken auf seinem führenden Floß.

„Das war eine tolle Geschichte", sagte Hope. Restlos durchnässt stand sie neben Carly und fotografierte, während das umgeschlagene Floß ans Ufer getrieben wurde.

Carly nickte nur. Sobald sie wieder im Büro war, würde sie Mr. Clark um einen leichteren Auftrag bitten: vielleicht einen Sturzflug vom Himmel oder den Sprung mit dem Motorrad über neunzehn Wagen.

Trotzdem tat es ihr am nächsten Nachmittag leid, dass das Abenteuer schon zu Ende war und die erschöpften, aber fröhlichen Flößer mit einem Bus zum Ausgangspunkt zurückgebracht wurden. Da sie alles bis auf die Sachen, die sie am Körper trug, beim Kentern verloren hatte, blieb ihr das Packen erspart.

„Schicken Sie mir unbedingt gleich Ihre Arbeitsproben", sagte Hope, als sich die beiden Frauen zum Abschied umarmten.

Carly nickte. Nie würde sie vergessen, welch eine gute Freundin Hope auf dieser irrsinnigen Reise gewesen war. „Passen Sie auf sich auf, antwortete sie und setzte sich ans Steuer. Ihre morgendliche Übelkeit war schon vorüber, und sie hatte Heißhunger auf etwas Süßes. Deshalb hielt sie bei einem Laden an und kaufte zwei Berliner mit Zuckerguss.

„Das ist meine Belohnung fürs Durchhalten", sagte Carly sich und biss in den ersten hinein.

Die Rückfahrt nach Portland verlief problemlos. Ohne die Post durchzusehen oder den Anrufbeantworter abzuhören, ging sie ins Bad und trat unter die dampfende Dusche.

Nachdem sie richtig durchgewärmt war und auch die Schmerzen vom Schlafen auf dem harten Boden verschwanden, aß sie den zweiten Berliner, bürstete ihre Zähne und sank erschöpft ins Bett.

Am nächsten Morgen setzte sie sich sofort an den Computer und begann, ihren Bericht zu schreiben. Sie sah kaum auf, als der Fotograf, der fast immer im Hintergrund geblieben war, ihr die Schwarz-Weiß-Abzüge brachte.

Lächelnd betrachtete Carly die Fotos. Am besten gefiel ihr eine Aufnahme, auf der sie mit tropfnassem Haar und angespanntem Körper ans Ufer kroch. Davon musste sie unbedingt einen Abzug haben.

Anschließend arbeitete sie weiter und bat Emmeline, eine Kopie ihrer bisherigen Artikel an Hope nach San Francisco zu senden.

Eine ganze Woche verging, bevor Carly auch nur davon

träumte, nach Kalifornien zu ziehen und in die Redaktion einer der erfolgreichsten Zeitschriften der Westküste einzutreten. Als Hope sie anrief und ihr eine Stelle mit beachtlichem Gehalt anbot, sagte sie ohne zu zögern zu.

Vielleicht konnte sie Mark Holbrook nicht bekommen. Aber niemand würde sie von San Francisco fernhalten.

10. Kapitel

Janet umarmte Carly zum Abschied mit Tränen in den Augen. „Werde glücklich, hörst du?", sagte sie.

Carly nickte. Ihr Glück hatte einen Riss, der noch nicht ganz geheilt war. Aber sie freute sich auf ihr Baby, und die neue Stelle in der neuen Stadt war eine Herausforderung.

„Du ebenfalls", antwortete sie. Janet traf sich inzwischen regelmäßig mit Jim Benson, und die Beziehung schien sich gut zu entwickeln.

Die beiden Frauen trennten sich. Carly setzte sich ans Steuer und fuhr in Richtung San Francisco. Bis sie eine geeignete Wohnung gefunden hatte, wollte sie in einem Hotel wohnen. Entgegen seiner Gewohnheit würde ihr Vater sie dort erwarten. Auf diese Weise konnte sie ihm persönlich von dem Baby erzählen.

Während sie Portland hinter sich ließ, überlegte Carly, wie Don Barnett auf die Nachricht reagieren würde. Schließlich hatte es in seiner Jugend nur wenige alleinerziehende Mütter gegeben. Die Frauen heirateten den Vater ihres Kindes – nach Möglichkeit, bevor sie schwanger wurden, manchmal auch kurz danach.

Zwei Tage später erreichte sie San Francisco und nahm ein Zimmer im Hotel St. Dominique. Dort erfuhr sie, dass ihr Vater schon da war und sie gleich nach der Ankunft um einen Anruf bat.

Don kam zu ihr in die Hotelhalle und wirkte in seiner schwarzen Hose, dem weißen Hemd und dem blauen Sportjackett wie ein Immobilienmakler. Sein grau meliertes braunes Haar war immer noch dicht, und seine Haut war gebräunt. Carly freute sich, dass ihr Vater viel Zeit im Freien verbrachte.

Herzlich umarmte sie ihn. „Tag, Dad."

Don Barnett küsste seine Tochter leicht auf die Stirn. „Hallo, Liebes", antwortete er, und seine Stimme klang vor Rührung etwas barsch.

Carly war müde von der Reise. Sie hätte sich gern eine Weile hingelegt. Aber sie merkte, dass ihr Vater sie ungeduldig erwartet hatte, deshalb durfte sie ihn nicht enttäuschen. „Wie war der Flug?", fragte sie und steckte den Zimmerschlüssel in die Handtasche.

Er lächelte breit. „Gar nicht so schlecht. Ehrlich gesagt, da war eine ausgesprochen hübsche kleine Stewardess …"

Carly lachte. „Flugbegleiterinnen nennt man die Damen inzwischen, Dad. Ich stelle fest, dass du das Flirten nicht verlernt hast."

Er lächelte, sah sie jedoch besorgt an. „Obwohl du ziemlich erfolgreich bist", sagte er, während sie in eines der Hotelrestaurants gingen, „stimmt etwas mit dir nicht. Was ist los, Carly?"

Carly konnte ihre Tränen nur mühsam zurückhalten. Sie wartete, bis sie in einer ruhigen Ecke saßen, dann antwortete sie: „Ich sage es nur ungern so direkt, Vater, aber es wäre nicht richtig, um den heißen Brei herumzureden: Ich bin schwanger, werde aber nicht heiraten."

Don Barnett schwieg eine ganze Weile. Man sah ihm nicht an, was in ihm vorging. Endlich nahm er Carlys Hand und drückte sie fest. „Der Kerl mit dem Pulitzerpreis?", fragte er. „Ich hätte ihm doch den Schädel einschlagen sollen."

Carly lächelte unwillkürlich. „Ja, er ist der Vater", sagte sie, und ihre Augen füllten sich mit Tränen. Diesmal konnte sie es nicht verhindern.

„Weiß er es?"

„Noch nicht. Ich werde es ihm per Einschreiben mitteilen, sobald ich mich eingerichtet habe."

„Eine besonders warmherzige, menschliche Methode", meinte ihr Vater trocken.

Carly sah ihn nicht an. „So ist es im Augenblick am besten.

Ich tue einen Schritt nach dem anderen."

„Liebst du den Mann immer noch?"

„Ja", gab Carly nach einer ganzen Weile zu. „Aber ich werde schon darüber hinwegkommen, Dad." Sie dachte an das Schwarz-Weiß-Foto, das sie zeigte, während sie aus dem Deschutes River kroch, „ich überlebe alles."

„Überleben allein reicht nicht, Carly. Du solltest nicht so leiden – das Beste ist gerade gut genug für dich."

„Du bist voreingenommen", erklärte Carly, während der Kellner ihnen die Speisekarten und ein Mineralwasser brachte.

Don wählte ein Clubsandwich und Carly einen Salat. Während der Mahlzeit unterhielten sie sich über den neuesten Klatsch in Ryerton und Carlys Aussichten, eine Wohnung zu einem angemessenen Mietpreis zu finden.

„Brauchst du Geld?", fragte ihr Vater, als sie nach dem Essen mit dem Fahrstuhl nach oben fuhren.

Carly schüttelte den Kopf. „Ich habe noch etwas von meinen Ersparnissen", antwortete sie.

„Ein Baby kostet eine Menge", gab Don Barnett zu bedenken.

Spielerisch drohte sie ihm mit dem Finger. „Ich schaffe es allein, Vater."

Vor ihrem Zimmer küsste er sie auf die Stirn. „Leg dich erst einmal eine Weile hin", forderte er sie auf. „Ich mache inzwischen eine Stadtrundfahrt."

Carly streichelte seine Wange. „Wir sind zum Abendessen verabredet. Wage ja nicht, mich sitzen zu lassen."

„Das fiele mir nicht im Traum ein", antwortete Don. „Schließlich hat man nicht jeden Tag Gelegenheit, mit einer ehemaligen Miss United States am Arm auszugehen."

Ein Dutzend gelbe Rosen standen in Carlys Zimmer. „Willkommen in unserer Mannschaft. Ich freue mich auf unsere Zusammenarbeit. Hope", hieß es auf der beiliegenden Karte.

Carly roch den süßen Duft und nahm sich vor, Hope anzurufen, sobald sie geduscht und ein bisschen geschlafen hatte.

Doch als sie aufwachte, war es spät, und sie musste sich schleunigst anziehen.

In einem rosa-weiß geblümten Rock mit passender Bluse traf sie mit ihrem Vater zusammen und steckte ihm eine Knospe an den Aufschlag. Sie aßen in einem Restaurant in „Fisherman's Wharf" und sahen sich anschließend einen Abenteuerfilm an.

Am nächsten Morgen telefonierte Carly mit Hope. Sie bedankte sich für die Blumen, und Hope erzählte, dass ihre Assistentin schon eine Wohnung für sie suche und mehrere gute Angebote bekommen habe.

„Sie verwöhnen mich", wandte Carly ein.

„Für Sie ist mir nichts zu viel, meine Liebe", versicherte ihre neue Chefin. „Ich möchte Sie auf meiner Seite haben, bevor Sie herausfinden, welch eine Sklaventreiberin ich bin."

Carly lachte, und die beiden Frauen verabredeten sich zum Mittagessen. Selbstverständlich sollte Don Barnett mitkommen.

Drei Stunden später trafen sie sich in einem der zahlreichen Fischrestaurants am Kai.

„Jetzt weiß ich, von wem Carly das gute Aussehen geerbt hat", sagte Hope, nachdem Carly ihren Vater vorgestellt hatte.

Don Barnett errötete vor Freude, und Carly musste daran denken, dass ihr Vater noch längst kein alter Mann war. Wahrscheinlich stellte die Hälfte aller alleinstehenden Frauen von Ryerton ihm nach.

Das Mittagessen verlief in angenehmer Atmosphäre, war jedoch nur kurz, weil Hopes Terminkalender es nicht anders zuließ. Carly versprach, am Montag pünktlich um neun Uhr im Büro zu erscheinen, und nahm die Liste der Wohnungsadressen, die Hopes Assistentin für sie zusammengestellt hatte.

Nachmittags fuhr sie mit ihrem Vater von einem Haus zum anderen. Erst die letzte Wohnung entsprach ihren Vorstellungen. Es war ein großes Studio mit Blick auf die Bucht, und die Miete für die ersten sechs Monate war höher als der Preis, den ihr Vater für sein ganzes Haus bezahlt hatte.

Carly hinterließ eine Anzahlung beim Hausverwalter, dann fuhren sie und Don zum Hotel zurück.

Carly war erschöpft. Nachdem sie ihrer Spedition telefonisch die neue Adresse mitgeteilt hatte, bestellte sie beim Zimmerservice ein Abendessen für sich und ihren Vater. Sie setzten sich an den runden Tisch am Fenster.

„Wirst du bestimmt zurechtkommen, wenn ich morgen zurückfliege?", fragte Don. „Ich lasse dich ungern allein. In Ryerton würdest du sicher jemanden finden, der stolz wäre, dein Ehemann zu sein …"

Carly legte ihm den Finger auf die Lippen. „Kein Wort mehr, angehender Großvater. San Francisco ist die richtige Stadt für mich, davon bin ich felsenfest überzeugt. Hier möchte ich leben und mein Kind großziehen."

Bewunderung spiegelte sich in den eisblauen Augen ihres Vaters. „Vielleicht könntest du trotzdem Weihnachten nach Hause kommen", schlug er vor.

„Vielleicht", antwortete Carly, und ihr Hals schnürte sich zusammen.

Ihr Vater ging hinaus. Carly nahm ein kurzes Bad, kroch ins Bett und schlief sofort ein. Sie wachte erst wieder auf, als der Weckdienst des Hotels sich meldete.

Nach dem Frühstück verabschiedete sich Don Barnett von seiner Tochter und fuhr mit einem Taxi zum Flughafen. Da Carly nichts zu tun hatte, ging sie zum „Californian Viewpoint" und erzählte Hope, dass sie eine Wohnung gefunden hätte.

Hope hatte es zwar eilig, nahm sich aber trotzdem die Zeit, Carly ihr neues Büro zu zeigen.

„Sie haben doch nicht vergessen, dass ich schwanger bin?", fragte Carly.

Hope schüttelte den Kopf. „Nein, das habe ich nicht, Carly. Ihr Dad erzählte mir, wer der Vater ist – ich muss zugeben, ich bin beeindruckt. Bei Ihrer und Holbrooks Intelligenz dürfte das Kind gute Voraussetzungen mitbringen."

Carly legte die Hände auf den Bauch und schluckte. „Ich

würde meinem Vater am liebsten den Hals umdrehen, weil er nicht schweigen konnte. Wann in aller Welt hat er Ihnen das verraten?"

Hope lächelte. „Während des Mittagessens, als Sie kurz hinausgingen. Weiß Mark, dass Sie in San Francisco sind?"

„Nein", antwortete Carly schuldbewusst. „Er weiß auch noch nicht, dass ich schwanger bin. Und nachdem Sie ihn offensichtlich gut kennen, wäre ich Ihnen dankbar, wenn er es nicht von Ihnen erführe."

Hope legte den Kopf zur Seite und verschränkte die Arme. „Die Welt ist klein, Carly. Mark und ich waren zusammen auf dem College."

„Das bedeutet wohl, dass ich häufig mit ihm zusammentreffen werde", meinte Carly ergeben.

Hope war schon auf dem Weg zur Tür. „Noch schlimmer", sagte sie über die Schulter. „Ich möchte, dass Sie ihn wegen seines neuen Stückes interviewen." Sie verschwand und gab ihrer neuen Angestellten keine Chance, etwas dagegen einzuwenden.

Es gab kein Entrinnen, das war Carly klar. Sie hatte eine teure Wohnung gemietet und brauchte diese Stellung. Deshalb musste sie zu Mark gehen und ihm bei der Gelegenheit persönlich erzählen, dass sie ein Kind von ihm erwartete.

Während des ganzen Wochenendes überlegte Carly, wie sie Mark die Neuigkeit beibringen sollte. Kühl, würdevoll und gelassen wollte sie auftreten. Natürlich konnte er ein Besuchsrecht für das Kind bekommen, wenn er Wert darauf legte, und wenn er es ihr anbot, Unterhalt zu zahlen, würde sie das Geld dankbar annehmen.

Obwohl sie zwei Tage geübt hatte, war Carly immer noch unsicher, als sie am Montagmorgen um zehn Uhr dreißig an der Tür von Marks Haus läutete.

Nathan öffnete, und sein sommersprossiges Gesicht hellte sich auf, sobald er sie sah. „Carly!", rief er.

Den Tränen nahe, lächelte Carly ihn an. „Ja", antwortete sie.

„Kennst du inzwischen ein paar gute Kartentricks?"

Der Junge nickte bedeutsam und ließ sie herein. „Sie möchten meinen Vater sprechen, nicht wahr?", fragte er hoffnungsvoll. „Der wird sich wundern – er erwartet nämlich einen Mann."

Mark wird sich stärker wundern, als du ahnst, dachte Carly. „Wo ist er?"

„Ich hole ihn", schlug Nathan vor.

Carly schüttelte den Kopf. „Wenn es dir recht ist, möchte ich ihn lieber überraschen."

Der Junge zögerte einen Moment. „Meinetwegen. Dad ist in seinem Arbeitszimmer – eine Treppe hoch." Carly holte tief Luft, drückte sich heimlich beide Daumen und stieg die Stufen hinauf.

Mark saß mit dem Rücken zu ihr am Computer und hatte die Hände hinter den Kopf gelegt. Carly spürte einen heftigen Stich in der Brust. „Hallo, Mark", sagte sie, nachdem sie sich wieder gefasst hatte.

Er fuhr herum, sprang auf und sah sie verblüfft an.

Das ganze Wochenende hatte Carly gehofft, bei Marks Anblick kühl und gelassen zu bleiben. Jetzt merkte sie, dass sie ihn stärker liebte als zuvor.

Mit seinen braunen Augen sah er sie an und ließ den Blick einen Moment auf ihrem Körper ruhen. „Was willst du hier?", fragte er weder unfreundlich noch besonders herzlich.

„Ich soll dich für den ,Californian Viewpoint' interviewen."

„Wie bitte?"

„Ich arbeite dort", erklärte Carly und staunte selbst, dass ihre Stimme so unbekümmert klang, während ihre Knie jeden Moment versagen konnten.

„Du lebst in San Francisco?"

Sie nickte.

„Ach …" Mark war sichtbar verwirrt. „Setz dich", sagte er plötzlich.

Dankbar nahm Carly in dem bequemen Ledersessel Platz. Ihre Hände zitterten, als sie ihr Notizbuch und einen Stift aus der übergroßen Handtasche holte. „Hope erzählte, dass du an einem neuen Stück schreibst."

Mark sah verblüfft auf. „Hope?"

„Hope McCleary, die Herausgeberin des ‚Californian Viewpoint'. Du kennst sie vom College."

„Ach ja", antwortete Mark, und sein Blick glitt erneut zu ihrem Bauch. War der Mann ein Hellseher?

Carly schlug die Beine übereinander und strich ihren weiten Baumwollrock glatt. „Der Fotograf wird gleich kommen", sagte sie. „Bevor wir anfangen, noch eine Frage: Wie geht es Jeanine?"

Mark erholte sich langsam von seiner Überraschung. „Sie ist aus dem Krankenhaus entlassen worden und besucht regelmäßig das Treffen der Anonymen Alkoholiker", antwortete er.

„Nathan lebt offensichtlich noch bei dir."

Mark nickte. „Während der letzten Jahre hat sich viel für ihn verändert. Deshalb sind Jeanine und ich übereingekommen, ihn nicht ständig zwischen ihrem und meinem Haus hin und her zu zerren."

Die Türglocke läutete, und Mark runzelte die Stirn.

„Das wird der Fotograf sein", erklärte Carly strahlend, obwohl sie die wenigen kostbaren Minuten mit Mark ungern mit einem Fremden teilte.

„Na großartig", murmelte Mark.

Carly hatte Allen morgens in Hopes Büro kennengelernt. Sie drängte ihn, die ungestellten Aufnahmen für den Artikel rasch zu machen, und schob den jungen Mann wieder zur Tür hinaus.

Nachdem er gegangen war, drehte sie sich erneut zu Mark. Sie musste ihm alles erzählen, aber sie wusste nicht, wie sie anfangen sollte. Mark enthob sie der Aufgabe.

„Ist das Kind von mir?", fragte er heiser.

Carly errötete heftig. „Wer hat es dir gesagt?", fragte sie. „Mein Vater? Oder Hope?"

„Das brauchte mir niemand zu sagen", antwortete Mark und fuhr sich mit den Fingern durch das Haar.

Carly griff zu ihrem Notizbuch. „Bringen wir das Interview hinter uns, einverstanden? Anschließend können sich unsere Wege wieder trennen."

Mark sprang auf, riss ihr das Buch aus der Hand und schleuderte es durch das Zimmer. „Wie in aller Welt kannst du so ruhig bleiben?", fragte er, packte ihren Oberarm und zwang sie, ihn anzusehen. „Glaubst du etwa, ich werde einfach zur Tagesordnung übergehen und jetzt die Angaben für deinen Artikel herunterschnurren?"

Carly machte sich von ihm los. „Ich habe dir von dem Baby erzählt, Mark. Zu mehr bin ich nicht verpflichtet."

„Das meinst auch nur du", fuhr er sie an.

Carlys Befürchtung, Mark könne ihr das Kind wegnehmen, sobald es geboren war, kehrte zurück. „Ich schicke dir lieber jemand anders für das Interview", erklärte sie steif.

Verärgert wandte sich Mark ab. „Ich würde es lieber hinter mich bringen, wenn es dir recht ist."

Mit zitternden Knien ging Carly zu ihrem Sessel zurück und sank hinein. Mark hob das Notizbuch auf und brachte es ihr.

„Ich möchte einen Platz im Leben dieses Babys einnehmen", sagte er.

Carly nickte kurz, brachte es aber nicht fertig, ihm ins Gesicht zu sehen. Dann riss sie sich zusammen und fragte: „Wie kommst du mit deinem neuen Stück voran?"

„Ganz gut", antwortete Mark und setzte sich ebenfalls. „Allerdings ziehe ich Sachthemen vor."

Carly war erleichtert, dass das Gespräch eine berufliche Wendung annahm. „Heißt das, dass du zur Zeitung zurückkehrst?"

Mark überlegte eine ganze Weile, dann schüttelte er den Kopf. „Ich möchte lieber Bücher schreiben", antwortete er endlich.

„Und mit welchem Thema willst du beginnen?"

„Wahrscheinlich mit einem Band über die Ereignisse im

Nahen Osten. Aus dem Konflikt könnte sich ein dritter Weltkrieg entwickeln."

„Dass es gefährlich werden könnte, stört dich nicht?", fragte Carly und merkte gar nicht, dass sie selber Angst um Marks Sicherheit hatte.

Er zuckte mit den Schultern. „Das Leben besteht aus unzähligen Gefahren", erklärte er. „Deshalb kann ich mich nicht in ein Schneckenhaus zurückziehen und hoffen, dass der Himmel nicht über mir einstürzt."

Carly senkte einen Moment den Blick, dann brachte sie die Unterhaltung auf die Literatur zurück. „Was ist eigentlich aus ‚Gebrochene Schwüre' geworden?", fragte sie vorsichtig.

Mark lächelte wehmütig. „Das ist keine besonders intelligente Frage, Carly. Trotzdem werde ich sie beantworten. Edina hat das Stück an einen Produzenten verkauft. Es wird zurzeit in Mendocino verfilmt."

Wütend sprang Carly auf. „Nach allem, was ich deinetwegen durchmachen musste, hast du das Stück doch verkauft?", fuhr sie ihn an.

Er nickte. „Ich habe es noch einmal gelesen und festgestellt, dass ich ein Dummkopf war."

Genau diese Entwicklung hatte Jim Benson vorausgesagt. Schade, dass er sich nicht verpflichtet gefühlt hatte, ihr von seinem Sinneswandel zu erzählen. Wahrscheinlich gab es inzwischen eine andere Frau in seinem Leben. Und dieser Gedanke tat weh.

„Nun", sagte Carly und stand auf, „ich muss zurück ins Büro und meinen Artikel schreiben." Sie reichte Mark die Hand. „Danke für das Interview."

Sobald Carly gegangen war, rannte Mark die Treppe hinauf und eilte in sein Schlafzimmer. Dort wollte der Malerlehrling gerade die rosa-weiß gestreifte Tapete von den Wänden reißen.

„Halt!", schrie Mark, sodass der Junge erschrocken zusammenfuhr. „Alles bleibt, wie es ist."

Carly saß am Computer. Gleichmäßig glitten ihre Finger über die Tasten, während sie den Artikel über Mark verfasste. Plötzlich klopfte es an der Tür, und Hope trat ein.

Carly setzte die Lesebrille ab und legte sie auf die Schreibtischplatte. „Ich habe es Mark erzählt", sagte sie.

„Und was hat er geantwortet?", fragte Hope gespannt.

„Ehrlich gesagt, nicht viel. Er möchte einen Platz im Leben des Babys einnehmen."

Hope schloss die Tür. „Zum Essen – oder so – hat er Sie nicht eingeladen?"

Carly sah ihre Chefin kläglich an. „Nein, das hat er nicht", antwortete sie und lehnte sich zurück. „Es ist eine merkwürdige Situation, das ist mir inzwischen klar. Als wäre ich von einem Mann geschieden, mit dem ich nie verheiratet war."

„Besteht denn keine Hoffnung, dass Sie beide wieder zusammenkommen?" Die Verlegerin war sichtbar enttäuscht.

„Selbst wenn Mark Holbrook auf den Knien zu mir gerutscht käme, nähme ich ihn nicht wieder", erklärte Carly hochmütig. „Er hat sich unmöglich benommen, als er erfuhr, dass ich sein Stück einer Agentin gezeigt hatte. Man konnte überhaupt nicht mit ihm reden. Meinen Sie, so etwas möchte ich noch einmal erleben?"

Hope zog einen Stuhl heran und setzte sich. Sie beugte sich vor und sah Carly verwundert an. „Sie haben sein Stück jemandem gezeigt, ohne ihn vorher zu fragen?"

Carly schluckte. „Ich weiß, es klingt schlimm. Aber Sie müssen meine Gründe bedenken …"

„Was würden Sie tun, wenn Sie ein Stück geschrieben hätten, und jemand schnappte es sich und zeigte es einem Agenten?"

„Ich würde toben", antwortete Carly trotzig. „Aber anschließend würde ich diesem Menschen verzeihen – vor allem, wenn ich ihn zufällig liebe."

Hope stieß die Luft aus, sodass sich ihr dunkelblonder Pony anhob. In stummem Einverständnis ließen die beiden Frauen das Thema fallen. „Wie ist das Interview verlaufen?"

„Großartig", antwortete Carly und blickte zum Fenster hinaus. Eine leuchtend rote Straßenbahn fuhr gerade einen Hügel hinab. Es sah aus, als stürze der Wagen jeden Moment in die Bucht. Sie schluckte heftig. „Zu allem Überfluss lässt Mark sein erstes Stück jetzt doch produzieren. Es wird zurzeit in Mendocino verfilmt."

„In diesem Punkt haben Sie also gewonnen", erwiderte Hope.

„Stimmt", antwortete Carly unglücklich. „Ich habe gewonnen."

Abends fuhr Carly zu ihrer Wohnung, die erst provisorisch eingerichtet war, weil ihre Möbel noch fehlten. Zizi, ihr neues Kätzchen, begrüßte sie miauend an der Tür. Carly nahm das Tier auf, drückte das weiße Fellbündel an die Wange und liebkoste es. Babys – selbst tierische – heiterten ihre Laune sofort auf.

Sie fütterte Zizi mit dem Trockenfutter, das die Tierhandlung ihr empfohlen hatte, und tauschte den Baumwollrock und die Bluse gegen kurze Jeans und ein eng anliegendes Top. Gerade öffnete sie eine Dose Diät-Cola, da läutete das Telefon.

Mark wird bestimmt nicht anrufen, schalt Carly sich. Ich brauche mir gar nicht erst Hoffnungen zu machen.

Trotzdem fragte sie lebhaft: „Hallo?"

„Tag, Carly", begrüßte Janet sie. „Ich habe eine tolle Neuigkeit für dich."

Carly schloss einen Moment die Augen, denn sie wusste, was jetzt kommen würde. Natürlich freute sie sich für Janet, aber sie fühlte sich ein wenig ausgeschlossen.

„Jim und ich werden heiraten!", stieß Janet hervor.

„Schön", antwortete Carly und meinte es aufrichtig.

„Natürlich musst du meine Brautjungfer sein."

Immer nur die Brautjungfer, dachte Carly und tat sich selber leid. Sie erinnerte sich an die Unterhaltung mit der Freundin bei ihrer Ankunft in Portland. Damals hatte Janet die Ehe als rein praktische Angelegenheit bezeichnet. „Bist du inzwischen zu der Überzeugung gekommen, dass die Liebe doch kein Märchen ist?"

Janet lachte. „Du hast es erfasst. Jim ist der richtige Mann für mich, und ich bin total verrückt nach ihm." Sie schwieg einen Moment. „Was ist übrigens mit Mark und dir? Hast du ihn schon wiedergesehen?"

Carly seufzte. „Ich habe ihn heute Morgen interviewt", sagte sie wehmütig, „und ihm gleichzeitig von dem Kind erzählt."

Janet wurde ernst. „Wollte er dich etwa nicht auf der Stelle heiraten?"

„Natürlich nicht", antwortete Carly gereizt. „Zwischen mir und Mark ist es aus – schon eine ganze Weile."

„Stimmt", antwortete Janet nicht gerade überzeugt. „Aber nachdem ihr jetzt wieder in einer Stadt lebt, sollte die Erdbebenwarte lieber die Richterskala im Auge behalten."

Carly schüttelte den Kopf. „Es ist wirklich vorbei, Janet", erklärte sie nachdrücklich. Ihre Worte wirkten wie ein Dämpfer auf die Unterhaltung, und die beiden Frauen beendeten das Gespräch kurz darauf.

Zizi kletterte an Carlys nackten Beinen hinauf und setzte sich auf ihren Schoß.

„Habe ich nicht recht?", sagte Carly, nahm das Kätzchen in die Hand und stand auf. Einen Moment drückte sie das Tier an sich und ließ es wieder hinunter. Es hatte keinen Sinn, noch länger in der Wohnung zu bleiben und auf einen Anruf zu warten, der nicht kommen würde. Sie musste zum Markt und frisches Gemüse und Fisch zum Abendessen besorgen.

Entschlossen nahm sie ihre Tasche und schaltete den Anrufbeantworter ein. Da es ein warmer Augustabend war und die Sonne noch am Himmel stand, ging sie zu Fuß.

11. Kapitel

Carly kaufte Blumenkohl, Brokkoli, frischen Spargel und ein halbes Kilo Kabeljau. Während sie den Hügel wieder hinaufstieg, befiel sie plötzlich eine wehmütige Befriedigung. Ihr Leben war zwar nicht vollkommen – wessen war das schon –, aber sie wohnte in einer Stadt, die ihr immer besser gefiel, hatte eine interessante Arbeit und würde schon im Winter einen Kinderwagen schieben.

Das genügte. Es musste genügen.

Sie hätte selbst nicht sagen können, ob sie erschrocken oder erfreut war, als sie einen bekannten Wagen vor ihrem Haus entdeckte. Mark saß auf der unteren Stufe und hielt einen großen Strauß rosa Tausendschön in der Hand.

Carlys verräterisches Herz setzte einen Schlag aus, als er aufstand und sie anstrahlte. Er nahm ihr die Papiertüte mit den Lebensmitteln ab und reichte ihr die Blumen.

Sie sah ihn mit großen Augen misstrauisch an. „Was willst du hier?"

„Na, das ist ja eine herzliche Begrüßung", stellte Mark fest, legte die Hand auf ihren Rücken und führte sie langsam die Stufen hinauf. „Ich muss wohl froh sein, dass du nicht vom Dach aus auf mich geschossen hast."

„Wenn es um das Baby geht …", begann Carly. Vor ihrer Tür blieb sie stehen und suchte nach ihrem Schlüssel.

„Es geht um dich und mich", erklärte Mark mit heiserer Stimme. „Carly, ich möchte dich bitten, meine Frau zu werden."

Carly hatte vergessen, wie altmodisch Mark sein konnte. Offensichtlich wollte er seine Pflicht erfüllen, so schwer es ihm auch fiel.

146

Sie betrat die Wohnung, riss ihm die Papiertüte mit den Lebensmitteln aus den Armen und drückte ihm die rosa Tausendschön wieder in die Hand. „Übernimm dich bloß nicht, Mark", fuhr sie ihn an und schlug ihm die Tür vor der Nase zu.

Erschöpft schloss sie die Augen und lehnte sich an das Holz. Es vibrierte von Marks Schlägen.

„Ich gehe nicht fort, bevor du mir zugehört hast, Carly", rief er. „Ich bin ebenso eigensinnig wie du – und kann die ganze Nacht so weitertrommeln, falls nötig!"

„Mach, dass du wegkommst", schrie Carly, während Zizi mit ihrem weichen Fell um ihre Fersen strich.

„Ich denke nicht daran", erwiderte Mark. „Komm schon, lass mich rein. Ich muss dir etwas sagen."

Carly schüttelte den Kopf, auch wenn es niemand sah. „Nenn mir einen Grund, weshalb ich dir zuhören sollte."

Mark schwieg einen Moment. „Weil neugierige Gemüter einen bekommen möchten", sagte er endlich.

Unwillkürlich lächelte Carly. Sie durchquerte das Zimmer und legte die Lebensmittel und ihre Handtasche auf die Anrichte neben dem Herd.

Das Klopfen begann erneut. „Carly!"

Wenn Mark so weitermachte, würden die Nachbarn am Ende die Polizei rufen. „Schon gut", murmelte sie, ging wieder zur Tür und schob den Riegel zurück. „Komm herein."

Verärgert betrat Mark das geräumige Studio und drückte ihr die Tausendschön in die Hand. „Hier", sagte er nur.

„Danke", antwortete Carly ebenso kurz, war innerlich aber schon etwas milder gestimmt. Trotz ihrer Anstrengung, Mark auf Abstand zu halten, drang er zu ihr durch.

Sie nahm eine Kristallvase aus dem Schrank, tat die Blumen hinein und stellte sie auf die sonnige Fensterbank über dem Spülbecken.

Ganz locker legte Mark ihr die Hände auf die Schultern. „Carly …", begann er heiser und drehte sie zu sich. „Ich habe einen Fehler gemacht."

Trotzig schob Carly das Kinn vor. „Sag das noch einmal."

Ein Anflug von Lächeln glitt über sein Gesicht. „Du hast mich genau verstanden", antwortete er. „Ich liebe dich, Carly, und ich brauche dich."

„Weshalb?", fragte sie spöttisch. „Du hast doch alles: einen Sohn, Geld, eine Karriere, um die dich jeder beneiden würde … Weshalb willst du mich auch noch?"

„Weshalb ich dich will?", fragte er barsch. „Weil du meinem Leben einen neuen Sinn und eine lohnende Perspektive gegeben hast. Mit dir war es absolut vollkommen."

Carly strich mit der Zungenspitze über die Unterlippe und beobachtete Mark. „Ich weiß, was du meinst", gab sie zögernd zu. „Ich habe ebenfalls eine großartige Stellung, und ich habe mir bewiesen, dass ich allein zurechtkomme. Trotzdem fehlt mir etwas Wichtiges."

Mark sah sie mit seinen dunklen Augen zärtlich an. „Bitte, gib mir Gelegenheit, dir zu zeigen, dass ich im Grunde nicht jener Dummkopf bin, der solch einen Wutanfall wegen des Bühnenstücks bekommen hat."

Ohne näher zu treten, zog er Carly an sich. Zitternd legte sie den Kopf an seine starke Brust, und er streichelte besänftigend ihren Rücken. Da schlang sie die Arme um seine Taille und sagte ihm körperlich, was sie mit Worten nicht ausdrücken konnte.

Er schob seine warmen Lippen in ihr Haar. „Ich weiß jetzt, dass ich Angst vor meinen eigenen Gefühlen hatte, Carly. Außerdem wollte ich Nathan zurück, und Jeanine hatte diesen Unfall. Ich ging auf Abstand zu dir, weil ich glaubte, auf diese Weise brauchten wir beide nicht zu leiden. Aber es klappte nicht." Er machte eine Pause und holte tief Luft. „Ich verspreche dir, dass so etwas nie wieder vorkommen wird, Liebling. Sollten wir in Zukunft Probleme haben, werden wir sie auf der Stelle bereinigen. Einverstanden?"

Carly hob den Kopf und nickte. „Einverstanden."

Er legte einen Finger unter ihr Kinn. „Ich liebe dich", sagte er und presste die Lippen auf ihren Mund.

Carly wimmerte leise, während er sie küsste, und schlang die Arme um seinen Nacken. Ein Schauer rieselte ihr Rückgrat hinab, als sie seinen festen Körper an sich spürte.

Mark spreizte die Finger und legte sie auf ihren Bauch. Sofort reagierten die Muskeln und zuckten verräterisch gegen seine Hand. Lächelnd machte Carly sich los. In einigen Monaten würde Mark dort die Bewegungen seines Kindes fühlen können.

„Heirate mich", sagte er und küsste ihren Hals. Er öffnete ihre Jeans, glitt mit den Fingern die warme Haut hinab und schob sie in die seidigen Locken.

Carly schwindelte es ein wenig, und ihr Blick war nicht mehr ganz fest, während Mark sie noch weit intimer liebkoste. „Ja", flüsterte sie, „o ja …"

Lachend legte er die linke Hand auf ihren Po und drückte sie an seine wartende Rechte. „Es wäre bequemer, wenn du ein Bett hättest …", flüsterte er.

„Oh …", stöhnte Carly, schloss die Augen und ließ den Kopf nach hinten fallen. Sie konnte sich nur noch auf das Spiel seiner Finger konzentrieren.

Mark ließ sie einen Moment in der Zimmermitte stehen, nahm die drei großen, bunten Bodenkissen, die Carly in einem Importgeschäft gekauft hatte, und legte sie zusammen.

Carly wehrte sich nicht, als er wieder zu ihr kam, sie sanft auf die Kissen drückte und hingerissen ihren Körper betrachtete. Systematisch zog er sie aus, küsste sie, nachdem er ihre Schuhe abgestreift hatte, und knabberte an der Rückseite ihrer Knie, als auch die Jeansshorts fort waren. Anschließend zog er ihr das Sonnentop über den Kopf und öffnete zum Abschluss aufreizend langsam ihren BH.

Sie legte die Hände unter ihre Brüste und hob sie an. Mark zog sein Jackett und sein Hemd aus, stöhnte leise vor Lust und nahm eine der rosa Spitzen zwischen die Zähne.

Carly warf sich auf den weichen Kissen hin und her und

stemmte die Fersen auf den harten Holzboden. Endlich schob Mark den Daumen unter das Taillenband ihres Höschens, das einzige Kleidungsstück, das sie noch trug, und zog es hinunter.

Sie stieg hinaus und stieß es fort, während Mark weiter ihre Brüste liebkoste. Erregt ergriff sie seine Hand und presste sie auf das warme, feuchte Delta zwischen ihren Beinen.

Mark lachte leise und begann, langsam und erregend mit der Hand zu kreisen. Carly folgte seinen Bewegungen und sehnte sich nach weiteren Liebkosungen.

Er ließ ihre Brust los und fuhr mit heißen Küssen ihren Bauch hinab. Erwartungsvoll presste Carly die Hände auf den Boden, obwohl das gewachste Holz ihr keinen Halt geben konnte.

Sie spürte Marks Lippen auf ihrem Bauch, der noch ganz flach war. „Ich werde deine Mutter unendlich glücklich machen", versprach er dem kleinen wachsenden Wesen.

Carly erbebte am ganzen Körper. Sie wusste, was jetzt kam. Mark würde sie körperlich und seelisch auf den Gipfel der Lust entführen. Und darauf wollte sie keine Minute länger warten.

„Bitte, Mark", flüsterte sie. „Mach schon … Komm."

Mit den Fingern spreizte er ihre Beine und berührte sie kurz mit der Zunge.

Carly schrie vor Lust laut auf. Es war ihr gleichgültig, ob die Nachbarn sie hörten. Sie biss sich auf die Unterlippe, als Mark sich zwischen ihren Knien niederließ, und legte die Hände auf die Brust – nicht weil sie sie vor ihm verbergen wollte, sondern weil sie nicht mehr still liegen konnte.

„Ich will sie sehen", sagte er mit leiser, heiserer Stimme und nahm erneut eine kleine feste Spitze zwischen die Lippen.

Mark war unerbittlich, und Carly presste die Hand auf den Mund, um ihre Liebesschreie zu dämpfen. Entschlossen nahm er sie wieder fort, und sie erkannte, dass er völlige Offenheit von ihr erwartete. Jeden Schrei wollte er hören, jeden Zentimeter ihrer Haut betrachten.

Sie keuchte ein paarmal heftig, als er ihre Knie fasste, sie anhob und auseinanderschob. Dann gab es kein Halten mehr.

Mark führte sie auf den Gipfel der Lust, sodass sie sich unter ihm hin und her warf und ihre Liebesschreie von den Wänden und der Decke widerhallten.

Carly wusste, dass Mark sich nicht mit einem einzigen Höhepunkt begnügen würde, und wäre er noch so triumphierend, denn seine eigene Lust stieg genauso schnell wie ihre. Trotzdem bat sie ihn inständig um eine Pause.

Er lachte nur und knabberte an der zarten Haut ihres Schenkels, während sie zitternd wieder zu sich kam. „Wir haben ja noch nicht einmal richtig angefangen", erklärte er.

Schon war Carly wieder am Rand der Ekstase. Sie bog den Rücken durch, ihre Augen waren verschleiert, und das Haar klebte an ihren Wangen und an ihrer Stirn. Noch bevor sie sich vom ersten Gefühlsrausch erholt hatte, erregte Mark sie erneut.

Ein uralter Instinkt gab Carly die Kraft, seine Jeans zu öffnen, die Hand hineinzuschieben und ihn zu umschließen.

Er stöhnte und schloss die Augen. „Oh Carly …", stieß er hervor. „Carly."

Sie liebkoste ihn, bis er beinahe von Sinnen war, und sorgte dafür, dass er schließlich ebenso hilflos dalag, wie sie es gerade noch getan hatte. Kühn zog sie ihn völlig aus, beugte sich vor und stieß ihn leicht mit der Zunge an.

Mark schrie heiser auf, als sie ihn so intim berührte, und Carly wurde von einem triumphierenden Glücksgefühl erfasst. Sie hatte Mark dort, wo sie ihn haben wollte, und sie würde ihn nicht loslassen, bevor sie ihn restlos befriedigt hatte.

Mark gab sich ihr vertrauensvoll hin, und Carly liebte und quälte ihn süß und zärtlich.

Endlich nahm er ihren Kopf zwischen beide Hände und gebot ihr Einhalt. Seine kräftige Brust hob und senkte sich, während er nach Luft rang. „In dir", stieß er endlich hervor. „Ich möchte in dir sein."

Carly wollte ihre überlegene Stellung keinesfalls aufgeben – diesmal würde Mark mit seinem herrlichen Körper lustvoll unter ihr liegen.

Sie stemmte ihre Knie zu beiden Seiten seiner Hüften, führte ihn mit einer Hand und lächelte sinnlich, während er es kaum noch aushielt.

Anschließend spreizte sie die Hände auf seiner breiten Brust und senkte sich aufreizend langsam auf ihn. Halb wahnsinnig vor Verlangen warf er den Kopf von einer Seite zur anderen, und Carly liebte ihn noch mehr, weil er sich ihr hemmungslos hingab.

„Weiter?", neckte sie ihn.

„Weiter", drängte er.

Erneut liebkoste Carly ihn. Seine Haut wurde feucht, und seine Muskeln zitterten von der Anstrengung, sich weiter zu beherrschen.

Mark bog den Kopf zurück und schloss die Augen, und Carly beugte sich vor und knabberte an seinem Kinn. Plötzlich fasste er mit beiden Händen ihre Hüften, und sie wusste, dass das Spiel beinahe vorüber war.

Schon zog Mark sie kraftvoll auf sich und versetzte Carly allein mit diesem Stoß in höchste Erregung. Verzückt schrie sie auf, während er ihre Brustspitzen zwischen die Finger nahm und massierte.

Erneut drang er in sie ein, und Carly spürte, wie ihr Körper zuckend reagierte, als die Wellen ekstatischer Lust sie durchströmten. Doch Mark hatte noch nicht genug. Ohne sich von ihr zu lösen, drehte er sie auf den Rücken und nahm sie kraftvoll in Besitz.

Stolz und voller Liebe beobachtete Carly die Befriedigung in seinen Augen.

Erschöpft fiel Mark neben ihr auf die Kissen, legte ihr einen Arm um die Taille und zog sie fest an seine Brust. Schweigend lagen sie eine ganze Weile da.

Ein ungeheures Glücksgefühl durchströmte Carly, und Tränen stiegen ihr in die Augen. Sie gehörte Mark, und er gehörte ihr – nicht nur bis zu ihrem nächsten Streit. Auf unerklärliche Weise hatte sich das Band zwischen ihnen verstärkt.

Sie küsste Marks Schulter und schloss die Augen.

Hinter dem Zaun des kleinen Kirchhofs erstreckte sich die weite Landschaft von Kansas. Untersetzte Frauen in bunten Kleidern unterhielten sich lebhaft, während die Männer rauchten und über die Ernte und „die Politiker drüben in Washington" sprachen. Kinder liefen übermütig zwischen ihnen umher und freuten sich auf den Kuchen und die süßen Getränke, die es gleich beim Empfang geben würde.

Carly trug das zarte Brautkleid ihrer Mutter. Sie hakte sich bei Mark ein und trat näher an ihn heran.

Mark brach die Unterhaltung mit seinem Vater und seinem Schwiegervater ab und strahlte seine Frau an. Sie verstanden sich auch ohne Worte. Gemeinsam gingen sie zu der gemieteten Limousine, die silbern in der Sonne glänzte und sie von der Kirche zum Empfang bringen sollte.

Carly hob ihre weiten, raschelnden Spitzen- und Satinröcke an und setzte sich in den eleganten Wagen. Der Brautstrauß aus rosa Tausendschön und weißen Rosen lag duftend auf ihrem Schoß.

Mark beugte sich zu ihr und küsste sie auf die Wange. „Ich liebe dich, Mrs. Holbrook", sagte er.

Als Antwort strahlte sie ihn an.

Der Fahrer schaltete seine Stereoanlage ein, und leise romantische Musik erklang. Wahrscheinlich war das seine Art, die Frischverheirateten wissen zu lassen, dass er nicht zuhörte.

Mark und Carly lehnten die Stirn aneinander und sprachen über ihre Flitterwochen in Paris. Anschließend würde Carly zu Nathan und zu ihrer Zeitschrift nach San Francisco zurückkehren, während Mark in den Nahen Osten fliegen wollte, um Material für sein Buch zu sammeln.

Vor dem alten Landsitz warteten bereits etliche Gäste. Country- und Westernmusik war durch die geöffneten Fenster zu hören.

Mark trat mit Carly ein und zog seine Frau zu einem Tanz in die Arme. Das freute die Zuschauer, denen eine Hochzeit beinahe ebenso gefiel wie eine spannende Viehversteigerung.

Spielerisch berührte Mark mit den Lippen ihren Mund, und die Gäste klatschten begeistert Beifall.

Anschließend tanzte Carly mit ihrem Vater, dann mit ihrem Schwiegervater und schließlich mit Nathan.

„Du bist hübsch in diesem Kleid", sagte ihr Stiefsohn.

Carly lächelte. „Danke. Du siehst auch fabelhaft aus." Beinahe hätte sie ihm über das Haar gestrichen, hielt sich aber zurück, um Nathan nicht in Verlegenheit zu bringen. „Es macht dir doch nichts aus, dass ich für eine Woche mit deinem Vater nach Paris fahre?", fragte sie.

Nathan schüttelte feierlich den Kopf. „Und du brauchst keine Angst zu haben, wenn Dad anschließend in den Nahen Osten fliegt. Ich bin schon stark und werde auf dich aufpassen."

Carly wurde es ganz warm ums Herz. „Schön", sagte sie. „Dann ist ja alles in Ordnung."

Gegen Ende der Melodie tippte Mark seinem Sohn auf die Schulter und nahm Carly in seine Arme. „Nach deinem Gesichtsausdruck zu urteilen, macht Nathan mir richtig Konkurrenz."

Carly lächelte und freute sich, dass sie wieder bei ihrem Mann war. „Er ist ein fabelhafter Junge", stimmte sie ihm zu. „Gerade hat er mir versichert, ich brauche keine Angst zu haben, wenn du in den Nahen Osten gehst, weil er stark genug ist und auf mich aufpassen kann."

Mark sah sie eindringlich an. „Hast du denn Angst um mich?"

„Natürlich", antwortete Carly. „Welche Frau hätte das nicht, wenn sie an die möglichen Gefahren denkt. Aber ich werde deiner Karriere nicht im Weg stehen und erwarte dasselbe von dir."

Dann wurde die Hochzeitstorte angeschnitten und verteilt, und die Gäste applaudierten heftig, als Mark Carly in die Arme zog und sie lange küsste.

„Ich liebe dich, Mrs. Holbrook", flüsterte er heiser. „Immer und ewig, was auch geschieht."

Wohl zum hundertsten Mal traten Carly Tränen des Glücks in die Augen. „Noch einen Tanz, bevor wir gehen?" Mark nickte.

Sie wirbelten über den Tanzboden und nahmen weder die Gäste noch die unzähligen hübsch verpackten Geschenke wahr. Mr. und Mrs. Holbrook waren in jenem kostbaren Augenblick ganz allein auf der Welt.

– ENDE –

Sarah Morgan

Und wieder brennt
die Leidenschaft

Roman

Aus dem Amerikanischen von
Elke Schuller

1. Kapitel

Sie würde *nicht* sterben!

Rico Crisanti, Milliardär und Eigner des Crisanti-Konzerns, blickte angespannt durch die Glasscheibe zwischen Besucherzimmer und Intensivstation. Dass die Krankenschwestern dort drinnen ihn träumerisch ansahen, merkte er nicht. Er war daran gewöhnt, von Frauen hingerissen betrachtet zu werden. Manchmal fiel es ihm auf, manchmal nicht.

Diesmal beachtete er es nicht, denn er wandte den Blick nicht vom Bett, in dem ein junges Mädchen völlig bewegungslos lag, angeschlossen an modernste medizinische Apparate.

Das Jackett seines Designeranzugs hatte Rico schon längst ausgezogen und über eine Stuhllehne geworfen, die Ärmel des Seidenhemds über den sonnengebräunten Armen aufgerollt. Auf dem markanten Kinn zeigten sich dunkle Bartstoppeln, und er sah im Moment eher wie ein Gauner denn wie ein Geschäftsmann aus.

Für einen Mann wie ihn, der befahl und kontrollierte, der rasches, überlegtes Handeln gewohnt war, bedeutete es eine Höllenqual, untätig warten zu müssen.

Probleme wollte er immer sofort lösen, Schwierigkeiten innerhalb kürzester Zeit beseitigen.

Nun erkannte er – zum ersten Mal –, dass er eine Situation nicht beherrschte. Dass es etwas gab, was er für Geld nicht kaufen konnte: das Leben seiner Schwester.

Nein, sie durfte nicht sterben! Sie war doch erst sechzehn.

Rico fluchte leise und musste sich zwingen, nicht mit den Fäusten gegen die Glasscheibe zu trommeln. Die vergangenen zwei Wochen hatte er beinah ausschließlich im Krankenhaus verbracht und war sich völlig hilflos vorgekommen.

Er achtete nicht auf das leise Schluchzen der Frauen, die mit ihm im Zimmer waren: seine Mutter, seine Großmutter, eine Tante und zwei Cousinen. Schweigend blickte er unablässig auf Chiara, als könnte er sie gleichsam durch Gedankenübertragung dazu bewegen, endlich aus dem Koma aufzuwachen.

Was konnte er noch für sie tun?

Rico atmete tief durch, um seine Gedanken zu klären. Schlafmangel und Sorgen beeinträchtigten seine Konzentrationsfähigkeit, die Angst um Chiara lähmte ihn von Stunde zu Stunde mehr.

Er hatte bisher nichts weiter für sie tun können, als einen erstklassigen Neurochirurgen einfliegen zu lassen, der sie nach ihrem schweren Sturz operiert hatte. Fürs Erste erfolgreich: Die Hirnblutung war gestoppt, der Druck auf die Nerven beseitigt.

Chiara atmete eigenständig, doch sie hatte das Bewusstsein noch immer nicht wiedererlangt. Ihr Leben stand auf Messers Schneide. Keiner wusste, wie das Schicksal entscheiden würde: Tod oder Leben? Und niemand konnte sagen, ob es dann ein Leben ohne Behinderung sein würde …

Wieder schluchzte seine Mutter leise, und es schnitt ihm ins Herz. Auch für sie konnte er nichts tun. Zum ersten Mal war er völlig machtlos.

Beinah hätte er spöttisch gelacht, wenn er nicht zu erschöpft gewesen wäre. Hatte er sich wirklich bisher eingebildet, das Schicksal lenken zu können?

Seinem Vater hatte er geschworen, sich immer um die Familie zu kümmern. Was war dieses Versprechen jetzt wert? Und was zählte es, dass er, Rico Crisanti, ein Wirtschaftsimperium aus dem Nichts aufgebaut hatte, anfangs mit keinem anderen Kapital als seiner unerschütterlichen Zielstrebigkeit? Was bedeutete sein atemberaubender Erfolg als Geschäftsmann?

Weniger als nichts.

Kein Geld der Welt konnte einen Menschen vor Schicksalsschlägen bewahren. Das wusste er nun.

Frustriert knöpfte Rico sein Hemd weiter auf und ging mit

großen Schritten in dem ziemlich kleinen Raum hin und her. Es verschaffte ihm keine Erleichterung. Ungewohnte und unerwünschte Gefühle schnürten ihm die Kehle zu, und zum ersten Mal, seit er ein kleiner Junge gewesen war, brannten ihm heiße Tränen in den Augen.

Reiß dich zusammen, beschwor er sich.

Seine Angehörigen stützten sich auf ihn. Er war ihr Fels in der Brandung, und wenn er umfiel, wenn er jetzt dem Drang nachgab, wie ein kleines Kind zu heulen … dann würden sie alle die Hoffnung verlieren.

Das durfte nicht sein.

Also blickte Rico weiter schweigend durchs Fenster auf die reglose Gestalt seiner Schwester und flehte sie im Stillen an, endlich aufzuwachen.

Die Tür zum Besucherzimmer wurde geöffnet, und der Chefarzt kam herein, begleitet von einem Gefolge jüngerer Mediziner.

Rico wandte sich sofort dem Chefarzt zu, dessen Gehabe verriet, dass er Neuigkeiten mitzuteilen hatte.

„Irgendwelche Änderungen?", fragte Rico heiser und hatte Angst, es könnte schlechte Nachrichten geben.

„Ja, durchaus." Der Doktor schien ein bisschen eingeschüchtert zu sein, weil er es mit einem Milliardär zu tun hatte, der von einem Team von Bodyguards begleitet wurde. Sogar hier im Krankenhaus. „Ihre vitalen Funktionen haben sich verbessert, und sie war kurz bei Bewusstsein. Sie hat sogar gesprochen."

„Gesprochen?", wiederholte Rico, und ihm wurde zum ersten Mal seit Langem leichter ums Herz. „Was hat Chiara gesagt?"

„Sie war leider schlecht zu verstehen", antwortete der Arzt. „Eine der Krankenschwestern meint, es sei ein Name gewesen. Stacey … Stasia … oder so ähnlich. Sagt Ihnen das etwas?"

Nicht Stasia, sondern *Anastasia*.

Rico erstarrte. Seine Mutter atmete scharf ein, seine Großmutter stöhnte laut.

Kurz schloss er die Augen und strich sich über die Stirn. Während Chiara um ihr Leben kämpfte, hatte er nicht an Anastasia denken wollen. Anscheinend war das Schicksal jedoch darauf aus, ihm eine weitere Bürde auf die Schultern zu legen.

Der Arzt räusperte sich. „Nun … wer immer sie ist, könnte sie hierher ins Krankenhaus geholt werden?"

Rico sah, wie seine Mutter heftig den Kopf schüttelte, ignorierte es aber. Es zählte jetzt nur eins: dass seine Schwester wieder gesund wurde.

„Würde es die Genesung fördern?", erkundigte er sich zögernd.

„Möglicherweise ja. Es lässt sich schwer sagen." Bedauernd zuckte der Arzt die Schultern. „Jedenfalls sollten wir es unbedingt versuchen. Kann man mit dieser Stasia Kontakt aufnehmen?"

Ja, aber nur unter großen persönlichen Opfern, antwortete Rico im Stillen.

Seine Mutter sprang auf, ihr Gesicht war vor Zorn verzerrt. „Nein! Ich will sie nicht hier haben. Sie ist nichts weiter als …"

„Genug!" Mit einem einzigen Blick seiner dunklen, sonst meist so kühl wirkenden Augen brachte er seine Mutter zum Schweigen.

Die jüngeren Ärzte musterten ihn neugierig.

Schlimm genug, dass Reporter aus aller Welt vor der Klinik kampierten und jede Wende in dieser privaten Tragödie auszuschlachten versuchten. Man durfte ihnen nicht auch noch Informationen für die Skandal- und Klatschspalten zukommen lassen!

Wieso muss es ausgerechnet Anastasia sein, die Chiara womöglich helfen kann? überlegte Rico. Es war ein grausamer Scherz des Schicksals!

Er hatte erwartet, sie nie mehr wiedersehen zu müssen. Seit Monaten arbeitete ein Stab von Rechtsanwälten an den Bedingungen für die Scheidung. Eine faire Scheidung. Er würde Anastasia großzügig abfinden und konnte sich dann mit ruhigem Gewissen einer anderen Frau zuwenden. Diesmal würde er eine nachgiebige, sanfte Italienerin heiraten – die wusste, worauf es einem traditionell erzogenen sizilianischen Ehemann ankam.

Keine temperamentvolle englische Rothaarige voll Feuer und Leidenschaft, für die der Begriff „Nachgiebigkeit" ein Fremdwort war.

Scharf atmete er ein, als die Erinnerung an Anastasia – seine ungestüme, schöne Ehefrau – in ihm ungezügeltes Begehren weckte. Seit einem Jahr lebten sie nun getrennt, und es war alles andere als eine freundschaftliche Trennung gewesen. Trotzdem sehnte er sich noch immer leidenschaftlich nach seiner Frau. Er traute sich nicht zu, ein Wiedersehen mit ihr gänzlich ungerührt zu verkraften.

Anastasia beeinträchtigte seine Urteilskraft mehr, als ihm lieb war. Mehr, als er sich eingestehen wollte. Sie war wie eine Droge. Trotz allem, was sie ihm angetan hatte, war er noch immer süchtig nach ihr. Deshalb wäre es nicht ratsam, ihr wieder zu begegnen.

Obwohl er inzwischen gelernt hatte, sie zu hassen.

Obwohl er nun wusste, was für ein Fehler es gewesen war, sich mit ihr einzulassen.

Rico ging wieder zum Fenster und betrachtete seine Schwester schweigend, wobei er überlegte, welche Möglichkeiten ihm offen standen. Es waren deprimierend wenige. Wenn er davon ausging, dass seine Wünsche und Bedürfnisse im Moment zweitrangig waren verglichen mit Chiaras Genesung, blieb nur ein Schluss übrig: Er musste, so schwer es ihm fiel, ein Wiedersehen mit Anastasia in Kauf nehmen.

Es ändert natürlich nichts an der bevorstehenden Scheidung, sagte er sich schnell. Nein, es bedeutete nur eine kurze Einstellung der Kampfhandlungen in diesem „Rosenkrieg". Er würde Anastasia nach Sizilien einfliegen lassen, sie würde tun, was immer nötig war, und dann schickte er sie wieder nach Hause.

Bestimmt würden sie nicht mehr als nur die nötigsten Worte

wechseln … was ihm recht war. Er wollte sich nicht an Vergangenes erinnern und schon gar nicht Zeit mit der Frau verbringen, die bald seine Exfrau sein würde.

Die Brisanz der Situation wird Anastasia nicht entgehen, dachte Rico und lächelte grimmig. Seine blendend schöne, unkonventionelle Anastasia … Sie hatte nie dem Bild entsprochen, das seine Mutter sich von der idealen Frau für ihn gemacht hatte.

Oder er selbst.

Er hatte ihr *alles* gegeben. Hatte alles getan, was man von einem Ehemann erwartete. Doch das war, wie es schien, nicht genug gewesen.

Der Chefarzt räusperte sich diskret. Er hatte lang genug auf die Antwort warten müssen.

Rico traf die einzig mögliche Entscheidung. „Ich werde dafür sorgen, dass Anastasia herkommt", versicherte er und wandte sich an Gio, seinen Sicherheitschef. „Ruf sie an, und sag ihr, sie soll sich bereithalten. Dann sorge dafür, dass das Flugzeug sofort startklar gemacht wird."

Seine Mutter stöhnte schockiert auf. Gio, ein Freund aus den Kindertagen, sah ihn überrascht an.

Rico fand sich indessen damit ab, dass er etwas tun musste, was *nicht* zu tun er sich geschworen hatte: Anastasia wiederzusehen.

Eines Tages werde ich sie vergessen haben, sagte er sich. Zumindest würde er an sie denken können, ohne sofort heißes Verlangen zu spüren. Und je eher dieser Tag kam, desto besser.

Anastasia führte noch einige Pinselstriche aus, dann trat sie zurück und betrachtete das Bild mit zusammengekniffenen Augen kritisch. Schließlich nickte sie zufrieden.

Ihr neuestes Werk war fertig. *Endlich.*

Auch Mark wird sich freuen, dachte sie und reinigte die Pinsel. Danach verließ sie ihr Atelier und ging in die Küche, wo sie den Kessel aufsetzte. Während sie darauf wartete, dass das Wasser zu kochen begann, sortierte sie ihre Post, um die sie sich in den vergangenen vierzehn Tagen so gut wie nicht gekümmert hatte, weil sie ganz aufs Malen konzentriert gewesen war.

Außerdem schaltete sie ihr Handy wieder ein, das beinah augenblicklich zu klingeln begann. Es konnte nur ihre Mutter sein, die sie zu erreichen versuchte.

Anastasia lächelte und meldete sich. „Hallo, Mum! Wie laufen die Geschäfte?"

„Bestens!" Ihre Mutter klang begeistert.

Und selbstsicher. Nicht mehr verschreckt und eingeschüchtert wie sechs Jahre zuvor, als ihr Mann sie unvermittelt verlassen hatte. Wegen einer Blondine, die nur halb so alt war wie er.

An diese schreckliche Zeit wollte Anastasia sich nicht länger erinnern. Sie hatte damals ihr erstes Jahr auf der Kunstakademie absolviert, und das Schicksal ihrer Mutter hatte ihr eins bewiesen – wenn es dieses Beweises überhaupt bedurft hätte: Es war nicht gut, von einem Mann abhängig zu sein. Ihre Mutter hatte sich in allem stets auf ihren Mann verlassen und war dann gleich im doppelten Sinn völlig verlassen gewesen, als er sie sitzen ließ. Daraufhin hatte sie jedes Selbstvertrauen verloren.

Schließlich hatte Anastasia ihre Mutter ermutigt, sie solle ihr fundiertes Wissen über Antiquitäten nutzen und einen kleinen Laden eröffnen. Nach und nach sprach sich herum, dass Mrs. Silver Antiquitäten nicht nur verkaufte, sondern ihre Kunden auch bezüglich der Einrichtung ihrer Häuser beriet. Ihr Geschäft ging von Jahr zu Jahr besser, und sechs Monate zuvor hatte sie es dank eines großzügigen Kredits der Bank wesentlich ausbauen können.

„Allerdings sollte ich so bald wie möglich mehr Personal einstellen", berichtete Mrs. Silver weiter. „Ich muss zu der Kunst- und Antiquitätenmesse fahren, anschließend bin ich in ein Herrenhaus in Yorkshire eingeladen. Den Laden kann ich solange nicht einfach schließen. Mittlerweile kommen Leute aus ganz England zu mir. Es wäre ihnen gegenüber unfair, wenn sie plötzlich vor verschlossener Tür stehen müssten. Und du bist ja zu intensiv mit Malen beschäftigt, um aushelfen zu können."

Wieder lächelte Anastasia, erfreut darüber, wie lebhaft ihre Mutter klang. „Du wirst den Laden schon schmeißen, Mum! Stell ruhig so viel Personal ein, wie du brauchst." Sie warf einen Stapel Reklame in den Papierkorb. „Das Bild ist übrigens fertig – seit wenigen Minuten. Mark kann es jederzeit abholen."

„Wunderbar! Ich werde es ihm ausrichten, falls ich ihn eher sehe als du. Und wie geht es dir, Liebes? Isst du auch genug?"

„Ja, sicher." Das war eine Lüge. Im vergangenen Jahr hatte Anastasia überhaupt nicht viel gegessen. Seit sie aus Italien zurückgekommen war, lag ihr nichts mehr am Essen. Doch das brauchte ihre Mutter nicht zu wissen, weil sie sich sonst nur Sorgen machen würde. „Mir geht es glänzend, Mum. Ehrlich."

Mrs. Silver ließ sich nicht täuschen. „Du weinst noch immer diesem Sizilianer nach, stimmt's?" Sie seufzte. „Glaub mir, mein Kind, Männer wie er ändern sich nicht. Ich weiß es. Immerhin habe ich jahrelang mit deinem Vater zusammengelebt, und er war derselbe Typ. Ich war für ihn nur ein Spielzeug, und als ich ihm langweilig wurde, hat er sich ein neues beschafft."

Anastasia hörte, wie sich ein Auto über die Zufahrt voller Schlaglöcher zu ihrem kleinen Haus quälte. Es war ein guter Vorwand, das Gespräch zu beenden.

„Tut mir leid, Mom, ich muss jetzt Schluss machen, weil ich unerwarteten Besuch bekomme. Wahrscheinlich Mark, der sich erkundigen will, wie weit das Bild gediehen ist. Ich ruf dich später noch mal an, okay?"

Ohne ihrer Mutter Zeit zum Protestieren zu lassen, schaltete sie das Handy aus und seufzte tief. Sie liebte ihre Mutter, doch nicht einmal mit ihr würde sie über ihre Beziehung zu Rico sprechen.

Das Auto blieb vor der Tür stehen. Anastasia schnitt ein Gesicht. Sie hatte keine große Lust, sich mit Mark zu befassen. Er machte keinen Hehl daraus, dass er mehr von ihr wollte als ihre Bilder, aber sie war noch nicht bereit für eine neue Beziehung.

Vielleicht würde sie es nie mehr sein …

Reuevoll lächelnd blickte sie auf ihre mit Ölfarben bekleckste Jeans. Mit ihr war im Moment kein großer Staat zu machen, aber wenn Mark einfach vorbeikam, ohne sich vorher telefonisch anzumelden, durfte er nichts Besseres erwarten.

Bevor er klopfen konnte, öffnete sie die Tür. Und erstarrte vor Schreck.

Draußen stand Rico Crisanti.

Der Milliardär. Der *Mistkerl*.

Der letzte Mensch auf der ganzen weiten Welt, den zu sehen sie erwartet hätte.

Ihr Herz schien einen, nein, mehrere Schläge lang auszusetzen. Ihr wurde schwindlig. Einen winzigen, herrlichen Augenblick lang glaubte Anastasia, Rico wäre endlich gekommen, um sie zu sich zurückzuholen.

Dann kam sie schlagartig in die Wirklichkeit zurück und erinnerte sich, dass es ein Jahr her war, seit sie sich getrennt hatten. Dass sie in Scheidung lebten. Es musste demnach einen anderen Grund für seinen Besuch geben. Doch was immer ihn zu ihr führen mochte … sie wollte von ihm nichts mehr wissen.

„Nein!", rief sie hitzig und hätte ihm am liebsten die Tür vor der Nase zugeworfen, aber er legte einfach die Hand dagegen. Wahrscheinlich hatte er sich denken können, wie sie ihn empfangen würde.

„Du antwortest nicht auf Briefe und stehst nicht im Telefonbuch", begann Rico zornig und funkelte sie an. „Du vergräbst dich, wo Fuchs und Hase sich Gute Nacht sagen und man dich beinah nicht finden kann."

„Dass ich von dir nicht gefunden werden *wollte*, ist dir nicht in den Sinn gekommen? Wenn mir etwas am Kontakt mit dir liegen würde, hätte ich dir eine Nachsendeadresse übermittelt." Sie erwiderte seinen Blick, ebenso wütend wie er. „Und wenn ich vermutet hätte", fügte sie heiser hinzu, „es könnte auch nur die allerkleinste Chance bestehen, dass du mich suchst, hätte ich mich noch besser versteckt."

Ihr war nie in den Sinn gekommen, Rico könnte sie suchen. Jedenfalls nicht mehr nach den ersten elenden Monaten, in denen sie ständig aus dem Fenster geblickt und gehofft hatte, sie würde seinen schnittigen Sportwagen vor dem Haus entdecken. Nur allmählich hatte sie sich damit abgefunden, dass er sich nicht mehr bei ihr melden würde.

Dass es mit ihrer Ehe aus und vorbei war.

Anastasia hatte Rico verlassen, er war ihr nicht gefolgt. Das sagte alles, was es zu sagen gab: Ihm hatte nichts daran gelegen, die Ehe zu retten. Eine Ehe, die ohnehin ein einziges Fiasko gewesen war.

Mittlerweile hatte Anastasia sich geschworen, sich beim nächsten Mal – falls überhaupt – nur in einen soliden, wohl erzogenen, modern denkenden Briten zu verlieben. Nicht in einen skrupellosen Sizilianer, der glaubte, dass ihm die ganze Welt gehöre und sich mit Geld alles regeln lasse – und dessen Einstellung zu Frauen nicht besser als die eines Neandertalers war!

Aufgebracht betrachtete sie ihn und gestand sich ein, dass er unverschämt sexy war, trotz seines arroganten Auftretens und des kalten, harten Blicks in den dunklen Augen. Ihr Herz pochte plötzlich rascher, was ihr nicht behagte.

Dass sie so heftig auf Rico Crisanti reagierte, hatte sie anfangs überhaupt erst dazu gebracht, sich mit ihm zu befassen. *Wider besseres Wissen.*

Er sah so gut aus und besaß eine so starke Ausstrahlung, dass er Frauen magisch anzog.

Und obwohl er ein typisch sizilianischer Macho war, hatte auch sie, Anastasia Silver, seinem Sexappeal nicht widerstehen können …

Nun fiel ihr plötzlich auf, dass Rico nicht sie ansah, sondern überrascht seine Umgebung musterte. Beinah hätte sie laut gelacht, weil er so verblüfft wirkte. Er besaß mindestens sechs riesige, luxuriöse Anwesen weltweit und war vermutlich noch nie in einem so kleinen Haus wie ihrem gewesen. Zu Anfang ihrer Beziehung hatte sie ihn deswegen aufgezogen, später war alles, was sie sich sagten, bitter und ernst gewesen.

Ja, die Unterschiede ihrer Weltanschauungen und ihrer jeweiligen Einstellung zum Leben waren so groß, dass sie unüberbrückbar erschienen. Er meinte, der angestammte Platz einer Frau sei ihr Heim, in dem sie geduldig auf die Rückkehr ihres Gatten wartete. Sie hingegen wollte sozusagen im Strom des Lebens schwimmen, an allem teilhaben und es bis zur Neige auskosten.

„Was soll das hier sein?", fragte Rico schließlich ungläubig.

„Mein Zuhause", antwortete Anastasia kühl und hatte keine Lust mehr zu lachen. „In dem du nicht willkommen bist."

Er hätte sie nicht daran zu erinnern brauchen, dass er ihr Heim, das sie so liebte, noch nie gesehen hatte. Dass er so wenig über sie wusste, obwohl sie verheiratet waren. Dass er keine Ahnung hatte, was ihr wirklich etwas bedeutete.

Wieder versuchte sie, die Tür zu schließen, obwohl es reine Zeitverschwendung war. Rico war einen Meter siebenundachtzig groß und muskulös. Außerdem wurde er bestimmt von seinen Bodyguards begleitet. Dessen war sie sich sicher, auch wenn sie die Männer nicht sehen konnte. Früher hatte es sie amüsiert, dass diese Männer immer bei ihm waren, denn wenn jemand sich notfalls selbst verteidigen konnte, dann Rico. Er war Experte in verschiedenen Kampfsportarten, dazu äußerst fit, und er besaß die Ausdauer eines echten Athleten.

Trotzdem hielt er an den Sicherheitsmaßnahmen fest, denn als Eigner eines der erfolgreichsten und lukrativsten Wirtschaftsimperien der westlichen Welt lief er natürlich ständig Gefahr, entführt zu werden. Er wollte es potenziellen Kidnappern so schwer wie möglich machen, ihn zu erwischen.

Und wenn es doch jemandem gelingen sollte, wäre es für Rico die schlimmste Folter, zwei, drei Tage nicht arbeiten zu können, dachte Anastasia und hätte beinah hysterisch gelacht.

Er war der typische Workaholic, immer wie besessen von seiner Arbeit. Ohne die funktionierte er nicht richtig, was Anastasia ihm früher oft scherzhaft vorgehalten hatte. Einmal hatte sie sein Handy versteckt, woraufhin er beinah ausgerastet wäre … bis er entdeckte, *wo* sie es verborgen hatte!

Nun straffte sie sich und versuchte, nicht länger an diese herrlichen Tage zu denken, als sie frisch verheiratet gewesen waren ... Bevor die Wirklichkeit sie eingeholt hatte. Bevor sie entdeckt hatten, dass – außer Leidenschaft – absolut nichts sie beide verband.

„Wie hast du mich denn überhaupt gefunden?", erkundigte sich Anastasia.

„Mit viel Mühe und unter großen Strapazen", erwiderte Rico schroff. „Und ich habe schon zu viel Zeit vergeudet. Mein Pilot tankt im Moment das Flugzeug auf. In einer Stunde befinden wir uns auf dem Rückflug."

Nun sah sie ihn so überrascht an wie er vorhin ihr Haus. „Wir?", hakte sie nach. „Wen genau meinst du damit? Dich und mich ja ganz bestimmt nicht."

Nein, er konnte sie nicht mitnehmen wollen! Seit einem Jahr hatten sie kein einziges Wort mehr gewechselt. *Seit jener Nacht ...*

Er hatte sie beschuldigt, ihm untreu zu sein. Und da sie genauso wütend gewesen war wie er, war sie aus dem Schlafzimmer – und aus Ricos Leben – gestürmt. Sie beide waren ohnehin zu unterschiedlich für eine glückliche Beziehung.

Trotzdem hatte sie insgeheim gehofft, er würde um die Ehe kämpfen. Und war schon bald enttäuscht worden.

„In meinem Wortschatz bedeutet ‚wir' immer noch so viel wie ‚du und ich'", erwiderte Rico ungeduldig.

Weshalb will er, dass ich ihn begleite, wohin auch immer? fragte Anastasia sich bestürzt.

„Ich kann mir nicht vorstellen, was dich hergeführt hat." Sie klang abweisend. „Du müsstest doch wissen, dass ich mit dir nirgends hingehe. Nie mehr! Schon seit einem Jahr bin ich nicht mehr dein Anhängsel und deine Gespielin."

Und nicht länger Sklavin der Leidenschaft, fügte sie im Stillen hinzu. Sex war das Einzige gewesen, was sie und Rico verbunden hatte. Heißblütiger, hemmungsloser, wunderbarer Sex ...

Da sie eine scharfe Erwiderung erwartete, war sie überrascht, als Rico schwieg. Nun erst merkte sie, wie angespannt er wirkte. Gestresst. Unendlich müde.

Früher war er nie müde gewesen! Er besaß mehr Ausdauer als jeder andere Mensch, den sie kannte. Oft hatte er sie die ganze Nacht lang wach gehalten und war morgens energiegeladen aufgestanden, um an einer Besprechung teilzunehmen, während sie nach einer Nacht der Leidenschaft so erschöpft gewesen war, dass sie nur noch hatte schlafen wollen.

Wenn Rico jetzt müde aussah, stimmte etwas ganz und gar nicht.

Sie blickte an ihm vorbei und entdeckte nun einige Meter hinter ihm seinen Chauffeur und zwei Leibwächter, die sie noch nicht kannte.

„Wo ist denn Gio?", fragte Anastasia und runzelte die Stirn.

Während ihrer kurzen Ehe hatte sie sich an den Chef der Sicherheitstruppe nicht nur gewöhnt, sondern ihn schätzen gelernt. Ja, sie mochte ihn, und sie wusste, dass er nicht nur Ricos Angestellter, sondern auch sein Freund war. Die beiden kannten sich seit der Kinderzeit. Gio betrachtete es als seine Lebensaufgabe, für Ricos Sicherheit zu sorgen und seine Privatsphäre abzuschirmen.

„Gio macht Dienst im Krankenhaus", erklärte Rico. „Er ist der Einzige, dem ich zutraue, die Horden in Schach zu halten."

„Im Krankenhaus?", wiederholte sie verwirrt. „Warum denn das? Was ist passiert?"

„Chiara hatte einen Unfall. Beim Reiten. Sie ist vom Pferd gestürzt", informierte er sie kurz angebunden. Seine Stimme verriet nicht, wie ihm zumute war. „Seitdem liegt sie im Koma. Ich hätte gedacht, du wüsstest das. Alle Zeitungen haben doch darüber berichtet."

„Ich lese keine Zeitungen mehr, Rico." Vielmehr verabscheute sie die Presse seit der gemeinsamen Zeit mit ihm, als häufig über sie berichtet worden war. „Ist Chiara sehr schwer verletzt?", fügte sie mitfühlend hinzu.

„Ja." Er ließ die Schultern hängen.

So hatte sie ihn noch nie gesehen: grau im Gesicht vor Müdigkeit, erschöpft, völlig ausgepumpt.

Ohne weiter zu überlegen, trat sie endlich beiseite. „Komm doch rein. Drinnen können wir besser reden."

Rico folgte ihr und musste sich bücken, um sich nicht den Kopf am Türrahmen zu stoßen. Im winzigen Wohnzimmer schaute er sich kritisch um, und man sah ihm deutlich an, wie wenig ihm ihr Zuhause gefiel.

„Wieso lebst du hier?", fragte er brüsk. „Hast du nicht genug Geld?"

Geld ist alles, worauf es ihm ankommt, dachte Anastasia wütend. Dass sie hier lebte, weil es ihr gefiel, kam ihm offensichtlich nicht in den Sinn. Wie hatte sie sich nur in einen Mann verlieben können, der keinerlei Gefühle kannte?

„Wie ich lebe, geht dich nichts an", erwiderte sie abweisend. „Du hast dich ja früher auch nicht dafür interessiert."

„Du brauchst nicht in so beengten Verhältnissen zu leben. Du bist doch noch immer meine Frau!"

Das Beste, was ihr – seiner Meinung nach – passieren konnte. Seine Selbstherrlichkeit wäre zum Lachen gewesen, wenn sie ihr nicht schon so viel Kummer bereitet hätte.

„Ich lebe gern hier", erklärte sie mit bebender Stimme und strich sich die kupferroten Locken aus der Stirn. „Und ich war eigentlich nie wirklich deine Frau, Rico."

Hingerissen betrachtete er ihr dichtes, glänzendes Haar, und plötzlich schien die Luft im Raum vor Spannung zu knistern.

„Wieso nicht, Anastasia? Ich habe dich geheiratet."

Das hielt er offensichtlich für die höchste Ehre, die er ihr hatte erweisen können! Wieso hatte sie inzwischen vergessen, wie unglaublich arrogant er war?

„Aus einem Impuls heraus, den wir beide schließlich bedauert haben", meinte sie und wünschte, er würde ihr Haar nicht so ansehen.

Den Blick kannte sie von früher. Gleich würde Rico ihr die

Finger in die Locken schieben, dann die Lippen verführerisch über ihren Hals gleiten lassen ... Plötzlich atmete sie schneller. Nein, sie wollte jetzt nicht daran denken, wie aufregend Sex mit Rico gewesen war.

„Unsere Ehe war nicht so, wie ein Ehe sein sollte", erklärte Anastasia bedrückt. „In einer Ehe geht es darum zu teilen. Das Einzige, was wir geteilt haben, war das Bett."

Und das Einzige, was sie beide gleichermaßen interessiert hatte, war Sex. *Unglaublich erregender, heißblütiger, stürmischer Sex.* Die Erinnerung daran raubte ihr gelegentlich noch immer den Schlaf.

Widerstrebend ließ Rico den Blick von ihrem Haar zu ihrem Gesicht gleiten, und sie wusste, dass er gerade an dasselbe gedacht hatte wie sie.

„Ja, unsere Beziehung war katastrophal, aber ich bin nicht hier, um mich – und dich – daran zu erinnern", sagte Rico schroff. „Trotz allem bist du noch immer meine Frau, und als die brauche ich dich in Italien. Versteh mich nicht falsch", fügte er schnell hinzu. „Ich habe nicht die geringste Absicht, dir wieder nahe zu kommen. Mein Besuch hat keine persönlichen Beweggründe."

Das zu hören tat ihr weh. Obwohl sie doch gewusst hatte, dass er nichts mehr von ihr wissen wollte!

„Das hätte ich auch nie vermutet", erwiderte sie kühl, obwohl sie unglaublich wütend auf ihn war. Und das nach nur fünf Minuten! „Unsere Ehe war ja auch sehr unpersönlich, oder? Was wir beide hatten, müsste man eher als legalisierte Affäre bezeichnen."

Rico atmete scharf ein, auf seinen markanten Wangenknochen zeichneten sich rote Flecken ab. Man sah ihm an, wie zornig er war. Doch er wies ihren Vorwurf nicht zurück ... weil der die reine Wahrheit darstellte. Sie hatten im Bett wunderbare Stunden verlebt, aber tiefer war die Beziehung nie gegangen. Jedenfalls nicht, was ihn betraf. Für sie sah es anders aus.

Rico war die Liebe meines Lebens.

„Ich bin nicht hier, um über unsere Ehe zu diskutieren",
sagte er kalt.

Wenn es nicht so traurig gewesen wäre, hätte sie über seine
Unfähigkeit, sich mit Gefühlen auseinanderzusetzen, gelacht.

„Natürlich nicht", bestätigte Anastasia zornig. „Du würdest
mich am liebsten ohne ein Wort loswerden und nur noch mittels
Anwälten mit mir kommunizieren."

„Du hast mich verlassen, nicht umgekehrt", konterte er,
ebenso aufgebracht wie sie. „Du hast unsere Ehe zerstört."

„Wir hatten keine, wie ich schon sagte! Du hast mir nicht
vertraut. Du hast mich an nichts Wichtigem teilhaben lassen.
Jede Entscheidung hast du getroffen, ohne mich zu fragen, was
ich davon halte. Und ich habe dich so gut wie nie gesehen – außer im Bett." Sie atmete scharf ein. „Es wundert mich, dass du
selbst zu mir gekommen bist, anstatt einen deiner Lakaien zu
schicken. Es muss dir doch sehr schwerfallen, mir persönlich
gegenüberzutreten."

„Schwierigkeiten haben mich noch nie abgeschreckt, Anastasia."

„Warum hast du dann ein Jahr lang nur durch die Anwälte
Verbindung zu mir gehalten?"

„Zur Hölle, jetzt ist *nicht* der richtige Zeitpunkt für eine
Debatte über unsere Ehe." Feindselig sah er sie an. „Du sollst
nicht meinetwegen mit nach Italien kommen, sondern Chiara
zuliebe."

Ihre Wut wich plötzlicher Scham. Sie hatte völlig vergessen,
dass es um Chiara ging. Wenn sie mit Rico zusammen war,
konnte sie offensichtlich an nichts anderes denken als ihn.

„Es tut mir natürlich leid, dass sie verletzt ist", sagte sie steif,
„aber ich sehe nicht ein, warum du mich nach Italien mitnehmen möchtest."

„Du gehörst zur Familie."

„Wie bitte?", fragte sie entgeistert. „Du willst die Familie
am Bett deiner Schwester versammeln und zählst mich plötzlich wieder dazu?" Sie lachte, spöttisch und ungläubig zugleich.

„Ist es dafür nicht ein bisschen zu spät? Außerdem habe ich nie wirklich zu euch gehört!"

Seine Angehörigen hatten sie nie akzeptiert. Von Anfang an hatten sie durchblicken lassen, dass sie glaubten, sie hätte Rico nur seines riesigen Vermögens wegen geheiratet. Was lachhaft war, denn sie machte sich überhaupt nichts aus Reichtum und Luxus.

Nein, es war nicht lachhaft, es war tragisch! Ricos Angehörige waren so von Vorurteilen geblendet, dass sie sich nicht die Mühe gemacht hatten, sie, Anastasia, besser kennenzulernen. Man hatte sie von vornherein ausgeschlossen und ihr zu verstehen gegeben, dass sie eine Außenseiterin bleiben würde.

Rico hatte geheiratet, ohne ihnen vorher etwas zu sagen und, schlimmer noch, ohne sie zur Hochzeit einzuladen. Und das legte man natürlich auch ihr zur Last. Dass sie nicht die Frau war, die sich alle für Rico gewünscht hatten, hatten sie ihr immer deutlich gezeigt.

Rico hatte es nie gemerkt.

Und nun funkelte er sie wütend an. „Lieber Himmel, meine Schwester ringt mit dem Tod, und du hast nichts Besseres zu tun, als immer noch meine Familie schlecht zu machen!"

Schockiert sah Anastasia ihn an. „Chiara ist so schwer verletzt, dass sie sterben könnte?"

Jetzt verstand sie, warum er so gestresst und erschöpft aussah. Er liebte seine um viele Jahre jüngere Schwester innig.

Kurz schloss er die Augen und seufzte tief. „Gestern haben uns die Ärzte mitgeteilt, dass Chiara wahrscheinlich durchkommt. Ob ihr Gehirn dauerhaft geschädigt ist, lässt sich allerdings erst feststellen, wenn sie richtig aufwacht. Bisher war sie nur Sekunden bei Bewusstsein und hat nur ein Wort gesprochen." Sein Ausdruck wurde hart. „Wir sind alle außer uns vor Sorge. Insofern hast du einen schlechten Zeitpunkt für deine Kritik an meiner Familie gewählt."

„Ich habe doch nichts gegen deine Angehörigen gesagt, nur über mein Verhältnis zu ihnen", verteidigte sie sich gegen den unberechtigten Vorwurf. Wenn es um seine Familie ging, war Rico völlig voreingenommen. Ausschließlich zu deren Gunsten. „Und ich hatte keine Ahnung, dass es so schlimm um Chiara steht."

„Sie musste am Gehirn operiert werden und liegt seither im Koma. Seit zwei Wochen!"

Ehrlich bestürzt streckte Anastasia tröstend die Hand aus und ließ sie sofort wieder sinken.

Ricos Blick sprach Bände. *Rühr mich nicht an. Hände weg.*

Sie hatte kein Recht mehr, ihn zu trösten. Trost erwartete er ohnehin nicht. Er ließ niemanden nahe genug an sich heran.

Nicht einmal seine Frau.

Der Kampfgeist verließ sie. Warum sollte sie sich noch gegen Rico auflehnen, wenn sie ihm gleichgültig geworden war?

Früher war das nicht so gewesen. Im Gegenteil. Er hatte die Hände nicht von ihr lassen können, und dass er von ihr wie besessen war, hatte auf sie wie ein Liebestrank gewirkt.

Daran wollte sie jetzt nicht denken. Was damals war, sollte ihr nun egal sein. Es *war* ihr egal!

Stolz hob Anastasia den Kopf und sagte beherrscht: „Es tut mir aufrichtig leid, dass es Chiara so schlecht geht, und ich tue natürlich alles, um ihr zu helfen, aber … ich verstehe nicht, warum du mich zu ihr bringen willst."

Rico rieb sich den Nacken und wirkte, als würde er sich zu den nächsten Worten zwingen müssen. „Sie hat nach dir gefragt, Anastasia."

„Sie hat ausgerechnet nach mir gefragt? Das ist doch ein Witz, oder?"

Das junge Mädchen hatte sich immer deutlich anmerken lassen, wie sehr es seine Schwägerin verabscheute.

„Früher hast du mir ständig vorgeworfen, das Leben zu ernst zu nehmen", rief er und funkelte sie an. „Sehe ich so aus, als würde ich ausgerechnet jetzt Witze machen?"

Von der Heftigkeit seiner Reaktion überrascht, wich Anastasia zurück. Wenn sie einen Beweis dafür gebraucht hätte, unter was für starkem Druck Rico stand, hätte sie ihn jetzt gehabt. Er verriet sonst niemals seine Gefühle, und dass er die Beherrschung verlor, machte sie zunächst sprachlos.

„Ich ... ich kann mir nicht vorstellen, dass Chiara ausgerechnet mich bei sich haben möchte", erklärte Anastasia schließlich stockend.

„Wir hatten uns doch geeinigt, nicht an alte Wunden zu rühren!", erwiderte er schroff und ging zum Fenster, wobei er nur um Haaresbreite vermied, sich den Kopf an einem Deckenbalken zu stoßen. Kurz sah er so aus, als wollte er das Holz mit bloßen Händen herunterreißen. „Dieses Haus ist die reinste Todesfalle", meinte er erbost.

„Es ist eben nicht für Leute mit deiner Statur gebaut worden", sagte sie und wünschte, er würde sie endlich allein lassen. Er war so groß und beherrschend, dass er in dem kleinen Raum fehl am Platz wirkte. Und er weckte Erinnerungen, die sie in den vergangenen Monaten mühsam verdrängt hatte.

Wie glatt sich die sonnengebräunte Haut seines Halses anfühlte, wenn sie die Lippen darüber gleiten ließ ... Dass diese sanfte Liebkosung ihn immer dazu gebracht hatte, sie in die Arme zu nehmen und leidenschaftlich zu küssen ...

Nein, daran wollte sie jetzt nicht denken! Sie empfand doch nichts mehr für ihn. Das durfte sie niemals vergessen.

Leider dachte Rico nicht daran, sie allein zu lassen. Er stand da, offensichtlich bereit, niedrigen Decken und feindseligen Worten die Stirn zu bieten.

„Chiara ist bisher erst ein einziges Mal kurz aus der Bewusstlosigkeit aufgewacht, und das eine Wort, das sie gesagt hat, war dein Name", erklärte er kühl. „Auch wenn du das Gegenteil behauptest, hat meine Schwester dich sehr gern. Der behandelnde Arzt meinte, es könnte helfen, wenn du sie besuchst."

Anastasia fragte sich, warum ein so intelligenter Mann wie Rico derartig blind sein konnte, wenn es um seine Familie ging.

Chiara hasste sie.

Vom ersten Moment an war ihr das bereits klar gewesen. Rico

hatte allerdings nichts gemerkt, denn er war selten zu Hause, weil er ja sein riesiges Imperium leiten musste. Seine Schwester hatte sogar eine entscheidende Rolle bei der endgültigen Zerstörung seiner Ehe gespielt, aber das würde sie, Anastasia, ihm niemals verraten. Sie wollte keinen Bruch zwischen den Geschwistern verantworten und damit das Familiengefüge ins Wanken bringen, an dem ihm als Sizilianer so viel lag.

Nun fragte sie sich, warum Chiara ausgerechnet sie sehen wollte. Hatte das Mädchen ein schlechtes Gewissen? Wollte es sich entschuldigen? Hatte es eingesehen, wie falsch es sich verhalten hatte?

An der offenen Tür räusperte sich jemand diskret, und Rico sah sich ungeduldig um.

„Entschuldigen Sie bitte die Störung, Signor Crisanti", begann der eine Leibwächter, „aber Enzo hat gerade angerufen. Der Jet ist zum Abflug bereit."

Rico wandte sich nun ihr zu. „Wir müssen los. Ich habe schon zu viel Zeit damit vergeudet, hierher zu kommen."

Man sah ihm an, wie sehr er es bedauerte, sie aufgesucht zu haben. Er hatte jedoch gewusst, dass sie sich nicht sofort bereit erklären würde, nach Italien zu fliegen. Ansonsten hätte er bestimmt jemand anderen zu ihr geschickt. Aber er hielt nur sich für fähig, sie zum Mitkommen zu bewegen.

Und er glaubte tatsächlich, sie würde ihn begleiten. Trotz allem, was geschehen war!

Plötzlich bedauerte sie, dass Rico sie nicht hatte anrufen und ihr seinen Besuch ankündigen können. In dem Fall hätte sie die Flucht ergriffen und sich irgendwo versteckt.

Oder doch nicht?

Und was Chiara betraf – wenn diese wirklich so schwer verletzt war und sie unbedingt sehen wollte, dann durfte sie ihr den Wunsch nicht abschlagen. Sie konnte ihr doch nicht die Möglichkeit verweigern, sich zu entschuldigen!

Anastasia strich sich mit der Zungenspitze über die Lippen. Sie würde es sich nie verzeihen, sich geweigert zu haben,

Chiara zu besuchen – wenn diese womöglich starb. Obwohl das Mädchen sich ihr gegenüber unglaublich herzlos verhalten hatte, war sie bereit zu verzeihen. Sie hatte auch immer gehofft, dass Chiara eines Tags den Mut finden würde, die Wahrheit zu gestehen.

Aber würde sie es ertragen, dorthin zurückzukehren, wo ihre Ehe in die Brüche gegangen war? Ricos Angehörige wiederzusehen, die sie hassten und sie für ungeeignet hielten, seine Frau zu sein?

Kurz schloss Anastasia die Augen und akzeptierte das Unvermeidliche: Sie würde Rico begleiten. Es war weniger schlimm, sich mit ihren Gegnern auseinandersetzen zu müssen als mit einem schlechten Gewissen ... falls Chiara das Undenkbare zustieß.

„Gib mir noch fünf Minuten, damit ich eine Tasche packen kann, Rico."

Er atmete hörbar auf und entspannte sich. Anscheinend war er darauf eingestellt gewesen zu kämpfen. Dass sie jede Lust auf Auseinandersetzungen verloren hatte, war ihm offensichtlich entgangen.

„Du brauchst nichts zu packen. Du hast doch nichts mitgenommen, als du mich verlassen hast, Anastasia."

„Weil ich nichts brauchte!" Weil ich nie an deinem Geld interessiert war, was du eigentlich wissen müsstest, fügte sie im Stillen hinzu.

Sie hatte nur ihn gebraucht, und das hatte er nicht verstanden. Er war an Frauen gewöhnt, die sein Geld mit vollen Händen ausgaben, und war deshalb verblüfft gewesen, dass ihr sein immenses Vermögen völlig gleichgültig geblieben war.

Ja, für einen Mann, der von Geld und Machtgier getrieben wurde, war etwas Einfaches wie wahre Liebe so schwer zu verstehen wie eine Fremdsprache. Je mehr Schmuck und extravagante Dinge er ihr geschenkt hatte, desto weniger hatte sie sich als seine Frau gefühlt, vielmehr wie eine Geliebte, die man für ihre Dienste im Bett belohnte.

Aber das ist nun alles Vergangenheit, sagte Anastasia sich und musterte ihre alte Jeans. Ihr war mittlerweile zwar egal, was die Crisantis von ihr hielten, aber sogar sie scheute sich, mit einer Hose im Krankenhaus zu erscheinen, auf der mittlerweile mehr Farbe war als auf ihrer Malpalette.

„Gib mir wenigstens kurz Zeit, damit ich mich umziehen kann", bat sie.

„Du kannst dich im Flugzeug umziehen", erwiderte Rico und ging zur Haustür, nun wieder völlig beherrscht. Und beherrschend.

Wieso spiele ich da mit? fragte Anastasia sich bestürzt. Wirklich nur Chiara zuliebe? Gereizt schüttelte sie über sich den Kopf. Sie war in jeder Hinsicht unabhängig, aber Rico brauchte nur mit den Fingern zu schnippen, und sie tat alles für ihn. Jedes Mal. Vor allem im Bett …

Nein, diesmal würde sie ihn auf Abstand halten! Sie würde nie mehr mit ihm schlafen.

Plötzlich wurde ihr überdeutlich klar, was für einen ungeheuerlichen und möglicherweise folgenschweren Entschluss sie gefasst hatte: als würde ein Alkoholiker beschließen, in einer Brauerei zu arbeiten, oder ein Drogensüchtiger auf einer Mohnplantage. Rico war der einzige Mann der Welt, der sie vergessen ließ, dass sie eine selbstständige Frau mit eigenem Willen und Vorstellungen war – und trotzdem hatte sie sich bereit erklärt, ihn zu begleiten.

Sie musste verrückt sein.

„Einverstanden. Ich komme sofort mit. Es wird allerdings ein kurzer Aufenthalt", informierte sie Rico. „Ich besuche Chiara, rede mit ihr, und dann bin ich auch schon wieder weg! Dein Privatjet wird mit laufenden Triebwerken bereitstehen, um mich nach Hause zu bringen."

Normalerweise wäre sie eher barfuß von Italien nach England gewandert, als eins seiner Luxusgefährte zu benutzen. Doch die Umstände waren nicht normal, und sie wollte so wenig Zeit wie möglich mit seinen Angehörigen verbringen.

Rico lächelte spöttisch. „Keine Sorge, ich will dich auch nicht länger sehen als unbedingt nötig!"

Natürlich nicht, sagte Anastasia sich zugleich wütend und traurig. Für ihn war die Situation genauso schwierig wie für sie. Er hatte keinen Hehl daraus gemacht, dass er es für einen schweren Fehler hielt, sie geheiratet zu haben. Dass er sie nicht für immer an seiner Seite haben wollte. *Nur im Bett ... oder sonst wo in der Horizontalen.*

Sie versuchte, den schmerzlichen Gedanken zu verdrängen, und nahm Schlüssel und Handtasche. Kurz betrachtete sie Ricos breite Schultern in dem perfekt geschnittenen Jackett des teuren Designeranzugs. Ja, er sah umwerfend aus, und sie war ihm vom ersten Augenblick an verfallen gewesen. Angezogen war er unglaublich attraktiv, und wenn er gar nichts anhatte ...

Ungebeten trat sein Bild vor ihr inneres Auge: die sonnengebräunte, glatte Haut. Die festen Muskeln der Brust mit dem Dreieck aus dunklem Haar. Oben und unten ...

Sie schüttelte den Kopf, wie um das aufreizende Bild zu vertreiben. In dem Moment wandte Rico sich um und schaute sie an, als ahnte er, woran sie gerade dachte. Ein Funken schien überzuspringen, und unwillkürlich machte sie einen Schritt auf ihn zu, wie von einer unwiderstehlichen Kraft angezogen.

Ein unergründlicher Ausdruck zeigte sich kurz in seinen dunklen Augen, dann wirkte er wieder eisig beherrscht.

Der geringschätzige Blick ließ sie erstarren. Zu spät erinnerte sie sich an die beiden Lektionen, die sie als Rico Crisantis Ehefrau gelernt hatte.

Körperliche Anziehung – und sei sie noch so stark – war ein unsicheres, brüchiges Fundament für eine Beziehung.

Und jemand von ganzem Herzen zu lieben bedeutete nicht automatisch, für immer glücklich mit ihm zu sein.

2. Kapitel

„Von mir aus kannst du jetzt ins Bad gehen, Anastasia. Du weißt ja, wo es ist."

Rico saß entspannt in dem mit cremeweißem Leder bezogenen Sitz, den Laptop vor sich. Wie üblich hatte er zu telefonieren begonnen, sobald der Privatjet abgehoben hatte, und sie kaum eines Blickes gewürdigt.

Nichts hatte sich geändert!

Anastasia war gekränkt, weil er sie nicht beachtete, und wütend auf sich, weil es ihr etwas ausmachte. Nein, eigentlich ist es mir egal, redete sie sich ein. Sie war nur verstört wegen des Schocks, ihn so unvermutet wiederzusehen.

Natürlich wusste sie, wo das Bad war: gleich neben dem Schlafzimmer, in das er sie zu Beginn ihrer Ehe einmal getragen und während eines gesamten Flugs geliebt hatte …

Zwölf Monate lang hatte sie versucht, die Erinnerungen zu verdrängen. Sich von der heißen Sehnsucht nach Rico freizumachen, dem überwältigenden Verlangen, das sie oft unerwartet überfiel. Würde das bisschen Erfolg, das sie zu verzeichnen hatte, zunichte, wenn sie in das Schlafzimmer ging?

Ach was, es ist nur ein Raum, sagte Anastasia sich vernünftig und stand auf. Unter den Füßen spürte sie den dicken, weichen Teppich, während sie zum Heck des Jets ging. Außerdem musste sie das Schlafzimmer nicht betreten, wenn sie nicht wollte. Der Kleiderschrank befand sich in dem kleinen Vorraum, von dem Bad und Zimmer abgingen. Sie brauchte sich nur die Farbe abzuwaschen und nett herzurichten, um seiner Familie gegenübertreten zu können.

An der Tür zum Vorraum blieb sie stehen und hörte Rico zu, der bereits wieder telefonierte. Früher hatte sie es geliebt, ihn italienisch sprechen zu hören, auch wenn sie nur wenig verstand. Er hätte ihr die Wirtschaftsseiten einer Zeitung vorlesen und damit bei ihr Verlangen wecken können. Deswegen hatte er sie öfter geneckt, was ihr egal gewesen war. Seine Stimme war nun mal ungeheuer verführerisch.

Nein, daran denke ich jetzt nicht, ermahnte Anastasia sich. Seufzend ging sie ins Bad und musterte sich im Spiegel. Als sie den Farbklecks über der einen Braue entdeckte, lächelte sie schief. Sie sah wirklich nicht aus wie die Frau von einem der erfolgreichsten Geschäftsmänner der Welt.

Rasch wusch sie sich das Gesicht mit kaltem Wasser, nicht nur, um die Farbe zu entfernen, sondern auch, um ihre glühenden Wangen zu kühlen.

Ich bin einfach nicht die Richtige für Rico, gestand sie sich ein.

Genau das hatte ihn anfangs fasziniert. Sie war völlig anders als die Models und Schauspielerinnen, mit denen er sich sonst abgegeben hatte. Aber schließlich hatte es ihn nur noch irritiert, dass sie mehr von ihm wollte als seine früheren Mätressen. Und damit meinte sie nicht Geld!

Während sie sich mit einem flauschig weichen Handtuch das Gesicht abtrocknete, fragte sie sich, was Rico an jenem Tag in Rom in ihr gesehen haben mochte. Was hatte ihn dazu gebracht, mit ihr zu sprechen? Unwillkürlich erinnerte sie sich nun lebhaft an die erste Begegnung …

Sie balancierte auf einem Gerüst, hingebungsvoll mit ihrer Malerei beschäftigt. Der Crisanti-Konzern hatte sie beauftragt, das Foyer des Hauptsitzes mit einem Fresko zu schmücken. Wie üblich hatte sie beim Arbeiten für nichts anderes Augen, und erst als sie eine besonders schwierige Stelle zufriedenstellend gemeistert hatte, merkte sie, dass sie beobachtet wurde.

Sie schaute nach unten und verlor beinah das Gleichgewicht. Dort stand der attraktivste Mann, den sie jemals gesehen hatte, und Italien war nicht gerade arm an gut aussehenden Männern!

Dieser ließ den Blick anerkennend über sie gleiten, seine dunklen Augen glitzerten.

„Was ist?", rief sie ungehalten.

Seit sie ihre Arbeit begonnen hatte, waren natürlich schon oft Leute stehen geblieben und hatten ihr zugesehen, doch sie war dabei nie so nervös gewesen. Meistens waren ihr die Zuschauer gar nicht richtig aufgefallen, aber diesen Mann hätte keine Frau übersehen. Es juckte sie förmlich in den Fingerspitzen, die regelmäßigen, markanten Gesichtszüge zu skizzieren. Zugleich sagte sie sich träumerisch, dass kein zweidimensionales Werk die Kraft und Ausstrahlung dieses Manns wiedergeben könne.

Er hatte die Statur Apollos – und wirkte auch so selbstbewusst und mächtig wie ein antiker Gott.

Plötzlich fiel ihr auf, dass sich ungewöhnlich viele Menschen im Foyer versammelt hatten, und sie betrachtete die Begleiter des Mannes genauer. Alle waren auffallend kräftig, hielten einen respektvollen Abstand zu ihm ein – und jetzt wurde ihr klar, wer sie da so eingehend musterte.

Rasch kletterte Anastasia vom Gerüst und wischte sich die Hände an der Jeans ab, bevor sie die Hand ausstreckte.

„Guten Tag. Ich bin Anastasia Silver, die Malerin, die beauftragt wurde, Ihr Wandgemälde anzufertigen."

Als sie sich das sagen hörte, zuckte sie zusammen. Ihr Wandgemälde! Einen Mann wie Rico Crisanti interessierte bestimmt nicht, wer die Eingangshalle seines Firmensitzes mit Fresken schmückte! Solche Entscheidungen überließ er seinen Untergebenen und konzentrierte sich stattdessen darauf, seinem geradezu legendären Vermögen noch einige Millionen hinzuzufügen.

Höflich schüttelte er ihr immerhin die Hand, und sie war von dem festen Griff überrascht. Nun betrachtete Rico Crisanti den Fries, und als sie diesen sozusagen mit seinen Augen sah, wurde sie befangen.

„Sie finden wahrscheinlich, dass es schrecklich aussieht", begann sie hektisch, „aber das ist in dieser Phase immer so. Man kann sich noch nicht richtig vorstellen, wie das fertige Werk ausfallen wird. Die Vorbereitung ist allerdings beinah genauso wichtig wie das Endprodukt und ... Ihr Architekt hat jedenfalls die Entwürfe gutgeheißen", endete sie verlegen, während er den Blick nun wieder auf ihr Gesicht richtete.

„Sind Sie immer so unruhig, Miss Silver? Dann wundert mich, wie Sie überhaupt einen Pinsel schwingen können", bemerkte Rico und lächelte unerwartet. „Entspannen Sie sich! Was Sie mit meiner Wand anstellen, gefällt mir sehr gut."

So, wie er es sagte, klang es äußerst intim. Persönlich. Als wäre die Wand ein Teil von ihm ...

Bei seinem charmanten Lächeln wurden Anastasia die Knie weich, und sie errötete. Plötzlich wurde ihr überdeutlich bewusst, wie chaotisch sie in ihrer Arbeitskleidung aussehen musste.

„Ich bin ebenso mit Farbe bedeckt wie die Wand und muss schlimm aussehen", meinte sie und presste die Hände an die glühenden Wangen. Warum nur war sie ausgerechnet jetzt so linkisch, wo sie doch so gern kühl und weltgewandt gewirkt hätte?

„Nein, Sie sehen ganz und gar nicht schlimm aus", versicherte Rico Crisanti höflich. „Mir gefällt vor allem Ihr Haar: so viele Schattierungen von Rotgold und Kupfer. Es erinnert mich an Herbstlaub. Wenn ich die weißen Farbspritzer außer Acht lasse", fügte er hinzu.

Hitze durchflutete Anastasia, während sie sich durch die üppigen Locken fuhr. „Die Farbe lässt sich zum Glück leicht auswaschen."

Er zog die dunklen Brauen hoch. „Das Herbstgold? Ich hoffe doch nicht!"

„Die weißen Spritzer", sagte sie und fragte sich, was sein Gefolge von diesem albernen Gespräch halten mochte. „Abends wasche ich immer als Erstes meine Haare."

Rico Crisanti nickte anerkennend. „Ich würde Sie gern ohne die Farbe sehen, Miss Silver. Sie werden heute mit mir zu Abend essen."

Dass er annahm, sie würde sofort zusagen, empörte sie. „Und wenn ich schon anderes vorhabe?", fragte sie herausfordernd.

Sein arrogantes Lächeln verriet, dass er sich – und sein Angebot – für unwiderstehlich hielt. „Um acht Uhr. Etwas *anderes* können Sie vielleicht vorhaben, etwas *Besseres* nicht."

Anastasia atmete tief durch. „Sie sind ganz schön selbstsicher", erwiderte sie spöttisch. „Ist das ein Erbe Ihrer römischen Vorfahren? Möchten Sie wie sie die ganze Welt erobern?"

„Das kommt auf die Eroberung an." Fasziniert blickte er ihr auf die schön geschwungenen Lippen. „Außerdem ich bin kein Römer, sondern Sizilianer. Wir haben völlig unterschiedliche Vorgehensweisen."

Ohne ihre Erwiderung abzuwarten, ging er weiter in Richtung Lift, gefolgt von seinen Untergebenen, die weiterhin respektvoll Abstand hielten.

Verblüfft sah Anastasia ihm nach. Rico Crisanti, einer der reichsten Männer der Welt, wollte mit ihr zu Abend essen.

Ihr Herz schien vor Begeisterung einen Schlag lang auszusetzen, ihre Fantasie schlug Kapriolen.

Dann fiel ihr ein, dass er nicht einmal gefragt hatte, in welchem Hotel sie wohnte. Vermutlich hatte er sich nur einen Scherz mit ihr erlaubt und würde sie um acht Uhr nicht abholen. Falls doch …

Sie kletterte wieder aufs Gerüst und versuchte, mit der Arbeit weiterzumachen, obwohl sie sich nun nicht mehr richtig konzentrieren konnte und ihre Hände leicht zitterten.

Und wenn Rico Crisanti doch in ihrem Hotel erscheinen sollte, konnte sie ihm immer noch sagen, dass sie prinzipiell nicht mit Fremden zu Abend aß.

Anastasia zwang sich, nicht länger an früher zu denken.

Sie duschte kurz und flocht anschließend die dichten kupferroten Haare zu einem Zopf im Nacken. Dann ging sie zum Schrank, in dem noch immer ein Teil ihrer Garderobe hing – elegante Designerstücke, die sie nie gern getragen hatte. Ganz hinten fand sie jedoch ein schlichtes apricotfarbenes Leinenkleid und zog es an. Anschließend musterte sie sich kritisch im Spiegel.

Ja, sie sah gut aus. Mondän und elegant.

Wie eine Frau, die nur auf das Vermögen eines Mannes aus war?

Nein, es brachte nichts, sich den Kopf darüber zu zerbrechen, was Ricos Familie inzwischen von ihr dachte. Ob sie noch immer in Ungnade war, würde sie bald genug merken.

Tief durchatmend verließ Anastasia das Bad und setzte sich wieder neben Rico, der noch immer telefonierte. Wie oft hatte sie ihm früher gedroht, sie würde sein Handy aus dem Fenster werfen? Nun blickte sie nach draußen auf die Wolken, und ihr wurde immer elender zumute.

Sie hatte Chiara seit dem verhängnisvollen Abend ein Jahr zuvor nicht mehr gesehen …

Plötzlich merkte sie, dass Rico aufgehört hatte zu telefonieren.

„Tut mir leid, dass ich dich vernachlässigt habe", entschuldigte er sich kühl und nahm den Drink, den die Stewardess ihm reichte. „Aber die Gespräche waren dringend. Übrigens, das Kleid steht dir."

Das unerwartete Kompliment bestürzte sie beinah, und als Ricos Schulter ihre streifte, musste sie sich zwingen, nicht zusammenzuzucken. Ihr Herz begann, wie rasend zu pochen, als sie den Duft seines Rasierwassers wahrnahm, und ihre Sinne gerieten in Aufruhr. Wie früher genügte eine Berührung, und ihre Haut, ja, ihr ganzer Körper prickelte vor Verlangen.

Wütend auf sich, lehnte Anastasia sich zurück. Was war nur mit ihr los? Wie konnte sie Rico noch begehren, obwohl sie wusste, dass er sie nicht wollte? Außer im Bett.

Er hatte ihr nicht ein einziges Mal gesagt, dass er sie liebe. Wie hatte sie sich – wenn auch nur kurz – einbilden können, er würde es irgendwann einmal tun?

Ganz einfach: wegen der Art, wie er sie im Arm gehalten

und sie berührt hatte ... Sie hatte die geübten Zärtlichkeiten des erfahrenen Liebhabers für die eines verliebten Mannes gehalten. Eine kurze, herrliche Zeit lang. Und dann war sie aus dem Traum erwacht.

Sie wandte sich Rico zu und betrachtete ihn gespielt gleichgültig. „Du musst dich nicht entschuldigen", begann sie kühl. „Wir beide wissen doch, dass ich dich nicht zum Vergnügen begleite. Meinetwegen brauchst du deine Geschäfte nicht zu vernachlässigen. Ich habe das früher ja auch nicht von dir erwartet. Schließlich habe ich sogar akzeptiert, dass du mehr mit deinem Handy als mit mir verheiratet warst. Weshalb sollte ich jetzt etwas anderes von dir erwarten?"

„Provozier mich nicht, Anastasia! Ich bin nicht in Stimmung für eine Auseinandersetzung. Und da wir uns nicht mehr im Bett versöhnen können, hat es keinen Zweck, einen Streit vom Zaun zu brechen."

Unwillkürlich blickte sie ihm auf den festen, schön geformten Mund und erinnerte sich, wie oft Rico sie leidenschaftlich geküsst hatte, um sie zum Schweigen zu bringen. Das Feuer des Zorns war dann gewissermaßen von den Flammen der Leidenschaft bekämpft worden ...

Nur mittels Körpersprache hatten sie kommuniziert, und sogar da hatten sie Unterschiedliches gemeint: Ihre Leidenschaft bedeutete Liebe, seine nur Begehren ...

„Ich provoziere dich nicht", widersprach sie schließlich.

„Oh doch. Mit jedem Blick deiner funkelnden grünen Augen und mit jedem Wort, das du *nicht* sagst. Übrigens habe ich nicht geschäftlich telefoniert", informierte er sie. „Sondern Chiaras Freundin angerufen, mit der sie zusammen war, als sie vom Pferd stürzte. Danach habe ich mich in der Klinik in Palermo erkundigt, wie es Chiara jetzt geht. Ich war fast einen ganzen Tag nicht bei ihr und bin natürlich besorgt."

„Palermo?", wiederholte Anastasia entgeistert. „Wir fliegen nach *Sizilien*?"

„Ja, wohin denn sonst?"

„Ich dachte nach Rom!"

Rico zuckte gleichgültig die Schultern. „Irrtum. Chiara hatte den Unfall auf Sizilien und liegt dort im Krankenhaus, weil sie nicht transportfähig ist."

Ich muss ihn also dahin begleiten, wo ich so glücklich war, dachte sie schmerzlich berührt. Hatte Rico es so geplant, um sie grausam zu verhöhnen?

„Ich will nicht nach Sizilien!", sagte Anastasia unwillkürlich laut und verfluchte sofort im Stillen ihren Mangel an Beherrschung. Wieso musste sie immer zu viel von ihren Gefühlen verraten?

„Warum nicht?", hakte Rico schroff nach. „Hast du Gewissensbisse? Erinnerst du dich an die Anfangszeit unserer Ehe? An all die Dinge, die du gesagt, aber nicht gemeint hast? An all die leeren Liebesbeteuerungen?"

Leere Liebesbeteuerungen? Sie wandte sich ab und fragte sich, wie ein so scharfsichtiger Mann wie Rico Crisanti in manchen Dingen derart blind sein konnte.

Die Flitterwochen auf Sizilien waren die glücklichste Zeit ihrer ganzen Beziehung gewesen. Bedingungslos hatte sie ihm ihr Herz geöffnet und ihm ihre ganze Liebe geschenkt.

Wie dumm von ihr. Wie naiv und vertrauensselig. Er hatte nie dasselbe gewollt wie sie und hatte ihr nie geben können, was sie sich von ihm gewünscht hatte.

Scharf atmete sie ein und sah ihn geringschätzig an. „Ich war dir nie untreu, Rico."

Nun brauste er so heftig auf, dass sie erschrocken zurückzuckte. „Ach nein? Ich überrasche dich mit einem nackten Mann im Schlafzimmer und soll dir glauben, die Situation sei völlig harmlos gewesen? Und du hast nicht einmal gewartet, um dich zu verteidigen. Das beweist doch deine Schuld, oder?"

Wut schnürte ihr beinah den Atem ab. „Ich hatte deinen Blick gesehen, Rico. Du warst zu keinem vernünftigen Gespräch fähig. Aber du hättest mich gut genug kennen sollen, um zu wissen, dass ich dich niemals betrogen habe. Wie konntest du das von mir glauben, Rico?"

„Verdammt noch mal, ich habe doch gesehen, wie er dich umarmt hat! Du warst meine Frau und hast dich von einem anderen Mann umarmen lassen."

Ja, das hatte Rico tatsächlich gesehen. Dass sich die Szene jedoch auch anders interpretieren ließ, als er dachte, war ihm nicht in den Sinn gekommen.

Und ich war zu schockiert, um mich zu verteidigen, erinnerte Anastasia sich niedergeschlagen. Sie hatte auch geglaubt, sich nicht verteidigen zu müssen, da sie ja unschuldig war. Einen scheinbar endlos dauernden Moment lang hatte sie erwartet, dass Chiara alles erklären würde, doch das Mädchen hatte nur verhalten gelächelt und war in sein Zimmer gegangen.

Und sie hatte vor der ungeheuren Entscheidung gestanden, ob sie Rico die Wahrheit über seine erst fünfzehnjährige Schwester sagen sollte.

Schließlich hatte Anastasia – verletzt, wütend und verwirrt zugleich – beschlossen, erst einmal nach England zurückzukehren. Sie wollte sich und Rico Zeit geben, sich zu beruhigen, aber er hatte in ihrer „Flucht" nur einen weiteren Beweis ihrer Schuld gesehen.

Nachdem sie ihren verletzten Stolz überwunden hatte, wollte sie Rico telefonisch sprechen, doch er nahm ihre Anrufe nicht entgegen.

Das war das endgültige Aus für ihre Ehe gewesen, die schon vorher in einer Krise gesteckt hatte.

Seitdem standen sie nur noch über ihre jeweiligen Anwälte in Verbindung.

Mit bebenden Fingern begann Anastasia, am Sitzgurt zu nesteln.

„Was, zum Kuckuck, soll das?", fragte Rico und runzelte die Stirn.

„Ich ertrage deine Nähe nicht. Ich hätte dich nicht begleiten sollen. Dass meine Anwesenheit Chiara irgendwie helfen könnte, kann ich mir nicht vorstellen. Spannungen werden ihr bestimmt nicht gut tun, und dazu wird es unweigerlich kommen, wenn du und ich gemeinsam an ihrem Bett stehen."

„Du bleibst sitzen!" Er hielt ihre Hand fest. „Wir landen gleich. Lass den Gurt geschlossen."

„Ich will nach Hause! Sag deinem Piloten, er soll sofort umkehren." Sie versuchte, die Finger aus seinem Griff zu lösen. „Ich will *nirgendwo* mit dir hin, Rico."

„Du hast dich bereit erklärt, mich ins Krankenhaus zu begleiten", erinnerte er sie kurz angebunden.

Sie hasste ihn, weil er so gefühllos war. Weil er ihr nicht geglaubt hatte. Weil er sie nicht liebte.

„Ja, um deine Schwester zu besuchen", fuhr Anastasia ihn an. „Nicht um mich von dir unterwegs beleidigen zu lassen. Ich hatte genug von deiner Familie zu ertragen."

Rico atmete scharf ein, seine Augen blitzten gefährlich. Offensichtlich versuchte er, sich zu beherrschen – was ihm sonst immer gelang und worauf er sehr stolz war. Nur sie konnte ihn dermaßen aus der Ruhe bringen.

Seine Ausbrüche hatten Anastasia allerdings nie erschreckt. Vielmehr hatte sie es seltsamerweise tröstlich gefunden, dass Rico fähig war, Gefühl zu zeigen – und sei es nur Zorn.

„Denk von mir, was du willst, aber sag nichts gegen meine Angehörigen!", forderte Rico schroff. „Ich liebe meine Familie."

Genau das hatte ihn den Fehlern seiner Schwester gegenüber blind gemacht – und sie, Anastasia, bewogen, ihm nichts zu verraten, um ihm nicht die Illusionen zu rauben. Aber warum noch darüber reden?

„Ja, ich weiß." Sie versuchte, das Thema zu wechseln. „Hat sich Chiaras Zustand inzwischen gebessert? Was hat der Arzt dir gesagt?"

„Warum fragst du? Es ist dir doch ohnehin egal!"

Sie seufzte leise. Das war es eben nicht. Es war ihr auch nicht egal gewesen, dass seine Familie sie für geldgierig hielt.

Das hatte ihr schließlich alle Freude an Ricos extravaganten Geschenken verdorben. Sie hatte aufgehört, den Schmuck zu tragen, weil Chiara und ihre Mutter dann immer vielsagende Blicke getauscht hatten.

„Es ist mir nicht egal, Rico. Wenn du das nicht weißt, kennst du mich schlecht."

„Wie schlecht ich dich kenne, ist mir schon vor einiger Zeit klar geworden", erwiderte er kalt. „Leider erst, nachdem ich dich geheiratet hatte. Sonst hätte ich dich nie zu mir nach Hause gebracht. Du hättest keine Gelegenheit gehabt, meine kleine Schwester zu verderben, indem du sie in Nachtclubs mitgenommen hast. Wer weiß, wozu du Chiara sonst noch ermutigt hast."

Anastasia verspannte sich. Der Vorwurf war so ungerecht, so weit hergeholt, dass sie Rico zuerst nur sprachlos ansehen konnte. Glaubte er wirklich, was er da sagte? Das konnte sie nicht hinnehmen!

„Du irrst dich, Rico", sagte sie mühsam beherrscht. „Und eines Tages wirst du mich dafür auf Knien um Verzeihung bitten."

„Spar dir deine Worte!", riet er ihr zynisch. „Ich habe dich *in flagranti* ertappt, meine Schöne. Gib endlich zu, dass du im Unrecht bist. Vielleicht können wir dann weitergehen."

Weitergehen? Wohin denn? dachte sie, und heiße Tränen brannten ihr in den Augen. Rasch wandte sie das Gesicht ab, damit er nicht sah, wie elend sie sich fühlte. Die Genugtuung gönnte sie ihm nicht.

„Wir landen in zehn Minuten", sagte er, plötzlich sachlich. „Und fahren sofort ins Krankenhaus."

Es hat keinen Sinn, die Vergangenheit aufzuwühlen, dachte Anastasia und versuchte, sich auf das Naheliegende zu konzentrieren.

„Wie ist der Unfall passiert?", erkundigte sie sich.

„Chiara war auf dem Landsitz von Freunden und ist mit deren gleichaltriger Tochter ausgeritten. Etwas hat das Pferd erschreckt, es ist durchgegangen und hat sie auf die Straße abgeworfen." Gequält schloss er die Augen. „Chiara hatte keinen Helm auf."

Anastasia sah Rico an. Er wirkte im Moment nicht wie ein skrupelloser Geschäftsmann, sondern geradezu menschlich. Nicht einschüchternd, beinah verletzlich.

Er sieht wieder aus wie der Mann, in den ich mich verliebt habe.

Als hätte er ihren Blick gespürt, öffnete er die Augen, und sie wandte sich rasch ab. Rico Crisanti ist alles andere als verletzlich, rief sie sich in Erinnerung.

„Ich finde schrecklich, was Chiara passiert ist. Das musst du mir glauben", sagte Anastasia nach kurzem Schweigen und wandte sich Rico erneut zu. Anders als er konnte sie ihre Gefühle nicht ständig verdrängen. „Für euch alle muss die jetzige Situation unerträglich sein! Die Unsicherheit, immer nur abwarten ..."

„Ja, das ist, wie du weißt, nicht meine Stärke", gestand er trocken und sah auf die Uhr, als das Flugzeug aufsetzte. „So, da sind wir. Ich muss dich warnen: Meine ganze Familie ist zurzeit im Krankenhaus versammelt. Alle sind verständlicherweise angespannt und haben ihre Gefühle nicht immer im Griff. Dass man dich nicht mit offenen Armen willkommen heißen wird, brauche ich dir vermutlich nicht zu sagen."

Seine Worte wirkten auf sie wie ein kalter Guss. „Ich bin nur hier, weil du mich ... gebeten hast mitzukommen", erwiderte sie steif.

Seufzend fuhr er sich durch das dichte schwarze Haar. „Ich hatte keine Wahl! Chiara will dich sehen. Nur das zählt für mich." Warnend sah er sie an. „Meine Mutter und meine Großmutter denken anders darüber. Ich möchte dich bitten, deine Zunge trotzdem ausnahmsweise im Zaum zu halten."

Anders gesagt, ich soll nach seiner Pfeife tanzen, dachte sie rebellisch. Dann sah sie ein, wie schwer das alles auch für ihn sein musste – und nicht nur die Sorge um seine Schwester. Er hatte ein Jahr lang so getan, als wäre er nicht verheiratet, als würde sie, Anastasia, nicht mehr existieren. Plötzlich sah er sich gezwungen, sie wieder in sein Leben zu lassen. Diese Tatsache hasste er ganz offensichtlich.

„Dass deine Angehörigen mich nicht schätzen, ist ihr Problem, nicht meines", erwiderte sie ruhig. „Ich habe dir den Gefallen getan, dich zu begleiten. Du kannst nicht auch noch von mir verlangen, mich selbst zu verleugnen."

„Verdammt noch mal, das tue ich doch gar nicht! Ich bitte dich nur um etwas Verständnis. Bei uns allen liegen die Nerven blank."

Wie wahr, dachte Anastasia insgeheim seufzend und löste den Sicherheitsgurt, um Rico zu folgen.

3. Kapitel

Auf dem Weg vom Flughafen zum Krankenhaus sprachen Rico und Anastasia nicht miteinander. Er telefonierte wieder auf Italienisch und unterstrich das Gesagte gelegentlich mit einer Geste der freien Hand. Vorn saßen der Chauffeur und einer der Bodyguards still und aufmerksam.

Ohne sich umzudrehen, wusste sie, dass ihnen ein zweiter Wagen mit Leibwächtern folgte. Während ihrer kurzen Verlobungszeit und in den sechs Monaten Ehe hatte sie sich daran gewöhnt, immer Begleitung zu haben. Manchmal hatte sie sich einen Spaß daraus gemacht, sich auffallend zu benehmen, weil sie wusste, dass sie beobachtet wurden.

Sie war überrascht, als sie an dem modernen Krankenhaus vorbeifuhren und in ein Labyrinth kleiner Seitenstraßen einbogen. Schließlich hielt der Wagen in einer Gasse. An deren Ende führte eine Feuertreppe nach oben zu einer Tür.

„Warum nehmen wir diesen Weg?", erkundigte Anastasia sich erstaunt, als sie ausstiegen.

„Weil alle übrigen Eingänge ins Krankenhaus von Paparazzi belagert sind." Rico eilte ihr voraus. „Dieser Weg führt direkt in einen Flur neben der Intensivstation, und zum Glück scheint die Presse ihn noch nicht entdeckt zu haben."

Sobald sie unbehelligt ins Gebäude gelangt waren, ging er rasch zur Intensivstation weiter. Man sah ihm an, wie besorgt er war.

„Warte hier", forderte er Anastasia auf.

Sie stand einfach da, und ihr Herz pochte wie rasend beim Gedanken, gleich seiner Familie zu begegnen. Dann kam Rico zurück und teilte ihr mit, er würde sie sofort zu Chiara bringen. Es erleichterte Anastasia, dass die unvermeidliche Begegnung mit seinen Angehörigen aufgeschoben war.

Chiara lag reglos im Bett, ihr Gesicht war beinah so weiß wie die Laken, abgesehen von dem Bluterguss auf der rechten Schläfe und Wange. Modernste Apparaturen summten und piepten, während sie die lebenswichtigen Funktionen steuerten und überwachten.

Angesichts dieser Szenerie wurde Anastasia ganz elend zu mute. Ricos knappe Beschreibung von Chiaras Zustand hatte sie nicht darauf vorbereitet, ein so alarmierendes Bild vorzufinden.

Plötzlich wurde ihr bewusst, wie stark Rico war. Er durchlebte zurzeit einen Albtraum und war dennoch fähig, beinah normal zu funktionieren, seinen Konzern zu leiten, seinen Angehörigen eine Stütze zu sein. Und sie, Anastasia, aus England zu holen, obwohl es das Letzte sein musste, was er wollte …

Wieder traten ihr Tränen in die Augen. Rico sah müde aus. Angespannt. Doch er schaffte es nicht, über seine Empfindungen zu sprechen. Das war einer der wesentlichen Unterschiede zwischen ihnen.

Wie oft hatte sie sich während ihrer kurzen Ehe gewünscht, er würde offen mit ihr reden? Wie oft darauf gehofft, er würde ihr sagen, dass er sie liebe?

Er hatte die drei Worte nie gesagt.

Weil er, wie sie nun wusste, sie nie geliebt hatte. Er hatte sie nur eine Zeit lang begehrt, und jetzt verachtete er sie.

Unvermittelt wurden ihr die Knie weich, und sie konnte die Tränen nicht länger zurückhalten. Anscheinend hatte sie sogar leise geschluchzt, denn plötzlich stand Rico dicht neben ihr und legte ihr eine Hand auf die Schulter.

„Du bist sehr blass. Fühlst du dich nicht gut? Hier drinnen ist es heiß und drückend. Ich hätte dich warnen sollen."

Anastasia kämpfte mit den Tränen und wunderte sich, dass sie überhaupt noch welche hatte, nachdem sie im vergangenen Jahr so viel geweint hatte. Aus Trauer über das Ende ihrer Beziehung und ihrer Träume. Sie hatte Rico so sehr vermisst, dass es körperlich wehtat.

Nein, daran sollte sie jetzt nicht denken! Aber in dieser sterilen, abweisenden Umgebung fühlte sie sich plötzlich so einsam wie noch niemals zuvor. Und sie dachte daran, wie flüchtig und ständig gefährdet das Leben war ...

„Tut mir leid." Mit dem Handrücken wischte sie sich die Tränen von den Wangen.

„Du brauchst dich nicht zu entschuldigen", erwidert er rau. „Krankenhäuser sind keine angenehmen Orte, und unter diesen Umständen ..." Er beendete den Satz nicht, sondern schob sie zu einem Stuhl neben dem Bett.

Dankbar ließ sie sich darauf sinken und blickte hilflos auf Chiara. Das Mädchen lag still da, ohne etwas von seiner Umgebung wahrzunehmen.

Rico seufzte schwer und setzte sich neben Anastasia. „Das Leben ist nicht immer so, wie man es sich erwartet, oder?"

Sein schroffer Ton verriet mehr Gefühl, als sie ihm jemals zugetraut hätte, und man sah ihm an, wie sehr Chiaras Schicksal ihn belastete. Sanft umfasste er die schmale Hand des Mädchens.

„Chiara!" Eindringlich sah er sie an. „Anastasia ist hier."

Nun klang er wieder völlig beherrscht, und Anastasia fragte sich, ob sie sich nur eingebildet hatte, dass er Gefühl gezeigt habe. Dann begann er, auf Italienisch mit seiner Schwester zu reden, und hielt dabei ihre Hand so, als könnte er etwas von seiner Energie auf sie übertragen.

Anastasia saß still da und betrachtete das Mädchen, das nie ein Geheimnis daraus gemacht hatte, wie sehr es sie hasste. Nun konnte man sich beinah nicht vorstellen, dass beide ein und dieselbe Person waren.

In ihrer Bewusstlosigkeit hatte Chiara alles Rebellische verloren, sie sah nur wie ein sehr junges, sehr sensibles Mädchen aus.

Anastasia fühlte, wie sich ihre Abneigung gegen die Schwägerin immer mehr verflüchtigte.

Rico blickte zu ihr, seine Augen wirkten vor Sorge noch

dunkler als sonst. „Die Ärzte meinten, es könnte helfen, wenn Chiara deine Stimme hört. Könntest du mit ihr reden? Einfach irgendetwas sagen?"

Ratlos sah sie ihn an. Sie würde ja gern helfen, aber worüber sollte sie jetzt reden? Früher hatten sie und Chiara nur feindselige Gespräche geführt, zumindest war das Mädchen immer boshaft gewesen. Fast von dem Tag an, als Rico und Anastasia geheiratet hatten.

Anastasia neigte sich näher zum Bett, wobei sie sich der Tatsache bewusst war, dass Rico sie eindringlich beobachtete. Es machte sie befangen. Was, wenn sie jetzt das Falsche sagte?

„Hallo, Chiara", begann sie nun leise. „Ich bin's ... Anastasia."

Sie schwieg kurz und wartete auf eine Reaktion. Was, wenn das Mädchen jetzt aufspringt und mich ohrfeigt? dachte sie unsinnigerweise.

Natürlich passierte es nicht. Es geschah gar nichts.

Anastasia wünschte sich plötzlich, Rico würde sie mit Chiara allein lassen. Das würde er natürlich nicht tun, weil er meinte, sie habe einen schlechten Einfluss auf seine kleine Schwester!

„Was hast du denn mit dir angestellt?", fragte Anastasia sanft weiter. „Warum hast du keinen Helm getragen? Hat ein attraktiver Junge dich beobachtet, und du wolltest dein schönes Haar nicht verstecken?"

Ihr fiel auf, dass Rico missbilligend die Stirn runzelte, aber es war ihr gleichgültig. Sie musste über Dinge reden, die dem Mädchen wichtig waren, die es interessierten, und seine Persönlichkeit berücksichtigten. Und es wäre typisch für Chiara gewesen, aus Eitelkeit auf den Helm zu verzichten.

Nach kurzem Zögern berührte Anastasia das Mädchen behutsam an der Schulter. „Alle machen sich ziemliche Sorgen deinetwegen. Dein Bruder hat sich sogar einen Tag von der Arbeit freigenommen, und das will etwas heißen. Weil er es noch nie getan hat, wie du ja weißt. Wenn du also nicht willst, dass der Crisanti-Konzern Pleite geht, solltest du allmählich daran denken, aufzuwachen. Das war natürlich nur ein Scherz", fügte sie rasch hinzu und redete dann weiter in diesem leichten Ton über dieses und jenes, bis Rico so plötzlich aufstand, als könnte er das alles nicht länger ertragen.

„Genug jetzt!" Seine Stimme klang rau, und er wirkte angespannt, während er sich durchs Haar fuhr. „Es wird spät. Du brauchst auch Ruhe, Anastasia."

„Ich möchte aber lieber bleiben", erwiderte sie. Wenn die Chance bestand, dass ihre Anwesenheit Chiara half, würde sie die nicht ungenutzt lassen.

„Du siehst mitgenommen aus." Er sagte es so unwillig, als hätte er Angst, sie könnte seine höfliche Rücksichtnahme mit einem tieferen Gefühl verwechseln.

Er hätte sich deswegen keine Sorgen zu machen brauchen, denn sie wusste, was er von ihr hielt! Dass sie trotzdem hier war, bewies nur, wie sehr er seine Schwester liebte.

Für mich empfindet er nichts mehr – nur noch Verachtung, dachte Anastasia traurig, und die Kehle war ihr plötzlich wie zugeschnürt.

„Ja, es war ein arbeitsreicher und stressiger Tag für mich", stimmte sie leise zu und merkte erst jetzt, wie erschöpft sie war. Morgens hatte sie noch an ihrem Bild gearbeitet und versucht, so manches zu vergessen …

„Du hast dich nicht geändert", warf Rico ihr vor. „Noch immer bist du von deiner Malerei wie besessen. Ist dir klar, dass du Chiara praktisch von nichts anderem erzählt hast als von deiner Arbeit?"

„Darüber musst ausgerechnet du dich beklagen, Rico!", warf sie spöttisch ein.

„Und du redest noch immer zu viel!", fügte er schroff hinzu.

Deswegen hatte er sie früher gern geneckt, jetzt schien es ihn nur zu reizen. „Du wolltest doch, dass ich mit Chiara plaudere, oder?"

Er ging ans Fußende des Bettes, wahrscheinlich um Abstand zu schaffen. „Ja, sicher. Aber genug ist genug. Für euch beide.

Heute war ein schwerer Tag für uns alle." Kurz sah er ihr in die Augen, und sein Blick verriet, wie schwer die vergangenen Stunden auch für ihn gewesen waren. „Ich lasse dich jetzt nach Hause fahren."

Fahren? Dann meinte er natürlich sein Zuhause. Das früher auch ihres gewesen war ...

„Es ist nicht mehr mein Zuhause", wehrte Anastasia gequält ab.

Rico nahe zu sein zerriss ihr beinah das Herz. Am liebsten hätte sie ihn so lange geschüttelt, bis er sie um Verzeihung anflehte, weil er ihre Beziehung einfach aufgegeben hatte. Ohne den geringsten Versuch, etwas zu retten.

Er funkelte sie kurz an und ballte die Hände zu Fäusten. „Ich sag es dir jetzt zum letzten Mal, Anastasia: Wir sind noch immer verheiratet."

Ja, aber wir haben eine völlig andere Vorstellung von dem, was eine Ehe bedeutet, erwiderte sie im Stillen.

„Ich möchte trotzdem in ein Hotel!"

„O nein! Du wirst in der Villa wohnen, bis Chiara aus dem Koma aufwacht, damit ich immer weiß, wo ich dich erreichen kann. Danach kannst du gehen, wohin du willst."

Wie üblich glaubt er, einfach befehlen zu können, dachte sie frustriert. Was sie dachte, war ihm völlig egal.

Energisch schüttelte sie den Kopf. „Meine Entscheidungen kann ich selbst treffen, Rico! Ich bin keine deiner Untergebenen."

„Nein, sondern meine Frau." Er klang kalt. „Und du tätest gut daran, das nicht zu vergessen."

Ihr stockte angesichts so viel Arroganz beinah der Atem. „Jetzt ist nicht die richtige Zeit, um dich als sizilianischer Macho aufzuspielen und ..." Ein warnender Blick seiner glitzernden schwarzen Augen brachte sie zum Schweigen.

Und plötzlich wusste sie, dass Rico sie noch immer begehrte.

Wäre ihr nicht so elend zumute gewesen, hätte sie schadenfroh gelächelt. Dass er – der alles und jedes unter Kontrolle hatte –, sein Verlangen nicht beherrschen konnte, musste ihn extrem verbittern.

Nein, nach Lächeln ist mir nicht wirklich zumute, stellte Anastasia dann fest. Eher danach, zu schreien und zu schluchzen. Oder Rico zu schlagen …

Es war alles so hoffnungslos. Eine solche Verschwendung! Und es hätte jetzt nicht so sein müssen. „Ach, Rico, es …“

Sofort schuf er Abstand, körperlich und seelisch, und war wieder der eisern beherrschte Mann, als den sie ihn kannte.

„Du kannst natürlich tun, was du willst“, sagte Rico kühl. „Vorausgesetzt, du wohnst in der Villa, solange wir dich brauchen.“

Sie hatte keine Energie mehr, um mit ihm zu streiten. Für eine Auseinandersetzung mit ihm brauchte man sozusagen frisch geladene Akkus, und ihre waren definitiv leer.

Rico sah sie kurz forschend an, dann nickte er. „Ich lasse dich also jetzt vom Chauffeur zur Villa bringen.“

In die Villa, in der sie so glückliche Zeiten erlebt hatten. Wollte er sie wirklich dort haben? Das würde ihrer beider Elend doch nur verschlimmern!

Oder war es ihm vielleicht egal?

Anastasia straffte sich. „Und was ist mit dir? Du brauchst doch auch Schlaf.“

Warum hatte sie das jetzt gesagt? Sie wusste doch, dass er kein Mitgefühl wünschte, weil er sich gern als unverwundbar ansah.

Sein Blick verbat sich jede Einmischung. „Ich muss noch einige Anrufe machen, und das tue ich lieber hier vom Hospital aus.“

Ach so, er will gar nicht selbst in der Villa übernachten, dachte Anastasia bedrückt. Er wollte keine Zeit mit ihr verbringen, seine Sorgen nicht mit ihr teilen. Das zu wissen schmerzte, und nun gab sie alle Hoffnung auf, Rico jemals wieder nahe zu kommen.

Warum, zum Kuckuck, habe ich Anastasia in die Villa geschickt? fragte Rico sich einige Stunden später im Besucher-zimmer des Krankenhauses.

Er saß auf einem der unbequemen Stühle, die er in den ver-gangenen zwei Wochen zu hassen begonnen hatte, umringt von seinen wohlmeinenden, aber anstrengenden Verwandten. Seine Mutter und seine Großmutter hatten darauf bestanden, in der Klinik zu bleiben, Chiaras Zustand war unverändert, und vor dem Krankenhaus lauerten nach wie vor die Reporter, begierig auf eine Story.

Warum, fragte Rico sich nochmals, habe ich Anastasia an den einzigen Ort geschickt, an dem ich zurzeit ein bisschen Ruhe finden könnte? War er verrückt geworden?

Er hasste und verachtete sie doch aus tiefstem Herzen! Trotz-dem ging sie ihm nicht aus dem Sinn, dabei hätte er besser an Chiara denken sollen.

Kurz ballte er die Hände zu Fäusten, dann gab er dem einen Leibwächter an der Tür den Auftrag, den Wagen bereitstellen zu lassen für die Fahrt zur Villa.

Im Auto beantwortete Rico sich schließlich seine Frage. Er hatte Anastasia in sein Haus geschickt, weil er befürchtete, sie könnte aus einem Hotel einfach abreisen. Sie hatte ganz of-fensichtlich etwas dagegen, hier zu sein, und sie hatte bereits bewiesen, dass sie ohne Bedenken das Weite suchte, sobald Schwierigkeiten auftraten. Und davon hatte es genug gegeben, dank ihrer Vorliebe für sehr junge Männer …

Rico verzog das Gesicht, als Eifersucht ihn durchzuckte, so schmerzhaft wie ein Dolchstich – und so heftig, als wäre es nicht schon ein Jahr her, dass Anastasia ihn verlassen hatte. Ja, wahrscheinlich war es das Beste für sie gewesen, zu flüchten. Er hätte ihr sonst womöglich den Hals umgedreht. Und sie hatte ihm so den Beweis für ihre Schuld geliefert.

Als er die Villa betrat, wappnete er sich unwillkürlich gegen eine Auseinandersetzung mit Anastasia, die aber nirgends zu sehen war. Vermutlich lag sie bereits im Bett und schlief. Sie war sehr blass und erschöpft gewesen, als er sie schließlich aus der Klinik geschickt hatte. Nahm es sie dermaßen mit, Chiara im Koma zu sehen? Oder hielt sie es kaum aus, in seiner Nähe zu sein? Hatte sie ein schlechtes Gewissen?

Rico sagte dem Personal, er wolle nicht mehr gestört werden, und goss sich einen Drink ein. Das Glas in der Hand, ging er auf die Terrasse und blickte hinaus aufs dunkle Meer.

Ich bin auch nur ein schwacher Mann, gestand er sich selbstkritisch ein. Obwohl er wusste, zu welchen Hinterhältigkeiten seine Frau fähig war, begehrte er sie noch immer leidenschaftlich. Was bewies, dass es in der Beziehung nie um seelische Gefühle, sondern immer nur um körperliche gegangen war.

Dass er jetzt daran dachte, konnte natürlich auch eine Reaktion auf den gegenwärtigen Druck sein. Für einen Mann bedeutete Sex manchmal ein Ventil, ein Mittel zur Entspannung – und in seinem Leben gab es momentan Spannungen genug.

Er musste sich ständig zusammenreißen, um seine Angehörigen nicht zu beunruhigen, und das machte ihm allmählich zu schaffen. Nachdenklich blickte er auf den Pool direkt vor der Terrasse und überlegte, ob eine andere Art körperlicher Betätigung ihm nicht auch Erleichterung bringen würde.

Ja, aber erst später, beschloss er und ging zurück ins Haus. Im Wohnzimmer setzte er sich auf ein Sofa mit Blick nach draußen. Die Ärzte würden sofort anrufen, sobald sich, nein, falls sich Chiaras Zustand änderte, und inzwischen musste er einige Telefonate erledigen. Sein Mitarbeiterstab tat alles, um ihm den Rücken freizuhalten, aber ein riesiges Imperium wie der Crisanti-Konzern lief nun mal nicht von allein.

Rico füllte das Glas nach und rief seinen Finanzdirektor in New York an.

Eine Stunde später beendete er das Gespräch und aß ein bisschen von dem Aufschnitt, den das Dienstmädchen schon vor Längerem vor ihn auf den Couchtisch gestellt hatte. Wie das Essen schmeckte, merkte er nicht, denn er las konzentriert die Unterlagen, die aus dem Büro geschickt worden waren. Ab und zu machte er eine Randnotiz, und gelegentlich telefonierte er. Es war schon nach Mitternacht, als er schließlich die Papiere auf den Tisch warf und sich, die Augen geschlossen, seufzend zurücklehnte.

Die Vorstellung, noch schwimmen zu gehen, wurde immer verlockender. Rasch zog er Schuhe und Hose aus und ging zum Pool, wobei er Krawatte und Hemd abstreifte. Das Wasser glitzerte blau, angestrahlt von winzigen Lampen entlang der Einfassung.

Nackt tauchte Rico ins kühle Nass und schwamm mit energischen Zügen ans andere Ende des langen Beckens. Die gleichmäßige Bewegung verschaffte ihm tatsächlich Ablenkung von seinen gegenwärtigen Sorgen und Problemen.

Und dann spürte er sie, bevor er sie sah.

Es war, als würde sich die Luft plötzlich anders anfühlen …

So war es früher schon immer gewesen. Sogar in einem völlig überfüllten Raum hatte er gespürt, wenn Anastasia hereingekommen war. Und er wusste, dass es ihr mit ihm ebenso ergangen war.

Er blickte hoch und sah sie am Beckenrand stehen, schlank und zierlich wie eine Gazelle. Das glänzende rote Haar fiel ihr üppig über den Rücken, und sie trug nur ein weißes Seidenhemd.

Das ihm gehörte!

„Stiehlst du meine Sachen?", fragte er auf Italienisch.

Anastasia atmete scharf ein. „Ich habe nicht erwartet, über Nacht bleiben zu müssen, und deshalb kein Nachthemd mitgenommen", erwiderte sie zögernd. Sie hatte sich immer ein bisschen gescheut, Italienisch zu sprechen.

Und nun fiel ihm ein, dass sie hier kein Nachthemd hatte finden können, denn sie hatte früher keines getragen. Er hatte ihr untersagt, ihren herrlichen Körper im Bett zu verhüllen.

„Du hast dir schon immer ungefragt meine Hemden genommen", bemerkte Rico auf Englisch. Und in ihnen erstaunlich elegant ausgesehen, fügte er im Stillen hinzu.

„Ja, weil du einen guten Geschmack hast – was Hemden betrifft." Anastasia zuckte leicht die Schultern. „Ich hatte nicht erwartet, dass du nach Hause kommst. Und dann habe ich jemanden im Pool gehört ..."

Ihre Stimme klang heiser, schläfrig – sexy. Sogar im kühlen Wasser durchflutete Rico Begehren. Wie oft hatte er früher Anastasia nachts geweckt, um sie nochmals zu lieben, und dann hatte sie meist gelacht und ihn einen Nimmersatt genannt. Mit genau diesem etwas rauen, rauchigen, verführerischen Ton.

Rico schwang sich geschmeidig aus dem Becken und stand auf. Als sie sah, dass er nackt war, schluckte sie trocken. Ihre Augen wurden ganz dunkel und verrieten, wie sehr sie ihn unwillkürlich begehrte. Dann ließ sie den Blick tiefer gleiten ...

So von ihr betrachtet zu werden erregte Rico. Ganz offensichtlich. Rasch nahm er das Handtuch, das auf einem der Liegestühle bereitlag, und wickelte es sich um die Hüften. Wieso schaffte er es nicht, gleichgültig zu bleiben? Wieso beherrschte er seinen Körper nicht?

Weil du vom ersten Augenblick an wie verhext von ihr warst, antwortete eine innere Stimme ihm.

Ja, er hatte eine Schwachstelle, eine Schwäche – nicht Frauen, sondern eine Frau. Anastasia.

„Ich bin hier, weil ich zum einen Anrufe machen musste und zum anderen eine Abwechslung vom Krankenhaus brauchte."

Und Abstand zu meinen Angehörigen, fügte er im Stillen hinzu. Er brauchte es nicht zu sagen, denn er war sich sicher, dass Anastasia wusste, was er dachte.

Ihre Augen verrieten es ihm, diese wunderschönen, wissenden grünen Augen, die einen Mann verzaubern konnten und in ihm brennende Begierde weckten.

Plötzlich schien die Luft vor Spannung zu knistern.

Warum habe ich Anastasia nicht erlaubt, in ein Hotel zu gehen? fragte Rico sich erbittert. Am besten wäre eins am anderen Ende der Insel gewesen, so weit weg von ihm wie nur möglich.

Wenn er sie jetzt so dastehen sah ... in seinem Haus, nackt unter einem – seinem – Hemd, musste er sich mühsam in Erinnerung rufen, dass zwischen ihnen keinerlei Intimität mehr herrschte. Dass Anastasia nicht mehr ihm gehörte.

Es half ihm natürlich nicht, die unerwünschten erotischen Gedanken zu verdrängen, als er merkte, dass sie ihn ihrerseits begehrte. Sie hatte die Lippen leicht geöffnet, wie schon früher immer, wenn sie sich nach seinen Küssen sehnte. Ihre Augen waren dunkel vor Sehnsucht.

„Hör auf, mich so anzusehen", herrschte er sie plötzlich an. „So, als würdest du mich begehren, wo wir doch beide wissen, dass du hinter jedem halbwegs attraktiven Mann her bist."

Sie wurde blass. „Wie kannst du das sagen?"

Erstaunlich, wie unschuldig sie immer noch dreinblicken konnte. Aber sie hatte keineswegs unschuldig ausgesehen, als er sie mit einem anderen Mann im Ehebett erwischt hatte!

„Ich kann es sagen, weil es die Wahrheit ist", erwiderte Rico grimmig, doch plötzlich hatte er ein schlechtes Gewissen. Wie schaffte Anastasia es bloß, ihn ins Unrecht zu setzen, obwohl er sich doch nichts hatte zuschulden kommen lassen?

Sie hingegen hatte sich damals ganz dem Vergnügen hingegeben, während er hart gearbeitet hatte. Oft genug war sie in anrüchige Nachtclubs gegangen, und – was das Verwerflichste war – sie hatte sogar seine kleine, leicht zu beeindruckende Schwester mitgenommen.

„Du siehst mich ja auch an, als ob … ach, ich kann es nicht genau sagen, Rico." Sie klang, als würde sie gleich zu weinen beginnen.

Er runzelte verunsichert die Stirn. Vorhin an Chiaras Bett hatten auch Tränen in Anastasias Augen geschimmert, und das hatte ihn gewundert, denn sie war an sich keine sentimentale Frau.

Vielleicht liegt es nur an der jetzigen vertrackten Situation, dass sie Emotionen zeigt, sagte Rico sich schließlich. Bestimmt waren es keine Tränen der Reue!

„Ich sehe dich an, als ob ich mich … nein, weil ich mich frage, wie ich so dumm sein konnte, dich zu heiraten", konterte er grausam.

Warum hielt er es für nötig, sie zu verletzen? Ihre Beziehung gab es nicht mehr. Aus und vorbei – für immer. Bei seinen früheren Affären hatte es ihm nichts ausgemacht, sie zu beenden, wenn sie nicht länger funktionierten. Meistens war die Trennung freundschaftlich verlaufen und der jeweiligen Dame durch ein teures Abschiedsgeschenk versüßt worden. Ein Geschenk, das sein schlechtes Gewissen beschwichtigen sollte, welches ihn jedes Mal plagte, wenn er merkte, wie wenig ihm an seinen Geliebten wirklich gelegen hatte.

Warum also war er jetzt wie besessen von dem Drang, Anastasia wehzutun?

„Ich hasse dich, Rico!", sagte sie leise.

So leise, dass er zuerst glaubte, er habe sich verhört. „Das kann schon sein", gab er dann ungerührt zu. „Aber du begehrst mich auch noch immer, und damit kannst du dich nicht abfinden."

Schweigend stand sie da, und mit einem Mal wünschte er, sie würde etwas anderes anhaben als nur das Hemd. Ihre Aufsehen erregend schönen Beine waren bis zum Oberschenkel entblößt, der Ausschnitt enthüllte den Ansatz der festen, runden Brüste. Ja, sie hatte einen herrlichen Körper, der einen Mann um den Verstand bringen konnte.

Wie er, Rico Crisanti, aus Erfahrung bestätigen konnte.

Nun wartete er darauf, dass Anastasia etwas sagte, dass sie endlich den Fehdehandschuh aufgriff und zurückschlug. So wie früher immer. Sie hatte ihm nie geschmeichelt und bedingungslos zugestimmt wie die anderen Frauen, sondern ihm Kontra gegeben. Ihn herausgefordert. Ihn rasend gemacht. Ihn aufgeregt und zugleich unglaublich erregt.

Nun aber hatte aller Kampfgeist sie offensichtlich verlassen, und sie sah sehr jung und wie verloren aus.

„Ich bin nicht aufgestanden, um mit dir zu streiten", sagte sie schließlich müde und strich sich das seidige kupferrote Haar zurück. „Ich habe jemanden im Pool gehört und wollte nachsehen, wer es ist. Und dann dachte ich mir, dass ich dich bei der

Gelegenheit fragen könnte, wie es um Chiara steht. Du wolltest doch eigentlich im Krankenhaus bleiben, oder? Hat sich ihr Zustand gebessert?"

„Leider nicht", erwiderte Rico und merkte jetzt erst, dass er nicht mehr an seine Schwester gedacht hatte, seit Anastasia auf der Terrasse erschienen war.

Wütend auf sich, wandte er sich ab und eilte ins Haus. Die stetig wachsende Anspannung der vergangenen zwei Wochen drohte ihn nun zu überwältigen. Er hatte keine Nacht mehr durchgeschlafen, und sein sonst so scharfer Verstand arbeitete anscheinend nicht mehr richtig.

Seufzend ließ Rico sich auf ein Sofa fallen und schloss die Augen. Im Moment hatte er das ungewohnte Gefühl, nicht alles im Griff zu haben, und das behagte ihm überhaupt nicht.

„Rico?"

Er spürte, wie Anastasia sich neben ihn setzte, dann legte sie ihm die Hand auf die Schulter. Dass sie sich so ungewohnt sanft und mitfühlend zeigte, ging ihm unter die Haut und verschlimmerte seinen Schmerz – wie Salz in einer offenen Wunde.

Während ihm auffiel, dass sie noch immer das leichte, blumige, betörende Parfüm wie früher verwendete, öffnete er die Augen und wandte sich ihr zu. Er brauchte ihr Mitgefühl nicht! Er würde ihr das auch sagen und sie dann wieder ins Bett schicken.

Doch der Ausdruck ihrer wunderschönen grünen Augen hielt ihn zurück.

„Das alles muss für dich doch schrecklich sein", begann Anastasia leise. „Vielleicht ist es an der Zeit für dich, zuzugeben, dass auch du Gefühle hast. Alle stützen sich auf dich und vergessen, dass du auch jemanden brauchst, an den du dich lehnen kannst."

Rico wünschte, sie würde die Hand endlich von seiner Schulter nehmen. Ihm wurde überdeutlich bewusst, wie sehr er ihre sanfte Berührung vermisst hatte. Und wieder durchflutete ihn heißes Begehren.

Insgeheim stöhnend versuchte er, seine Lust zu zügeln.

„Ich bin nur müde", erwiderte er abweisend. „Kein Wunder nach den letzten zwei Wochen."

„In denen du nur an die anderen gedacht hast", ergänzte sie. „Du musst auch mal an dich denken, Rico, an deine Bedürfnisse."

Im Augenblick spürte er nur eines: Verlangen … und als er ihr in die Augen sah, erinnerte er sich, wie gut sie seine Bedürfnisse kannte. Und er spürte, dass auch sie ihn begehrte – heiß, gefährlich und zerstörerisch. Mühsam beherrschte er sich, um nicht das Gesicht an ihren Hals zu pressen und ihre seidenweiche Haut zu küssen.

Er verzehrte sich förmlich vor Sehnsucht nach Anastasia.

Wer von ihnen den ersten Schritt wagte, war ihm nicht klar. Auch nicht der Moment, in dem sich die tröstende Berührung in eine erregende Liebkosung verwandelte. Wie auch immer, in der einen Sekunde saßen sie noch wie Fremde nebeneinander, in der nächsten lagen sie sich in den Armen und küssten sich so fordernd, dass ihnen der Atem stockte.

Statt zu protestieren, legte Anastasia ihm die Arme um den Nacken und schmiegte sich an ihn. Er drückte sie gegen das Sofakissen und küsste sie immer leidenschaftlicher. Danach hatte er sich von dem Augenblick an gesehnt, als sie ihm die Tür ihres kleinen Hauses geöffnet und ihn mit ihren großen grünen Augen angefunkelt hatte, zugleich herausfordernd und abweisend.

Rico vergaß seine Sorgen. Er vergaß, wie erschöpft er körperlich und geistig war. Ja, er vergaß alles um sich her bis auf sein brennendes Verlangen und die Tatsache, dass er die einzige Frau in den Armen hielt, mit der er zusammen sein wollte.

Ohne die Lippen von ihren zu lösen, knöpfte er ihr das Hemd auf und atmete tief den zarten, blumigen Duft ihrer Haut ein, der zu ihr gehörte wie ihr rotes Haar und ihr feuriges Temperament.

Dann strich er über den Ansatz ihrer festen, runden Brüste, und sein Verlangen wuchs, als er Anastasia erfreut seufzen hörte. Nun hob er den Kopf und betrachtete sie. Ihre zarte Haut war so weich und hell, vor allem verglichen mit seiner sonnengebräunten. Der Kontrast hatte ihn schon immer fasziniert. Die Gegensätze, die sich anzogen – weibliche Zartheit und männliche Kraft.

Ihre rosigen Brustknospen richteten sich verführerisch auf. Er neigte den Kopf und umschloss die eine mit den Lippen, dann ließ er aufreizend die Zungenspitze darum kreisen. Anastasia presste die Hüften an seine und schob ihm die Finger ins Haar. Er war so hingerissen von den sinnlichen Freuden, die er genoss, dass er nicht daran dachte, sie loszulassen. Leise rief sie seinen Namen und presste seinen Kopf noch enger an sich, während er sie immer weiter gekonnt erregte.

Ja, er kannte sie in- und auswendig und wusste, wie er sie zum Gipfel der Wonnen führen konnte!

Nun hatte er die Oberhand, er war der Herrscher ... doch nur kurz. Er spürte ihre Finger am Handtuch um seine Hüften, gleich darauf einen kühlen Lufthauch auf der Haut.

Dann ihre Hand ...

Und nun fiel ihm ein, dass Anastasia ihn genauso gut kannte wie er sie. Sie wusste, was ihm gefiel, und sie hatte keine Hemmungen, ihm sinnliche Genüsse zu schenken.

Ja, wenn es darum ging, verstanden sie sich großartig. Das war von Anfang an so gewesen. Schon damals hatten sie die Leidenschaft nicht zügeln können, sondern waren immer bis zum Äußersten gegangen.

So hätte es auch diesmal geendet, wenn nicht sein Handy geklingelt und sie – wie schon früher so oft – gestört hätte.

Wie erstarrt hielten sie inne und sahen sich in die Augen, schockiert, weil sie sich zu Intimitäten hatten hinreißen lassen, die in ihrer jetzigen Beziehung keinen Platz mehr hatten.

Leise fluchend sprang Rico auf und wickelte sich das Handtuch wieder um die Hüften, bevor er den Anruf entgegennahm.

4. Kapitel

„Sie ist bei Bewusstsein?" Anastasia richtete sich auf, die Locken fielen ihr wirr ins erhitzte Gesicht.

Wie habe ich mich nur so gehen lassen können? fragte sie sich beschämt – und zugleich äußerst frustriert, weil sie und Rico unterbrochen worden waren.

Sie hatte ihm gar nicht ins Wohnzimmer folgen wollen, aber er hatte fix und fertig gewirkt, wie er da zusammengesunken auf dem Sofa saß, und ein beinah schmerzliches Mitgefühl hatte sie plötzlich erfüllt. Deshalb war sie zu ihm gegangen, um ihn zu trösten. Sie hätte wissen müssen, dass es nicht sicher war, ihm nahe zu kommen!

Eine leichte Berührung hatte genügt, und sie war bereit gewesen, sich ihm hinzugeben. Hatte sie denn keinen Stolz? Keine Willenskraft? Keinen Sinn für Gefahr?

Sie würde die Trennung von Rico nicht überwinden, indem sie ihm Intimitäten erlaubte.

Aber wieder hier in der Villa zu sein, wo sie mit ihm so glücklich gewesen war, hatte sie schwach gemacht. Jämmerlich schwach. Ein Blick auf seinen herrlichen, nackten Körper … und sie hatte ihre Wut auf Rico vergessen.

„Ja, Chiara hat vor fünf Minuten das Bewusstsein wiedererlangt", antwortete er.

Er klang angespannt, und das lag bestimmt nicht nur an der Sorge um seine Schwester, sondern ganz offensichtlich daran, dass auch er an ungestilltem Verlangen litt.

Genau wie ich, dachte Anastasia wild. Sie war so frustriert, dass sie hätte schreien mögen.

„Wir müssen sofort ins Krankenhaus zurück." Rico blickte auf die zarte Haut ihres Dekolletés, die rote Flecken zeigte, wo seine rauen Bartstoppeln sie berührt hatten. „Knöpf das Hemd zu!", befahl er schroff.

„Verdammt, Rico, ich lasse mir von dir nicht die Alleinschuld an dem Zwischenspiel zuschieben", fuhr sie ihn an und versuchte, mit bebenden Fingern die Knöpfe zu schließen. Er war genauso verantwortlich wie sie, daran bestand kein Zweifel.

„Du bist auf die Terrasse gekommen mit nichts weiter als einem Hemd – *meinem* Hemd – am Leib, Anastasia."

„Du warst völlig nackt!", konterte sie.

„Glaubst du etwa, dass es mich nachsichtiger stimmt, wenn du mir Sex anbietest?"

„Ich dir?" Ihre Stimme klang heiser. „Übrigens brauche ich deine Nachsicht nicht ... aber du vielleicht meine. Und jetzt lass mich in Ruhe!"

Sie funkelten sich gegenseitig an. Keiner wollte zugeben, dass sie es einfach nicht schafften, im selben Raum zu sein und *nicht* an Sex zu denken. Die Chemie zwischen ihnen war so überwältigend stark, dass sie ihre Triebe nicht beherrschen konnten. Die Anziehungskraft, die sie aufeinander ausübten, war wie eine Naturgewalt.

„Ich soll dich in Ruhe lassen?", wiederholte Rico. „Mit Vergnügen!" Mit funkelnden Augen betrachtete er sie nochmals kurz, dann tippte er eine Nummer ins Handy ein und befahl dem Chauffeur, das Auto vorzufahren. „Beeil dich mit dem Anziehen. Wir fahren in fünf Minuten."

Sie sah ihm nach, als er den Raum verließ, und bewunderte unwillkürlich seine breiten Schultern und die langen, muskulösen Beine. Dafür verachtete sie sich, und noch mehr dafür, dass sie sich wünschte, er würde sich umdrehen und zu ihr zurückkommen – um da weiterzumachen, wo sie unterbrochen worden waren.

In dem Augenblick wusste sie nicht, wen sie mehr hasste: Rico, weil er seine eiserne Beherrschung verlor, sobald er ihr nahe kam – oder sich selbst, weil sie ihn ebenso sehr begehrte wie er sie.

Der einzige Trost bestand darin, dass Rico es verabscheute, die Beherrschung zu verlieren. Ja, sie wollte, dass er ebenso litt wie sie. Es wäre nur gerecht.

Das Hemd fest um sich ziehend, ging sie ins Gästezimmer, um sich anzukleiden, und riskierte einen Blick in den Spiegel. Es war ein Fehler. Sie hätte sich gewünscht, kühl und kontrolliert zu wirken, stattdessen sah sie hemmungslos und erhitzt aus. Das Haar fiel ihr wirr ums Gesicht, weil Rico seine Finger darin vergraben hatte, und ihre helle Haut zeigte rote Flecken von seinen leidenschaftlichen Liebkosungen.

Schockiert legte Anastasia die Finger über die Lippen, die von den fordernden Küssen schmerzten. Ich hätte nicht hierher kommen dürfen, sagte sie sich.

Rico und sie waren seelisch so weit voneinander entfernt wie Nord- und Südpol, und doch konnte sie ihm nicht widerstehen.

Sie würde nie über ihn hinwegkommen, wenn sie nicht Abstand zu ihm hielt. Am besten Tausende von Meilen!

Und da Chiara nun wieder bei Bewusstsein ist, werde ich genau das tun, schwor Anastasia sich. Sie würde das Mädchen noch einmal am Krankenbett besuchen, die üblichen Genesungswünsche aussprechen und sich dann umgehend nach England absetzen.

Dort würde sie sich ein anderes kleines Haus auf dem Land suchen, mit so niedrigen Zimmerdecken, dass Rico schwere Kopfverletzungen riskierte – falls er ihr folgte.

Auf der Fahrt zum Krankenhaus schwieg Rico missmutig. Die ungelöste Spannung machte ihn äußerst gereizt, und er brachte es nicht über sich, zu Anastasia zu blicken.

Ihre zarte Haut verriet immer noch, dass er es vorhin an Selbstbeherrschung hatte fehlen lassen. Warum hatte er nicht daran gedacht, dass man es immer stundenlang sehen konnte, wenn er Anastasia stürmisch liebkost hatte? Dafür würde er jetzt bezahlen müssen.

In weniger als zehn Minuten würde er seine Angehörigen

treffen, und seine Mutter würde ihn bestimmt fassungslos und fragend mustern.

Ihre stummen Fragen wollte er jedoch nicht beantworten. Er kannte die Antworten selber nicht.

Nein, er konnte sich nicht erklären, warum er so unbeherrscht gewesen war – außer, es lag am Stress der vergangenen zwei Wochen. Daran, dass er körperliche Entspannung gebraucht hatte, ein Ventil sozusagen, um den unglaublichen Druck zu mildern. Anastasia hatte ihn trösten wollen, und er konnte doch nichts dafür, dass er eine bestimmte Art von Trost bevorzugte!

Nun saß sie neben ihm, das Haar locker aufgesteckt, und trug wieder das apricotfarbene Leinenkleid.

Aber egal, was sie trug … oder nicht … sie erregte ihn immer.

Je eher er sie nach England zurückschickte, desto besser – für sie beide.

Er würde ihr nur genug Zeit lassen, Chiara kurz zu sehen, für den Fall, dass es deren Genesung förderte. Dann würde er Anastasia sofort zum Flughafen bringen lassen. Und dafür sorgen, dass die Triebwerke bereits arbeiteten. Die des Jets meinte er natürlich.

Als Anastasia entdeckte, dass die gesamte Familie Crisanti an Chiaras Bett versammelt war, sank ihr der Mut. Nach dem leidenschaftlichen Zwischenspiel mit Rico fühlte sie sich verletzlicher denn je, und ihr war klar, dass man ihr – trotz des sorgfältig aufgetragenen Make-ups – ansah, was mit ihr erst vor Kurzem geschehen war.

Vor Scham wäre sie am liebsten im Boden versunken.

„Sieh an, du bist also zurück", bemerkte Ricos Mutter kalt und blickte ihr auf die Lippen, dann entsetzt und ungläubig zu Rico.

Dem war wie üblich gleichgültig, was andere von ihm dachten. Er nahm Anastasia bei der Hand und führte sie zum Bett. Seine Haltung ließ keinen Zweifel daran, wer in dieser Familie das Sagen hatte.

Anastasia war ihm unglaublich dankbar, dass er sie in Schutz nahm, und obwohl sie wusste, dass seine Geste nicht wirklich etwas bedeutete, klammerte sie sich an seine Hand wie an ein Rettungsseil.

Seine Mutter trat respektvoll beiseite, schaute allerdings Anastasia gequält an.

Was habe ich Schlimmeres verbrochen, als einen Milliardär zu heiraten? fragte diese sich. Na gut, wahrscheinlich glaubte ihre Schwiegermutter jetzt, sie hätte Rico betrogen und verlassen. Bald würde er jedoch geschieden sein, und dann konnte er sich eine Frau suchen, die seiner Mutter besser passte!

„Chiara ..." Ricos Stimme klang heiser vor Besorgnis. Rico neigte sich übers Bett und küsste seine Schwester zart auf die Stirn.

Ihre Lider zuckten ... sie öffnete die Augen. Zuerst schaute sie ihren Bruder an, als würde sie ihn nicht erkennen, dann lächelte sie flüchtig.

„Rico!", hauchte sie. Es war kaum mehr als ein Wispern, doch alle seufzten erleichtert auf.

Ihre Mutter eilte zu ihr und umarmte sie, die Großmutter ließ sich auf einen Stuhl am Bett sinken und nahm ihre Hand, während ihr Tränen über die faltigen Wangen strömten.

„Dem Herrn sei Dank, Chiara ist uns zurückgegeben", flüsterte die alte Frau inbrünstig.

Das ist das Stichwort für meinen Abgang, dachte Anastasia. Vorsichtig löste sie die Hand aus Ricos Griff und zog sich unauffällig zur Tür zurück. Hier wurde sie nicht mehr gebraucht. Sie gehörte nicht länger zur Familie, besser gesagt, sie hatte nie dazugehört.

Chiara sagte etwas, so leise, dass Rico sich noch näher zu ihr beugte. Dann richtete er sich auf und sah sich nach Anastasia um.

„Warte!", befahl er rau. „Chiara will dich sprechen."

Die Hand schon auf der Türklinke, blieb Anastasia wie erstarrt stehen. Was sollte das jetzt? Dass Chiara, halb im Koma, ihren Namen murmelte, war eine Sache, ein richtiges Gespräch eine völlig andere. Sie hatten sich doch früher nichts zu sagen gehabt!

Aber das Mädchen konnte ihr, egal, was es sagte, nun nichts mehr anhaben, ihr nicht noch mehr Schmerz zufügen.

Während ihr bewusst war, dass alle Blicke auf ihr ruhten, ging Anastasia zurück zum Bett. Zu jedem Schritt musste sie sich förmlich zwingen, und schließlich stand sie neben Rico und blickte auf seine kleine Schwester.

„Hallo, Chiara!" Auch ihre Stimme klang heiser. „Ich bin so froh, dass du endlich aufgewacht bist. Wir alle haben uns große Sorgen um dich gemacht."

„Anastasia!" Das Mädchen lächelte schwach, dann schloss es die Augen. „Schöne Anastasia! Wenn es mir wieder besser geht, können wir dann zusammen einen Einkaufsbummel machen? Du siehst immer so toll aus! Kannst du mir nicht beibringen, wie man sich richtig anzieht?"

Schockiertes, ungläubiges Schweigen herrschte rund ums Krankenbett.

Anastasia wusste nicht, was sie antworten sollte. Warum hatte Chiara die Bitte ausgesprochen? Wollte das Mädchen ihr etwa wehtun, indem sie Bewunderung heuchelte? Sie musterte es eindringlich, entdeckte aber nicht den Sarkasmus von früher, auch keine Zeichen von Aufsässigkeit, die für den Teenager noch vor einem Jahr so typisch gewesen waren.

Chiara fiel die Stille auf, und sie öffnete die Augen wieder. Ihr Blick war argwöhnisch und zugleich so verwirrt, als spürte sie, dass etwas nicht stimmte.

„Was ist denn?", fragte sie nun. „Habe ich was Falsches gesagt?"

„Aber nein, Kleines", beruhigte Rico sie schnell und legte die Hand auf ihre. „Wie fühlst du dich?"

Sie schnitt ein Gesicht. „Der Kopf tut mir weh. Warum seid ihr eigentlich alle hier? Was ist passiert?"

Rico runzelte besorgt die Stirn. „Du hattest einen Unfall. Erinnerst du dich nicht?"

„Nein", antwortete sie nach kurzem Nachdenken. „Ich erinnere mich nur, dass du sehr wütend warst, als ich so unerwartet bei euch aufgetaucht bin, wo ihr doch jetzt in den Flitterwochen lieber allein sein wollt. Bist du mir noch böse, Bruderherz?"

Er stand so reglos da, als wäre er aus Stein gehauen, seine Mutter stöhnte leise. Anastasia rechnete schnell nach: Der Vorfall, auf den Chiara sich bezog, lag eineinhalb Jahre zurück!

Was sollte das? Welches Spielchen trieb das Mädchen jetzt schon wieder?

Jedenfalls merkte Chiara, wie angespannt die Atmosphäre war. „Rico, bist du mir noch böse?"

„Nein, Kleines, das bin ich nicht." Forschend betrachtete er sie. „Ist es wirklich das Letzte, woran du dich erinnerst? Wie wütend ich war, weil du mich und Anastasia gestört hast?"

„Ja. Warum willst du das so genau wissen?", fragte Chiara verwirrt.

„Ach, nur so." Er lächelte beruhigend, und sein Ton verriet nicht, welche Sorgen er sich ganz offensichtlich machte. „Ich muss jetzt mit den Ärzten sprechen. Und du zerbrich dir den Kopf nicht noch mehr", fügte er mühsam scherzend hinzu.

Als die Ärzte, von Rico alarmiert, im Krankenzimmer erschienen, zog sich die Familie wieder einmal ins Besucherzimmer zurück, wo sie angespannt wartete.

Es dauerte nicht lang, bis Rico ans Krankenbett gerufen wurde, und kurz darauf kam er wieder in den Warteraum, bedrückter wirkend, als Anastasia ihn jemals gesehen hatte.

„Die Diagnose lautet Amnesie, also Gedächtnisverlust", teilte er seiner Mutter mit. „Das ist nach solchen Kopfverletzungen nichts Ungewöhnliches. Chiara kann sich an nichts erinnern, was seit dem Tag passiert ist, den sie vorhin erwähnte, als Anastasia und ich …", er unterbrach sich kurz und fügte mühsam hinzu: „… als wir hier in der Villa unsere Flitterwochen verbrachten."

Alle sahen zu Anastasia, die heiß errötete. Sie erinnerte sich noch genau an den Tag! Sie und Rico hatten ihn am Strand verbracht. Sie waren geschwommen ... und vor allem hatten sie sich immer wieder leidenschaftlich geliebt. Als sie schließlich, müde von Sonne und Sinnlichkeit, zum Haus gegangen waren, hatten sie dort Chiara im Pool entdeckt.

Rico war tatsächlich sehr zornig geworden. Anastasia war zwar enttäuscht gewesen, dass die Zweisamkeit gestört wurde, aber sie legte für das Mädchen ein gutes Wort ein, und es durfte übers Wochenende bleiben.

An dem Montag wurde Chiara von Rico in die Schule zurückgeschickt, mit der Ermahnung, sich intensiver aufs Lernen zu konzentrieren.

Wenn es das Letzte ist, woran Chiara sich erinnert, fehlen ihr plötzlich eineinhalb Jahre ihres Lebens, überlegte Anastasia schockiert.

Ricos Mutter ließ sich schwer auf einen Stuhl sinken. „Hat meine Kleine das Gedächtnis für immer verloren?", fragte sie entsetzt.

Rico zuckte die Schultern. „Die Ärzte können es noch nicht genau sagen. Aller Wahrscheinlichkeit nach wird die Erinnerung zurückkehren, aber niemand kann sagen, wann. Bis dahin ist das Wichtigste, dass die körperliche Genesung fortschreitet, die bisher erstaunlich gut verlaufen ist. Wenn es so weitergeht, kann Chiara in einigen Tagen nach Hause kommen, und das ist eigentlich ein kleines Wunder."

Seine Mutter lächelte strahlend. „Wie schön! Nimmst du sie zu dir in die Villa?"

„Natürlich. Chiara braucht vor allem Ruhe, und die hat sie dort. Ich werde alles so arrangieren, dass ich meine Geschäfte von der Villa aus erledige und mein Schwesterchen im Auge behalten kann. Du, *mamma*, bleibst besser in deinem Haus und besuchst uns nur ab und zu. Wir wollen doch nicht, dass du zu viel Aufhebens um Chiara machst, richtig?"

„Wenn du meinst ..." Widerstrebend nickte sie und gab wie üblich nach. „Du weißt ja, was am besten ist."

Zu Beginn ihrer Ehe hatte es Anastasia verblüfft, zu sehen,

wie sehr seine Angehörigen sich in allem und jedem auf ihn verließen. Später hatte es sie rasend gemacht. Konnten denn die alleinstehenden Frauen seiner Verwandtschaft keine eigenen Entscheidungen treffen? Irgendetwas ohne seine Erlaubnis tun?

Ein Blick auf die Armbanduhr sagte ihr, dass es sehr früh am Morgen war. Bald würde es dämmern.

Zeit, nach Hause zurückzukehren!

„Jetzt werde ich hier ja nicht länger gebraucht", wandte sie sich an Rico und versuchte, nicht daran zu denken, dass sie ihn womöglich zum letzten Mal sah. Von nun an würde er wieder mittels der Anwälte Kontakt mit ihr aufnehmen, und das nur, wenn es sich absolut nicht vermeiden ließ.

Der Gedanke machte sie sehr traurig, und sie musste sich zwingen, sich Rico nicht an den Hals zu werfen.

„Ich fürchte, es ist komplizierter, als du denkst." Er sah so aus, als wäre er mit einer nahezu unerträglichen Lage konfrontiert. „Chiara glaubt, wie du selbst gehört hast, wir beide wären noch in den Flitterwochen … also glücklich verheiratet."

„Ja und?" Sie atmete tief durch. „Dann musst du ihr eben, sobald es ihr besser geht, mitteilen, dass wir mittlerweile getrennt leben."

Aber nicht den Grund dafür, fügte sie im Stillen hinzu. Was damals wirklich geschehen war, wussten nur sie und Chiara – und die hatte die Erinnerung daran verloren.

„Nein, das geht nicht", widersprach Rico schroff. Er wirkte wie jemand, der zwischen Hammer und Amboss geraten war. „Sie darf doch keine Schocks erleiden. Keinen Stress haben."

Anastasia lachte zynisch auf. „Das Ende unserer Ehe hat Chiara nicht unbedingt schwer getroffen, oder? Besser gesagt, sie war begeistert darüber. Sie wird schon keinen Rückfall erleiden, wenn du es ihr sagst."

Rico sah ihr in die Augen, und plötzlich war es, als wären sie allein im Raum, nur damit beschäftigt, ihren Willen zu messen.

„Zu unserem Pech lebt Chiara jetzt in der Vergangenheit. Als wir noch glücklich waren, Anastasia", fügte er grimmig hinzu.

Ihr Herz begann, wie rasend zu pochen. „Und was schlägst du vor?" Sie war so nervös, dass sie sarkastisch wurde, um es zu verbergen. „Willst du ‚glückliches Eheleben' spielen? Mir den Ring wieder an den Finger stecken?"

Nach einer scheinbar endlosen Pause seufzte Rico schwer. „Ja. Wenn uns nichts anderes übrig bleibt."

5. Kapitel

Mit allem hatte Anastasia gerechnet, nur nicht mit dieser Antwort.

„Du machst Witze, oder?", fragte sie schließlich unsicher.

„Sehe ich so aus?", erwiderte Rico wütend. „Die Unterlagen für die Scheidung sind beinah fertig. Meinst du, ich würde die nur zum Spaß noch länger hinauszögern?"

Wenn er sie hatte verletzen wollen, war ihm das ausgezeichnet gelungen.

Sogar seine Mutter schien über seinen Mangel an Takt erstaunt zu sein.

Rico fluchte leise und rieb sich den Nacken. „Das war eine völlig unnötige Bemerkung. Ich möchte mich entschuldigen."

„Wofür? Dass du nun mal du selbst bist?" Anastasia hob stolz den Kopf, ihr Haar glänzte im kalten Licht der Deckenlampen wie frisch poliertes Kupfer. Um nichts in der Welt hätte sie sich anmerken lassen, dass er noch immer die Macht hatte, ihr wehzutun. „Jedenfalls beweist deine Reaktion, wie absurd dein Vorschlag ist. Du kannst mir zwar den Ring wieder an den Finger stecken, aber wir werden es nicht schaffen, uns wie zwei Menschen zu betragen, die sich lieben."

Statt ihr zu antworten, wandte er sich an seine Angehörigen. „Chiara möchte bestimmt ein bisschen Gesellschaft."

Er forderte sie nicht auf, den Raum zu verlassen, machte aber unmissverständlich deutlich, dass er es erwartete.

Und sie eilen hinaus, folgsam wie die Lämmer, dachte Anastasia kritisch. „Weißt du, was dein Problem ist, Rico?", fragte sie, sobald sie allein waren.

„Nein, aber ich nehme an, du wirst es mir sofort erklären", erwiderte er sarkastisch.

„Richtig!" Die Warnung in seinem Ton überhörte sie geflissentlich. „Niemand wagt es, dir etwas abzuschlagen und Nein zu dir zu sagen. Du eilst durchs Leben und triffst Entscheidungen für dich und andere. Wenn sich dir ein Hindernis in den Weg stellt, preschst du einfach durch wie ein wütender Stier. Aber, mein Lieber, ich habe Neuigkeiten für dich." Sie atmete tief durch, weil ihr vor Empörung beinah der Atem stockte. „Ich gehöre nicht zu deinen kriecherischen Lakaien, die sich um dich scharen und hoffen, wenigstens eine Sekunde deiner hochherrlichen Aufmerksamkeit zu erhalten. Ich gehöre nicht zu den aufreizenden, perfekt gestylten Frauen, die immer nur Ja zu dir sagen!"

Rasch ging er zu ihr und blieb dicht vor ihr stehen. „Wir beide wissen, dass ich dich jederzeit mit Leichtigkeit dazu bringen kann, Ja zu sagen, *cara mia*!"

„Nenn mich nicht deine Liebe!", fauchte Anastasia und wich vorsichtshalber einen Schritt zurück.

Spöttisch zog Rico die Brauen hoch. „Hast du Angst vor mir, Anastasia?" Er trat wieder einen Schritt näher. „Oder befürchtest du, mir nicht widerstehen zu können?"

Lieber Himmel, was ist dieser Mann arrogant und selbstsicher, dachte sie wütend. Aber er hatte recht. Sie fürchtete ihre Gefühle für ihn. Durch sie verwandelte sie sich in eine Person, die sie nicht war – oder die sie zumindest nicht zu sein glaubte. Sie war selbstständig und freiheitsliebend. Sie verabscheute Leute, die sich an andere klammerten … doch wenn sie mit ihm zusammen war, wollte sie sich an ihn schmiegen und ihn nie mehr loslassen.

„Das bringt doch nichts, Rico!", sagte sie schließlich und strich sich mit der Zungenspitze über die trockenen Lippen. Sofort bedauerte sie es, weil er ihr fasziniert auf den Mund blickte – so wie früher immer, bevor er sie geküsst hatte. Ihre Haut begann, erregend zu prickeln. „Es beweist nur, dass wir nicht im selben Raum sein können, ohne uns gegenseitig an die Gurgel zu gehen. Wie sollen wir Chiara denn vormachen, wir wären noch ein ‚glücklich liebend Paar'? Sie hat die Erinnerung verloren, nicht das Augenlicht und nicht den Verstand. Nein, Rico, es wird nicht klappen. Ich verabschiede mich jetzt von Chiara und reise dann sofort ab."

„O nein, das tust du nicht!", widersprach er leise. „Und falls du dir wirklich Sorgen machst, wir könnten Chiara kein verliebtes Paar vorspielen, kann ich dich beruhigen."

Sie hätte es vorhersehen müssen, war aber so müde, dass sie nicht klar denken und nicht schnell genug reagieren konnte. Jedenfalls blieb sie reglos stehen, als er ihr den Arm um die Taille legte und seine Lippen auf ihren Mund presste, so selbstbewusst wie nur je ein Mann, der sich seiner Anziehungskraft sicher war.

Es war nur ein kurzer Kuss, und trotzdem schien sie Feuer zu fangen, als Rico langsam und aufreizend ihren Mund zu erforschen begann. Sie vergaß alles – außer ihm.

Sie merkte nicht mehr, dass sie in einem unpersönlichen Warteraum im Krankenhaus stand, unter kalten, weißen Lampen. Sie vergaß, dass nebenan Chiara schwer verletzt lag, sie vergaß sogar die Auseinandersetzungen mit Rico und die Tatsache, dass nichts sie verband.

Abgesehen von heißer Leidenschaft.

Selbstvergessen presste sie sich an ihn und spürte, wie sehr er nach ihr verlangte. Begehren durchflutete sie, und sie legte ihm die Arme um den Nacken, um ihm noch näher zu sein.

Und dann hörte er einfach auf, sie zu küssen. Er hob den Kopf und trat einen Schritt zurück, seine dunklen Augen blickten eisig und verrieten keinerlei Gefühl.

„Das genügt doch, um zu beweisen, dass wir keine schlechte Vorstellung geben werden, wenn es so weit ist, oder?", fragte Rico kühl und fügte unverfroren hinzu: „Du würdest gern glauben, dass ich dich mittlerweile kalt lasse, Anastasia, aber wir beide wissen ganz genau, dass ich nur mit den Fingern zu schnippen brauche, und du tust noch immer, was *ich* möchte."

Statt zu antworten, schlug sie ihm unbeherrscht ins Gesicht – und erschrak über ihre ungewohnt heftige Reaktion auf seine höhnischen Worte. So tief war sie also schon gesunken! Noch nie hatte sie einen Menschen geschlagen, aber Rico hatte sie zu tief verletzt.

„Du gemeiner, selbstverliebter, eingebildeter Bastard!", rief sie zittrig und presste die Hand an die Brust. „Ich bleibe nicht eine Sekunde länger hier. Informiere deinen Piloten, er soll die Vorbereitungen treffen, um mich demnächst nach England zu fliegen."

„Nein, du bleibst hier." Seine dunklen Augen glitzerten drohend, auf seiner Wange zeichnete sich ein roter Fleck ab.

„Du hast mich mitgenommen, weil es hieß, ich könne Chiara eventuell nützen. Sie ist nicht länger im Koma, also braucht ihr mich nicht mehr", wehrte sich Anastasia.

„Ich habe dir doch schon erklärt, warum ich dich doch noch brauche."

„Um dein Bett zu teilen?" Sie funkelte ihn an. „O nein, Rico! Da draußen sind unzählige Frauen, die sich nichts Schöneres vorstellen können, die Armen, also schnapp dir doch eine von ihnen."

„Ich möchte – um es noch einmal unmissverständlich zu sagen –, dass du als meine Frau mit mir lebst, bis Chiara ihr Erinnerungsvermögen wiedererlangt hat", sagte er grimmig und schob die Hände in die Hosentaschen. „Es ist natürlich eine Rolle, die du nie gut gespielt hast. Stimmt's, Anastasia? Ich habe dir alles gegeben, du hast ein Leben geführt, wie du es dir in deinen kühnsten Träumen nicht hättest ausmalen können … und was hast du gemacht? Du warst nicht da, wenn ich nach einem harten Arbeitstag nach Hause kam und hoffte, meine Frau zu sehen."

„Zweimal!", warf sie ein. „Es ist nur zweimal passiert, und da hatte ich Dringendes zu regeln. Immerhin habe ich auch einen Beruf!"

„Wozu eigentlich?" Er zuckte verächtlich die Schultern und verriet, wie wenig er über sie wusste. „Du hast kein eigenes Geld gebraucht, weil du unbeschränkten Zugang zu meinem hattest. Du hattest doch alles, was eine Frau sich überhaupt wünschen kann!"

Außer Liebe, dachte Anastasia betrübt.

„Geld, Geld, Geld!", rief sie entnervt und machte eine wegwerfende Geste. „Im Leben geht es nicht immer nur um Geld, Rico. Es gibt anderes, was zählt: Unabhängigkeit und Selbstachtung, zum Beispiel. Ich liebe meine Arbeit. Ich möchte einen Beitrag leisten, der gesellschaftlich etwas bedeutet. Ich brauche das Gefühl, etwas gut zu können."

„Du warst gut im Bett", sagte Rico anzüglich. „Das hat mir etwas bedeutet."

Heiße Röte stieg ihr in die Wangen, und sie wandte sich angewidert ab. „Du bist unglaublich primitiv, Rico! Und du wolltest gar keine Ehefrau, du wolltest bloß eine Mätresse."

„Nein, davon hatte ich doch zwei, als ich dich geheiratet habe. Drei wären sogar mir zu viel geworden", erwiderte er scheinbar gelangweilt.

Und an diesen Mann habe ich mein Herz verloren, dachte Anastasia verzweifelt und wurde blass. Sie war so verrückt gewesen zu glauben, er würde ihre Gefühle irgendwann erwidern. Er wusste ja gar nicht, was Liebe war! Mit einer Frau konnte er nichts anfangen – außer im Bett. Zugegeben, er war ein leidenschaftlicher, unermüdlicher Liebhaber … aber kein Partner, mit dem man sein Leben teilen konnte.

„Das Gespräch bringt doch nichts. Wie üblich", sagte sie ausdruckslos. Sie nahm ihre Handtasche vom Stuhl und hängte sie um. „Ich gehe jetzt – und du kannst mich nicht aufhalten, Rico. Wenn du mich nicht mit deinem Privatjet nach Hause bringen lässt, muss ich eben einen Linienflug nehmen."

Oder, wenn mir gar nichts anderes übrig bleibt, ein Privatflugzeug mitsamt Piloten mieten, dachte sie verzweifelt.

„Du wirst nirgends hinfliegen, gehen oder fahren – außer in die Villa, um dort mit mir ein ‚glücklich liebend Paar' zu spielen", informierte er sie kalt.

„Ich gehöre nicht zu deinen Untergebenen und auch nicht

länger zur Familie. *Mir* kannst du nichts befehlen!", konterte sie schnippisch. „Oder wenn, dann gehorche ich nicht."

„Ja, ich weiß! Trotzdem wirst du diesmal tun, was ich sage."

„Womit willst du mich zwingen. Mit Daumenschrauben? Oder der Streckbank?"

„Nein, zu so groben Mitteln brauche ich nicht zu greifen", versicherte er ungerührt. „Vielmehr brauche ich nur die Bank anzurufen und zu sagen, sie sollen den Kredit für den Laden deiner Mutter sperren."

Eine Weile herrschte lastende Stille.

„Das kannst du nicht tun", sagte Anastasia schließlich mit bebender Stimme. „Woher weißt du überhaupt von dem Darlehen? Es hat doch nichts mit dir zu tun."

„Wer ist jetzt hier die Naive, Anastasia? Warum wohl hat die Bank euch das Darlehen so reibungslos zugestanden?"

„Es war gar nicht so einfach! Wir haben genaue Pläne vorlegen müssen …"

„Die sehr ehrgeizig waren", bestätigte Rico leichthin. „Trotzdem ist das Darlehen nur gewährt worden, weil ich als Bürge zeichne."

„Das darf doch nicht wahr sein!" Anastasia stöhnte.

„Ruf die Bank an, wenn du mir nicht glaubst."

„Ich habe das Ersuchen in Mums Name gestellt", überlegte sie laut. „Der Name Crisanti wurde gar nicht erwähnt."

„Aber dass du meine Frau bist, weiß doch die ganze Welt – und auch, wie du aussiehst", meinte er trocken. „Ein kluger Kopf in der Bank hat dich erkannt – und dann war man nur zu gern bereit, dir in jeder erdenklichen Weise entgegenzukommen."

Jetzt erinnerte sie sich daran, wie die Bankleute zuerst herablassend gewesen waren und plötzlich beinah allzu freundlich. Sie hatte es darauf zurückgeführt, dass die eingereichten Pläne überzeugend gewesen waren. Wie hatte sie nur so naiv sein können? Sie hatte doch unzählige Male erlebt, wie jemand sich förmlich überschlug, um Ricos Anerkennung zu gewinnen …

Plötzlich wurden ihr die Knie weich, und sie fühlte sich elend.

„Ich wollte das nicht", versicherte sie Rico. „Von dir wollte ich noch nie Geld oder finanzielle Vorteile."

Nein, sie hatte immer nur ihn gewollt! Aber Liebe war das Einzige, was er nicht zu schenken bereit war.

„Warum hast du das getan?", fragte Anastasia heiser. „Wir waren doch gar nicht mehr zusammen!"

„Betrachte es als Abfindung", erwiderte er ausdruckslos. „Als Entgelt für geleistete Dienste."

Rasch wandte sie sich ab, damit er nicht sehen konnte, wie sehr er sie verletzt hatte. Entgelt! Ja, er dachte immer nur an Geld. Deshalb hatte sie sich während ihrer Ehe auch nie wie seine Frau, sondern immer wie seine Mätresse gefühlt. Er hatte sie mit Schmuck und kostbaren Geschenken förmlich überschüttet, als ob das ein Ausgleich für alles wäre, was in ihrer Beziehung fehlte.

„Ich meine es völlig ernst", sagte Rico nun zugleich kühl und nachdrücklich. „Entweder bleibst du hier und spielst die liebende Ehefrau, solange ich es für nötig halte … oder der Laden deiner Mutter geht bankrott. Es liegt ganz bei dir."

„Nicht einmal von dir hätte ich so gemeines Verhalten erwartet!" Ihr Blick verriet nichts als Abscheu.

„Was *du* denkst, ist völlig egal, meine Liebe."

Anastasia ballte die Hände so fest zu Fäusten, dass sich ihre Nägel in die Handflächen gruben. Sie durfte jetzt nicht die Beherrschung verlieren und ihn wieder schlagen, obwohl sie nichts lieber getan hätte.

„Wenn du meiner Mutter auch nur ein Haar krümmst …", begann sie drohend.

„Sei doch nicht so dramatisch! Und was mit dem *Geschäft* deiner Mutter wird, liegt doch ganz an dir. Bleib hier, und das Darlehen ist gesichert. Wenn wir beide uns scheiden lassen, sorge ich dafür, dass das Geschäft auf euren Namen überschrieben wird."

Sie schluckte trocken, während sie sich ihre Lage vor Augen hielt. Diese ließ ihr keine Wahl, und das wusste er.

„Das ist Erpressung, Rico. Du bist wirklich völlig gewissenlos!"

„Wenn ich etwas haben will, tue ich alles, um es zu bekommen. Wenn das gewissenlos ist, dann bin ich eben gewissenlos. Na und?" Er zuckte gleichgültig die Schultern.

Dass ihr Vorwurf ihn nicht traf, wunderte sie nicht. Er war ja direkt stolz auf seine Strategie – eine Strategie, die er sogar angewandt hatte, als er sie zur Frau haben wollte.

„Warum tust du das?", flüsterte sie. „Unsere Ehe war doch von Anfang an zum Scheitern verurteilt. Wieso willst du mich zurückhaben?"

„Ich will dich nicht zurückhaben", widersprach er verächtlich. „Mir geht es nur um Chiara, darum, dass sie wieder ganz gesund wird. Übrigens war unsere Ehe nicht, wie du behauptest, von vornherein zum Scheitern verurteilt. Wärst du nicht so dickköpfig gewesen, hätte es gut gehen können. Aber du wolltest ja unbedingt dich selbst verwirklichen, anstatt zu akzeptieren, dass eine Ehe Partnerschaft bedeutet."

Der Vorwurf traf sie völlig überraschend. Ausgerechnet Rico sagte ihr, dass die Ehe eine Partnerschaft bedeutete? Dass sie, Anastasia, dickköpfig gewesen sei? Dabei war jeder Kompromiss zwischen ihnen ausschließlich von ihr ausgegangen – und auf ihre Kosten.

Und nun sollte wieder sie nachgeben!

„Nein, Rico, ich kann nicht tun, was du von mir verlangst. Es ist schon deshalb nicht durchführbar, weil ich arbeiten muss. Ich habe Aufträge, die …"

„Die du in der Villa erledigen kannst", unterbrach er sie. „Allerdings wirst du nicht verreisen, bevor Chiara wiederhergestellt ist."

Am liebsten hätte sie sich geweigert, aber das Glück ihrer Mutter stand auf dem Spiel, denn der Laden war nicht nur deren Lebensunterhalt, sondern auch deren Lebensinhalt.

Sie musste nachgeben, und genau darum ging es Rico, nicht um die Beziehung. Er wollte doch nur beweisen, wie viel Macht er besaß!

„Einverstanden", sagte Anastasia schließlich, obwohl sie das Wort beinah nicht über die Lippen brachte. „Ich tu's. Erwarte aber nicht, dass ich dich für das, was du mit mir anstellst, auch noch mag!"

„Wie sich die Zeiten ändern", erwiderte er, ebenso sarkastisch wie sie. „Früher hast du mich so gern gemocht, dass du mich praktisch jede Stunde auf dem Handy angerufen und gebettelt hast, ich solle zu dir nach Hause kommen und mit dir ins Bett gehen."

Es war grausam von ihm, sie daran zu erinnern, wie offen sie damals ihre Gefühle gezeigt hatte. Wie ehrlich sie gewesen war, obwohl er ihr seine Gefühle nicht offenbarte.

Im Rückblick wusste sie nun, dass er ihre Gefühle nicht geteilt hatte. Wie hätte er also ausdrücken können, was er gar nicht empfand? Würde man denn von einem Blinden eine Bildbeschreibung erwarten?

Anastasia versuchte, einen Rest von Stolz zu wahren. „Ich habe nie gebettelt", behauptete sie und hob trotzig das Kinn.

„O doch, meine Liebe, mit diesem heiseren, verführerischen Ton, der so unglaublich sexy klingt. Und wenn ich dann nach Hause kam, lagst du schon nackt im Bett und hast auf mich gewartet."

„Ja, an das viele Warten kann ich mich gut erinnern", bestätigte sie spöttisch und versuchte, sich zusammenzureißen und sich nicht anmerken zu lassen, wie sehr er sie mit diesen Erinnerungen quälte. „Scheinbar endlose Tage und Wochen, wenn du auf Geschäftsreisen warst, saß ich da, gelangweilt und allein."

„So gelangweilt, dass du dir schließlich einen Liebhaber genommen hast."

„Das habe ich *nicht* getan!"

„Wie sonst erklärst du die Anwesenheit eines nackten Mannes in deinem Bett? Besser gesagt, in unserem Bett."

Ihr Herz schien einen Schlag lang auszusetzen, und sie schwieg befangen. Sie und Rico hatten nie darüber gesprochen, was passiert war. Er hatte sie damals anklagend angesehen, und das hatte sie wütend gemacht. Ihre Ehe steckte damals schon in einer Krise, trotzdem hatte sie es nicht ertragen, dass er von ihr geglaubt hatte, sie könne ihn betrügen.

Nun zog Anastasia die Brauen hoch. „Du möchtest endlich darüber reden? Ein Jahr, nachdem es passiert ist? Findest du es nicht ein bisschen zu spät für ein klärendes Gespräch?"

Rico ging auf den Sarkasmus nicht ein. Wie sehr er sich allerdings ärgerte, sah man nur an den roten Flecken auf seinen Wangen.

„Wusste dein Lover, wie wild du im Bett sein kannst? Und wie unersättlich du bist? So ein mickriges Kerlchen wie der hätte dich doch nie auf Dauer befriedigen können."

Anastasia wurde blass. Sie hatte im ganzen Leben nur einen Mann geliebt, seelisch ebenso wie körperlich, und das war Rico. Er hatte ihr schon immer mehr Erfahrung unterstellt, als sie besaß, und er war beinah entsetzt gewesen, als sich in der ersten gemeinsamen Nacht herausgestellt hatte, dass sie noch unberührt war. Beinah hätte er sich dafür entschuldigt, sie entjungfert zu haben, und das wäre eine Premiere für ihn gewesen. Ein Mann wie Rico Crisanti hielt es meistens nicht für nötig, sich zu entschuldigen.

„*Madonna santa!* Warum reden wir überhaupt darüber?" Stöhnend fuhr er sich durch das dichte dunkle Haar. „Ich brauche jetzt frische Luft, bevor ich etwas tue, was ich nachher bitter bereue."

Nach einem letzten drohenden Blick verließ Rico das Zimmer und warf krachend die Tür hinter sich zu.

6. Kapitel

Chiara durfte wenige Tage später nach Hause. Rico hatte versprochen, auf sie aufzupassen und für ausreichend Ruhe zu sorgen.

Anastasia hätte eigentlich froh sein müssen, dass das Mädchen sich so schnell erholte, war es allerdings nicht, sondern wurde immer besorgter. Sie hatte ziemlich viel Zeit mit ihrer jungen Schwägerin verbracht, als sie noch mit Rico zusammen in Rom gelebt hatte – und es war eine aufreibende Erfahrung gewesen. Zu allem Übel hasste Chiara die Villa auf Sizilien, weil sie es hier einsam und entsetzlich langweilig fand.

Wie sollen wir, womöglich wochenlang, miteinander auskommen, ohne uns in die Haare zu geraten? fragte sich Anastasia beklommen.

Ihre Sorgen erwiesen sich jedoch als unnötig, denn Chiara war wie verwandelt.

Vom ersten Moment an war sie rührend bemüht, keine Umstände zu machen oder irgendwie zu stören. Ja, ihr gefiel angeblich sogar der Blick von der Terrasse aufs Meer, eine Aussicht, die sie früher zum Gähnen gefunden hatte.

„Meinst du, ich kann schon wieder im Meer schwimmen?", fragte sie und blickte sehnsüchtig aufs Wasser, das in der Sonne glitzerte.

„Versuch es zuerst lieber im Pool", riet Rico ihr. Er reichte ihr einen Sonnenhut und wies auf eine der Liegen am Beckenrand. „Setz dich. Maria bringt dir gleich etwas zu trinken. Dann solltest du versuchen, ein bisschen zu schlafen. Ich muss einige Anrufe erledigen. Wenn du noch etwas brauchst, bitte Anastasia um Hilfe. Ich sehe dich dann beim Abendessen, *piccola*." Er strich ihr sanft übers Haar und eilte ins Haus.

Chiara schaute ihm nach. „Er war zu mir eigentlich immer mehr wie ein Vater als ein Bruder", bemerkte sie nachdenklich.

Zuerst war Anastasia sich nicht sicher, was sie darauf erwidern sollte. Ricos strenges Regiment hatte Chiara zumindest früher immer erbost.

„Ja, er hat dich sehr lieb", sagte sie schließlich unverbindlich.

Zum Glück musste sie sich nicht lang mit dem Mädchen beschäftigen, weil es bald einschlief. Der Nachmittag verging angenehm und viel zu schnell. Sie schlenderte durch die Obstgärten rings um die Villa und gab sich schmerzlich schönen Erinnerungen an ihre Flitterwochen hin.

Sie hatte sich auf den ersten Blick in die Insel mit ihrer faszinierenden Mischung aus Geschichte, Kultur und atemberaubend schönen Landstrichen verliebt. Begeistert hatte sie Rico aufgefordert, sie zu den berühmten Sehenswürdigkeiten zu begleiten. Gemeinsam besuchten sie Ehrfurcht gebietende antike Tempel, gotische Kathedralen und barocke Paläste, bis sie sich schließlich vor der Hitze und den Menschenmassen in die kühle Abgeschiedenheit der Villa flüchteten und sich anderen Genüssen hingaben.

Diese herrlichen Tage hatten ihr ein Gefühl dafür vermittelt, was es den Einheimischen bedeutete, von hier zu stammen. Sie wusste, dass es Rico alles bedeutete, Sizilianer zu sein.

In Gedanken und Erinnerungen versunken, schlenderte sie unter den Bäumen entlang. Schließlich pflückte sie sich eine Orange und ging auf die luftige, von Weinlaub beschattete Terrasse zurück, wo Chiara noch immer friedlich schlief.

Anastasia setzte sich auf eine der Liegen und begann, in ihren bereitliegenden Skizzenblock zu zeichnen, wobei sie die sanfte Brise genoss, die vom Meer her wehte.

Als Chiara schließlich aufwachte, war es schon Zeit, sich fürs Abendessen umzuziehen.

Beim Betreten des Gästezimmers, in dem sie seit ihrer Ankunft schlief, stellte Anastasia sofort fest, dass alle ihre Sachen weggebracht worden waren.

Empört eilte sie zur Haushälterin, um eine Erklärung zu verlangen.

„Ihre Sachen sind ins große Schlafzimmer gebracht worden, *signora*", teilte Maria ihr mit. „Signor Crisanti hat es angeordnet."

Von Unbehagen erfüllt, ging Anastasia zum Schlafzimmer und betrat es, ohne vorher anzuklopfen. Rico kam in dem Moment aus dem Bad, wo er offensichtlich geduscht hatte. Das nasse Haar frottierte er sich mit einem kleinen Handtuch.

Sie blieb abrupt stehen, und der Atem stockte ihr. Rico sah umwerfend aus. Wassertropfen glitzerten auf der sonnengebräunten Haut seiner breiten Schultern und der muskulösen Brust mit dem Dreieck dunklen Haars, das seine Männlichkeit noch unterstrich. Unwillkürlich ließ sie den Blick tiefer gleiten, über den flachen Bauch und die schmalen Hüften zu den kräftigen Schenkeln.

Dass es Rico erregte, von ihr so gemustert zu werden, war unübersehbar. Im Stillen stöhnte sie lustvoll, denn auch ihr Verlangen war geweckt.

Er war nun aber nicht etwa verlegen und schlang sich das Handtuch um die Hüften, sondern warf es achtlos beiseite und zog spöttisch die Brauen hoch.

„Wenn meine kleine Schwester uns jetzt so sehen könnte, wäre sie sofort überzeugt, dass wir beide noch ein Liebespaar sind."

Anastasia zuckte so heftig zusammen, als hätte er sie geohrfeigt. Ihre Reaktion auf seinen Anblick entsetzte sie. Sie hatte ihn angestarrt und gar nicht mehr damit aufhören können!

Rasch wandte sie sich errötend ab.

Rico lachte spöttisch. „Es ist ein bisschen spät, so zu tun, als wären wir uns gleichgültig geblieben", meinte er und kam zu ihr, trotz seiner Nacktheit völlig unbefangen. „Dass du mich noch immer dermaßen erregen kannst, obwohl ich mittlerweile weiß, wie treulos du bist, sagt viel über deine Anziehungskraft aus, *cara mia*."

Sein scharfer Ton verriet deutlich, wie wenig es ihm behagte, von ihr erregt zu werden.

Sie hielt den Blick weiterhin abgewandt und versteckte die bebenden Hände hinter dem Rücken. „Maria sagte mir, dass meine Sachen hierher gebracht worden sind. Ich wollte dich fragen, warum."

„Na, warum wohl?" Rico ging ins angrenzende Ankleidezimmer und streifte sich ein T-Shirt über.

Kurz schloss Anastasia die Augen und wünschte verzweifelt, er hätte mit dem Slip angefangen.

Als sie wieder zu ihm sah, zog er gerade seidene Boxershorts an und lächelte spöttisch, während er ihr herausfordernd in die Augen blickte.

„Es ist doch offensichtlich, warum deine Sachen jetzt hier sind", begann er und zog eine Hose an.

Anastasia erwartete, dass ihre Erregung nun nachlassen würde, aber es geschah nicht. Ihr Körper schien noch immer in Flammen zu stehen vor Verlangen nach diesem Mann. Ihrem Mann …

Es liegt nur daran, dass ich ein Jahr lang auf Sex verzichten musste, redete sie sich ein und zog sich zur Zimmertür zurück, noch immer von heißer Sehnsucht erfüllt.

„Ich komme später noch mal", verkündete sie.

„Selbstverständlich. Von jetzt an wirst du nämlich hier schlafen – und dich anziehen oder ausziehen … alles das tun, was eine normale Ehefrau im Schlafzimmer tut."

Starr blieb sie stehen. „Du erwartest, dass ich das Zimmer mit dir teile?"

„Ja, natürlich!"

„Dann leidest du an Wahnvorstellungen, Rico!" Ihr Herz pochte wie rasend. „Ich schlafe auf keinen Fall mit dir im selben Bett."

„Ach nein?" Zielstrebig durchquerte er das Zimmer und trat zu dem kleinen Tisch am Fenster. „Dann rufe ich die Bank an." Er griff nach dem Telefonhörer.

„Nicht!", rief sie scharf und presste die Hand an die Stirn. Wenn sie doch nur einen klaren Gedanken fassen könnte!

Es würde die reinste Folter sein, das Zimmer mit ihm zu teilen. Aber er ließ ihr keine Wahl.

„Leg auf", bat sie leise. „Ich tue, was du willst."

Langsam legte Rico den Hörer auf. „Von jetzt an wirst du hier schlafen. Chiaras Zimmer ist nur zwei Türen weiter. Sie würde es merken, wenn du nicht hier bist."

„Ich schlafe aber nicht im Bett mit dir!", rief sie hitzig.

Er achtete nicht darauf. „Abendessen ist in zehn Minuten. Solltest du dich nicht allmählich umziehen?"

Kurz funkelte sie ihn an, dann stürmte sie ins Ankleidezimmer und warf die Tür hinter sich zu.

Anastasia wünschte, das Abendessen würde nie enden. Dann würde sie sich niemals ins Schlafzimmer begeben müssen … In Ricos Schlafzimmer.

„Es ist so toll, hier mit euch beiden zu sein", sagte Chiara glücklich und nahm sich noch Oliven. „Aber ich habe ein schlechtes Gewissen, weil du meinetwegen auf Sizilien bleibst, obwohl du doch bestimmt dringend nach Rom möchtest, Rico."

Liebevoll sah er Anastasia an. „Nein, nicht unbedingt. Es ist eine günstige Gelegenheit, mehr Zeit als üblich mit meiner Frau zu verbringen." Sie zuckte zusammen, als er die Hand auf ihre legte. „Ich habe sie vernachlässigt, und das muss ich jetzt wieder gutmachen." Er hob ihre Hand an die Lippen, sein sinnlicher Blick versprach erotische Freuden.

Ihr wurde die Kehle eng. So hätte er sie ansehen und das hätte er zu ihr sagen sollen, als sie noch zusammen gewesen waren! Nicht jetzt, da es zu spät war. Er sagte es ohnehin nur, um seiner kleinen Schwester etwas vorzugaukeln.

Die lächelte, denn sie bekam die Untertöne natürlich nicht mit. „Ich verspreche, euch nicht im Weg zu sein. Seid ruhig so romantisch, wie ihr wollt. Ihr werdet nicht mal merken, dass ich auch hier bin."

Romantisch? dachte Anastasia, und plötzlich ertrug sie es nicht länger. Sie entzog Rico ihre Hand. „Tut mir leid, aber ich bin sehr müde. Ihr habt doch nichts dagegen, wenn ich früh schlafen gehe?" Ohne auf Ricos warnenden Blick zu achten, stand sie auf. „Ich hoffe, du schläfst gut, Chiara. Morgen sehe ich dich beim Frühstück. Gute Nacht."

Rasch verließ sie das Esszimmer und flüchtete sich ins Schlafzimmer. Sie hätte abgeschlossen, wenn es einen Schlüssel gegeben hätte, aber so musste die Tür offen bleiben. Rico würde sicher nicht lang auf sich warten lassen.

Tatsächlich kam er nur wenige Minuten später ins Zimmer. Man merkte ihm an, wie wütend er war.

„Du musst an deiner Rolle arbeiten, oder ich rufe die Bank an", begann er.

Ihr wurde ganz elend, und rasch setzte sie sich aufs Bett. „Ich finde es im Gegensatz zu dir schwierig zu heucheln. Das muss ich erst lernen."

„Dann lern schnell, oder unsere Abmachung ist hinfällig."

„Ich versuch's ja!", versicherte sie verzweifelt.

„Schweigend beim Essen zu sitzen nennst du einen Versuch? Oder starr auf den Teller zu gucken? Was ist denn aus den liebevollen Blicken geworden, die du mir zuwerfen sollst?"

„Daran arbeite ich noch!"

„Dann arbeite härter und schneller! Außerdem will ich, dass du wie üblich redest. Schweigen ist nicht gerade dein Markenzeichen, wie wir alle wissen. Und ich will, dass du lächelst – und zu guter Letzt noch, dass du so tust, als könntest du die Finger nicht von mir lassen, *cara mia*."

„Zählt es, wenn ich dir die Hände um den Hals lege … und dich würge?", fragte Anastasia hitzig.

Ihr Gefühlsausbruch schien ihm zu gefallen, denn er schenkte ihr einen anerkennenden Blick. „Spar dir das fürs Schlafzimmer auf, meine Liebe. In der Öffentlichkeit sollst du mich so berühren, als wäre ich dein Liebhaber!"

„Davon würde mir schlecht werden", behauptete sie böse.

„Das ist gelogen ... und das weißt du genauso gut wie ich", erwiderte Rico leise. Er zog sich, aufreizend langsam, das T-Shirt aus und enthüllte seinen sonnengebräunten Oberkörper, um den ihn sogar ein antiker Gott hätte beneiden können. „Auch wenn es uns nicht gefällt: Wir beide haben es nie geschafft, die Finger voneinander zu lassen. Vielleicht muss dir das in Erinnerung gerufen werden ..."

Sie sprang vom Bett auf und wollte sich aus dem Zimmer flüchten, doch blitzschnell war er bei ihr und hielt sie fest.

„Lass mich los, Rico! Körperkontakt war nicht Teil unserer Abmachung." Ihr Herz klopfte zum Zerspringen, und sie legte Rico beide Hände auf die Brust, um ihn wegzuschieben. Als sie jedoch seine glatte, warme Haut unter den Fingern spürte, war es um sie geschehen. Sie wollte nur noch eins: sich an ihn schmiegen und ihn nie mehr loslassen.

Verzweifelt versuchte sie, genug Willenskraft aufzubringen, um sich von ihm zu lösen, aber vergebens. Er war viel zu nahe, zu verlockend nahe. Plötzlich wurde ihr schwindlig vor Sehnsucht.

Es war so lange her, dass er sie in den Armen gehalten hatte, so lange, seit sie zuletzt den herben Duft seiner Haut wahrgenommen hatte, den sie so verführerisch fand.

Einen Moment verharrten sie reglos, und noch hätten sie sich beide zurückziehen können, doch dann presste Rico seine Lippen auf ihre und küsste sie fordernd.

Er schob die Zunge zwischen ihre Lippen und erforschte ihren Mund so aufreizend, wie nur er es konnte. Sie erbebte vor Lust, und genau das hatte er beabsichtigt. Er hatte schon immer gewusst, wie er sie zum Rand der Ekstase führen konnte – und darüber hinaus.

Nun ließ er die Hände von ihrer Taille zu ihrem Po gleiten und presste sie so eng an sich, dass sie deutlich spürte, wie erregt er war. Sie umklammerte seine breiten Schultern wie eine Ertrinkende und gab sich ganz den mitreißenden Empfindungen hin, die der stürmische Kuss in ihr weckte.

Schließlich hielt sie das brennende Begehren beinah nicht mehr aus. Sie sehnte sich nach der Erfüllung, die nur er ihr schenken konnte. Nichts anderes mehr zählte.

Als sie vor Lust stöhnte, hielt auch Rico sich nicht länger zurück. Er drückte sie aufs Bett und legte sich auf sie, wobei er sich Hose und Boxershorts so schnell abstreifte, dass sie es erst dann richtig mitbekam, als sie seinen nackten Körper an ihrem spürte. Es war ein herrliches Gefühl! Auch mit ihren Sachen verfuhr er so, wobei er ihr tief in die Augen blickte. Als sie nackt vor ihm lag, schob er ihre Beine auseinander.

Anastasia protestierte leise, doch er achtete nicht darauf, sondern ließ die Hand von ihren Brüsten zwischen ihre Beine gleiten und begann, ihre empfindsamste Stelle zu liebkosen.

Es war purer Genuss!

Sie gab sich diesem herrlichen Gefühl völlig hin und hörte nicht, wie Rico triumphierend lachte. Und selbst wenn sie es gehört hätte, wäre es ihr egal gewesen, so sehr konzentrierte sie sich auf ihren Körper und die lustvollen Empfindungen, die ihn durchfluteten.

Einmal blickte sie Rico in die dunklen, von dichten schwarzen Wimpern gesäumten Augen, die jedoch nicht verrieten, was er empfand, während er sie unverwandt beobachtete.

Rasch schloss sie die Augen wieder und dachte an nichts mehr außer an die Wellen der Lust, die sie mit sich forttrugen.

Schließlich erlebte sie einen so intensiven Höhepunkt, dass sie leise aufschrie und sich an Rico klammerte. Er neigte den Kopf und küsste sie, während sie sich aufbäumte und vor Wonne zu vergehen meinte.

Als es vorbei war, lächelte Rico und betrachtete ihr erhitztes Gesicht und die halb geöffneten Lippen.

„Du bist die leidenschaftlichste und sinnlichste Frau, mit der ich je im Bett war", stellte er rau fest und versuchte gar nicht erst, seine Erregung zu verbergen. „Vielleicht ist es gar nicht so verwunderlich, dass du eine Affäre hattest. Du warst schon immer unersättlich, und ich habe dich offensichtlich zu oft und zu lang allein gelassen."

Diese Bemerkung war unfair, vor allem, weil Anastasia körperlich und geistig zu erschöpft war, um richtig reagieren zu können. Nach dem Höhepunkt war sie wie benommen und fühlte sich schwach, was sie nicht hinderte, sich nach noch mehr leidenschaftlichen Berührungen zu sehnen. Trotzdem hielt sie still, um Rico nicht wissen zu lassen, wie es um sie stand. Sie wollte sich ihm nicht völlig ausliefern.

„Hat dein Lover dich auch so befriedigt?", fragte er scharf und streichelte sie erneut so aufreizend, dass sie sich ihm unwillkürlich entgegenhob. „Wusste er genau, was dich erregt? Und war er der Einzige, oder gab es auch andere?"

Sie versuchte, ihn wegzuschieben, aber das war natürlich nicht möglich, da er so viel stärker war als sie.

„Rico, hör auf!", flehte Anastasia und stöhnte leise. „Du willst das doch nicht wirklich … und ich auch nicht!"

„Was du willst, haben wir doch gerade bewiesen." Er neigte den Kopf und umspielte kurz ihre eine Brustknospe mit der Zunge. „Jetzt ist es Zeit, klarzustellen, was ich will. Und das, meine liebe Ehefrau, bist du!"

Wieder versuchte sie – ebenso erfolglos wie zuvor –, ihn wegzuschieben. Seine Liebkosungen riefen in ihr weiterhin Wellen der Lust hervor, denen sie hilflos ausgeliefert war.

„Rico, du willst mich nicht wirklich", brachte Anastasia schließlich mühsam heraus.

„Ach nein?" Er presste sich an sie und bewies ihr, wie sehr er sie begehrte. „Leider ziehen Verstand und Verlangen nicht immer am selben Strang."

„Du willst mich nicht, weil du glaubst, ich hätte Verhältnisse mit anderen Männern gehabt", rief sie ihm ins Gedächtnis.

„Und wie ich gerade bemerkte, ist dem Körper manchmal egal, was den Verstand aufregt. Zu wissen, dass du ein Flittchen bist, dämpft mein Verlangen überhaupt nicht." Unerbittlich sah er ihr in die Augen. „Mir ist egal, was du im vergangenen Jahr getrieben hast. Ich muss nur über die Tatsache hinwegsehen, dass andere Männer genossen haben, was einmal ausschließlich mir gehört hat. Ich teile zwar nicht gern, aber ich bemühe mich, es zu lernen."

Das kränkte sie unglaublich, und sie setzte sich zur Wehr. „Wenn ich ein Flittchen bin, was bist denn dann du?"

„Verzweifelt?", sagte er leise und legte sich auf sie. Dann presste er die Lippen auf ihren Mund und beendete die sinnlose Diskussion.

Mühsam unterdrücktes Verlangen riss sie mit sich wie ein Wildbach.

Diesmal gab es keine allmähliche Steigerung der Lust. Kein langsames Verführen.

Die Verführung hatte in dem Moment begonnen, als sie ihm die Tür zu ihrem Haus in England geöffnet hatte, und nun war der Augenblick der Erfüllung gekommen.

Rico hob ihre Hüften an und drang so ungestüm in sie ein, dass sie leise aufschrie – vor Schock und zugleich Lust. Sie hatte ganz vergessen, wie groß er war.

Dann sagte Anastasia sich, dass es ihr früher nie Probleme bereitet hatte, und entspannte sich.

Kurz hielt er inne und sagte leise etwas auf Italienisch, dann stieß er wieder zu, tiefer und immer tiefer, wie besessen von etwas anderem als nur Begehren.

Die Vereinigung war schockierend wild und ursprünglich, wie eine Naturgewalt.

Überwältigt umfasste Anastasia seine Schultern und legte ihm die Beine um die Hüften, um ihm so nahe zu sein, wie es nur ging.

„Egal, mit wem du inzwischen zusammen warst, jetzt gehörst du wieder mir", flüsterte Rico triumphierend.

Ihr war gleichgültig, was er sagte, denn sie hatte sich den mitreißenden Empfindungen völlig hingegeben, die er in ihr weckte, obwohl er es nicht darauf anzulegen schien.

„Ja, Rico, ja!" Sie schmiegte sich an ihn und zog seinen Kopf zu sich herunter, denn sie wollte geküsst werden. Er zögerte kurz, dann tat er, was sie sich wünschte.

Sie vergaßen alles um sich her, während sie sich dem Gipfel der Ekstase näherten und ihn gleichzeitig erreichten.

Zärtlich schmiegte Anastasia sich anschließend an Rico und wusste nun, dass sie nie aufgehört hatte, ihn zu lieben.

Er konnte sie verletzen, er konnte sie in Wut bringen wie sonst kein Mensch, und doch konnte sie nicht aufhören, ihn zu lieben.

Sie schloss die Augen und spürte sein Herz unter ihrer Hand schlagen, spürte seine Wärme und seinen heißen Atem auf ihrer Haut.

Rico rührte sich nicht.

Schwer lag er auf ihr, aber es machte ihr nichts aus. Im Gegenteil, sie fand es tröstlich. Es war zu lange her, seit sie zuletzt in seinen Armen gelegen und sich gefragt hatte, ob sie es jemals schaffen würde, sich von ihm zu lösen.

Er war der Einzige, der für sie zählte, der Einzige, bei dem sie bleiben wollte.

Als Rico sich schließlich neben sie legte und die Augen mit dem Unterarm bedeckte, fühlte sie sich wie verloren.

Er sah aus wie ein Mann, der Höllenqualen litt!

Wenn Anastasia zärtliche Worte und Gesten erwartet hatte – wie früher nach dem Auflodern der Leidenschaft – wurde sie enttäuscht. Stattdessen schien er sich insgeheim Vorwürfe zu machen, weil er sich mit ihr eingelassen hatte. Ja, er tat beinah so, als hätte ihre Berührung ihn besudelt!

Ohne etwas zu sagen oder ihr einen Blick zu schenken, stand Rico schließlich auf. Er eilte ins Bad und schloss die Tür.

Nun ließ Anastasia den Tränen freien Lauf.

Die geschlossene Tür war wie ein Sinnbild für die Bollwerke, die Rico zwischen sich und den Frauen in seinem Leben errichtet hatte. Sie, seine Ehefrau, war keine Ausnahme. Auch mit ihr teilte er nur das Bett. Sie war nie mehr gewesen als eine Mätresse mit einem Ehering am Finger.

Von nebenan hörte sie das Wasser der Dusche rauschen und stellte sich unwillkürlich vor, wie es Rico über die sonnengebräunte Haut floss und alle Spuren der leidenschaftlichen Vereinigung tilgte. Dass er es für nötig hielt, schnitt ihr förmlich ins Herz.

Und zu wissen, dass sie nie aufhören würde, ihn zu lieben, verschärfte ihren Schmerz.

Sie rollte sich zusammen und zog schützend die Decke über sich wie ein verängstigtes Kind. Ja, sie liebte Rico, der ihre Gefühle nie erwidern würde. Damit musste sie sich abfinden.

Das wollte ich wirklich nicht, dachte Rico und ließ sich eiskaltes Wasser auf die erhitzte Haut prasseln. Noch immer war er erregt, und er verachtete sich für seine Schwäche. Er lehnte sich an die Wand der Duschkabine und stellte sich vor, wie Schuldgefühle und Scham fortgespült würden.

Er war grob gewesen.

Anastasia hatte zwar nicht protestiert, sie hatte sich vielmehr stöhnend an ihn geschmiegt, doch das entschuldigte ihn nicht. Wahrscheinlich hatte er ihr wehgetan. Und das verdiente sie nicht, trotz allem, was sie ihm angetan hatte.

Als er merkte, dass das kalte Wasser seine Schuldgefühle keineswegs beschwichtigte, drehte er den Hahn zu und griff nach einem Handtuch.

Warum habe ich mich so aufgeführt? fragte Rico sich betroffen.

Er rieb sich die Augen und wickelte sich das Handtuch um die schmalen Hüften.

Vielleicht aus falsch verstandenem Stolz? überlegte er, während er im Spiegel sein Kinn mit den dunklen Stoppeln musterte. Anastasia hatte ihn verlassen, also wollte er ihr beweisen, dass er als Mann alle ihre Liebhaber übertraf. Dass er besser als jeder andere wusste, was sie in Ekstase versetzte.

Bei dem Gedanken umfasste er den Rand des Waschbeckens so fest, dass seine Fingerknöchel weiß hervortraten.

Nein, sein Problem war nicht einfach gekränkter Stolz, vielmehr ertrug er es nicht, sich vorzustellen, wie ein anderer Mann Anastasia berührte. Seine Frau!

Obwohl er gerade erst kalt geduscht hatte, traten ihm Schweißperlen auf die Stirn, und er fluchte leise, als er erkannte, was ihm keine Ruhe ließ.

Eifersucht! Schlichte, primitive Eifersucht hatte ihn getrieben zu beanspruchen, was er als sein Eigentum betrachtete.

Doch Anastasia gehörte nicht mehr zu ihm.

Sie hatte ihn verlassen, er hatte sie gehen lassen.

Weil seine Eifersucht ihn so blind gemacht hatte, dass er keine andere Möglichkeit in Betracht gezogen hatte.

Hatte er vielleicht deshalb dem Ansinnen der Ärzte so rasch nachgegeben und Anastasia geholt, weil er insgeheim auf eine zweite Chance hoffte?

Rico atmete tief durch und blickte sein Spiegelbild an. Ja, von dem Moment an, als er gehört hatte, Chiara habe Anastasias Name geflüstert, war ein Wiedersehen unvermeidlich gewesen. Und ebenso unvermeidlich, dass sie gemeinsam im Bett landen würden. Sie konnten der Chemie zwischen ihnen einfach nicht widerstehen.

Unwillkürlich erinnerte er sich an das erste Rendezvous. Er hatte Anastasia in seinen *palazzo* in Rom zum Abendessen eingeladen. Sie hatte immer wieder betont, dass sie nicht lang bleiben, sondern die Nacht allein in ihrem Hotelzimmer verbringen würde, doch es hatte ihren Worten an Überzeugungskraft gefehlt – was ihnen beiden klar gewesen war.

Ihr Schicksal war in dem Moment besiegelt, als sie sich im Foyer des Firmensitzes in die Augen sahen. Schon da war klar gewesen, dass sie Sex miteinander haben würden, es war nur eine Frage der Zeit.

Er hatte den Moment der Vereinigung herbeigesehnt. Und als er dann feststellte, dass Anastasia noch Jungfrau war, wurde ihm sofort klar, er würde sie nie mehr gehen lassen. Er wollte sie immer bei sich haben – und deshalb bot er ihr an, was er noch keiner Frau angeboten hatte: die Ehe.

Obwohl er Anastasia alles gegeben hatte, was sie sich nur wünschen konnte, war es offensichtlich nicht genug gewesen. Daran zu denken hinterließ einen bitteren Geschmack in seinem Mund.

Er hatte immer gedacht, es gebe kein Zurück. Nun war er sich nicht mehr sicher, was bewies, dass er ein Narr war. Obwohl er von Anastasias Treulosigkeit wusste, war er noch immer an sie gefesselt.

Zynisch lachte Rico auf. Warum eigentlich sollte ich mich beherrschen? fragte er sich plötzlich. Anastasia war noch immer seine Frau! Mit ihr zu schlafen war noch immer sensationell, und es war ganz offensichtlich, dass sie ihn ebenso sehr begehrte wie er sie. Es war daher absolut logisch, dass sie das Zusammensein genossen.

Es war doch überhaupt die beste Beziehung: keine leeren Versprechungen, kein albernes Liebesgeflüster, kein Gefühlsballast – nur leidenschaftlicher Sex zwischen zwei Menschen, die dasselbe wollten.

Sobald Chiara völlig gesund war, würde er Anastasia wieder verlassen. Ohne einen Blick zurück, ohne Bedauern … und diesmal endgültig.

Nachdem er sich alle Fakten so zurechtgelegt hatte, dass sein Gewissen beruhigt war – und er keine moralischen Bedenken mehr zu haben brauchte, das eben Geschehene zu wiederholen –, griff Rico zufrieden nach dem Rasierer.

7. Kapitel

Als Anastasia am nächsten Morgen aufwachte, stellte sie mit einem Blick fest, dass sie allein geschlafen hatte. Das Kissen neben ihrem war unberührt, dafür waren die auf dem schmalen Sofa am anderen Ende des Zimmers zerwühlt.

Rico muss mich ja sehr verabscheuen, wenn er eine scheußlich unbequeme Nacht auf der Couch dem Schlaf an meiner Seite vorzieht, dachte Anastasia bedrückt.

Was hatte sie denn erwartet? Von einem liebevollen Kuss geweckt zu werden?

Nein, wirklich nicht!

Um Liebe war es letzte Nacht nicht gegangen.

Rico war ein heißblütiger Mann. Weshalb, so dachte er wahrscheinlich, sollte er auf körperliche Befriedigung verzichten, nur weil er gezwungenermaßen mit seiner Frau vorübergehend zusammenlebte – auch wenn die Scheidung nur noch eine Frage der Zeit war.

Sie stand auf und verzog das Gesicht, als sie Schmerzen an Stellen empfand, die sie im vergangenen Jahr nicht mehr gespürt hatte. Rasch begab sie sich ins Bad. Das lange Duschen gestern Nacht schien Rico geholfen zu haben. Vielleicht nutzte ihr dieselbe Therapie ja auch.

Anschließend ließ sie sich beim Anziehen viel Zeit, denn sie hatte keine Lust, Rico zu sehen. Sie bezweifelte, dass sie die Rolle der liebenden Ehefrau überzeugend spielen würde. Vielleicht war er ja mit dem Frühstück fertig und bereits in seinem Arbeitszimmer, wenn sie ein bisschen trödelte.

Leider hatte sie nicht so viel Glück. Er saß auf der Terrasse und sah so unverschämt attraktiv und munter aus, als hätte er die ganze Nacht lang ungestört geschlafen, statt nur wenige

Stunden auf einem Sofa, das nicht für einen Mann seiner Statur entworfen worden war.

Anastasia zögerte den Moment der Begegnung noch hinaus, indem sie zum nächststehenden Obstbaum ging und sich eine Orange pflückte. Sie war schon immer fasziniert gewesen von der Möglichkeit, sich ihr Frühstück hier direkt vom Baum zu holen. Rico hatte sie wegen ihres simplen Geschmacks oft geneckt und übersehen, dass sie echte Freude tatsächlich nur an einfachen Dingen hatte.

Seine Familie hatte es schon gar nicht geglaubt.

Widerstrebend ging sie zum Tisch, wo Rico und seine Schwester plauderten. Chiara aß gerade den letzten Bissen eines süßen Croissants und blickte lächelnd hoch. „Du hast aber lang geschlafen, Anastasia! Warst du sehr müde?" Sie goss ihr Kaffee ein und musterte sie. „Hast du gestern vielleicht zu viel Sonne abbekommen? Am Hals ist deine Haut ganz rot."

Anastasia war sich bewusst, dass auch Rico sie genau beobachtete, und nahm sich einen Teller und ein Messer. „Ich habe sehr empfindliche Haut", sagte sie gleichmütig.

Chiara errötete, als ihr anscheinend klar wurde, woher die roten Flecken stammten. „Oh! Ich wollte doch nicht ..." Verlegen blickte sie aufs Meer. „Heute soll es richtig heiß werden. Vielleicht gehe ich nachher an den Strand."

„Nimm Gio mit", befahl Rico sofort. „Du solltest nicht allein sein. Und bleib nicht zu lange. Es ist besser für dich, im Schatten auszuruhen."

Chiara murmelte etwas, das wie Zustimmung klang, und stand auf. Anscheinend wollte sie den Schauplatz ihres Schnitzers schnellstens verlassen. Errötend eilte sie ins Haus.

Anastasia sah ihr kurz nach und schälte dann die Orange weiter. „Ich denke, deine Schwester ist jetzt überzeugt, dass du und ich uns sehr nahe sind, Rico", begann sie kühl und teilte die Frucht in Spalten. „Das müsste dich freuen, weil alles nach deinem Plan läuft."

„Nicht unbedingt." Er leerte seine Kaffeetasse. „Ich bedaure, was letzte Nacht passiert ist."

„Ach so." Anastasia bemühte sich, ruhig zu sprechen. „Über mich herzufallen war nicht geplant?"

Rico verspannte sich. „Anastasia, bitte …"

Sie ließ ihn nicht zu Wort kommen. „Ich weiß, wie du dich sofort anschließend gefühlt hast. Du hast dich selbst gehasst, Rico." Ihre Stimme zitterte plötzlich. „Weil du die Beherrschung verloren hast, auf die du so stolz bist. Du hast dich gehasst, weil du eine wie mich berührt hast."

Scharf atmete er ein. „Das ist nicht wahr!"

Sie blickte zu ihm, und der Ausdruck in seinen Augen ließ ihren Atem stocken. Plötzlich erinnerte sie sich lebhaft an jeden einzelnen Moment des Zusammenseins. Das heiße Begehren, die Leidenschaft – und die Erfüllung.

Und er erinnerte sich ebenfalls daran!

„Es wäre schön, wenn wir uns auf Folgendes einigen könnten, Rico: dass es nie wieder passieren wird." Sie blickte auf den Teller und fragte sich, ob sie jemals wieder Appetit verspüren würde. Momentan hatte sie nicht einmal Lust auf eine einzige Orangenspalte. „Du hast ja sicher nicht vor, Chiara als Augenzeugin ins Schlafzimmer zu bitten, also können wir uns den Sex ersparen – und du dir dein Bedauern."

„Ich bedaure nicht, dich geliebt zu haben", versicherte Rico ihr. „Es beweist, dass wir beide nicht zusammen sein können, ohne uns sofort heiß zu begehren. Und tu nicht so, als wärst du ein wehrloses Opfer gewesen. Du wolltest es genauso sehr wie ich."

Am liebsten hätte sie es bestritten, aber das ging nicht, weil sie sich ja letzte Nacht an ihn geklammert und förmlich angefleht hatte weiterzumachen.

Da sie sich nicht verteidigen konnte, versuchte sie es mit Angriff. „Du hältst dich wohl für einen begnadeten Liebhaber."

„Zu Recht – wenn man deine Reaktion letzte Nacht bedenkt."

Sie biss sich auf die Lippe und fragte sich, wann sie endlich lernen würde, ihre Empfindungen nicht allzu deutlich zu zeigen.

Und sie fragte sich, ob sie jemals ihre Gefühle für Rico überwinden würde.

„Was bedauerst du dann?", erkundigte Anastasia sich bewusst kühl.

„Dir wehgetan zu haben." Eindringlich sah er ihr in die Augen. „Ich war grob, und das tut mir leid."

Die Antwort überraschte sie, und sie verkniff sich die boshafte Bemerkung, die ihr schon auf der Zunge lag. Dass Rico sich entschuldigte, kam so gut wie nie vor. Er besaß mehr Selbstvertrauen als jeder andere, den sie kannte, und das hatte ihm den erstaunlichen Erfolg im Geschäftsleben gesichert. Er brauchte bei Verhandlungen nur zu warten, bis der Gegner die Nerven verlor.

Plötzlich wurde sie befangen, was nach den Ereignissen der letzten Nacht eigentlich lachhaft war.

„Du hast mir nicht wehgetan", versicherte Anastasia, und ihre Stimme klang seltsam heiser.

Rico lächelte verhalten. „Das freut mich. Wahrscheinlich lag es daran, dass du genauso gierig auf Sex warst wie ich." Plötzlich wurde sein Blick kalt. „Und weshalb warst *du* es, meine Schöne? Hat dein Liebhaber dich in letzter Zeit nicht mehr befriedigen können?"

Sie sprang schnell auf, und beinah wäre der Stuhl umgefallen. Wütend wandte sie sich Rico zu. Wieso hatte er das Zusammensein letzte Nacht mittels seiner Worte von etwas Schönem in etwas Beschämendes verwandelt?

„Verdammt, Rico, ich habe keinen Liebhaber und hatte nie einen. Obwohl es nicht verwunderlich gewesen wäre, weil du doch ständig gearbeitet hast und nur zum Schlafen nach Hause gekommen bist – und um Sex zu haben. Zum Schluss lag dir nicht einmal daran mehr viel." Sie schüttelte fassungslos den Kopf. „Du hast Tausende Angestellte! Du musst lernen, einen Teil deiner Aufgaben zu delegieren."

Anastasia wandte sich ab und wollte ins Haus, aber er packte ihr Handgelenk und hielt es eisern fest. Plötzlich schlug ihr Herz wie rasend. Ich hätte das nicht sagen sollen, erkannte sie.

„Wenn ich gute Ratschläge möchte, wie ich meinen Konzern leiten soll, bitte ich dich darum. Und wenn ich Tipps wünsche, wie ich meine Frau zu behandeln habe, frage ich ebenfalls. Ungebetene Ratschläge sind nichts weiter als Einmischung." Seine Stimme klang ruhig, aber in seiner Wange zuckte ein Nerv und verriet, wie zornig er war. „Offensichtlich habe ich dich damals nicht genügend beschäftigt – im Schlafzimmer. Es ist vermutlich nur fair, dich zu warnen: Diesmal wirst du tagsüber zu erschöpft sein, um dich zu rühren – oder auch nur einen anderen als mich anzusehen, *cara mia*."

Bevor sie wusste, wie ihr geschah, hatte er sie hochgehoben und trug sie zielstrebig ins Schlafzimmer, ohne auf ihren schwachen Protest zu achten. Dort legte er sie aufs Bett.

„Du wolltest doch immer, dass ich dir mehr Aufmerksamkeit schenke", behauptete er und legte sich auf sie, als sie aufzustehen versuchte. „Und die wirst du jetzt bekommen."

Er drückte leichte Küsse auf die zarte Haut ihres Halses.

„Rico, nicht!", flehte Anastasia. „Du tust doch nur so, als ob ..."

„O nein!", widersprach er heiser und zog sie rasch aus, dann schob er ihre Beine auseinander und begann, ihre sensibelste Stelle mit der Zunge zu liebkosen.

Anastasia stöhnte, als Wellen der Lust sie zu durchfluten begannen und sie bis an den Rand der Ekstase trugen. Als sie dachte, dass sie sich nicht mehr lang würde beherrschen können, drang Rico in sie ein.

„Fühlt sich das an, als würde ich nur so tun, als ob?", fragte er leise und begann, sich in ihr zu bewegen.

In der vergangenen Nacht war die Liebe wild und ungezügelt gewesen, nun war sie langsamer und kontrollierter, aber um nichts weniger berauschend.

„Fühlt sich das an, als würde ich heucheln?", fragte er nochmals.

Als Antwort stöhnte sie nur, und ab da redeten sie nicht mehr, sondern gaben sich ganz dem uralten Rhythmus hin, der Mann und Frau seit Anbeginn der Zeit vereint. Die Welt schien stillzustehen, während sie den Gipfel der Lust erklommen.

Noch nie hatte Anastasia Ähnliches empfunden, und nachdem sie zum vierten Mal den Höhepunkt erreicht hatte, hielt Rico sich nicht länger zurück. Als sie spürte, dass auch er Erfüllung fand, glaubte sie, ein Feuerwerk würde in ihr entzündet.

Danach hielten sie eine Weile still, bis Rico sich schließlich – mit einigem Abstand – neben sie legte und die Augen mit dem Arm bedeckte.

Anastasia blickte unauffällig zu ihm und fragte sich, ob er ähnlich fühlte wie sie: ob es für ihn auch unbeschreiblich schön gewesen war und ihm nun die Worte fehlten.

Nein, die fehlten ihm nicht, wie er sofort bewies. Und was er sagte, war dazu angetan, das eben Erlebte in seiner Bedeutung abzuwerten.

Rico öffnete die Augen und gähnte demonstrativ. „Du solltest dich ein bisschen ausruhen", empfahl er ihr. „Damit du nachher wieder fit bist."

„Nachher?", wiederholte sie mühsam. „Wir können so nicht weitermachen."

„Natürlich können wir." Er klang selbstsicher wie immer. „Wir sind doch verheiratet."

Und das war typisch: Ehe war für ihn gleichbedeutend mit Sex!

„So, jetzt gehen wir an den Strand und leisten Chiara Gesellschaft." Rico kam frisch geduscht aus dem Bad. Er sah zufrieden und unglaublich attraktiv aus. „Kannst du gehen, oder soll ich dich tragen, Anastasia?"

Natürlich sprang sie nun, wie er bestimmt beabsichtigt hatte, förmlich aus dem Bett. „Zuerst muss ich noch duschen", erklärte sie. Es sollte kühl und gleichmütig klingen, doch es gelang ihr nicht ganz, weil er sie eindringlich musterte. Und das fand sie beunruhigend. Aufregend. Erregend …

„Dann beeil dich! Ich will nicht, dass Chiara zu lang allein bleibt."

„Sie ist umringt von Leibwächtern", meinte Anastasia und ging bereits zum zweiten Mal an diesem Morgen ins Bad. „Die passen doch auf sie auf, oder?"

„Ja, aber es ist nicht dasselbe!" Er folgte ihr und lehnte sich an den Türrahmen.

„Ich dusche nicht, solange du mich beobachtest", warnte sie Rico.

„Es ist ein bisschen zu spät, um prüde zu tun, oder?" Anerkennend ließ er den Blick von ihren Brüsten zu ihren langen, schlanken Beinen gleiten. „Ich kenne jeden Zentimeter deines herrlichen Körpers."

„Mich kennst du überhaupt nicht", konterte Anastasia.

„Nein? Ich weiß genau, was dich erregt. Ich weiß, wie ich dir Ekstase verschaffe."

Sie ging zu ihm und gab ihm einen leichten Stoß, gerade fest genug, um ihn aus dem Bad zu schieben.

„Das ist nur körperlich, Rico", erklärte sie ruhig. „Mein Wesen kennst du überhaupt nicht. Ich bin in fünf Minuten unten am Strand."

Und sie schloss unerbittlich die Tür.

Als Anastasia an den Strand kam, war sie unangenehm überrascht, dass Rico neben Chiara im Schatten lag.

„Arbeitest du ausnahmsweise nicht?", fragte Anastasia und setzte sich, so weit wie möglich von ihm entfernt, auf die Decke. Unglücklicherweise lag diese Stelle schon im Sonnenlicht.

„Dummerchen!", schalt er sie und zog sie zu sich. „Du weißt doch, wie schnell du einen Sonnenbrand bekommst. Bleib lieber im Schatten … neben mir, *cara mia*."

Er klang so fürsorglich und sah sie so warm an, dass sie es beinah nicht ertrug. Es war doch alles nur gespielt, Chiara zuliebe!

Gleich wird er sich in sein Arbeitszimmer zurückziehen und uns zum Glück allein lassen, sagte sie sich und rutschte näher zu ihm.

„Wie geht es dir jetzt, Chiara?", erkundigte sie sich mitfühlend.

„Ziemlich gut, abgesehen von leichten Kopfschmerzen. Leider darf ich noch kein Aspirin nehmen, das würde bestimmt helfen." Das Mädchen blickte von seiner Zeitschrift hoch und lächelte kläglich. „Außer gegen den Gedächtnisverlust. Ihr müsst mir bitte erzählen, was seit euren Flitterwochen alles passiert ist."

„Jetzt konzentrier dich erst einmal auf die Gegenwart", empfahl Rico ihr und drückte etwas Sonnencreme in die Handfläche. „Hauptsache, du wirst schnell gesund."

Er neigte sich näher zu Anastasia und cremte ihr den Rücken ein. Seine Berührung sandte erregende Schauer durch ihren Körper.

Am liebsten hätte sie laut gestöhnt. Vor weniger als einer Stunde hatten sie und Rico sich geliebt, und sie hätte sich ihm sofort wieder hingeben können ...

„Jetzt weiß ich, warum ich das Gedächtnis verloren habe", scherzte Chiara und hielt sich die Augen zu. „Wenn ihr nach eineinhalb Jahren Ehe noch so turtelt, müsst ihr in den Flitterwochen für Unbeteiligte unerträglich gewesen sein. Seid ihr überhaupt jemals aus dem Bett gestiegen?"

„Das reicht!" Streng runzelte Rico die Stirn. „Den Ton möchte ich von dir nicht hören, Schwesterchen."

„Ich bin kein Kind mehr, Bruderherz! Ich kenne die Fakten des Lebens. Wenn ich es nicht tun würde, müsstest du dir viel mehr Sorgen machen."

Erstaunt sah Anastasia die beiden an. Es war das erste Mal, dass Chiara sich offen gegen ihren Bruder zu behaupten versuchte.

„Ich mache mir Sorgen, egal, was du tust, Kleines." Sanft

strich er Chiara über die langen dunklen Haare. „Es ist das Vorrecht des großen Bruders. Ich habe mich immer für dich verantwortlich gefühlt. Das weißt du, oder?"

„Ja." Chiara lächelte. „Aber jetzt hast du eine Frau, um die du dich kümmern kannst. Warum habt ihr eigentlich noch keine Kinder?"

Zum ersten Mal erlebte Anastasia, dass Rico die Worte fehlten. Schließlich antwortete sie.

„Wahrscheinlich bin ich schuld." Sie nahm seine Hand und drückte sie. Wenn sie schon eine Rolle spielen musste, konnte sie es auch überzeugend tun. „Ich hatte meinen Beruf, den ich liebte, und der bedingte, dass ich viel unterwegs war. Deshalb wollte ich nicht sofort ein Kind. Wir haben einfach beschlossen, ein bisschen zu warten."

Es war keine richtige Lüge, aber doch nur die halbe Wahrheit. In Wirklichkeit hatten sie und Rico nie über eigene Kinder gesprochen. Über die wichtigen Dinge des Lebens hatten sie überhaupt nie diskutiert. Vor lauter Leidenschaft waren sie nie richtig zum Reden gekommen …

Rico wirkte nicht mehr angespannt und erwiderte leicht den Druck ihrer Hand. Anscheinend war er ihr für die gute Antwort dankbar.

„Es wundert mich, dass mein Bruder dir sozusagen Aufschub gewährt hat", meinte Chiara schalkhaft. „Er ist doch ein typischer Sizilianer, der nur eins möchte: möglichst viele *bambini*, die ihm wie aus dem Gesicht geschnitten sind. Lass dich nicht täuschen, Anastasia! Er wird dich jetzt bestimmt jeden Tag schwängern. Oder jede Nacht."

Anastasia errötete.

„Das reicht, Chiara!", sagte Rico streng. „Ist dir heiß, meine Liebe?", wandte er sich dann an Anastasia.

Ihr war nicht heiß, sondern sie war in Panik geraten. Weder sie noch Rico hatten an Verhütung gedacht! Rasch rechnete sie nach und kam zu dem Ergebnis, dass sie schon viel Pech haben müsste, um bereits schwanger zu sein. Oder Glück?

Bei dem Gedanken, ein Kind von Rico zu bekommen, wurde ihr warm ums Herz. Trotz all der Probleme zwischen ihnen und der Tatsache, dass die Beziehung keine Zukunft hatte.

Was für eine Närrin ich doch bin! tadelte sie sich im Stillen.

Chiara rieb sich die Arme mit Sonnenlotion ein. „Du hast von deinem Beruf in der Vergangenheitsform gesprochen", bemerkte sie. „Hast du ihn denn inzwischen aufgegeben?"

Anastasia versuchte, nicht länger an eine mögliche – oder unmögliche – Schwangerschaft zu denken. „Nein, ich bin noch immer Malerin, allerdings mache ich jetzt keine Fresken mehr, sondern nur noch Bilder, deshalb brauche ich nicht mehr so viel zu reisen. Manchmal …"

O nein, beinah hätte sie jetzt gesagt, dass sie manchmal ihrer Mutter in deren Laden half! Und damit wäre die Katze aus dem Sack gewesen.

„Manchmal genieße ich es richtig, nur noch zu Hause zu sein … und kümmere mich sogar ein bisschen um den Haushalt", beendete sie den Satz.

Zu mehr als ein bisschen hatte sie sich nicht aufraffen können, seit sie Rico verlassen hatte. Zum Glück erforderte ihr kleines Haus keine großen Anstrengungen als Hausfrau!

„Ich wünschte, ich könnte malen." Chiara legte sich zurück und schloss die Augen. „Es klingt nach einer sehr entspannenden Tätigkeit."

„Es kann aber auch sehr aufreibend sein", warnte Anastasia. „Wenn ein Bild nicht auf Anhieb so wird, wie ich es mir vorstelle, macht mich das manchmal ganz rasend."

„Trotzdem möchte ich es gern lernen. Würdest du es mir beibringen, liebste Schwägerin?"

Als Anastasia völlig verblüfft zu Chiara blickte, öffnete diese die Augen.

„Was ist denn? Warum siehst du mich so erstaunt an? Habe ich das Malen immer gehasst, oder was?"

Nicht das Malen, sondern mich, dachte Anastasia betroffen. Als sie Ricos eindringlichen Blick bemerkte, riss sie sich zusammen.

„Ehrlich gesagt, weiß ich es nicht, Chiara. Wir haben früher nie darüber gesprochen."

Das Mädchen stützte sich auf die Ellbogen. „Was habe ich denn gern getan?"

Das konnte Anastasia zwar beantworten, aber die Wahrheit hätte nur Schaden angerichtet.

„Was ein typischer Teenager eben gern tut", antwortete sie ausweichend. „Musik hören, Klamotten kaufen, Freunde treffen."

„Freunde …" Chiara runzelte die Stirn. „Hatte ich denn auch einen richtigen Freund?"

„Unsinn!", mischte Rico sich ein. „Dafür habe ich schon gesorgt. Viele deiner Freundinnen haben sich in Diskotheken und Clubs herumgetrieben, wo sie Alkohol getrunken und Männer aufgegabelt haben. Zu meinem Glück hattest du kein Interesse an derartigem Zeitvertreib."

Anastasia wandte sich ab und blickte angelegentlich aufs Meer. Ihre Miene durfte keinesfalls verraten, wie sehr Rico sich irrte.

Nun setzte Chiara sich auf und legte die Arme um die angezogenen Knie. „Womit habe ich mir denn die Zeit vertrieben, lieber Bruder?"

„Du hast viel für die Schule gearbeitet und fleißig gelernt. Manchmal durftest du mit uns Erwachsenen zu Abend essen, wenn wir Gäste hatten."

Und manchmal, ergänzte Anastasia im Stillen, hattest du die typischen Wutanfälle eines jungen Mädchens und hast dich in deinem Zimmer eingeschlossen.

Das war jedoch nicht das Schlimmste gewesen. Wenn Rico auf Geschäftsreisen war, gelang es Chiara immer wieder zu entwischen und in genau die Lokale zu gehen, die ihr verboten waren. Oder sie lud Freunde ins Haus ein, denen er sofort die Tür gewiesen hätte.

Unerwartet klingelte Ricos Handy. Leise fluchend stand er auf. „Tut mir leid. Das ist das eine Telefonat, das ich unbedingt führen muss."

Anastasia blickte ihm nach, als er den Strand entlangschlenderte, und nun erst fielen ihr die Bodyguards auf, die das Gelände gegen unerwünschte Schaulustige und Paparazzi abschirmten.

„Jetzt, da Rico weg ist, kannst du mir die Wahrheit sagen", meinte Chiara und trank einen Schluck Mineralwasser. „Ich war nicht der Tugendbolzen, für den er mich hält, oder?"

„Wieso glaubst du das?"

„Na ja, es klingt nicht nach mir. Aber ich kann mich nicht erinnern, wie ich wirklich war. Es ist, als wäre dicker Nebel in meinem Kopf, der alles einhüllt und versteckt."

„Vielleicht sollten wir lieber ins Haus zurückgehen", schlug Anastasia vor.

„Der Nebel im Kopf geht davon leider nicht weg, deshalb kann ich genauso gut hier bleiben." Chiara atmete tief durch. „Es gefällt mir am Strand."

„Das freut mich." Diesmal gelang es Anastasia nicht, die Überraschung zu verbergen.

„Ach so. Früher fand ich es hier scheußlich, ja?"

„Na ja, du hast immer gesagt, es sei langweilig. Aber du bist jetzt ja älter und …"

„Nicht mehr so eine Nervensäge?", unterbrach das Mädchen sie trocken. „Ich war mit Jungen befreundet, oder? Rico hat es nicht gewusst, du schon. Das sehe ich dir an. Stimmt's?"

Und was sage ich jetzt? fragte Anastasia sich betroffen. Dass es Chiaras Freund gewesen war, den Rico im Schlafzimmer entdeckt hatte? Dass Chiara letztlich die Ehe, die ohnehin in einer Krise gesteckt hatte, zerstört hatte?

Nein, das durfte sie das Mädchen nicht wissen lassen. Die Wahrheit würde Chiara verstören, aber die Beziehung zu Rico nicht mehr kitten.

Jetzt ging es nur noch darum, dass Chiara möglichst schnell

gesund wurde – und sie, Anastasia, möglichst bald nach England zurückkehren konnte.

„Ich glaube nicht, dass die Vergangenheit jetzt sehr wichtig ist", begann sie und lächelte Chiara aufmunternd an. „Die Gegenwart zählt. Du musst dich jetzt darauf konzentrieren, wieder ganz gesund zu werden."

„Na schön!" Frustriert seufzend legte das Mädchen sich wieder zurück. „Eines Tages wird der Nebel in meinem Kopf sich schon wieder lichten."

Und dann? fragte Anastasia sich im Stillen.

In dem Moment kam Rico zurück und setzte sich zu ihnen.

„Wieso arbeitest du eigentlich nicht wie üblich im Büro?", fragte Chiara.

„Ich lerne zu delegieren", antwortete er und lächelte Anastasia herausfordernd an.

Sie erwiderte das Lächeln. „Als Nächstes fängst du noch an, über deine Gefühle zu sprechen!", spöttelte sie.

„Nein, nein! Erwarte nicht zu viel, Liebste." Er neigte sich vor und küsste sie leicht auf die Lippen. „Männer – ganz besonders sizilianische Männer – gestehen keine Schwächen ein."

„Du meinst also, dass du keine Schwächen eingestehen kannst", verbesserte sie ihn.

„Daran sind vermutlich wir Frauen schuld", warf Chiara ein. „Rico ist Herr im Haus Crisanti, seit er fünfzehn war. Wir alle stützen uns auf ihn und haben es immer getan. Ständig erwarten wir, dass er stark ist und für jedes Problem eine Lösung kennt. Sollte er jemals Schwäche zeigen, würden wir anderen in absolute Panik geraten."

Stumm saß Anastasia da und machte sich Vorwürfe, weil sie Ricos Situation bisher nie richtig Aufmerksamkeit geschenkt hatte. Natürlich hatte er ihr erzählt, dass er in jungen Jahren den Vater verloren hatte, und ihr war aufgefallen, wie sehr sich alle Angehörigen auf ihn verließen … aber sie hatte sich nie Gedanken gemacht, welche Auswirkungen es hatte, wenn ein Fünfzehnjähriger gezwungen war, Verantwortung für seine Familie zu übernehmen.

Wie können erwachsene Frauen sich von einem Teenager abhängig machen? dachte Anastasia schockiert. Nun hätte sie Rico gern alles Mögliche gefragt, zum Beispiel, wie er es damals als Junge verkraftet hatte, Familienoberhaupt zu werden. Wer hatte sich um ihn gekümmert, wenn er sich um alle anderen kümmern musste?

Zu Anfang ihrer Beziehung hatte sie ihm oft vorgeworfen, er sei viel zu ernst. War das ein Wunder nach dem, was er durchgemacht hatte?

Plötzlich sprang sie auf und warf ihm einen herausfordernden Blick zu. „Kommst du mit schwimmen?"

Ohne eine Antwort abzuwarten, lief sie zum Wasser und hechtete elegant hinein. Es war so kalt, dass sie vor Schock leise aufschrie, als es über ihren Schultern zusammenschlug.

Rico, der dicht hinter ihr war, lachte und fasste sie um die Taille.

„Nein, tauch mich nicht unter!", flehte sie und hielt sich an ihm fest. „Das Meer ist eiskalt!"

Das war es natürlich nicht, sondern herrlich erfrischend, aber sie geriet nun mal in Panik, wenn man sie hinterrücks tauchte.

„Es ist ja auch erst Frühsommer", meinte Rico sachlich. „In ein, zwei Wochen wird das Wasser angenehm sein. Jetzt kommt es dir auch deshalb kalt vor, weil du erhitzt bist ... von der Sonne. Und die Brise kühlt deine nasse Haut, also wäre es besser, du bleibst unter Wasser!"

Seine dunklen Augen glitzerten, und ihr war klar, was er vorhatte. Rasch versuchte sie, sich von ihm zu lösen, aber bei seiner überlegenen Kraft hatte sie keine Chance zu entkommen.

Unerbittlich hob er sie hoch und hielt sie fest, während sie ihn anflehte, sie nicht fallen zu lassen. Er ließ sie tatsächlich nicht fallen ... er warf sie absichtlich ins Wasser.

Prustend und strampelnd tauchte sie gleich darauf wieder auf. „Das wirst du mir büßen!", rief sie und stürzte sich lachend auf Rico. Er ließ sich auf den Rücken fallen und begann ebenfalls zu lachen.

„Pfui Teufel, ich glaube, ich habe das halbe Mittelmeer geschluckt", beklagte Anastasia sich und rieb sich die Augen. „Jetzt reicht es, Rico!"

„Ergibst du dich?"

„Niemals!" Noch immer lachend, funkelte sie ihn gespielt drohend an. „Ich warte nur noch ein bisschen, um dich in Sicherheit zu wiegen, und dann räche ich mich fürchterlich an dir."

„Das werden wir ja sehen", erwiderte er und kam näher zu ihr.

„Nein, nicht! Mir wird übel, wenn ich noch mehr Salzwasser schlucke." Sie versuchte zu fliehen, war aber nicht schnell genug.

Diesmal tauchte er sie allerdings nicht, sondern zog sie eng an sich und sah ihr mit einem unergründlichen Ausdruck tief in die Augen.

„Das erinnert mich an unsere Flitterwochen", bemerkte Rico leise.

Ja, genau daran hatte auch sie gerade gedacht. Aber sie wollte es nicht. Sie wollte die Vergangenheit nicht wieder aufleben lassen. Sie war nur hier, um Chiaras Genesung zu fördern … und nur seiner Schwester zuliebe inszenierte Rico diese Komödie einer glücklichen Ehe!

„Damals hast du oft und gern gelacht", bemerkte er und strich ihr das nasse Haar aus der Stirn. „Und oft genug im falschen Moment. Deine gute Laune war wirklich mitreißend."

Ihr fiel es schwer zu atmen, weil er ihr so nahe war. „Du hast damals auch noch öfter gelacht – zumindest während der Flitterwochen."

Sanft umfasste er ihr Gesicht. „Und was ist dann passiert?"

„Du meinst, wann wir aufgehört haben zu lachen?" Daran zu denken tat weh. „Ich glaube, als wir nach Rom zurückgekehrt sind. Du hast gearbeitet, ich auch. Wir hatten beide Stress …"

„Der in deinem Fall nicht nötig gewesen wäre, weil du ja nicht arbeiten *musstest*", unterbrach er sie.

„Verdammt, Rico!" Anastasia löste sich von ihm und funkelte ihn an. „Fang nicht wieder damit an! Ich *wollte* arbeiten. Malen ist Teil meiner Persönlichkeit – wie du von Anfang an gewusst hast."

„Ich habe dir nie verboten zu malen."

„Du hast mich aber auch nicht dazu ermutigt! Du wolltest nicht, dass auch andere meine Bilder bewundern. Du wolltest vor allem nicht, dass auch ich Karriere mache und Erfolg habe."

Er schüttelte verständnislos den Kopf. „Wozu brauchtest du die? Es hat doch nur noch mehr Stress verursacht. Unnötigen Stress."

„Deswegen habe ich ja auch ständig zurückgesteckt. Du warst schon immer ein Egoist und hast nur an deine Bedürfnisse gedacht, aber was war mit meinen? Ich brauchte unbedingt eine sinnvolle Beschäftigung. Es ist nicht mein Stil, dekorativ herumzusitzen und zu warten, dass der Ehemann nach Hause kommt und vielleicht Lust auf Sex hat."

Rico verspannte sich. „So war es nicht!"

„Doch, genau so! Als du mich geheiratet hast, wusstest du, wie ich bin. Und trotzdem hast du irgendwie erwartet, dass ich mich total ändere, sobald ich deine Frau war – dass ich mich in eine perfekte italienische Ehefrau verwandle."

„Das habe ich nicht erwartet", widersprach er. „Und ich habe dir alles gegeben, was du dir nur wünschen konntest, alles, was du brauchtest. Dein Leben hätte perfekt sein können. Unsere Ehe hätte perfekt sein können!"

Frustriert, weil er sie nicht verstand, sah sie ihn mitleidig an. „An materiellen Dingen liegt mir nicht viel! Aber das hast du nie gemerkt, weil du viel zu sehr auf dich konzentriert bist."

Wieder schüttelte er verständnislos den Kopf. „Welchen Sinn hat es, sich einen Milliardär zu angeln und dann arbeiten zu gehen?"

„Für einen ungewöhnlich intelligenten Mann kannst du

manchmal unglaublich schwer von Begriff sein, Rico!" Sie ballte die Hände zu Fäusten und musste sich zusammenreißen, um ihm nicht gegen die Brust zu trommeln. „Ich arbeite nicht nur fürs Geld, wie du wüsstest, wenn du dich ab und zu mit mir unterhalten hättest – anstatt mir jedes Mal sofort die Kleider vom Leib zu reißen, sobald du nahe genug warst!"

Ihre Heftigkeit und der zynische Ton machten ihn sprachlos, und er sah sie so verletzt an, als hätte sie ihn tatsächlich geschlagen.

Schließlich lachte Anastasia spöttisch auf. „Es ist wirklich lächerlich! Wir haben noch nie richtig über das Thema gesprochen, und jetzt tun wir es ausgerechnet hier im Meer stehend! Noch dazu, wenn eine Diskussion ohnehin nichts mehr rettet." Sie blickte zum Strand und sah, dass Chiara aufstand. „Wir gehen jetzt besser zu deiner Schwester zurück. Sonst merkt sie womöglich, dass wir uns streiten."

Ohne auf seine Zustimmung zu warten, watete sie an den Strand.

8. Kapitel

Rico ging in seinem Arbeitszimmer hin und her und setzte sich mit Gefühlen auseinander, die er am liebsten geleugnet hätte.

Er war erst wenige Tage wieder mit Anastasia zusammen, und schon zog sie ihn erneut völlig in ihren Bann. Es genügte ihm nicht, jede Nacht das Bett mit ihr zu teilen, nein, er wollte sein ganzes Leben mit ihr teilen.

Was bewies, dass er ein unverbesserlicher Narr war!

Blind für die atemberaubende Aussicht, blickte er durchs Fenster und ließ sich das Gespräch mit Anastasia vorhin am Strand – oder besser gesagt: im Meer – noch einmal durch den Kopf gehen. Üblicherweise hielt er nicht viel davon, über sich nachzudenken ... oder über die Vergangenheit, die sich ohnehin nicht ändern ließ.

Warum also konnte er sich plötzlich auf nichts mehr konzentrieren?

Außer auf ihren Vorwurf, er sei ein Egoist. Wie konnte sie das behaupten, wo er doch von früh bis spät schuftete, um seiner Familie materielle Sicherheit und ein luxuriöses Leben zu bieten. Was war daran egoistisch?

Und als Ehemann hatte er auch alles gegeben, hatte seine Pflichten wahrgenommen – doch Anastasia hatte seine Geschenke, seine Aufmerksamkeiten und seine Hingabe nicht zu schätzen gewusst.

Versteh einer die Frauen, dachte Rico frustriert.

Dann zwang er sich, seine Ehe von einem anderen Blickwinkel aus zu betrachten.

Anastasias Blickwinkel.

War er wirklich blind gewesen für ihre Bedürfnisse? Nachdenklich runzelte er die Stirn.

Es stimmte, dass ihr Verhältnis sich nach den Flitterwochen verändert hatte, sobald sie nach Rom zurückgekehrt waren. Es war ihm schon damals aufgefallen, aber er hatte sich nicht die Zeit genommen, um zu überdenken, woran es liegen könne.

Wenn er jetzt zurückblickte, musste er zugeben, dass er tatsächlich extrem viel gearbeitet hatte – und seine Frau vernachlässigt. Die Freundinnen, die er vorher gehabt hatte, waren glücklich und zufrieden gewesen, tagsüber ohne ihn einkaufen zu gehen. Auf seine Kosten. Er hatte einfach vorausgesetzt, dass Anastasia es ebenso halten würde.

Sie aber hatte ihn immer ungeduldig erwartet, allein in seinem großartigen *palazzo*.

Irgendwann hatte sie das Warten aufgegeben und sich wieder ihrer Malerei gewidmet – woraufhin es einige Male passierte, dass er nach Hause kam und sie nicht vorfand.

Widerwillig gestand Rico sich ein, wie mürrisch er in solchen Situationen reagiert hatte. Eine Ehefrau, die eigene Interessen verfolgte, passte ihm nicht ins Konzept. Er war ja aber auch keiner dieser modernen, nachsichtigen Männer …

Leise fluchend rieb er sich den Nacken, als er sich erinnerte, wie er einmal früher als geplant von einer Geschäftsreise zurückgekommen war und einen nackten Mann bei Anastasia im Schlafzimmer entdeckt hatte …

Ihm wurde heiß, und unwillkürlich ballte er die Hände zu Fäusten. In mancher Hinsicht war er tatsächlich nicht weniger primitiv als ein Neandertaler, aber er war durchaus lernfähig.

Ja, er würde beweisen, dass auch er ein moderner Mann sein konnte.

Nachdenklich blickte er sich im Arbeitszimmer um, dann lächelte er und griff zum Telefon.

„Chiara isst nicht mit uns zu Abend. Sie hat Kopfweh“, erklärte Anastasia, als Rico zu ihr auf die Terrasse kam.

Er trug eine legere Hose, dazu ein kurzärmliges Hemd, das am Hals offen war, und sah wie üblich umwerfend aus.

Sie riskierte nur einen Blick und schaute dann rasch beiseite. Ihr war nur allzu deutlich klar, dass längeres Schauen sie dazu verleiten würde, ihn zu berühren, und bevor sie wüsste, wie ihr geschah, wäre es um sie geschehen. Ja, sie wollte ihn sehen, hören, fühlen, riechen und schmecken! Er war wie ein Fest für all ihre Sinne, und sie konnte nicht genug von ihm bekommen.

Da sie erwartet hatte, er würde sich ihr gegenüber hinsetzen, zuckte sie zusammen, als er neben ihr Platz nahm und sein Schenkel ihr nacktes Bein streifte.

„Wein?", fragte Rico und goss ihr, ohne ihre Zustimmung abzuwarten, ein Glas ein. Dann füllte er sein Glas, und seine Hand war ganz ruhig. „Ist Chiara ernstlich unpässlich? Sollte ich den Arzt kommen lassen?"

Anastasia schüttelte den Kopf und versuchte, den Stuhl unauffällig ein Stück beiseite zu schieben. „Nein, ich glaube, sie war nur zu lange auf. Morgen muss sie unbedingt einen Mittagsschlaf halten."

„Sie sieht aber schon besser aus, findest du nicht?" Er nahm sich einige Oliven als Appetithäppchen, während das Dienstmädchen den ersten Gang servierte.

Es fiel Anastasia schwer, sich zu konzentrieren. Musste Rico so dicht neben ihr sitzen? Chiara war doch nicht da, um die Komödie zu beobachten!

Plötzlich hielt sie die steigende Spannung nicht länger aus und stand auf. „Ich … ich bin nicht hungrig. Ich gehe noch ein bisschen an den Strand."

Er umfasste ihr Handgelenk. „Nein, setz dich wieder hin. Es wird höchste Zeit, dass wir uns mal ausführlich unterhalten, und du musst etwas essen. Hier, probier den Mozzarella, er ist hervorragend. Von meiner Cousine eigenhändig produziert!"

Sie wollte nichts essen und sich schon gar nicht über Mozzarella unterhalten – oder sonst ein Thema – aber ein Blick in Ricos Gesicht sagte ihr, dass ihr keine Wahl blieb.

Also setzte sie sich wieder. „Wozu reden?", fragte sie jedoch rebellisch. „Chiara ist doch gar nicht da."

„Diesmal geht es nicht um Chiara, sondern um uns." Er ließ sie los und begann zu essen. „Ich möchte über unsere Ehe reden. Seit ich hier bin, muss ich immer wieder an unsere Flitterwochen denken."

Seine Stimme klang rau, und Anastasia ahnte, dass er von denselben Erinnerungen heimgesucht wurde wie sie. Und dass es auch für ihn schmerzlich war, an die glücklichen Tage zu denken.

Sie griff nach dem Glas. „Wir hätten von Anfang an wissen müssen, dass unser Glück nicht von Dauer sein konnte."

„Und warum nicht?"

„Weil es kein richtiges Fundament hatte." Errötend sah sie ihm in die Augen. „Wir haben die ganze Zeit doch nur im Bett verbracht."

„Nicht nur im Bett", erinnerte Rico sie neckend. „Manchmal auf dem Fußboden, oder auch auf dem Sofa, ganz zu schweigen vom Strand und …"

„Schon gut, schon gut", unterbrach sie ihn und verdrängte hastig die erotischen Bilder, die seine Worte heraufbeschworen. „Du weißt, was ich sagen wollte. Wir hatten tollen Sex, aber wir haben uns nicht wirklich kennengelernt. Wieder in Rom, haben wir gemerkt, wie fremd wir uns im Grunde waren, und dann konnten wir nicht vertrauter miteinander werden, weil du ja ständig unterwegs warst."

„Ich habe während meiner Ehe häufiger zu Hause geschlafen als in den zehn Jahren davor", wandte er pikiert ein.

„Ja, weil es dir weiterhin um Sex ging", sagte Anastasia ausdruckslos. „Zum Essen zu Hause und für Gespräche fehlte dir die Zeit. Ist dir eigentlich bewusst, dass es Tage gab, an denen wir uns überhaupt nicht unterhalten haben? Obwohl wir zusammen waren!"

Er atmete scharf ein. „Ich musste meistens bis spätabends arbeiten. Immerhin hatte ich ein Wirtschaftsimperium zu leiten!"

„Lag es wirklich nur daran? Oder hattest du Angst vor zu viel Nähe?"

„Wir waren uns doch nahe!"

„Ja, im Bett – sonst nirgends." Sie trank einen Schluck Wein, um sich Mut zu machen. „Du hast nichts mit mir geteilt, Rico, du hast mir nur Verfügung über dein Konto gewährt – und über deinen Körper."

„Ich habe dir *alles* gegeben, Anastasia."

„Ja, alles, was für Geld zu haben war. Dir kommt es doch letztlich nur aufs Geld an."

„Wenn ja … dann nur, weil ich weiß, was Armut anrichten kann", rechtfertigte er sich schroff.

Erstaunt über diesen Ton, sah sie Rico an. „Geld ist nicht alles."

„Erzähl das mal einer Frau, die gerade ihren Mann verloren hat, den Ernährer der Familie. Einer Frau, die zwei Kinder zu versorgen hat", rief er aufgebracht. „Erzähl es einer Familie, die Hunger leidet und Gefahr läuft, das Dach über dem Kopf zu verlieren."

Dieser ungewohnte Gefühlsausbruch erstaunte sie. Sie ahnte, dass er von seiner Familie sprach, traute sich jedoch zunächst nicht nachzuhaken, weil sie befürchtete, er könne sich wieder hinter die Barrieren zurückziehen, die er rings um seine Emotionen errichtet hatte. So hatte er jedenfalls bisher immer reagiert, wenn sie etwas über seine Jugend und den frühen Tod seines Vaters hatte erfahren wollen.

„Du hast doch für deine Mutter und deine Schwester gesorgt", bemerkte sie schließlich leise.

„Ich war fünfzehn", erwiderte Rico schroff. „Zu jung, um ihnen die Unterstützung zu bieten, die nötig gewesen wäre." Er trank einen großen Schluck Wein. „Üblicherweise rede ich nicht über diese Zeit, und ich möchte das Thema nie wieder anschneiden, aber heute Abend erzähle ich dir, wie es war, bevor du noch mal so leichtherzig die Bedeutung des Geldes herabsetzt."

Anastasia schwieg, aus Angst, das Falsche zu sagen.

„Damit ich genug zu essen bekam, hat meine Mutter oft

verzichtet", begann Rico ausdruckslos. „Mit beinah fatalen Folgen: Sie konnte Chiara nicht mehr stillen, die noch ein Säugling war. Jede Nacht weinte das Baby vor Hunger, und *mamma* weinte vor Verzweiflung. Da habe ich angefangen, so zu tun, als würde es mir nicht schmecken, sodass sie mit ruhigem Gewissen essen konnte."

„Rico, ich …"

Er schlug mit der Faust auf den Tisch. „Weißt du, was es heißt, Hunger zu haben? Echten, unstillbaren Hunger?"

Stumm schüttelte sie den Kopf.

„Ich weiß es, *cara mia*. Meine Mutter ebenfalls." Rico sah bekümmert aus. „Hunger war letztlich die Triebfeder meines Erfolgs."

Wie gern hätte Anastasia ihm tröstend die Hand gedrückt – doch intuitiv erfasste sie, dass es seinen Stolz verletzen würde, wenn sie ihn bemitleidete.

„Schließlich ging ich zu unserem Nachbarn, Gios Vater, und bat ihn um Arbeit, egal, welche. Er hatte kaum genug Geld, um seine eigene Familie zu erhalten, aber er gab mir, was er erübrigen konnte – und er ließ mich dafür arbeiten, weil er als Sizilianer genau wusste, dass mein Stolz mir verbot, Almosen anzunehmen. Ich hatte mir geschworen, das Geld eines Tags zurückzuzahlen, und auch das wusste er, ohne zu fragen. Es war einfach Ehrensache."

Sie schluckte mühsam, denn ihr war vor Rührung die Kehle eng geworden. „Und Gio ist noch immer bei dir", bemerkte sie schließlich.

Rico trank noch einen Schluck. „Ja, was uns verbindet, geht über einfache Freundschaft hinaus. Meine Familie schuldet seiner ewigen Dank fürs Überleben."

Anastasia fand, dass Rico der Dank gebührte, denn er war bereit gewesen, alles für seine Mutter und Schwester zu tun! Er hätte auch anderswo Arbeit gesucht, wenn der Nachbar nicht hätte helfen können.

Plötzlich schämte sie sich, weil sie so leichtfertig den Wert des Geldes herabgesetzt hatte. Ihre Familie hatte nie Reichtümer besessen, aber es hatte immer für ein angenehmes Leben gereicht.

Still saß sie da, erschüttert von diesem Blick auf Ricos Jugend und gerührt, welche Fürsorglichkeit und Treue er schon in jungen Jahren bewiesen hatte.

Plötzlich wurde sie neidisch und wünschte, er hätte auch ihr so viel Fürsorge und Liebe bewiesen.

„Jetzt verstehe ich endlich, warum deine Mutter sich in allem auf dich verlässt und zu dir aufblickt wie zu einem Helden", gestand Anastasia schließlich. „Ich habe einen ganz anderen familiären Hintergrund als du. Solide Mittelklasse, wenn du so willst. Allerdings hat mein Vater meine Mutter verlassen, deshalb liegt mir so viel an finanzieller Unabhängigkeit. An deinem Vermögen hat mir aber nie etwas gelegen, Rico, ich wollte immer nur dich." Wehmütig sah sie ihn an, weil er bestimmt nicht verstehen würde, worum es ihr ging. „Ich wollte dich genau kennen – wissen, was dich bewegt, wovor du Angst hast, was dich zum Lachen bringt … und ich wollte, dass du dasselbe Interesse für mich empfindest."

„Dich zu heiraten war meines Erachtens ein Zeichen von Interesse", erwiderte er trocken.

Ihr Herz pochte plötzlich schneller. „Was hat dich wirklich dazu bewogen, mich zu heiraten?"

„Ich wollte dich haben … für immer", antwortete er, ohne zu überlegen.

Typisch männliches Besitzdenken, dachte sie schaudernd. „Trotzdem hast du mich gehen lassen", rief sie ihm ins Gedächtnis.

„Du wolltest es so." Ungehalten trommelte er mit den Fingern auf die Tischplatte.

„Warum hast du nicht versucht, mich aufzuhalten? Warum bist du mir später nicht gefolgt?"

Er trank sein Glas leer, bevor er antwortete: „Weil du mich betrogen hast."

„Nein, ich war unschuldig", widersprach sie eindringlich.

„Unschuldige fliehen nicht!"

Anastasia stand auf und merkte, dass ihr die Knie weich geworden waren. „Aber wenn man zornig ist, läuft man durchaus weg, bevor man etwas Schlimmes anrichtet. Und ich war außer mir vor Zorn. Auf dich, Rico, und …" Bestürzt verstummte sie. Beinah hätte sie Chiara verraten! „Und ich kann nicht fassen, dass du jetzt, ein Jahr später, darüber redest", beendete sie den Satz.

„Ich kann es auch kaum fassen", gab er zu und fuhr sich über den Nacken. Er wirkte, als würde er gegen Dämonen kämpfen müssen, mit denen er sich nicht auseinandersetzen wollte.

„Du hast das Thema selbst angeschnitten, Rico!"

„Ja, und das war ein Fehler. Besser, wir lassen es fallen", meinte er missmutig, „bevor ich etwas sage oder tue, was ich später bedaure."

Anastasia blickte starr auf den Tisch. Für sie gab es schon so vieles zu bedauern, dass es kaum mehr werden konnte. Es tat ihr leid, dass sie vor einem Jahr nichts gegen die wachsende Entfremdung getan hatte. Sie bedauerte, in jener schicksalhaften Nacht einfach geflohen zu sein – anstatt für ihre Liebe zu kämpfen!

Heiße Tränen traten ihr in die Augen, und sie hörte, wie Rico scharf einatmete.

„Nicht weinen!", bat er rau. Dann legte er ihr die Hand um den Nacken und neigte sich zu ihr, um sie sanft zu küssen. „Du bist die Einzige, die nie versucht hat, mich mit Tränen zu erpressen."

„Ich weine ja gar nicht", flüsterte sie, die Lippen an seinen. „Ich weine *nie*!"

„Unbeugsam bis zum letzten Atemzug!", lobte er neckend und küsste sie wieder, diesmal länger und inniger.

„So unbeugsam bin ich gar nicht", sagte sie schließlich und legte ihm die Hände um den Nacken, der sich verspannt anfühlte. „Ach, Rico, ich wünschte, du hättest mir das alles schon früher erzählt."

„Es ist ein Thema, über das ich gewöhnlich überhaupt nicht spreche", erinnerte er sie.

Sie spürte seinen warmen Atem auf der Haut, und plötzlich durchflutete überwältigendes Begehren sie. Sie wollte mit Rico schlafen. Sofort. Was die Zukunft bringen würde, war ihr im Augenblick völlig gleichgültig.

Es zählte nicht, dass Rico sie noch immer für eine treulose Frau hielt. Jetzt zählte nur, dass sie ihn wollte. Dass sie ihn *liebte*. Früher hatte sie alles von ihm haben wollen, jetzt gab sie sich mit dem zufrieden, was er ihr anbot. Solange er es ihr anbot.

Ihr war auch egal, dass sie ein Jahr gebraucht hatte, um zu lernen, ohne ihn zu leben. Sie wollte ihn. Sie war süchtig nach ihm.

Egal, was es sie kosten würde – sie war bereit, jeden nur erdenklichen Preis zu zahlen.

Rico spürte, was in ihr vorging. Rasch stand er auf und hob sie hoch. „Zum Glück ist unser Zimmer ganz nah", flüsterte er an ihrem Ohr und eilte ins Haus.

Im Schlafzimmer ließ er Anastasia sanft aufs Bett gleiten und legte sich neben sie. Eine Hand schob er ihr in die dichten Locken, die andere ließ er aufreizend über ihre Beine gleiten und schob ihr dabei den Rock hoch.

„Deine Haut ist weich wie Seide", flüsterte Rico.

„Ich will dich, Rico", rief sie unbeherrscht und zerrte an seinem Hemd. „Ich will dich spüren. In mir."

Ihr Verlangen wuchs und wuchs, und sie war nahe daran, ihn anzuflehen.

„Rico, ich … ich …" Sie stöhnte vor Lust.

„Ich weiß, du willst mich." Er schob ihr den Rock über die Hüften und betrachtete sie begehrlich. „Das brauchst du mir nicht zu sagen. Du wirfst mir vor, ich würde dich nicht kennen, aber ich weiß einiges über dich."

Wieder stöhnte Anastasia. „Ich will nicht warten, nicht eine Sekunde!"

Er knöpfte ihr die duftige Bluse auf, unter der sie nichts trug.

„Du bist so wunderschön, *cara mia*! Bei deinem Anblick könnte jeder Mann alles andere vergessen."

„Jetzt sofort, Rico!" Sie versuchte, ihm das Hemd aufzuknöpfen, aber ihre Finger bebten zu sehr. „Spann mich nicht länger auf die Folter."

Rasch zog er sich nun aus und atmete scharf ein, als sie ihn zärtlich umfasste.

„Du bist so groß", flüsterte sie hingerissen.

„Weil ich gleich komme, wenn du so weitermachst, Liebste." Er küsste sie auf den Hals und versuchte, sich von ihr zu lösen. „Lass mir einen Moment Zeit, und ich …"

„Nein!" Dass er so sehr nach ihr verlangte wie sie nach ihm, schürte ihre Leidenschaft noch mehr. „Ich will dich sofort."

„Wenn du das noch einmal sagst, darfst du mich für die Folgen nicht verantwortlich machen", sagte er und küsste sie stürmisch.

Dann vereinigte er sich endlich mit ihr.

Beinah sofort erlebte sie einen scheinbar nicht enden wollenden Höhepunkt, und sie schlang Rico die Beine um die Hüften, um ihm ganz nahe zu sein.

Ihrem Ehemann.

Ihrem einzigen Geliebten.

„Anastasia", flüsterte er heiser und bewegte sich rascher in ihr, was ihre herrlichen Empfindungen noch steigerte.

Es war, als würde ihr Körper sie für die langen, einsamen Monate entschädigen, die hinter ihr lagen.

Und vor ihr …

Sie schmiegte sich an Rico und wollte ihn nie wieder loslassen.

Er küsste sie lang und leidenschaftlich, und dann erlebte auch er den Höhepunkt, wie sie deutlich spürte.

Danach hielten sie sich noch lange umschlungen und lösten sich nicht einmal voneinander, als Rico sich auf den Rücken drehte. Ihre Herzen schlugen im Gleichtakt, und ihr Atem vermischte sich.

Das werde ich niemals mit einem anderen Mann erleben, sagte Anastasia sich erschüttert.

Sie konnte es nur mit Rico erleben, weil sie nur ihn liebte und immer lieben würde.

Falls sie dachte, sie könnte ihn nicht nur wieder verlassen, sondern ihn jemals vergessen, war sie noch verrückter, als sie bisher angenommen hatte.

Wie üblich war Rico schon weg, als Anastasia morgens die Augen aufschlug.

Vielleicht ist es besser so, sagte sie sich, während sie aufstand und sich einen Rock und ein luftiges Top anzog. Neben einem Mann aufzuwachen, den man angefleht hatte, einen zu nehmen, war, gelinde gesagt, peinlich. Vor allem, wenn der besagte Mann einen nicht mehr liebte – und womöglich niemals geliebt hatte.

Sie war überhaupt nicht hungrig, doch da sie weiterhin die glückliche Ehefrau spielen musste, blieb ihr nichts anderes übrig, als Rico und Chiara beim Frühstück Gesellschaft zu leisten.

Sobald sie auf die Terrasse trat, kam Rico ihr entgegen und küsste sie sanft auf die Stirn.

Es hätte der perfekte Start in einen wunderschönen Tag sein können – wenn es nicht Komödie gewesen wäre.

Reine Heuchelei, Chiara zuliebe, die nachsichtig zu ihnen blickte.

„Guten Morgen, *cara*", sagte Rico. Seine Stimme klang rau und unglaublich sexy.

Verlangen durchzuckte Anastasia. Reiß dich zusammen, ermahnte sie sich streng. Rico hatte sie beinah die ganze Nacht lang leidenschaftlich geliebt – sie konnte ihn doch nicht schon wieder begehren, oder?

Doch, sie konnte.

Sie brauchte ihn nur anzusehen, und heiße Sehnsucht erfüllte sie. Er brauchte sie nicht einmal zu berühren.

Und es gab nichts, was sie dagegen tun konnte!

Niedergeschlagen setzte sie sich an den Tisch, und plötzlich wurde ihr warm ums Herz. An ihrem Platz stand eine Schale mit frisch gepflückten Orangen, an deren Stielen noch die dunkelgrünen Blätter glänzten.

Anastasia blickte zu Rico hoch, und der Ausdruck in seinen dunklen Augen ließ ihr Herz schneller schlagen.

„Ich wollte dir den Gang in den Obstgarten ersparen", erklärte er und lächelte nun vielsagend. „Weil ich mir dachte, dass du heute Morgen noch sehr müde bist."

„Danke!" Errötend nahm sie sich eine Orange und begann, sie zu schälen, wobei sie sich fragte, warum Rico plötzlich so aufmerksam war.

Beim Frühstück unterhielten sie sich nur über Nebensächliches, und nach zwei Tassen Kaffee fühlte Anastasia sich schon etwas munterer.

Rico war ungewöhnlich aufmerksam. Er reichte ihr Butter und Marmelade, goss ihr Kaffee nach und fragte, ob sie nicht lieber im Schatten sitzen wolle.

„Da wir gerade von Schatten reden", sagte Chiara und strich sich über die Stirn. „Ich glaube, ich bleibe heute lieber den ganzen Tag im Haus."

„Ja, das ist bestimmt besser", stimmte Rico zu und stand auf. „Ich möchte einen Vorschlag zum Zeitvertreib machen. Kommt mit nach drinnen."

Fragend sah Anastasia Chiara an, aber die zuckte nur, ebenso überrascht, die Schultern.

Rico führte sie zu einem Zimmer, das Anastasia bei ihrem jetzigen Aufenthalt noch nicht betreten hatte, und öffnete mit großer Geste die Tür.

Anastasia trat ein und stieß einen leisen Ruf der Überraschung aus. „Hier sieht es aus wie in einem Geschäft für Malbedarf", stellte sie erfreut fest.

Auf mehreren Tischen türmten sich Leinwände, Farben, Pinsel und Paletten, alles brandneu und noch in der Verpackung.

„Oh, Rico, ich …", begann sie gerührt.

Er ließ sie nicht zu Wort kommen. „Du hast mir vorgeworfen, ich würde nie an dich denken, Liebste." Vielleicht zum ersten Mal, seit er erwachsen war, sah er verunsichert aus. Anscheinend konnte er überhaupt nicht abschätzen, wie sie reagieren würde. „Wie du siehst, tue ich es doch. Du wolltest arbeiten ... na ja, und hier ist also dein Atelier."

Sprachlos schaute sie sich um.

„Ich habe nichts ausgepackt, weil ich dachte, es macht dir vielleicht Freude, es selbst zu tun." Noch immer klang er unsicher.

Sie ging zum Tisch und nahm eine Tube Farbe. Verlegen drehte sie sie zwischen den Fingern. „Wo und wie hast du das alles besorgt?"

Es war das erste Mal, dass Rico ihre Arbeit ernst nahm, und sie wusste tatsächlich nicht, wie sie reagieren sollte.

„Ich habe deine Mutter angerufen, um zu fragen, was du alles brauchst, und es dann per Internet bestellt und per Express liefern lassen. Freust du dich? Der Raum hier geht nach Norden, und du hast mal gesagt, dass er als Atelier ideal wäre."

Nun erkannte sie den Raum. „Das ist doch dein Arbeitszimmer, Rico!"

„Nein, jetzt nicht mehr. Die Aussicht hat mir nicht mehr gefallen", erklärte er gleichmütig, sah sie jedoch so zärtlich an, dass ihr ganz warm ums Herz wurde.

Einen kurzen, glückseligen Moment lang glaubte sie, Rico habe es wirklich ihr zuliebe getan – weil die vergangene Nacht ihm so viel bedeutet hatte.

Dann hörte sie Chiara leise seufzen, und schlagartig fiel ihr wieder ein, weshalb er sich all die Mühe gemacht hatte: um vor seiner Schwester als glücklich verheirateter, fürsorglicher Mann dazustehen.

Augenblicklich war ihr die ganze Freude vergällt.

„Es ist wirklich wundervoll", sagte Anastasia steif. „Vielen Dank, Rico."

Stirnrunzelnd blickte er sie forschend an, dann sah er demonstrativ auf die Armbanduhr. „Ich muss einen dringenden

Anruf erledigen. Wir sehen uns spätestens beim Mittagessen, einverstanden?"

Er zog Anastasia an sich und küsste sie auf die Lippen – wie um sie an die vergangene Nacht zu erinnern und an die Freuden, die ihr in der kommenden Nacht bevorstanden. Sie ließ sich den Kuss gefallen, erwiderte ihn aber nicht.

Was hätte ich nicht dafür gegeben, wenn Rico mir in Rom ein Atelier eingerichtet hätte? dachte sie betrübt. Oder dafür, das er sein Arbeitszimmer wirklich ihr zuliebe aufgegeben hätte, anstatt nur, um seiner Schwester etwas vorzumachen!

Seine Miene wurde immer kühler und bewies, wie pikiert er war, weil sie nicht mehr Begeisterung zeigte.

Sich an ihre Rolle als liebende Ehefrau erinnernd, schaute sie sich nochmals im Raum um und rang sich ein strahlendes Lächeln ab. „Das Atelier ist wirklich ganz großartig, Rico! Vielen, vielen Dank, mein Schatz!"

„Schon gut! Gern geschehen." Kurz blickte er ihr noch einmal in die Augen, doch nun war sein Ausdruck unergründlich. „Bis später dann."

Ohne einen Blick zurück verließ er das Atelier.

Anastasia wurde es schwer ums Herz.

„Ich hätte nie gedacht, dass Rico so verrückt nach einer Frau sein könnte", meinte Chiara, der die gespannte Atmosphäre anscheinend völlig entgangen war. „Jetzt hat er doch dir zuliebe tatsächlich auf sein geliebtes Arbeitszimmer verzichtet, den schönsten Raum in der ganzen Villa."

„Ja, das Zimmer ist wunderbar", bestätigte Anastasia. „Einfach ideal als Atelier."

Das Mädchen rieb sich die Stirn. „Es sieht Rico gar nicht ähnlich, so wenig zu arbeiten wie jetzt. Stimmt's?"

„Ja, du hast recht."

„Entschuldige, dass ich dich ständig mit Fragen nerve." Chiara verzog kläglich das Gesicht. „Ich komme mir vor, als würde ich ein Puzzle legen, zu dem ich mir die einzelnen Stücke erst mühsam zusammensuchen muss."

„Du brauchst dich nicht zu entschuldigen." Impulsiv ging Anastasia zu Chiara und umarmte sie. „Und keine Sorge, du bist keine Last. Es macht mir Freude, mit dir zusammen zu sein."

Das war nicht gelogen. Seit dem Unfall war das Mädchen wie verwandelt: nicht mehr launisch und missmutig, sondern rücksichtsvoll und wirklich lieb.

„Jetzt klingst du, als wäre es früher anders gewesen. In Rom habe ich doch auch bei euch gelebt … haben wir uns damals nicht gut verstanden?"

„Doch, natürlich", log Anastasia schnell. „Wir haben nur nicht so viel Zeit miteinander verbracht, weil du … ja in die Schule gehen musstest. Und da wir gerade davon sprechen: Wolltest du nicht Malunterricht bekommen? Wie wäre es, wenn wir gleich damit anfangen?"

„Es wäre wunderbar", erklärte Chiara strahlend.

Rico musterte das Gemälde und gab zu, dass es ungewöhnlich viel Talent verriet. Und er hatte sich nie die Mühe gemacht, Anastasias Werke zu betrachten!

Es war nun schon eine Woche her, dass Chiara aus dem Krankenhaus entlassen worden war, und sie drei hatten einen Großteil der Zeit draußen am Pool verbracht und sich erholt. Wenn er sich doch einmal seinen Geschäften widmen musste, hatte Anastasia sich ins Atelier zurückgezogen und gearbeitet.

Und nun hatte die Neugier ihn endlich dazu getrieben, festzustellen, womit sie sich beschäftigte.

Er drehte eine weitere Leinwand um und pfiff anerkennend. Warum habe ich mich nie für Anastasias Malerei interessiert? fragte er sich kritisch.

Er war immer zu sehr damit beschäftigt gewesen, Anastasia anzusehen. Für ihre Werke hatte er keinen Blick erübrigt. Da hatte er sich etwas entgehen lassen.

Das Bild war wie ein Spiegel ihrer Persönlichkeit: Die leuchtenden Farben und dynamischen Pinselstriche verrieten ihr

Temperament und ihre Lebensfreude, ihre Sinnlichkeit und ihre Leidenschaft.

Beinah kam er sich vor wie ein Voyeur, als er auch die anderen Bilder eins nach dem anderen ansah. Als Kunstsammler wusste er, dass sie etwas Besonderes waren. Als Finanzmann konnte er abschätzen, dass die Werke jetzt schon hohe Preise erzielen und im Wert noch steigen würden. Und als Ehemann wusste er, dass er einen Blick in die Seele seiner Frau tat.

Wie hatte er jemals erwarten können, dass sie etwas aufgab, das so sehr Teil von ihr war?

Ja, er hatte gewollt, dass sie das Malen aufgab und nur noch für ihn existierte. Er hatte es gehasst, nach Hause zu kommen und zu merken: Sie war nicht da.

Und das bedeutete entweder, dass er ein egoistisches, herrschsüchtiges Ekel war – oder dass er ohne sie nicht leben konnte.

Wenn Letzteres stimmte, dann steckte er jetzt in großen Schwierigkeiten!

Die Tage in der Villa waren einfach herrlich, und Anastasia musste sich immer wieder vor Augen halten, dass sie und Rico nur Komödie spielten. Sobald Chiara wieder völlig gesund war, würde der Vorhang fallen.

Bis dahin mimten sie und Rico tagsüber das glückliche Ehepaar, und nachts waren sie tatsächlich Liebende, deren Leidenschaft alle Differenzen überbrückte.

Als sie an einem Nachmittag der zweiten Woche mit Chiara auf der Terrasse saß und Skizzen zeichnete, verzog das Mädchen plötzlich das Gesicht.

„Ich fühle mich so seltsam", sagte es. „Nicht wirklich krank, aber … eigenartig."

„Leg dich lieber hin", empfahl Anastasia besorgt. „Die Ärzte haben dir vor allem viel Ruhe verordnet, wie du weißt. Vielleicht hast du nicht genügend geschlafen."

Widerspruchslos ließ Chiara sich in die Villa führen und ins Bett bringen.

„Wenn du etwas brauchst, ruf mich", sagte Anastasia eindringlich. „Ich bin auf der Terrasse."

Als sie sah, wie Chiara die Augen schloss, verließ sie leise das Zimmer.

Wieder war ihr überdeutlich bewusst, dass das jetzige glückliche Zwischenspiel nur so lange dauern würde, wie Chiara sich nicht an früher erinnerte.

Der Vorhang fiel noch in derselben Nacht.

9. Kapitel

Mitten in der Nacht weckte herzzerreißendes Schluchzen Anastasia und Rico.

„Um Himmels willen, das ist Chiara!", rief er und sprang aus dem Bett. Er nahm sich gerade genug Zeit, um einen Bademantel anzuziehen, dann lief er in Chiaras Zimmer, dicht gefolgt von Anastasia.

Das Bett sah aus, als wäre ein Wirbelsturm darüber hinweggefegt. Die Decke hing auf den Boden, das Laken war zerwühlt. Chiara saß in sich zusammengesunken zitternd auf dem Boden und weinte bitterlich.

Rico eilte zu ihr. Er kniete sich neben sie und nahm sie in die Arme, wobei er tröstend auf sie einsprach. Wild riss sie sich von ihm los.

„Fass mich nicht an!" Ihr Blick war ein einziger Vorwurf. „Du hast mich belogen, Rico! Ihr beide habt mich belogen."

„Chiara, du bist sichtlich überreizt und …"

„Ja, ich bin hysterisch. Kein Wunder!" Sie atmete stoßweise. „Ich hatte einen fürchterlichen Traum, und als ich aufwachte, konnte ich mich plötzlich wieder erinnern … an *alles*. Auch daran, dass du seit einem Jahr von Anastasia getrennt lebst, Rico!"

Kurz schloss er die Augen und fluchte leise. „Beruhige dich, *piccola*", bat er dann. „Alles wird gut."

„Nein, du weißt ja nicht Bescheid. Du weißt gar nichts!" Chiara begann wieder, heftig zu schluchzen.

Rico stand auf und hob sie hoch. Er setzte sich mit ihr aufs Bett und drückte sanft ihren Kopf an seine Schulter, während ihr die Tränen über die Wangen liefen.

„Du musst mit dem Weinen aufhören", sagte er eindringlich und streichelte ihr Haar. „Sonst wirst du wieder krank. Ich kann mir ja gut vorstellen, was für ein Schock das alles für dich ist, aber …"

„Schrecklich ist nicht, dass ich mich wieder erinnere, sondern, woran ich mich erinnere!" Sie rieb sich mit dem Handrücken die Augen wie ein kleines Kind, dann sah sie Anastasia flehentlich an.

Diese fühlte sich, als hätte sie einen Guss kaltes Wasser abbekommen. Ihr war klar, was dem Mädchen solche Seelenqualen verursachte. Ein Jahr zuvor hatte es keinen Funken Reue gezeigt, aber inzwischen hatte es sich ja grundlegend verändert.

Doch für Reue und Geständnisse war es leider zu spät, sie würden nichts mehr an der Trennung von Rico ändern. Nein, nun hieß es, in die Zukunft zu blicken – so trist die auch werden würde.

„Woran du dich erinnerst, Chiara, ist vorbei und vergessen", sagte Anastasia eindringlich und streichelte dem Mädchen impulsiv die Wange. „Wir alle sollten die Vergangenheit ruhen lassen und lieber an das Hier und Jetzt denken."

„Aber …" Wieder traten Chiara Tränen in die Augen.

„Schon gut! Ich hole dir jetzt Aspirin, denn ich sehe dir doch an, dass du Kopfweh hast vom vielen Weinen." Sie hob die Decke vom Boden auf. „Dann legst du dich hin und versuchst zu schlafen. Nach diesem traumatischen Ereignis brauchst du Ruhe."

Chiara blickte nun nachdenklich von ihr zu Rico. „Ihr lebt seit einem Jahr getrennt, aber in den letzten Tagen habt ihr geturtelt wie ein richtiges Liebespaar. Habt ihr mir etwas vorgespielt?"

Anastasia merkte, wie sehr das Mädchen sich wünschte zu hören, dass eine echte Versöhnung stattgefunden habe, doch sie wollte nicht lügen.

Rico fuhr sich durchs Haar und schien nicht zu wissen, wie er mit so vielen Gefühlen umgehen sollte. „Die Ärzte haben gesagt, wir sollen dir jede Aufregung ersparen", erklärte er schließlich widerwillig. „Als du aus dem Koma erwacht bist, hast du dich nicht mehr erinnert, dass Anastasia und ich schon länger getrennt sind, und du hast dich sichtlich gefreut, sie zu sehen. Wenn wir dich über unsere Trennung informiert hätten, wäre das ein ziemlicher Schock für dich gewesen, oder?"

Chiara ließ den Kopf hängen. „Ich fühle mich einfach so elend!"

„Kein Wunder! Das sind die Nachwirkungen der Verletzung", meinte Rico.

Und das schlechte Gewissen, dachte Anastasia einfühlsam. „Mach dir keine Sorgen mehr", sagte sie ruhig. „Konzentrier dich ganz darauf, schnell wieder völlig gesund zu werden."

„Das sagst *du*?" Chiara klang verwundert und begann, heftig zu zittern.

„Ich rufe den Arzt an", rief Rico besorgt. „Er soll sofort herkommen."

„Lass mich das doch machen. Bleib du lieber bei deiner Schwester." Ohne seine weitere Zustimmung abzuwarten, ging Anastasia zur Tür. Ihr war klar, dass ihre Anwesenheit Chiara belastete, also konnte sie sich vorerst nur von ihr fernhalten.

Nachdem sie den Arzt angerufen hatte, zog sie sich ins Schlafzimmer zurück und legte sich aufs Bett, in dem sie noch vor Kurzem mit Rico gelegen hatte.

Zum letzten Mal.

Es hatte keinen Sinn, länger zu bleiben, denn ihr Besuch hatte seinen Zweck erfüllt. Chiara hatte ihr Gedächtnis wieder. Und sie erinnerte sich offensichtlich genau an das, was sie ein Jahr zuvor angerichtet hatte.

Anastasia schloss die Augen und dachte zum ersten Mal seit Monaten an die Ereignisse jener schicksalhaften Nacht …

Rico war seit einer Woche auf Geschäftsreise in New York, und sie war früh ins Bett gegangen. Geräusche draußen im Flur hatten sie geweckt. Sie sah auf die Uhr: Es war nach Mitternacht.

Vor der Tür ertönte unterdrücktes Kichern, und nun war ihr klar, dass Chiara wieder einmal einen jungen Mann ins Haus geschmuggelt hatte, obwohl Rico ihr ausdrücklich verboten hatte, sich mit Jungen auch nur zu verabreden.

Stöhnend rieb Anastasia sich die Augen. Was sollte sie jetzt tun? Chiara verabscheute sie. Wenn sie jetzt in den Flur marschierte und dem Mädchen eine Standpauke hielt, würde das Verhältnis noch mehr belastet werden. Allerdings war sie es Rico schuldig, zu versuchen, Chiara zur Vernunft zu bringen.

Erst in der Woche zuvor hatte er seiner Schwester befohlen, sich aufs Lernen zu konzentrieren, statt sich „herumzutreiben". Er hatte sogar gedroht, sie nach Sizilien zurückzuschicken, falls sie nicht gehorchte, was für Chiara eine schlimme Strafe wäre, denn sie fand die Insel schrecklich langweilig.

Während Anastasia noch überlegte, wie sie nun vorgehen solle, wurde die Tür geöffnet, und ein junger Mann kam ins Zimmer. Ein völlig nackter junger Mann!

Er eilte zum Bett und schlüpfte unter die Decke, dann presste er Anastasia die Hand auf den Mund.

„Tut mir leid, *signora*", flüsterte er. Sein Atem roch nach Whisky. „Allerdings sind Sie wirklich schön, insofern bedaure ich es nicht wirklich. Ich kann verstehen, warum der große Bruder Sie geheiratet hat."

Sie versuchte verzweifelt, sich aus dem Griff zu befreien, und in dem Moment ging das Licht an. An der Tür stand Rico, rasend vor Wut, und hinter ihm Chiara, die unglaublich selbstgefällig aussah.

„Oh, Anastasia!" Die Stimme des Mädchens bebte überzeugend. „Ich wollte dich ja warnen, aber ..."

Rico wandte sich an den jungen Mann. „Verschwinden Sie, solange Sie noch können. Ich gebe Ihnen zwei Minuten Zeit. Danach verlassen Sie mein Haus im Zinksarg!"

Dass er sich mühsam beherrschte, nicht handgreiflich zu werden, merkte man ihm deutlich an.

Der junge Mann sprang aus dem Bett und verließ blitzschnell das Zimmer.

Rico blickte ihm nicht einmal nach, sondern fixierte Anastasia, die vor Schreck wie Espenlaub zitterte.

Wie hatte das alles nur passieren können? Sie schloss natürlich nie die Schlafzimmertür ab, weil dazu gar kein Grund bestand. War der junge Mann irrtümlich bei ihr gelandet?

Nein, er hatte sie mit „*signora*" angesprochen und ihr ein Kompliment über ihr Aussehen gemacht, also hatte er gewusst, dass er nicht in Chiaras Bett lag!

Sie blickte zu dem Mädchen hinüber, und plötzlich war ihr klar, was hier gespielt wurde. Chiara wusste, dass Rico sie in die Verbannung nach Sizilien schicken würde, wenn er sie mit einem Jungen erwischte. Das war für sie die schlimmste Strafe, denn sie fand die Insel „tödlich langweilig".

Aber nicht einmal ein aufsässiger Teenager wie Chiara würde so gemein sein und ihren Freund ins Zimmer der Schwägerin schmuggeln, oder?

Anastasia setzte sich auf und wartete, dass das Mädchen nun eine überzeugende Erklärung lieferte, die jedoch ausblieb.

Es besaß sogar die Frechheit, Rico stumm und scheinbar mitleidig die Hand auf die Schulter zu legen!

Fluchend schüttelte er sie ab und verließ das Schlafzimmer, gefolgt von seiner Schwester.

Zitternd saß Anastasia da und wusste nicht, wie ihr geschah. Dann meldete sich ihr ausgeprägter Gerechtigkeitssinn zu Wort, und sie sagte sich, dass sie ja nichts Unrechtes getan hatte. Und für Chiaras Missetaten würde sie nicht geradestehen!

Schnell zog sie sich an und ging nach unten. Sie fand Rico in seinem Arbeitszimmer, eine halb geleerte Flasche Rotwein neben sich.

„Falls du gekommen bist, um mir Ausreden aufzutischen, verschwendest du nur deine Zeit, Anastasia." Er leerte sein Glas und sah sie mit vor Zorn blitzenden Augen an. „Ich will nichts hören."

„Nicht einmal die Wahrheit, Rico?"

„Die Wahrheit ist, dass ich meine Frau mit einem nackten Mann im Bett ertappt habe. Eine Erklärung dafür – außer der naheliegenden – müsste schon sehr überzeugend sein."

Verzweifelt sah sie ihn an. Er hatte bereits den Schuldspruch gefällt, ohne ihre Verteidigung zu hören. Und sie konnte reinen Gewissens auf „unschuldig" plädieren!

„Du traust mir nicht, stimmt's? Wir sind seit Monaten verheiratet, und du vertraust mir nicht, Rico!"

„Ich traue lieber meinen Augen!"

Was konnte sie nun sagen, wenn sie Chiara nicht anschwärzen wollte? Die Wahrheit würde ein freundschaftliches Verhältnis zu dem Mädchen für immer unmöglich machen. Die Wahrheit nicht zu sagen würde ihre Ehe gefährden.

Sie konnte nur hoffen, dass Rico ihr, wenn seine Wut verraucht war, glaubte, dass sie sich nichts hatte zuschulden kommen lassen.

„Denk doch mal nach! Du weißt, wie sehr ich dich liebe, Rico. Das sage ich dir doch ständig. Glaubst du, ich würde dich betrügen?"

„Du sagst mir auch ständig, wie einsam und gelangweilt du bist!", hielt er dagegen. „Mir scheint, du hast inzwischen einen ... Zeitvertreib gefunden."

„Nein, das stimmt nicht!"

Rico fluchte wild, dann sagte er mühsam beherrscht: „Lass mich jetzt allein, während ich entscheide, was weiter zu tun ist."

Dass er nicht bereit war, ihr zuzuhören, ließ nun ihre Wut auflodern. „Während *du* entscheidest?", wiederholte Anastasia schneidend. „Die Mühe kann ich dir ersparen. Ich entscheide! Ich entscheide mich dafür, diese Farce von einer Beziehung, die wir als Ehe bezeichnen, zu beenden! Ich bin es leid, meine Tage damit zu verbringen, auf dich zu warten. Du willst keine Partnerin, Rico, du willst nur eine Mätresse, die bequemerweise im Haus lebt. Ich bin nicht länger bereit, als deine Gespielin zur Verfügung zu stehen. Ich verdiene Besseres!"

Ohne auf seine Erwiderung zu warten, verließ sie das Zimmer und warf die Tür hinter sich zu. Anastasia zuckte zusammen, als sie hörte, wie drinnen ein Weinglas an der Tür zerschellte.

Schlagartig kam Anastasia in die Gegenwart zurück und sagte sich, dass es Zeit sei, die Koffer zu packen.

Nein, auch diesmal würde sie ohne Gepäck abreisen. Und ohne Abschied.

Ihr Leben als Ricos Frau war vorbei. Für immer.

Sie zog sich an und überprüfte, ob sie genug Geld und den Pass eingesteckt hatte, dann rief sie Gio an und bat ihn, sie zum Flughafen zu bringen.

Bestimmt würde man sie gar nicht vermissen, wenn ein Kommen und Gehen von Ärzten herrschte, die Rico ans Bett seiner kleinen Schwester beordert hatte.

Leise seufzend verließ sie die Villa. Die Sonne ging gerade erst auf, doch es war schon sehr warm. Es würde ein weiterer herrlicher Tag auf Sizilien werden.

Und ich bin nicht mehr hier, um ihn zu genießen, dachte Anastasia traurig.

Gio sah sie eindringlich an, während er ihr die Wagentür aufhielt. „Sie reisen ab, *signora*?"

„Ja, es wird Zeit." Sie rang sich ein flüchtiges Lächeln ab. „Mein Aufenthalt war von vornherein nicht für die Dauer geplant."

Er runzelte die Stirn. „Weiß der Boss Bescheid?"

„Keine Sorge, Gio! Rico weiß, dass ich nicht bleibe."

Es ist keine Lüge, tröstete Anastasia sich. Rico hatte von Anfang an klargemacht, dass sie nur so lange bleiben solle, bis Chiara das Gedächtnis wiedererlangt hatte. Das war ja nun der Fall. Und es war gut so.

Auf der Fahrt zum Flughafen bewunderte sie dann den spektakulären Sonnenaufgang über der herrlichen Landschaft.

Sie war sich sicher, nie wieder nach Sizilien zurückzukehren.

„Es ist fantastisch!" Hingerissen betrachtete Mark das Bild. „Das Warten hat sich gelohnt."

„Ich musste überraschend ins Ausland reisen", erklärte Anastasia steif und half ihm, das Gemälde einzupacken und zu seinem Auto zu tragen.

Seit zwei Wochen war sie nun wieder in England und versuchte, sich mit ihrem tristen Dasein abzufinden. Sie kam sich beinah wie ein Roboter vor, der nur so tat, als würde er leben. Oder wie ein beiseite gestelltes Glas Champagner auf einer Hochzeit, dessen Inhalt schal geworden war …

„Hörst du mir überhaupt zu?", fragte Mark und runzelte die Stirn.

„Oh, entschuldige bitte! Ich war in Gedanken gerade meilenweit weg."

„In Sizilien, stimmt's?", erkundigte er sich entnervt.

Sie lächelte gequält. „Ja. Ich bin ein hoffnungsloser Fall."

Mark seufzte. „Dann werden dich die Neuigkeiten freuen, die ich für dich habe."

„Welche?"

„Es kommt gerade ein sündhaft teurer italienischer Sportwagen deine Zufahrt entlanggefahren und ruiniert sich die Stoßdämpfer. Offensichtlich bekommst du Besuch … von einem sizilianischen Milliardär."

Ihr Herz schien einen Schlag lang auszusetzen. Seit zwei Wochen fragte sie sich, was nach ihrer Abreise in der Villa geschehen sein mochte. Hatte Chiara alles gestanden? Hatte Rico ihr verziehen? Würde er ihr, Anastasia, nachreisen?

Es schien so.

Und obwohl sie jeden Tag gehofft und gebangt hatte, er möge endlich erscheinen, stand sie nun wie gelähmt da … auch noch, als er aus dem Auto stieg.

Als Erstes funkelte er Mark unverhohlen feindselig an, was dem natürlich nicht entging.

„Ja, dann … bis bald, Anastasia!" Vorsichtshalber zog Mark sich bis zu seinem Lieferwagen zurück. „Ich muss jetzt los."

„Gute Idee", stimmte Rico übertrieben freundlich zu.

Gereizt musterte Anastasia ihn. Was sollte das? Wieso mimte er hier den eifersüchtigen Ehemann? Am liebsten hätte sie Mark gebeten, noch ein bisschen zu bleiben, aber sie wollte ihn nicht benutzen, um Rico zu ärgern. Das hatte Mark nicht verdient.

Sie reichte ihm das Bild, das er im Wagen verstaute, und schüttelte ihm dann die Hand. „Schön, dass es dir gefällt. Und danke, Mark."

„Gern geschehen." Mit einem argwöhnischen Blick zu Rico stieg er ein. „Du kannst mich jederzeit anrufen, wie du weißt!"

Sie nickte und winkte ihm freundlich nach, als er losfuhr.

„Wofür hast du ihm gedankt?", erkundigte Rico sich eisig.

Anastasia seufzte. Sie war nicht in der Stimmung zu streiten. Rico schon, wie ihr ein Blick in seine funkelnden Augen verriet.

„Für seine Freundschaft", erwiderte sie, was das Falsche war.

„Wie gut seid ihr befreundet?" Auf Ricos Wangen zeichneten sich rote Flecken ab, wie immer, wenn er seine Wut nur mühsam beherrschte.

„Das ist ja lachhaft!", sagte Anastasia leise. „Du führst dich auf wie ein eifersüchtiger Ehemann, obwohl uns nichts mehr verbindet."

„Du bist noch immer meine Frau!"

„Nur noch auf dem Papier", konterte sie hitzig.

„Nein, nicht nur!" Er atmete scharf ein. „Wenn du es noch einmal wagst, mich ohne eine Erklärung zu verlassen, stehe ich für die Folgen nicht ein. Zweimal hast du es schon getan, ein drittes Mal wird es nicht geben."

Verwundert sah sie ihn an. Er hatte doch gewollt, dass sie ihn verließ, oder?

„Warum bist du wortlos verschwunden?", fragte er rau. „Du bist doch eine Frau! Du müsstest mich anfauchen und Wutanfälle bekommen, du müsstest mir – statt stumm zu verschwinden – deine Gefühle bis in die kleinsten Einzelheiten schildern."

„Du sprichst doch auch nicht über deine Gefühle!", meinte

Anastasia nun völlig erstaunt. Das Gespräch entwickelte sich nicht so, wie sie erwartet hatte!

„Ich bin ja auch ein Mann. Männer brauchen ihre Gefühle nicht zu zeigen."

„Ach so ist das: Ich soll dir alles erzählen, bekomme dafür aber nichts zurück, richtig?"

„Nein, das ist es nicht!" Er sagte etwas auf Italienisch, das wie ein Fluch klang. „Ich weiß auch nicht mehr weiter. Früher wusste ich immer, was du dachtest. Das habe ich an dir ganz besonders geschätzt: Du warst offen, unkompliziert und hast keine Spielchen getrieben. Wenn du glücklich warst, bist du förmlich übergesprudelt, und wenn du wütend warst, hast du mit Gegenständen um dich geworfen. Und du hast mir dauernd gesagt, dass du mich liebst."

Und du hast es mir nie gesagt, kein einziges Mal, erwiderte sie. Aber nur im Stillen.

„Diese Unterhaltung ist völlig sinnlos", sagte sie laut. „Ich bin ohne ein Wort gegangen, weil ich dachte, wir hätten uns nichts mehr zu sagen. Chiara hat ihr Gedächtnis wieder, also brauchte ich die Rolle der glücklichen Ehefrau nicht länger zu spielen."

„Falls du jetzt auf Applaus wartest, muss ich dir etwas mitteilen." Rico wirkte wie ein Mann, der nur eine Mission kannte. „Ich habe nicht die Absicht, mich jemals von dir scheiden zu lassen."

Ihr Herz schien einen Schlag lang auszusetzen. Dann fiel ihr ein, was vermutlich hinter seinem seltsamen Gebaren steckte: Chiara hatte gestanden.

Aber statt sich zu freuen, fühlte Anastasia sich seltsam starr. Das Geständnis kam zu spät und würde nichts mehr ändern.

„So einfach ist es nicht, Rico", begann sie heiser. „Du hast mir nicht geglaubt. Wenn Chiara nicht beschlossen hätte, dir alles zu beichten, würdest du mir noch immer nicht glauben. Ohne dein Vertrauen kann ich aber nicht mit dir leben. Was, falls sie wieder beschließt, ihren Freund in meinem Schlafzimmer zu verstecken? Wirst du mir dann sofort glauben, dass ich unschuldig bin? Oder muss ich wieder monatelang warten, bis sie sich zu einem Geständnis durchringt?"

Rico stand völlig reglos da und blickte sie wie vom Donner gerührt an.

Was war denn jetzt schon wieder mit ihm los? War er schockiert, weil sie das Thema angeschnitten hatte? Hatte er etwa gedacht, er könne es – so wie seine Vergangenheit – zum Tabu erklären? Erkannte er denn nicht, dass ihre Beziehungskrise nicht nur in diesem einen Zwischenfall begründet lag?

Er sah aus, als würde er mühsam nach den richtigen Worten suchen. „Wiederhol das doch noch mal ganz langsam", bat er dann.

Versteht er plötzlich kein Englisch mehr? dachte Anastasia sarkastisch, tat ihm aber den Gefallen.

„Ich sagte sinngemäß: Dass Chiara dir endlich gestanden hat, was vor einem Jahr wirklich passiert ist, ändert nichts an der Tatsache, dass du mir nicht geglaubt hast. Und das sagt doch alles über unsere Beziehung, oder?"

„Ach ja?" Kurz schloss er die Augen, und als er sie wieder öffnete, waren sie völlig ausdruckslos. „Ich möchte deine Version der Ereignisse hören. Und zwar jetzt."

„Warum? Vor einem Jahr hat es dich nicht interessiert!"

„Ich bitte dich aber jetzt darum." Er war sichtlich angespannt.

Anastasia fragte sich, warum er hartnäckig beim Thema blieb, obwohl es ihm Schwierigkeiten bereitete.

„Was hat es denn noch für einen Sinn?", versuchte sie abzuwiegeln.

„Bitte, tu mir einfach den Gefallen."

Seufzend gab sie nach. „Hier draußen? Oder möchtest du ins Haus kommen?"

„Eine schwere Kopfverletzung in der Familie genügt fürs Erste. Ich möchte mir keine Beulen an deinen lächerlich niedrigen Deckenbalken holen. Lass uns ein Stück spazieren gehen."

„Na schön." Sie bog auf den Feldweg ein, der am Haus vorbeiführte. Unauffällig blickte sie zu Rico. Seine Schultern waren noch immer verspannt, und in seinem Kinn zuckte ein Muskel. Ihr wurde mulmig zumute.

„Wie geht es Chiara?", erkundigte sie sich, um ihn abzulenken.

„Das müsstest du nicht fragen, wenn du bei mir geblieben wärst!"

Abrupt blieb Anastasia stehen und strich sich die kupferroten Locken aus dem Gesicht. „Wie kannst du das bloß sagen?", begann sie gereizt und ungläubig zugleich. „Ich wurde nur so lange gebraucht, wie Chiaras Gedächtnis nicht funktionierte. Sobald sie sich wieder an alles erinnerte, war doch klar, dass sie mich als Belastung empfand. Weil meine Anwesenheit sie daran erinnerte, dass ihre Intrige der Grund für unsere Trennung war."

„Ja, das war klar. Jetzt erzähl mir alles", forderte Rico sie nochmals auf.

Sie tat es, während sie langsam den Weg entlanggingen, ohne die Umgebung richtig wahrzunehmen.

„Ich hoffe, du warst Chiara nicht allzu böse", endete Anastasia. „Sie hat es sichtlich bereut und letztlich ja auch gestanden."

Nun blieb er stehen, seine dunklen Augen glitzerten seltsam. „Nein, sie hat nicht gestanden."

Sie blieb ebenfalls stehen. „Aber du hast doch gesagt ..." Sie überlegte kurz. „Du hast doch gesagt, du seist hier, weil Chiara dir inzwischen die Wahrheit ..."

„Nein, das hast du gesagt", verbesserte er sie. „Du hast vermutet, sie hätte gestanden ... und du hast dich geirrt."

Schockiert presste Anastasia kurz die Hand auf den Mund und schüttelte den Kopf. „O nein! Was habe ich getan?", rief sie dann entsetzt.

„Etwas, was du vor einem Jahr hättest tun sollen", antwortete Rico kalt. „Und Chiara auch."

„Rico, du musst mir glauben, dass ich sie nie absichtlich verraten hätte ..."

„Nicht einmal, um unsere Ehe zu retten?" Er rieb sich den Nacken und fluchte laut.

Noch nie hatte sie ihn so kurz davor gesehen, völlig die Beherrschung zu verlieren, und sie versuchte zu retten, was zu retten war.

„Unsere Ehe steckte ohnehin in einer Krise", verteidigte Anastasia sich. „Dass du mir unterstellen konntest, ich hätte eine Affäre, beweist es."

„Wirklich?", fragte Rico grimmig. „Stell dir mal Folgendes vor: Du kommst unerwartet nach Hause und findest mich nackt mit einer umwerfend sexy Blondine im Bett. Was denkst du dir da?"

Das Bild, das er heraufbeschwor, versetzte ihr einen quälenden Stich, und sie schwieg entsetzt.

„Na los, sag mir, was du denken würdest, Anastasia!"

Ihr Herz klopfte plötzlich so heftig, dass sie kaum Luft bekam. „Ich … ich würde …"

„Du würdest denken, dass ich eine Affäre hätte", sagte Rico schroff. „Wir beide sind leidenschaftliche, heißblütige Menschen, meine Liebe. In einer Situation wie damals reagieren wir nicht kühl und überlegt. Du hättest auch vermutet, was ich vermutet habe."

Anastasia schluckte trocken. Hatte er recht? „Ja, im ersten Augenblick würde ich es vermuten", gab sie schließlich zu. „Aber später, wenn ich Zeit zum Nachdenken …"

„Und wann hast du mir Zeit zum Nachdenken gelassen?", unterbrach er sie aufgebracht. „Noch in derselben Nacht bist du verschwunden. Du hast mich einfach verlassen!"

„Weil ich ganz einfach so wütend war über dein mangelndes Vertrauen!"

Rico lachte spöttisch. „Und ich war wütend, weil du mich betrogen hattest. Dann wurde ich noch wütender, als du einfach weg warst und ich meine Eifersucht nicht an dir auslassen konnte. Ich nahm an, du wolltest nicht mehr mit mir zusammen sein. Du musst zugeben, unter den Umständen war es eine ebenso naheliegende Vermutung wie die deines Seitensprungs."

Nun schlug ihr Herz wie wild. „Ich habe versucht, dich anzurufen, Rico."

„Du hast mich *verlassen*, Anastasia."

„Ich war unschuldig."

„Du hast mich verlassen!"

„Weil ich wütend auf dich war, nicht weil ich mir etwas hatte zuschulden kommen lassen. Und ich konnte nicht verstehen, wie du mir einen Seitensprung unterstellen konntest, obwohl dir klar sein musste, wie sehr ich dich liebte."

„Ich konnte im ersten Moment nicht klar denken – und du konntest mich nicht verstehen. Aber jetzt, Anastasia – verstehst du jetzt, weshalb ich dich fälschlich beschuldigt habe?"

Endlich versuchte sie, die Situation aus seinem Blickwinkel zu sehen, und beschämt gestand sie sich ein, dass sie an seiner Stelle denselben Verdacht gehegt hätte.

Tief sah sie ihm in die dunklen Augen und flüsterte: „Ja, es hat wirklich verdächtig ausgesehen."

„Wenn du mich nicht sofort verlassen hättest, hätte ich mit der Zeit die Wahrheit herausgefunden", meinte Rico ernst. „So aber gingen meine Gefühle mit mir durch, und meine Mutter und meine Schwester haben mich darin noch bestärkt."

Plötzlich wurden ihr die Knie so weich, dass sie Angst hatte umzusinken. „Aber, Rico, wenn Chiara dir nicht gestanden hat … *wieso bist du dann hier?"*

Er lächelte verzerrt. „Weil du mich zum zweiten Mal verlassen hast und ich diesmal beschlossen habe, dir zu folgen. Wenn ich das schon vor einem Jahr getan hätte, wäre uns einiges erspart geblieben. Ach, du lieber Himmel, du bist ja ganz blass geworden, Anastasia!" Rasch hob er sie auf die Arme. „Ich werde doch riskieren, mir den Kopf in deinem Haus zu stoßen. Du musst dich unbedingt hinsetzen – und ich brauche unbedingt einen Drink."

„Ich bin blass, weil du mir nie erlaubst, in die Sonne zu gehen", scherzte sie mühsam und widerstand dem Drang, sich an

Rico zu schmiegen. „Und ich brauche mich nicht hinzusetzen. Ich bin kein schwaches, jämmerliches Geschöpf."

Auf ihren Protest achtete er nicht, sondern trug sie zum Haus zurück. Nach wenigen Schritten gab sie der Verlockung nach und barg den Kopf an seiner Schulter.

„Warum hast du zwei Wochen gebraucht, um mir zu folgen?", fragte Anastasia unvermittelt.

„Weil ich mir Zeit genommen habe, um in Ruhe nachzudenken, diesmal auch unbeeinflusst von meiner lieben, aber lästigen Familie." Er stieß die Haustür auf und zog den Kopf ein, während er über die Schwelle schritt. In der Küche setzte er Anastasia kurzerhand auf den Tisch und stützte die Hände rechts und links von ihr auf, damit sie ihm nicht entkommen konnte.

Ihre Sinne gerieten in Aufruhr, weil Rico ihr so nahe war. „Wolltest du nicht einen Drink?", fragte sie atemlos.

Er blickte auf ihre Lippen, dann trat er rasch einen Schritt zurück. „Gute Idee. Was kannst du anbieten?"

„Leider nur Wein. Ist dir der recht?" Sie nahm vom Büfett eine Flasche, die sie am Vorabend geöffnet hatte.

„Das hängt von deinen Antworten auf meine Fragen ab." Rico nahm sie ihr ab. Er füllte zwei Gläser und reichte ihr das eine. „Möglicherweise brauche ich später etwas Stärkeres."

„Was für Fragen, Rico?"

„Bezüglich Chiara."

„Nein, ich kann sie nicht verpetzen!"

„O doch. Takt nutzt jetzt ohnehin nichts mehr." Er stellte die Flasche auf den Tisch. „Nur die Wahrheit zählt! Also: Wie oft hat Chiara Jungen in mein Haus eingeladen?"

„Ziemlich oft."

„Und du hast mir nie etwas gesagt!", warf er ihr vor.

Hilflos zuckte sie die Schultern. „Ich war in einer verzwickten Lage. Deine Schwester konnte mich nicht ausstehen. Sie hätte mich noch mehr gehasst, wenn ich sie jedes Mal bei dir angeschwärzt hätte."

Kurz presste er die Lippen zusammen. „Und um dich bei ihr beliebt zu machen, hast du sie ermutigt."

„Nein!" Ihre Augen funkelten wütend, zugleich war sie gekränkt. „Das ist nicht fair. Ich habe sie nicht bestärkt, sondern mit ihr geredet und versucht, ihr deinen Standpunkt klarzumachen. Dafür hat sie mich nur noch mehr verabscheut."

Er atmete tief durch wie vor einem Sprung in eiskaltes Wasser. „Diese Nachtclubs, in die du sie mitgenommen hast …"

„Ich habe sie nicht mitgenommen, ich bin ihr gefolgt", unterbrach Anastasia ihn schnell. „Um sie zu überreden, mit mir nach Hause zu kommen. Wenn deine Spitzel ihren Job gut gemacht hätten, wäre ihnen aufgefallen, dass ich immer erst nach Chiara in den Lokalen erschienen bin."

„Du hättest mir etwas sagen sollen!"

„Wann denn, Rico?" Sie klang angespannt. „Du warst doch so gut wie nie da! Außer nachts … Wir hatten nicht einmal Gelegenheit, über unsere Beziehung zu reden, geschweige denn über andere Themen. Wenn du nach Hause kamst, liebten wir uns und schliefen anschließend sofort ein."

„Ich hatte zu der Zeit besonders viel zu tun", versuchte er sich zu verteidigen.

„Ach ja? Das wusste ich nicht. Ich kannte dich ja nicht anders. Ich dachte, du seist immer so beschäftigt – und würdest mit mir nur die Nächte verbringen wollen."

„Das stimmte nicht!"

„Aber so war es", sagte Anastasia traurig. „Das hat unsere Ehe zerstört. Wir haben einfach nicht genug Zeit miteinander verbracht. Nach und nach kam ich zu der Überzeugung, du würdest es bedauern, mich geheiratet zu haben."

„Deshalb hast du wieder zu arbeiten angefangen, stimmt's? Um finanziell unabhängig zu sein, falls ich dich vor die Tür setze, wie dein Vater es mit deiner Mutter gemacht hat. Ich hätte dir allerdings immer eine großzügige Abfindung gegeben, egal, unter welchen Bedingungen wir uns hätten scheiden lassen."

„Wann wirst du endlich kapieren, dass ich mir nichts aus

deinem Geld mache?", rief sie entnervt. „Warum es dir wichtig ist, verstehe ich, seit du mir von deiner schweren Jugendzeit erzählt hast. Aber ich, Rico, ich wollte dein Geld nicht, als wir verheiratet waren, und nachdem wir uns getrennt hatten, wollte ich es schon gar nicht!"

Vielsagend schaute er sich in dem winzigen Haus um. „Das sieht man."

„Sag nichts gegen mein Haus! Ich liebe es, und ich liebe das Landleben hier in England."

„Gegen das Landleben habe ich auch nichts – nur gegen niedrige Zimmerdecken in malerischen Häuschen. Ganz besonders in diesem malerischen Häuschen hier. Und das bringt mich zu dem anderen Grund, warum ich zwei Wochen gebraucht habe, um dir nachzureisen."

Wieder einmal schien ihr Herz einen Schlag lang auszusetzen. „Und der wäre?"

„Zuerst muss ich dir sagen, dass unser Treffen nicht so läuft, wie ich es geplant hatte." Rico seufzte frustriert. „Punkt eins: Ich bitte dich um Entschuldigung. Punkt zwei: Du verzeihst mir. Punkt drei: Ich präsentiere dir mein Geschenk. Punkt vier: Wir leben glücklich zusammen bis ans Ende unserer Tage."

„Wieso bittest du um Entschuldigung, wenn Chiara dir doch nicht …"

„Ich wollte mich nicht für den ungerechtfertigten Verdacht entschuldigen", sagte er leise, „sondern für alles andere. Jetzt weiß ich nicht, wo ich anfangen soll, weil *eine* Entschuldigung anscheinend nicht genügt."

„Fang damit an, was du gesagt hättest, bevor du wusstest, was Chiara angestellt hat", schlug Anastasia vor.

„Okay." In seiner Wange zuckte ein Muskel. „Zuerst muss ich dir noch sagen, dass du anders bist als alle Frauen, die ich jemals getroffen habe."

„Ja, zu unterschiedlich …"

„Lass mich ausreden", unterbrach Rico sie barsch. „Entschuldigungen sind nicht meine Stärke. Wenn du mir dazwischenfunkst, gerate ich aus dem Konzept, und ich bin mir nicht sicher, ob ich es ein zweites Mal hinbekomme."

Sie versuchte, nicht zu lächeln. Es war typisch für Rico, bei allem perfekt sein zu wollen, sogar beim Entschuldigen.

„Wo war ich? Ach ja: Ich war begeistert, dass du so unkonventionell warst, aber als wir heirateten, erwartete ich von dir, dich an meinen konventionellen Lebensstil anzupassen. Damit habe ich dich unglücklich gemacht. Außerdem hatte ich wirklich viel Stress und war abends zu nichts mehr fähig, als ins Bett zu fallen."

„So ganz ohne alle Energie warst du nicht", erinnerte sie ihn und lächelte.

„Ich weiß. Du hast mir vorgeworfen, ich hätte dich eher wie eine Geliebte denn als eine Ehefrau behandelt – und ich muss dir recht geben, Liebste. Meine früheren Freundinnen hatten nichts dagegen, die Tage mit Einkaufen auf meine Kosten zu verbringen und sich nachts dafür erkenntlich zu zeigen."

Anastasia zuckte die Schultern. „Ich mache mir nichts aus deinem Geld, wie ich dir schon Hunderte Male gesagt habe. Dass du so hart dafür arbeiten musstest, wusste ich einfach nicht, und warum dir so viel an einem gesicherten Vermögen liegt, hast du mir doch erst vor Kurzem auf Sizilien erzählt."

„Keine Frau hatte sich je dafür interessiert, wie ich zu meinem Reichtum kam, deshalb hatte ich angenommen, es wäre dir auch egal."

Sie biss sich auf die Lippe. „Ja, wir haben uns viel zu wenig unterhalten."

„Stimmt. Wie du so richtig gesagt hast: Wir haben das Bett geteilt, aber sonst nichts. In den zwei Wochen auf Sizilien jetzt habe ich mehr über dich erfahren als in der ganzen Zeit vorher, *cara mia*."

„Und was alles?"

„Dass du eine warmherzige, liebevolle Frau bist und unglaublich nachsichtig. Obwohl meine Schwester, wie ich jetzt weiß, dir sehr viel Kummer bereitet hat, warst du sofort bereit, ihr zu Hilfe zu kommen. Es muss sehr schwer für dich gewesen sein."

„Nein, Rico, es war gar nicht so schwer. Chiara war damals sehr jung und hat die Folgen ihres Tuns nicht bedacht."

Seine Miene verfinsterte sich. „Du brauchst keine Entschuldigungen für unverzeihliches Verhalten zu suchen. Ich werde mit Chiara demnächst darüber reden."

„Da wir gerade von Entschuldigungen sprechen: Du bist wirklich deshalb hergekommen?", fragte Anastasia zögernd.

„Ja – und um dir zu sagen, dass ich es mir mit der Scheidung anders überlegt habe."

„Wieso? Es hat sich doch nichts geändert, Rico!"

„Doch. Alles", verkündete er mit der üblichen Selbstsicherheit und zog sie vom Tisch. „Jetzt weiß ich nämlich, was du brauchst. Komm mit, ich werde es dir beweisen!"

Alles, was sie brauchte, war Liebe, und davon hatte er wieder einmal kein Wort gesagt!

„Wohin willst du, Rico?"

„Du wirst schon sehen! Ich zeige dir den zweiten Grund, warum ich so lange gebraucht habe, um dir nachzureisen."

Sie fuhren ein Stück mit dem Wagen, dann bog Rico in eine mit Bäumen gesäumte Zufahrt, und nach etwa fünfhundert Metern kam ein Herrenhaus im zugleich schlichten und eleganten Stil der georgianischen Epoche des frühen neunzehnten Jahrhunderts in Sicht.

Er parkte das Auto, und sie gingen zu Fuß weiter.

„Jetzt kann ich dir beweisen, wie gut ich dich verstehe", begann Rico, mit sich hörbar zufrieden. „Ich weiß, dass du das Landleben schätzt. Ich auch, aber ich mag nicht mit ständig eingezogenem Kopf in einem Häuschen leben, das nicht viel größer als ein durchschnittliches Bad ist."

„Ja, das verstehe ich. Aber was hat das Haus da vorn mit uns zu tun?"

„Es gehört uns", erklärte er, als wäre es die selbstverständlichste Sache der Welt.

„Es *gehört* uns?", wiederholte sie fassungslos.

„Richtig!" Strahlend lächelte er sie an. „Ich habe es gekauft. Du freust dich doch, oder?"

„Nein." Anastasia ballte die Hände zu Fäusten und dachte, dass es keinen zweiten Mann geben konnte, der so aufreibend war wie Rico Crisanti. „Wenn du es genau wissen willst, Rico, ich versuche gerade dem Drang zu widerstehen, dir den Hals umzudrehen."

Ungläubig sah er sie an. „Gefällt es dir nicht?"

„Doch, es gefällt mir. Es ist wunderschön."

„Aber?"

„Aber es beweist, dass du mich noch immer nicht verstehst, Rico." Er hatte es gut gemeint, und nun musste sie ihn enttäuschen. „Ich möchte kein Haus überraschend geschenkt bekommen! Nicht einmal ein solches Traumhaus. Ich möchte gemeinsam mit dir Entscheidungen über unser Leben treffen. Als gleichberechtigte Partnerin."

Leise fluchend ging er weiter zum Haus, sichtlich am Ende seiner Geduld.

Anastasia setzte sich auf den Rasen und schluchzte. Sie und Rico waren zu gegensätzlich. Kein Wunder, dass die Beziehung nicht funktioniert hatte.

Sie weinte bitterlich, und als sie sich schließlich die Augen rieb und aufblickte, stand Rico vor ihr.

„Dir kann ich es einfach nicht recht machen, stimmt's?", fragte er frustriert. „Und dabei versuche ich so verzweifelt, dich zu verstehen, dass es schon an Besessenheit grenzt. Mittlerweile delegiere ich sogar so viele Aufgaben, dass man mich in der Firma kaum noch kennt."

Sie wischte sich mit dem Handrücken die Tränen von den Wangen. „Rico, ich …"

„Versteh doch, Anastasia: Ich bin nicht an Frauen gewöhnt, die mit entscheiden wollen, nur an solche, die sich in allem und jedem auf mich verlassen. Aber ich bin gern bereit, mich zu ändern – auch wenn es ein mühsamer Lernprozess wird."

„Weshalb würdest du den auf dich nehmen?"

„Weil ich möchte, dass unsere Ehe funktioniert", erwiderte Rico heiser. „Egal, wie viel Arbeit es kostet."

„Ich bin aber keine Frau, wie du sie dir wünschst!"

Er lächelte. „Doch, du bist genau die Frau, die ich mir wünsche."

„Ich wollte nicht über meine Qualitäten im Bett reden", wehrte sie errötend ab.

„Ich auch nicht. Ob du's glaubst oder nicht, ich mag es, bei dir nie genau zu wissen, woran ich bin. Es gefällt mir sogar, dass ich dir ein Haus kaufe und du mir einen Vorwurf daraus machst."

Reuig biss sie sich auf die Lippe. „Es ist ein wunderschönes Haus, Rico."

„Wir verkaufen es und suchen uns ein anderes."

„Nein." Sie blickte zu dem Anwesen und dann Rico in die Augen. „Ich hätte es mir auch ausgesucht. Ich möchte es behalten."

Gereizt stöhnte er auf und zog sie vom Rasen hoch. „Habe ich dir schon mal gesagt, dass du die widerborstigste Nervensäge bist, die mir je begegnet ist? Was muss ich denn noch alles tun, um wieder Gnade vor deinen Augen zu finden?"

Dass er sich so bemühte, aber noch immer nicht das Richtige traf, rührte sie zutiefst. Erneut traten ihr Tränen in die Augen.

„Früher hast du nie geweint, und jetzt weinst du ständig", bemerkte er verwundert.

„Ja, weil du dir so viel Mühe gibst und doch alles vergeblich ist", sagte sie und schluchzte auf.

„Wieso vergeblich?" Verzweifelt fuhr er sich durchs Haar. „Was kann ich tun, um unsere Ehe zu retten?"

„Mich lieben", antwortete sie und wischte sich die Tränen ab. „Ich will nicht dein Geld, nicht deine Geschenke, sondern nur deine Liebe. Und die hast du mir nie gegeben."

„Moment!" Er schüttelte fassungslos den Kopf. „Du glaubst also, dass ich dich nicht liebe?"

„Ich weiß es."

Kurz wandte Rico den Blick zum Himmel und schluckte trocken. „Ich kaufe dir ein sündhaft teures Herrenhaus und bin bereit, mit dir darin zu leben, obwohl es in einem Land steht, in dem es fast immer regnet. Ich überlasse dir mein Lieblingszimmer in der Villa und erlaube, dass du es mit deinen Farben voll kleckerst … *Warum, zum Kuckuck, glaubst du, ich würde dich nicht lieben?*"

„Vielleicht, weil du es mir nie gesagt hast?", flüsterte Anastasia.

Er verzog selbstkritisch das Gesicht. „Ich habe immer befürchtet, ich würde verwundbar, wenn ich meinen Gefühlen Ausdruck verleihe. Das hat an meinen Gefühlen natürlich nichts geändert. Ich habe dich vom ersten Augenblick an geliebt."

Ihr Herz pochte wie rasend. „Das wusste ich nicht."

„Warum hast du mich dann geheiratet?"

„Weil ich dachte, dass meine Liebe für uns beide reicht, Rico."

„Und ich dachte, die Tatsache, dass ich dich heiraten will, beweist zur Genüge, wie sehr ich dich liebe."

„Ich wollte, dass du es *sagst!*"

„Eben habe ich dir doch erklärt, dass ich meinen Gefühlen nur schlecht Ausdruck verleihen kann. Mit Worten jedenfalls."

„Dann musst du es eben lernen", verlangte sie schalkhaft und lächelte zärtlich.

Rico erwiderte das Lächeln. „Ich liebe dich, Anastasia. *Ti amo, cara mia.*"

Glücklich wie noch nie im Leben, schloss sie die Augen. „Sag es noch mal!"

Leidenschaftlich presste er sie an sich. „Englisch oder italienisch?"

„Auf Italienisch", bat sie heiser. „Du weißt, wie gern ich dich Italienisch sprechen höre."

„Und ich weiß auch, wozu es meistens führt." Er legte ihr den Arm um die Schultern und ging mit ihr zum Auto. „Deshalb ziehen wir uns jetzt lieber zurück, damit wir nicht wegen Erregung öffentlichen Ärgernisses verhaftet werden."

„Wohin willst du?", fragte sie, während sie einstiegen.

„Egal. Hauptsache, wir sind allein!" Er startete den Motor und fuhr los. „Anders gesagt, zu dir nach Hause."

„Ich dachte, du magst mein Häuschen nicht, weil es so niedrige Deckenbalken hat", sagte sie neckend und legte ihm die Hand auf den Oberschenkel.

„Da ich die nächsten Stunden im Bett zu verbringen gedenke, ist die niedrige Decke fürs Erste kein Problem", erwiderte er und sah sie verlangend an.

Sie lachte glücklich. „O Rico, ich liebe dich!"

Zärtlich umfasste er ihre Hand. „Und ich liebe dich, Anastasia. Für immer und ewig."

– ENDE –

Roxanne St. Claire

Wer bist du, süße Lady?

Roman

Aus dem Amerikanischen von
Christiane Bowien-Böll

1. Kapitel

Quinn McGrath lehnte sich lässig an den Stamm einer Palme, inhalierte tief die salzige Seeluft und blickte über das saphirblaue Wasser. Die Sonne, die einen weiteren Sommertag lang den Touristen am Strand eingeheizt hatte, war im Begriff, als rot glühender Ball in den Golf von Mexiko einzutauchen. Ein paar verlorene Schleierwolken am Himmel wurden rosa angehaucht, und die ganze Welt sah aus wie mit einem Weichzeichner fotografiert.

Doch Quinn hatte im Moment keinen Sinn für die Schönheit dieses Postkartenmotivs. In Gedanken war er damit beschäftigt, weshalb er überhaupt hier war, auf St. Joseph's Island, Florida.

Er krempelte die Hemdsärmel hoch – zum Glück war er so schlau gewesen, Jackett und Krawatte in seinem Mietwagen zurückzulassen – und richtete den Blick auf das reparaturbedürftige Ziegeldach, die baufällig wirkenden Balkone und die offenbar mit Klappläden aus den fünfziger Jahren bestückten Fenster des Hotels *Mar Brisas*.

Kein Wunder, dass der Besitzer das für den späten Nachmittag angesetzte Meeting kurzfristig per E-Mail abgesagt hatte. Quinn kannte Nick Whitaker zwar nicht, doch er wusste bereits alles, was er über ihn wissen musste, wenn er sich nur die windschiefen Balkongeländer, die rissigen Ziegel und die brüchigen Bögen über den einstmals eleganten Fenstern ansah. Der Besitzer des Hotels hatte offenbar eine bessere Verwendung für das von der Versicherung gezahlte Geld gefunden, als Sturmschäden zu reparieren.

Die kurzfristige Absage machte Quinn nichts aus. Im Gegenteil, so hatte er Zeit, anonym eine Besichtigung der Immobilie durchzuführen, ohne dass Nick Whitaker um ihn herumscharwenzelte und zu beschönigen versuchte, wo es nichts zu beschönigen gab.

Jorgensen Development Corp. wird diese Immobilie für einen Apfel und ein Ei erwerben können, dachte Quinn, als er um den verlassenen Swimmingpool herum spazierte. Alles, was er zu tun hatte, war, Dan Jorgensen einmal mehr zu beweisen, wie kompetent er war. Sein Boss hatte klar zum Ausdruck gebracht, dass er ihn nach erfolgreicher Beendigung dieses Projektes zum gleichberechtigten Partner machen würde.

Im Foyer war es auch kein bisschen kühler als draußen. Dieser Whitaker schien wirklich jeden Cent einzusparen, indem er nicht einmal eine Klimaanlage benutzte. Quinns Schritte hallten auf den Terrakottafliesen wider. Der eigentlich sehr gemütlich gestaltete Raum war menschenleer. Anscheinend gab es weder Gäste noch Personal. Es war alles makellos sauber, das musste er zugeben, aber er würde schon noch genügend Ansatzpunkte für Kritik finden.

Er fand das Treppenhaus und rannte, zwei Stufen auf einmal nehmend, in den dritten Stock. Die Etagentür fiel hinter ihm ins Schloss. Verflixt! Quinn blickte sich in dem langen Flur um. An einem Ende stand eine Leiter schief an die Wand gelehnt und daneben eine angebrochene Rolle Dachpappe.

Quinn ging in die andere Richtung und fand einen Aufzug. Er schien aus einem anderen Jahrhundert zu stammen und bot kaum genug Platz für zwei Personen mit Gepäck. Die hölzernen Kabinentüren waren nicht ganz geschlossen. Er schob eine Hand in den Spalt und gab den Türen einen leichten Schub. Sie öffneten sich mit einem leisen Klacken.

Im selben Moment erlitt Quinns Gehirn einen dramatischen Blutverlust, denn all sein Lebenssaft versammelte sich innerhalb von Sekunden in der unteren Mitte seines Körpers.

Er konnte nur wortlos nach oben starren. Dorthin, wo zwei fantastisch geformte weibliche Beine von der geöffneten Ausstiegsluke herabbaumelten. Lang, schlank, gebräunt und nackt – und im Anschluss daran ein kurzer blauer Rock, den Quinn erst wahrnahm, als er sich vorbeugte und neugierig nach oben spähte. Der Rock war hoch genug gerutscht, um Quinn freie Aussicht auf die wundervollen straffen Schenkel zu gewähren. Und auf einen Slip aus Spitze, ebenfalls blau.

„Verdammt noch mal!"

Quinn zuckte zurück, als ein Schraubenzieher von oben herabgeschossen kam. Das Ding landete krachend auf dem Boden, direkt neben einem Paar hochhackiger Riemchensandaletten, einer blauen Kostümjacke und einer Aktenmappe.

Der Rock und die dazugehörigen Dessous hatten also eine Stimme. Und offenbar auch Werkzeug.

Quinn räusperte sich. „Entschuldigen Sie?"

Es folgte ein erschreckter Aufschrei, und der Rock samt Inhalt bewegte sich heftig. Quinn wurde es abwechselnd heiß und kalt. So einem aufregenden Aufzugstechniker war er noch nie begegnet.

„Kann ich Ihnen irgendwie helfen?"

Eine Hand mit pinkfarben lackierten Nägeln erschien, und dann wurde hektisch an dem Rock herumgezupft, sodass der Rand des Slips verdeckt wurde, nicht jedoch die herrlichen Schenkel. Der niedlich gerundete Po rutschte hin und her, begleitet von einem weiteren entsetzten Aufschrei, als der Rock – ja, ja, weiter so! dachte Quinn – erneut hochrutschte.

„Oh, oh! Ich stecke fest!"

Quinn musste erneut ausweichen, diesmal der unwillkürlichen Bewegung eines dieser langen, wohlgeformten Beine. Und dann beobachtete er nur noch fasziniert, wie sich der blau gewandete Po vergeblich bemühte, durch die Öffnung zu gelangen. Instinktiv wollte er die Arme ausstrecken und helfen, aber gleichzeitig war er wie gelähmt. Wie sollte er helfen, ohne mit den Händen nackte Haut zu berühren?

Das war's dann.

Er war – es ließ sich nicht leugnen – sexuell erregt. Ohne zu überlegen, packte er zu, achtete jedoch sorgfältig darauf, dass zwischen seinen Händen und den Hüften noch ein Stück blauer Stoff blieb.

Die Frau kreischte. „He! Was erlauben Sie sich?"

Er hielt sie unbeirrt fest. „Ich versuche, etwas Rundes durch eine eckige Öffnung zu bringen." Er packte noch fester zu, und dabei verrutschte der Rock, sodass Quinn plötzlich einen seidig glatten Schenkel unter seinen Fingern spürte. *Oh, Mann.* „Wenn Sie einfach mal locker sein könnten, Ma'am, hole ich Sie runter."

„Locker sein?" Die Muskeln, die er unter seinen Fingern spürte, verweigerten den Gehorsam.

„Ja, seien Sie einfach locker", wiederholte er und platzierte seine Hand an einer etwas weniger verfänglichen Stelle. Er hörte ein leises Stöhnen und dann ein „Okay".

„Gut. Ich halte Sie fest." Es kostete nicht allzu viel Kraft, aber Quinn war doch froh um seine Körpergröße von über eins achtzig und um die vielen Trainingsstunden in der Sporthalle, als er sie langsam herabließ. Jede einzelne seiner Nervenzellen geriet in höchste Alarmbereitschaft, als er den betörend weiblichen Duft in sich aufnahm und ihre herrlichen Kurven spürte.

Zentimeter für Zentimeter brachte er die Frau dem Boden näher. Sie gab ihrem Unbehagen mit mehreren kleinen Seufzern Ausdruck. Sein Impuls, sie einfach an sich zu drücken, wurde dadurch erheblich verstärkt. Eine schmale Taille erschien und dann ein geschmeidiger Rücken, bedeckt von einem dünnen Tanktop in derselben Farbe wie der Rock und die Dessous.

Als ihr Kopf erschien, sah Quinn nur eine Masse dichten schwarzen Haars, das zu einem Knoten geschlungen war und mit einem gelben Kugelschreiber zusammengehalten wurde.

Als die Frau endlich mit beiden Füßen auf dem Boden stand, blieb sie mit dem Rücken zu ihm stehen und zupfte an ihrem Rock herum. Schade. Er würde den Anblick ihrer Schenkel vermissen.

„Danke." Ihre Stimme zitterte, das fand er irgendwie rührend.

„Keine Ursache." Nein, wirklich nicht. Er würde es sofort wieder tun.

Die Frau drehte sich immer noch nicht um. Am liebsten hätte er sie sanft an der Schulter gepackt. Er wollte sie endlich anschauen. Er musste wissen, was für ein Gesicht zu dem traumhaften Körper gehörte.

Sie blieb regungslos stehen. Schmale, gerade Schultern und darüber diese verrückte Frisur mit dem gelben Kugelschreiber.

Er räusperte sich erneut. „Tja, also … welchen Knopf soll ich drücken? Erste Etage? Oder Dessousabteilung?"

Die Schultern zuckten leicht, als ob sie ein Lachen unterdrückte. Gut. Wäre ja auch zu schade, wenn diese Hüften und Beine nicht mit Humor ausgestattet wären.

„Alles in Ordnung", versicherte er. „Ich habe nichts gesehen, was ich nicht schon einmal gesehen hätte." Er zögerte. „Nun ja, höchstens vielleicht aus einem neuen Blickwinkel."

Wieder schien sie zu schmunzeln.

„Das könnte einen fast in Versuchung führen, für immer hier einzuziehen."

Sie fuhr herum. „Tatsächlich?"

Und wieder war Quinn McGrath wie vom Donner gerührt.

Ihre Augen hatten das schönste Blau, mit einem Stich ins Grüne, das er je gesehen hatte. Genau wie das Meer, hier am Golf von Mexiko. Sie lagen ziemlich weit auseinander und waren von einem Kranz dichter, schwarzer Wimpern umrahmt. Ihr Teint war makellos, und am Kinn hatte sie ein absolut entzückendes Grübchen.

„Tatsächlich", sagte er heiser. Wenigstens glaubte er, das gesagt zu haben. Aber so, wie sie ihn anstrahlte, begann er sich zu fragen, ob er nicht ausgesprochen hatte, was eine Stimme in ihm schrie, etwas, das so klang wie: *Lass es uns tun, jetzt sofort!*

Na, prima. Ein ultrakurzer Blick auf heiße Unterwäsche, und schon wurde aus einem völlig normalen, erwachsenen Dreiunddreißigjährigen ein Teenager.

Die umwerfend blauen Augen verengten sich zu schmalen

Schlitzen. „Was haben Sie eigentlich auf dieser Etage zu suchen?"

Er machte schnell einen Schritt rückwärts. Wenn er nicht aufpasste, würde er noch die Beherrschung verlieren und sich tatsächlich wie ein Teenager benehmen. „Ich – ich habe mich nur ein bisschen umgeschaut."

Verlegen strich sie sich den Rock glatt. „Der Aufzug ist stecken geblieben."

„Das habe ich bemerkt." Er zwang sich, den Blick von ihrem Gesicht loszureißen.

Mit einem Ruck setzte sich plötzlich der Aufzug in Bewegung. Die Frau verlor das Gleichgewicht und fiel gegen Quinn, der dabei gegen die Wand mit den Knöpfen gedrückt wurde. Im selben Moment blieb der Aufzug wieder ruckartig stehen, und die Türen begannen, sich zu schließen.

„Nein!", rief sie. „Gleich sitzen wir fest!"

Quinn riss die Hand hoch und hielt sie zwischen die Türen. Diese Frau hatte einen Körper … Sie fühlte sich einfach himmlisch an, und sie waren ganz allein hier in diesem winzigen Aufzug. Wenn das nicht Himmel und Hölle zugleich war! Er fluchte leise, sie etwas lauter.

„Ich kann sie aufmachen", sagte sie und schob eine Hand durch den Spalt, den er mit seinem Arm offen hielt.

Sie presste die Lippen zusammen und machte eine Grimasse. Die Ader an ihrem schlanken Hals pulsierte. Quinn ließ den Blick tiefer wandern, und diesmal hatte er einen hübschen Einblick in den Ausschnitt ihres knappen Tops. Du lieber Himmel, war denn gar nichts an dieser Frau einfach nur durchschnittlich?

Sie stöhnte vor Anstrengung und schob dabei unwillkürlich ihren Schenkel zwischen Quinns Beine. Dabei murmelte sie etwas über irgendein Kabel vor sich hin.

Er sagte kein Wort, konnte eine gewisse Reaktion seines Körpers jedoch nicht verhindern. Sofort wich die Frau zurück.

Quinn stieß sich von der Wand ab. Er winkelte den Arm an

und drückte die Türen so weit auf, dass sie offen blieben. Der Aufzug war einen knappen Meter tiefer gerutscht. „Ich kann da rausklettern, und dann helfe ich Ihnen hoch", sagte er. Nicht, dass er etwas dagegen gehabt hätte, noch eine Weile mit ihr eingesperrt zu bleiben, aber wahrscheinlich hätte der Sauerstoff nicht ausgereicht. Oder seine Selbstbeherrschung.

„Ich denke, Sie haben mir heute schon genug geholfen." Ihre Stimme klang angespannt, aber in ihren Augen war ein gewisses Funkeln. Sehr sympathisch. „Gehen Sie nur, ich sehe noch mal nach dem kaputten Kabel."

„Auf keinen Fall." Mit einer kraftvollen Bewegung zog er sich hoch und drehte sich dann zu ihr um. „Es ist nicht sicher da drinnen."

„Wahrscheinlich haben Sie recht." Mit einem resignierten Seufzer ließ sie sich von ihm nach oben ziehen.

Sie blickte ihn an. *Dieses Lächeln ... einfach großartig.* „Der Aufzug ist ein bisschen unberechenbar", sagte sie. „Aber das gehört zum Charme dieses Hotels."

Das einzig Charmante an diesem Hotel war seiner Meinung nach ein etwa eins vierundsechzig großer blauer Engel mit einem Schreibutensil im Haar und einem Körper, der einen Mann dazu bringen konnte, auf die Knie zu fallen.

Quinn stemmte die Hände in die Hosentaschen und riskierte einen weiteren Blick in die zauberhaften Augen der Fahrstuhlsirene. „Hat man Sie zur Nachtschicht hierher verdonnert, oder sind Sie regulär für diese Bruchbude zuständig?"

Sie wurde auf entzückende Weise rot. „Das ist keine Bruchbude."

„Na, es ist nicht gerade das Taj Mahal."

Irgendwie schien sie das nicht witzig zu finden. Sie wandte den Blick ab. „Es hat seine Stärken, glauben Sie mir."

„Zum Beispiel?"

„Es ist authentisch und historisch."

Er lachte nicht, sondern blickte nur vielsagend zum Aufzug. „Um nicht zu sagen uralt und unzumutbar."

„Die Zimmer sind wunderschön."

„Das Gebäude ist heruntergekommen."

Sie verschränkte die Arme unter den Brüsten, eine Geste, die per Gesetz verboten werden sollte. „Die Badewannen haben Löwenklauen."

„Und die Armaturen sind noch dieselben wie vor fünfzig Jahren", fügte er hinzu.

„Die Fenster gehen alle aufs Meer hinaus."

„Zum Glück." Diesmal lachte er. Am liebsten hätte er das süße Grübchen an ihrem Kinn berührt. „Es gibt nämlich keine Klimaanlage."

Sie sah ihn böse an. Wie sollte er ohne ihr Lächeln weiterleben?

„Sie mögen dieses Hotel wohl sehr", sagte er schnell. „Oder Sie arbeiten hier."

„Beides."

Ah, daher diese Loyalität. Nun, als Angestellte könnte sie ihm vielleicht ein paar Hinweise auf weitere Schwächen geben, sowohl im Hinblick auf die Immobilie als auch auf den Eigentümer. Vielleicht könnte er sie ein bisschen becircen und mehr über Nick Whitakers Versicherungsschwindeleien herausfinden. Beim Abendessen.

Oder beim Frühstück.

„Aber Sie haben meine Frage noch nicht beantwortet", sagte sie ernst. „Was haben Sie hier oben zu suchen? Diese Etage wird zurzeit nicht benutzt und ist ausschließlich für Personal reserviert."

Er wollte sie nicht anlügen, aber wenn sie wüsste, dass er der Firma angehörte, die sich für den Kauf dieser Immobilie interessierte, wäre sie gegen ihn voreingenommen.

„Ich habe mich verirrt. Mein Zimmer ist in der zweiten Etage, ich bin einfach die Treppe zu weit hinaufgerannt."

Sie betrachtete ihn kritisch. „Sie sind ein Gast?"

Er würde sich anmelden, sobald er wieder unten an der Rezeption wäre. Dann wäre es nicht wirklich eine Lüge. Er hatte ohnehin vorgehabt, irgendwo ganz in der Nähe in einem der firmeneigenen Häuser zu übernachten. Und morgen würde er noch vor Tagesanbruch aufstehen und zu einem anderen Meeting in Minneapolis fahren. „Ich fahre morgen weiter."

„Nun, ich wünsche Ihnen einen angenehmen Aufenthalt", sagte sie. „Versäumen Sie nicht, einen Blick auf den Strand zu werfen, eine wundervolle Aussicht."

Er dachte daran, wie ihre fantastischen Beine im Aufzug von der Decke gebaumelt hatten. „Oh, ich hatte schon eine wundervolle Aussicht."

Ihre Blicke begegneten sich. Der Ausdruck in ihren Augen wirkte gleichzeitig fragend, empört und belustigt. Plötzlich schien die Zeit stillzustehen. Quinn verspürte ein merkwürdiges Prickeln. Sein Instinkt sagte ihm, das war die Frau seines Lebens. Und er hörte immer auf seinen Instinkt.

„Aber vielleicht möchten Sie mir ja den Strand zeigen", sagte er leise. „Kann ich Sie zum Abendessen einladen?"

Sie lächelte, und das rief eine ganz merkwürdige Reaktion in seinem Herzen hervor und natürlich auch an anderen Stellen seines Körpers. Bevor die Frau antworten konnte, machte der Aufzug ein alarmierendes Geräusch, und die Türen begannen sich hinter ihr zu schließen.

„Meine Sachen!" Sie wirbelte herum, aber die Türen waren schon zu. „Oh …" Sie hieb mit der Faust dagegen. „Sie haben nicht zufällig die Tür zum Treppenhaus offen gelassen?"

Quinn schüttelte den Kopf. „Lassen Sie mich raten. Ihr Schlüsselbund liegt in Ihrer Aktenmappe."

Sie ließ die Schultern hängen. „Sie haben es erfasst."

„Gibt es keinen anderen Weg nach unten?"

„Können Sie an den Balkonen eines dreistöckigen Gebäudes hinunterklettern?"

Hm, er könnte es wohl. Aber die Aussicht, mit dieser barfüßigen Prinzessin auf einer menschenleeren Etage eingesperrt zu sein, erschien ihm viel verlockender.

„Wird sich niemand wundern, wo Sie sind?", fragte er.

Sie seufzte. „Heute Abend ist kaum jemand hier, aber es gibt immerhin die Hoffnung, dass jemand den Aufzug benutzt und zu uns hochschickt."

„Aber woher soll er oder sie wissen, dass wir hier oben sind?"

„Haben Sie ein Handy dabei?", fragte sie hoffnungsvoll.

Er sah es vor sich, wie es auf dem Beifahrersitz seines Mietwagens lag. „Tut mir leid."

„Dann kommen Sie her." Sein Herz tat einen Sprung, als er ihrer Aufforderung folgte und neben sie trat. Sie duftete gut. Nach Rosen. „Wir müssen uns wohl auf die ganz altmodische Art behelfen …", erklärte sie, „… und hoffen, dass der Schall durch den Schacht verstärkt wird."

Mit geballten Fäusten hob sie die Arme. „Worauf warten Sie? Wir müssen so laut wie möglich gegen die Aufzugtüren schlagen."

Fast hätte er sich verschluckt. „Ich hatte genau die gleiche Idee."

2. Kapitel

„Hilfe! Wir stecken fest!"

Nicole Whitaker warf sich mit dem ganzen Körper gegen die Holztüren. Erstens hatte das vor drei Wochen, als ihr das Gleiche im ersten Stock passiert war, geholfen. Zweitens musste sie sich irgendwie abreagieren, denn die Anwesenheit dieses Mannes versetzte sie in einen Zustand, in dem sie kaum noch einen klaren Gedanken fassen konnte. Noch ein weiteres sexy Lächeln, und sie würde sich womöglich vergessen und ihm um den Hals fallen.

„Hilfe!" Noch einmal warf sie sich gegen die Tür. Der Kugelschreiber fiel dabei aus ihrem Haar.

Sie erstarrte mitten in der Bewegung, als sie Quinn lachen hörte. „Was ist daran so komisch?" Sie gab sich Mühe, ihn böse anzustarren.

„Ich kann mir nicht helfen." Seine dunklen Augen funkelten. „Sie sind wirklich amüsant."

Amüsant. So, so. Tja, wenn sie daran dachte, wie hoch ihr Rock vorhin gerutscht war … Was für eine Art, einen Gast zu begrüßen!

Zum Glück hatte sie den Termin mit dem Immobilienmakler aus New York, den die Bank ihr aufgezwungen hatte, abgesagt. Das hätte noch gefehlt, dass der allmächtige Quinn McGrath von Jorgensen Development Corp. miterlebt hätte, wie der Aufzug den Geist aufgab und einer ihrer zwei – oder drei – zahlenden Gäste das auch noch mitbekam.

Aber wie hatte dieser Mann es eigentlich geschafft, sich bei Sally anzumelden, ohne dass diese mit fliegenden Fahnen zu ihr gerannt kam, um zu melden, dass sich soeben ein Sexgott bei ihnen einquartiert hatte?

Nicole kaute an ihrer Unterlippe, lehnte den Kopf an die Holztür und versuchte, ihr inneres Gleichgewicht wieder zu finden, das jedes Mal von Neuem bedroht war, wenn sie den Fremden nur ansah. Nein, sie konnte ihm nicht sagen, dass sie die Eigentümerin dieser „Bruchbude" war, wie er es genannt hatte. Es wäre einfach zu peinlich.

Oje, was für ein Tag! Nein, was für ein Jahr. Ihr Leben war völlig aus den Fugen geraten, nachdem vierzehn Monate zuvor der Hurrikan Dante St. Joseph's Island für rund sechs Stunden mit seinem Besuch beehrt hatte. Die Windstärke war nicht gerade todbringend gewesen, hatte jedoch ausgereicht, um *Mar Brisas* so zu beschädigen, dass das von ihrem Urgroßvater erbaute Hotel kurz vor dem Ruin stand.

„Bestimmt wird jemand im Lauf des Abends hier hochkommen", meinte der Fremde und blickte zum anderen Ende des Flurs. Wie konnte ein einziger Mann nur so viel Sexappeal verströmen? „Die Handwerker haben ja ihre Sachen hier gelassen."

„Ich glaube kaum, dass jemand kommen wird. Handwerker? Ha, wenn er wüsste, dass „die Handwerker" vor ihm standen. Nachdem die Versicherung nach dem Sturm nur einen winzigen Betrag ausgezahlt hatte, blieb der stolzen, aber mittellosen Eigentümerin nichts anderes übrig, als die Last der Reparaturarbeiten allein zu tragen. So pleite war sie mittlerweile, dass sie eingewilligt hatte, sich mit einem Kaufinteressenten zu treffen. Und so stolz, dass sie in letzter Minute gekniffen hatte. „Glauben Sie mir, Mac, hier kommt nicht oft jemand her. Kann sein, dass wir eine ganze Weile hier festsitzen."

Die kleine Falte zwischen seinen Brauen vertiefte sich, als er sie neugierig anblickte. „Woher wissen Sie, wie ich heiße?"

Wie bitte? „Mac?" Sie verdrehte die Augen. „So nenne ich jeden, der mich vom falschen Ende her kennenlernt."

Quinn musste lachen. Ein melodisches Lachen, sexy, geradezu erotisch. Nicole verspürte ein eigenartiges Gefühl in der Magengegend.

„Sie machen sich doch deswegen nicht etwa Gedanken? Vergessen Sie's. So wie ich."

Lügner. „Ich werde daran denken, solange ich lebe."

„Wow." Er grinste. „Ich fühle mich geschmeichelt."

„Warum? Es wird immer nur dann passieren, wenn ich auf irgendeiner Party das Spiel ‚Was war der peinlichste Moment deines Lebens?' spiele."

Quinn lehnte sich mit der Schulter an die Aufzugtür und verschränkte die Arme vor der Brust.

„Erzählen Sie mir von Ihren anderen peinlichsten Momenten."

Begierig lauschte sie seiner Stimme, ohne darauf zu achten, was er sagte.

Sein Anblick und der Klang seiner Stimme machten sie fast schwindlig.

„Sie zuerst."

Er beugte sich vertraulich vor. „Dafür werde ich mich rächen."

„Ich habe meinen Teil schon beigetragen", erwiderte sie. „Sie haben meine Unterwäsche gesehen."

„Nicht wirklich."

Sie hob skeptisch eine Braue.

„Nur einen winzigen Streifen Spitze", gab er zu.

Sie spürte, wie sie rot wurde. Dieser Kerl würde es ihr nicht leicht machen.

Jetzt machte er noch einen kleinen Schritt auf sie zu, sodass er sie fast berührte. Er sah ernst aus. Seine unergründlichen dunklen Augen glühten, als er den Blick über sie gleiten und ihn auf ihrem von dem knappen Top nur spärlich verhüllten Oberkörper verweilen ließ. Der Fremde öffnete den Mund. Für einen Sekundenbruchteil konnte sie seine Zungenspitze sehen.

Jetzt war ihr wirklich schwindlig.

„Blau ist eindeutig Ihre Farbe."

Offenbar war ihr ein kleiner Seufzer entwichen, und offenbar hatte er das gehört, denn er senkte den Kopf, bis er mit den Lippen fast ihr Gesicht berührte. „Ihre Dessous haben die gleiche Farbe wie Ihre Augen. Sie könnten einen neuen Trend setzen."

Nicole versuchte zu lächeln, doch ihre Lippen zitterten zu sehr. Er war ihr jetzt nahe genug, dass sie sich küssen konnten. Ihr Herz pochte wild, das Blut rauschte in ihren Ohren. Küssen, küssen, küssen, sang es.

„Küssen."

Bevor ihr bewusst wurde, dass sie es laut ausgesprochen hatte, erfüllte er ihren Wunsch.

Erst berührte er ihren Mund mit seinem nur ganz sachte, aber dann verstärkte er den Druck seiner Lippen. Er legte die Hände auf ihre Hüften und drehte Nicole ganz zu sich herum. Immer leidenschaftlicher wurde sein Kuss. Er drückte sie dabei fest an seine harte, muskulöse Brust und an alles, was sonst noch hart an ihm war …

Sie löste sich von ihm, aber er hielt sie fest und küsste sie auf die Ohrmuschel.

„Sie sagten ‚küssen'." Sein Atem strich über die feinen Härchen in ihrem Nacken.

Sie erbebte. „Ich sagte ‚müssen'." Sie versuchte, ihn von sich wegzuschieben. „Ich wollte sagen, irgendwelche Leute müssen Sie doch vermissen und bei der Rezeption anrufen."

Er schüttelte den Kopf. „Ich bin hier ganz allein."

„Und was ist mit Ihrer Frau?" Sie musste wissen, ob sie sich auf sicherem Boden befand. Es fühlte sich nämlich keineswegs so an, alles andere als das.

Wieder schüttelte er den Kopf. Seine Lippen verzogen sich zu einem Lächeln. „Es gibt keine Frau."

Das war ja zu gut, um wahr zu sein.

Der ganze Mann war zu gut, um wahr zu sein.

„Und Sie?", fragte er. Seine Daumen strichen über ihre Hüftknochen.

Er wollte also wissen, ob sie verheiratet oder in irgendeiner Weise gebunden war. Abgesehen von zwei halbherzigen Versuchen mit Anfang zwanzig war sie immer Single gewesen.

Sollte sie ihm das sagen? Oder besser den Rückzug antreten?

Jetzt hatte sie noch die Chance, auf ihren gesunden Menschenverstand zu hören. Die Chance, zu beweisen, dass Menschen auf Grund rationaler Überlegungen handeln, und nicht auf Grund animalischer Instinkte. Jetzt hatte sie die Chance, diesen Wahnsinn hier zu beenden. Sollte sie sie nutzen?

„Niemand vermisst mich", erklärte sie.

„Dann erlaube mir noch einen Kuss." Seine Stimme streichelte ihre Sinne. „Diese Aufzugtür könnte sich jeden Augenblick öffnen, und ich hasse verpasste Gelegenheiten."

Sie betrachtete sein Gesicht. Es war gut geschnitten, die Nase klassisch, die Wangenknochen hoch angesetzt, die Lippen …

Nein, sie würde diese Gelegenheit nicht verpassen. Sie stellte sich auf die Zehenspitzen, und diesmal drang er sofort mit der Zunge in ihren Mund ein, löste sich von ihr und drang wieder in sie ein. Immer wieder.

Seine ziemlich unmissverständliche Botschaft ließ ihr die Knie weich werden wie Butter. Plötzlich schienen ihre Beine sie nicht mehr tragen zu wollen, sodass sie die Arme um seinen Nacken schlingen musste, um nicht völlig den Halt zu verlieren.

Sie weigerte sich, darüber nachzudenken, was sie hier tat. Dass sie einen wildfremden Mann küsste, der sich Quinn nannte und mit dem sie auf der dritten Etage eingeschlossen war, während sie doch eigentlich unten im Erdgeschoss sein sollte, um sich mit der größten Katastrophe ihres achtundzwanzigjährigen Lebens auseinanderzusetzen.

Es war der reine Wahnsinn.

Es war die reine Lust.

Er presste sie gegen die Aufzugtür, sodass sie den Spalt zwischen den beiden Türen im Rücken spüren konnte. Er strich mit den Händen über ihren Körper und verweilte schließlich abwartend unterhalb ihrer Brüste. Sie war Frau genug, um zu wissen, was sie zu tun hatte. Sie musste nur tief einatmen, sich ein wenig enger an ihn schmiegen, und dann wüsste er, dass sie nichts dagegen hätte, wenn er noch weiter ginge. Er begehrte sie, daran bestand kein Zweifel. Sie spürte seine körperliche Reaktion nur zu deutlich. Und sie spürte das Pochen seines Herzens.

Sie war inzwischen weit über das Stadium des Schwindelgefühls hinaus. Sie schwebte förmlich. Unmöglich, jetzt die Augen zu öffnen. Womöglich würde sie dann aufhören zu schweben.

Da spürte sie eine Vibration in ihrem Rücken. Die Aufzugtüren öffneten sich mit einem lauten Klacken.

„Verflixt." Er liebkoste ihre Unterlippe. „Wir sind gerettet."

Nicole verwünschte den altertümlichen Aufzug und dankte ihm gleichzeitig. Warum funktionierte dieses Ding niemals so, wie man es brauchte ... Widerwillig löste sie sich aus Quinns Umarmung und betrat die Aufzugkabine. Quinn folgte ihr. „Abwärts?" Sie drückte den Knopf für die zweite Etage, und die Türen schlossen sich.

„Ich habe eine bessere Idee." Sein Mund war ganz nah an ihrem Ohr, und seine heisere Stimme vibrierte. „Wie wär's, wenn wir hier stecken blieben ... irgendwo zwischen der zweiten Etage und Wolke sieben?"

Nicole dachte ernsthaft darüber nach, wischte den Gedanken dann aber beiseite. „Ich ... es tut mir leid", stotterte sie. „Mein Verstand arbeitet im Moment nicht besser als der Aufzug."

Quinn wich ein Stück zurück und lächelte, wie um sie zu beruhigen. Dann legte er einen Finger unter ihr Kinn. „Meiner hat aufgehört zu funktionieren, seit ich die Lady in Blau gesehen habe."

Der Aufzug kam rumpelnd zum Stehen.

„Das ist dein Stockwerk", sagte Nicole schnell.

„Noch nicht." Er streichelte ihr Kinn mit der Daumenspitze. „Ich habe mich noch nicht angemeldet."

Er hatte – was? Nicole straffte die Schultern und machte einen Schritt rückwärts in den Aufzug. „Hier ist es wohl nicht fein genug für dich?"

„Na ja, du musst zugeben, es ist bestenfalls drittklassig", sagte er mit einem Augenzwinkern und drückte auf den Knopf, um die Türen zu schließen. „Aber man wird recht nett eskortiert."

Oh, nein. Wie dumm sie war. Nicole drückte energisch auf den Knopf, um die Türen wieder zu öffnen. „Das hier ist deine Haltestelle, Quinn", sagte sie lächelnd und schob ihn hinaus. Er ließ es geschehen. Als er sich zu ihr umdrehte, sah er sie mit einer Mischung aus Belustigung, Erstaunen und … Hoffnung? an. Erwartete er etwa, dass sie mit ihm ging? Nachdem er sie angelogen und ihr Hotel als Bruchbude bezeichnet hatte?

Sie drückte sofort wieder auf den Knopf zum Türenschließen, und endlich einmal machte der Aufzug genau das, was sie wollte und brachte sie fort von dem attraktivsten Mann, den sie je geküsst hatte – und das innerhalb von fünf Minuten nach der ersten Begegnung.

Unten in der Lobby eilte Nicole an die unbewachte Empfangstheke. Nachtpersonal konnte sie sich nicht leisten. Rasch warf sie das schon lange nicht mehr benutzte „Ausgebucht"-Schild auf den Tresen, schickte den Aufzug zurück in die zweite Etage und rannte aus dem Haus zu ihrem Bungalow.

Die ersten Sonnenstrahlen glitzerten auf dem Meer, und die leise plätschernden Wellen küssten den Strand, keine zwanzig Meter von Nicoles Terrasse entfernt. Sie hatte die ganze Nacht auf einem Rattansessel verbracht und über sich und ihr Verhalten am Abend zuvor nachgedacht.

Nicht, dass es ihre erste schlaflose Nacht gewesen wäre, in der sie die Sterne gezählt und über ihr Leben nachgedacht hatte. Schon vor dem Hurrikan hatte sie oft draußen gesessen und an ihre Eltern gedacht. An die schreckliche Zeit, als sie nach St. Joseph's Island gekommen war, ein verängstigtes achtjähriges Mädchen, das nichts besaß als seine Erinnerungen an wundervolle Eltern und eine exzentrische „Ersatzmutter", die sich Freddie nannte.

Doch seit Hurrikan Dantes ungebetenem Besuch zerbrach Nicole sich fast jede Nacht den Kopf darüber, wie sie dem finanziellen Ruin entkommen könnte. Stunden hatte sie damit verbracht, sich einfach nur damit abzufinden, dass ganz St. Joseph's durch die Versicherungsgelder einen unerwarteten Aufschwung erlebte, während *Mar Brisas* offenbar dem Untergang geweiht war.

Sie hätte ihr geliebtes Kleinod im spanischen Stil zwar auf keinen Fall in eines dieser hässlichen Glaspaläste verwandeln wollen, die sich von Tag zu Tag weiter am schönsten Strand Floridas ausbreiteten. Tatsache aber war, dass die Versicherungspolice von *Mar Brisas* eine Deckungslücke aufwies so groß wie der Golf von Mexiko. Am Ende hatte sie so gut wie kein Geld gehabt, um das kleine Strandhotel mit seinen Bungalows, in das sie vor fünf Jahren all ihre Ersparnisse gesteckt hatte, zu renovieren.

Inzwischen stand sie kurz vor dem Konkurs. Die Bank wehrte die Kaufinteressenten, die sich gerne ihr Grundstück in allerbester Lage unter den Nagel reißen würden, schon längst nicht mehr ab.

In der vergangenen Nacht allerdings war Geld ausnahmsweise nicht ihr Thema gewesen. Immer noch in Gedanken versunken, ging sie über den Sandstrand zu ihrem Büro. Wie meistens trug sie nichts als Jeans und ein weites Shirt. Das Kostüm gestern war für den Termin gedacht gewesen, den sie zum Glück rechtzeitig abgesagt hatte.

Anstatt mit einem dieser knallharten Donald-Trump-Typen aus New York auf ihrem Anwesen herumzuspazieren, war sie in den Armen des begehrenswertesten Mannes gelandet, der ihr je begegnet war. Und der fälschlicherweise behauptet hatte, hier zu übernachten. Und der ihr rundheraus die Wahrheit über ihr geliebtes Hotel gesagt hatte. Deshalb hatte sie ihn auch zum Teufel geschickt, oder?

Ha, ha. Sie hatte ihn aus demselben Grund aus dem Aufzug geschubst, aus dem sie vor allen Männern die Flucht ergriff, die ihr Interesse weckten. Nicht, dass das allzu viele gewesen wären. Na ja, ein paar vielleicht. Einer damals am College und später noch einer, kurz bevor sie *Mar Brisas* gekauft hatte. Mit beiden war sie intim gewesen und doch nicht wirklich verbunden. Mit jemandem verbunden zu sein bedeutete, eine langfristige Beziehung zu haben. Und das bedeutete, früher oder später einen schrecklichen Verlust zu erleiden. War das nicht die Lektion, die sie das Leben gelehrt hatte, damals vor zwanzig Jahren, als ihre Eltern zum Abendessen ausgegangen und niemals zurückgekehrt waren?

Kopfschüttelnd riss sie die Eingangstür auf. Nein, nicht jetzt, Nic, sagte sie sich. Es gab dringende Probleme zu bewältigen. Wie zum Beispiel Tom Northcott. Er war bis jetzt ziemlich geduldig gewesen, aber er war stellvertretender Filialleiter, und letztendlich waren seine Interessen die der Marine Federal Bank. Er würde sehr wütend werden, wenn er erfuhr, dass sie den Termin mit dem Mann von Jorgensen Development abgesagt hatte.

Ihre einzige Vollzeitangestellte war bereits an ihrem Platz. Sally Chambers' fröhliches Lächeln war immer ein willkommener Anblick, doch heute Morgen schienen ihre Augen noch mehr zu funkeln als sonst.

„Irgendein Idiot hat gestern Abend das ‚Ausgebucht'-Schild aufgestellt", sagte Sally und folgte ihrer Chefin ins Büro.

„Tatsächlich?" Nicole warf ihre Tasche unter den Schreibtisch. „Nicht zu fassen!"

Sally hob die Schultern. „Umso besser. Gut, dass wir es gefunden haben. Wir werden es bald wirklich brauchen."

„Ha, ha!" Nicole lachte sarkastisch und ließ sich auf ihren Schreibtischstuhl fallen. „Hast du zufällig ein paar Tausender auf der Straße gefunden, Sal?"

Sally ließ sich in einem Besuchersessel nieder und verschränkte die Arme vor der Brust. „Nicht ganz, aber etwas, das fast genauso gut ist, Nic."

Nicole, die gerade ihren Computer eingeschaltet hatte, drehte sich zu ihrer Freundin um. „Nämlich was?"

„Kostenlose Werbung."

„Nichts auf dieser Welt ist kostenlos, Sweetie." Sie klickte ihr Programm an und lehnte sich lässig zurück. „Aber nichtsdestotrotz, sag schon, was du zu sagen hast."

„Mein Dad hat sich am Highway für seinen Matratzen-Discount eine Plakatwand reserviert, aber er will erst in einem Monat mit den Anzeigen beginnen, wenn er seine Sonderaktion für Doppelbetten startet. Es lohnt sich trotzdem für ihn, weil er einen sehr günstigen Tarif bekommen hat. Die Plakatwand wird also einen ganzen Monat unbenutzt sein."

„Und ...?"

„Wir können sie haben." Sally strahlte übers ganze Gesicht. „Für *Mar Brisas*", ergänzte sie triumphierend.

Nicole schüttelte langsam den Kopf. „Sally, du hast keine Ahnung, was das alles kosten würde: Konzept, Text, Layout und so weiter."

„Darüber habe ich schon mit meinem Dad gesprochen", erwiderte Sally eifrig und bewegte den Kopf so heftig, dass ihre roten Locken nur so flogen. „Wenn du selbst textest, dann wird sein Werbeleiter sich um alles Weitere kümmern. Solange es nur Text ist und alles in einer Farbe."

„Das müsste eine oscarreife Anzeige sein."

„Sie muss keinen Oscar gewinnen", entgegnete Sally. „Sondern nur Gäste. Du musst sie einfach mit deiner Botschaft total überrumpeln."

Nicole musste lächeln. „Und wie?"

„Mit all den Dingen, die an *Mar Brisas* so wundervoll sind. Du weißt schon, die echt spanischen Fliesen, die Rosenholztäfelung ..."

„Nicht zu vergessen, der Aufzug, der noch aus der Zeit vor dem Zweiten Weltkrieg stammt." Nicole hasste es, Sallys Illusionen zu zerstören, aber was blieb anderes übrig? „Komm schon, Sal, es ist uralt und total heruntergekommen."

Waren das nicht seine Worte gewesen?

Sally schob die Brauen zusammen. „Was zum Teufel ist heute mit dir los?"

„Tut mir leid", sagte Nicole seufzend. „Ich hatte wieder einmal eine schlaflose Nacht."

Sally nahm Nicoles Hand in ihre. „Ich weiß, wie schwer

es für dich ist, Nic. Gib jetzt nicht auf. Wir haben nur diese eine Chance."

Nicole blickte sie müde an. „Ruf einfach Tom Northcott an. Sag ihm, dass ich gestern gekniffen habe und dass er einen neuen Termin mit McGrath machen soll."

„Okay." Sally machte keinen Hehl aus ihrer Enttäuschung. „Aber lass uns versuchen, ihn dazu zu bringen, noch eine Woche zu warten."

„Was soll uns denn die eine Woche noch bringen?"

„Nur ein paar Buchungen, und dann könnten wir die Rate für diesen Monat zahlen. Das hast du selbst noch letzte Woche gesagt, Nic."

Ein winziger Hoffnungsschimmer ließ ihr Herz ein bisschen schneller schlagen. Vielleicht hatte Sally ja recht? „Wir haben wirklich keinen Cent für Werbung ausgegeben. Schaden könnte es ja wohl nicht."

Sally nahm Notizblock und Kugelschreiber zur Hand. „Komm schon, sei kreativ. Lass uns eine Anzeigenkampagne starten."

„Ich habe keine Ahnung von Werbung, Sal."

„Natürlich hast du das. Jeder weiß, womit man am besten wirbt. Mit Sex."

Nicole riss die Augen auf. Konnte Sally etwa in ihren Kopf schauen? „Ja, natürlich. Ich könnte mich nackt ablichten lassen."

Sally hob spöttisch eine Braue. „Als ob du jemals den Rest der Welt wissen lassen würdest, was du unter deinen weiten Oberteilen verbirgst."

Nicole musste an Macs Blicke denken. Warum nur hatte sie ihre Jacke ausgezogen? Normalerweise verbarg sie ihre großzügige Oberweite immer unter einer Jacke oder einem weiten Pulli. Sie hatte nicht damit gerechnet, dass ein umwerfend attraktiver Fremder in den Aufzug spazieren und sie mit seinen Blicken verführen und sie praktisch besinnungslos küssen würde.

„Hallo, Erde an Whitaker." Sally stand vor ihr und wedelte mit der Hand. „Siehst du? Du bist schon mittendrin im kreativen Prozess."

Nicole musste lachen. Was hatte Sally gesagt? Man warb am besten mit Sex. „Mit Sex verkauft man Bier und Parfum", murmelte sie. „Aber ein Hotel?"

„Warum nicht?"

Tja, warum nicht? Wenn sie ihren Gästen versprechen könnte, dass sie hier ähnliche Erfahrungen machen würden wie sie selbst gestern im Aufzug und auf dem Flur der dritten Etage, dann wäre ihr Hotel schnell ausgebucht.

„Vielleicht hast du recht, Sal." Plötzlich verspürte sie ein aufregendes Prickeln. Sie lehnte sich zurück und schloss die Augen. „Was, wenn wir den Leuten einreden könnten, im Hotel *Mar Brisas* gäbe es eine besondere Atmosphäre? Als ob etwas in der Luft läge, das sich besonders wohltuend auf Romanzen auswirkt."

„Ja, ja!" Sally trommelte aufgeregt mit den Fingern auf die Tischplatte. „Unser Hotel ist besonders intim, es hat eine ganz persönliche Note …"

„Das ist es!" Nicole deutete mit ihrem Kugelschreiber auf Sally, als ob auf deren Gesicht schon der Text der Anzeige geschrieben stünde. „Persönliche Note ist der richtige Aufhänger. Wir machen die Anzeige auf wie eine Kleinanzeige. Und nicht nur eine, sondern eine ganze Serie."

„Eine Serie?"

„Ja, sie sollen aussehen wie Kleinanzeigen aus der Rubrik ,Sie grüßt Ihn/Er grüßt Sie', aber in Wirklichkeit sollen sie auf subtile Weise ein besonders romantisches Bild von *Mar Brisas* vermitteln. Wir könnten jede Woche einen neuen Text herausbringen und damit so etwas wie eine kleine Geschichte erzählen. Und alles …", Nicole hob die Hände und lächelte schelmisch, „… nur Text und einfarbig."

Sally strahlte. „Jetzt kapiere ich, Nic. Ja, wirklich. Wenn man nur an die vielen Pendler auf der Route One denkt … die Leute werden sich regelrecht auf die nächste Folge der Mar-

Brisas-Liebesgeschichte freuen." Sallys Telefon klingelte, und sie rannte zur Tür. „Schreib los. Ich bin gleich wieder da."

Nicole nahm einen Notizblock zur Hand und starrte ihn an. Es wollte ihr einfach nichts einfallen. Sie stand auf, ging zum Fenster und riss es auf. Tief sog sie die vertraute Mischung aus salziger Seeluft, Hibiskus und Kokosnüssen ein.

Wie sie diesen Ort liebte. St. Joseph's Island, ihre Tante Freddie und eine Menge wundervoller Menschen hatten sie als Kind gerettet. Jetzt musste sie *Mar Brisas* retten.

Sie brauchte Inspiration. Was könnte sie anregen?

Verzweifelt kniff sie die Lider zusammen. Fanden nicht alle Autoren in der Wirklichkeit ihre Inspiration? Na schön, hier ging es wirklich um reine Fiktion. Sie war keineswegs auf der Suche nach dem Mann ihrer Träume, denn sie glaubte nicht an Märchen, und hatte auch noch nie daran geglaubt.

Aber wenn sie es täte, dann wäre es Mac. Dessen war sie sicher.

Und deshalb, so sagte eine leise Stimme in ihrem Inneren, war sie auch vor ihm geflohen wie ein verängstigtes Kaninchen.

Sie knabberte an dem Radiergummi. Vergessen wir Mac.

Aber hier ging es um Werbung, und Sally hatte recht. Mit Sex verkaufte sich alles am besten. Also musste Mac als Quelle der Inspiration herhalten. Außerdem war er ja längst über alle Berge. Er würde die Anzeige niemals zu Gesicht bekommen.

Wie wär's, geheimnisvoller Fremder, mit einem weiteren Trip auf Wolke sieben im Hotel Mar Brisas? Auf dem endlosen weißen Sandstrand werden wir unser Paradies finden. Komm ins Hotel Mar Brisas …

Nicole brach ab. Wie, um Himmels willen, sollte sie unterschreiben? Aber dann lächelte sie und schrieb rasch weiter. Natürlich, wie könnte es anders sein. Sie unterschrieb mit „*Deine Lady in Blau.*"

3. Kapitel

Es war schon fast Mitternacht, als Quinn sein gemietetes Cabrio auf die Route One lenkte. Eigentlich hatte er früher hier sein wollen, aber der Flug hatte Verspätung gehabt. Er trat aufs Gaspedal, bis der Tacho achtzig Meilen anzeigte. Er musste unbedingt nach St. Joseph's Island, um endlich Nick Whitaker zu treffen. Aber ebenso wichtig war etwas anderes.

Wie würde die Frau in Blau wohl reagieren, wenn sie ihn wieder sah?

Eine ganze Woche hatte er sich immer wieder diese Frage gestellt. Eines glaubte er ganz genau zu wissen: Sie war die Frau seines Lebens.

Quinn McGrath, eingeschworener Junggeselle, passionierter Schürzenjäger, absoluter Workaholic, hatte ein Geheimnis, das er vielleicht preisgegeben hätte, wenn er mit dieser Frau ein bisschen mehr Zeit verbracht hätte: Er war hoffnungslos romantisch. Er war fest davon überzeugt, dass irgendwo da draußen seine Seelengefährtin auf ihn wartete.

Schon seine irische Großmutter hatte immer gesagt, dass es für jeden Topf einen Deckel gäbe. Und Quinn glaubte das auch. Er hatte kein Problem damit, auch andere Frauen kennenzulernen, aber er wartete tatsächlich auf „die Richtige".

Und jetzt hatte er sie gefunden. Von der Decke einer Aufzugskabine hatte sie herabgebaumelt. Wenn er nur ihren Namen wüsste!

Wie gut, dass er sich eine Woche Urlaub im Anschluss an diesen geschäftlichen Termin genommen hatte. So würde er genug Zeit haben, sich die Immobilie und die Gegend genauer anzusehen. So hatte er es Dan erklärt. Natürlich hatte sich Dan Jorgensen gewundert, weshalb er Urlaub haben wollte. Welcher vernünftige Mensch nahm sich frei, wenn er doch arbeiten konnte?

Doch schließlich war er Quinns Argumentation gefolgt, und Quinn hatte sofort einen Strandbungalow beim *Mar Brisas* gemietet, und zwar unter dem Namen Quinn MacDougall. Der Besitzer sollte vorerst nichts davon wissen, denn er wollte bei dem geplanten Meeting in der stärkeren Position sein. Außerdem wollte er sicher sein, dass das Personal die Anwesenheit eines „Mac" zur Kenntnis nahm. Optimist, der er war, hatte er sich extra telefonisch bestätigen lassen, dass der Bungalow mit einem Doppelbett bestückt war.

Wenn er nur ihren Namen …

Quinn trat so fest auf die Bremse, dass sein Wagen fast ins Schleudern geriet. Hinter ihm kreischten Bremsen, und jemand hupte wütend. Doch alles, was er wirklich wahrnahm, waren die riesigen blauen Lettern auf der Plakatwand.

Mit angehaltenem Atem las er den Text laut und ignorierte völlig das Gehupe und Geschimpfe hinter sich. Bei den letzten Worten verweilte er besonders lange.

Deine Lady in Blau.

Aus dem Wagen hinter ihm rief jemand: „He, Mann, alles in Ordnung? Brauchen Sie Hilfe?"

Quinn winkte aus dem Seitenfenster. „Alles klar, danke."

Alles klar. Oh, Mann, das war die Untertreibung des Jahres. Mit einem letzten Blick auf die Plakatwand drückte er das Gaspedal durch und ließ einen Freudenschrei los. Er trommelte auf das Lenkrad und schrie zu den Sternen hinauf. „Ja!"

Die Lady in Blau war auf der Suche nach ihm. Sie wollte mit ihm das Paradies finden. Dreiunddreißig Jahre hatte er darauf gewartet und unterwegs viele willige Kandidatinnen geküsst. Aber jetzt hatte er seine Traumfrau gefunden. Und sie wollte ihn. Er überschritt sämtliche Geschwindigkeitsbeschränkungen von St. Joesph's, um so schnell wie möglich sein Ziel zu erreichen.

Natürlich hatte der phlegmatische Nick Whitaker keinen Nachtportier an der Rezeption. Quinn entdeckte jedoch an der Rezeption einen Umschlag mit der Aufschrift Mr. und Mrs. MacDougall, und darin lag der Schlüssel für Nummer 1601. Lächelnd steckte er ihn in die Hosentasche. Man glaubte also, Mr. MacDougall hatte eine bessere Hälfte.

Nun, er hoffte sehr, dass das bald der Fall sein würde.

Er ging zum Ausgang und warf dabei einen amüsierten Blick hinüber zum Aufzug. Noch eine Fahrt auf Wolke sieben … Er dachte an diese fantastischen Beine, dieses bezaubernde Lächeln, dieses melodische Lachen. Oh, es würde ein prima Urlaub werden.

Er lächelte immer noch, als er die Stufen zu seinem Bungalow hinaufging. Jemand hatte ein paar Lichter eingeschaltet gelassen, und ein Korb mit Kräckern, Früchten und Wein stand auf dem Küchentresen. Im Schlafzimmer stand eine Vase mit frischen Blumen, und auf jedem Kopfkissen lagen Bonbons. Alles war sehr sauber, doch kleine Anzeichen der Vernachlässigung waren nicht zu übersehen. Die Fenster hatte man repariert, irgendwie, und eine der Schiebetüren zur Terrasse funktionierte nicht.

Er war zu müde, um sich genauer umzusehen. Am nächsten Morgen würde er eine Runde über den Strand joggen, danach würde er Nick Whitaker treffen und dann das *Mar Brisas* auf den Kopf stellen, bis er gefunden hatte, weswegen er gekommen war.

Der Saum von Nicoles blauem Pareo wurde nass, als sie ihren üblichen Morgenspaziergang am Strand machte. Wie immer machte sie bei der pinkfarbenen Monstrosität kehrt, die unter dem Namen „Jade Towers" bekannt war, und wie immer wunderte sie sich, weshalb man dieses Ding nicht grün gestrichen hatte, wenn es doch „Jade Towers" hieß. Früher war dort einmal Jimmy Miller's Obst- und Gemüsestand gewesen, und der hatte sich optisch wunderbar in die Umgebung eingefügt, genau wie *Mar Brisas*. Es stimmte sie immer traurig, wenn sie daran dachte.

Sie versuchte, sich darauf zu konzentrieren, wie gut sich das kühle Wasser und der weiche Sand unter ihren Fußsohlen anfühlten.

Den ganzen Sonntag hatte sie mit Tante Freddie verbracht. Das Treffen hatte ihre Stimmung merklich gehoben. Nicole hatte erwähnt, dass das Gespräch mit dem Kaufinteressenten auf Montagmorgen verlegt worden war, und daraufhin hatte Freddie sie auf eine ganz neue Idee gebracht.

Vielleicht wäre Quinn McGrath ja mit einer Regelung einverstanden, die Nicole die Möglichkeit gäbe, zu bleiben und das Hotel weiter zu managen. Es wäre nicht ideal, aber wenigstens hätte sie dann eine gewisse Chance, die authentische Atmosphäre des alten Florida zu bewahren. Und sie würde weder ihr Zuhause noch ihren Job verlieren, auch wenn man sie sicherlich nicht länger im Bungalow 1801, dem Prunkstück der ganzen Anlage, wohnen ließe.

Sie würde Quinn McGrath heute also eine Chance geben. Sie würde pünktlich um neun in ihrem Büro sein, und sie würde alles in ihrer Macht Stehende tun, um ihn von den Vorteilen dieses Plans zu überzeugen.

Sie blieb vor ihrem Bungalow stehen und streifte ihren Pareo ab, um schwimmen zu gehen. Aus dem Augenwinkel nahm sie eine Bewegung im benachbarten Bungalow 1601 wahr. Die MacDougalls waren also inzwischen angekommen. Sie beglückwünschte sich selbst zu ihrer Werbekampagne. Die Anzeige war erst ein paar Tage auf der Plakatwand installiert, und schon kamen die ersten Buchungen. Man hatte ihr gesagt, dass Mr. MacDougall am Telefon ausdrücklich nach der Größe des Bettes gefragt hatte. Sie lächelte unwillkürlich. Ja, das Hotel *Mar Brisas* war eben besonders geeignet für romantische Zwischenspiele.

Sie watete ins Wasser, warf sich in die Wellen und schwamm zwanzig Minuten lang am Strand hin und her.

Keuchend, aber mit neuer Energie, kehrte sie zur ihrem Bungalow zurück. Aus dem Augenwinkel sah sie einen Mann am Strand stehen. Er beobachtete sie. Sie rieb sich das Salzwasser aus den Augen und blickte noch einmal in die Richtung. Nackte Brust, Shorts. Er war hoch gewachsen, dunkelhaarig und ... wirkte eigenartig vertraut.

Sie machte ein Paar Schritte in seine Richtung und wäre fast hingefallen, als sie auf eine scharfe Muschel trat.

Er bückte sich und hob ihren Pareo auf, den sie dort liegen gelassen hatte. „Hallo, Lady." Seine Stimme klang so weich wie geschmolzene Schokolade. „Ist das nicht deine Farbe?"

Nicole erstarrte. Er ließ den Pareo fallen und ging auf sie zu. Die Strahlen der frühen Morgensonne beleuchteten ihn von hinten und verliehen ihm etwas Unwirkliches. Er sah fast aus wie gemalt. Seine breite Brust hob und senkte sich mit jedem Atemzug. Sein ganzer Körper erschien wie eine Skulptur aus Muskeln und Sehnen.

Er war noch viel attraktiver, als sie ihn in Erinnerung hatte.

„Ich habe deine Nachricht bekommen", sagte er.

Ihre Nachricht? Der Atem stockte ihr. Meinte er etwa die Plakatwand? Das war doch nicht möglich. Das musste ein Traum sein.

Sie stand immer noch regungslos da, aber jetzt stand er direkt vor ihr. Das Wasser plätscherte um ihre Knöchel, und die Morgensonne, die ihn von hinten bestrahlte, wärmte ihr Gesicht. Er streckte die Hand aus und berührte ihre Wange.

Sie öffnete die Lippen, brachte jedoch keinen Laut heraus.

Ohne ein weiteres Wort nahm er ihr Gesicht in beide Hände und küsste sie. Seine Lippen waren so warm und so zärtlich, wie sie es in Erinnerung hatte, sein Verlangen nach ihr genauso heftig. Nicole hatte das Gefühl, als würde sie in einem Meer der Lust versinken.

„Ich denke an dich, Lady in Blau", flüsterte er.

„Mac?"

Er blickte über die Schulter zu seinem Bungalow. „Ich habe dich im Wasser gesehen und bin sofort an den endlosen weißen Strand gekommen, genau nach Anweisung."

Oh, nein, er war MacDougall. Sie versuchte zu schlucken, doch ihre Kehle war wie zugeschnürt. „Sie sind das Paar in Nummer 1601?", stammelte sie.

„Ich bin Mac." Er lächelte breit, nahm ihre Hände in seine und verflocht seine Finger mit ihren. „Ich hatte gehofft, wir könnten das Paar sein."

Es war nicht zu glauben. Er wohnte in Nummer 1601. Er war zurückgekommen. Sie war hin- und hergerissen zwischen jauchzender Freude und Scham. Er hatte die Anzeige gesehen und glaubte jetzt, sie habe sie platziert, um ihn zu finden.

Er blickte sie forschend an. „Diesmal habe ich mich ordentlich angemeldet, also darfst du mir nicht böse sein."

Wie sollte sie ihm erklären, dass sie sich noch so sehr über ihn ärgern könnte und ihn trotzdem noch umwerfend attraktiv finden würde? Sie konnte ihn unmöglich wissen lassen, was er in ihr auslöste.

„Ich bin nicht böse", sagte sie lahm.

„Natürlich nicht." Er lächelte schelmisch. „Sonst hättest du nicht diese Anzeige lanciert."

„Ach, die." Sie versuchte, ihm ihre Hände zu entziehen. „Nimm das mal nicht so ernst."

Er hielt ihre Hände fest. „Ich nehme sie sogar sehr ernst. Ich mag es, wenn eine Frau sich nimmt, was sie will." Sein Gesicht war ihrem jetzt so nah, dass sie jede einzelne Bartstoppel sehen konnte. „Besonders, wenn es dasselbe ist, was ich will."

„Du ... willst dasselbe?"

Seine Augen funkelten. „Das Paradies finden im Hotel *Mar Brisas*. So steht es in der Anzeige."

„Äh, ja. Das steht da." Eine größere Welle schlug ihr gegen das Bein, und sie verlor fast das Gleichgewicht. Er hielt sie fest, doch sein Blick wanderte tiefer, zu ihrem nassen Badeanzug, der sich wie eine zweite Haut an ihren Körper schmiegte.

„Du siehst in Weiß genauso gut aus wie in Blau", stellte er fest.

Ihr wurde heiß unter seinem Blick. Am liebsten hätte sie die Arme verschränkt, um ihre Brüste zu verbergen. Niemand sah sie jemals in diesem gewagten Badeanzug. Der war ausschließlich für ihre morgendlichen Ausflüge bestimmt.

Seine Augen färbten sich einen Ton dunkler. „Und nass ebenso gut wie trocken."

Oh, er wusste, wie man mit einer Frau redete. Sie riss sich von ihm los. „Hör auf damit."

Überrascht machte er einen Schritt rückwärts und hielt in gespielter Resignation die Hände hoch. „Diese Anzeige stammt doch von dir?"

„Es war keine Aufforderung zum Sex."

Einen Moment lang schwieg er verblüfft, doch dann lächelte er wieder. „Gut."

Jetzt war es an ihr, verblüfft zu sein. „Gut?"

„Sehr gut." Er verschränkte die Arme vor der Brust und legte den Kopf schief. Genauso hatte er sie im Aufzug angesehen, kurz bevor er sie geküsst hatte. Diese Geste war unglaublich sexy und auf unwiderstehliche Art siegesgewiss. Nicoles Herz schlug schneller.

„Warum ist das gut?"

„Ich will keinen Sex."

„Ach nein?" War sie enttäuscht oder erleichtert? „Was willst du dann?"

„Ich möchte dich kennenlernen."

Oh, nein. Er verstand es wirklich zu gut. Das konnte nur ein Traum sein. Das war noch unwirklicher als sein göttlicher Körper und sein unwiderstehlicher Blick. Dieser Mann war … sie konnte ihm nicht vertrauen. „Lügner", sagte sie.

„Wie bitte?" Er unterdrückte ein Lachen.

„Du hast mich angelogen und behauptet, ein Gast des Hotels zu sein."

Er schüttelte den Kopf. „Ich hatte fest vor, mich anzumelden, aber anscheinend hat es einen Ansturm auf alle freien Zimmer gegeben, während wir anderweitig beschäftigt waren."

„Ha, und jetzt lügst du wieder, wenn du behauptest, du wolltest keinen Sex." Das war nun ganz sicher eine Lüge.

Er zuckte mit den Schultern und verzog die Lippen zu einem umwerfenden Lächeln. „Ich bekenne mich schuldig. Aber außerdem möchte ich dich auch kennenlernen."

Sie sah ihn scharf an. Oh, wie sie wünschte, ihm glauben zu können. Denn auch sie wollte mehr über ihn erfahren. „Du hast gedacht, wenn wir lange genug auf der dritten Etage festsitzen würden, dann würden wir …"

Seine dunklen Augen glitzerten. „Das hätten wir auch."

„Das kannst du so genau nicht wissen." Weshalb sollte sie ihn in seiner Siegesgewissheit bestätigen? „Du kennst mich überhaupt nicht. Und ich dich nicht."

„Das ist es ja", sagte er und nahm ihre Hand. „Ich möchte dich kennen. Und was mich betrifft, so kann ich dir eines versichern: Ich bin kein Lügner." Er legte ihre Hand auf seine Brust, genau da, wo sein Herz schlug. Es schien im gleichen Takt zu schlagen wie ihres. „Du bekommst genau das, was du siehst."

Nicole holte zitternd Luft. Wenn das stimmte, dann würde sie eine über die Maßen glückliche Frau sein. „Diese Begegnung war wirklich intensiv", gestand sie flüsternd. „Ich war danach wie betäubt."

„Ich auch", erwiderte er. „Ich habe seitdem keine zehn Minuten verbracht, ohne an dich zu denken."

Seine Worte wärmten sie wie die Strahlen der Morgensonne.

„Ich hätte fast einen Unfall gebaut, als ich die Plakatwand sah." Sein Lächeln war voller Zärtlichkeit. „Es war ein wirklich gutes Gefühl zu wissen, dass du mich unbedingt wieder sehen wolltest."

Plötzlich verspürte sie heftige Gewissensbisse. „Mac, bitte. Es ist nicht so, wie du denkst. Ich bin nicht die sexuell ausgehungerte Single-Frau auf der Suche nach …"

Er legte ihr die Finger auf die Lippen, und dann küsste er sie sacht. „Pst. Du brauchst dich nicht zu entschuldigen."

Einen Moment lang sagte sie sich, es wäre vielleicht besser, ihm nicht die Wahrheit zu sagen. Wäre das denn so schlimm? Es hatte schließlich funktioniert. Sie hatte ihn gefunden.

Er sah ihr in die Augen. „Ich versichere dir, ich bin genauso wenig ein hungriger Wolf, der über schöne Frauen in Aufzügen herfällt, wie du eine Exhibitionistin bist, die sich in geöffneten Ausstiegsluken zur Schau stellt."

Langsam kehrte ihre Vernunft zurück. Sie würde alles erklären müssen. „Ich glaube, wir müssen noch einmal ganz von vorne anfangen", sagte sie.

„Absolut. Lass mich dich ausführen."

Sie machte einen Schritt zurück. „Wie meinst du das?"

„Ich meine, ein richtiges Date mit allen Schikanen: Ein hübsches Kleid, ein teures Restaurant, danach ein Spaziergang am Strand, und später tummeln wir uns in den Laken, bis die Sonne aufgeht."

„Hm." Sie kaute auf ihrer Unterlippe. „Bestimmt siehst du sehr gut aus in einem hübschen Kleid."

Lachend zog er sie an seine Brust. „Nicht so gut wie du", raunte er, legte die Arme um sie und verflocht ihre Hände miteinander, damit sie ihm nicht ausweichen konnte.

Dann küsste er ihre Nasenspitze. „Sag Ja."

Ihre Vernunft hatte sich schon wieder verabschiedet. Nicole nickte stumm.

„Ich hole dich um sieben Uhr heute Abend ab. Was ist deine Zimmernummer, oder soll ich einfach an die Decke des Aufzugs klopfen?"

Sie blickte über die Schulter. „Ich wohne hier."

„Du wohnst hier?"

Nicole zuckte zusammen, als ihr siedendheiß der Termin mit Quinn McGrath einfiel. Verflixt, sie würde zu spät kommen. „Ich muss gehen", sagte sie schnell. „Ich habe einen Termin." Sie konnte schlecht in ihrem nassen Badeanzug dort erscheinen.

Er sah sie ungläubig an. Sie würde ihm alles erklären, aber nicht jetzt. Ihr Leben war dabei, in tausend kleine Stücke zu zerfallen. Sie konnte es sich wirklich nicht leisten, sich jetzt ablenken zu lassen, auch nicht von einem so attraktiven Mann.

„Ich muss wirklich weg", sagte sie.

„Okay." Er ließ sie los, wenn auch nur widerstrebend. „Wir sehen uns also heute Abend."

„Ich kann es kaum erwarten." Sein Gesicht hellte sich auf, als sie das sagte. Was für ein Mann! Offenbar schätzte sie ihn falsch ein. Er schien wirklich ehrlich zu sein. Er war bestimmt eine gute Wahl. Es gab sicher keinen Grund, Angst zu haben. Und heute Abend würde sie alles über ihn erfahren.

„Bye, bye, Mac!", rief sie über die Schulter und warf ihm eine Kusshand zu.

„Warte!", rief er. „Ich weiß noch nicht einmal deinen Namen!"

Kichernd rannte sie die Stufen zu ihrer Haustür hinauf. „Heute Abend!", rief sie und fühlte sich dabei wie Julia in der berühmten Balkonszene von „Romeo und Julia".

Er lächelte, berührte seine Lippen mit den Fingerspitzen und erwiderte ihre Kusshand.

Hm, im Hotel *Mar Brisas* lag wirklich jede Menge Romantik in der Luft. Nicole war selig.

„Wo zum Teufel ist er?"

Nicole trommelte mit den Fingern auf die Schreibtischplatte und blickte noch einmal auf die Uhr. Ihre Bereitschaft, dem Kerl eine Chance zu geben, verminderte sich von Minute zu Minute. Sie hatte sich so beeilt mit Dusche und Make-up und war praktisch von ihrem Bungalow hierher gerannt.

Was die Kleidung betraf, so hatte sie sich gegen das sexy Kostüm entschieden und stattdessen eine lose fallende Bluse angezogen, um ihre körperlichen Vorzüge eher zu verbergen, anstatt sie zu betonen. Schließlich gab es jemanden, der diese Vorzüge viel besser zu schätzen wüsste als Quinn McGrath. Der übrigens mehr als eine Viertelstunde überfällig war.

„Sally", rief sie, da sie von ihrem Platz aus nicht bis zum Empfangstresen sehen konnte. „Bitte ruf diesen rücksichtslosen, arroganten Kerl an und sag ihm, dass meine Zeit nicht weniger kostbar ist als seine."

Genau in diesem Augenblick erschien Sally in der Tür. „Er ist hier. Mit Mr. Northcott."

Nicole sah sie entsetzt an. Von der anderen Seite der Wand hörte sie amüsiertes Lachen. „Keine Sorge, ich habe schon ganz andere Sachen zu hören bekommen."

Es dauerte einen Moment, bis sie die Stimme mit dem wundervollen Timbre wiedererkannte. In der Zwischenzeit erschien er in ihrer Tür, und ihr Herz blieb stehen.

Mac. Nein, Quinn. Mit weißem Hemd, Krawatte, dunkelblauem Anzug und einem völlig perplexen Ausdruck im Gesicht, der ihrem sicherlich in nichts nachstand.

Sie starrte ihn an, völlig unfähig, auch nur einen Ton herauszubringen. Und er starrte zurück.

Tom Northcott betrat nach ihm das Zimmer. „Nic?" Sein fragender Ton galt sicher dem merkwürdigen Ausdruck in ihrem Gesicht. „Darf ich dir Quinn McGrath vorstellen?"

Langsam stand sie auf. Hoffentlich würden ihre wackligen Knie überhaupt ihr Gewicht tragen. Sie streckte ihre zitternde Hand aus und nahm wie durch einen Nebel wahr, dass Quinn sie nahm und schüttelte. Wie konnte es sein, dass er Quinn McGrath war? Wie war das möglich?

„Quinn, das ist Nicole Whitaker."

Quinn verstärkte den Druck seiner Hand. Offenbar fiel es auch ihm schwer, mit der Situation klarzukommen.

„Nic ist die Eigentümerin. Sicherlich haben auch Sie auf Ihrem Weg nach St. Joseph's das neueste Produkt ihrer Kreativität bewundert", hörte sie Tom weiterreden. „Ich meine diese absolut brillante Anzeigenkampagne für *Mar Brisas*."

Plötzlich wurden Quinns schokoladenbraune Augen fast schwarz. Er ließ ihre Hand los und sah sie durchbohrend an. „Eine Anzeigenkampagne für diese Ferienanlage?"

Sie wollte den Blick abwenden. Sie wollte über den Tisch springen und ihm eine runterhauen. Sie wollte schreien.

Er war Quinn McGrath? Er war der Mann, der den Ort ihrer Kindheitserinnerungen und gleichzeitig ihre Zukunft mit dem Bulldozer platt walzen lassen würde?

Tom blickte verwirrt von einem zum anderen. „Diese Anzeige ist zwar äußerst unkonventionell", fuhr er fort und ließ sich auf einem Sessel nieder. „Aber die Anzahl der Buchungen hat sich dadurch sofort erhöht, und nur darum geht es uns schließlich."

„Nun, dann darf ich gratulieren", sagte Quinn kühl und setzte sich ebenfalls. Sein Gesicht zeigte nicht die kleinste Regung, aber er löste keine Sekunde den Blick von Nicole, als er eine Aktenmappe vor ihr auf den Tisch legte. „Ich kann mir allerdings nicht vorstellen, wie dadurch die Probleme dieses Hotels gelöst werden können." Er schlug die Akte auf. „Miss Whitaker."

Seine Stimme klang jetzt nur noch hart und kalt. Nicoles Kehle war wie zugeschnürt.

Tom beugte sich vor und blickte Quinn an. „Finden Sie nicht, dass Nics Kampagne besonders clever ist, Mr. McGrath?"

„Das Plakat hat mich jedenfalls neugierig gemacht", gab Quinn zu. Endlich löste er den Blick von Nicole und richtete ihn auf die Papiere vor sich. „Ich hielt den Text sogar für eine echte Suchanzeige." Er blickte erneut auf und direkt in Nicoles Augen. „Für einen Augenblick."

4. Kapitel

Zum ersten Mal, seit Quinn erwachsen war, hatte sein Instinkt ihn im Stich gelassen.

Er war nicht wütend auf Nicole Whitaker. Vielmehr verfluchte er sich selbst für seine Dummheit. Er war einfach blind davon ausgegangen, dass „Nick" nur ein Mann sein könne. Er hatte den Namen nie geschrieben gesehen – seine Sekretärin hatte mit Northcotts Sekretärin telefoniert, und schwupp war dieser Fehler passiert. Nein, das konnte man ihr nicht anlasten. Und so gern er es ihr heimgezahlt hätte, dass sie ihn so zum Narren gemacht hatte, wusste er doch, dass es nur einen gab, dem er die Schuld zuweisen konnte: sich selbst. Sein Instinkt als Geschäftsmann war völlig eingenebelt vom Dunst seiner Hormone. Er war völlig aus dem Häuschen wegen dieser Frau, wegen ihres Körpers, ihres Lächelns, ihrer Augen.

Und wegen dieser verflixten Anzeige.

Solch einen kapitalen Fehler würde er nie wieder machen.

Nicole sah übrigens auch ziemlich schuldbewusst aus. Sie war ganz blass, und ihre blauen Augen leuchteten nicht wie sonst, sondern sahen fast grau aus. Sie wirkte schuldbewusst, aber gleichzeitig erbost. Erbost? Sie?

Er hatte Nick Whitaker von vornherein als Schwindler eingestuft, als einen, der das System ausbeutete, um den für ihn größtmöglichen Nutzen daraus zu ziehen. Es war ihm jedoch unmöglich, all das mit der Lady in Blau in Verbindung zu bringen.

Tom Northcott räusperte sich. Offenbar war ihm nicht entgangen, dass es da irgendetwas gab, von dem er nichts wusste. Quinn lockerte die Schultern, lehnte sich zurück und schaltete auf Verhandlungsmodus. Kühl und beherrscht. Diese Rolle füllte er wie selbstverständlich aus, sie fiel ihm niemals schwer.

„Miss Whitaker." Er unterbrach sich und hob fragend eine Braue. „Es ist doch Miss, oder?"

Sie sah ihn böse an. „Es ist doch McGrath, oder? Nicht Mac-Dougall?"

Er lächelte nicht, sondern schlug nur die Beine übereinander und blickte angelegentlich auf seine Schuhe. „Miss Whitaker, wir sind bereit, Ihnen bzw. Ihrer Bank ein sehr lukratives Angebot zu machen. Da Sie kurz vor dem Konkurs stehen, nachdem Sie nicht bereit waren, die Sturmschäden zu beseitigen …"

„Was?" Nicole schoss von ihrem Stuhl hoch. „Nicht bereit?" Sie sah Tom fragend an. „Haben Sie es ihm nicht erzählt?"

Tom schüttelte den Kopf. Quinn entging nicht, dass er Nicole dabei warnend anblickte. „Ihre Situation ist vertraulich, Nicole. Ich würde mir niemals anmaßen, mit einem potenziellen Käufer darüber zu sprechen."

Sie öffnete den Mund, doch Tom kam ihr zuvor. „Und ich würde Ihnen empfehlen, es auch nicht zu tun."

Sie gehorchte und schwieg. Quinn blickte verstohlen zu Tom Northcott hinüber. Ein aalglatter Yuppie-Typ mit schütterem Haar und dicker Brille. Sie vertraute dem Mann offenbar.

Nicole biss sich auf die Unterlippe, was Quinns Aufmerksamkeit sofort wieder auf sie lenkte. Und er dachte daran, wie salzig ihre Lippen geschmeckt hatten und wie unglaublich gut ihr Körper sich angefühlt hatte. Ein vertrautes Gefühl der Anspannung kündigte sich in den unteren Regionen seines Körpers an, und er presste die Lippen zusammen. Er würde hier seinen Verstand einsetzen und sonst nichts.

Gleichzeitig verengte er die Augen zu schmalen Schlitzen und sah, wie Nicole dabei zusammenzuckte. Offenbar konnte er sich nicht auf seinen Instinkt verlassen, sobald diese Frau im Spiel war. Also richtete er sich nach dem, was ihm seine Erfahrung vorgab. Er hatte hier einen Job zu erledigen. Und dann sah er besser zu, dass er von hier wegkam.

„Miss Whitaker, uns ist es egal, ob wir dieses Anwesen von Ihnen kaufen oder von der Bank. Ich bin bereit, Ihnen jetzt sofort unser Angebot zu unterbreiten, aber Voraussetzung wäre auf jeden Fall, dass noch vor dem Verkauf gewisse Reparaturen ausgeführt werden."

„Was für Reparaturen?"

„Haben Sie denn schon das ganze Anwesen gesehen, Mr. McGrath?", fragte Northcott.

„Noch nicht ganz", gab Quinn zurück. „Aber genug, um zu wissen, dass das Dach erneuert werden muss. Das Gleiche gilt für die Fassade, die Fenster und …", er sah ihr direkt in die Augen, „… den Aufzug …"

Sie wurde rot, und er empfand wider Willen etwas wie Rührung. Verdammt! Er wollte sie ja nicht quälen oder in Verlegenheit bringen. Aber warum tat sie das? Warum ging sie so leichtfertig um mit einer Sache, die bitterernst war?

Weil es für sie nicht ernst war. Für sie war es nur ein Spiel.

„Was ist, wenn ich es nicht scha… was, wenn ich diese Reparaturen nicht ausführen lasse?", fragte sie.

Quinn blätterte in seiner Akte. „Für diesen Fall würden wir unser Angebot um den Betrag verringern, den wir selbst für die Renovierung aufbringen müssten."

Er hörte, wie sie abrupt einatmete.

Tom beugte sich vor. „Dieser Preis würde Ihr Darlehen nicht abdecken, Nicole."

Quinn schlug mit einem hörbaren Knall seine Akte zu. Ein Trick, der noch nie seine Wirkung verfehlt hatte. „Sie beseitigen die Sturmschäden, und wir zahlen Ihnen genug, um Ihr Darlehen tilgen zu können. Natürlich könnten Sie auch Konkurs anmelden." Ihr Gesicht nahm einen gepeinigten Ausdruck an, doch er ließ keine Gnade walten. „Dann können wir die Sache allerdings – in jeder Hinsicht – vergessen."

„Ich verstehe nicht." Nicole sah erst Quinn, dann Tom fragend an. Sie konnte ihm jetzt nicht einmal in die Augen sehen. Was war sie doch für eine falsche Schlange. „Warum überhaupt Reparaturen, wenn doch alles …", sie brach ab und schluckte, „… alles platt gewalzt werden soll?"

Quinn antwortete, bevor Northcott etwas sagen konnte. „Wir möchten uns einfach alle Möglichkeiten offen halten", erwiderte er achselzuckend. Sie wollten sich der Bank gegenüber kooperativ zeigen, damit das Darlehen getilgt werden konnte, aber je weiter Quinn den Preis herunterhandeln könnte, desto glücklicher würde er natürlich seinen Boss machen.

„Und wenn ich etwas ganz anderes möchte?" Er war überrascht, wie sehr ihre Stimme zitterte.

„Was könnte das sein?", fragte Quinn.

„Ich möchte *Mar Brisas* gar nicht verkaufen, Mr. McGrath. Ich möchte nicht, dass es abgerissen wird. Und ganz sicher nicht von Ihnen."

„Warum haben Sie es dann nicht instandgesetzt?"

Nervös blickte sie zu Northcott hinüber, ohne die Frage zu beantworten. Irgendetwas war hier faul. Das sagte ihm sein Instinkt. Es war an der Zeit, mit härteren Bandagen zu kämpfen. Im Übrigen war ihm keiner dieser beiden gewachsen.

„Ich möchte eine umfassende Prüfung Ihrer Bücher, Darlehensurkunden und Versicherungspolicen", erklärte er.

Sie machte große Augen. „Wie bitte?"

„Und was diese Anzeigenkampagne betrifft, möchte ich Budget und Produktionsplan in schriftlicher Form." Letzteres brauchte er gar nicht, aber sie sollte bloß nicht glauben, er habe vergessen, dass sie ihn zum Narren gehalten hatte.

Sie öffnete den Mund, und ihre Lippen formten dabei ein vollkommenes, pinkfarbenes O. Es versetzte ihm einen Stich, er wusste selbst nicht, warum. Und das wiederum machte ihn erst recht wütend. Es weckte Selbstzweifel in ihm und Zweifel an allem, was er bisher zu wissen geglaubt hatte.

Sie die Frau seines Lebens? Dass er nicht lachte. Wie war das mit rosa Elefanten?

„Sie haben absolut kein Recht, das von mir zu fordern, Mr. McGrath", sagte sie und hob trotzig das Kinn. „Ich werde nicht kooperieren."

„Nun ja", meldete Northcott sich zu Wort. „Rein technisch

hätten Sie längst Konkurs anmelden müssen, und rein juristisch hat ein Käufer ein Recht auf diese Informationen." Der Banker blickte Quinn an. „Ich habe natürlich nicht all die notwendigen Papiere bei mir, und ich glaube, Sie hatten auch noch nicht die Gelegenheit, sich wirklich einen Eindruck von dem Potenzial dieses herrlichen Anwesens zu machen, Mr. McGrath. Ich schlage vor, dass Sie es erst einmal ausführlich besichtigen."

Quinn hatte alles – vor allem auch die Eigentümerin – so ausführlich wie nötig besichtigt. Verstohlen blickte Quinn zu ihr hinüber. Sie erwiderte seinen Blick, und schon wieder hatte er das Gefühl, als ob sie mit Blicken eine heimliche Botschaft austauschten. Das tat weh. Verdammt, es hätte so gut werden können.

„Sie müssen die Hotelanlage besichtigen", wiederholte Northcott beharrlich. „Wir werden die Papiere wie gewünscht zusammenstellen, bis auf die Informationen über die Werbekampagne. Das ist ganz allein Nicoles Baby."

Quinn fühlte sich, als habe man ihm einen Fausthieb verpasst. Warum? Warum nur verschwendete sie Zeit, Geld und Energie darauf, ihn wie einen Idioten dastehen zu lassen?

Nicole hieb mit der Hand auf den Tisch. „Moment mal, Tom. Ich kann nicht glauben, dass er einfach so hereinmarschieren und Einsicht in meine sämtlichen Unterlagen fordern kann. Ich …"

„Das ist alles im Grundbuch eingetragen", fiel Quinn ihr ins Wort. „Ich kann auch ins Rathaus gehen und dort die Dokumente einsehen. Je leichter Sie es mir machen", fügte er ruhig hinzu, „desto schneller sind Sie mich los und bekommen Ihr Geld."

Ihre Augen schleuderten Blitze. „Sie wissen gar nichts von mir."

Er wusste alles, was er wissen musste. „Ich brauche Sie nicht zu kennen, um ein Geschäft mit Ihnen abzuschließen, Miss Whitaker."

Northcott stand auf und räusperte sich. „Aber Sie müssen die

344

Immobilie gesehen haben, Mr. McGrath, und dazu brauchen Sie Nicole. Sie ist vertraut mit jedem Quadratzentimeter dieses Anwesens." Er setzte ein geschäftsmäßiges Lächeln auf. „Sie wird Ihnen alles zeigen, wenn es sein muss, aufs Dach klettern oder von einem Balkon zum anderen …"

„Nicht zu vergessen den Aufzug."

Northcott lachte. „Oh, sie ist bekannt dafür, dass sie manchmal hinaufklettert, um ihn wieder in Gang zu setzen. Nicht wahr, Nicole?"

Sie seufzte leise. „Nur wenn ich wirklich verzweifelt bin."

Als Tom sich zur Tür wandte, wollte sie protestieren, doch Northcott hob die Hand. „Vertrauen Sie mir, Nicole. Habe ich Sie jemals enttäuscht?"

Quinn horchte auf. Eine Bank setzte ihre Interessen stets über die ihrer Kunden. Er wusste Bescheid über die Welt der Finanzen. Was ging zwischen diesen beiden vor?

„Tom, bitte." Sie sah ihn flehend an. Quinn wusste, er selbst hätte diesem Blick nicht widerstehen können. „Die Zahl der Buchungen hat sich erhöht. Die Kampagne zahlt sich aus. Vielleicht ist es gar nicht nötig, dass Sie alles besichtigen."

Diese verdammte Anzeige, mit der sie ihn so der Lächerlichkeit preisgegeben hatte! Quinn stand auf. „Es ist sehr wohl nötig, Miss Whitaker. Ich möchte diese Besichtigung. Jetzt gleich."

Als er sich umdrehte, bemerkte er, wie Northcott seiner Kundin einen letzten aufmunternden Blick zuwarf. Also, irgendetwas stimmte hier nicht.

Als Northcott die Tür hinter sich schloss, begann sie geschäftig mit irgendwelchen Papieren zu hantieren. „Na schön, Mr. McGrath", sagte sie, und es klang mehr als nur ein bisschen giftig. „Lassen Sie uns also eine Besichtigungstour machen." Sie hob den Kopf und sah ihn kühl an. „Den Aufzug würde ich gerne auslassen."

Er ließ absichtlich langsam den Blick über sie gleiten, erst über ihre Brüste, dann über ihre perfekt gerundeten Hüften. Es spielte keine Rolle, dass sie weit geschnittene Sachen trug.

Er wusste genau, was sich darunter verbarg.

„Aber ich möchte nichts auslassen, Miss Whitaker."

Sie strich mit zitternder Hand über ihre Bluse. „Dann muss ich mich wohl umziehen. Vielleicht wollen Sie lieber Jeans anziehen. Sie könnten sich schmutzig machen."

„Darauf wette ich." Quinn griff nach seiner Akte. Dann hob er den Kopf und blickte noch einmal in ihre Augen. Das Leuchten war verschwunden. Ihr Blick war misstrauisch und unfreundlich.

Wie lange noch würden sie dieses Spiel spielen?

„Quinn …"

„Nicole …"

Sie redeten auf die Sekunde gleichzeitig.

Sie hob die Hand. „Wir sehen uns im Foyer. Je schneller wir es hinter uns bringen, desto schneller können Sie wieder verschwinden."

„Ganz genau."

Nicole holte tief Luft und versuchte sich zu beruhigen, doch der Hauch von After Shave, der immer noch im Raum hing, war nicht dazu angetan, sie in irgendeiner Weise zu beruhigen.

Ihr Mac war Quinn McGrath.

Sie blickte aus dem Fenster aufs Meer, doch alles, was sie sah, war die unglaublich überraschende, romantische Begegnung am Strand nur wenige Stunden zuvor.

Plötzlich kamen ihr die Tränen. Sie war eben nicht für diese Art von Liebesglück geschaffen – nicht einmal für einen einzigen Abend. Ein Schluchzer entfuhr ihr, und sie griff nach der Kleenexschachtel.

„Nicole!"

Sie hatte Sally gar nicht hereinkommen hören.

„Oh, Schätzchen, nicht weinen!" Mit zwei Schritten war Sally bei ihr und nahm sie in die Arme. „Wir werden eine Lösung finden. Du wirst dein Hotel nicht verlieren."

„Es ist nicht …" Sie konnte es Sally nicht erklären. Es war

besser, sie glauben zu lassen, ihr einziges Problem sei, dass sie *Mar Brisas* verlieren würde, und nicht auch noch ihre Würde und den einzigen Hoffnungsschimmer auf ein märchengleiches Happy End, den sie sich jemals gestattet hatte.

Angewidert schlug sie mit der flachen Hand gegen die Wand. Quinn war alles andere als ein Märchenprinz. Er war ein Lügner. Jedes Mal, wenn sie dachte, er sei keiner, bewies er von Neuem, dass er doch einer war. Sie hatte ihm gesagt, dass sie hier arbeitete. Warum also hatte er nicht gesagt, dass er ein Kaufinteressent war? Hatte er ihr absichtlich etwas vorgemacht?

„Du bekommst genau das, was du siehst."

Na klar, Romeo. Wut und Scham überwältigten sie. Am schlimmsten aber war die Enttäuschung. Er war doch nichts weiter als ein knallharter Kapitalist mit Aktenkoffer und nichts im Kopf als Angebot und Nachfrage. „Dieser verdammte …"

Sally hielt ihre Hand fest, bevor sie noch einmal damit gegen die Wand schlagen konnte. „Beruhige dich, Nic. Tom hat mir gesagt, er versucht, auf Zeit zu spielen, ein bisschen zu bluffen. Er hatte nämlich alle Dokumente in seinem Aktenkoffer. Aber wenn du McGrath davon überzeugen kannst, dass es sich sehr wohl lohnen würde, *Mar Brisas* zu erhalten, anstatt es abzureißen, dann wird seine Firma doch mehr für die Immobilie zahlen. So viel, dass du dein Darlehen tilgen kannst. Wenn nicht, hast du wirklich ein Problem."

Nicole nickte. Das alles war ihr auch klar, und sie wollte gar nicht darüber nachdenken, was genau das für sie bedeutete.

„Komm schon, Nic. Du kannst besser als irgendjemand sonst die Vorzüge dieses Hotels anpreisen. Gib dein Bestes, und Tom wird so viel Zeit herausschinden wie möglich. Du musst es irgendwie schaffen, dass McGrath sein Angebot erhöht."

Nicole starrte nachdenklich vor sich hin. „Tom war irgendwie so komisch, als die Sache mit der Versicherung angesprochen wurde. Warum hat er mich nicht erklären lassen, wie es wirklich ist? McGrath glaubt, ich hätte Geld von der Versicherung bekommen und würde es nicht einsetzen."

„Ich weiß nicht, aber Tom ist auf unserer Seite. Tu, was er sagt. Mach mit dem Mann eine Besichtigungstour."

„Und was soll ich ihm zeigen, Sally?"

„Lass dir etwas einfallen." Sie gab Nicole einen leichten Schubs. „Wir beide wissen, wie kreativ du sein kannst. Es sind übrigens drei weitere Buchungen eingegangen! Alles Paare. Eins auf Hochzeitsreise, sie wollten einen Bungalow. Aber 1601 und 1701 sind ja besetzt."

„Oh, dann ziehe ich einfach aus Nummer 1801 aus", rief Nicole erfreut. „Wann kommen die frisch Vermählten denn an?"

„In ein paar Tagen. Ich könnte dich im Hauptgebäude unterbringen. Wäre dir das sehr unangenehm?"

„Bist du verrückt? Für das Einkommen? Aber der größte Teil meiner Sachen ist sowieso bei meiner Tante Freddie auf dem Festland. Ich kann innerhalb von ein, zwei Stunden meine Sachen packen."

Sally lächelte wehmütig. „Dafür, dass dir die Geschichte dieses Hauses so wichtig ist, hast du hier aber nur wenig Wurzeln."

Nicole sah ihre Freundin ernst an. „Ich habe schon als kleines Mädchen gelernt, dass Wurzeln ausgerissen werden können."

„Das klingt sehr traurig."

„Nein." Nicole schüttelte den Kopf. „Traurig ist, dass ich meine Zeit mit diesem … diesem …"

„Rücksichtslosen, arroganten Tycoon?", half Sally aus.

„Genau, mit diesem Quinn McGrath verschwenden muss." Sie zog eine Grimasse. „Einfach widerlich."

„Ja." Sally nickte nachdenklich. „Widerliche einsachtzig groß und voller widerlicher Muskeln, widerliche braune Augen, ein widerliches Lächeln und eine wirklich widerliche Rückansicht."

Nicole konnte sich ein Lächeln nicht verkneifen.

Nicole hatte gehofft, dass Quinn sie versetzen würde, aber nein, da stand er. Umwerfend attraktiv wie immer, mit abgewetzten Jeans – die sich perfekt an seine schmalen Hüften schmiegten –

und einem dunkelblauen T-Shirt, das über seiner breiten Brust spannte. Seine Haltung wirkte sehr lässig, doch sein Gesichtsausdruck war weit davon entfernt.

Wortlos drückte er auf den Knopf, um den Aufzug zu holen. Nicole spürte, wie sich ihr Magen verkrampfte. „Ich schlage vor, wir fangen draußen an", sagte sie.

Er drückte noch einmal auf den Knopf. „Lassen Sie uns hier anfangen."

„Ich brauche frische Luft." Panik stieg in ihr auf.

Das Klingelsignal ertönte. „Aber unser Taxi ist schon da", witzelte er und sah sie herausfordernd an. „Nach Ihnen."

Ihr Mund wurde ganz trocken, als er hinter ihr die Kabine betrat. Die Türen – plötzlich funktionierten sie reibungslos – schlossen sich sofort.

Nicole blieb trotzig mit dem Rücken zur Tür stehen.

„Wissen Sie", sagte er leise, „eigentlich ist es üblich, sich in einem Aufzug mit dem Gesicht zur Tür zu stellen."

„Es ist auch üblich, sich erst einmal vorzustellen, bevor man das Leben eines Menschen ruiniert."

Quinn schnaubte verächtlich. „Es ist auch üblich, sich vorzustellen, wenn man mit seinem hübschen Po im Aufzug stecken bleibt und gerettet wird."

Sie wirbelte herum. „Ich bin nicht im Aufzug stecken geblieben, sondern in der Ausstiegsluke." Sie spürte die Hitze, die von ihm ausging. Regungslos blieb sie stehen und starrte auf den Aufdruck seines T-Shirts. Er war offenbar ein Fan der Yankees.

Sie schloss die Augen. Das wollte sie doch gar nicht wissen. Sie wollte überhaupt nichts über ihn wissen. Darauf bedacht, jeglichen Körperkontakt zu vermeiden, drückte sie auf den Knopf für die dritte Etage. Er verschränkte die Arme vor dem Oberkörper und trat einen Schritt zurück. Würde der Aufzug sich in Bewegung setzen?

Ungeduldig wollte sie den Knopf noch einmal drücken, aber er hielt sie am Handgelenk fest.

„Warum hast du das getan?"

Verblüfft starrte sie ihn an. „Wir müssen in den dritten Stock hinauffahren, wenn wir uns das Dach ansehen wollen."

Er lächelte, als ob sie wissen müsste, was er meinte. „Warum hast du mich benutzt?"

„Dich benutzt?"

„Für diese Anzeige."

Sie wandte den Blick ab. Sie wollte nicht zugeben, dass er sie dazu inspiriert hatte; dass ein Immobilienhai mit Bulldozer und dickem Scheckbuch sie in einen Zustand kreativer Euphorie versetzt hatte.

„Es war leicht", sagte sie beiläufig und blickte dabei an ihm vorbei auf die beleuchtete Anzeigentafel. Der Aufzug hatte sich noch nicht bewegt.

„Wie bitte? Sagtest du, es war leicht?"

„Ich musste mir einen Text für die Plakatwand ausdenken, und zwar schnell. Es heißt ja immer, mit Sex verkauft sich alles am besten. Logisch, dass ich da an dich dachte."

„Logisch."

„Nun ja, ich … ich bekam das Angebot, die Plakatwand einen Monat lang umsonst zu nutzen. Und einen Tag zuvor waren wir uns begegnet …"

„Und dir ging es ja nur um deine Bedürfnisse. Also weshalb sich Gedanken machen, ob man dabei einen rücksichtslosen, arroganten Typ der Lächerlichkeit preisgibt?"

„Ich wusste ja nicht, dass du dieser arrogante Tycoon bist." Sie hob entschuldigend die Hand. „Ich meine, ich wusste nicht, dass du Quinn McGrath von Jorgensen Development bist. Ich hatte ja den Termin mit dir abgesagt. Was hattest du hier überhaupt zu suchen?"

„Hätte es denn etwas geändert, wenn du gewusst hättest, wer ich bin?"

„Was für eine Frage! Schon mal was von ‚Der Feind in meinem Bett' gehört?"

Er schien jetzt doch ein klein wenig verunsichert zu sein.

„Warum bin ich der Feind, Nicole? Ich kann dich von dieser Bruchbude befreien, dir die Freiheit …"

Sie versuchte, sich aus seinem Griff zu befreien. „Es ist keine Bruchbude. Hörst du gefälligst auf, es so zu nennen?"

„Es ist ein heruntergekommener, renovierungsbedürftiger Haufen Holz, der wahrscheinlich nicht einmal das Geld wert ist, das du mit deinem Partner Tom offenbar für andere Zwecke beiseite geschafft hast."

Nicoles Puls raste, diesmal allerdings nicht wegen Quinns erotischer Ausstrahlung. Wütend trat sie auf ihn zu. „Auch wenn ich mich wiederhole: Du weißt gar nichts von mir. *Mar Brisas* ist mein Zuhause. Es ist zum Teil meine Vergangenheit, und es ist meine ganze Zukunft. Kann sein, dass es in einem sehr schlechten Zustand ist, aber das ist nicht meine Schuld." Zum Teufel mit Tom Northcott und seinen ominösen Warnungen. Sie musste diesem Mann endlich die Wahrheit sagen. „Ich habe kein Geld von der Versicherung bekommen, Quinn. Sonst hätte ich längst ein neues Dach. Ich hätte die Zimmer renoviert und sturmsichere Fensterscheiben installieren lassen. Ich hätte Treppen und Balkongeländer, die kein Sicherheitsrisiko darstellen. Und ich hätte, verdammt noch mal, einen funktionierenden Fahrstuhl." Sie holte Luft und verfluchte das Zittern in ihrer Stimme. „Und ich würde eher den Teufel küssen, als mein Hotel an einen aufgeblasenen feinen Pinkel aus New York verkaufen, der daraus nur einen weiteren geschmacklosen pinkfarbenen Kitschpalast ohne Atmosphäre machen möchte."

Quinn hörte schweigend zu. „Nicole", sagte er schließlich. „Der Aufzug bewegt sich nicht."

Sie blickte erneut auf die Anzeigentafel. Er drückte alle möglichen Knöpfe. Nichts tat sich.

„Oh, nein! Nicht schon wieder!", murmelte sie. „Hast du ein Handy dabei?"

„Ich habe es in meinem Zimmer gelassen."

Sie sah ihn ungläubig an, und er klopfte wie zum Beweis auf seine Hosentaschen. „Sobald unser Meeting beendet ist, habe ich Urlaub, und im Urlaub trage ich nie …"

„Urlaub?"

„Rein technisch, ja." Er verschränkte die Arme. „Ich habe mir eine Woche frei genommen. Aber keine Sorge, ich werde mir anderswo ein Zimmer suchen."

Sie schluckte ihre Enttäuschung hinunter. Kein Einkommen. Keine weiteren Gelegenheiten …

„Und jetzt?" Er klopfte an die Tür. „Sollen wir wieder unsere Fäuste einsetzen?"

Sie hüstelte, um ihr Lachen zu überdecken. „Entweder das, oder du hebst mich hoch." Sie deutete auf die Ausstiegsluke. „Normalerweise kann ich ihn wieder zum Laufen bringen."

Er musterte sie. „Voll bekleidet? Das ist aber untypisch."

Sie spürte, wie das Verlangen wieder von ihr Besitz ergriff. Und sie hasste sich dafür. Sie hasste ihn. Er war Quinn McGrath, der Mann mit dem Aktenkoffer, dem Scheckbuch und den Dollarzeichen in den Augen. Warum konnte sie einfach nicht vergessen, wie es war, von ihm geküsst zu werden, von seinem harten männlichen Körper an die Wand gedrängt zu werden, die geschickten Liebkosungen seiner Zunge zu spüren?

Schnell schob sie die Hände in die Hosentaschen, damit er nicht sehen konnte, wie sie zitterten. „Könntest du bitte so fair sein, diesen Vorfall zu vergessen?"

„In Ordnung." Er wurde ernst. „Wenn du die Anzeige verschwinden lässt."

„Was?"

„Lass diese Anzeige verschwinden, Nicole."

Sie schüttelte den Kopf, entschlossen, sich ihm zu widersetzen, und merkwürdig erleichtert, etwas zu haben, mit dem sie ihn unter Druck setzen könnte. „Nein."

„Nein?"

„Wenn ich Nein sage, meine ich Nein. Die Anzeige bleibt."

„Lass sie verschwinden. Sie ist mir zuwider." Es war ihm wirklich ernst.

„Sie ist dir zuwider, weil sie erfolgreich ist, und wenn ich mit diesem Hotel Geld verdienen kann, dann kannst du es nicht kaufen."

Er fuhr sich mit der Hand durchs Haar. Wundervolles Haar. Am liebsten hätte sie es berührt. „Sie ist mir zuwider, weil sie das, was sich zwischen uns abgespielt hat, ins Lächerliche zieht."

Ins Lächerliche? Meinte er das ernst? „Ich schätze, dein männliches Ego ist verletzt, dein Pfauenstolz."

„Dann sind wir ja quitt."

„Wie meinst du das, wir sind quitt?"

„Du weißt auch überhaupt nichts von mir."

Ihre Knie wurden weich, und sie lehnte sich an die Wand. Oh, nein, jetzt fing er wieder an, so zu reden, dass sie am Ende gar nicht anders könnte, als hier im Aufzug Sex mit ihm zu haben.

Sie blickte hinab auf ihre Schuhe. Mit einer schnellen, geschickten Bewegung löste sie die Fersenriemen ihrer flachen Sandaletten und kickte sie fort.

Er sog hörbar die Luft ein. „Was hast du vor?"

„Ich ziehe die Schuhe aus, um deine Hände zu schonen, wenn ich mich draufstelle."

Er verflocht die Hände vor seinem Körper, und sie hielt sich an seinen Schultern fest und stellte einen Fuß auf seine Hände. „Und jetzt – hoch!" Sie stieß sich vom Boden ab und griff nach dem Riegel an der Ausstiegsluke. Seine Arme wackelten, und sie schrie auf, als er sie an sich drückte.

Ihre Hüften waren genau auf seiner Augenhöhe. „Ich hab dich", sagte er.

Und ob er sie hatte! Sein Mund war nur zwei Zentimeter vom Reißverschluss ihrer Jeans entfernt. Nicole drückte die Luke auf, streckte den Arm durch die Öffnung und atmete tief durch. Dann spähte sie zu Quinn hinab. Er hatte die Augen geschlossen. Seine Lippen waren halb geöffnet, und sie hätte schwören können, dass sie seine Zungenspitze gesehen hatte.

„Lady, mach, dass du da hoch kommst." Seine Stimme klang

gefährlich heiser. „Bevor ich dir zeige, was ich mit meinen Zähnen an einem Reißverschluss alles machen kann."

Nicole schloss die Augen, hielt den Atem an und streckte den Arm, so weit es irgend ging, nach dem Kabel aus. Fast hätte sie es berührt.

Was konnte er wohl mit seinen Zähnen an einem Reißverschluss alles machen?

Oje, die Besichtigungstour würde wohl allerhöchste Anforderungen an ihre Selbstdisziplin stellen.

5. Kapitel

Schon war es wieder passiert. Quinns Hormone spielten verrückt. Hatte er denn gar keine Kontrolle über seinen Körper? Offenbar nicht, wenn Nicole Whitaker als Fahrstuhlmonteur agierte.

„Geschafft!", verkündete sie.

Was immer sie „geschafft" hatte, der Aufzug setzte sich mit einem Ruck in Bewegung. Quinn hielt ihre Hüften umfasst und hob Nicole vorsichtig herunter.

Als ihre Füße den Boden berührten, schlüpfte sie wieder in ihre Sandaletten und vermied es dabei sorgfältig, Quinn anzublicken.

Ihre Wangen waren gerötet, ihre Bewegungen irgendwie fahrig. Doch bevor er etwas sagen konnte, öffneten sich die Türen. Sie befanden sich im dritten Stock.

„Vielleicht sollten wir einfach ganz oben anfangen", sagte sie. „Von einem der unbewohnten Zimmer auf dieser Etage kann man aufs Dach gelangen. Wenn du das Chaos dort oben erst gesehen hast, interessiert dich der Rest vielleicht gar nicht mehr."

„He, du sollst mich dazu bringen, das Hotel kaufen zu wollen", ermahnte er sie. „Sind eigentlich alle Schäden eine Folge des Sturms, oder spielt auch Verschleiß eine Rolle?"

„Das Dach war ungefähr fünfzehn Jahre alt, als der Hurrikan zuschlug. Es hätte bald ausgebessert werden sollen, aber der Sturm hat natürlich alles viel schlimmer gemacht. Ich konnte ein paar notdürftige Reparaturen durchführen, aber die Zimmer, in die es manchmal hineinregnet, musste ich abschließen. Ehrlich gesagt, es müsste komplett neu gedeckt werden. Allerdings ist auch die Dachpappe an vielen Stellen gerissen."

Sie waren im letzten Zimmer am Ende des Flurs angekommen, und Nicole nahm ihren Schlüsselbund und entriegelte die Tür.

Quinn spürte sofort den moderigen Geruch. Es war kühl und dunkel in dem mit mehreren Kommoden und Nachttischen gefüllten Raum. Ein kleiner Turm aus aufeinander gestapelten Eimern stand in einer Ecke, und eine in Plastikfolie gehüllte Matratze lehnte neben einer Leiter an der Wand.

Mit routinierten Bewegungen öffnete Nicole die Schiebetür zum Balkon und begann, die Leiter nach draußen zu ziehen. „So klettere ich immer aufs Dach", erklärte sie.

„Moment." Er packte die Leiter. „Lass mich das machen." Dabei berührten seine Hände ihre, und sie zuckte zusammen, als habe sie sich verbrannt. Einen Augenblick lang trafen sich ihre Blicke, und er war überrascht über den intensiven Ausdruck in ihren blaugrünen Augen. Er wandte den Blick nicht ab. Und sie auch nicht. Eine Sekunde, zwei … eine Ewigkeit.

Ein mittlerweile vertrautes Gefühl durchflutete ihn, dasselbe, das ihn in der Nacht zuvor auf dem Highway und heute Morgen am Strand elektrisiert hatte. Eine Mischung aus Sehnsucht und Begierde, die ihn völlig aus der Bahn warf. Oh, verflixt. Er würde es nicht zulassen, dass Nicole ihn in ihren Bann zog.

„Wo soll die Leiter hin?", fragte er.

Sie ging zum Balkongeländer. „Hierher, falls du keine Höhenangst hast. Ich steige immer auf die Leiter und von dort aus auf diesen Vorsprung. So erreiche ich den größten Teil des Daches."

Sein Blick folgte ihrem zu dem gefährlichen Vorsprung. „Du kletterst da drauf, um aufs Dach zu kommen?"

„Natürlich. Glaubst du vielleicht, der Nikolaus kommt und bessert das Dach aus, wenn es wieder einmal stark geregnet hat?" Sie kniff die Augen zusammen und blickte an ihm vorbei auf eine Stelle über dem Fenster. „Oh, nein. Doch nicht etwa schon wieder ein Riss?"

Ohne ein Wort der Erklärung ging sie in das zum Lagerraum

umfunktionierte Zimmer zurück und erschien kurz darauf mit einer verbeulten Werkzeugkiste und einer halben Rolle Teerpappe, die sie ein wenig zu heftig in seine Richtung schwang. Er stöhnte auf.

„Was ist los, Quinn? Der feine Immobilienmanager hat wohl Angst, sich die Hände schmutzig zu machen."

Er packte die Teerpappe und sah Nicole misstrauisch an. „Gib mir den Werkzeugkasten. Ich kann mich allein umsehen. Du gehst da nicht hinauf."

„Wie bitte?" Sie setzte den Werkzeugkasten mit einem lauten Knall ab. Einen Moment lang fürchtete er, sie könne ihm einen Kinnhaken verpassen, weil er ihren Stolz verletzt hatte. „Das ist immer noch mein Eigentum, und ich gehe, wohin es mir passt."

Sie klappte die Leiter auf, ließ die Sicherheitsriegel einschnappen und schob sie bis zum äußeren Rand des Balkons. Entschlossen griff sie nach dem Werkzeugkasten, setzte den Fuß auf die unterste Sprosse und blickte über die Schulter zurück.

Quinn betrachtete ihren wohlgeformten Po. Sie hatte irgendwann ihre weite Bluse in den Bund ihrer Jeans gestopft.

„Mir nach."

Wohin auch immer du willst! schrie eine Stimme in seinem Innern. „Wie du willst", erwiderte er achselzuckend.

Auf der obersten Stufe blieb sie erneut stehen und blickte auf ihn herab, bevor sie aufs Dach stieg.

Er kam nicht umhin, ihre katzenhafte Geschicklichkeit zu bewundern – umso mehr, als sie nur dünne Riemchensandaletten trug. Offenbar hatte sie diese Übung schon oft absolviert. Ihre Furchtlosigkeit beeindruckte ihn, aber was ihn wirklich erstaunte, war ihre wilde Entschlossenheit.

Sie war ganz, ganz anders, als er sich Nick Whitaker vorgestellt hatte.

Als sie einen Hammer aus der Werkzeugkiste holte und sich drei flachköpfige Zimmermannsnägel zwischen die Lippen schob, wurde Quinn endgültig klar, dass er sie völlig falsch eingeschätzt hatte.

„Gib mir ungefähr einen halben Meter Pappe", murmelte sie, griff mit einer Hand nach einem losen Ziegel, und deutete mit der anderen, die den Hammer hielt, auf die Dachpappenrolle.

Quinn öffnete die Rolle und nahm ein Schneidemesser aus der Werkzeugkiste. Der Geruch der Teerpappe, die Hitze, die von dem Dach aufstieg, und das Gefühl, jederzeit abstürzen zu können, all das erinnerte ihn an frühere Zeiten. An lange, heiße Sommer, in denen er zusammen mit Colin und Cameron gearbeitet hatte. Er hörte noch immer die Stimme seines Dads, der den Bauarbeitern seine Befehle zurief. Im Schweiße ihres Angesichts hatten sie ein Einfamilienhaus nach dem anderen in den wohlhabenden Stadtbezirken im Westen von Pennsylvania fertiggestellt. Er hatte diese Zeit geliebt – die harte Arbeit und den Spaß, den er mit seinen Brüdern dabei hatte. Plötzlich wurde ihm bewusst, wie sehr ihm das alles fehlte.

„Möglichst heute noch, Quinn", brummte sie ungeduldig, immer noch mit den Nägeln zwischen den Lippen.

Er musste sich ein Lachen verkneifen. Sie hätte als Bauarbeiterin eine echte Chance.

Wortlos arbeiteten sie zusammen und verschlossen den Riss, den sie entdeckt hatte. Er schluckte seinen Stolz hinunter und ließ sie den Hammer schwingen, während er nur die Pappe festhielt. Er konnte sehen, wie sich beim Arbeiten ihre Halsmuskeln anspannten. Eine Strähne, die sich aus ihrem Knoten gelöst hatte, fiel ihr ins Gesicht. Ihre Stirn glänzte feucht. Heute war ihre Frisur makellos gewesen und ohne Kugelschreiber. Offenbar hatte sie dem rücksichtslosen, arroganten Immobilienhändler mit besonderer Professionalität entgegentreten wollen.

Er gab es ungern zu, aber sie hatte recht. Er hatte sich absichtlich verspätet, damit Whitaker glauben sollte, er sei an der Immobilie nicht besonders interessiert. Dabei hatte er ganz gemütlich eine Tasse Kaffee getrunken, den Sonnenaufgang über dem Golf von Mexiko genossen und an die Frau gedacht, die ihm von ihrer Haustür aus eine Kusshand zugeworfen hatte.

Er gestattete sich einen Blick auf ihren Ausschnitt. Er war immerhin tief genug, dass man, wenn sie sich vorbeugte, den Ansatz ihrer Brüste sehen konnte. Was für wundervolle Rundungen!

Sie hörte plötzlich auf zu hämmern, blickte auf und ertappte ihn beim Hinstarren. Ohne ein Wort richtete sie sich auf und strich ihre Bluse glatt. „Willst du dir das ganze Dach ansehen, Quinn, oder reicht das erst mal?"

Er hatte keineswegs genug gesehen. Bei Weitem nicht. „Nein, ich denke, ich weiß jetzt Bescheid. Du brauchst ein neues Dach." Er rollte die Dachpappe auf und ließ den Blick über die brüchigen Ziegel und die vielen ausgebesserten Stellen gleiten. „Fünfundsiebzigtausend, würde ich sagen. Mindestens."

„Achtundsechzig, wenn man als Ziegel eine Standardform verwendet und auf so exklusive Details wie importierten Mörtel verzichtet. Ich habe drei Kostenvoranschläge in meinem Büro." Sie wischte sich mit dem Handrücken den Schweiß von der Stirn. „Und ich habe sogar ungefähr zweihundert Ziegel auf Lager. Sie wurden mir nach dem Sturm kostenlos überlassen. Das macht Reparaturen billig, wenn man für die Arbeit nichts bezahlen muss." Sie hielt die Hand über die Augen, um sie vor der Sonne zu schützen. „Würde das ein höheres Angebot rechtfertigen?"

Möglicherweise. „Könntest du mir erklären, was du gemeint hast, als du sagtest, du hättest von der Versicherung kein Geld bekommen?"

Sie sah ihn scharf an. „Wenn wir wieder auf festem Boden stehen." Sie ging auf die Knie und kletterte vorsichtig nach unten. Als sie wieder auf dem Balkon standen, wischte sie sich die Hände an ihren Jeans ab und schob sich eine Haarsträhne hinters Ohr. Dabei hinterließ sie einen schmutzigen Streifen auf ihrer Wange. Am liebsten hätte Quinn ihn weggestreichelt.

„Ich hatte Pech. Mein Versicherungsvertrag enthält eine zu meinem Nachteil formulierte Deckungsklausel", erklärte sie, schloss die Schiebetür hinter sich und holte erneut ihren Schlüsselbund aus der Tasche. „Komm, lass uns nach dem Pool schauen."

„Wie lautet denn die Formulierung?"

„Es läuft praktisch darauf hinaus, dass meine Versicherung zwar Flut- und Wasserschäden abdeckt, aber unser Hurrikan war ein so genannter trockener Sturm. Es gab sehr viel Regen, aber keine Überflutung. Drei Wochen nach dem Sturm fand ich heraus, dass ich gegen Sturmschäden nicht versichert war, und der Mistkerl von der Versicherung war nicht bereit, auch nur ein Iota nachzugeben."

Sie ging am Aufzug vorbei zur Treppe. „Hast du denn überhaupt eine Entschädigung bekommen?", fragte er.

Sie schaffte es, immer drei Stufen vor ihm zu bleiben. „Etwa zehn Prozent von dem, was ich gebraucht hätte", erwiderte sie. „Natürlich habe ich auch in der nachfolgenden Saison Verluste in vierstelliger Höhe gemacht, weil kaum Gäste kamen und es sich bei den Reiseveranstaltern herumgesprochen hatte, dass das Gebäude nicht mehr dem Standard entspricht. Diese Saison war es natürlich auch nicht besser …"

„Bis du diese clevere Kampagne gestartet hast."

Sie seufzte. „Ich hatte die Chance, die Plakatwand vier Wochen kostenlos zu nutzen", sagte sie ruhig. „Ich hatte keinen Penny, den ich für Fotos, Layout oder Gestaltung hätte ausgeben können." Sie blickte zu ihm hoch und sah ihm direkt in die Augen. „Ich bekam eine Chance und habe sie genutzt."

„Hast du nur eine Sekunde daran gedacht, wie ich mich fühlen würde, wenn ich sie lesen würde?"

Sie schüttelte den Kopf. „Du sagtest, du würdest die Insel verlassen. Ich hätte nie geglaubt, dass wir uns wieder sehen."

„Tja, da hast du dich geirrt", sagte er trocken und hielt ihr die Tür auf. „Ich wollte dich unbedingt wieder sehen."

Nicole war sprachlos. Meinte er das ernst? Hatte Quinn McGrath ein Herz … oder nur einen Körper, der Zuwendung brauchte? Sicherlich Letzteres, so wie er sie immer wieder anstarrte. Konnte es sein, dass ihm diese Anzeige wirklich so viel ausmachte?

Nun, sie würde es niemals erfahren, denn sie würde mit diesem Mann kein persönliches Wort mehr wechseln. Es würde nur zu Problemen führen. Sie hasste ihn dafür, dass er *Mar Brisas* kaufen wollte, aber die Frau in ihr – diese verräterische Schlange – vergaß das immer wieder und dachte stattdessen daran, was für einen Sexappeal dieser Mann hatte und wie er sie mit seinen dunklen Augen betörte, wann immer sich ihre Blicke trafen. Die Frau ihn ihr konnte nicht aufhören, ihn immer wieder heimlich anzustarren. Vor allem seine schmalen Hüften und die leichte Ausbuchtung unter dem Reißverschluss seiner Jeans.

Sie konnte es nicht lassen. Immer wieder blickte sie auf die schwarze Strähne, die ihm bis fast auf die Augenbraue fiel. Eine wundervoll geformte Augenbraue. Und seine Hände … Sie hätte sich fast mit dem Hammer auf die Finger geschlagen, so vertieft war sie in den Anblick seiner großen, starken Hände gewesen. Zu gut erinnerte sie sich daran, wie sie diese Hände an ihrem Körper gespürt hatte. Seine Nägel waren sauber und gepflegt, wie es sich für einen erfolgreichen Geschäftsmann gehörte. Aber nichtsdestotrotz drückten diese Hände eine animalische Kraft aus, und er hatte sich bei der Arbeit auf dem Dach überraschend geschickt angestellt.

Quinn McGrath war einfach verboten sexy. Ein Mistkerl, der sie um ihr Lebensglück bringen wollte, aber einer der attraktivsten Männer, die ihr je begegnet waren. Normalerweise machte sie einen großen Bogen um Männer wie ihn. Sie hatte kein Interesse an oberflächlichen Sexaffären, aber an einer echten Beziehung hatte sie eigentlich auch kein Interesse. Sie hatte keine Lust, sich einengen zu lassen.

„Hast du diese Versicherungspolice einmal einem Anwalt gezeigt?"

Quinns Frage riss sie aus ihren Tagträumen. Sie blieb vor dem Swimmingpool stehen. Zum Glück hatte Sallys Bruder angeboten, ihr kostenlos den Pool sauber zu halten.

„Der Anwalt der Bank hat jedes Wort unter die Lupe genommen", erwiderte sie. „Die Police ist absolut wasserdicht."

Er nahm seine Sonnenbrille aus der Brusttasche seines T-Shirts und setzte sie auf. Nicole wünschte, sie könnte das Gleiche tun und ihn dann heimlich mit Blicken verschlingen. Stattdessen blickte sie auf den Pool.

„Ich würde trotzdem gern einen Blick darauf werfen, sobald ich von der Bank die Unterlagen bekomme." Quinn war jetzt wieder ganz der effiziente Immobilienhändler.

„Wozu das denn?" Sie sah ihn misstrauisch an und dachte an Tom Northcotts warnenden Blick.

„Das ist ganz normale Geschäftspraktik. Und du kannst mir diese Unterlagen nicht vorenthalten. Als Käufer habe ich gesetzlich das Recht auf Einsichtnahme. Wer weiß, vielleicht gibt es sogar eine Klausel, dass der Käufer bei Veräußerung der Immobilie gezwungen ist, diese Versicherungspolice mit zu übernehmen. Um welche Versicherungsgesellschaft handelt es sich eigentlich?"

Sie nannte ihm den Namen. Ihr wurde immer beklommener zumute. Offenbar war er wirklich ernsthaft an einer Übernahme des Hotels interessiert. *Mar Brisas* drohte ihr aus den Händen zu gleiten. Sie hatte so hart gearbeitet und so viele Pläne für die Zukunft gemacht, und das alles würde jetzt zunichte gemacht werden. Für eine Frau, die es gewohnt war, ihr Leben im Griff zu haben, war das eine beängstigende Perspektive.

Verzagt blickte sie sich um. Was könnte sie ihm sagen, um dieses Hotel in seinen Augen aufzuwerten?

„Ich weiß, es sieht alles ein bisschen heruntergekommen aus", sagte sie und hasste sich selbst für die Unsicherheit in ihrer Stimme. „Aber erkennst du denn nicht das Potenzial?"

Er blickte sie über den Rand seiner Sonnenbrille an. „Oh, ich erkenne alle möglichen Potenziale." Sein Blick durchbohrte sie förmlich, als ob er sich vergewissern wollte, dass sie die Doppeldeutigkeit seiner Worte wahrnahm. „Ich bin nur einfach nicht daran interessiert. Du weißt, was Jorgensens Pläne für diese Immobilie sind."

Das Anwesen würde dem Erdboden gleichgemacht werden. Am liebsten hätte sie Quinn in den Pool geschubst. Sie verschränkte jedoch nur die Arme vor der Brust und sah ihn finster an. „Die Firma sollte lieber versuchen, die einzigartige Schönheit der Architektur zu erhalten, anstatt einfach alles platt zu walzen und ein Monstrum aus Glas und Beton aufzustellen, das die Aussicht versperrt und das Auge beleidigt."

Er drehte sich zu ihr um und schob die Sonnenbrille hoch. „Ich kenne mich ziemlich gut aus, was die Restaurierung und Erhaltung historisch wertvoller Gebäude betrifft. Ich stamme aus einer Familie mit einer langen Handwerkstradition. Ich habe mich einfach für eine lukrativere Seite des Baugeschäfts entschieden."

Lukrativ. Natürlich. Geld war sein Leben. Er war letztendlich doch nichts anderes als ein kleiner Donald Trump. Oder vielmehr er arbeitete für einen. Wie konnte sie das nur vergessen und sich Hoffnungen machen, es könne ein menschliches Herz in dieser sündhaft attraktiven Brust schlagen? „Wie gut für dich, Quinn McGrath. Ich hoffe, du machst viel Geld mit diesem Geschäftsabschluss."

Zu ihrer Verblüffung strich er ihr über die Wange. „Das habe ich vor. Deshalb bin ich ja zurückgekommen."

Sie versuchte, sich daran zu erinnern, dass er nichts weiter war als ein geldgieriger Geschäftsmann. Doch alles, was sie spürte, war das Gefühl, das seine Fingerspitzen in ihr auslösten. „Wirklich? Heute Morgen hast du gesagt, du wolltest mich wieder sehen."

„Und ich habe dich wieder gesehen." Er ließ die Hand sinken, beugte sich jedoch vor, bis sein Gesicht ganz nah an ihrem war. „Und jetzt zieh diese lächerliche Anzeige zurück, gib mir die Unterlagen, die ich haben möchte, und hör auf, mich anzusehen, als wolltest du bis zur Besinnungslosigkeit geküsst werden."

Die Stelle, wo er sie berührt hatte, prickelte. „Oh, ich habe nicht …"

Er grinste. „Oh doch, das hast du. Und pass besser auf, Sweetheart, denn nächstes Mal tue ich es vielleicht wirklich." Er schob sich die Sonnenbrille erneut auf die Nase. „Wenn du mich brauchst, ich bin am Strand. Danke für den Rundgang."

Da stand sie und konnte ihm nur wortlos nachblicken. Zum Teufel mit ihm! Sie wollte tatsächlich bis zur Besinnungslosigkeit geküsst werden.

6. Kapitel

Inzwischen war es später Nachmittag. Eine eigenartige Rastlosigkewar hatte Quinn gepackt. Er hatte versucht, sich auf seiner Terrasse zu entspannen, hatte jedoch stattdessen aus reiner Gewohnheit an der kaputten Schiebetür herumgebastelt. Er zog die Badehose an und warf sich in die Wellen, behielt dabei jedoch Nicoles Bungalow im Auge. Er überlegte, ob er das Hotel verlassen und woanders übernachten sollte, wie er es angedroht hatte – aber irgendetwas hielt ihn davon ab.

Schließlich setzte er sich in seinen Wagen und fuhr los, um St. Joseph's Island zu erkunden.

Am nördlichen Ende der Insel, wo ihm eine Ansammlung kleiner Läden und Restaurants signalisierte, dass er wohl „die Stadt" erreicht hatte, fand er am Strand ein kleines einstöckiges Gebäude mit einem zerfledderten Schild, auf dem „Buddy's" stand. Sicherlich gab es da drinnen eisgekühlte Getränke und keine Touristen.

Es gab nicht nur das, sondern auch einen leutseligen Wirt, mit dem er ins Gespräch kam und der zu erzählen wusste, dass Nicole mit acht Jahren als Waisenkind nach St. Joseph's gekommen war und hier von ihrer Tante Freddie großgezogen wurde, die selbst auch einmal im Hotel *Mar Brisas* gearbeitet hatte. Das Hotel war von Nicoles Urgroßvater erbaut, von dessen Sohn in den sechziger Jahren verkauft worden und hatte dann mehrmals den Besitzer gewechselt.

Irgendwie ging es Quinn zu Herzen, sich vorzustellen, wie Nicole früh verwaist zu einer Tante geschickt wurde, die einen so untantenhaften Namen wie Freddie hatte.

„Na ja", redete der Alte weiter. „Irgendwie war's ja kein Wunder, dass sie den alten Kasten gekauft hat, der hat ja sozusagen immer zu ihrer Familie gehört, und so. Aber jetzt, na ja …"

„Was ist jetzt damit?"

„Oh, sie ist von der Versicherung geprellt worden, letztes Jahr nach dem Sturm, und, na, Sie wohnen ja dort. Gucken Sie sich's an. Sie wird es sicher nicht halten können, armes Ding." Plötzlich grinste er. „Aber sie ist 'n schlaues Kerlchen, genau wie ihr Dad, und so hübsch wie ihre Tante Freddie. Nicole wird schon wieder auf die Füße kommen. Jeder hier auf St. Joe's hat sie gern. Ist schon verdammt schade, dass die meisten von uns Alten schon von diesen Immobilienhaien vertrieben worden sind. Eigentlich gibt's hier gar nichts mehr, was man 'ne Stadt nennen könnte. Ich häng an meiner alten Bude hier, aber die Angebote werden immer verlockender, das muss ich sagen."

Quinns Bier hatte plötzlich einen bitteren Geschmack. Er stellte das Glas abrupt ab.

Der Alte lachte verlegen. „Tut mir leid, junger Mann, dass ich Sie mit den alten Geschichten langweile. Ich bin nur froh, dass Nicole wenigstens ein paar Gäste hat. Und Sie wollen wirklich keine Austern? Meine sind die besten auf der ganzen Insel."

Irgendwo hatte Quinn einmal gelesen, dass Austern ein Aphrodisiakum waren. „Ich brauche keine, danke." Er ließ eine Fünfdollarnote auf den Tresen fallen, und dann streckte er spontan die Hand aus, um die des Alten zu schütteln. „Es war gut, mit Ihnen zu reden." Der Alte lächelte herzlich.

„Möchten Sie nicht noch 'n schönes kaltes Bier?", fragte er hoffnungsvoll.

Doch Quinn stand auf und blickte auf seine Armbanduhr. „Geht leider nicht. Es ist schon fast sieben." Er strahlte den Mann hinterm Tresen an. „Ich habe ein Date."

Nicole schreckte aus dem Schlaf hoch. War da ein Geräusch gewesen, oder war sie von ihrer Migräne aufgewacht, die sie um vier Uhr nachmittags umgeworfen hatte?

Sie zuckte zusammen, denn jemand klopfte an die Tür.

„Nicole, bist du zu Hause?"

Quinn! Sie sprang auf und starrte hinüber zum Wohnzimmer. Was machte er da? Sie sah blinzelnd auf die Uhr. Es war genau sieben.

Um Himmels willen! Er wollte sie doch nicht etwa zu ihrem Date abholen?

Jetzt klingelte es an der Tür.

Sie versuchte nachzudenken. Im ganzen Haus brannte kein einziges Licht. Wenn sie keinen Laut von sich gab, würde er aufgeben und weggehen. Sie war nackt bis auf Büstenhalter und Slip, aber was machte das? Sie würde diese Sache einfach aussitzen.

Lieber würde sie die ganze Nacht im Dunkeln verbringen, als noch einmal Quinn McGrath gegenüberzutreten. Vorsichtig zog sie die Knie an und zog die Decke hoch bis zum Kinn.

Ein teures Restaurant, danach ein Spaziergang am Strand, und dann ... Sie versuchte zu ignorieren, wie heiß ihr bei diesem Gedanken wurde.

Sie presste die Lider aufeinander und lauschte auf seine Schritte, die sich langsam entfernten. Gut. Sie hatte es geschafft.

Aber nun würde sie wirklich die Nacht im Dunkeln verbringen müssen. Er konnte ihren Bungalow von seinem aus sehen. Wenn er Licht bei ihr bemerkte, würde ihn das womöglich anziehen wie eine Motte. Oder wie eine Stechmücke.

Ihr Magen knurrte. Sie hatte tatsächlich den ganzen Tag nichts gegessen. Erst war sie wegen ihrer Begegnung mit Quinn zu aufgeregt gewesen, um zu frühstücken, später war sie seinetwegen zu niedergeschlagen, um zu Mittag zu essen.

Sie bemühte sich, nur ja kein Geräusch zu machen, während sie nach etwas zum Anziehen suchte, und nahm das erstbeste Kleidungsstück, das ihr in die Hand fiel. Es war das blaue Tanktop, das sie am Tag zuvor getragen hatte. Sofort musste sie wieder an Quinn denken. An seine Hände. Eine fast schmerzhafte Sehnsucht erfüllte sie.

Sie zog das Tanktop über den Kopf und tappte in die Küche.

Der Kühlschrank war leer bis auf ein Stück Käse und ein paar Flaschen Bier, die Sallys Brüder bei ihrem letzten Besuch übrig gelassen hatten. Sie versuchte es mit dem Gefrierschrank.

Bingo.

Eine Halbliterpackung Eiscreme. Stracciatella. Hm, und sogar noch dreiviertel voll.

Sie dankte ihrem Schicksal für dieses köstliche Abendessen, nahm sich lautlos einen Löffel aus der Schublade und schlich hinaus auf die Terrasse.

Der Mond stand schon am Himmel und ergoss sein silbernes Licht auf den Golf. Wunderschön. Sie würde hier sitzen, die tropische Nachtluft atmen und ihr Gourmetdinner genießen. Quinn würde sie hier im Schatten nicht sehen können, es sei denn, er suchte ihre Terrasse mit einem Scheinwerfer ab.

Nicht dass sie ihm das nicht zutrauen würde.

„Wirklich", flüsterte sie vor sich hin. „Was für ein aufgeblasener Idiot." Sie öffnete den Eiscremebehälter und tauchte den Löffel hinein. „Er hält sich wohl für unwiderstehlich und erwartet von mir, dass ich einfach vergesse, weshalb er hier ist, in meine schönsten Dessous schlüpfe, einen Sechserpack Kondome mit Geschmack einpacke und mit fliegenden Fahnen zu ihm eile?"

„Kommt darauf an. Welche Geschmacksrichtung?"

Mit einem Schrei sprang sie auf. Der Eisbehälter flog quer über die Terrasse. Als sie sich zu der Ecke umdrehte, in der der andere Rattansessel stand, sah sie im Mondlicht zwei perfekte weiße Zahnreihen blitzen.

„Was zum Teufel machst du hier?", sagte sie keuchend.

Er drehte ein wenig den Kopf, sodass sie im Mondlicht den amüsierten Ausdruck auf seinem Gesicht sehen konnte. „Ich wollte dich nicht erschrecken. Ich dachte mir, du würdest sicher bald nach Hause kommen. Wir haben eine Ver…"

„Das meinst du nicht wirklich, oder?" Wütend richtete sie ihren Löffel auf ihn. „Du musst den Verstand verloren haben, wenn du glaubst, ich gehe zu einer Verabredung mit …"

„Einem aufgeblasenen Idioten, der möglicherweise auch noch ein arroganter Immobilienhändler ist. Aber sagtest du nicht auch etwas, das sich anhörte wie ‚unwiderstehlich‘?"

Sie konnte ihn nur schweigend anstarren. Jetzt konnte sie auch erkennen, was er anhatte: ein weißes Dinnerhemd mit hochgekrempelten Ärmeln. Sie fand das unbeschreiblich sexy.

Ohne ihn aus den Augen zu lassen, bückte sie sich und hob den Eisbehälter auf. Quinn ließ ungeniert den Blick über ihren Körper gleiten. Erst da wurde ihr wieder bewusst, dass sie nichts anhatte außer einem knapp geschnittenen Tanktop und einem Slip aus weißer Spitze.

„Ist das deine Vorstellung von Abendgarderobe?" Seine Mundwinkel zuckten. „Nicht dass es mir nicht gefällt, es ist nur so … extrem lässig."

Sie richtete sich auf. Auf keinen Fall würde sie sich ihre Verlegenheit anmerken lassen. Normalerweise würde sie jetzt die Arme vor der Brust verschränken, aber die Art, wie er sie ansah, gab ihr ein merkwürdiges Gefühl von Macht. Sie fühlte sich richtig tollkühn.

Lächelnd hob sie den Eisbehälter. „Ich esse gerade zu Abend."

Endlich richtete er den Blick auf ihre Augen. „Willst du mich nicht fragen, ob ich mitessen möchte?"

„Um ehrlich zu sein …" Sie tauchte den Löffel in die Eiscreme und hielt ihn an ihre Lippen. Ganz langsam und genüsslich leckte sie die Eiscreme vom Löffel und spähte dabei aus fast geschlossenen Augen zu ihm hinüber. Mit einem Seufzer schluckte sie den köstlichen Bissen und öffnete dann die Augen. „Nein."

Quinn lehnte sich zurück in den Schatten, sodass sie leider seine Reaktion nicht genießen konnte. Sie setzte sich wieder in ihren Sessel und tauchte aufs Neue den Löffel in die Eiscreme. Noch nie war es so amüsant gewesen, Stracciatella-Eis zu essen.

„Warum hast du mir nicht erzählt, dass dein Urgroßvater dieses Hotel gebaut hat?"

Nicole erstarrte mitten in der Bewegung. „Wie hast du das herausgefunden?"

„Im Gespräch mit Einheimischen."

Vorbei war es mit dem Spaß. Sie wollte nicht, dass er wusste, weshalb *Mar Brisas* ihr so viel bedeutete. Er sollte keinerlei Macht über sie haben.

„Tja, das ist alles lange her", sagte sie und löffelte weiter ihr Eis. „Alles Geschichte."

„Genau. Deshalb ist es dir auch so wichtig, dieses Hotel zu behalten."

Mit einem Achselzucken täuschte sie Gleichgültigkeit vor. „Es ist ganz nett, eine Verbindung zur Vergangenheit zu haben, Quinn, aber, was soll's, es geht einfach um meine Existenz, um mein Einkommen."

Sie spürte, dass er sich vorbeugte, vermied es aber sorgfältig, in seine Richtung zu blicken. Womöglich würde er die Sehnsucht oder – schlimmer noch – den Schmerz in ihrem Blick erkennen.

„Es geht um die Verbindung zu deinem Vater, der starb, als du noch ein kleines Mädchen warst."

Sie stellte den Eisbehälter mit voller Wucht auf den Tisch, der in ihrer Nähe stand, und blickte Quinn erbost an. „Was zum Teufel macht denn das für einen Unterschied für dich, Donald Trump? Es ist einfach nur ein Grundstück am Strand, das du zu einer Goldmine machen kannst, indem du einen Block mit Ferienwohnungen darauf baust. Es geht ums Geschäft, oder etwa nicht? Meine Vergangenheit und meine Familie stehen hier nicht zur Debatte."

„Das kommt darauf an." Er rückte mit seinem Sessel ein Stück weiter in ihre Richtung. Das Mondlicht fiel jetzt direkt auf ihn, und er sah so verboten gut aus wie immer. „Ich muss vor einem Geschäftsabschluss immer alle Aspekte berücksichtigen."

Sie schlug die nackten Beine unter. „Was gibt es da zu berücksichtigen, Quinn? Was willst du wissen? Was könnte dich umstimmen?"

Zu ihrer Überraschung streckte er die Hand aus und berührte ihren Arm. Seine Hand fühlte sich warm an, und seine

Fingerspitzen sandten kleine Stromstöße durch ihren ganzen Körper. „Hast du dieses Hotel gekauft, weil es von deinem Urgroßvater erbaut wurde?"

Sie versuchte, sich nicht allzu sehr von seinem ernsthaften Blick täuschen zu lassen. „Ich habe es gekauft, weil es für mich eine Bedeutung hatte. Es war immer das Herz von St. Joseph's. Die Seele einer kleinen Stadt, die mich als Waisenkind aufgenommen und mir geholfen hat, zu einem halbwegs vernünftigen Erwachsenen zu werden. Dass mein Urgroßvater das Hotel gebaut hat, darauf bin ich zwar stolz, aber es ist nicht der einzige Grund. Vieles spielt zusammen, die Geschichte, der Ort, die Farben, die Atmosphäre …" Sie brach ab und dachte an die architektonische Sünde, die Jimmy Millers Obst- und Gemüseladen ersetzt hatte. „Du würdest es sowieso nicht verstehen", sagte sie und stand auf, um zum anderen Ende der Terrasse zu gehen.

In weniger als einer Sekunde stand Quinn vor ihr. Der Duft seines Rasierwassers vermischte sich mit der salzigen Seeluft. „Ich verstehe sehr wohl."

Stumm erwiderte sie seinen Blick. Sie konnte nicht antworten, denn alles, was sie wahrnahm, war die Spiegelung des Mondes in seinen unergründlich dunklen Augen und die Begierde, die sie erfüllte. Er öffnete die Lippen, und eine Sekunde lang glaubte sie, er würde sie küssen. Sie wich zurück.

„Mein Vater war Bauunternehmer", sagte er sanft, nahm eine Strähne ihres Haares und begann geistesabwesend, damit zu spielen. „Er hat wunderschöne Häuser entworfen und gebaut. Meine Brüder und ich, wir arbeiteten im Sommer für ihn, sobald wir alt genug waren, einen Werkzeuggürtel zu tragen. Wir schwitzten und hämmerten, betonierten und verputzten. Am Ende stand da immer ein Traumhaus, das man anschauen und von dem man stolz sagen konnte: ‚Wow, das habe ich gebaut!'"

Nicole schwieg noch immer. Er bewegte sich noch ein Stück weiter auf sie zu, sodass sie sich fast berührten.

„Mir gefiel diese Arbeit sehr", fuhr er fort. „Aber mein

Dad dachte, Häuser für reiche Leute zu bauen, das ... nun, es war nicht das, was er sich unter Erfolg vorstellte. Es war nicht bedeutend genug. Er wollte, dass wir Leute werden, die in solchen Häusern leben. Wir sollten gut bezahlte Jobs haben und Anzüge tragen, unseren Verstand benutzen statt unsere Muskeln. Er hat Cam, Colin und mich ganz schön unter Druck gesetzt, damit wir Berufe ergriffen, die saubere Fingernägel und gebügelte Anzüge garantieren."

Er war so nah. So warm. Und so überzeugend. „Dann bist du also erfolgreich", gelang es ihr zu sagen.

„Wenn es nach meinem Dad geht, ja." Er sah sie forschend an. „Aber ich habe großen Respekt vor dem, was dein Urgroßvater getan hat, und ...", er strich mit dem Daumen über ihre Wange, „... vor dem, was du versuchst."

Ein Funke Hoffnung glomm in ihr auf, doch Nicole konnte ihn kaum wahrnehmen. Quinns Nähe brachte sie fast um den Verstand. Er legte die Hand in ihre Taille und hielt sie fest. Sein Mund war jetzt nur noch wenige Zentimeter von ihrem entfernt, sein breiter Oberkörper berührte fast ihre spärlich bedeckten Brüste.

Verlangen durchströmte sie wie eine heiße Woge. Sie blickte Quinn in die Augen und dann auf seinen Mund.

„Ich möchte dich wirklich küssen." Sein Gesicht kam noch einen Millimeter näher. Sein heißer Atem strich über ihre Lippen. „Jetzt."

Könnte sie nicht einfach Nein sagen? Das könnte sie doch? Ihre Lippen öffneten sich wie von selbst. Sie schloss die Augen, und im selben Moment war sein Mund auf ihrem. Er strich mit der Zunge über ihre Lippen, dann drang er tief in ihren Mund ein.

„Hm, Vanille", murmelte er heiser, während er sie weiter küsste. „Und Schokolade."

Sie wollte lachen, aber es wurde ein Stöhnen. Er drückte sich an sie, sodass sie im Rücken das Terrassengeländer spürte. Seine Hände lagen auf ihren Hüften.

Unwillkürlich schmiegte sie sich an ihn, spürte seine Erregung.

Warum küsste sie Quinn McGrath schon wieder? Eine verzweifelte Stimme in ihrem Inneren beklagte ihre Unvernunft, aber sie war zu schwach, um wirklich gehört zu werden. Warum stand sie hier halbnackt im Mondlicht mit Quinn McGrath und fand es einfach fantastisch?

„Warum?" Sie hatte es nicht laut aussprechen wollen.

„Warum nicht?", erwiderte er und strich mit der Hand über ihren Rücken.

„Weil …" Sie wollte es erklären, aber jetzt waren seine Lippen an ihrem Hals und bewegten sich gefährlich schnell zu ihrem Dekolleté. „Weil du...", sie stöhnte leise auf, als er mit der Zungenspitze über den Ansatz ihrer Brüste strich, „… der Feind bist."

Er streifte den Träger ihres Tanktops von der Schulter. „Ich bin nicht dein Feind." Er schob ihr Top ein Stückchen tiefer, sodass man den Rand ihres BHs sehen konnte. Seine Augen glühten vor Verlangen. Er beugte sich vor und drückte die Lippen auf ihr Dekolleté. Nicole bog sich ihm sehnsüchtig entgegen. Er strich mit den Händen über ihren Oberkörper, streifte ganz kurz sogar ihre empfindlichen Knospen.

Sie ließ die Hände über seine muskulöse Brust gleiten und hinab zu seinen Hüften. Es war wundervoll, seinen kraftvollen männlichen Körper zu spüren. Am liebsten hätte sie die Beine um seine Taille geschlungen.

Aber er war der Feind. Oder etwa nicht?

Unerträglich langsam küsste er ihren Hals, ging dann höher, liebkoste die empfindliche Stelle hinter ihrem Ohrläppchen und küsste Nicole schließlich auf den Mund.

„Ich bin nicht der Feind. Ich bin der Mann, den du erst Mac genannt hast", sagte er. „Und du bist die Lady in Blau. Weißt du noch?"

Sie seufzte. Es war ihr ganz gleich, wie sie einander nannten. Ihr Herz pochte rasend, und ihre Hüften bewegten sich wie von selbst in einem lasziven, verführerischen Rhythmus. Jedes Mal, wenn sie sich an ihn presste und die Wölbung unter seinen Jeans spürte, bröckelte ihr Widerstand ein wenig mehr. Sie wollte ihn ganz und gar.

„Nur für heute Nacht, Lady", flüsterte er. „Vergiss Quinn. Vergiss alles, bis auf das." Er strich über ihren Bauch und berührte mit den Fingerspitzen den Elastikbund ihres Slips.

„Quinn …", protestierte Nicole schwach.

„Du bist meine Lady." Seine Finger wanderten tiefer, berührten ihren intimsten Punkt. „Und ich reagiere auf deine Anzeige."

Nicole konnte nicht mehr atmen. Sie konnte nicht mehr denken.

Wieder küsste er sie, und dabei bewegte er seine Zunge in ihrem Mund im selben Rhythmus wie seine Finger zwischen ihren Schenkeln.

„Meine süße Lady in Blau", raunte er. „Stand in der Anzeige nicht etwas von einem weiteren Flug auf Wolke sieben?"

„Hm, hm."

„Lass uns fliegen."

7. Kapitel

„Nein."

Quinn brauchte eine Sekunde, um Nicoles Antwort zu erfassen.

„Nein?" Sein ganzer Körper war wie erstarrt.

Sie wich so weit zurück, dass er sie nicht mehr küssen konnte, hielt die Augen jedoch immer noch geschlossen. „Ich werde nicht mit dir schlafen."

„Von Schlafen kann nicht die Rede sein, das verspreche ich dir."

Sie schüttelte – wenn auch kaum wahrnehmbar – den Kopf. „Ich gehe nicht mit dir ins Bett."

Die Enttäuschung war wie ein Faustschlag in die Magengrube. „Wir brauchen kein Bett. Hier wäre es genauso gut."

Ihre Lippen verzogen sich zu einem Lächeln. Endlich öffnete sie die Augen. „Wir werden uns nicht lieben, Quinn."

Lieben. Da hatte sie ihn kalt erwischt. Er zog die Hand aus ihrem Slip und legte sie auf ihre Schulter. „Bitte nenn mich nicht Quinn, sondern wieder Mac."

„Glaubst du wirklich, das würde etwas ändern?", sagte sie leise. „Wenn du so tust, als seiest du ein Fremder? Glaubst du, dass sich an der Situation irgendetwas ändert, wenn wir uns aufs Bett werfen oder auf den Boden und es miteinander treiben, bis wir keine Luft mehr bekommen?"

„Na ja, wenn du es so ausdrückst ..." Er schob die Finger unter den Träger ihres Tops und zog ihn, wenn auch widerstrebend, wieder an seinen Platz. „... das könnte, ehrlich gesagt, einen erwachsenen Mann zum Weinen bringen."

Der Klang ihres Lachens tröstete ihn. Erst jetzt wurde ihm bewusst, wie sehr er ihr Lachen liebte. Er liebte es, wenn sie die Kontrolle verlor und ihren herrlichen Körper weich an seinen schmiegte. Aber er liebte es auch, sie zum Lachen zu bringen.

Er gab sich größte Mühe, die Hände von all den verbotenen Stellen fernzuhalten, die zu berühren er sich so wünschte. Er machte einen halben Schritt rückwärts, wohlwissend, dass es eine Weile dauern würde, bis sein Körper seinem Verstand gehorchen würde.

Er begehrte sie so sehr. Ein primitives, kaum zu kontrollierendes Verlangen überwältigte ihn förmlich. Er wollte Nicole an eine Wand drücken, ihr den winzigen Slip herunterziehen und sich in ihr verlieren. Er wollte ihren Mund in Besitz nehmen, ihre Brüste und … oh, Mann. Er atmete tief durch und schloss die Augen.

„Sie sind als Dachdecker viel zu sexy, Miss Whitaker."

Sie biss sich auf die Unterlippe. „Du gehst jetzt besser."

„Moment mal." Er ging noch einen kleinen Schritt zurück, ließ die Hände an ihren Armen abwärts gleiten und nahm dann ihre Hände in seine. „Ich habe das im Griff. Ich habe eine Verabredung mit einer Lady, und hier bin ich."

Sie wollte etwas erwidern, aber er legte ihr einen Finger auf die Lippen. „Okay, wir gehen also nicht aus. Können wir uns nicht einfach nur unterhalten?"

Sie sah ihn skeptisch an. „Das können wir eben nicht. Anstatt zu reden, streiten wir und …"

„… wir spielen miteinander", beendete er lächelnd den Satz für sie. „Warum versuchen wir es nicht einmal mit netter, zivilisierter Konversation? Wir werden hier sitzen, essen und reden."

Sie schüttelte den Kopf. „Ich habe nichts da."

„Wir bestellen Pizza."

„Nein." Es hörte sich schon weniger entschlossen an.

„Ich mache uns etwas", sagte Quinn. „Ich bin ein guter Koch."

„Es ist nichts da, was du kochen könntest, und du … du solltest …"

Er hatte gewonnen. Süßer Duft des Erfolges. Aber er wusste, er musste sehr vorsichtig zu Werke gehen. Er machte noch einen kleinen Schritt von ihr weg.

„So leid es mir einerseits tut, aber würde es dir etwas ausmachen, ein bisschen mehr anzuziehen? Vielleicht Shorts? Nur ein bisschen mehr Stoff, damit ich keinen Narren aus mir mache." Sie war so süß, wenn sie lächelte. Er berührte ihre Lippen. „Nicole, du bist so schön."

Sie schien überrascht über das unerwartete Kompliment. „Danke", flüsterte sie.

Er küsste sie auf die Stirn. Sehr zivilisiert. „Ich kümmere mich um das Essen."

„Gib mir zehn Minuten. Ich würde gerne duschen."

„Ich auch", erwiderte er grinsend. „Aber kalt."

Sie deutete mit dem Finger auf ihn. „Du bleibst hier."

Er nahm ihren Finger in die Hand und legte ihre beiden Fäuste auf seine Brust. „Großes Pfadfinderehrenwort."

„Mach dich auf eine Überraschung gefasst", sagte er und blickte ihr nach, als sie ins Haus ging. Was für eine traumhafte Figur! Ein wahres Kunstwerk.

Zum ersten Mal seit heute Morgen, als er ihr Büro betreten hatte, ging Quinn wieder der Gedanke durch den Kopf, der ihn seit ihrer Begegnung jeden Morgen geweckt hatte: Sie ist die Frau meines Lebens.

Nun, wenn sie es nicht war, dann war sie eine verdammt gute Imitatorin.

Nicole stellte sich unter den heißen Wasserstrahl. Dampf stieg um sie herum auf, während sie mit geradezu wütender Entschlossenheit ihr Haar shampoonierte. Noch nie zuvor in ihrem Leben hatte sie so intensiv auf einen Mann reagiert. Sie hatte keine Ahnung gehabt, dass sie dazu überhaupt fähig war. Sie senkte die Hand und strich langsam über ihren nassen Bauch, genau wie Quinn es zuvor getan hatte. Sie war immer noch erregt.

Du lieber Himmel, sie hätte fast … beinahe wäre sie …

Sie schüttelte den Kopf. Viel fester als nötig drehte sie den Wasserhahn zu. Zum Auskämmen der Haare nahm sie sich ausgiebig Zeit, bis sie fast trocken waren, und dann entschied sie sich für ein ganz klein wenig Rouge. Sie sah so blass aus. Und einen Hauch Mascara. Aber kein Lippenstift. Sie warf den Deckel des Kosmetikkoffers zu. Schließlich war das hier kein Date.

Also auch kein hübsches Kleid. Sie zog einen BH an und darüber ein einfaches weißes T-Shirt. Dann schlüpfte sie in eine graue Jogginghose, zog die Kordel zu und überlegte, ob sie einen Knoten machen sollte. Die moderne Version des Keuschheitsgürtels, dachte sie amüsiert.

Nicht dass das ausreichen würde, um Quinn McGraths Hände von ihr fernzuhalten. Nein, dazu brauchte es schon geballte Entschlossenheit von ihrer Seite. Sie durfte nicht vergessen, wer er war. Der Immobilienhai mit dem Bulldozer und dem zu niedrigen Kaufangebot.

Sie starrte in den Spiegel und ermahnte sich noch einmal, das nicht zu vergessen. Aber dann konnte sie nur noch daran denken, wie er sie begehrte, wie geschickt seine Finger waren und wie sehr sich ihr Körper nach seiner Berührung sehnte.

„Du bist so schön, Nicole.“

Sie lächelte ihrem Spiegelbild zu. Quinn gab ihr das Gefühl, begehrenswert zu sein. Sexy, heiß und wild.

„Ja, wild auf etwas zu essen“, brummte sie. Sie wollte weder ein kurzes Abenteuer noch eine Beziehung. Und ganz sicher nicht mit Quinn, ihrem Feind. „Mal sehen, was er aus dem leeren Kühlschrank hervorgezaubert hat.“

Im Wohnzimmer war es dunkel, bis auf eine Ecke, in der zwei Kerzen ein weiches, romantisches Licht verbreiteten.

Quinn lehnte am Küchentresen und grinste selbstgefällig. Sie blickte von ihm zu dem gedeckten Tisch im Wohnzimmer. Er hatte ihr Sonntagsgeschirr genommen und Stoffservietten. Auf jedem Teller lag ein Sandwich.

„Die Spezialität des Hauses", sagte er und zog einen Stuhl für sie heraus. „Sandwiches mit Erdnussbutter."

Nicole musste lachen. „Erdnussbutter?"

„Und mit Marmelade." Er nahm ihre Serviette, breitete sie schwungvoll aus und legte sie ihr auf den Schoß. „Falls dir das nicht zusagt, ich hätte da auch noch etwas alten Käse anzubieten. Vielleicht ein mit Käse überbackenes Sandwich? Ich könnte die harte Kruste abschneiden."

Wieder musste sie lachen. „Nein, das ist schon gut so. Danke."

Er setzte sich ihr gegenüber, hob eine Flasche Bier und ein Glas hoch und sah sie dabei fragend an. „Ich fürchte, unser bester Cabernet ist ausgegangen. Vielleicht wäre ein bisschen mexikanisches Bier auch nicht schlecht?"

Sie nickte lächelnd. Plötzlich hatte sie einen Kloß in der Kehle. Er war so süß. Reichte es denn nicht, dass er umwerfend gut aussah? Dass er imstande war, sie mit einem Kuss praktisch willenlos zu machen? Musste er sympathisch und witzig und auch noch einfühlsam sein?

Als er eingeschenkt hatte, hob er sein Glas. „Auf deine Anzeige", sagte er und stieß mit ihr an. „Sie hat den geheimnisvollen Fremden und die Lady in Blau zusammengebracht. Jetzt kannst du das Plakat entfernen lassen."

Nicole verschluckte sich fast. „Wie bitte?"

„Lass es entfernen."

„Warum?" Sie setzte ihr Glas ab. „Niemand weiß, wer oder was … mich dazu inspiriert hat. Außerdem wirkt es ganz fantastisch."

„Ich hasse es."

„Das hast du schon einmal gesagt. Und wann genau, habe ich deiner Meinung nach angefangen, mich darum zu kümmern, was du denkst?"

Sein Blick wurde weich. „Bitte, Nicole, lass dieses Plakat entfernen."

Geziert nahm sie ihr Sandwich und biss eine Ecke ab. Beim Hinunterschlucken wischte sie sich die Mundwinkel mit der

Serviette. „Köstlich, Maestro. Ihre Talente sind unerschöpflich. Sie können sowohl mit Dachpappe umgehen, als auch Sandwiches machen."

„Weich mir nicht aus. Lass das Plakat verschwinden."

Sie deutete mit dem Sandwich auf ihn. „Wie schon gesagt, du magst es nicht, weil es funktioniert. Und wenn es funktioniert, habe ich bald genug Geld, um dich und die Firma Jorgensen loszuwerden."

War das Enttäuschung, was sie da in seinem Blick las? Offenbar brauchte er diesen Geschäftsabschluss sehr. „Ich will einfach nicht, dass die ganze Welt sieht ..."

Sie lächelte. „Nun, du brauchst dir keine Sorgen zu machen, Quinn. Es ist sowieso Zeit für die nächste Folge."

„Nächste Folge? Was soll das heißen?"

Nicole senkte den Kopf und strich ihre Serviette glatt. Schließlich blickte sie wieder auf und sah ihn an. „Es ist so gedacht, dass eine Folge von Anzeigen erscheinen soll, quasi wie ein Liebesroman."

„Ein Liebesroman?", wiederholte Quinn verdutzt. „Und wie soll er enden?"

Mit fantastischem Sex und einem Heiratsantrag. „Wie immer in solchen Geschichten – mit einem Happy End."

Er blickte Nicole skeptisch an.

„Ich werde noch diese Woche eine andere Anzeige veröffentlichen", versprach sie. Sie hatte keine Lust mehr, über dieses Thema zu sprechen.

„Was wird drinstehen?"

Sie hatte keine Ahnung. „Lass dich überraschen."

„Ich hasse Überraschungen."

„Tatsächlich? Dann musst du dich ja wirklich richtig schlecht gefühlt haben, als du heute Morgen in mein Büro gekommen bist."

Endlich biss er in sein Sandwich. Er kaute und schluckte, und dann nickte er. „Das kannst du laut sagen."

Warum machte ihr die Vorstellung, dass er sich schlecht gefühlt hatte, solchen Spaß? Sie musste unbedingt das Thema wechseln. „Du hast also zwei Brüder. Wie waren noch mal ihre Namen?"

„Cameron, er ist fast fünfunddreißig. Und Colin, der Jüngste, ist gerade einunddreißig geworden."

„Du hast keine Schwester?"

Quinn schüttelte den Kopf und lächelte breit. „Nein. Deshalb sind Frauen ja auch ein Mysterium für mich."

Wohl kaum, dachte Nicole. „Und deine Brüder, was sind die von Beruf?"

„Cameron ist Investmentberater, und Colin ist Architekt."

„Na, dann muss Dad ja zufrieden sein", sagte Nicole trocken. „Keiner von euch trägt einen Werkzeuggürtel."

Quinn hob die Schultern. „Sie scheinen jedenfalls auch zufrieden zu sein mit dem, was sie tun."

„Du etwa nicht?"

„Doch, schon", erwiderte er. „Mein Job ist durchaus eine Herausforderung und verschafft mir auch Befriedigung. Und ich bin schon ziemlich weit oben auf der Karriereleiter."

Nicole war alarmiert. Wie viel weiter auf dieser Leiter würde ihn wohl der Kauf von *Mar Brisas* bringen? „Und wenn du diesen Abschluss unter Dach und Fach hast, was dann? Bekommst du dann eine Belohnung? Vielleicht ein größeres Büro?"

„Ich werde Teilhaber."

Seine Antwort war für sie wie ein Schlag ins Gesicht. Nicht die Worte selbst, aber die Art, wie er sie aussprach, und sein herausfordernder Blick.

„Tatsächlich?" Sie tat, als berühre sie das überhaupt nicht.

Er hob sein Glas. „Ja. Mit dreiunddreißig werde ich der jüngste Teilhaber der Firma Jorgensen sein." Er trank, blickte sie jedoch weiter dabei an.

„Du hörst dich nicht gerade sehr enthusiastisch an", bemerkte sie.

Quinn setzte sein Glas ab. „Der Job gefällt mir", erwiderte er achselzuckend. „Das Verhandeln macht mir Spaß. Aber mein

Boss ist ein total verrückter Workaholic. Nicht, dass ich etwas gegen harte Arbeit habe. Es ist nur …" Er schüttelte den Kopf.

„Was? Zu viele Überstunden?"

Er unterdrückte ein Lachen. „Nein. Es ist diese Gier." Er nickte vor sich hin, als habe er gerade eben erst diese Erklärung gefunden. „Es ist diese Unersättlichkeit, diese Gier nach immer mehr Umsatz, immer mehr Geschäftsabschlüssen, mehr Angestellten und mehr Geld. Ich meine, mich reizt das natürlich auch, klar. Aber ich denke, es muss noch etwas anderes geben außer Geld."

Nicole schob ihren Teller zur Seite und bedachte Quinn mit einem spöttischen Blick. „Es ist leicht, das zu sagen, wenn man schon mehr als genug Geld hat, Quinn."

Eine Weile sagte er nichts und sah sie nur forschend an. Sein Blick wanderte über ihr Gesicht, ihre Lippen, dann über ihre Brüste und schließlich wieder auf ihr Gesicht. Immer wenn er sie so ansah, wurde ihr ganz merkwürdig zumute, so als bewege sie sich langsam, aber sicher auf den höchsten Punkt einer Achterbahn zu.

„Du möchtest dieses Hotel wirklich behalten." Er machte diese Feststellung, als ob er es bis jetzt nicht geglaubt hätte.

„Natürlich."

„Ich hatte geglaubt, du gehörst zu den Leuten, die sich von Versicherungen Geld auszahlen lassen und dann kurz vor dem Konkurs einfach dem Anbieter mit dem höchsten Gebot den Zuschlag geben."

„Du hast mich falsch eingeschätzt."

„Allerdings. Erstens bist du nicht Nicholas Whitaker." Wieder fiel sein Blick auf ihre Brüste, und er grinste entschuldigend. „Aber, davon abgesehen, bist du auch ganz anders, als ich mir vorgestellt hatte, als ich das St.-Joseph's-Projekt übernahm."

Das Achterbahngefühl hörte von einer Sekunde auf die andere auf. Ihr wurde kalt. „Was genau ist denn das St.-Joseph's-Projekt?"

„Die Neustrukturierung der ganzen Insel. Nach dem Hurrikan hat Dan Jorgensen eine Strategie ausgearbeitet. Er wollte möglichst jeden Quadratmeter kaufen." Er blickte Nicole an, als könne er nicht verstehen, weshalb sie das wütend machte. „Fast jedes Objekt am Strand gehört inzwischen Jorgensen."

Erdnussbutter und Bier formten einen harten Klumpen in ihrem Magen. Sie stand auf und zwang sich mit aller Kraft, ruhig zu bleiben. Sie brachte ihren Teller zur Spüle, drehte sich um und sah Quinn an.

„Weißt du, mit dem Feind zu essen kann genauso schlimm sein, wie mit ihm zu schlafen. Ich möchte, dass du jetzt gehst."

Innerhalb einer Sekunde stand er vor ihr. „Das ist nur ein Geschäft, Nicole. Kein Krieg."

Sie verschränkte die Arme vor der Brust. „Du siehst die Dinge nicht aus meinem Blickwinkel. Ihr habt dieses kleine Paradies in ein Gebirge aus gelben und pinkfarbenen Monstrositäten verwandelt. Es wird immer schlimmer. Und niemand ist mehr da, um dagegen anzukämpfen, weil du und dein Kumpel Dan Jorgensen mit seiner Umstrukturierungsstrategie die Geschichte und den Zauber des Ortes, an dem ich aufgewachsen bin, ausradiert habt."

Er erwiderte nichts, sondern rieb sich nur nachdenklich das Kinn.

„Was wirst du tun, Nicole?", fragte er schließlich und nahm ihre Hand. „Du wirst dieses Hotel auf jeden Fall verlieren. Ich kann dir wenigstens einen guten Preis bieten."

Sie entriss ihm ihre Hand. „Ich will keinen guten Preis rausschlagen, ich will mein Hotel. Ich will es wieder so haben, wie es war – schön und einladend." Inzwischen war es ihr egal, ob ihre Stimme zitterte. Sie machte einen Schritt von Quinn weg. „Ich will es weder verkaufen noch verlieren. Es bedeutet mir so viel." Sie presste die Lider zusammen, um nicht zu weinen. „Es bedeutet mir alles."

Er schob die Hände in die Hosentaschen und senkte nachdenklich den Blick. „Ich bin jetzt wirklich in einer Zwickmühle. Ich möchte dir nicht wehtun oder dein Leben ruinieren ..."

„... aber du hast einen Job", fügte sie an seiner Stelle hinzu. „Und du willst Teilhaber werden."

Wortlos nahm er Glas und Teller und trug beides zur Spüle. „Ich bin eine ganze Woche hier. Vielleicht fällt mir eine Lösung ein."

Sie sah ihn abwartend an.

„Vielleicht kann ich dir ja helfen", sagte er.

„Inwiefern?"

„Du sagst, du hast neue Ziegel fürs Dach. Ich kann dein Dach reparieren und vielleicht auch die Schäden an den Fenstern. Mit Klimaanlagen kenne ich mich nicht aus." Er lächelte breit. „Aber für den Aufzug könnte ich vielleicht etwas tun."

Plötzlich fiel die ganze Anspannung von ihr ab. Es war nicht so, als ob sie innerlich dahinschmolz wie kurz zuvor, als er sie mit seinen Liebkosungen fast zum Höhepunkt gebracht hatte. Nein, jetzt empfand sie Dankbarkeit, Zuneigung, Hoffnung und etwas, das sie lieber nicht beim Namen nennen wollte, weil sie es viel zu beängstigend fand.

„Ich kann dir nichts bezahlen."

Er lächelte. „Ich mach's für ein Erdnussbuttersandwich."

„Okay", sagte sie zu ihrer eigenen Überraschung. „Ich habe nichts dagegen. Bist du sicher, dass du so deinen Urlaub verbringen willst?"

„Diese Arbeit macht mir Spaß." Er ging zur Tür. „Solange du nicht in Dessous aufs Dach geklettert kommst und mich damit in Lebensgefahr bringst."

Plötzlich wurde ihr ganz warm ums Herz. Sie hätte ihn am liebsten umarmt. „Ich werde die Anzeige ändern."

Er zwinkerte ihr zu. „Danke, du bist eine echte Lady."

Sie lächelte zaghaft.

„Und weil ich ein echter Gentleman bin, werde ich jetzt Gute Nacht sagen, ohne dich auch nur im Geringsten zu berühren." Er legte zwei Finger an die Lippen und deutete eine Kusshand an.

Sie wusste nicht, was sie von dem Gefühl halten sollte, das ihr das Herz erwärmte und das so unbekannt und erschreckend war. Sie hatte noch nie etwas davon wissen wollen, denn ihrer Erfahrung nach war es immer mit Schmerz und Verlust verbunden.

Aber es ließ sich einfach nicht verleugnen. Es hieß Liebe. Oder etwas, das der Liebe gefährlich nahe kam.

8. Kapitel

Nicole konnte das exklusive Parfum schon riechen, noch bevor Fredericka Whitaker ihr Büro betrat. Tante Freddie trug natürlich wieder eine ihrer unnachahmlichen Kreationen und gab äußerst treffende Kommentare hinsichtlich des Zustandes von *Mar Brisas* ab.

„Wer – oder sollte ich lieber sagen was – bewegt sich da oben auf dem Dach, Schätzchen?"

Natürlich, Tante Freddie entging nichts. Nicole wandte sich vom Monitor ab und ihrer Tante zu.

„Tante Freddie! Diese Farbe steht dir aber wirklich gut."

Freddie nahm ihren breitkrempigen Hut ab, fächelte sich damit Luft in ihre schwarze Mähne und ließ sich dann mit einem theatralischen Seufzer in einen Sessel fallen. Sie zupfte an den Wolken weißen und pinkfarbenen Stoffs, die sich um ihre Beine schmiegten. „Gefällt es dir? Ich habe gerade fünfzehn davon nach Neapel verschickt. Eine erstklassige Kollektion für die Damen der oberen Gesellschaft."

„Es ist absolut … Freddie Whitaker."

Freddie verengte die Augen zu schmalen Schlitzen. „Und wer ist der Klettermaxe auf deinem Dach? Ich wäre schon früher gekommen, aber ich musste auf dem Parkplatz stehen bleiben und ihm zuschauen."

Das konnte Nicole gut verstehen. Seit zwei Tagen nahm auch sie jede Gelegenheit wahr, hinauszugehen und mehr oder weniger verstohlen zum Dach hinaufzublicken. Einmal wäre sie dabei fast gegen eine Palme gelaufen, weil sie den Blick nicht von Quinn McGraths muskulösem, von Schweiß glänzendem Körper hatte losreißen können.

„Wer ist es?" Tante Freddie ließ nicht locker.

„Das ist Quinn McGrath. Er repariert das Dach."

Freddies Mund formte ein perfektes rosa O. „Etwa der Immobilienmensch aus New York?"

Nicole schaffte es, keine Miene zu verziehen. „Ja. Er hat freundlicherweise angeboten zu helfen."

Freddie grinste. „Ich sehe, du hast meinen Rat beherzigt und ihn auf deine Seite gezogen."

Nicole drehte sich um und blickte auf ihren dunklen Bildschirm. Bloß jetzt nicht in Freddies Augen sehen. „Es ist schließlich auch in seinem Interesse, dass *Mar Brisas* in möglichst gutem Zustand ist, und offenbar mag er körperliche Arbeit in seiner Freizeit. Er hat es mir angeboten, am Montagabend, weil ich doch die Ziegel sowieso schon habe, und es schien mir einfach …" Was quasselte sie da?

„Am Montagabend?" Freddie entging natürlich kein noch so winziges Detail. „Das war aber ein langes Meeting. Es hat bis in den Abend hinein gedauert?"

„Nein, nein. Wir sind uns nur abends noch einmal begegnet, und da hat er den Vorschlag gemacht." Nicole stand auf. „Oh, Mann, ich wünschte, er könnte auch die Klimaanlage reparieren. War der August immer schon so feucht?"

Nicole spürte genau, wie ihre Tante sie musterte. Sicher entgingen ihr weder das hautenge Top aus Lycra noch die weißen Jeans, die sie heute trug. „Wo seid ihr euch begegnet?", wollte Freddie wissen.

Oh, zum Teufel, Tante Freddie war wirklich gut. „Am Strand."

Das war nicht gelogen. Ihre Terrasse befand sich ja in Strandnähe.

Nicole drehte ihr Haar zu einem Knoten, steckte ihn mit einem Stift fest und trat vors Fenster. „Oh, sieh nur. Die Gäste für Bungalow 1701 sind angekommen."

Freddie schlug die Beine übereinander und begann, sich wieder Luft zuzufächeln. „Sally hat gesagt, die Zahl der Buchungen habe sich deutlich erhöht."

„Ja, so viele Gäste hatten wir schon lange nicht mehr, Tante Freddie." Nicole war froh, dass sie endlich das Thema gewechselt hatten. „Wir haben sogar die 1801 reserviert. Ich werde für eine Woche ins Hauptgebäude ziehen."

Freddie hob eine Braue. „Das muss an dieser cleveren Anzeige liegen, die du auf der Plakatwand am Highway platziert hast."

Oh, oh. Gefahr im Verzug. „Tja, wahrscheinlich." Nicole strahlte ihre Tante betont fröhlich an. „Wollen wir zusammen zu Mittag essen? Ich sterbe vor Hunger."

„Wirklich brillant", erwiderte ihre Tante. „Du hast ein Talent zum Texten."

„Außergewöhnliche Umstände erfordern außergewöhnliche Maßnahmen. Wie wär's, sollen wir den neuen Sandwichshop an der Strandpromenade ausprobieren?"

„Willst du mir nicht deinen neuen Dachdecker vorstellen?"

„Wozu, Tante Freddie? Er ist nur eine Woche hier."

Freddie stand auf, setzte sich den Hut auf und legte den Kopf schief. Sie sah sehr viel jünger aus als sechsundfünfzig. Kein graues Haar, kaum Falten und eine sehr feminine, noch jugendliche Figur – und dazu noch die extravagante Mode von „FreddieWear". Sie war selbst ihr bestes Model.

„Ich habe genug selbst gemachte Limonade, Sandwiches und Salat dabei. Es ist alles in der Küche. Ich dachte, wir veranstalten ein kleines Picknick. Lass uns deinen Quinn fragen, ob er mitessen möchte."

Nicole wusste, es gab kein Entrinnen, wenn ihre Tante einmal ihre Spürnase auf etwas angesetzt hatte. „Er ist nicht mein Quinn", sagte sie schwach.

„Ein solcher Körper sollte auf keinen Fall brachliegen."

Nicole hätte sich am liebsten irgendwo versteckt.

Quinn lächelte, als er Nicole sah. Sie hatte ihre Haare wieder einmal mit einem Stift hochgesteckt. Umso besser war die Aussicht auf ihren schönen, schlanken Hals und ihre wundervollen

Brüste. Zu gern hätte er länger bei dieser Aussicht verweilt, aber die Frau in Pink richtete prüfend den Blick auf ihn.

„Quinn", sagte Nicole, ohne ihn anzusehen. „Das ist Fredericka Whitaker."

Das war also die berühmte Tante Freddie. Er streckte die Hand aus. „Es ist mir ein Vergnügen."

In ihrem Blick stand unverhohlene Bewunderung. „Ganz meinerseits, Mr. McGrath."

„Bitte, nennen Sie mich Quinn." Er blickte Nicole an, die gerade eine Flüssigkeit in Gläser füllte, die genauso pinkfarben war wie das Kleid ihrer Tante. „Manche nennen mich allerdings auch Mac."

„Mich nennen alle Freddie. Möchten Sie mit uns essen?" Sie machte eine weit ausholende Geste.

„Es wäre mir eine Ehre." Lächelnd bot er Freddie einen Stuhl an. Er schätzte Nicoles Tante auf Mitte bis Ende fünfzig, aber sie wirkte sehr viel jünger mit ihrem strahlenden Teint und einer Figur, die früher einmal so wie Nicoles gewesen sein musste.

„Danke." Freddie strahlte und blickte zu Nicole.

Er tat das Gleiche. Nicole setzte sich und warf nur kurz einen misstrauischen Blick in seine Richtung.

Tante Freddie füllte seinen Teller mit Kartoffelsalat.

„Wie machen sich meine provisorischen Flicken auf dem Dach?", erkundigte sich Nicole.

„Das hast du ziemlich gut gemacht", sagte er, nahm einen Schluck von dem rosa Zeug und schenkte Freddie ein anerkennendes Lächeln.

„Natürlich hat Nicole das gut gemacht", sagte Freddie. „Ein so hart arbeitendes, selbstständiges und willensstarkes Mädchen wie sie werden Sie so schnell kein zweites Mal treffen."

„All diese wundervollen Charaktereigenschaften habe ich natürlich von meiner Tante geerbt", sagte Nicole schnell.

Quinn sah Freddie an. „Ich bin sicher, Sie mussten diese Eigenschaften selbst unter Beweis stellen, als Sie sie ganz allein aufziehen mussten."

Überrascht hob Freddie die Brauen. „Das stimmt. Allerdings würde ich es auch gar nicht anders haben wollen. Wir hatten eine wunderschöne Zeit zusammen, Nic und ich." Sie blickte zum Pool hinüber. „Und zwar hier, am schönsten Ort von ganz St. Joe's. Wir hatten so viele kleine Poolpartys und Grillfeste, dass man rückblickend das Gefühl hat, es sei die glücklichste Zeit unseres Lebens gewesen." Freddie beugte sich vor und sah Quinn an. „Kein Wunder, dass sie ihr gesamtes Erbe für den Kauf des Hotels verwendet hat."

Quinn verspürte einen schmerzhaften Stich in der Magengegend, und das lag nicht an der Limonade. *Ihr gesamtes Erbe.* Und er war gekommen, um das Konkursverfahren zu beschleunigen. Und versuchte auch noch, sie ins Bett zu bekommen. Was für ein Mistkerl war er doch!

Freddie beugte sich vor, sodass Quinn in eine Wolke ihres nach Zimt duftenden Parfums eingehüllt wurde. „Vielleicht überlegen Sie es sich noch einmal."

Er stutzte. „Noch einmal überlegen? Was denn?"

„Den Erwerb dieser Immobilie."

„Tante Freddie." Nicole legte die Hand auf den Arm ihrer Tante. „Du brauchst diesen Kampf nicht für mich zu führen. Das ist mein Problem."

Quinns Blick wanderte zwischen ihnen hin und her. Wenn es doch nur eine Möglichkeit gäbe, dieser hart arbeitenden, unabhängigen, schönen Frau nicht wehzutun.

Was, wenn sie wirklich die Frau seines Lebens war? Was, wenn er ihr Leben zerstörte, nur wegen der Teilhaberschaft an einer Immobiliengesellschaft und eines noch größeren Gehalts? Der Gedanke machte ihn ganz krank. „Es ist noch zu früh, um etwas dazu zu sagen. Vielleicht kann ich, wenn ich erst einmal alle Dokumente eingesehen habe …"

„Nicole behalten."

„Wie bitte?" Er starrte Freddie verblüfft an. Sie konnte unmöglich wissen, wie sehr er sich wünschte, genau das zu tun.

„Sie meint, um das Hotel zu führen", erklärte Nicole verlegen. „Wenn du einverstanden wärst, es nicht abreißen zu lassen, dann könnte ich ja bleiben … auch nach dem Eigentümerwechsel."

Die letzten Worte taten ihr weh, das spürte er genau. Er wich ihrem Blick aus. Was für einen abgrundtiefen Schlamassel hatte er angerichtet! Quinn aß die letzten Bissen seines Sandwichs und leerte sein Glas.

„Das war sehr gut. Danke für die Einladung." Er stand auf. „Aber jetzt mache ich wohl besser auf dem Dach weiter."

„Meine Güte, Sie arbeiten aber sehr diszipliniert." Freddie schirmte ihre Augen mit der Hand gegen die Sonne ab und musterte ihn ausgiebig. „Nicole, wie bezahlst du eigentlich diesen Mann?"

Nicole und Quinn tauschten schweigend einen Blick aus.

„Mit Erdnussbutter", sagte er, und Nicoles Augen funkelten, teils überrascht, teils belustigt.

Dann gab er impulsiv Freddie einen Kuss auf die Wange. „Es war wirklich amüsant, Sie kennenzulernen, Tante Freddie. Ihre Limonade ist super", sagte er mit einem Augenzwinkern und ging davon.

Allerdings konnte er der Versuchung nicht widerstehen, sich noch einmal umzudrehen. Er schürzte die Lippen, berührte sie mit zwei Fingern und beobachtete glücklich, wie sich der Ausdruck auf Nicoles hübschem Gesicht veränderte.

Quinn verbrachte eine weitere Nacht allein in seinem Bungalow und unterdrückte den Impuls, einfach zu Nicole hinüberzugehen. Aber das, so beschloss er am nächsten Morgen, sollte das letzte Mal gewesen sein. Es war ihm egal, dass sie in keiner Weise signalisiert hatte, ob sie sich mit ihm treffen wollte. Seit wann wartete Quinn McGrath ab, dass eine Frau ihn einlud?

Fast hätte er sich mit dem Hammer auf den Daumen geschlagen.

Nein, er brauchte keine Einladung. Er musste selbst aktiv werden. Er musste Nicole haben, sie in den Armen halten und küssen und herausfinden, welche Farbe ihre Dessous hatten. Und sie ihr dann ausziehen. Was er jedoch noch mehr brauchte, um ehrlich zu sein, das war, mit ihr zu reden und sie lachen zu hören. Nur ein paar unergründliche Blicke von ihr – auch wenn es mehr waren als nur ein paar – das konnte nicht genügen.

Diesmal traf er seinen Daumen mit voller Wucht. Quinn fluchte und nahm den schmerzhaft pulsierenden Daumen in den Mund. Dabei wanderte sein Blick über das Dach. Er hatte noch viel zu tun. Außerdem hatte er sich vorgenommen, sich diesen Nachmittag um die Fenster zu kümmern. Aber dafür würde er Material einkaufen müssen.

Er griff nach seiner Wasserflasche und beschloss, eine Fahrt zum Baumarkt von St. Joseph's zu machen.

Sobald der Verkehr es zuließ, beschleunigte Quinn auf achtzig Meilen. Wenn man schon einen Sportwagen hatte, warum sich nicht ein bisschen davon stimulieren lassen?

Er musste allerdings zugeben, dass es zurzeit schon genug Stimulation in seinem Leben gab. Und doch, er wollte nicht nur Sex, wenn er an Nicole dachte – und das war praktisch jede Minute. Sex nahm dabei nur ungefähr jeweils fünfzehn Sekunden in Anspruch. Die übrigen fünfundvierzig brauchte er, um daran zu denken, wie sie lachte, wie sie duftete. Er erinnerte sich an ihr bezauberndes Lächeln und wie gut sie mit Leiter und Werkzeug umzugehen verstand.

Natürlich dachte er auch an ihre verführerischen Kurven, die er zu erkunden hoffte, und an die wundervolle, seidige Haut, die er noch kaum berührt hatte. Doch allein die Vorstellung ließ ihn leise aufstöhnen.

Der Verkehr wurde immer dichter, und Quinn war gezwungen, langsamer zu fahren. Er drehte das Radio lauter und lehnte sich zurück. Dan hatte am Morgen angerufen, und seitdem war Quinns Nacken ganz verspannt. Er wusste ja im Grunde, dass er nicht darum herumkommen würde, das zu tun, weshalb er wirklich hierher gekommen war.

Ein Lkw tauchte neben ihm auf, und Quinn wandte unwillkürlich den Kopf. Der Lkw beschleunigte und überholte – und gab den Blick frei auf die Plakatwand neben dem Highway. Sie enthielt nur Text. In blauen Lettern.

Quinn, warte heute Abend auf mich im silbernen Licht des Mondscheins, am Strand von Mar Brisas. Unser Hotel bietet erstklassigen Service, und unsere Speisekarte enthält all Deine Lieblingsgenüsse. Komm und probier sie.
Deine Lady in Blau

Irgendwie schaffte er es, nicht den Wagen zu rammen, der gerade an ihm vorbeifuhr, als er abbremste, um den Text ein zweites Mal zu lesen.

Kein Zweifel, das Telefon an der Rezeption würde heißlaufen, so viele Buchungen würde es auf diese Anzeige hin geben. Quinn versuchte, wütend auf Nicole zu sein, weil sie schon wieder seinen Namen für Werbezwecke missbrauchte.

Aber dann grinste er nur und konnte sich der Vorfreude einfach nicht erwehren. Hm, er würde beim Erdbeermund anfangen, als Nächstes ihre himbeerfarbenen Knospen kosten und dann…

Oh, ja, er glaubte ganz fest daran, dass Werbung einen Sinn hatte.

9. Kapitel

Der neu gedeckte Teil des Daches sah wirklich gut aus. Nicole machte gerade ihre Runde um den Swimmingpool. Doch leider wirkte die Aussicht etwas öde ohne die Anwesenheit des sexy Dachdeckers.

Sally war schon an ihrem Platz und telefonierte, als Nicole das Haus betrat. „Ja, Mrs. Young. Ihre Buchung ist bestätigt, und zwar unter folgender Nummer …" Sie blickte Nicole an und machte eine triumphierende Geste, bevor sie stirnrunzelnd auf den Hörer blickte. „Das Strandpicknick? Ja, ich bin sicher, wir können da etwas für Sie arrangieren."

Nicoles Herz schlug schneller. Das neue Plakat war offenbar schon an seinem Platz. „Wo ist eigentlich Quinn?", fragte sie, als Sally auflegte.

„Zum Baumarkt gefahren."

„Zum Baumarkt?" Nicole hielt sich erschrocken die Hand vor den Mund. Dann musste er die Route One benutzt haben. „Was braucht er denn von dort?"

„Ich schätze Baumaterial. Oder was immer Männer an diesem geheimnisvollen Ort suchen. Übrigens habe ich für heute Abend schon wieder zwei neue Buchungen."

Nicole strahlte. „Teufel noch mal. Wir sind ja bald ausgebucht."

„Das kannst du laut sagen." Sally folgte Nicole in deren Büro. „Die Dame am Telefon sagte etwas von einem Strandpicknick. Ist das ein neuer Service, den wir bieten?"

Nicole drehte sich um und setzte einen professionellen Blick auf. „Sei so nett und such mir die Nummer von diesem neuen Sandwichshop, von dem alle reden. Ich werde heute Abend das Strandpicknick ausprobieren. Wenn es sich gut anlässt, dann könnten wir es in unser Serviceprogramm aufnehmen."

Sally ging zurück an ihren Platz und nahm einen großen braunen Umschlag vom Tresen. „Übrigens hat ein Kurier die Dokumente von der Bank geliefert, die Quinn haben wollte. Tom Northcott hat das anscheinend nicht mehr länger hinauszögern können. Er hat gesagt, jemand aus Quinns Büro in New York hat angerufen und auf der Aushändigung der Papiere bestanden."

„Tatsächlich?"

„Die Unterlagen sind vollständig. Ich habe sie überprüft."

Nicole zwang sich mit aller Kraft, ruhig zu bleiben, als sie den Umschlag von Sally entgegennahm. Warum sollte Quinn sie wegen der Unterlagen unter Druck setzen wollen? Hatte er nicht gesagt ... nun ja, versprochen hatte er nichts. Aber bei dem Picknick mit Tante Freddie hätte sie schwören können, dass er sich nicht mehr ganz so sicher war, ob er das Hotel kaufen wollte. Seufzend blätterte sie die Papiere durch.

„Willst du immer noch die Nummer von diesem Sandwichshop?", fragte Sally leise.

Nicole blickte auf. „Ja. Der Mann macht einen Superjob auf meinem Dach. Dafür schulde ich ihm wenigstens ein nettes Abendessen."

Doch solange sie nicht wusste, was er wirklich im Sinn hatte, würde er auf den Nachtisch verzichten müssen.

Als die Dämmerung sich herabsenkte, merkte Nicole, dass sie nicht gut genug geplant hatte. Für Speisen und Getränke war gesorgt, aber sie hatte vergessen, dass sie ja aus ihrem Bungalow ausziehen musste, weil spätabends die neuen Gäste ankommen würden. Sie hatte es gerade noch geschafft, ihre Kleider und persönlichen Sachen in Koffer zu packen und diese in den Kofferraum ihres Wagens zu werfen. Später würde sie sich von Sally noch den Schlüssel für ihr Zimmer holen müssen.

Die Sonne war schon halb im Meer versunken, als sie die Stufen hinabschritt und um das südliche Ende ihres Bungalows herumging – außerhalb von Quinns Sichtweite. Hier befand sich ein kleiner Garten, umgeben von Palmen, Gardenien und Oleanderbüschen. In der Mitte befand sich ein runder Tisch aus Stein. Es war der perfekte Ort für romantische Momente zu zweit. Zu schade, dass sie bis spätestens zehn Uhr diesen Ort verlassen musste.

Immerhin würde sie dann wissen, welchen Standpunkt hinsichtlich ihres Hotels Quinn wirklich einnahm. Und dann würde sie entscheiden, ob sie ihn in ihr Hotelzimmer einladen würde oder nicht. Sie musste mehrmals zwischen Hauptgebäude und Strand hin und her gehen, um alles für das Picknick herzurichten. Dann ging sie ein letztes Mal in ihren geliebten Bungalow und betrachtete sich im Spiegel.

Bevor sie gepackt hatte, hatte sie sich einen langen, halb transparenten weißen Rock aus dem Schrank geholt. Er saß ziemlich tief auf ihren Hüften, und durch den dünnen Stoff schimmerten ihre Beine hervor. Da sie sich viel mutiger als sonst fühlte, hatte sie sich gegen das weit geschnittene weiße Oberteil entschieden und stattdessen ein knapp sitzendes schwarz-weißes Top gewählt, das ihre Taille frei ließ. Darunter trug sie ihren einzigen vorne zu schließenden BH und ein Nichts von einem Slip aus Seide. Sie fühlte sich atemberaubend sexy.

Oh, sie hoffte so sehr, dass Sally nicht recht hatte mit ihrer Andeutung, dass Quinn insgeheim weiter auf den Kauf des Hotels hinarbeitete. Allerdings wäre selbst das kein Hindernis. Sie begehrte ihn. Er begehrte sie. Und wenn er nicht ihr Hotel kaufte, dann würde über kurz oder lang irgendein anderer Immobilienhai aus New York auftauchen. Warum sollte sie sich wegen irgendwelcher Prinzipien selbst bestrafen?

Weil sie eben an ihren Prinzipien festhalten wollte. Weil sie wollte, dass alles stimmte. Sie wollte Quinn vertrauen, nicht nur scharf auf seinen Körper sein. Endlich einmal wollte sie ihr Herz verschenken. Vielleicht würde er es annehmen, vielleicht nicht. Tante Freddie hatte gesagt, es sei an der Zeit, dass sie anfing zu leben. Schließlich sei sie mit achtundzwanzig alt genug.

Noch einmal überprüfte sie den Zustand des Bungalows. Am Nachmittag war er gründlich gereinigt worden. Auf dem Couchtisch stand eine Vase mit frischen Blumen, im Kühlschrank eine Flasche Wein. Die Gäste sollten sich unbedingt wohl fühlen.

Schließlich nahm sie den braunen Umschlag vom Küchentresen.

Sie ging noch einmal zu der Stelle, wo das Picknick stattfinden würde, und zündete ein paar Kerzen an, um die Mücken fernzuhalten. Dann schlich sie barfuß zwischen den Stelzen ihres Bungalows hindurch.

Sie sah Quinn, bevor er sie entdeckte. Er trug eine khakifarbene Hose und hatte die Ärmel seines Hemdes hochgekrempelt. In einer Hand trug er seine Schuhe, in der anderen etwas, das sie nicht erkennen konnte. Sein Blick war auf ihren Bungalow gerichtet, und der erwartungsvolle Ausdruck auf seinem Gesicht rührte sie.

Auch sie glühte vor Erwartung. Sie beobachtete ihn, während er mit animalischer Anmut über den feuchten Sand schritt. Hingerissen betrachtete sie die breiten Schultern, das dunkle Haar, das die Abendbrise ein bisschen durcheinander gewirbelt hatte. Sein markantes Gesicht wirkte frisch rasiert, und sie stellte sich vor, dass es nach After Shave und Seife duftete. Ihr Herz pochte im Rhythmus seiner Schritte, ihr Atem ging unregelmäßig. Oh, sie hatte noch nie zuvor etwas so begehrt wie diesen Mann.

Nicole rührte sich nicht. Er sollte sie noch nicht sehen. Er blieb am Fuß der Holztreppe stehen und blickte nach oben, dabei stand sie kaum fünf Meter von ihm entfernt.

„Bist du wegen der Anzeige hier?", fragte sie.

Er erstarrte. Dann sah er blinzelnd in das Gewirr aus hölzernen Säulen. Geräuschlos kam er auf sie zu. Ein unwiderstehliches Lächeln spielte um seine Lippen.

Als er vor ihr stehen blieb, trennten sie nur noch wenige Zentimeter. „Ich bin hier wegen einer Lady in Blau." Sein männlicher

Duft und das Verlangen in seinem Blick ließen sie fast schwach werden. Wie sollte sie das Abendessen überstehen?

„Du bist nicht wütend wegen der Anzeige?" Sie hob ungläubig eine Braue.

Er hielt eine einzelne rote Rose in der Hand und strich ihr damit sachte über das Kinn. Der Duft kitzelte sie in der Nase. „Du kannst gut mit Worten umgehen, Lady. Diesmal habe ich sie ernst genommen."

Sie versuchte ein Lächeln, aber es geriet ziemlich unsicher. Wo war nur ihre Gewitztheit geblieben, ihre Schlagfertigkeit? Warum schaffte es dieser Mann mit einer einzigen Berührung, ihr den Verstand zu rauben?

„Betrachte es als meine Art, dem Dachdecker zu danken."

Er blickte über ihre Schulter hinweg zu ihrem Garten. „Kerzen? Ein Tisch? Ich hatte nicht so etwas Formelles erwartet."

„Was hast du denn erwartet?"

„Einfach nur meine Lieblingsgenüsse." Er beugte sich vor. „Zum Beispiel das hier."

Er strich mit seinen Lippen über ihre, drängte sie mit der Zungenspitze auseinander und neckte sie. Im nächsten Moment spürte sie seine Hand in ihrer Taille. Er küsste Nicole immer leidenschaftlicher, ohne sie jedoch mit seinem Körper zu berühren. Nach kurzer Zeit löste er sich wieder von ihr.

„Ich habe dich vermisst", sagte er leise.

Sie fuhr sich mit der Zungenspitze über die Lippen, die noch nach seinem Kuss schmeckten. „Nicht genug, um deine Hunde in New York zurückzupfeifen", erwiderte sie.

Überrascht wich er zurück. „Wovon redest du?"

„Von den Dokumenten, die die Bank hat schicken lassen. Sie wurden heute geliefert. Offenbar hat jemand Tom Northcott angerufen und Druck auf ihn ausgeübt."

Quinn sah sie nachdenklich an. „Davon weiß ich nichts."

„Wirklich nicht?"

„Ganz bestimmt nicht. Aber ich glaube dir." Er legte den

Arm um ihre Schulter, hob seine Schuhe auf und zog Nicole mit sich zu dem Garten. „Ich werde mir die Papiere morgen anschauen."

„Nein."

Er seufzte und schmunzelte gleichzeitig. „Du weißt, ich kann es nicht ertragen, wenn du Nein sagst."

Sie standen jetzt vor dem Tisch, auf dem der braune Umschlag lag. Nicole nahm ihn in die Hand. „Bringen wir es hinter uns. Gibt es darin irgendetwas, das dich umstimmen könnte?"

Er musterte sie, und dann nahm er den Saum ihres Rocks und hob ihn ein Stück hoch. „Nein, aber vielleicht darin."

Sie ignorierte das wundervolle Prickeln. „Ich bin nicht Gegenstand der Verhandlung, Quinn."

Er ließ den Rocksaum los. „Es war nur ein Scherz. Aber im Ernst, ich wünschte, wir könnten diese beiden Themen auseinanderhalten."

„Welche beiden Themen?"

Er hob die Akte hoch. „Das hier." Und dann nahm er ihr Kinn in die Hand und hob ihr Gesicht. „Und uns."

Nicole hielt den Atem an. Einer plötzlichen Eingebung folgend, verschränkte sie die Arme vor der Brust. Sie würde ihm ein Ultimatum stellen. Das war ihre einzige Chance. „Solange es das hier gibt …", sie tippte mit dem Finger auf die Akte in seiner Hand, „… gibt es kein ‚uns'."

Eine Sekunde lang war ihm die Enttäuschung anzusehen. „Ich kenne dich gut genug, um zu wissen, dass du es ernst meinst, Nicole." Er trat näher ans Kerzenlicht und öffnete die Akte. „Mal sehen, was wir da haben."

Quinn breitete im Kerzenschein die Dokumente auf dem Tisch aus. Nicole ging ins Haus und kehrte mit einer Vase zurück, in der sie die Rose mit ein wenig Grün arrangierte. Er las flüchtig Northcotts Begleitschreiben, während sie zwei Gläser mit Wein füllte. Dann nahm er das Glas, das sie ihm reichte, und wollte mit ihr anstoßen.

Doch sie schüttelte den Kopf. Nicht einmal ihr Glas durfte er berühren. Seufzend stellte er seines ab. Er würde später mit ihr anstoßen. Er nahm den Vertrag über die von Nicole aufgenommene Hypothek und den daran gekoppelten Vertrag über die Versicherung zur Hand. Nicole trat nah genug neben ihn, um mitlesen zu können, doch nicht nah genug, als dass er sie hätte berühren können.

Verstohlen blickte er auf ihr Gesicht. Sie kaute an ihrer Unterlippe, während sie auf die Papiere starrte. Er begehrte sie so sehr, dass es wehtat. Er blätterte in der Akte und betrachtete die Zahlen. Konnte es sein, dass in diesen Unterlagen etwas verborgen war, das es ihm ermöglichen würde, Dan von dem Geschäft abzuraten?

Und wozu? Damit er seinen Urlaub hier genießen, tollen Sex mit ihr haben und sich dann wieder nach New York verabschieden konnte? Sie würde sicherlich nicht von hier wegwollen. Wohin sollte das alles überhaupt führen?

Er hätte sich fast verschluckt bei diesem unerwarteten Gedanken.

„Was ist?", fragte sie nervös. „Was siehst du?"

Er zwang sich, sich auf das Kleingedruckte zu konzentrieren. „Bis jetzt nichts."

Sie beugte sich etwas weiter vor, sodass ihm der Duft ihres Shampoos in die Nase stieg, und noch ein anderer Duft, viel erotischer als das Parfum, das sie sonst benutzte. Es juckte ihn in den Fingern, sie zu berühren. Er sehnte sich so sehr danach, sie in seine Arme zu nehmen, dass es schmerzte. Er wollte ihre glänzenden Lippen küssen. Wollte …

„Quinn", sagte sie. „Auf der Seite sind nur Unterschriften. Wieso starrst du die ganze Zeit darauf?"

„Ich versuche nur festzustellen, ob sie echt sind", murmelte er und wandte sich der nächsten Akte zu.

„Ich weiß", sagte sie. „Diese Versicherungspolice ist einfach unglaublich."

Er zwang sich, sorgfältig jedes Wort zu lesen. Dann fluchte

er leise. „Nicole, wie konntest du das unterschreiben?"

Sie hob die Schultern. „Ich dachte einfach, das ist alles nur Papierkram. Du weißt schon, wenn man mit der Bank einen Vertrag abschließt, muss man zigmal irgendetwas unterschreiben, bis man gar nicht mehr darauf achtet."

„Welche Bank hat diesen Vertrag mit dir gemacht?"

„Na, die Marine Federal."

„Also dieser Lackaffe Northcott?"

Sie unterdrückte ein Lachen. „Er ist kein Lackaffe. Er ist einfach nur sehr konservativ."

„Pass bloß auf bei den so genannten Konservativen", warnte Quinn sie. „Die sind oft Wölfe im Bankiersoutfit."

„Er ist kein Wolf", sagte sie lächelnd. „Ich kenne ihn, seit wir auf der High School waren."

„Hm." Bestimmt war sie schon damals eine Augenweide.

Der Abschnitt über Flut- und Sturmschäden erforderte seine ganze Aufmerksamkeit, sodass er darauf verzichten musste, sie sich in einem Cheerleaderröckchen vorzustellen. „Das kann nicht sein", sagte er. „Eine Versicherungspolice kann nicht so formuliert sein."

„Ist sie aber."

„Nun, das hier ist nur eine Kopie."

„Ich habe das Original gesehen. Glaub mir. Die Leute bei der Bank kennen sich schließlich aus, und ich habe Stunden mit dem Rechtsanwalt dort verbracht, um sicher zu sein, dass alles mit rechten Dingen zugeht." Sie schüttelte den Kopf. „Wenigstens hat der Versicherungsagent zugegeben, dass die Police ungewöhnlich ist. Aber er hat nichtsdestotrotz darauf bestanden, dass sie juristisch einwandfrei ist."

Quinn schnaubte verächtlich. „Das muss wehgetan haben."

„Du hast ja keine Ahnung."

Auf der letzten Seite fiel ihm eine Formulierung besonders auf. „Siehst du das hier?" Er deutete auf das Kleingedruckte am unteren Rand. „Dieser Vertrag gilt für die o. g. Immobilie, unabhängig vom Versicherungsnehmer."

„Was bedeutet das?"

Quinn drehte sich zu ihr um. „Es könnte bedeuten, dass wir kein Interesse mehr an der Immobilie haben."

Ihre Augen weiteten sich. „Tatsächlich?"

„Was bedeutet, dass ich vielleicht verschwinde, und mit mir Dans Bulldozer, aber an deinen Problemen wird sich nichts ändern, Sweetheart."

Sie seufzte.

„Hör zu, ich kann dir bestenfalls anbieten, mich morgen früh in dieses Chaos hier einzuarbeiten. Wenn es irgendeine Möglichkeit gibt, Dan zu bremsen oder ihn sogar zu überzeugen, dass dieses Geschäft nicht gut für ihn wäre, dann werde ich das tun."

„Warum?" Sie sah ihn skeptisch an. „Damit ich endlich still bin und wir ... du weißt schon."

Seine Lippen verzogen sich zu einem amüsierten Lächeln. „Ich will dir einfach helfen, weiter nichts. Außerdem wird Dan diesen Abschluss wirklich nicht wollen, wenn sich herausstellt, dass er sich für ihn nicht lohnt. Das ist nun mal so im Geschäftsleben." Er legte die Hand auf ihren Arm und strich über die Innenseite ihres Unterarms. „Und wenn ich die Sache hinauszögern kann, über Monate, und dabei der Lady in Blau regelmäßig Besuche abstatten kann, dann könnten wir vielleicht ‚du weißt schon' regelmäßig und für längere Zeit genießen."

Sie erwiderte sein Lächeln. Ihre Augen glänzten im Mondlicht. Sie nahm ihr Glas und wartete ab, dass er es ihr gleichtäte. Dann berührte sie sein Glas mit ihrem. „Auf das Hinauszögern", sagte sie.

Er sah sie fragend an. „Was hinauszögern?", fragte er.

„Du weißt schon." Sie schwenkte ihr Glas, trank jedoch immer noch nicht. „Das Unausweichliche."

„Ich möchte es keine Sekunde länger hinauszögern, Nicole."

„Zuerst das Abendessen."

Was für eine Qual, jetzt etwas essen zu müssen.

Sie stand auf und nahm die Deckel von den Speisen. „Ich hoffe, du magst es gerne scharf." Sie sah ihn vielsagend an.

Fast hätte er sich an seinem Wein verschluckt. „Oh, ja. Ich denke schon."

Nicole verteilte Teller und Besteck und blickte dabei verstohlen zu Quinn hinüber. Es war offensichtlich, dass er sie begehrte, und jetzt glaubte sie auch, dass er die besten Absichten hatte. Ja, sie konnte ihm vertrauen.

„Regelmäßig und für längere Zeit."

Nun, das hieß noch lange nicht für immer, aber es war okay. Sozusagen auf der sicheren Seite. Keine Liebe, kein Verlust. Einfach nur Lust.

Und wie lange würden sie wohl bei einer Mahlzeit durchhalten wie zwei zivilisierte Menschen, ohne dieser Lust nachzugeben? Quinn verschlang sie förmlich mit Blicken, und sie liebte das Prickeln, das er ihr damit verursachte.

Das Geräusch einer zugeworfenen Autotür ließ sie aufschrecken. „Oh, was war das?"

„Wir bekommen wohl Gesellschaft?" Quinn nippte an seinem Glas. Jetzt waren Stimmen zu hören, und ein zweites Mal wurde eine Autotür zugeworfen. Dann hörte man Schritte auf dem Kiesweg zur Rückseite des Bungalows.

„Du liebe Güte!" Nicole sprang auf. „Sie kommen früher als geplant."

„Wer kommt früher?"

„Die Gäste für Nummer 1801."

Er kniff die Augen zusammen. „Du hast heute Abend Gäste?"

„Ich habe meinen Bungalow für eine Woche vermietet."

„Du hast … was?"

„Wir sind fast ausgebucht, Quinn. Und es rufen immer wieder interessierte Paare an." Ein Mann mit zwei Koffern tauchte am Fuß der Treppe zu ihrem Bungalow auf. „Oh, ja. Es sind die Cusicks. David und Virginia, aus Fort Myers." Sie strahlte Quinn an. „Meine Anzeigekampagne funktioniert."

„Nicole." Er stand auf und ging um den Tisch herum. Um die Cusicks besser beobachten zu können, nahm sie an. Doch dann spürte sie seine Hände in ihrem Haar. „Wenn ich schon als Protagonist für deine Anzeigenkampagne herhalten soll ...", sagte er und küsste sie auf den Hals, sodass ihre Haut kribbelte, als würde eine Armee von Ameisen darüber marschieren, „... dann brauche ich ein bisschen mehr Praxis." Jetzt strich er mit den Zähnen über ihre Haut.

Nicole hielt sich an der Tischkante fest, um nicht das Gleichgewicht zu verlieren. „Wir müssen weg von hier, Quinn", sagte sie. „Wir dürfen nicht ihre Privatsphäre stören."

„Ihre Privatsphäre?" Er strich mit der Zungenspitze über ihre Ohrmuschel. „Ich betrachte das als Frontalangriff auf meine Privatsphäre."

Plötzlich war der gesamte Garten von Flutlicht erhellt. Nicole zuckte zusammen. Quinn legte die Hände um ihre Taille und zog sie rasch in den Schatten eines Oleanderbusches. „Komm, wir verstecken uns am Strand, bis sie sich ins Haus zurückziehen, dann können wir zurückkommen, unser Picknick einsammeln und in meinen Bungalow gehen."

Die Schiebetür zur Terrasse wurde geöffnet. „Sieh nur, was für eine romantische Aussicht, Honey!", rief eine Frauenstimme.

Nicole ließ sich durch das Gebüsch ziehen. Auf einem schmalen Pfad aus Steinplatten eilten sie hinab zum Strand. „Von hier aus können wir das Haus gut sehen", sagte er. „Wenn die Flitterwöchner das Licht ausschalten, gehen wir zurück."

„Das kann Stunden dauern."

„Hm." Sein Griff um ihre Taille verstärkte sich. „Was werden wir nur tun, um sie auszufüllen?"

Der Mond verschwand hinter einer Wolke, sodass die Dunkelheit sie völlig umhüllte. Arm in Arm gingen sie ans Wasser. Es war vollkommen still bis auf das laute Pochen ihres Herzens und das sehr viel leisere Rauschen der Brandung. Die Wellen umspülten ihre nackten Knöchel.

Im selben Moment waren seine Lippen auf ihren, und er küsste sie heiß und fordernd. Seine Hände lagen auf ihrem Po, er drückte sie an sich, damit sie spürte, wie erregt er war. „Das passiert mir jedes Mal, wenn ich dich nur anschaue, Nicole", raunte er an ihren Lippen. „Jedes Mal, wenn ich an dich denke."

Die Vorstellung ließ sie erschauern und erfüllte sie mit wildem Verlangen. „Denkst du sehr oft an mich?"

„Nur ungefähr alle anderthalb Minuten." Er ließ die Hände an ihrem Körper aufwärts gleiten. „Stimmt nicht, jede Minute."

Seine Fingerspitzen waren jetzt unterhalb ihrer Brüste angekommen. Ihre Beine drohten unter ihr nachzugeben, aber zum Glück sank Quinn jetzt ohnehin gerade mit ihr auf den Sand.

„Die nächste Welle wird uns erwischen, Quinn", sagte Nicole warnend.

Statt ihr zu antworten, küsste er sie nur und tastete nach dem Verschluss ihres BHs. „Umso besser. Ich möchte dich sehen, wenn du nass bist." Schon hatte er den BH geöffnet. „Ich möchte dich fühlen, wenn du nass bist."

Er schob ihr Top hoch, sodass ihre Brüste völlig entblößt waren, und nahm eine ihrer aufgerichteten Knospen zwischen die Lippen. Nicole zuckte zusammen bei der zunächst vorsichtigzärtlichen, dann aber immer intensiver werdenden Liebkosung.

Seufzend wechselte er zur anderen Seite.

Nicole presste die Nägel in seine Schultern und bog sich ihm instinktiv entgegen. Er schob eine Hand unter ihren Rock und dann an ihrem Schenkel aufwärts bis unter ihren Slip und zielstrebig weiter bis zu seinem Ziel, ihrer empfindlichsten Stelle. Eine sanfte Welle umspülte ihre Beine.

Er hatte ihren intimsten Punkt erreicht. Erregt schmiegte Nicole sich an seine streichelnde Hand. „Quinn", hauchte sie und stöhnte leise.

Er strich mit der Zungenspitze über die Mulde zwischen ihren Brüsten, umfasste eine Brust und strich mit der Zunge über die Unterseite. Dabei flüsterte er Nicole erregende Komplimente und Versprechungen ins Ohr. Sie sei wunderschön, ihr

Körper sei der wunderbarste, den er je berührt habe. Der letzte Rest von klarem Verstand löste sich auf in einer Woge heißer Erregung, als er mit den Fingern tief in sie eindrang.

„Ob ich es gerne scharf mag?", flüsterte er. „Was für eine Frage!"

Sie wollte lachen, aber eine kleine Welle erreichte ihre Schenkel. „Wir werden patschnass", murmelte Nicole.

„Das ist mir egal, Sweetheart." Er kitzelte ihre Brustspitzen mit der Zunge und liebkoste dabei immer weiter ihre intimste Stelle. Tief in Nicole pulsierte es heiß, es war so erregend, dass es fast schmerzte.

Und er gönnte ihr keine Pause, es war, als könne er gar nicht genug davon bekommen, die köstliche Spannung in ihr zu steigern. Sie sah über sich den silbernen Mond mit einer Wolke verschmelzen und schloss die Augen, weil da plötzlich viel zu viel Licht war. Quinn fuhr fort sie zu streicheln, und die Wirklichkeit entglitt ihr immer mehr.

Sie murmelte seinen Namen, und er führte sie noch weiter auf dem Pfad der Lust, bis das Licht hinter ihren Augenlidern in einem Wirbel leuchtender Farben zerstob und sie unter seinen Händen und Lippen dahinzuschmelzen glaubte. Nicole nahm nur noch ihre schnellen, flachen Atemzüge wahr, das Plätschern der Wellen und schließlich Quinns Stimme, die ihr zärtliche Worte zuflüsterte. Aber sie konnte an nichts denken außer an das unbeschreibliche Vergnügen, das er ihr gerade geschenkt hatte.

Da hörte sie eine Frau laut jubeln.

„Das war nicht ich", sagte Nicole.

„Pst." Quinn küsste sie auf den Mund. „Hör zu."

Die Stimmen kamen von Nicoles Bungalow. „Sieh nur, Dave! Sie haben sogar für ein romantisches Dinner für zwei gesorgt. Mit Kerzen und Wein!"

Nicole sah im Mondlicht Quinns belustigten Gesichtsausdruck. Sie unterdrückten beide ein Lachen. Man hörte die Schritte eines Mannes auf der Holztreppe. Dann war es still. Auf einmal folgte Gelächter.

Nicole verbarg das Gesicht an Quinns Brust. „Oh, Quinn. Es tut mir leid. Dein Abendessen."

Er küsste sie auf die Stirn, die Augen, den Mund. „Ist mir egal. Ich hatte gerade die Vorspeise", flüsterte er. „Jetzt möchte ich den Hauptgang. Lass uns in meinen Bungalow gehen." Er stützte sich auf einen Ellenbogen und wollte ihren BH schließen. „Es sei denn, du hast den auch anderweitig vermietet."

„Nein." Nicole richtete sich ein wenig auf, um ihm zu helfen, aber das machte ihn noch langsamer. Er musste ihre Brüste erst küssen und streicheln, bevor er sie wieder einpacken konnte. „Dein Bungalow ist reserviert für den Protagonisten meiner Anzeigenkampagne."

Quinn lächelte und zog ihr das Top über die Brüste. „Ich liebe meinen Job."

Eng umschlungen taumelten sie über den Strand und lachten dabei über ihre Ungeduld.

Mitten auf der Treppe blieb er stehen und drückte Nicole gegen die Hauswand, um sie wieder zu küssen. Seine Hände fühlten sich heiß und leicht rau an auf ihrer Haut. Jede einzelne Zelle ihres Körpers schien zu tanzen vor freudiger Erwartung. Er küsste sie so wild, dass sie fast keine Luft mehr bekam, und er presste sich begierig an sie.

„Ich will dich, Nicole."

Sie stöhnte und lachte gleichzeitig. „Das ist mir schon aufgefallen." Sie legte die Hände auf den Reißverschluss seiner Hose. „Nur noch zehn Meter. Glaubst du, du schaffst das, ohne über mich herzufallen?" Sie biss sich auf die Unterlippe, erwiderte dabei jedoch Quinns Blick, und dann schob sie die Hand unter den Bund seiner Hose.

„Nicht, wenn du das tust."

Er sog hörbar die Luft ein, als sie ihn anfasste. Sie legte den Kopf zurück und lächelte verträumt. „Ich hatte ja keine Ahnung, dass Immobilienhaie … so gut ausgestattet sind."

Er schloss die Augen und stöhnte leise, als sie die Hand auf und ab bewegte. "Diese Woche bin ich Bauarbeiter", brachte er mühsam hervor und presste sich an sie.

„Oh, ja. Ich habe dich auf dem Dach gesehen", flüsterte sie. „Wie du dir Wasser übergeschüttet hast."

„Hat es dir gefallen?"

„Hm. Ich hätte dich am liebsten …", sie ließ ihn ein klein wenig ihre Fingernägel spüren, „… noch ein bisschen mehr zum Schwitzen gebracht."

„Auftrag erfüllt." Erneut senkte er den Mund auf ihre Lippen. „Lass uns reingehen, Nicole. Lass mich dich lieben."

Sie erstarrte mitten in der Bewegung. „So nennst du das?"

Oje. Sie hatte sich darauf eingelassen, mit dem Feind ins Bett zu gehen, und das, was wahrscheinlich der beste Sex ihres Lebens werde würde, vorbehaltlos zu genießen. Aber Liebe?

Ach, eigentlich war das ja nur so ein Ausdruck. Eine vornehme Umschreibung für diese Fummelei auf der Treppe.

„Ja, Nicole", sagte er leise. „Wenn es mit der richtigen … mit der einzigen Frau, die mir etwas bedeutet, passiert, dann nenne ich es so."

Ihr Herz flatterte. Sie sollte das nicht tun. Sie sollte sich nicht zu dieser gefährlichen Grenzüberschreitung hinreißen lassen. Liebe bedeutete Schmerz.

Er legte ihr einen Finger unters Kinn, sodass sie ihm in die Augen sehen musste. „Mach dir nichts vor, meine Lady in Blau. Das hier ist ernst."

Sie nahm die Hand aus seiner Hose. Ihr Verstand forderte, dass sie weglaufen sollte, solange noch Zeit dazu war. Ihr Herz sagte ihr, dass sie mit ihm reden sollte. Doch ihr Körper verlangte etwas ganz anderes.

Sie küsste Quinn, und ihre beiden Zungen tanzten einen erotischen Walzer.

Heute Nacht würde sie nur auf ihren Körper hören.

10. Kapitel

Nicole hatte ja keine Ahnung gehabt, wozu sie imstande war, wenn sie ihrem Körper die Führung überließ.

Sie schafften es gerade so bis ins Haus. Quinn führte sie sofort ins Schlafzimmer. Seine Lippen, seine Zunge, seine Hände schienen Zauberkräfte zu besitzen.

Das Zimmer war dunkel bis auf das Mondlicht, das durch das geöffnete Fenster hereindrang. Nicole bemerkte den beherrschten, konzentrierten Ausdruck auf Quinns Gesicht, als er sie sanft zum Bett schob.

„Mein Rock ist ganz nass", murmelte sie.

Er strich über ihren Bauch. „Dann zieh ihn doch aus."

Sie war selbst überrascht, wie heftig ihre eigene Begierde war. Er ließ die Finger durch ihr Haar gleiten und strich es ihr aus der Stirn. „Weißt du was?"

„Was?"

„Meine Hose ist auch ganz nass."

Nicole lächelte."Na, dann zieh sie doch aus." Sie zerrte an seinem Gürtel.

„Ladies first." Er öffnete den Reißverschluss ihres Rocks und zog ihn ihr provozierend langsam von den Hüften.

Lächelnd befühlte er den schmalen Streifen pinkfarbener Seide auf ihrer Hüfte. „Wenn ich sterbe, wirst du dann meine Asche in deiner Dessouskommode verteilen?"

Sie lachte und ließ es geschehen, dass er ihr als Nächstes das Oberteil über den Kopf streifte. Dabei überzog er ihr Dekolleté mit kleinen Küssen, die ihre Haut noch mehr erhitzten.

Zum ersten Mal, seit ihr Körper mit vierzehn Jahren unerwartet üppige Rundungen angenommen hatte, fühlte Nicole sich rundherum sexy. Nur Quinn konnte das bewirken. Andere Männer starrten sie an, sodass sie unwillkürlich das Gefühl hatte, ihre Brüste verstecken zu müssen. Frauen reagierten eher unsensibel, aber das Allerschlimmste war die Bademodenindustrie. Quinn gab ihr mit seinen Blicken und seinen Berührungen das Gefühl, eine Göttin zu sein. Wieder befreite er ihre Brüste aus ihrer Umhüllung und stellte wie zuvor die Kunstfertigkeit seiner Zunge und Finger unter Beweis. Und dann ließ er langsam seine Zungenspitze auf ihren Brüsten kreisen. Er reizte ihre Knospen, bis sie sich aufrichteten und sie in Flammen stand vor Verlangen.

„Ich habe noch nie so etwas Schönes gesehen", flüsterte er.

Und sie glaubte ihm. Wieder küsste er sie, diesmal jedoch nicht fordernd, sondern eher vorsichtig und voller Zärtlichkeit. Und wieder wurde ihr heiß vor Erregung, wieder bewegten sich ihre Hüften wie von selbst. Aber es war anders als die blinde Leidenschaft, die sie kurz zuvor am Strand erlebt hatte.

„Wunderschön", wiederholte er.

Ja, das hier war anders. War es Liebe?

Zärtlich zog er mit den Fingern jede einzelne Kurve ihres Körpers nach und berührte sie, als sei sie ein kostbares Kunstwerk.

„Quinn, ich möchte dich auch anfassen können."

Sie begann, sein Hemd aufzuknöpfen. Mit zitternden Fingern schob sie es ihm von den Schultern. Er musste fast lachen angesichts ihrer wilden Entschlossenheit. Vielleicht wusste er wirklich nicht, wie sehr sie sich danach sehnte, endlich die Muskeln zu berühren, die sie tagelang vom Parkplatz aus bewundert hatte. Sie schmiegte ihr Gesicht an seine behaarte Brust und nahm seinen salzigen, würzigen Duft in sich auf. Hm. Sie liebte diesen Duft. Während sie noch den Atem anhielt, nahm Quinn ihre Hände und legte sie auf seine Gürtelschnalle.

Sie zog ihm die Hose und die Boxershorts aus. Nackte Haut, endlich. Sie schloss die Finger um ihn, dann glitt sie tiefer und reizte ihn mit der Zunge, sodass er aufstöhnend die Finger in ihrem Haar vergrub. Sie erforschte ihn mit ihren Händen und ihrem Mund und genoss es, zu spüren, wie er dabei immer erregter wurde.

„Nicole." Es klang fast gequält. Er packte sie an den Schultern und zog sie zu sich hoch.

Sie bedeckte seine Brust mit Küssen. Dann umfasste er ihr Kinn, küsste sie und drehte sie auf den Rücken. „Lass mich dich lieben."

Nicole seufzte wohlig. Er streifte ihr den Slip ab und beugte sich über sie. Aus dem Augenwinkel nahm sie wahr, dass er ein Kondom in der Hand hielt.

Er sagte kein Wort, erwiderte jedoch ihren Blick, während er das Päckchen öffnete. Sie schaute stumm zu, völlig fasziniert von jeder seiner Bewegungen. Sie sehnte sich so sehr danach, ihn endlich in sich zu spüren. Langsam öffnete er ihre Schenkel. Sein Gesicht war jetzt ganz nah an ihrem, seine Lippen berührten fast ihre. Seine Zungenspitze strich über ihre Lippen, schob sie auseinander und drang tief ein. Dasselbe spürte sie zwischen ihren Schenkeln.

„Meine Lady in Blau."

Sie hob sich ihm entgegen, um ihn noch tiefer in sich hineinzuziehen. Da spürte sie sein Lächeln an ihren Lippen. „Warum quälst du mich, Quinn?", flüsterte sie.

Er stöhnte und drang noch ein wenig tiefer vor. Seine Zunge tat genau das Gleiche in ihrem Mund. Dann zog er sich aus ihr zurück, um erneut in sie hineinzugleiten. Dieses Spiel wiederholte er immer wieder.

„Weil ich dir etwas sagen möchte."

Sie schmiegte sich an ihn. „Jetzt?"

„Ja. Unbedingt jetzt." Er küsste sie und bewegte die Hüften, gerade genug, um sie enttäuscht aufstöhnen zu lassen, als er innehielt. „Ich wusste es schon, als ich dich das erste Mal küsste."

„Was wusstest du?"

„Ich wusste es einfach." Er drang wieder ein wenig tiefer in sie ein. Sie versuchte, in seinem Gesicht zu lesen. Entweder wusste sie überhaupt nichts über Menschen, oder er gab gerade sein Innerstes preis und war wirklich ganz ehrlich.

Er füllte sie fast ganz aus, und es kostete sie all ihre Selbstkontrolle, nicht einfach seinen Po zu packen und Quinn an sich zu pressen. Aber da war etwas in seinem Blick, das sie davon abhielt.

„Was wusstest du?" Sie war nicht sicher, ob sie die Antwort hören wollte.

„Dass du die Frau meines Lebens bist."

Sie starrte ihn verständnislos an.

„Die Frau meines Lebens", wiederholte er und bewegte sich plötzlich heftig.

Die Frau seines Lebens? Nein, darüber konnte sie jetzt nicht nachdenken. In diesem köstlichen Moment konnte sie nur fühlen. Hilflos gab sie sich dem uralten Rhythmus hin, glücklich, Quinn endlich Haut an Haut zu fühlen, glücklich, endlich mit ihm ganz eins zu sein.

Er stützte sich auf die Ellenbogen, aber sie zog ihn stöhnend an sich. Sie brauchte ihn so sehr, wollte ihn nie wieder loslassen.

„Du bist die Frau meines Lebens."

Die Worte hallten in ihren Ohren wider, während sie sich gemeinsam dem Rhythmus der Liebe hingaben. Immer schneller, immer wilder. Er flüsterte ihren Namen und spornte sie an, und sie schlang die Beine um seine Hüften und überzog seine Brust und seine Schultern mit Küssen.

„Du bist die Frau meines Lebens."

Er legte die Hände unter ihren Po und hob sie ein wenig an, um noch inniger mit ihr zu verschmelzen. Nicole grub die Zähne in seine stahlharten Schultermuskeln. Die Ekstase ließ sie alles um sich herum vergessen. Es war wie ein freier Fall in die Tiefe. Oder wie ein Flug in endlose Höhen. Sie konnte nichts mehr sehen, nichts mehr hören, hatte keine Kontrolle mehr über ihren Körper. Alles, was sie spürte, waren Quinns kraftvolle Stöße, die ihre Lust ins Unendliche steigerten, bis sie schließlich in einem intensiven Höhepunkt gipfelte, der ewig zu dauern schien.

Zitternd küssten sie sich, als sie ihre Umgebung wieder wahrnahmen. Kleine Schweißperlen auf seiner Brust vermischten sich mit ihren. Ihre schnellen, unregelmäßigen Atemzüge wurden langsamer, tiefer.

Quinn küsste Nicole auf die Schläfe und brach schließlich das Schweigen, während er sich langsam auf sie sinken ließ. „Du bist wirklich die Frau meines Lebens."

Sie war viel zu befriedigt, viel zu erschöpft und viel zu glücklich, um sich um ihre Ängste zu kümmern.

Es schien Stunden zu dauern, bevor sie sich wieder rührten, aber Quinn wusste, es waren nur ein paar Minuten vergangen. Er konnte Nicoles Herzschläge zählen, die er an seiner Brust spürte, und ihre Beine waren mit seinen verflochten.

„Mac?"

Er lächelte. „Weißt du, dass mich nur die Jungs vom Baseballteam und ein paar von meinen alten Kumpels so nennen?"

„Du hast mir gesagt, das sei dein Name, als wir uns das erste Mal begegneten." Sie blickte auf. „Du spielst Baseball?"

„Ja. Nichts Ernstes, alles nur frustrierte Manager, die sich wünschen, sie hätten Talent."

Sie schmiegte sich an ihn. „Ich dachte, ihr Managertypen seid in eurer Freizeit voll damit beschäftigt, eure Seilschaften zu pflegen."

”Das würde meinem Boss gefallen. Er ist ein Irrer, der sieben Tage die Woche arbeitet.” Plötzlich wünschte Quinn sich, sie könne ihm zusehen, wenn er Baseball spielte. Dann würde er zur Tribüne schauen, wo all die Freundinnen der Spieler saßen und die Ehefrauen. „Ich bin gerne im Freien. Mein Bruder Cameron spielt auch. Wir machen das nur, um Dampf abzulassen."

„Bist du gut?"

„Nun ja, ich habe gute Momente." Er strich über ihr Schlüsselbein. „Ich kann ziemlich gut werfen. Ich hab ganz schön viel Kraft."

Sie berührte seine Bauchmuskeln und ließ dann ihre Hand

tiefer gleiten. „Darauf wette ich."

Er reagierte sofort. „Sweetheart, fang nicht damit an, es sei denn, du meinst es ernst."

Sie unterdrückte ein Lächeln. „Welche Position?"

„Du kannst oben liegen, wenn du willst."

„Beim Baseball", sagte sie lachend. „Auf welcher Position spielst du?"

„Werfer, Fänger, was du willst."

Sie fuhr mit den Fingern über seine Schulter und seinen Bizeps. „Du hast einen sehr athletischen Körper. Stark und muskulös und …"

„Sprich nur weiter …"

„Einfach fantastisch."

„So?" Quinn drehte sich auf die Seite und ließ die Hand über ihre Hüfte gleiten. „Du hast einen Playmate-Körper. Wundervolle Rundungen an genau den richtigen Stellen und …" Er nahm eine ihrer Brüste in die Hand. „Fantastisch ist gar kein Ausdruck. Wie um alles in der Welt kommt es, dass du so tolle Kurven hast? Du kannst dich glücklich schätzen."

Nicole hob eine Braue. „Gestraft meinst du wohl."

"Du machst Witze, oder?" Er sah sie prüfend an. Konnte sie das ernst meinen? "Andere Frauen zahlen drei Monatsgehälter für einen Busen, der nicht annähernd so vollkommen ist."

„Ich hätte lieber Fenster, die in Ordnung sind, und stabile Geländer an jedem Balkon."

Wieder verspürte er ein nagendes Schuldgefühl. „Wenn ich gewusst hätte, wie viel dir *Mar Brisas* bedeutet, dann hätte ich nie …"

„Hättest du doch", erwiderte sie ruhig. „Es ist schließlich dein Job. Nein, deine Teilhaberschaft, die auf dem Spiel steht. Mir kommt es so vor, als sei es dein Leben."

So war es ihm auch vorgekommen. Doch erschien ihm das plötzlich sehr banal. Mit dieser Frau in seinen Armen und in seinem Bett – was zum Teufel bedeutete es da schon, ob er Teilhaber bei Jorgensen wurde oder nicht?

Hier. Hier wollte er Teilhaber sein.

Fast hätte er es ausgesprochen, doch er wollte sie nicht erschrecken. Wenn er ihr noch einmal sagte, sie sei die Frau seines Lebens, dann würde sie ihn womöglich für einen liebeskranken Teenager halten. Vor einer Viertelstunde hatte er keine Kontrolle über sich gehabt. Aber jetzt schon.

„Es ist nicht mein ganzes Leben", sagte er.

„Natürlich nicht", erwiderte sie spöttisch. „Es gibt da ja noch das Baseballteam."

"Mit meinem Talent kann ich beim Baseball nicht viel verdienen, höchstens genug, um meinen Kumpels ein Bier zu spendieren."

„Und Geld ist wichtig für dich."

Er hörte den leisen Vorwurf in ihrer Stimme. „Nicht so furchtbar wichtig."

„Dann eben Erfolg. Deine Position. Der tolle Lebensstil."

„Du siehst mich ganz falsch." Jedenfalls hoffte er das. Machte er wirklich so einen yuppiehaften Eindruck?

"Du hast einen enormen Ehrgeiz, Quinn. Ich habe erlebt, wie du in deine Rolle geschlüpft bist bei unserem Meeting mit Northcott. Ich wette, du bist ein zäher Verhandlungspartner."

Was sollte er darauf antworten? Er wollte es nicht abstreiten, aber sie sollte auch verstehen, warum er so war, wie er war. „Ja, das stimmt, Nicole. Ich bin gut in meinem Job." Er sah sie nachdenklich an. „Es ist nicht wirklich das, was ich tun wollte, aber ich bin eben in diesem Job gelandet. Also versuche ich, das Beste daraus zu machen. Ich will mich nicht verteidigen, und es tut mir leid, dass mein Beruf jetzt zwischen uns steht." Er strich über die seidig glatte Haut ihrer Hüfte. „Aber meine Karriere ist nicht mein Leben. Sie ist nur mein Lebensunterhalt."

„Wie bist du zum Immobilienhandel gekommen?"

Die Frage hätte eher lauten sollen, wie hätte er es vermeiden sollen? „Nun ja, ich habe dir ja schon erzählt, dass mein Dad unbedingt wollte, dass wir gute Jobs bekommen. Er hat uns auf die besten Colleges geschickt und uns in jeder Hinsicht gefördert."

Nicole erwiderte nichts, also redete er weiter, obwohl das jetzt sehr persönlich war. Er zögerte einen Moment. „Versteh mich nicht falsch", sagte er dann. „Ich hatte absolut nichts dagegen, und er hatte wirklich recht. Es lebt sich leichter mit Geld und Prestige. Für meinen Dad bedeutet es jedoch alles."

„Warum?"

Er antwortete nur zögernd. „Meine Eltern ließen sich scheiden, als Colin ein Baby war. Meine Mom wollte mehr vom Leben. Sie hatte ein Buch über die Emanzipation der Frau gelesen und war zu dem Schluss gekommen, dass sie alle Männer hasste und nicht dafür gemacht war, drei kleine Jungs zu bemuttern. Sie ist dann nach Wyoming gezogen."

Er spürte, dass Nicole ihn mitfühlend ansah, und drückte sie an sich. „Meine Großmutter hat geholfen, uns großzuziehen, sie ist der beste Mensch der Welt. Also keine Sorge, wir haben nicht ernsthaft Schaden genommen." Jedenfalls wollte er im Moment nicht weiter darüber reden. Er machte seiner Mutter nicht einmal Vorwürfe. Eher seinem Vater, weil er die falsche Frau geheiratet hatte.

„Das war sicher hart für euch."

„Wir sind damit zurechtgekommen. Cam macht auf hart, Colin auf wild."

„Und du?"

Er grinste. „Ich mache gern Witze."

Sie lächelte.

Wieder hatte er das Gefühl, als erwarte sie weitere Erklärungen. Warum eigentlich nicht? Wenn sie die Frau seines Lebens war, dann sollte sie ruhig alles wissen. „Wie auch immer, mein Vater musste natürlich trotz Grandmas Hilfe sehr, sehr hart arbeiten, um die Familie zusammenzuhalten. Auch wenn er am Ende die Firma seines Chefs kaufte und sein Name auf allen Lkws stand, so war und blieb er doch ein Handwerker, ein Bauarbeiter. Er glaubte, wenn er es schaffte, dass wir eines Tages alle Anzüge trugen und an Schreibtischen arbeiteten, dann hätte er bewiesen, dass meine Mutter unrecht hatte. Er wollte ihr damit zeigen, was er alles für seine Kinder tun konnte."

Nicole schwieg eine Weile. „Du hast also brav mitgemacht", sagte sie schließlich. „Guter Junge. Aber vielleicht hättest du mit deinem Leben lieber etwas anderes angefangen."

Oh, zum Teufel. Sie wusste wirklich, wie sie ihm die persönlichsten Details entlocken konnte. „Ich habe selbst meine Entscheidungen getroffen, Nicole. Sicher war ich ein guter Junge, ja. Aber ich wäre wahrscheinlich genauso zufrieden gewesen, einfach in seine Fußstapfen zu treten und Häuser zu bauen. Ich arbeite gern unter freiem Himmel." Er lächelte breit.

Ihr Ausdruck wurde weich. „Ich kann dir gar nicht genug danken, Quinn." Sie küsste seine Schulter und seufzte. „Quinn, was soll ich tun?"

„Mehr von dem, was du im Moment gerade tust, hoffe ich."

Sie sah ihm in die Augen. „Ich möchte nicht von hier weg. Ich möchte nicht mein Zuhause und meinen Job aufgeben, und meine kleine Welt hier."

„Pst." Er legte ihr einen Finger auf die Lippen. „Ich werde morgen darüber nachdenken. Ich muss ein paar Dinge in Erfahrung bringen, und ich will mit meinem Boss alle Möglichkeiten durchsprechen, auch eine Erhöhung unseres Angebots und einen Plan, der die Erhaltung der Gebäude vorsieht. Aber lass uns nicht jetzt darüber reden."

"Okay, aber ich muss dir noch etwas sagen, und ich meine das sehr ernst."

Noch mehr persönliche Details. Na schön, wenn es denn sein musste.

„Das Hotel, und dass es verkauft werden soll, das hat alles nichts mit dir und mir zu tun. Ich meine, ich habe nicht deswegen mit dir geschlafen."

Er lachte, erleichtert über dieses Geständnis. „Das weiß ich." Er küsste ihr Haar und drückte sie fest an sich. „Du hast mit mir geschlafen, weil ich so einen tollen Job auf deinem Dach gemacht habe."

"Oh, ja", sagte sie strahlend. „Kannst du es komplett reparieren, bevor du wieder fortgehst?"

"Dafür würde ich Unterstützung brauchen."

Enttäuscht ließ sie den Kopf auf seine Schulter sinken.

„Ich muss mir diese Papiere noch einmal ansehen. Ich muss über all das noch einmal nachdenken." Teufel auch, es gab so viel zu überlegen.

„Dachdecker, Laufbursche … gibt es sonst noch einen Job, den du mir anbieten kannst?"

Sie strich mit der Hand über seinen Bauch und dann tiefer. Sofort war er wieder erregt. „Einen Job hätte ich noch."

„Und das wäre?"

Sie rutschte auf ihn, sodass sie rittlings auf ihm saß. „Wie wär's mit Liebhaber?"

„Jederzeit."

Als Nicole langsam erwachte, war das Erste, was sie wahrnahm, der starke Arm, der sie fest an Quinns warme Brust drückte. Sein Atem ging langsam und regelmäßig. Nicole rührte sich nicht und versuchte anhand des Lichts, das durchs Fenster hereinfiel, abzuschätzen, wie spät es war. Sechs Uhr, höchstens halb sieben, sagte sie sich.

Am liebsten hätte sie geschnurrt wie eine Katze. Liebe Güte, sie hatte wirklich gut geschlafen in Quinns Bett. Sie lächelte versonnen. Es war eine wundervolle Nacht gewesen, und sie hatten sich mehrmals geliebt. Was ihr jedoch keine Ruhe ließ, waren die Worte, die er beim ersten Mal gesprochen hatte. „Du bist die Frau meines Lebens."

Das konnte doch nicht ernst gemeint sein, schließlich kannten sie sich gerade mal eine Woche. Oder?

Nicole schloss die Augen und gestattete sich zu träumen. Zum ersten Mal stellte sie sich vor, dass Quinn bei ihr bleiben würde. Dass er nicht nach New York zurückgehen würde oder wenigstens – wie hatte er es ausgedrückt? – „regelmäßig und für längere Zeit" wiederkehren würde. Aber dabei hatte er vermutlich nur an Sex gedacht, oder?

Ein ganz neues Gefühl wärmte ihr einsames, unabhängiges Herz, das sie sorgfältig vor allen Verletzungen, die die Liebe womöglich verursachen könnte, abgeschirmt hatte. Sie dachte an damals, als sie an einem kalten Wintermorgen in Chicago zitternd und verängstigt am Grab ihrer Eltern gestanden hatte, ein kleines dünnes achtjähriges Mädchen.

Liebe bedeutete immer auch Verlust, oder?

Sie schloss die Augen und ließ die Erinnerungen aufsteigen, die sie normalerweise unter Verschluss hielt – Erinnerungen an ihre Eltern und an ihre Kindheit. Sie schluckte schwer, so groß war der Kloß, der sich in ihrer Kehle gebildet hatte. Warum dachte sie ausgerechnet jetzt an ihre Eltern?

Weil Quinn etwas in ihr angerührt hatte, obwohl sie das nicht gewollt hatte. Führte Tante Freddie nicht ein tolles Leben ohne Ehemann? Hatte sie es nicht wirklich gut?

Ehemann? Nicole holte tief Luft, erstaunt über sich selbst. Wer redete denn von einem Ehemann? Quinns Hand bewegte sich von ihrem Bauch zu ihren Brüsten. Er war aufgewacht. Fast hatte sie Angst, sich umzudrehen. Womöglich könnte er ihre Gedanken lesen und merken, dass sie tatsächlich an einen Ehemann gedacht hatte.

Sie spürte seine Lippen auf der Schulter. „Woran denkst du, meine Schöne?"

Oh, oh. „An die Versicherung", schwindelte sie.

„Wow. So sehr habe ich dich mit meinen Liebeskünsten beeindruckt?"

Sie lachte. „Oh, das hast du."

„Hm. Das erinnert mich an deine pinkfarbenen Dessous. Würdest du sie noch einmal für mich tragen – und sonst nichts?" Er wollte sie zu sich herumdrehen, doch sie fühlte sich noch nicht bereit, ihm in die Augen zu sehen. „Sweetheart", flüsterte er, „komm zu mir."

Langsam drehte sie sich um, doch statt Quinn anzublicken, schmiegte sie das Gesicht an seinen Hals. Sanft umfasste er ihr Kinn und drehte ihren Kopf so, dass sie ihn ansehen musste. Sie erkannte an seinem Blick, dass Quinn spürte, was in ihr vorging.

„Was ist los? Weinst du?"

Erst schüttelte sie den Kopf. Dann nickte sie.

Quinn legte eine Hand auf ihre Wange und streichelte ihre zitternden Lippen mit dem Daumen. „Warum, Baby? Bin ich daran schuld?"

„Wie ich schon sagte", erwiderte sie. „Die Versicherung."

Er sah sie lange schweigend an. Dann öffnete er den Mund, um etwas zu sagen, wurde jedoch vom Klingeln seines Handys unterbrochen. Er ignorierte es.

„Geh ruhig dran, Quinn."

„Nein, das kann warten. Sag mir, was los ist."

Sie gab ihm einen Schubs. „Geh schon dran. Es könnte wichtig sein, wenn jemand so früh am Morgen anruft."

„Ach, was. Das ist mein Boss. Für ihn ist es schon helllichter Tag." Doch er setzte sich auf und stieg aus dem Bett. Was für ein atemberaubender Anblick. Nicole unterdrückte einen Seufzer.

Er setzte sich auf die Bettkante, mit dem Rücken zu ihr, und beantwortete mürrisch den Anruf.

Sie zog die Decke über ihre Brüste und setzte sich ebenfalls auf. Genießerisch ließ sie den Blick über Quinns muskulöse Rückseite gleiten. Da waren ein paar blutunterlaufene Kratzer auf seinem Rücken …

„Heute?", hörte sie ihn verblüfft sagen. „Warum heute? Wir sind noch nicht bereit."

Ihr Herz setzte fast aus. Offenbar ging es um ihr Hotel.

„Mir ist nichts bekannt von einem anderen Interessenten."

Ein anderer Interessent? Bestimmt ging es um eine andere Immobilie.

„Northcott versucht nur, Druck zu machen, Dan."

Oh, nein, es ging um ihr Hotel. Nicole saß plötzlich kerzengerade. Sie wartete darauf, dass Quinn sich umdrehte und einen Blick mit ihr austauschte.

„Wie viel?" Quinn fuhr sich mit der Hand durchs zerzauste Haar.

Sieh mich an, Quinn. Er sollte ihr Komplize sein, nicht schon wieder ihr Gegner mit der kalten Stimme eines Immobilienhais. Doch er drehte sich nicht um.

„Das sind fünfundzwanzig Prozent mehr, als wir zu bieten bereit sind. Dieser Bastard Northcott! Das hatte er bestimmt schon die ganze Zeit geplant. Deshalb hat er mich auch so lange auf die Dokumente warten lassen." Oh, er war jetzt wieder ganz der Immobilienhändler. Bestimmt hatte er schon vergessen, dass sie im selben Zimmer war. „Ich verstehe. Die wollen es, so wie es ist, und werden auch nach etwaigen Renovierungsarbeiten keinen Cent höher gehen, also bieten wir mit."

Sie sah, wie Quinn sich am Kinn kratzte und dem „Irren", der rund sieben Tage in der Woche arbeitete, aufmerksam zuhörte. „Nun, das Dach ist instandgesetzt worden." Er schwieg einen Moment. „Die Besitzerin hat jemanden gefunden, der ihr gefällig war."

Endlich drehte er sich kurz zu ihr um, doch sein Gesicht war ausdruckslos. Kein hoffnungsvolles Aufleuchten im Blick, kein besorgtes Stirnrunzeln, kein verschwörerisches Zublinzeln. „Lass uns mitziehen, Dan", sagte er und wandte den Blick wieder ab. „Wir können jetzt nicht mehr zurück."

Was ging da vor?

Jetzt senkte Quinn die Stimme. „Aber ich brauche noch etwas Zeit wegen dieser Versicherungssache. Es gibt da eine fragwürdige Klausel im Vertrag, die erst noch geändert werden muss."

Übelkeit stieg in ihr auf. Er war also immer noch scharf auf *Mar Brisas*. Nichts hatte sich geändert. Er war nicht auf ihrer Seite. Sie hatte sich ganz und gar in ihm getäuscht.

„Ich werde mich noch heute mit Northcott treffen."

Wieder spürte sie einen dicken Kloß in der Kehle, doch diesmal aus einem ganz anderen Grund.

"Hör zu, wir sollten wirklich mehr zahlen, Dan. Das Dach ist in Ordnung. Oder so gut wie." Wieder hörte er schweigend zu. „Oh, ja. Ich kann mit ihr sprechen." Er drehte sich zu ihr um. Diesmal mit der Andeutung eines Lächelns. „Wir haben ein fast freundschaftliches Verhältnis zueinander."

Nicole war wie vom Blitz getroffen. Sie riss die Decke vom Bett, hüllte sich darin ein und stapfte zum Badezimmer. *Ein fast freundschaftliches Verhältnis?*

Sie warf die Tür hinter sich zu, verriegelte sie, lehnte sich mit dem Rücken dagegen und wartete. In weniger als dreißig Sekunden war er da. „Nicole, mach auf! Ich muss mit dir reden!", rief er.

„Ruf mich in meinem Büro an", zischte sie. „Wir haben doch ein fast freundschafliches Verhältnis."

„Komm schon, Sweetheart. Was hätte ich zu meinem Boss sagen sollen? Warte, ich frage sie, sie ist gerade hier in meinem Bett?"

Sie starrte auf ihr blasses Gesicht im Spiegel. Warum war sie eigentlich so außer sich? Hatte sie erwartet, dass Quinn, nur weil sie mit ihm geschlafen hatte, ihr Hotel nicht mehr würde kaufen wollen? Wenn, dann wäre sie keinen Deut besser als er. „Sei ehrlich", forderte sie ihr Spiegelbild flüsternd auf.

Quinn rüttelte an der Klinke.

Sie entriegelte die Tür und riss sie auf. „Du bist ein eiskalter Lügner, Quinn McGrath. Du hast einfach so behauptet, das Dach sei wieder in Ordnung. Was für Lügengeschichten hast du sonst noch in petto?" Angeblich war sie die Frau seines Lebens. Oder war das auch nur eine seiner Lügen?

„Keine. Und das Dach wird fertig werden. Es könnte jedenfalls fertig werden. Wenn ich mehr Zeit hätte." Er kniff die Augen zusammen. „Nicole, du hast doch das Gespräch mitgehört. Du weißt doch, was los ist. Northcott hat noch einen Interessenten."

Sie hob nur eine Braue und blickte an ihm vorbei. „Na und? Einer ist so schlecht wie der andere."

„Nein. Dieser hier wird die Möglichkeit, das Gebäude zu restaurieren, nicht einmal in Betracht ziehen. Er will keinerlei Verbesserungen. Er wird für die Dachrenovierungen keinen

Cent zahlen, weil er von vornherein schon viel mehr geboten hat als wir."

„Ich verstehe nicht."

„Nicole, wenn Jorgensen *Mar Brisas* kauft, dann besteht zumindest eine Chance – wenn auch nur eine kleine –, dass du bleiben könntest und dass ich Dan überreden könnte, die Ferienanlage zu restaurieren, anstatt es platt zu walzen. Würde dich das nicht glücklich machen?"

Seine Stimme klang so flehend, dass Nicole ihm fast geglaubt hätte. „Glücklicher, als wenn es abgerissen wird, schätze ich."

„Und jetzt sieht es so aus, als müsste ich Dan überreden, mehr Geld auszuspucken, damit wir den Zuschlag bekommen. Ich musste ihm also sagen, das Dach sei fertig instandgesetzt." Er zuckte mit den Achseln, als sie ihn skeptisch ansah. „Ich könnte bis zum Wochenende fertig sein mit dem Dach."

„Wie?"

Quinn fuhr sich mit der Hand durchs Haar und verschränkte die Arme vor der Brust, offenbar hatte er vergessen, dass er völlig nackt vor ihr stand. „Ich habe einen Plan", sagte er, und sie versuchte, sich auf seine Hände zu konzentrieren, um nicht seinen göttlichen Körper anzustarren. „Erstens: das Dach fertig reparieren und Dan dazu bringen, dass er mit dem Angebot des anderen Interessenten mitzieht." Während er redete, glitt sein Blick über ihren verhüllten Körper. „Zweitens: herausfinden, wie man den Versicherungsvertrag ändern kann, damit wir uns nicht mehr mit dieser idiotischen Klausel herumärgern müssen. Drittens: …" Er sah auf ihre Hände, die krampfhaft die Decke vor ihren Brüsten festhielten. „Ich habe den dritten Punkt vergessen."

Nicole hätte am liebsten gelächelt und die Decke fallen gelassen. „Es muss etwas damit zu tun haben, wie man den anderen Interessenten loswird."

„Nein." Quinn blickte an sich herab, und sie folgte seinem Blick. Vielleicht war er wirklich ein Immobilienhai, aber ein äußerst erregter. „Drittens, dich zärtlich und ausführlich lieben. Jetzt." Und damit riss er Nicole an sich.

Sie jedoch legte abwehrend die Hände auf seine Brust. „Das nenne ich aber nicht ‚ein fast freundschaftliches Verhältnis‘."

Er lächelte nur. „Ich finde, es funktioniert."

Sie war selbst überrascht, wie energisch sie ihn von sich wegschob. „Nein, Quinn. Für mich funktioniert es nicht."

Er legte die Hände auf ihre nackten Schultern, und sein Ausdruck wurde ganz und gar ernst. „Nicole, lass nicht zu, dass diese Immobiliengeschichte zwischen uns steht. Wir können eine Lösung finden. Ich bin auf deiner Seite. Ich werde alles tun, was in meiner Macht steht, damit Jorgensen Development dieses Anwesen erhält, so wie du es möchtest. Und dass du hier die Chefin bleibst."

Sie wünschte sich so sehr, ihm glauben zu können.

„Wäre das nicht genau das, was du wolltest?", fragte er.

Wieder war da dieser dicke Kloß in ihrer Kehle. „Ich bin nicht mehr sicher, was ich überhaupt will. Ich kann nicht einfach einen Plan machen und dann nach einem Schema vorgehen. Ich … ich …" Oh, warum hatte er ihr in der Nacht dieses unerwartete Geständnis gemacht? Die *Frau meines Lebens*. War das für ihn nur das übliche Liebesgeflüster gewesen? Das musste sie unbedingt herausfinden.

„Quinn?"

Er streckte die Hand aus und berührte vorsichtig ihr Kinn, was sie fast dazu brachte, jeden Widerstand aufzugeben. „Was ist?"

Wenn sie jetzt die Wahrheit erfuhr und die Wahrheit ihren Verdacht bestätigte, was dann? Nicole holte tief Luft – und wich aus. „Wie um alles in der Welt willst du mit dem Dach fertig werden und mit der Bank?"

Er schnippte mit den Fingern. „Ah, ja. Das war drittens."

„Was?"

Er lächelte breit. „Wirklich. Ich habe einen Plan."

Natürlich.

11. Kapitel

Der Bungalow erschien Quinn so leer, nachdem Nicole gegangen war. Er schlenderte durchs Wohnzimmer, ging auf die Terrasse und beobachtete die Brandung. In der Hand hielt er einen Becher mit Kaffee, der kalt wurde, bevor er überhaupt einen Schluck genommen hatte.

Ich habe mich viel zu sehr gefühlsmäßig verstrickt, dachte Quinn.

Keine andere Frau hatte ihm jemals dieses Gefühl von Erfüllung gegeben. So als habe er sein ganzes bisheriges Leben nach dem letzten Teil eines Puzzles gesucht und es nun endlich gefunden. Es war ein so unglaublich befriedigendes Gefühl.

Was zum Teufel war nur los mit ihm? Nicole lebte in Florida, er in New York. Sie war eine freiheitsliebende, unkonventionelle Hotelbesitzerin, er ein hochkarätiger Manager und knallharter Verhandlungspartner.

Trotzdem passten sie fantastisch zusammen.

Quinn nippte an seinem kalten Kaffee und betrachtete über den Rand der Tasse ein Delfinpärchen, das in einem anmutigen Bogen aus dem Wasser sprang und wieder verschwand. Blieben Delfine eigentlich ein Leben lang zusammen? Quinn glaubte, das irgendwo einmal gelesen zu haben.

Er fand eine lebenslange Gemeinschaft plötzlich ganz natürlich, aber das war nicht das Problem. Es ging um etwas anderes, aber um was eigentlich? Was machte ihm so zu schaffen? Sein Instinkt, dem er immer vertraut hatte, schien ihn diesmal im Stich zu lassen, und er hatte keine Ahnung, wie er ihn wieder aktivieren sollte.

Wenigstens hatte er einen Plan, oder? Punkt eins: die Dachreparatur beenden. Das war leicht. Punkt zwei: einen neuen

Preis aushandeln. Das war machbar. Punkt drei: Dan dazu bringen, dass er einer Restaurierung zustimmte und Nicole als Geschäftsführerin behielt. Das war ein prima Plan.

Halt, war es das wirklich? Was würde aus Nicole werden, der Frau seines Lebens? Die Erkenntnis traf ihn wie ein Hammerschlag: Er wollte sie – in seinen Armen, in seinem Bett, in seinem Leben. Aber mehr als das wollte er, dass sie glücklich war.

Plötzlich war seine Kehle ganz trocken. Wenn ihm ihr Glück wichtiger war als seines, was bedeutete das? Wenn das nicht die Definition von Liebe war, was zum Teufel war es dann?

Gedankenverloren starrte er auf das Wasser und ließ die Erkenntnis auf sich einwirken. Ob die Delfine noch einmal auftauchen würden? Aber sie waren offenbar verschwunden. Genau wie er verschwunden sein würde, sobald er Nicoles Dach repariert, ihre Probleme gelöst und ins Flugzeug nach New York gestiegen wäre.

Er drehte sich um und ging in die Küche. Ja, es hatte ihn wirklich schlimm erwischt.

Schließlich nahm er den braunen Umschlag mit den Dokumenten und legte die Papiere auf den Küchentresen. Er blätterte, bis er zu dem Versicherungsvertrag kam, und starrte auf die endlosen Zeilen Kleingedrucktes. Wer um Himmels willen konnte so etwas lesen?

Er konnte das.

Quinn ließ sich auf einen Stuhl fallen und starrte mit zusammengezogenen Brauen auf das Blatt. Sein Instinkt sagte ihm, nein, er schrie regelrecht, dass da irgendwo in dieser endlosen Masse von Buchstaben ein Fehler verborgen war, ein Schlupfloch, ein Verstoß gegen geltendes Recht oder sonst irgendetwas, das Nicole Whitaker zu dem verhelfen würde, was sie verdiente. Denn nur das wäre gut genug für sie.

Doch für den Fall, dass sein Instinkt ihn noch einmal im Stich ließe, brauchte er einen Plan B. Er nahm das Telefon, wählte die Nummer, die er auswendig wusste, und lächelte zufrieden. Dieser Plan war brillant. Es klingelte zwei Mal, bevor jemand abnahm.

„Sieh dich vor", sagte Quinn, überzeugt, dass man ihn an seiner Stimme erkennen würde. Er holte tief Luft und schloss die Augen. „Ich bin verliebt."

Nicole presste ganz kurz die Lider zusammen, um die Plakatwand an der Route One nicht lesen zu müssen, und riss dann schnell wieder die Augen auf, weil sie sich nicht in Gefahr bringen wollte. Sie dachte an die merkwürdige Abschiedsszene. Quinn hatte versucht, sie zu küssen, doch sie war ihm ausgewichen und zur Tür hinausgeschlüpft.

Es war so schlimm gewesen, dass sie sich nicht einmal Zeit genommen hatte, sich umzuziehen. Sie war einfach in ihren Wagen gestiegen mit keinem anderen Gedanken im Kopf, als dass sie weg von *Mar Brisas* wollte und weg von Quinn.

Freddie blickte von ihrer Arbeit auf, als Nicole die Tür zur Garage öffnete, die sie als Schneideratelier nutzte. Freddie war ungeschminkt, ihr schwarzes Haar war zu einem Pferdeschwanz zusammengebunden.

„Hallo, Schätzchen. Was führt dich denn hierher an diesem wunderschönen Morgen?"

Nicole lächelte. „Zwei Turteltauben haben sich in meinem Bungalow eingemietet. Kann ich für ein paar Tage hier bleiben?"

Freddie sah sie erstaunt an. „Natürlich", sagte sie dann. „Was für eine tolle Idee."

Toll? Na ja. „Ich brauche nur für ein paar Nächte einen Platz zum Schlafen, wenn du nichts dagegen hast."

„Natürlich nicht." Freddie warf ihr einen besorgten Blick zu und zog die Nase kraus. „Ich rieche Probleme. Herzschmerz. Und noch etwas." Sie beugte sich vor. „Liebe."

Nicole zuckte zusammen und wich zurück. „Deine Nase funktioniert auch nicht mehr so wie früher. Liebe ist es bestimmt nicht, höchstens Lust. Vielleicht noch ein bisschen mehr, aber ich kann mich nicht in einen Mann verlieben, dem ich nicht vertrauen kann. Erst macht er Versprechungen, und fünf Minuten später verhandelt er am Telefon genau über das Gegenteil. Und zwar über etwas, das mir völlig den Boden unter den Füßen wegziehen wird. Das ist nicht Liebe, Tante Freddie. Ich brauche keine Liebe, um ein erfülltes Leben zu führen. Liebe macht einem nur Probleme. Ich will einfach nur mein Leben leben und …"

Freddie hob abwehrend die Hände. „Jetzt halt mal die Luft an, Schätzchen. Du müsstest dich mal hören."

Nicole atmete langsam aus. Sie setzte sich auf das Anprobepodest, stützte die Ellbogen auf die Knie und den Kopf auf die Hände. „Tut mir leid. Aber Liebe ist es jedenfalls nicht."

„Ich finde, du bestreitest das zu oft." Freddie setzte sich neben sie und legte den Arm um ihre Schultern. „Was ist passiert?"

„Das ist eine lange Geschichte."

„Ich habe Zeit."

Nicole schüttelte den Kopf und schlug die Hände vors Gesicht. „Es ist ziemlich kompliziert. Verwechslungen. Geheime Botschaften …" Sie spähte zwischen ihren Fingern zu ihrer Tante hinüber. „Sex im Fahrstuhl."

Freddie strahlte übers ganze Gesicht. „Oje, ich fürchte, heute komme ich nicht mehr zum Arbeiten." Sie rutschte noch ein Stück näher. „Erzähl mir alles."

Nicole seufzte. „Nun ja, es fing alles mit diesem verdammten Werbeplakat an."

Freddie versuchte nicht, alle Einzelheiten aus ihr herauszulocken, aber Nicole erzählte ihr genug, sodass sie die Lücken mit ihrer Fantasie ausfüllen konnte. Als Nicole von dem Telefonat am Morgen erzählte, lief ihr eine Träne über die Wange.

„Er ist Geschäftsmann, Tante Freddie. Das sagt eigentlich alles." Nicole wischte sich mit der Hand übers Gesicht. „Ich weiß nicht, ob ich mich darauf verlassen kann, dass er seinen Boss dazu bringt, *Mar Brisas* nicht abzureißen. Es steht so viel für ihn auf dem Spiel. Seine Karriere, seine Position innerhalb der Firma."

„Und du."

Nicole senkte mutlos den Kopf. „Ich glaube nicht, dass ich da hineinpasse, außer auf eine ganz gewisse Art." *Du bist die Frau meines Lebens.* „Ich meine, ich glaube es jedenfalls nicht." Sie sah ihre Tante an. „Er hat mich jedenfalls schon ein Mal belogen."

Freddie stand auf und ging an ihren Arbeitstisch. Sie nahm erneut den Stoff zur Hand, griff nach der Schere und begann energisch zu schneiden.

Nicole sah ihr zu und wartete ab.

Endlich blickte Freddie zu ihr hinüber. Ihre Augen waren feucht. „Ich habe dir einen schrecklichen Bärendienst erwiesen, Schätzchen."

„Was?" Nicole wusste, ihre Tante hatte sie immer nur geliebt. „Was meinst du damit, Tante Freddie?"

„Ich habe versucht, dich so aufzuziehen, dass du wirst wie ich."

„Und warum sollte das schlimm sein?"

Freddie seufzte schwer. „In gewisser Weise ist es natürlich positiv. Du bist selbstständig und kommst sehr gut alleine zurecht. Das ist gut, und ich bin stolz darauf." Sie beugte sich über den Tisch und sah Nicole eindringlich an. „Aber deine Eltern hätten sich gewünscht, dass du die Liebe kennenlernst. Eine Liebe, wie sie sie hatten. Und das hatten sie wirklich, Nicole. Sie hatten eine wunderbare Liebe."

Verdammt. Schon wieder war da dieser Kloß in ihrer Kehle.

„Und deine Probleme mit Quinn McGrath haben überhaupt nichts mit dem Verkauf des Hotels zu tun", erklärte Freddie ruhig. „Du weißt das, und ich weiß das." Sie trat auf Nicole zu und streckte die Arme aus.

„Ich habe Angst", gab Nicole endlich zu. „Davor dass eines Tages jemand, den ich liebe, mit dem Auto wegfährt und niemals wiederkommt."

Freddie nahm sie in die Arme und drückte sie an sich. „Ach, mein Liebling, natürlich hast du diese Angst. Aber du kannst doch nicht auf dein Leben verzichten, weil das Schicksal dir einmal wehgetan hat. Du musst weiterleben. Das bist du dir schuldig."

Nicole erwiderte Freddies Blick. Sie wusste, dass ihre Tante recht hatte. „Mit Quinn?"

„Du weißt ja, dass ich einen sechsten Sinn für solche Dinge habe", erwiderte Freddie. „Dein Quinn, der scheint in Ordnung zu sein."

Nicole unterdrückte ein Lachen und ein Schluchzen gleichzeitig. „Er fühlt sich jedenfalls so an, Tante Freddie. Einfach göttlich."

Freddie lachte und drückte Nicole erneut an sich. „Da ist etwas an ihm, das mir das Gefühl gibt …", zärtlich fuhr sie Nicole mit der Hand durchs Haar, „… also ich denke, er ist der Richtige für dich."

„Der Richtige?"

„Du weißt schon – dein Seelengefährte. Der Mann deines Lebens."

Ein Schauer überlief Nicole. Wieder sah sie Quinns Gesicht vor sich und seinen ernsten Blick.

War er, nur weil er gern flirtete, um zu bekommen, was er wollte, der Lügner, für den Nicole ihn hielt? Quinn beschloss, diese Frage zu verdrängen und sich auf den Blickaustausch mit Northcotts Sekretärin, einer attraktiven Mittvierzigerin, zu konzentrieren.

Noch fünf Minuten Small Talk, und die Dame würde ihm enthüllen, wo Tom Northcott sich heute Morgen befand.

„Es ist eigentlich streng vertraulich", flüsterte sie verschwörerisch und lächelte verführerisch. „Mr. Northcott hat ein Meeting im Country Club."

Ein Meeting? Dass er nicht lachte!

Sie blickte auf ihren zugeklappten Terminkalender. „Ich würde Ihnen gerne helfen, Mr. McGrath, aber Mr. Northcott ist die ganze Woche total ausgebucht."

Er würde also auf Plan B zurückgreifen müssen. Quinn deutete ein Lächeln an. „Und was ist mit Dennis?" Er benutzte absichtlich den Vornamen des Anwalts, obwohl er von Dennis bis jetzt nichts weiter gesehen hatte, als dessen Unterschrift auf den Dokumenten, die er den ganzen Vormittag studiert hatte.

„Oh, Mr. Knox ist …" Sie schob einen Stapel hin und her, offenbar nicht gewillt, ihren Job als Torwächterin zu vernachlässigen.

Er beugte sich vertraulich vor – weit genug, um eine Nachricht zu lesen, die an sie gerichtet war. „Ich brauche nur zehn Minuten, Rachel."

Sie blickte auf. Offenbar hatte sie nichts dagegen, dass er sie beim Vornamen nannte. „Ich will versuchen, ob ich ihn erreichen kann", sagte sie. „Wahrscheinlich hat er noch ein bisschen Zeit zwischen zwei Terminen."

Kurz darauf folgte er Rachel zur Rechtsabteilung und in Dennis Knox' Büro. Man begrüßte sich mit Händedruck, und Quinn ließ dabei den Blick über die Familienfotos auf dem Sideboard gleiten. Innerhalb von drei Sekunden hatte er den Mann eingeschätzt: ein biederer Bankangestellter, nie etwas anderes gewesen, ein paar Kinder auf dem College, fünf bis acht Jahre vor der Pensionierung.

"Mr. Knox. Ich habe die Versicherungsunterlagen für das Hotel *Mar Brisas* überprüft", sagte Quinn, als er sich vor dem Schreibtisch niederließ.

Ein leichtes Zucken ging über das rosige Gesicht. „Das ist ein ganz schöner Schlamassel, was?"

„So kann man es nennen, ja." Quinn nahm die Papiere aus seiner Aktenmappe. „Ich habe noch nie eine so eigenartig formulierte Versicherungspolice gesehen."

Knox schüttelte den Kopf, setzte sich eine Lesebrille auf und nahm die Papiere aus Quinns Hand. „Ich auch nicht, und ich bin seit neunundzwanzig Jahren Anwalt in dieser Bank. Aber diese Police ist absolut wasserdicht. Tom hat getan, was er konnte, um seinen Bruder dazu zu bringen, dass er irgendetwas zaubert, aber …"

„Seinen Bruder?"

Knox blickte über den Rand seiner Brille. „Bill Northcott war der zuständige Versicherungsagent." Er lächelte. „Das hier ist nicht New York, Mr. McGrath. Hier ist jeder mit irgendjemandem verwandt."

Quinn musterte seinen Gesprächspartner und beschloss, einmal wieder auf seinen Instinkt zu hören. „Mr. Knox, waren Sie wirklich der Ansicht, dass die Formulierung dieser Police legitim ist? Fanden Sie, es ergibt einen Sinn, Überflutungsschäden abzudecken, nicht jedoch Sturmschäden? Schauen Sie sich Paragraph 14 an, Absatz 9."

Knox holte tief Luft und legte die Papiere vor sich ab, ohne einen einzigen Blick hineinzuwerfen. „Diese Police war absolut unanfechtbar, junger Mann. Sturmschäden sind etwas völlig anderes als Wasserschäden, und es gab bei diesem Sturm keine Probleme mit Überflutung. Da war absolut nichts zu machen."

Offenbar war das sein Standardspruch zu dem Thema. „Die Versicherungsgesellschaft war unerbittlich, und Bill Northcott hat getan, was möglich war. Es ist schlimm für die junge Dame, der das Hotel gehört." Knox musterte Quinns teuren Anzug. „Aber für Sie ist es günstig, oder?"

Und für dich, mein Lieber, dachte Quinn. Bei einem Konkurs werden ungetilgte Darlehen steuerlich abgeschrieben. Die Bank bekommt einen neuen Kunden, und die über dreißig Ferienwohnungen, die gebaut werden sollten, würden über dreißig hübsche neue Hypotheken einbringen. Ganz zu schweigen von dem netten kleinen Bonus für den Versicherungsagenten, der seiner Firma ein paar Hunderttausend erspart hat.

Quinn nahm die Papiere und schob sie zurück in seine Aktenmappe. „Ich denke, ich werde Bill Northcott einen Besuch abstatten. Wo kann ich ihn finden? Wohnt er auf St. Joseph's?"

„Oh, nein. Schon lang nicht mehr. Er ist nach Kalifornien gezogen."

Wie praktisch. „Und wer betreut jetzt seine Kunden?"

„Ich weiß nicht genau. Diejenigen seiner Kunden, die auch Kunden unserer Bank sind, werden von unserer Kreditabteilung betreut. Möchten Sie wissen, wer für den Fall *Mar Brisas* zuständig ist?" Er begann in seiner Kartei zu blättern. „Ich glaube, das ist …"

„Nicht nötig." Quinn stand auf. „Ich denke, ich fahre erst mal zum Country Club und versuche, Mr. Northcott abzupassen."

Knox lachte und schüttelte den Kopf. „In dem Restaurant werden Sie ihn nicht finden. Jemand hat ihn zum Golfspiel eingeladen."

„Tatsächlich?" Quinn tat überrascht.

Knox sah ihn viel sagend an. „Ich glaube, es war jemand von einer Immobilienfirma aus Chicago." Natürlich. Der andere Interessent.

Quinn nahm seine Aktenmappe. „Ich bin sicher, er wird fünf Minuten für mich erübrigen können."

„Mr. McGrath, darf ich Ihnen einen guten Rat geben?" Der Anwalt nahm die Brille ab, und der joviale Ausdruck verschwand aus seinem Gesicht. „Vielleicht sollten Sie einfach keine schlafenden Hunde wecken. Dann haben wir alle etwas davon."

Quinn erwiderte seinen Blick und verzog keine Miene.

Erst nach dem Abendessen beschloss Nicole zurückzufahren. Freddie sagte nichts dazu, und Nicole liebte sie dafür umso mehr.

Im Büro war niemand mehr, aber Sally hatte dafür gesorgt, dass eine Aushilfe an der Rezeption saß. Im Foyer hielten sich ein paar Gäste auf. Das Telefon klingelte zwei Mal, während sie sich die Reservierungsliste ansah. Unglaublich, sie waren tatsächlich schon fast ausgebucht.

Etwas erleichtert beschloss Nicole, einen kurzen Rundgang zu machen und danach die neu eingegangenen E-Mails zu lesen, bevor sie wieder zu Tante Freddie fuhr. Als sie am

Swimmingpool ankam, konnte sie der Versuchung nicht widerstehen, zum Dach hochzublicken – und erstarrte. Die neu gedeckte Fläche war zwei Mal so groß wie am Morgen. Wie hatte er das geschafft?

Sie rannte zurück ins Haus und die Treppe hinauf zum Obergeschoss.

Vorsichtig kletterte sie die Leiter hinauf und spähte aufs Dach.

„Hallo, da oben."

Sie erschrak so sehr, dass sie fast die Balance verlor, aber ein starker Arm legte sich um ihre Taille und hielt sie fest. Sprachlos starrte sie auf den dazugehörigen Mann.

Lieber Himmel, er sah aus wie Quinn, nur dass er helleres Haar hatte und blaue Augen. Hinter ihm stand noch ein Mann, er hatte Quinns dunkle Augen und dunkles Haar, doch es war zu einem Pferdeschwanz zusammengebunden. In seinem linken Ohrläppchen glänzte ein Ohrring.

Nicole brachte kein Wort heraus.

„Ich bin Cameron", sagte der, der sie festhielt, und lächelte auf eine Art, die sie ganz stark an Quinn erinnerte. „Und das ist Colin."

„Dann sind Sie also … seine Brüder."

Colin lachte. „Und Sie sind die Lady in Blau, nicht wahr? Wir haben auf dem Weg hierher etwas über Sie gelesen."

Ihr wurde schwindlig, und sie musste sich an Camerons Arm festhalten. „Wo ist Quinn?"

„Golf spielen."

„Golf spielen?" Sie sah Cameron fassungslos an. „Er hat Sie beide hierher fliegen lassen, damit er Golf spielen kann?"

Cameron zwinkerte. „Ja, ist das nicht typisch?"

„Ich weiß nicht", sagte sie langsam. „Ich kenne ihn nicht sehr gut."

„Das klingt ganz anders als das, was Quinn sagt", platzte Colin heraus.

„Was hat Quinn denn gesagt?" Sie bemerkte, dass Cameron

434

unwillig den Kopf über die Taktlosigkeit seines jüngeren Bruders schüttelte. „Was hat er gesagt?", wiederholte sie.

„Er hat gesagt, er …"

„… hat ein Problem", ertönte Quinns Stimme, und alle drei drehten sich gleichzeitig um. „Ich habe ein Problem, weil ich dem Dachdeckerteam ein Abendessen versprochen habe, und jetzt bin ich viel zu spät dran." Sein Blick wanderte über Nicoles Körper.

Stumm bewunderte sie seine Erscheinung. Er war so groß und stark. Seine Haut war von der Sonne gebräunt, die obersten beiden Knöpfe seines weißen Hemdes standen offen, und die Ärmel waren hochgekrempelt, sodass seine sehnigen Unterarme entblößt waren.

„Na, wie war das Spiel?", fragte sie und gab sich Mühe, ein bisschen spöttisch zu klingen.

„Wie immer. Ich habe gewonnen." Er warf Cameron einen Schlüssel zu, den dieser wie nebenbei mit einer Hand auffing. „Ihr beiden habt jetzt frei. Pizza und Bier findet ihr in meinem Bungalow. Ich muss mit Nicole reden."

Sie schüttelte den Kopf. „Ist schon gut. Bleib nur bei deinen Brüdern. Ich muss sowieso gehen."

Quinn sah sie so eindringlich an, dass sie gar nicht anders konnte, als stehen zu bleiben. „Willst du nicht hören, wie ich Tom Northcott geschlagen habe?"

Sie sah ihn empört an. „Du hast mit Tom Northcott Golf gespielt?"

„Nein." Er lächelte boshaft. „Ich sage, ich habe ihn geschlagen. Aber nicht beim Golf. Sondern bei seinem eigenen falschen Spiel."

Nicole begriff gar nichts. „Was denn für ein Spiel?"

„Man könnte es als Betrug bezeichnen. Tom und ich sind übereingekommen, es als einen banktechnischen Fehler zu bezeichnen und nicht an die Öffentlichkeit kommen zu lassen."

Sie hatte das Gefühl, als gäbe der Boden unter ihr nach. „Wie bitte?"

„Vorsicht, Sweetheart." Er streckte die Hand aus. „Du willst doch morgen deinen Scheck nicht auf Krücken abholen, oder?"

„Scheck?", wiederholte sie heiser. „Was für einen Scheck?"

Er machte einen Schritt auf sie zu, vergrub die Hände in ihrem Haar und zwang sie, ihn anzusehen. „Einen Scheck von der Versicherung über einhundertfünfzigtausend Dollar. Deine Sturmschadenregulierung."

„Oh, Quinn! Wie hast du das geschafft? Oh, wie kann ich dir jemals danken?"

Sein Lächeln war so sexy, dass sie ganz schwach wurde. „Keine Sorge, mir wird etwas einfallen."

12. Kapitel

Quinn war kurz davor, ihre Lippen mit seinen zu berühren, als sie anfing, ihn mit Fragen zu überschütten.

„Pst. Warte es ab." Er drehte sich zu Cameron um, der breit grinste. „Du hattest absolut recht, was die Vorschriften über die steuerliche Absetzbarkeit von Kosten durch Sturmschäden betrifft, Cam, und dass es eine Informationspflicht gegenüber den Behörden gibt."

Cameron nickte. „Ich sagte mir, wenn dieses Gesetz in New York gilt, warum dann nicht hier?"

„Und was ist mit der Einstufung auf der bautechnischen Effizienzskala?", fragte Colin. „Hatte die Form des Daches nicht auch eine Auswirkung auf die Schadensbemessung?"

Quinn bemerkte, wie verwirrt Nicole von einem zum anderen blickte. „Da hast du voll ins Schwarze getroffen, Bruderherz." Er strahlte Nicole an. „Da sieht man, wie nützlich es ist, einen Bankmanager mit einem Abschluss in Jura und einen Architekten in der Familie zu haben."

Sie erwiderte sein Lächeln. „Und als Dachdecker sind Sie auch nicht schlecht."

„Ich musste heute aufs Ganze gehen", erklärte Quinn, der immer noch gegen die Versuchung ankämpfte, Nicole sofort zu küssen. „Für den Fall, dass mein Verdacht, mit der Police könne etwas nicht stimmen, sich nicht bestätigt hätte, mussten wir das Dach unbedingt so schnell wie möglich fertig bekommen."

Colin stand auf und machte eine weit ausholende Armbewegung. „Also, ich muss sagen, dieses Dach ist eine wahre Pracht. Ein perfektes Gleichgewicht von steilen und flachen Winkeln. Der Erbauer muss sich mit typisch spanischer Architektur gut ausgekannt haben."

„Es war mein Urgroßvater", erklärte Nicole nicht ohne Stolz. „Mir hat es auch schon immer gefallen."

Quinn verschränkte die Arme vor der Brust und warf Cameron einen kritischen Blick zu. Sosehr er die Hilfe seiner Brüder zu schätzen wusste, er hatte jetzt wirklich keine Lust, über Architektur zu plaudern.

Cameron verstand den Wink, und kurz darauf begleitete Quinn seine Brüder auf den Flur, ignorierte ihre vielsagenden Blicke und verriegelte die Tür hinter ihnen.

Zum Teufel, er konnte es nicht erwarten, allein mit Nicole zu sein, zumal er ja heute dafür gesorgt hatte, dass ihre gemeinsame Zeit bald zu Ende war – und aus seiner Beförderung zum Teilhaber wahrscheinlich nichts werden würde.

Nicole war nirgends zu sehen. Er kletterte die Leiter hinauf und blieb auf der zweitobersten Sprosse stehen.

Sie stand an eine Gaube gelehnt und blickte aufs Meer. Ihr Rock war ganz weit hochgerutscht und gewährte eine erstklassige Aussicht auf ihre prachtvollen Schenkel. Ein glückliches Lächeln umspielte ihre Lippen.

Er hatte dieses Lächeln auf ihr Gesicht gezaubert. Es war sein Verdienst. Was hatte es schon zu bedeuten, dass aus der Teilhaberschaft an seiner Firma nichts werden würde, wenn er doch dafür die Frau, die er … Nun, wenn er Nicole glücklich machen konnte.

Sie drehte sich zu ihm um. „Du bist also doch kein Donald Trump." Sie legte den Kopf schief. „Ich habe dich ganz falsch eingeschätzt, mein süßer, kleiner Immobilienhai."

„Baby, schätz mich ein, wie du willst."

Sie seufzte wohlig, legte den Kopf zurück und schloss die Augen. „Danke, Mac."

Ihre Pose war auf so unschuldige Weise verführerisch, dass ihm fast die Luft wegblieb. „Quinn", korrigierte er automatisch und überlegte, wie gefährlich es wohl wäre, sie gleich hier oben auf dem Dach zu nehmen. „Soll ich jetzt also zu dir hochkommen, damit du mir danken kannst, oder kommst du herunter?"

Langsam löste sie sich von der Gaube und bewegte sich auf ihn zu. Er wartete auf einer tieferen Sprosse und streckte die Hand aus. Als sie die Leiter hinabkletterte, ließ er den Blick an ihren Schenkeln hinaufwandern, wo er ein Stückchen knallrote Spitze erspähte.

„Also, man hat hier wirklich immer wieder eine ganz besonders gute Aussicht", bemerkte er schmunzelnd und half ihr die letzten Sprossen hinab. „Und in wechselnden Farben."

Sie lachte leise, als er mit der Hand über ihren Schenkel strich und ihr dabei den Rock fast bis zur Taille hochschob. Nicole drehte sich zu Quinn um, zog seinen Kopf zu sich und küsste ihn begierig.

„Ich liebe das", sagte sie heiser und ließ ihre Zunge immer wieder in seinen Mund eindringen. „Danke, dass du mir das beigebracht hast."

„Das Vergnügen ist ganz meinerseits." Er presste seine Hüfte an ihre. „Wirklich."

Sie schnurrte geradezu vor Wohlbehagen wie eine Katze. „Natürlich möchte ich dir ausführlich danken", sagte sie an seinen Lippen. „Leider habe ich im Moment im *Mar Brisas* kein Zimmer, und dein Bungalow ist voller McGraths."

„In dem Zimmer hier gibt es doch eine Matratze", erwiderte er und streichelte ihre Brüste.

„Sie ist aber an die Wand gelehnt."

„Ich kann es auch im Stehen", flüsterte er und begann, ihr Oberteil aufzuknöpfen. „Oder auf dem Boden." Er öffnete die nächsten beiden Knöpfe. „Oder hier auf dieser Leiter." Endlich war er fertig mit den Knöpfen und konnte ihr das Oberteil abstreifen und ihre in rote Spitze verpackten Brüste bewundern. Er ließ seine Fingerspitzen unter den dünnen Stoff gleiten, spürte ihre weiche, warme Haut und ihre längst hart gewordenen Knospen. „Zufällig liebe ich Rot."

Sie lachte wie ein Schulmädchen. „Ich dachte, du liebst Blau."

„Ich liebe ...", er öffnete den Verschluss ihres Büstenhalters,

„… jede Farbe an dir. Besonders, wenn du das entsprechende Kleidungsstück ausziehst."

Nicole lehnte sich an die Leiter und ließ ihn gewähren.

„Du bist so wunderschön, Baby." Das Sprechen fiel ihm schwer, und er beugte sich vor, um sie stattdessen zu küssen.

Da nahm sie seinen Kopf und drückte ihn an sich und übernahm die Führung. Sie küsste ihn wild und fordernd und löste sich keine Sekunde von ihm, als er rückwärts durch die Balkontür in das dunkle Zimmer ging. Sie hörten nicht auf, sich zu küssen und zu streicheln, während sie sich gegenseitig die Kleider abstreiften, atemlos vor Begierde. Es war schwül in dem Raum, und ihre von der Leidenschaft ohnehin erhitzten Leiber glänzten von Schweiß.

„Da ist unser Bett, Liebster." Nicole wies mit dem Kopf auf die in Plastikfolie verpackte Matratze, die an der Wand lehnte. „Wenigstens ist es brandneu."

Quinn betrachtete die riesige Matratze. Dummerweise stand eine massive Kommode im Weg, sodass man die Matratze nicht einfach auf den Boden gleiten lassen konnte. Dann sah er wieder Nicole an, die jetzt völlig nackt vor ihm stand mit einem unglaublich verführerischen Lächeln im Gesicht, und kam zu einem spontanen Entschluss.

Mit einer heftigen Bewegung riss er die Folie herunter. Dann zog er Nicole an sich und schob sie mit dem Rücken gegen die Matratze.

„Leg die Beine um mich", forderte er, packte sie um die Taille und hob sie hoch. Er drängte sich zwischen ihre Schenkel und ließ sie langsam auf sich herabsinken. Ihr stockte der Atem, als er mit einer einzigen Bewegung ganz tief in sie eindrang.

Es war keine Zeit für behutsame Zärtlichkeit, so sehr begehrten sie einander. Nicole umklammerte Quinns Schultern und begann, ihn zu reiten. Er bewegte sich immer schneller, jeder seiner Stöße brachte sie dem Gipfel der Ekstase näher. Er ließ sich gehen, legte sich keinerlei Selbstbeherrschung mehr auf, flüsterte ihren Namen, murmelte Kosenamen, nur nicht diese drei so beängstigenden Worte, die eine Stimme in seinem Inneren schrie.

Er spürte, wie Nicole Erfüllung fand, einmal und dann noch einmal. Ihre kleinen Schreie und Seufzer steigerten seine Erregung noch mehr. Endlich kam auch er zum Höhepunkt, und ein überwältigendes Gefühl totaler Befriedigung füllte ihn ganz und gar aus.

Erschöpft, aber glücklich ließen sie sich an der Matratze herabgleiten und blieben eng umschlungen auf dem Boden liegen. Das schmerzhafte Verlangen hatte endlich aufgehört, wenigstens für kurze Zeit, doch das Gewicht, das auf seinem Herzen lastete, war immer noch da.

Quinn küsste ihr Haar, und sie seufzte leise. Ob es ihr schon klar geworden war, was er heute getan hatte? Er hatte ihr Hotel gerettet, ja. Aber er hatte damit auch jeden Grund beseitigt, noch länger hier zu bleiben. Es gab jetzt keinen Platz mehr für ihn in ihrem Leben. Dafür hatte er selbst gesorgt.

Es macht nichts, sagte er sich. Hauptsache, sie ist glücklich.

Aber er, er war es nicht. Endlich hatte er sie gefunden, die Frau, von der ihm seine Großmutter prophezeit hatte, dass sie irgendwo auf ihn wartete. Er hatte sie gefunden, und jetzt sollte er sie wieder verlassen.

„Ist alles in Ordnung?" Sie blickte auf und streichelte sein Gesicht.

Er nickte stumm.

„Du machst so einen verlorenen Eindruck."

„Das bin ich auch", gab er zu. Und dann küsste er sie schnell, diesmal mit all der Zärtlichkeit, für die vorhin noch keine Zeit gewesen war. „Verloren in deinen blaugrünen Augen, meine Lady."

Lächelnd strich sie mit dem Finger über seine Lippen. „Du bist nie um Worte verlegen, Quinn McGrath. Jetzt möchte ich aber hören, was du zu Tom Northcott gesagt hast."

„Ah, ich bin für dich nur interessant wegen meiner Fähigkeiten am Verhandlungstisch."

„Wow, ich kann es kaum erwarten zu sehen, wozu du fähig bist, wenn du erst einen Tisch zur Verfügung hast."

Bevor Quinn noch etwas sagen konnte, klingelte sein Handy, das unter ihren auf dem Boden liegenden Kleidungsstücken lag.

Er fluchte im Stillen.

„Wohl wieder der ‚Irre'?", fragte Nicole.

Quinn nickte. „Ich habe mit diesem Anruf gerechnet. Ich habe eine Nachricht für ihn hinterlassen wegen *Mar Brisas*." Er zog das Handy hervor und klappte es auf. Nachdem er sich gemeldet hatte, hörte er nur noch schweigend zu. Jedes Mal, wenn er etwas sagen wollte, brach er mitten im Satz ab und hörte weiter zu.

Sie sagte sich, dass Quinn vielleicht allein sein wollte, und begann sich anzuziehen. Er sah ihr dabei zu, nickte von Zeit zu Zeit und sagte „Hm, hm."

Als sie nach ihrem BH griff, nahm er ihre Hand.

„Ich gehe auf den Balkon", flüsterte sie.

Doch er schüttelte energisch den Kopf und zog sie an sich. Dann räusperte er sich. „Jetzt bin ich dran, Dan."

Nicole erstarrte. Seine Stimme klang sehr verändert.

„Tom Northcotts Bruder, ein mit allen Wassern gewaschener Versicherungsagent, hat einen absolut wasserdichten Vertrag für diese Anlage ausgearbeitet, der praktisch hundertprozentig garantiert hat, dass der Eigentümer in Konkurs gehen musste." Er schwieg einen Moment, bevor er weiterredete. „Von der Versicherung hat er einen ansehnlichen Bonus für seine kreativen Formulierungen kassiert. Und, wie durch ein Wunder, hat auch niemand von der Bank daran gedacht, eine Kopie der Police an die staatliche Überwachungsbehörde zu schicken, sodass der Eigentümer niemals ordnungsgemäß informiert wurde. Das ist auch in Florida gegen das Gesetz – und deshalb ist der ganze Vertrag null und nichtig."

Nicole hörte ungläubig zu. Weshalb sollte Tom ihr so etwas antun? Nur um seinen Bruder zu schützen?

"Northcott hat damit zwei Fliegen mit einer Klappe geschlagen. Er hat seinen wegen Betrügereien gesuchten Bruder gedeckt. Außerdem würde seine Bank an dem Konkurs des Hotels verdienen." Quinn schwieg und strich zärtlich über Nicoles nackte Schulter, bevor er fortfuhr. „Und nachdem du ihm über dreißig neue Hypotheken in Aussicht gestellt hast …" Er brach ab. Nicole sah ihn abwartend an.

„Nein", sagte er ruhig. „Das ist nicht illegal. Aber es ist unmoralisch." Er schloss die Augen und seufzte. „Ja, natürlich, so ist das Geschäft."

Nicole hatte genug gehört. Für Tom hatte also ziemlich viel bei diesem Geschäft mit Dan Jorgensen auf dem Spiel gestanden.

Sie trat auf den Balkon und schloss die Tür hinter sich. Im Pool vergnügten sich ein paar Gäste, und weiter weg am Strand sah sie zwei Männer, die sich gegenseitig einen Football zuwarfen. Cameron und Colin. Wie wundervoll, eine solche Familie zu haben. Die beiden hatten einfach ihr Leben – das sicherlich genauso voller wichtiger Termine war wie das von Quinn – unterbrochen, um hierher zu kommen und ihm zu helfen.

Eine leichte Brise ließ sie schauern. Einen Moment lang schloss Nicole die Augen und dachte an die wundervollen, überwältigenden Empfindungen, die sie gehabt hatte, als sie sich liebten.

Wie sollte sie ihm Lebwohl sagen?

Wie konnte sie ihn gehen lassen?

Natürlich konnte sie das. Sie musste ihn gehen lassen. Sie musste. Er war nichts weiter als eine flüchtige Affäre.

Eine flüchtige Affäre? Meinte sie das wirklich ernst? Noch nie hatte sie einen Mann wie ihn getroffen. Seit sie ihm begegnet war, sehnte sie sich nach ihm, wann immer sie voneinander getrennt waren.

Sie liebte seine Stimme, und auch das, was er ihr zu sagen hatte. Sie liebte seinen trockenen Humor und sein großes Herz. Sie liebte die Art, wie er arbeitete, und seine Fürsorglichkeit. Sie liebte sein Lachen, seinen Mund, seine Augen. Sie liebte … ihn.

Aber wie sollte es nun mit ihnen weitergehen? Sicher hatte seine Karriere, nachdem das Geschäft mit *Mar Brisas* geplatzt war, einen herben Rückschlag erlitten, aber sein Platz war nichtsdestotrotz in New York. Dort hatte er sein Leben, sein Apartment, seine Freunde. Und sie hatte, dank seiner Hilfe, ihr Hotel wieder.

Es gab keine Zukunft für sie beide. Der Gedanke tat weh. Nun, sie hatten wenigstens noch heute Nacht. Und den Rest dieses Wochenendes …

Die Schiebetür glitt auf. Quinn trug nur seine Hose. Sein Ausdruck war immer noch unergründlich.

„Alles geklärt?", fragte sie.

„Ich muss in zwei Stunden im Flugzeug sitzen."

„Was?" Panik machte ihr das Atmen schwer. „Warum musst du denn jetzt gehen? Bleib doch wenigstens für den Rest deines Urlaubs."

Er nahm ihre Hand, doch Nicole entzog sie ihm. „Sei nicht wütend auf mich." Er legte die Arme um sie und drückte sie zärtlich an seine Brust. Sie konnte das gleichmäßige Pochen seines Herzens hören.

„Du gehst doch nicht wirklich, oder?"

„Ich kann nicht bleiben."

Die Worte schnitten ihr ins Herz wie ein scharfes Messer. Sie senkte den Kopf. Die Haare auf seiner Brust kitzelten ihr Gesicht.

Er nahm ihr Kinn in die Hand und sah sie forschend an. „Du verstehst doch, dass es in meinem Job nicht wirklich Urlaub gibt, Nicole?"

„Genauso wenig wie Anstand."

„Oder zumindest nur eine fragwürdige Art von Anstand."

Sie kniff die Augen zusammen. „Bist du nicht empört darüber, dass dein Boss solche Spielchen spielt?"

„Das hat er nicht", erwiderte Quinn. „Er hat einfach nur

seine Trümpfe ausgespielt, um zu bekommen, was er wollte. So ist das nun mal im Gesch…"

„Stopp." Sie legte einen Finger auf seine Lippen, doch er nahm ihre Hand, küsste sie und verflocht seine Finger mit ihren.

„Es ist verdammt hart und manchmal wirklich hässlich, Nicole. Aber das ist das Geschäftsleben."

Nicole holte zitternd Luft und machte einen Schritt rückwärts. „Dann habe ich dich wohl doch nicht so falsch eingeschätzt."

Sie wollte die Schiebetür öffnen, doch er hielt ihre Hand fest. „Das Geschäft ist nicht alles für mich."

„Aber das Wichtigste."

Er schüttelte den Kopf. „Nein, ist es nicht."

Sie sah ihn stumm an. „Was ist denn das Wichtigste für dich, Quinn?", fragte sie schließlich. Sie hielt den Atem an und hätte schwören können, dass er das Gleiche tat. Sie wartete auf das eine Wort. Ein Wort hätte genügt, und sie hätte sich in seine Arme geschmiegt. *Du.*

„Ich muss nach Hause und darüber nachdenken", sagte er endlich.

Sie atmete langsam aus und versuchte, sich vorzustellen, wie er zu Hause ankommen würde. Sein Apartment in Manhattan, sein wer weiß wie teures Auto, seine Kumpels vom Baseballteam. Wenn er erst einmal ein paar Bier mit ihnen getrunken hätte, wäre Nicole Whitaker nur noch eine angenehme Erinnerung.

Sie spürte, wie ihr die Tränen kamen, und ging rasch an ihm vorbei ins Zimmer.

„Nicole, wie kannst du jetzt einfach so gehen?"

Sie wirbelte herum. „Dasselbe könnte ich dich fragen, Quinn." Sie nahm all ihre Kraft zusammen und sah ihm direkt in die Augen. „Eines möchte ich noch wissen. Was hast du gemeint, als du sagtest, ich sei die Frau deines Lebens?"

Sein Ausdruck wurde weich.

„Sag mir die Wahrheit, Quinn."

Sie konnte die Wahrheit an seinem Gesicht ablesen. Was immer er sagen würde, er würde einem von ihnen damit weh tun. Sehr weh.

Ohne auf seine Antwort zu warten, drehte sie sich um und rannte auf den Flur hinaus. Sie war schon an der Treppe, bevor die ersten Tränen über ihre Wangen rollten.

13. Kapitel

Tante Freddie tat wirklich alles, um ihre Nichte aufzuheitern. Sie bemühte ihre astrologischen Kenntnisse, sie verwöhnte Nicole mit Aromatherapie und natürlich gesüßten Keksen und versuchte mit ihrem trockenem Humor, ihr wenigstens ein kleines Lächeln zu entlocken. Nichts half.

Nicole wusste, sie hatte allen Grund, glücklich zu sein. Sie hatte ihr Hotel wieder. Sie hatte sich vorgenommen, am Montagmorgen damit anzufangen, ihr Glück zu genießen und den Renovierungsprozess in Gang zu setzen.

Aber bis dahin würde sie sich einfach ihrem Elend hingeben. Bis spät in die Nacht blieb sie in Tante Freddies Dachgarten sitzen und dachte darüber nach, was sie falsch gemacht hatte … und was richtig.

Denn im Grunde war ihr noch nie etwas so richtig erschienen wie ihre Beziehung zu Quinn. Und doch hatte er sie verlassen. Sie war also nicht wirklich die Frau seines Lebens.

Nachdem Quinn McGrath sich einmal entschieden und einen Plan entwickelt hatte, ließ er sich durch nichts mehr beirren. Kaum war das Flugzeug in New York gelandet, rief er seine Brüder im *Mar Brisas* an. Sie reagierten zunächst etwas zögernd auf sein Anliegen, doch Colin überredete Cameron schließlich zum Mitmachen und hatte sogar ein paar Vorschläge parat, wie sie am schnellsten und günstigsten die notwendigen Materialien für Quinns Projekt bekommen könnten.

Der nächste Punkt seines Plans war einfach: in Dan Jorgensens Büro marschieren und zwei einfache Worte aussprechen: „Ich kündige."

Der Ausdruck auf Jorgensens Gesicht war allein schon den

Flug nach New York wert, am besten jedoch war das Gefühl tiefer Erleichterung. Im Grunde hatte er längst kündigen wollen und nur auf einen Anlass gewartet.

Vielleicht war es passiert, als er den bestürzten Ausdruck auf Nicoles Gesicht sah, während sie seinem Telefonat lauschte, vielleicht aber auch, während er auf ihrem Dach saß, Ziegel verlegte und ihm bewusst wurde, wie sehr er diese Arbeit immer geliebt hatte. Ach, zum Teufel, vielleicht war es auch schon passiert, als er den Aufzug betreten hatte, um unversehens auf Wolke sieben zu landen.

Ganz gleich, wann es passiert war, Quinn McGrath war ein anderer geworden. Allerdings nicht anders genug, um auf sein letztes Baseballspiel am Samstag zu verzichten.

Am Sonntagnachmittag war er bereits unterwegs auf der Route One. Von der mittleren Spur aus konnte er die Plakatwand sehr gut sehen, und er lächelte unwillkürlich, als er an die erste Botschaft seiner Lady in Blau dachte, die er dort gelesen hatte.

Nicole weigerte sich beharrlich, auch nur einen Gedanken an Quinn zuzulassen. Es war ein wundervoller Sonntagnachmittag, mit wolkenlos blauem Himmel und schönstem Sonnenschein. Ein Tag wie geschaffen für einen Neuanfang. Morgen würde sie den Scheck von der Bank holen und mit der Restauration des Hotels beginnen.

Sie öffnete das Fenster und auch das Verdeck. Und dann drehte sie das Radio lauter. Leider wurde gerade ein trauriges Liebeslied gespielt.

Sofort schaltete sie das Radio wieder ab.

Nein, nein, nein. Sie würde sich durch nichts die Stimmung verderben lassen. Sie wollte ihre Unabhängigkeit, verdammt. Sie hatte schon immer allein sein wollen und frei, ohne irgendwelche Einschränkungen. Vor allem ohne das Risiko, etwas zu verlieren.

Aber hatte sie nicht schon den schlimmsten Verlust erlitten?

Es herrschte ziemlich dichter Verkehr auf der Straße zur

Brücke nach St. Joseph's, und sie hörte immer wieder ungeduldiges Hupen. Wieso hatten die Leute es nur alle so eilig? Wohin wollten sie?

Nach Hause. Zu ihren Lieben. Zu ihren Männern, zu ihren Frauen. Zum Abendessen im Kreis ihrer Familie.

Nicole seufzte. Ganz gleich, ob sie ihre Meinung über das Leben als Single änderte oder nicht, der Einzige, den sie wollte, wollte sie nicht. Er wollte stattdessen seinen Job, sein Apartment und noch mehr Geld. Aber nicht sie.

Sie spürte, wie ihre Augen sich mit Tränen füllten. Nein, sie würde jetzt nicht in Selbstmitleid versinken.

Riesige regenbogenfarbene Lettern weckten ihre Aufmerksamkeit. Nicole starrte auf die Plakatwand und war sich nur am Rande bewusst, dass sie dabei auf die Bremse trat. Sie konnte den Blick nicht von dem Plakat lösen.

Die Schrift war krakelig und unbeholfen. Es war das unprofessionellste und schönste Plakat, das sie je gesehen hatte.

Lady in Blau, Weiß, Pink und Rot,
ich komme zurück ins Mar Brisas, und ich werde das Para-
dies nie wieder verlassen. Du bist die Frau meines Lebens.
Quinn

Hinter Nicole wurde gehupt, und Bremsen quietschten, denn sie hatte mittlerweile angehalten. Sie war völlig unfähig, sich zu rühren, zu denken oder auch nur normal weiterzuatmen. Sie löste den Sicherheitsgurt und stellte sich auf die Sitzfläche, sodass sie über das geöffnete Verdeck hinausragte.

„Was zum Teufel ist da los?", schrie jemand von hinten.

Sie hörte nicht darauf. *Ich werde das Paradies nie wieder verlassen.*

Ein geradezu überirdisches Glücksgefühl erfüllte sie. Sie war die Richtige für Quinn, und er war auf dem Weg zurück zu ihr.

Jetzt hupte jemand besonders laut und eindringlich. „Hallo, Lady!"

Endlich drehte sie sich um.

Und da war er. Eine Spur weiter links, und zwei Wagenlängen weiter hinten. Er saß auf dem zurückgeklappten Verdeck seines Wagens und wirkte dabei genauso lächerlich wie sie.

Quinn stieg aus und rannte zwischen den Autos auf sie zu. Sie öffnete die Tür ihres Wagens und stieg aus.

„Ich kann nicht glauben, dass du das getan hast!", rief sie atemlos.

Er lächelte siegesgewiss. „Ich habe nur getextet. Die Ausführung haben meine Brüder zu verantworten." Er zog sie an sich. „Du weißt ja, ich glaube an Werbung. Und du bist die einzig Richtige für mich, Nicole. Die Frau meines Lebens. Ich liebe dich."

Sie legte die Arme um seine Taille. „Ich dich auch, Quinn."

Er küsste sie lange und ausgiebig und löste sich nur von ihr, weil die Schreie um sie herum immer lauter und die Flüche immer ausdrucksvoller wurden.

„Heirate sie einfach, Mann. Du bist sowieso verloren!", schrie ein Lkw-Fahrer von der übernächsten Spur herüber.

„Genau das habe ich vor!", brüllte Quinn zurück, und dann wurde er plötzlich ganz ernst und sah Nicole an. „Wenn sie mich will."

Einen endlosen Augenblick lang sagten sie beide kein Wort.

„Nicole, willst du mich heiraten?"

Sie hielt den Atem an. „Aber was ist mit New York? Du lebst dort. Und was ist mit deinem Job?"

„Ich möchte hier leben. Du bist mein Leben." Er küsste sie auf die Stirn. „Und was meinen Job betrifft, tja, besteht vielleicht die Chance, dass du einen Job zu vergeben hast? Wie ich höre, blüht das Geschäft."

Ein absurdes Glücksgefühl betäubte sie fast. „Nun ja, ich hätte Verwendung für einen Dachdecker, einen Maler, einen Schreiner. Und für einen Ehemann." Sie stellte sich auf die Zehenspitzen und flüsterte ihm ins Ohr: „Immobilenhaie sind von der Bewerbung ausgeschlossen."

Er drückte sie fest an sich. „Ich bin genau das, was Sie suchen, Lady."

Sie legte den Kopf an seine Brust. Es gab für sie keinen Zweifel. Er war der Mann ihres Lebens.

– ENDE –

Shannon Stacey

Wenn die Liebe
vom Himmel schneit

Roman

Aus dem Amerikanischen von
Thomas Hase

Für meinen Vater. Als Tochter eines Zimmermanns gehört zu meinen frühesten Erinnerungen, wie ich auf einer Baustelle mit einem großen Magneten die Nägel aufsammle, die du hast fallen lassen, und wie ich versuche, nicht unter deiner Leiter durchzugehen. Beim Anblick eines Kreidestrichs oder eines alten Stücks Holz steigt mir sofort wieder der Geruch von Sägespänen in die Nase. Ich bin stolz auf deine Arbeit und vermisse dich jeden Tag.

1. Kapitel

Angenommen, jemand hätte Adrian Blackstone nach ein paar Drinks zu viel gefragt, worin sein Erfolgsgeheimnis lag, hätte er vermutlich nur erwidert, dass er eben ein Chamäleon war. Er besaß die Fähigkeit, in jede Rolle zu schlüpfen, die sein jeweiliger Geschäftspartner von ihm erwartete.

Genau aus diesem Grund gehörte *Blackstone Historical Renovations* auch zu den führenden Unternehmen der Branche. Die Firma hatte sich auf die Restaurierung historischer Gebäude spezialisiert, die modernisiert werden sollten, ohne dabei ihren Charme oder ihren Charakter einzubüßen.

Der Weg an die Spitze war kein leichter gewesen. Adrian hatte ganz unten angefangen und sein Handwerk von der Pike auf gelernt. Bereits als Teenager hatte er als Zimmermannsgehilfe auf dem Bau geschwitzt. Dafür beherrschte er heute die Sprache der Handwerker ebenso gut wie die Sprache der Investoren. Schon früh hatte er damit angefangen, alle Fachjournale und Finanz-Newsletter zu lesen, die er in die Finger kriegte. Und irgendwann hatten sich seine Anstrengungen ausgezahlt: Er hatte seinen Collegeabschluss gemacht, sich einen dunklen Anzug gekauft, und inzwischen verhandelte er mit schwerreichen Privatkunden und Bankiers. Er war nicht nur extrem anpassungsfähig, er hatte auch ein Gespür für das Herz und die Seele eines Gebäudes, während er gleichzeitig die finanziellen Aspekte im Auge behielt.

Und apropos im Auge behalten: Mit angehaltenem Atem beobachtete Adrian, wie Rachel Carter die Lobby seines neuesten und bislang erfolgreichsten Bauprojekts durchquerte. Ihre Absätze klickten auf dem Marmorfußboden. Einen Moment lang erlaubte er sich, den Anblick ihrer Hüften zu genießen, die sich unter dem korrekten grauen Kostüm wiegten. Dann ließ er den Blick zu ihrem Gesicht gleiten. Rachel trug ihr blondes Haar glatt zurückgekämmt und in einem Pferdeschwanz, was ihr einen geschäftsmäßigen, jedoch nicht allzu strengen Ausdruck verlieh. Ihr Make-up betonte auf dezente Weise ihre blauen Augen und die vollen Lippen. Adrian holte tief Luft und bemühte sich um eine leicht gelangweilte Miene. Auf keinen Fall durfte Rachel bemerken, dass er in diesem Augenblick mehr in ihr sah, als nur seine persönliche Assistentin, die sich anschickte, ihren morgendlichen Rapport abzuliefern. Er begehrte sie wie keine Frau zuvor. Aber das wusste Rachel nicht. Und so sollte es auch bleiben.

Rachel Carter gehörte seit fast fünf Jahren zu seinen Angestellten. Vor sechzehn Monaten war sie zur Assistentin der Geschäftsleitung befördert worden und arbeitete seitdem direkt mit ihm zusammen. Was bedeutete, dass er sich seit sechzehn Monaten oder rund vierhundertachtzig Tagen immer wieder scharf ins Gedächtnis rufen musste, dass es eine Menge Gründe gab, ihr nicht zu nahe zu kommen.

In der Firma angefangen hatte Rachel nach ihrem Abschluss in Betriebswirtschaft und mit einer erkennbaren Leidenschaft für Architektur und Architekturgeschichte. Was den Job betraf, war sie so etwas wie eine Seelenverwandte für ihn. Und er war sich leider nur allzu klar darüber, dass es weitaus einfacher wäre, jemand anderen fürs Bett zu finden als einen Ersatz für diese Perle von einer Mitarbeiterin. Sie war, kurz gesagt, für ihn tabu.

„Ich hoffe, ich habe Sie nicht zu lange warten lassen, Mr. Blackstone."

Mr. Blackstone, natürlich. Trotz ihrer langen Zusammenarbeit hatte sie ihn noch nie anders angesprochen. „Oh nein, ich bin eben erst heruntergekommen."

„Unter normalen Umständen hätte ich Sie jetzt gefragt, ob Sie mit Ihrem Zimmer zufrieden sind. Aber da alle Räume hier nach Ihren Vorgaben gestaltet wurden, würde sich das wohl etwas komisch anhören."

Er war jedes Mal entzückt, wenn sie ihn anlächelte und etwas von ihrer Geschäftsmäßigkeit verlor. Das eine oder andere Mal kam er in diesen Genuss. Was kein Wunder war. Sie arbeiteten jeden Tag zusammen und hatten auch schon etliche gemeinsame Geschäftsreisen hinter sich. Sie harmonierten prächtig. In professioneller Hinsicht. Und was den Rest anging ... Tja, dachte Adrian.

Es war nicht bloß dieses Lächeln, das ihn entzückte. Ganz besonders liebte er auch die kleinen Lachfältchen in ihren Augenwinkeln. Außerhalb des Büros hatte Rachel vermutlich einen ausgeprägten Sinn für Humor und lachte gerne. Ein Zug, den er allgemein an Frauen sehr schätzte.

Sie rückte die Tasche mit dem Laptop auf ihrer Schulter zurecht, und bei dieser Bewegung sah er die Tropfen in ihrem Haar glitzern. Instinktiv hatte er die Hand ausgestreckt, um sie wegzuwischen, beherrschte sich allerdings im letzten Moment und zeigte nur darauf. „Ihr Haar ist nass. Waren Sie draußen?"

„Ich wollte nicht im Zimmer herumsitzen und habe deshalb einen kleinen Spaziergang unternommen."

„In Pumps und ohne Mantel?"

„Ich bin nicht weit gelaufen", erklärte sie und lächelte ihn erneut zauberhaft an. „Der Schnee sah so verlockend aus, als wir ankamen. Inzwischen hat er sich jedoch leider in Eisregen verwandelt, und es weht ein scharfer Wind. Das macht keinen Spaß."

„Autofahren dann bestimmt auch nicht."

Sie waren im Mount Lafayette Grand Hotel, weil sie sich hier mit Rick Bouchard treffen wollten, einem milliardenschweren Immobilieninvestor. Von ihm erhoffte sich Adrian Kontakte zu weiteren potenten Kunden und so den Zugang zum exklusiven Club des ganz großen Immobiliengeschäfts. Bouchard war in die Vereinigten Staaten gereist, da er hier mit seiner Familie die Ferien verbrachte. Und nun lag es an Adrian, ihn davon zu überzeugen, dass *Blackstone Historical Renovations* genau das richtige Unternehmen war, um Bouchards gerade erstandenes Anwesen in der Toskana zu restaurieren.

Zu Bouchards Familie gehörten neben seiner Frau drei Kinder. Deshalb hatte Rachel einen großen SUV mit Chauffeur zum Flughafen bestellt, um sie abholen und hierher bringen zu lassen. Mit einem professionellen Fahrer und einem PS-starken Wagen sollte trotz der widrigen Witterung ihrer Ankunft nichts im Wege stehen. Dennoch war Rachel der Meinung, dass dieser verflixte Wetterfrosch, der nur ein harmloses Schneegestöber vorausgesagt hatte, künftig lieber in der Poststelle des Fernsehsenders arbeiten sollte.

Adrian blickte auf seine Rolex, die er nur zu Meetings mit wichtigen Gesprächspartnern trug. Die Bouchards mussten jetzt hierher unterwegs sein. Ihnen blieb nichts übrig, als zu warten. Er und Rachel waren schon vor Tagesanbruch in Boston mit seinem SUV losgefahren, damit sie die letzten Vorbereitungen für die Präsentation treffen und noch einen kritischen Blick auf die Unterkünfte der Bouchards werfen konnten. Von dem aufziehenden Unwetter hatten sie auf ihrem Weg nichts mitbekommen.

Nach dem Einchecken im Lafayette war jeder seiner Wege gegangen, um sich nach der langen Fahrt frisch zu machen. Adrian hatte mit Erstaunen festgestellt, dass Rachels und sein Zimmer auf demselben Flur lagen, nur zwei Türen voneinander entfernt. Das kam so gut wie nie vor. Normalerweise wurde für ihn eine Suite gebucht, die sich etwas abseits von den schlichteren Zimmern befand. Das Mount Lafayette hatte jedoch nur eine Suite, und die war für die Bouchards vorgesehen.

„Ich habe den Schlüssel zum Konferenzraum", sagte Rachel und riss ihn aus seinen Gedanken. „Wir können also da rein, wann immer Sie wollen."

„Dann tun wir das doch."

Sie gingen zum Fahrstuhl, der diskret in einer Nische versteckt war. „Gibt es dort eine Kaffeemaschine?"

„Ja", erwiderte Rachel. „So ein modernes Ding mit Pads und einer Auswahl verschiedener Kaffee- und Teesorten."

„Sehr gut. Ich wollte mir eigentlich auf dem Zimmer eine

Tasse machen. Aber dann habe ich mich in der Zeit etwas verschätzt, als ich meine E-Mails durchgesehen habe, und wollte Sie nicht warten lassen."

Sie zeigte ihm den Weg zum Konferenzraum. Den Entwurf dazu hatte Adrian selbst angefertigt, wobei er besonderen Wert auf Bequemlichkeit gelegt hatte, sodass sich auch Sitzungen, die den ganzen Tag dauerten, problemlos aushalten ließen. Er begab sich zur Kaffeemaschine und begann, für sie beide einen Kaffee zuzubereiten, während Rachel sich an den Tisch setzte, den Laptop auspackte und anfing zu arbeiten.

Nachdem er dem ersten Becher Zucker und Sahne hinzugefügt und umgerührt hatte, stellte er ihn neben sie und machte dann den zweiten Kaffee fertig. Währenddessen ging er die Notizen auf seinem Smartphone durch. Ihre Arbeitsteilung sah für gewöhnlich so aus, dass es Rachels Aufgabe war, die Präsentation in allen Einzelheiten bis hin zur Hochglanzmappe vorzubereiten, und er die mündlichen Verhandlungen führte. Adrian sprach lieber frei mit seinen Interessenten, ohne auf ein Papier oder ein Display schauen zu müssen. Das schaffte eine entspannte Atmosphäre und wirkte vertrauensbildend.

Rachels Handy klingelte. Dem Ton nach zu urteilen, war es ein Anruf aus dem Büro. Obwohl sie nur zu zweit waren, stand sie auf und trat ein paar Schritte zur Seite, um ihn nicht zu stören. Dass sie ihm den Rücken zudrehte, brachte ihn in Versuchung, die perfekten Rundungen ihrer Hüften zu bewundern, aber er wandte den Blick rasch wieder ab. Nicht, dass Rachel ihn noch ertappte, wenn sie sein Spiegelbild im Fenster sah!

Stattdessen richtete er seine Aufmerksamkeit wieder auf die Bilder, die sie ihm als Slideshow aufs Smartphone geschickt hatte. Diese zeigten, wie Rick Bouchards verfallenes toskanisches Anwesen aussehen würde, wenn *Blackstone Historical Renovations* mit der Arbeit fertig war. Die animierten Fotos verdeutlichten, wie die Restaurierung bis ins Detail die prunkvolle Villa wiederherstellte, ohne dass man deshalb auf irgendeine technische Annehmlichkeit verzichten musste.

Die Folge der Fotos auf seinem Smartphone beruhigte Adrians Nerven. Jedes Mal, wenn ein bedeutender Abschluss anstand, regte sich in ihm ein seltsames Unbehagen. Die Skala reichte von leichten Selbstzweifeln bis zu dem Punkt, an dem er sich wie ein Hochstapler vorkam, wenn er daran dachte, mit welchen Geldsummen er hantierte. Da schlummerte in ihm eben immer noch der Junge aus ärmlichen Verhältnissen in der tiefsten Provinz von Vermont, der er einmal gewesen war. Allerdings waren diese Selbstzweifel nur flüchtiger Natur. Ihm war wohlbewusst, dass er einer der Besten seines Fachs war und einen Ruf hatte, der die Kunden mit den dicken Brieftaschen zu ihm brachte. Inzwischen hatte er es nicht mehr nötig, Klinken zu putzen, um an Aufträge zu kommen.

Für die Tatsache, dass er das Mount Lafayette Grand Resort Hotel als Treffpunkt gewählt hatte, gab es einen einfachen Grund: Auch dieses Haus war von ihm restauriert worden, und es war sein bislang größter Erfolg. Adrian hegte die Hoffnung, dass dieses plastische Beispiel seines Könnens zusammen mit der von Rachel akribisch vorbereiteten Präsentation Bouchard überzeugen und ihn dazu bewegen würde, den Kontrakt mit BHR zu unterschreiben. Er rechnete fest damit, dass das Interesse des Mannes spätestens geweckt war, wenn die Holzvertäfelung der Wand, die von dem Original aus dem neunzehnten Jahrhundert nicht zu unterscheiden war, wie durch Magie in einer Versenkung verschwand und einem großen LED-Bildschirm Platz machte, auf dem Bouchard in farbigen Bildern die wiederhergestellte Schönheit seines neuen toskanischen Besitzes bewundern konnte. Damit sollte er seinen neuen Kunden am Haken haben.

Der Anflug von Lampenfieber war verflogen, und Adrians altes Selbstvertrauen kehrte zurück. Er brauchte sich nicht zu sorgen. Sicherlich, er stammte aus einfachen Verhältnissen, doch die Liebe seines Vaters zum Handwerk und die aufopfernde Hingabe seiner Mutter, mit der sie sich um seine Ausbildung gekümmert hatte, waren ein solides Fundament, auf dem er seinen Erfolg hatte aufbauen können. Der Collegeabschluss und seine Arbeit im Fachwerkbau hatten ein Übriges getan.

Fünf Jahre nachdem er seinen Abschluss in der Tasche gehabt hatte, war es ihm gelungen, die Eltern eines Freundes dazu zu überreden, ihr Haus, das in einem der älteren Stadtviertel lag, von ihm restaurieren zu lassen. Verlangt hatte er dafür nur den Preis der Materialkosten und einen Bruchteil des üblichen Arbeitslohns. Der Plan ging auf. Drei Aufträge später hatte er *Blackstone Historical Renovations* ins Firmenregister eintragen lassen. Jetzt, im Alter von achtunddreißig Jahren, beschäftigte er vier handverlesene Bautrupps, die für das tägliche Geschäft verantwortlich waren, während ihm für die wirklich großen Projekte wie diese Hotelanlage in New Hampshire und hoffentlich bald auch das Anwesen in der Toskana eine Spezialeinheit zur Verfügung stand, die genau nach seinen Anweisungen arbeitete.

Rachel ließ die Hand mit dem Handy darin sinken und wandte sich ihm wieder zu. Sie kniff die Lippen zusammen, wie sie es manchmal tat, wenn sie ihm etwas zu sagen hatte, von dem sie wusste, dass er es nicht gerne hören würde.

„Ich fürchte, es gibt schlechte Nachrichten, Mr. Blackstone", sagte sie. Er hatte es geahnt. „Die Bouchards werden nicht kommen."

Es brauchte ein paar Sekunden, bis er begriffen hatte, was sie ihm gerade mitgeteilt hatte. Und dann vergaß er für den Augenblick sogar ihr entzückendes Mienenspiel.

„Was soll das heißen, sie kommen nicht?"

Rachel blieb auch angesichts der Empörung ihres Chefs gelassen – wie es sich für die perfekte Sekretärin gehörte. „Mr. Bouchard hat im Büro angerufen und mit Alex gesprochen. Der Schneefall hat sich da unten in ein Gemisch aus Graupelschauern und Eisregen verwandelt. Die Familie hat es gerade noch bis Boston geschafft, bevor der Flughafen geschlossen wurde. Es besteht fürs Erste keine Chance, hierher zu gelangen."

Er strich sich mit der Hand durch das dunkle Haar, eine vertraute Geste, die sie jedes Mal fast aus dem Konzept brachte. „Wie zum Teufel ist das denn möglich?"

Es war möglich, weil Adrian Blackstone so scharf darauf war, Rick Bouchard mit seinem Grandhotel in den White Mountains zu imponieren. Also hatte er das Treffen hier oben im hohen Norden angesetzt, statt in seinem bequem zu erreichenden Büro. Und prompt war es gekommen, wie es kommen musste. In dieser Gegend hier war die Natur dafür bekannt, mit einem spöttischen Lächeln alle Pläne über den Haufen zu werfen.

Adrian stand fluchend auf und ging zum Fenster. Rachel schaute ihm hinterher. Er trug schon seit der Ankunft einen Anzug mit korrekt gebundener Krawatte, obwohl das Treffen erst in ein paar Stunden hätte stattfinden sollen. Im Büro erlaubte Adrian es sich zuweilen, das Jackett über die Sessellehne zu hängen und die Hemdsärmel bis zu den Ellenbogen hochzukrempeln. Sobald aber ein geschäftlicher Termin anstand, hatte sie ihn nie anders als im Anzug gesehen. Sie vermutete, dass er das brauchte, um sich sicher zu fühlen. Dabei hätte sie ihn so gern mal in einer ausgewaschenen Jeans und einem T-Shirt gesehen, das seinen Oberkörper eng umspannte.

Als er sich ihr wieder zuwandte, lächelte sie unverbindlich. Nichts verriet ihre heimlichen Wünsche. Sie war nach außen hin wie immer die perfekte Sekretärin, die ergeben die Anordnungen ihres Chefs erwartete.

„Dann könnten wir genauso gut unsere Zelte hier abbrechen", meinte er. „Vielleicht kommen wir ja durch und machen dann die Präsentation morgen bei ihm im Hotel."

Doch die schlechten Nachrichten rissen nicht ab. „Der Gouverneur hat den Ausnahmezustand ausrufen lassen. Der Highway ist gesperrt."

„Und nun?" Er schaute sie fassungslos aus seinen dunklen Augen an.

„Nun sind wir gewissermaßen eingeschneit", erklärte Rachel. Was gleichzeitig bedeutete, dass sie die Nacht gemeinsam im Hotel verbringen würden. Rachel Carter und ihr heimlicher Traummann – nur ein paar Türen voneinander entfernt.

„Das kann doch nicht Ihr Ernst sein!"

„Leider doch, Mr. Blackstone." Sie klappte ihren Laptop zu und schob ihn zusammen mit der Präsentationsmappe und ihrem Notizblock in die Tasche. „Wir sind offenbar von einem Wetterumschwung überrascht worden. Wenigstens brauchen wir uns um Versorgungsengpässe hier keine Sorgen zu machen. Die Anlage hat sogar eine eigene Energieversorgung. Ich glaube, Generatoren oder so etwas."

„Ich weiß."

Natürlich wusste er das. Die Restaurierung des Mount Lafayette war durchgeführt worden, als sie noch neu in der Firma und überwiegend mit Aktenablage und Kaffeekochen beschäftigt gewesen war. Auf dieses Projekt war Adrian besonders stolz – nicht nur seiner Größe wegen, sondern vor allem, weil das Ergebnis überwältigend war. Betrat man das Hotel, war es wie eine Zeitreise, und man fühlte sich um ein Jahrhundert zurückversetzt. Und dennoch brauchte der Gast auf keine Errungenschaft der modernen Technik, sei es WLAN oder Kabelanschluss, zu verzichten.

Adrian rieb sich die Schläfen. „Mit anderen Worten: Wir sitzen hier fest?"

„Ja, Sir." Nicht einmal für Adrian Blackstone gab es eine Fahrkarte nach Boston.

Er zuckte resigniert mit den breiten Schultern, die der Schnitt seines dunkelgrauen Anzugs so gut zur Geltung brachte. „Seitdem wir die Arbeiten damals beendet haben, bin ich nicht mehr hier gewesen. Was kann man mit der Zeit hier anfangen?"

Eine Möglichkeit wäre, mit dem Boss ins Bett zu gehen, wilden Sex mit ihm zu haben, um darauf selig und befriedigt aufzuwachen, selbst wenn die Kündigung drohte. „Es gibt verschiedenste Angebote im Haus, die interessant für Sie sein könnten. Sie finden sie in dem Faltblatt, das ich ihnen gegeben habe."

Adrian zog den Flyer aus der Innentasche seines Jacketts.

Ein Lächeln huschte über sein Gesicht. „Wie ich sehe, haben Sie schon mal im Shop vorbeigeschaut. Da Sie durch meine Schuld hier festgehalten werden, haben Sie keine Scheu, sich alles zu kaufen, was Sie brauchen. Und dann lassen Sie es auf meine Rechnung schreiben."

Rachel nickte brav, obwohl sie das ganz sicher nicht tun würde. *Blackstone Historical Renovations* kam selbstverständlich für ihre Reisespesen auf, aber niemals würde sie in Erwägung ziehen, sich auf Firmenkosten etwas für ihren persönlichen Bedarf zu kaufen. Selbst dann nicht, wenn der Chef höchstpersönlich dafür verantwortlich war, dass sie nicht nach Hause konnte.

„Tja, schätze, Sie haben jetzt ein bisschen bezahlten Sonderurlaub", fuhr er verlegen lächelnd fort. „Im Gegensatz zu Ihnen habe ich meinen Kaffee bisher kaum angerührt. Ich werde also noch etwas hierbleiben und meine Notizen für das Projekt in Newport überarbeiten."

Ihr war bekannt, dass Adrian überlegte, ein denkmalgeschütztes Haus in Newport, Rhode Island, zu erwerben, das er kürzlich entdeckt hatte. Er wollte es von Grund auf renovieren, um es anschließend wieder zu verkaufen. Es wäre das erste Mal, dass *Blackstone Historical Renovations* auf diese Weise ins Geschäft einstieg, denn bisher hatte das Unternehmen die Gebäude nie gekauft. Sie hatten das Für und Wider bereits intensiv diskutiert. Das Risiko, selbst auf den Immobilienmarkt zu gehen, war ungleich größer, da die Kosten vorgeschossen werden mussten. Die mögliche Gewinnspanne war es allerdings auch.

„Ich könnte bleiben und Ihnen behilflich sein", bot Rachel an.

„Ich will nur durchgehen, was wir schon festgehalten haben. Sie brauchen nicht auf mich zu warten. Wenn ich fertig bin, sag ich der Rezeption Bescheid. Dann können die den Kaffee wieder auffüllen." Er nahm ihr den Schlüssel vom Konferenzraum aus der Hand, den sie ihm hinhielt. „Gehen Sie nur. Nutzen Sie alles aus, was dieses Hotel zu bieten hat. Wir sehen uns dann."

„Okay. Ich werde mich über die Wetterlage auf dem Laufenden halten und mich bei Ihnen melden, wenn die Straßen wieder passierbar sind. Ansonsten lassen Sie es mich bitte wissen, falls Sie mich benötigen."

Rachel wandte sich ab und überließ Adrian seinen Notizen. Die Frage war, was sie mit dem Rest des Tages jetzt anfangen sollte. Ursprünglich war geplant gewesen, dass es nach dem Meeting einen gemütlichen Ausklang beim Abendessen hatte geben sollen. Am nächsten Morgen sollten Adrian und Rachel dann in aller Frühe nach Boston zurückfahren, während die Bouchards noch einen weiteren Tag im Mount Lafayette genießen konnten, bevor sie nach Colorado aufbrachen, wo sie die Weihnachtstage verbringen wollten.

Dieser Plan war jetzt hinfällig. Und auch ihr anderer Plan kam nicht infrage, dachte Rachel. Sie durfte jetzt auf gar keinen Fall damit anfangen, sich hundertundeine Methode auszudenken, um ihren Chef zu verführen. Nein, sie musste sich jetzt zusammenreißen. Aber das war offenbar leichter gesagt als getan. Denn als sie ihre Zimmertür erreicht hatte, war sie bereits bei Methode siebzehn.

Als die Zeit zum Abendessen heranrückte, wurde es Adrian langweilig. Er hatte seine Angestellten angetrieben, sämtliche Arbeiten abzuschließen, bevor die Weihnachtsferien anbrachen. Und wie immer waren seine Anweisungen haargenau befolgt worden. Damit blieb als Punkt auf seiner eigenen Agenda jetzt nur noch der Deal mit den Bouchards. Aber da die Millionärsfamilie in Boston festsaß – wo er, verdammt noch mal, auch hätte bleiben sollen – gab es für ihn im Grunde nichts mehr zu tun. Außer vielleicht … Unwillkürlich begannen seine Gedanken um Rachel zu kreisen, mit der er in einem der schönsten und romantischsten Hotels des Landes gestrandet war.

Natürlich waren sie hier nicht ganz allein. Es gab noch andere Hotelgäste und das Personal. Aber niemand, der mit ihnen etwas zu tun hatte – keine Mitarbeiter aus dem Büro, keine

Kunden – kurz, niemand, der ihn davon abhielt, mit Gedanken zu spielen, die ein Boss nicht haben sollte. Was fatal war. Denn gerade in seinem Unternehmen wurde gegen sexuelle Belästigung strikt vorgegangen. Das war das eine. Und zum anderen war Rachel die beste persönliche Assistentin, die man sich nur wünschen konnte, und er wollte sie ganz gewiss nicht verlieren.

Trotzdem: Zu wissen, dass sie zwei Türen weiter wohnte, und die lieben Kollegen alle weit weg um den heimischen Gabentisch versammelt waren, machte ihn fast wahnsinnig. Adrian überlegte, ob er sie anrufen und fragen sollte, ob sie mit ihm zusammen zu Abend essen wollte. Da sie beide im selben Hotel untergebracht waren und beide etwas essen mussten, bot es sich an. Warum sollte jeder für sich allein essen? Und doch war das nicht üblich, wenn sie gemeinsam auf Geschäftsreise waren. Meist war der Zeitplan so eng, dass sie sich irgendwann, jeder für sich, etwas beim Zimmerservice bestellten.

Dennoch hatte er keine Lust, allein in seiner Suite herumzuhocken. Da war das Restaurant schon attraktiver. Sehr attraktiv sogar. Es war ein romantischer Platz, erst recht jetzt zur Weihnachtszeit. Aber nicht, wenn man allein am Tisch saß. Andererseits, wenn er Rachel bat, ihm Gesellschaft zu leisten, fürchtete er, dass sie sich aus reiner Loyalität ihrem Chef gegenüber dazu verpflichtet fühlte.

Hol's der Teufel, dachte er, dann gehe ich eben in die Bar. Soweit er sich erinnerte, wurden dort auch Snacks, Sandwiches und überbackene Toasts zu den Drinks serviert, und das kam ihm jetzt gelegen. Er trank nie zu viel, schon gar nicht in der Öffentlichkeit. Aber ein, zwei Biere trugen zur Beruhigung bei und halfen ihm sicher beim Einschlafen.

Saloppe Kleidung wie Jeans hatte er nicht eingepackt. Also ließ er einfach das Jackett und die Krawatte weg, öffnete den Kragen seines weißen Hemdes und krempelte die Ärmel bis knapp unter die Ellenbogen hoch. Anschließend strich er sich einmal durchs Haar. Das musste reichen.

Im Eingang zur Bar hielt er kurz inne und schaute sich um.

Er war noch unentschlossen, ob er sich an einen der Tische oder an die Theke setzen sollte. Dann zog eine Frau seinen Blick auf sich, die allein an der Bar saß. Sie hatte einen blonden Wuschelkopf, trug eine schwarze Hose und einen Sweater in schimmerndem Rot. Ein Stück war dieser Sweater hochgerutscht und verriet, dass der Körper darunter schlank, aber dennoch wohlproportioniert war. Als sie nach ihrem Glas griff, stellte Adrian fest, dass sie weder einen Ehering trug, noch dass an ihrem Finger dieser verräterische helle Streifen zu sehen war.

Einen Moment lang blieb er zögernd stehen. Es wäre eine Chance, ein wenig von der Frustration abzubauen, die sich durch seine Zurückhaltung Rachel gegenüber angestaut hatte, auch wenn es nicht sein Stil war, Frauen an der Bar für eine Nacht abzuschleppen. Da die Unbekannte sich bisher nicht ein Mal zum Eingang umgedreht hatte, ging er zudem davon aus, dass sie niemanden erwartete.

Ein wenig Abwechslung würde ihm guttun. Also machte er sich auf den Weg an die Bar, als sie im selben Moment den Kopf zurückwarf und über etwas lachte, was der Barkeeper ihr gerade erzählt hatte. Es war ein so heiteres, unbeschwertes Lachen, dass Adrian unwillkürlich den Wunsch verspürte, dieser Frau ein paar Witze zu erzählen, um es noch einmal zu hören.

Er ließ sich auf dem Barhocker neben ihr nieder und bemerkte: „So kurz vor Weihnachten sollte niemand allein an der Bar sitzen müssen."

Sie drehte sich zu ihm um, und Adrian verschlug es die Sprache. Nicht bloß, weil diese Frau umwerfend hübsch war.

„Rachel?"

2. Kapitel

Dass ihr die Szene irgendwie bekannt vorkam, musste an diesen einhunderteins Verführungsplänen liegen. Plan dreizehn hatte unter anderem vorgesehen, dass Adrian und sie sich als Fremde in einer Bar begegneten. Da er sie im ersten Augenblick tatsächlich für eine andere gehalten hatte, kam das Rachels Fantasie schon so nahe, dass ihr ein leichter Schauer über den Rücken lief.

„Ich habe Sie noch nie so fröhlich lachen gehört", sagte er.

Einen Moment lang schwieg Rachel verblüfft. Irgendetwas stimmt hier nicht. Das war doch nicht die Stimme ihres Chefs. Nein, das war die Stimme eines Verführers.

Sie räusperte sich. Aus irgendeinem Grund war ihre Kehle plötzlich ganz trocken. „Sie haben mir ja auch noch nie einen Witz über zwei Elfen, ein Rentier und eine Zuckerstange erzählt", erwiderte sie dann leicht atemlos.

Er rückte mit seinem Barhocker ein Stück näher an sie heran, sodass sich ihre Knie beinahe berührten. „Wenn ich Sie zu einem Drink einladen dürfte, hätte ich kurz Zeit, mir etwas in dieser Art zu überlegen."

Rachel schoss der Gedanke durch den Kopf, dass es vielleicht besser wäre, schnell Müdigkeit vorzuschützen und sich aufs Zimmer zurückzuziehen. Die Art, wie er sie ansah, kam ihr anders vor als sonst. Es war dieser gewisse Blick, den sie sich in ihren Fantasien schon oft vorgestellt hatte. Aber hier ging es nicht um Fantasien, sondern um die harte Realität. Und in der wollte sie um keinen Preis ihren Job verlieren.

Die Arbeit bei *Blackstone Historical Renovations* war eine echte Herausforderung, die ihr berufliche Reputation verschaffte und sie zudem an traumhaft schöne Orte führte. Der

Job war hart, und die Überstunden zermürbend, aber dafür entschädigte sie ein hervorragendes Gehalt. Überdies war Adrian Blackstone ein Boss, dem Worte wie „bitte" und „danke" noch geläufig waren und der seinen Angestellten mit Respekt begegnete.

Das alles durfte sie für ein flüchtiges Abenteuer nicht aufs Spiel setzen.

„Okay, ein Drink", hörte sie sich sagen. „Dann muss ich wirklich ins Bett."

Zwei Stunden später tat ihr vor Lachen der Bauch weh, und bei dem einen Drink war es natürlich nicht geblieben. Sie hatte sich nicht betrunken, aber es war genug, um Adrians mäßige Witze lustig zu finden. Die Tatsache, dass er obendrein kein großes Talent zum Witzerzählen hatte, wirkte auf sie nur noch komischer.

An die Bar gelehnt, hatten sie die Köpfe dicht zusammengesteckt. Adrians eines Knie hatte sich zwischen ihre geschoben. Rachel war sich durchaus bewusst, dass sie für jeden unbefangenen Beobachter das Bild eines Mannes und einer Frau abgaben, die diese Bar früher oder später gemeinsam verlassen würden.

„Wie nennt man jemanden, der Angst vor Santa Claus hat?"

„Bitte nicht", protestierte sie. „Ich kann nicht mehr."

„Klaustrophob."

Er nahm sie bei den Händen und zog sie ein Stück zu sich heran. „Kommen Sie. Tanzen wir."

Ihr Puls ging ein wenig schneller. Sie sah sich in der schummrig erleuchteten Bar um. „Aber es tanzt sonst niemand."

„Dann muss ich Ihnen noch mehr Witze erzählen. Denn mir ist noch nicht danach, auf mein Zimmer zu gehen." Schon tat er, als wollte er sich den nächsten einfallen lassen.

„Na schön. Ein Tanz", erklärte Rachel hastig. Ich werde die vier Minuten in seinen Armen schon überstehen, machte sie sich selbst Mut. „Aber ich muss Sie warnen. Ich kann nicht besonders gut tanzen."

Adrian stand auf und zog sie an der Hand mit auf die Tanzfläche. Dort strich er ihr sacht mit der anderen Hand über den Rücken und ließ sie dann auf ihren Hüften ruhen, sodass ihr fast die Luft wegblieb.

„Ich auch nicht", meinte er leise, und sie spürte seinen Atem an der Schläfe, während sie sich leicht zum Takt von Bing Crosbys Song *„I'll Be Home for Christmas"* zu wiegen begannen. „Aber das macht nichts. Es geht eigentlich nur darum, uns in die Ecke unter den Mistelzweig zu manövrieren, damit ich Sie dort küssen kann."

Er wollte sie küssen? Aber das ging doch nicht. Sie musste ihn aufhalten, dachte Rachel verschwommen, während sie sich gleichzeitig enger an Adrian schmiegte. Seine Hand in ihrem Rücken glitt ein Stück tiefer. Und dann noch ein Stück. Sie wollte ihn aufhalten. Es war der pure Wahnsinn. Doch sie hatte schon so lange davon geträumt, dass gesunder Menschenverstand keine Rolle mehr spielte.

Wenn es nach ihm ging, konnte es endlos so weiterschneien, dachte Adrian. Die Straßen durften ruhig gefrieren, bis sie völlig unpassierbar waren. Hauptsache, es würde niemand kommen und verhindern, dass er weiter so mit Rachel in seinen Armen tanzte. Zu dem Mistelzweig hatte sie weder Ja noch Nein gesagt, aber sie hatte sich auch nicht zurückgezogen. Wenn er ihre rosigen Wangen richtig deutete, war er vielleicht gar nicht der Einzige, der sich darauf freute. Allein der Gedanke, dass er auf Rachel genauso anziehend wirkte, wie sie auf ihn, versetzte ihn in Hochstimmung. Aber er hielt sich im Zaum.

Der Sänger legte sich mächtig ins Zeug und beschwor so schön das Weihnachtsfest zu Hause, dass Adrian fast schwermütig wurde. „Ich habe doch ein etwas schlechtes Gewissen, dass Sie durch meine Schuld hier festsitzen. Hätte ich das Meeting in Boston abgehalten, wäre das nicht passiert. Jetzt, da Weihnachten so dicht vor der Tür steht, haben Sie bestimmt tausend wichtigere Dinge zu tun, als mit mir zu tanzen."

Sie lachte, und so nahe, wie sie sich jetzt waren, fand er

dieses Lachen noch schöner. „Nein, eigentlich nicht. Meine Eltern leben in Florida. Sie kommen im Februar immer zum Skifahren hierher in den Norden, und dann wird Weihnachten nachgefeiert. An Heiligabend mache ich es mir meistens im Pyjama auf der Couch gemütlich und schaue mir die alten Filmklassiker an, die sie dann im Fernsehen bringen. Nein, eigentlich habe ich nichts Wichtiges vor."

„Das ist gut, denn wir sind fast unter dem Mistelzweig. Nur noch ein paar Schritte."

Sie stieß einen kleinen Seufzer aus, sodass er ihren Atem spürte. „Mr. Blackstone. Ich halte es für meine Pflicht, Sie darauf aufmerksam zu machen, dass es eine sehr fragwürdige Idee ist, seine Sekretärin zu küssen."

„Sie sind für mich weit mehr als eine Sekretärin, Rachel. Mit dem Einwand, den Sie hier vorbringen, schlage ich mich schon seit anderthalb Jahren herum. Aber es stimmt nicht. Ich habe mir etwas vorgemacht. Sie zu küssen ist die beste Idee, die ich seit langer Zeit hatte." Noch ein Schritt und noch einer, und sie waren da. „Nebenbei bemerkt, ist es jetzt sowieso zu spät. Ich werde Ihnen nie mehr im Büro begegnen können, ohne an diesen Abend zu denken. An Ihre strahlenden Augen und Ihr bezauberndes Lächeln."

„Oh Gott, sind wir schon da?"

„Nah genug", sagte er. Und dann endlich küsste er sie.

Ihre Lippen fühlten sich seidig-sanft an seinen an. Mit aller Macht hielt Adrian sich zurück, doch als Rachel aufseufzte und ihm die Arme um den Hals schlang, war es um ihn geschehen. Er küsste sie wilder, fordernder.

Sechzehn Monate lang hatte er sich diesen Augenblick vorgestellt, aber es zu erleben, stellte alles in den Schatten. Es war … perfekt, wundervoll. Es war jede Sekunde, die er darauf hatte warten müssen, wert.

Doch leider war es auch sofort wieder vorbei. Irgendein Trottel stieß einen lang gezogenen Pfiff aus, und Rachel macht sich rasch los. „Lassen Sie mich, Adrian. Wir fallen auf", meinte sie lachend.

Seinen Namen aus ihrem Mund zu hören, war wie eine zärtliche Berührung. „Das ist das erste Mal, dass Sie meinen Vornamen aussprechen."

Er bereute seine Worte prompt, als er merkte, dass ihr schlagartig das Lachen verging. „Das ist genau das, was ich mit einer schlechten Idee meinte. Dieser Kuss war wunderschön, aber ich liebe meinen Job und wüsste nicht, für wen ich lieber arbeiten würde als für Sie. Wenn wir nicht aufhören, habe ich Angst, eine Riesendummheit zu begehen. Und als Riesendummheit würde ich einen One-Night-Stand mit dem eigenen Chef ganz bestimmt bezeichnen."

Sie wollte sich von ihm losmachen, aber er hielt sie fest. „Rachel. Beruhigen Sie sich. Erstens ist Ihr Job nicht in Gefahr. Das können Sie vergessen. Sie sind für mich unersetzlich. Wahrscheinlich könnten Sie mir eine Weinflasche auf den Kopf hauen oder mir die Brieftasche klauen, und ich würde Sie trotzdem nicht feuern. Zweitens: Dass Ihnen der Kuss gefallen hat, finde ich ganz ausgezeichnet. Drittens: Dass Sie mich Adrian genannt haben, freut mich ganz besonders, weil ich mir das schon so oft gewünscht habe. Das würde ich in Zukunft gerne häufiger hören."

Ihre Wangen röteten sich leicht, als er so offen zu ihr sprach. „Ich finde es schon eigenartig, hier mit Ihnen unter einem Mistelzweig zu tanzen."

Adrian fasste sie leicht am Kinn und hob ihren Kopf, sodass er ihr in die Augen blicken konnte. „Sie fühlen sich doch nicht in die Ecke gedrängt, oder? So, als wäre Ihr Job in Gefahr, wenn Sie mich zurückweisen würden?"

Sie antwortete zu seiner Erleichterung mit einem aufrichtigen Lächeln. „Nein, so ist es nicht. Ich habe nur getan, was ich mir schon lange gewünscht habe."

Ihre Worte blieben nicht ohne Wirkung. Er zog Rachel noch enger an sich, sodass sie es spüren konnte. „Das klingt sehr gut. Übrigens wäre da noch ein Viertens: An einen One-Night-Stand habe ich keine Sekunde gedacht."

Rachel merkte, wie ihr die Wangen brannten. Hastig wich sie Adrians Blick aus.

An einen One-Night-Stand hatte er also nicht gedacht. Das war ja gut zu wissen. Allerdings musste sie sich fragen, wohin dieser Kuss und die beeindruckende Erektion, die sie da unten spürte, wohl sonst führen sollten.

Adrian küsste sie auf den Hals. Sie bekam über und über Gänsehaut, als er mit seinen Lippen bis zu ihrem Ohr hinaufglitt und flüsterte: „Von einem *One*-Night-Stand kann überhaupt keine Rede sein. Ich sehne mich schon so lange nach dir, dass mir eine Nacht bestimmt nicht reicht. Zwei müssten es mindestens sein."

Er lachte leise. Das Geräusch ließ sofort den nächsten sinnlichen Schauer über ihren Rücken laufen. „Ich fürchte, hier werden wir gleich eine Anzeige wegen Erregung öffentlichen Ärgernisses kassieren, wenn wir nicht aufpassen", stieß sie atemlos hervor.

„Willst du die Nacht mit mir verbringen, Rachel?", raunte Adrian dicht neben ihrem Ohr. Sie nickte, und er stöhnte auf. „Ganz sicher?"

Sie stellte sich auf die Zehenspitzen und presste die Lippen auf seine, und alles um sie herum war für den Augenblick vergessen, die anderen Gäste in der Bar, die weihnachtliche Musik. Er löste sich von ihrem Mund und schaute ihr forschend in die Augen, als suchte er darin etwas wie eine Antwort. Aber sie nahm ihn nur schweigend an die Hand und zog ihn mit sich zum Ausgang.

Bis sie an Adrians Tür ankamen, dauerte es gute fünf Minuten, und auf dem Weg dorthin hatte Rachel alle Bedenken über Bord geworfen. Für diese Nacht stand ihre Entscheidung fest. Wie die kommenden Tage in der Firma aussehen sollten, darüber würde sie sich später den Kopf zerbrechen.

Nachdem er die Tür hinter ihnen geschlossen hatte, trat Adrian zu ihr, umarmte sie von hinten und knabberte zärtlich an ihrem Nacken. „Habe ich dir schon gesagt, wie sehr ich dein neues Parfüm mag?"

„Nein, hast du noch nicht." Woher wusste er, dass sie ein neues hatte? Seit einem Monat war das Parfüm, das sie sonst benutzte, nicht mehr im Handel, und sie hatte lange nach einem neuen Duft gesucht.

„Dieses hast du zum ersten Mal getragen, als wir den Termin mit Mr. Edelstein hatten. Ich war davon so abgelenkt, dass mir drei Mal hintereinander der Name seines Unternehmens nicht einfallen wollte."

Während er das sagte, ließ Adrian die Hand unter ihren Pullover gleiten und streichelte sanft und zärtlich ihren Bauch. Einen Moment lang verlor Rachel den Gesprächsfaden. „Davon habe ich aber nichts gemerkt", erwiderte sie dann hastig, als ihr wieder einfiel, worüber sie gerade geredet hatten.

„Weil ich schon Übung darin hatte." Adrian wanderte mit der Hand weiter nach oben, hielt aber inne, ehe er ihre Brüste erreichte. Rachel konnte nicht anders. Seufzend schmiegte sie sich noch enger an ihn. „Es war absurd", fuhr er leise fort. „Die letzten sechzehn Monate musste ich mich dazu zwingen, mein Interesse an dir zu verbergen und so tun, als ob mich all diese Bilanzberichte furchtbar beschäftigten. Dabei habe ich mir insgeheim die ganze Zeit vorgestellt, wie es wäre, dich zu berühren."

Mit Schrecken wurde Rachel klar, dass sie Gefahr lief, nicht allein ihren Job, sondern auch ihr Herz zu verlieren. Adrian und sie waren schon häufig gemeinsam auf Geschäftsreisen gewesen. Auf diese Weise hatte sich natürlich ein gewisses Maß an Intimität zwischen ihnen eingestellt. Aber nie so wie jetzt, wenn sie seine Finger dicht unter ihrem Busen spürte. Dennoch kannten sie sich sehr gut.

Auch sie hatte sich bemüht, ihre Gefühle zu verstecken. Dieses leichte Herzklopfen, immer wenn sie Adrian Blackstone erblickte. Doch jetzt drohte aus einer simplen Schwärmerei mehr zu werden. Viel mehr. Und wo sollte das alles enden? Etwa damit, dass sie Hals über Kopf in einen Zustand hineinstolperte, in dem man vor lauter Verliebtheit morgens unter der Dusche lauthals sang?

„Ach so. Und weil du so abgelenkt warst, hast du Dana auch all ihre Kaffeepausen durchgehen lassen?" Etwas krampfhaft bemühte sich Rachel, ihre Emotionen in den Griff zu bekommen. Darum versuchte sie es mit Small Talk.

„Ich habe es ihr durchgehen lassen, weil ich eine werdende Mutter nicht zusätzlich belasten wollte." Er knabberte an ihrem Ohrläppchen, und dann war es endlich so weit: Seine Hände umfassten ihre Brüste. Rachel stockte der Atem. „So ähnlich wie du, als du heimlich Überstunden bis spätabends gemacht hast, um Dana zu helfen, nachdem sie wieder aus der Elternzeit zurück war."

„Das hast du bemerkt?"

„Ich bin über alles informiert, was in meiner Firma vor sich geht. Und wenn es dich betrifft, allemal. Ich finde übrigens deinen Einsatz für andere sehr anziehend." Er strich mit dem Daumen über ihre Brustwarzen, die sich unter dem dünnen Stoff des BHs steil aufgerichtet hatten. „Genauso anziehend wie deine Augen, dein Lächeln, deinen Sinn für Humor, diese Beine, dein Lachen …"

Ehe er den Satz vollenden konnte, hatte Rachel bereits nach ihrem Shirt gegriffen und es sich schon ausgezogen. Vielleicht würde das ja Adrian dazu anzuspornen, seinen Reden schnellstmöglich Taten folgen zu lassen.

„Ich liebe es, wenn die Weihnachtsgeschenke ausgepackt werden. Und dieses Jahr gehen alle meine Wünsche in Erfüllung", murmelte Adrian. Dann drehte er sie mit einer raschen Bewegung zu sich um, sodass sie ihm ins Gesicht schauen musste.

Rachel blieb die Antwort im Halse stecken, als er unter dem BH ihre Brüste liebkoste. Nun wurde sie selbst aktiv und begann, ihm das Hemd aufzuknöpfen.

Adrian Blackstone konnte sich sehen lassen. Genussvoll fuhr sie mit den Fingern über seinen durchtrainierten Oberkörper und bewunderte seinen breiten Brustkorb, während er weiter die Spitzen ihrer inzwischen nackten Brüste mit dem Daumen reizte.

„Ich bin mir nicht sicher, wie lange ich durchhalte", meinte er mit leicht belegter Stimme. „Das viele Warten in den letzten Monaten hat mich fast in den Wahnsinn getrieben. Und wenn ich dich jetzt endlich spüre ... Lass es mich so sagen. Ich muss jetzt ordentlich die Zähne zusammenbeißen, um mich nicht ganz und gar vor dir zu blamieren."

„Dann machen wir doch erst mal einen Schnelldurchgang und merken uns die Angelegenheit für eine eingehendere zweite Runde vor."

Er lachte und hakte ihr den BH auf. „Da du meinen Terminkalender verwaltest: Wann wäre diese *zweite Runde* denn fällig?"

„Wäre es dir in zwanzig Minuten recht?" Der leichte Tonfall und das Scherzen gefielen Rachel und machten ihr Mut. Sie ließ die Fingerspitzen über seinen straffen Bauch hinabwandern und öffnete seine Hose.

Adrian streifte sich das Hemd ab. „Also, auf in den Schnelldurchgang", sagte er rau und drängte sie nach hinten. Dorthin, wo das Bett stand.

Die folgenden Minuten waren von einem sinnlichen Rausch erfüllt, in dem sie sich gegenseitig ganz entkleideten und unaufhörlich küssten und streichelten. Er massierte ihre Brüste und ließ die Zungenspitze um die festen Knospen kreisen, bis Rachel vor ungezügeltem Verlangen nur noch leise stöhnte. Doch auch sie blieb nicht untätig und erforschte mit den Händen von den Schultern bis hinunter zum Po seinen muskulösen Körper. Es war tausend Mal schöner als alles, was sie sich unzählige Male vorgestellt hatte.

„Wie oft habe ich mir das schon gewünscht", meinte Adrian seufzend, während er den Kopf hob. Rachel musste lächeln. Zwei Seelen, ein Gedanke, dachte sie.

Das Lächeln verschwand schlagartig, und sie riss die Augen weit auf, als er die Hand zwischen ihre Schenkel schob und hinaufglitt, bis er an ihrer empfindlichsten Stelle angekommen war. Vorsichtig begann er, sie mit den Fingerspitzen zu verwöhnen. Rachel wusste kaum noch, wie sie das aushalten sollte. Als er kurz darauf mit einem Finger in sie eintauchte, schrie sie erregt auf.

„Du fühlst dich so gut an", flüsterte er dicht an ihrem Ohr.

„Ich möchte aber *dich* fühlen", entgegnete sie leise.

Sie hörte das Knistern, als Adrian eine Kondompackung aufriss, und konnte selbst nicht sagen, ob es ihr zu schnell oder nicht schnell genug ging. Gleich darauf lag er zwischen ihren Beinen. Langsam drang er in sie ein, und lustvoll stöhnend nahm sie ihn auf. Sie spürte, wie er mit jedem seiner Stöße tiefer und tiefer in sie glitt. Es war ein überwältigendes Gefühl. Voller Ungeduld vergrub sie die Finger in seinem Haar und zog ihn zu sich herab, damit er sie küsste, während er sie nun ganz erfüllte.

Ohne den Kuss zu unterbrechen, gab er einen tiefen, halb unterdrückten, kehligen Laut von sich, während er seine Stöße verstärkte. Dieses beinahe animalische Geräusch spornte Rachel noch weiter an. Sie umklammerte mit den Händen seine Schultern und reckte sich ihm entgegen, wobei sie sich seinen rhythmischen Stößen anpasste, die immer schneller und härter wurden.

Unter ihren Fingern wurde seine Haut heiß und feucht, was sie mit Hingabe auskostete. Rachel schloss die Augen und gab sich ganz der Übermacht ihrer Glücksgefühle hin.

„Du bist so unglaublich schön", flüsterte er mit belegter Stimme, während er mit der Hand, die immer noch ihre Brust umfasst hielt, leicht zudrückte.

Rachel spürte, wie sich ihre Lust ins Unermessliche steigerte. Einen Moment lang hielt sie noch durch, dann stöhnte sie laut auf. Der Orgasmus traf sie mit voller Wucht. Im selben Moment hörte sie, wie Adrians rhythmisches Keuchen plötzlich aufhörte und in einen tiefen Seufzer mündete. Erschöpft sank er auf ihr zusammen. Sie schlang die Arme um ihn und presste ihn eng an sich.

„Das war das lange Warten wert", murmelte er ein paar Minuten später undeutlich in ihr zerzaustes Haar hinein.

Dem konnte sich Rachel nur aus vollstem Herzen anschließen. Dieses Erlebnis mit ihm hatte alles übertroffen, was sie sich jemals erträumt hatte. Für den Augenblick war es egal, was morgen geschah – oder richtiger wohl, erst am Montag. Diese Nacht wollte sie bis ins Letzte genießen.

3. Kapitel

Adrian gehörte nicht zu jenen Menschen, die jeden Morgen den Tag freudig und voller Elan begrüßen. Im Gegenteil. Normalerweise gehorchte er dem Wecker erst, nachdem er wiederholt die Schlummertaste betätigt hatte. Um seine Lebensgeister zu wecken, bedurfte es danach mehrerer Tassen Kaffee. An diesem Morgen erwachte er jedoch mit einem Lächeln auf den Lippen. Er hielt Rachel in den Armen, und ihr seidiges Haar bedeckte sein Gesicht. Auf diese Weise zu erwachen, gefiel ihm außerordentlich.

Er hörte, wie der Schneeregen gegen die Fensterscheiben schlug, und war beruhigt. Das bedeutete, dass ihm wenigstens noch ein Tag blieb. Und er war fest entschlossen, das Beste daraus zu machen.

Am liebsten hätte er gemeinsam mit Rachel in dem kleineren der beiden Restaurants gefrühstückt. Von dort aus hatte man einen fantastischen Blick auf den zugefrorenen See. Allerdings fürchtete er, dass ihre Wege sich danach allzu rasch wieder trennen könnten. Womöglich würde Rachel dann nach dem Frühstück verkünden, sie habe noch zu arbeiten, und in ihrem Zimmer verschwinden. Wenn er jetzt den Zimmerservice bestellte, blieben sie bestimmt noch eine Weile zusammen, und das gefiel ihm wesentlich besser.

Er wühlte sich mit der Nase durch ihr Haar und gab ihr einen Kuss seitlich auf den Hals. „Bist du wach?"

„Kaffee", murmelte sie kaum hörbar im Halbschlaf.

„Möchtest du deinen Kaffee gleich hier oder unten im Restaurant?"

„Gleich hier."

Hätte er raten sollen, hätte er darauf getippt, dass Rachel ein

481

Frühaufsteher war. Wenn sie morgens im Büro erschien, wirkte sie immer ausgeschlafen und voller Tatendrang, ganz gleich, wie viel Arbeit auf sie wartete. Dann war sie in der Nacht zuvor aber auch nicht durch ein heißes Abenteuer wachgehalten worden. Zumindest hoffte er das.

Er strich ihr mit der Hand über die Hüften, aber sie reagierte nicht darauf. Schmunzelnd stieg Adrian aus dem Bett, zog sich eine Boxershorts über und ging zur Kaffeemaschine, mit der er für jeden von ihnen einen Becher zubereitete. Während die Maschine lief, steckte er sein Handy ins Ladegerät, denn am Abend zuvor war er aus naheliegenden Gründen nicht mehr dazu gekommen.

Er hörte, wie das Wasser in der Dusche aufgedreht wurde, und überlegte kurz, ob er ihr dort nicht Gesellschaft leisten sollte. Aber er hatte den Eindruck, dass Rachel an diesem Morgen der Kaffee wichtiger war als alles andere, was er sonst zu bieten hatte. Er tat Milch und Zucker in ihren Becher und ging dann mit seiner eigenen Tasse zum Fenster.

Viel heller wurde es im Zimmer nicht, als er die Vorhänge aufzog. Der Tag draußen war grau und trüb. Der Graupelschauer, der vom Himmel fiel, trug zu der Tristesse noch bei. Das hier war ganz und gar kein romantischer Winter mit glitzerndem Neuschnee. Aber Adrian war das egal. Es war ein Tag wie geschaffen dafür, sich mit Rachel ein kuscheliges Plätzchen vor einem der vielen offenen Kamine zu suchen, die es hier im Hause gab.

Als sie endlich aus der Dusche kam, war Rachel in einen der blauen Frotteebademäntel gehüllt, die vom Hotel gestellt wurden. Sie war barfuß, und ihr feuchtes, blondes Haar fiel ihr in dicken, lockigen Strähnen auf die Schultern. Sie steuerte geradewegs auf ihren Kaffee zu, und Adrian beobachtete amüsiert, wie sie bei den ersten Schlucken genussvoll die Augen schloss.

Nachdem sie den Becher zur Hälfte geleert hatte, wandte sie sich zu ihm um. „Danke", sagte sie mit einem Lächeln. „Es tut mir leid. Vor meinem ersten Kaffee ist morgens nicht viel mit mir anzufangen."

„Ich war mir nicht sicher, ob ich den Zimmerservice bestellen sollte oder nicht."

Sie zog die Nase kraus. „Normalerweise kann ich gleich nach dem Aufstehen noch gar nichts essen."

„Geht mir genauso." Er setzte sich in einen Sessel am Fenster und stellte seinen Becher ab. „Dein Haar ist ganz anders als sonst. Gestern auch schon."

Sie fuhr sich mit einer schüchternen Geste durch die Locken. „Ich brauche eine Menge Zeug, um mein Haar für die Arbeit in Ordnung zu bringen."

„Wozu der Aufwand? Mir gefällt es, wenn du dein Haar glatt trägst, aber so, wie es gestern Abend war, erst recht. Es sieht nicht so streng und viel verführerischer aus. Und es fühlt sich auch schön an", fügte er mit einem breiten Lächeln hinzu.

„Der Pferdeschwanz ist viel praktischer. Dann brauche ich mich den ganzen Tag lang nicht mehr um meine Frisur zu kümmern, egal, was für ein Wetter herrscht. Wenn ich mein Haar nicht glätte, sieht das aus, als wäre ich gerade aus dem Bett gekommen."

„Aha." Adrian verstand zwar nicht, warum sie sich nicht auch das Haar zusammenbinden konnte, ohne es zu glätten, aber das verbuchte er als eines jener weiblichen Geheimnisse, hinter die ein Mann einfach nicht kommen konnte. Man sollte es erst gar nicht versuchen. „Ich mag beides", stellte er nur fest.

Insgeheim war er ganz froh, dass Rachel sich ein Stück entfernt in einen anderen Sessel setzte. Diese Morgenstunden *danach* hatten immer etwas leicht Verkrampftes an sich. Auch Rachel wirkte, als wollte sie am liebsten Reißaus nehmen, sobald ihr ein geeigneter Vorwand einfiel.

„Sieht nicht so aus, als könnten wir heute nach Hause fahren", bemerkte er. „Und für einen Ausflug auf Langlaufskiern scheint auch nicht das richtige Wetter zu sein."

Sie zog die Beine auf dem Sessel zu sich heran und gewährte ihm unfreiwillig höchst interessante Einblicke. „Machst du so etwas? Skilanglauf?"

„Nein." Er lachte. „Es war nur das Einzige, was mir einfiel, um draußen etwas zu unternehmen. Machst du Langlauf?"

„Seit Jahren schon nicht mehr. Ich war auch nicht besonders gut. In den anderen Wintersportarten bin ich allerdings noch schlechter."

„Ich habe auch nie richtig Skifahren gelernt."

Sie trank einen Schluck von ihrem Kaffee, bevor sie den Becher absetzte. „Du kommst aus Vermont und kannst nicht Skifahren? Wieso das denn?"

„Wir hatten zu Hause nicht sehr viel Geld. Skifahren war früher nur etwas für die Kinder reicher Eltern." Er verfiel einen Augenblick ins Grübeln, wobei ihm einfiel, dass er über Rachel außerhalb der Arbeit kaum etwas wusste. „Wo bist du aufgewachsen?"

„Hier und dort. An vielen Orten. Mein Vater war bei der Air Force, und so sind wir viel herumgekommen und oft umgezogen. Als ich meinen Abschluss auf dem College gemacht habe, war er auf der *Hanscom Air Force Base* stationiert. Da habe ich Boston kennen und lieben gelernt. Also bin ich dort geblieben, selbst als mein Vater in Ruhestand ging und meine Eltern schließlich nach Florida zogen."

„Ach, du bist bei der Army aufgewachsen. Das erklärt vermutlich dein außergewöhnliches organisatorisches Talent."

Sie lachte. „Ich weiß nicht. Aber dass wir so viel herumgekommen sind, hat bestimmt etwas mit meiner Begeisterung für alte Gebäude zu tun. Für mich repräsentieren sie etwas wie Sesshaftigkeit, Beständigkeit, und das gefällt mir. Und was mein Organisationstalent angeht: Ich bin Jungfrau. Ich liebe es, Dinge zu managen."

„Die Firma weiß das zu schätzen."

„Und du? Ich habe eine Menge Artikel über dich gelesen, aber diese ganze PR sagt wenig darüber aus, woran sich deine

Leidenschaft für alte Gebäude entzündet hat."

Dass sie das Wort Leidenschaft verwendet hatte, freute ihn. Für ihn war das, was er tat, weit mehr als nur Einkommensquelle. „Wir sollten uns anziehen. Dann kann ich dir alles beim Frühstück erzählen."

Sie schüttelte den Kopf. „Ich wollte mich eigentlich auf mein Zimmer zurückziehen und noch ein wenig arbeiten." Ein kleines Lächeln verriet ihm, dass er durchaus die Chance hatte, sie noch umzustimmen.

„Der Haken an dieser Ausrede ist, dass es heute gar nicht so viel zu tun gibt."

Sie sah ihn skeptisch an. „Das sagt ein Chef, der in einer Woche eine Weihnachtsfeier geben will. Oder glaubst du, dass es so etwas wie Heinzelmännchen gibt, die einem die Vorbereitungen abnehmen?"

„Selbst Heinzelmännchen müssen mal etwas essen." Er sah sie fragend an. Nach Alltag stand ihm gegenwärtig überhaupt nicht der Sinn.

„Na schön, Frühstück. Aber gleich danach mach ich mich an die Arbeit."

Auch wenn es nur das kurze Stück den Korridor hinunter zwei Türen weiter war, kam sich Rachel in ihrem Bademantel und mit dem Bündel Kleider unterm Arm etwas lächerlich vor. Sie war froh, ihr Zimmer zu erreichen, ohne dass sie jemand sah.

Achtlos warf sie ihre Sachen auf einen Sessel und ließ sich aufs Bett fallen. Auf dem Rücken liegend starrte sie an die Zimmerdecke. Sie fühlte sich großartig. Sie hatte eine Nacht mit Adrian Blackstone verbracht. Aber statt ausgelassen auf der Matratze herumzuhopsen, zwang sie sich jetzt, ruhig liegen zu bleiben und nüchtern darüber nachzudenken, was das für ihre Position in der Firma bedeutete.

Voraussichtlich würde das zu einem erheblichen Teil davon abhängen, wie sich ihre Beziehung entwickelte, wenn dieser unfreiwillige Urlaub vorüber war. Affären am Arbeitsplatz waren eine heikle Angelegenheit. Besonders, wenn der Chef im Spiel war. Trotzdem konnte es funktionieren. Zumindest, wenn beide es wollten. Aber vielleicht war sie für Adrian ja einfach nur eine willkommene Ablenkung, um diese Zwangspause zu überstehen.

Egal. Es brachte nichts, sich jetzt darüber Gedanken zu machen. Sie hatte nun einmal keine Kristallkugel, die ihr half, seine Absichten zu erraten. Es war Zeit, sich anzuziehen und für ihre Verabredung zum Frühstück fertig zu machen.

Glücklicherweise hatte Rachel vor der Abreise daran gedacht, Kleider zum Wechseln einzupacken. Nach einigen subtilen Hinweisen machte das auch Adrian inzwischen so. Es kam immer mal vor, dass man Kaffee verschüttete und sich mit Pastasoße bekleckerte. Oder dass man – wie in diesem Fall – länger als vorhergesehen irgendwo festgehalten wurde. Daher schlüpfte Rachel jetzt in eine schwarze Stoffhose und die weiße Bluse, die sie sich als Reserve mitgenommen hatte, und band ihr Haar zu einem Pferdeschwanz zusammen.

Als sie aus dem Zimmer trat, erwartete Adrian sie schon im Korridor, wo er gegenüber ihrer Tür an der Wand lehnte. Für eine Sekunde setzte ihr Herz aus. Seine Notfallgarderobe bestand aus den Sachen, die er trug, wenn er einen Termin auf der Baustelle hatte: lässige Kakihosen und ein grünes Poloshirt, das sich über seiner breiten Brust und den kräftigen Schultern spannte. Plötzlich war Rachels Mund ganz trocken.

„Fertig?", fragte er, während sie die Tür hinter sich schloss.

Er nahm ihre Hand, als sie zum Fahrstuhl gingen, und hielt sie auch noch fest, als der Lift im Erdgeschoss angekommen war. Zum Glück hatte sie bereits einige Erfahrung damit, sich nicht anmerken zu lassen, wie attraktiv sie ihn fand. Und sowieso – sobald die Fahrstuhltüren sich öffneten, würde er sie garantiert loslassen. Aber er tat es nicht, und sie musste sich ein wenig Mühe geben, entspannt zu bleiben. Es gab nur ein paar wenige Hotelangestellte, die wussten, dass sie für Adrian arbeitete. Und wenn das zu Gerede führte, war es ihr egal.

Solange sie noch nicht wieder zurück im Büro waren, konnte sie es sich leisten, großzügig über jede Form von Getratsche hinwegzusehen.

Adrian führte sie in das kleinere und intimere der beiden Restaurants. Rachel vermutete, dass er sich vorher angemeldet hatte, denn die Bedienung begrüßte ihn gleich mit Namen und wies den Weg zu einem Tisch am Fenster. Der schöne Ausblick auf den See bildete trotz des trüben Wetters eine perfekte Kulisse.

Auf dem Tisch stand bereits eine Kanne mit frischem Kaffee bereit, den die junge Hotelangestellte ihnen gleich einschenkte. „Wie von Mr. Blackstone gewünscht, ist dort ein Frühstücksbuffet für Sie vorbereitet, an dem Sie sich bitte bedienen."

„Danke", sagte Rachel. Als sie allein waren, wandte sie sich wieder Adrian zu. „Perfekte Organisation. Kompliment."

„Das habe ich mir alles bei dir abgeguckt", entgegnete er mit einem Augenzwinkern, sodass sie leicht errötete.

„Es riecht fantastisch."

Adrian stand auf, ging um den Tisch herum und half ihr, den Stuhl zurückzurücken. „Dann wollen wir doch mal sehen, was sie Schönes für uns haben."

Am Buffet entschied Rachel sich für getoastete Brötchen und ein mit Käse und Pilzen gefülltes Eiweißomelette, während sich Adrian Rührei und Bratkartoffeln und so viel Bacon auf den Teller lud, dass kaum mehr darauf passte.

Als sie wieder am Tisch saßen, griff sie über den Tisch und stibitzte ein Stück von dem kross gebratenen Speck. „Ich glaube, eines kannst du entbehren."

Er sah sie leicht verlegen an. „Frühstücksspeck gab es bei uns zu Hause nur ganz selten. Das konnten wir uns nicht leisten. Deshalb genieße ich es heute umso mehr."

„*Bei uns zu Hause* ist genau das richtige Stichwort. Du hast versprochen, mir etwas über dich zu erzählen."

„Hab ich das?" Er grinste verschmitzt und ließ die volle Gabel wieder sinken, bevor er salbungsvoll begann: „Es war einmal ein Mann, der hatte eine unartige Sekretärin …"

„Adrian", unterbrach sie ihn und hätte sich fast an ihrem Kaffee verschluckt.

„Nicht? Vielleicht hast du recht. Das ist eher eine Gute-Nacht-Geschichte. Die heben wir uns für später auf."

Rachel horchte auf, und ihr Puls ging ein wenig schneller, als sie begriff, was er gerade gesagt hatte. Er ging also davon aus, dass sie die kommende Nacht wieder zusammen verbringen würden.

„Ich habe dir ja gleich gesagt, dass ich mich mit einer Nacht nicht zufriedengebe", sagte er leise, als sie überrascht aufschaute. Er musste ihre Gedanken erraten haben. „Ich bin noch lange nicht fertig mit dir."

Die aufsteigende Glut, die seine Worte kurz zuvor in ihr entfacht hatten, kühlte ein wenig ab. Wie diese Affäre sich beruflich auswirken würde, stand in den Sternen. Aber trotzdem wusste sie von der Bedeutung, die dieses Zusammentreffen für ihr ganzes restliches Leben haben würde. Adrian hingegen war mit ihr *noch nicht* fertig? Noch nicht. Das klang nicht gut. Aber sie konnte ja genauso verfahren. Das Feuer brannte, solange der Brennstoff reichte. Und danach ging man zur Tagesordnung über.

„Erzähl mir, wie *Blackstone Historical Renovations* entstanden ist", bat sie ihn.

Er zuckte die Achseln. „Mein Dad war noch vom alten Schlag. Er war stolz auf sein Handwerk. Ich habe diese Liebe für alles Traditionelle wahrscheinlich von ihm geerbt. Während meiner Ausbildung habe ich so viele Leute kennengelernt, die ihre alten Häuser abreißen ließen, weil sie auf die Annehmlichkeiten modernerer Bauweise nicht verzichten wollten. Und dann wurde mir irgendwann klar, was meine Aufgabe ist. Ich will die Häuser von gestern für die Generation von morgen erhalten."

Sie zeigte mit ihrer Gabel auf ihn. „Den Spruch kenn ich. Der stammt aus deiner PR-Broschüre."

„Erwischt. Trotzdem ist es die Wahrheit."

Sie saßen noch eine ganze Weile so beisammen, und Adrian erzählte Geschichten aus seinen Anfängen im Baugeschäft. Er wirkte vollkommen entspannt, und jedes Mal, wenn Rachel sich sagte, dass es jetzt Zeit wäre, auf ihr Zimmer zu gehen, fiel ihm eine neue Geschichte ein. Und sie hörte ihm zu und fand es amüsant.

Die Arbeit konnte warten.

Eine Weile später, inzwischen war es schon Nachmittag, ließ das Unwetter nach, und was jetzt vom Himmel fiel, war die Sorte dicker Schneeflocken, nach denen man als Kind früher die Zunge ausgestreckt hatte. Adrian betrachtet das Geschehen aus seinem gemütlichen Sessel am Kamin, während Rachel sich über das Schachbrett beugte und über ihren nächsten Zug nachdachte. Das hier war der schönste Tag, den er in den letzten Jahren erlebt hatte, dachte Adrian versonnen.

Nach dem Frühstück hatte er angeboten, Rachel die Hotelanlage zu zeigen. Natürlich spielte der Stolz auf seine Leistung dabei eine große Rolle. Aber noch wichtiger war der Nebeneffekt: Solange er ihr die Details der Restaurierung erklärte, hatte Rachel keine Chance, auf ihr Zimmer zu verschwinden. Denn wenn sie sich dort erst mal vergrub und zu arbeiten begann, war sie für den Rest des Tages vermutlich verschwunden.

Nachdem sie den Rundgang beendet hatten, setzten sie sich in eines der Clubzimmer, die in jedem Teil des Hauses zu finden waren. Adrian bat einen der Angestellten darum, den Gaskamin anzustellen. Die Tannenzweige, mit denen der Raum geschmückt war, verbreiteten einen weihnachtlichen Duft, dem die Cranberry-Duftkerzen, die unangezündet auf einigen Beistelltischen standen, noch eine besondere Note verliehen.

Die Zeit verstrich, während sie in aller Ruhe dasaßen und über alles Mögliche sprachen – über die Arbeit, ihre Lieblingsfernsehshows und die schönsten Weihnachtsfeste, die sie bisher erlebt hatten.

„Meines war in dem Jahr, als ich eine Stoffpuppe geschenkt bekommen habe. Mit einer richtigen Geburtsurkunde und allem Drum und Dran. Sie sah mir sogar ähnlich. Nichts habe ich mir jemals sehnlicher gewünscht als diese Puppe."

Er mochte diesen verträumten Ausdruck auf Rachels Gesicht, den sie bei ihrer Erzählung bekam. Vermutlich war sie im Großen und Ganzen ein eher ernstes Kind gewesen. Nur ihr ansteckendes Lachen, dachte er, hatte sie wohl damals schon gehabt.

„Und? Was war dein schönstes Weihnachtsfest?", wollte sie jetzt von ihm wissen.

Adrian musste einen Augenblick überlegen. „Wir hatten ja nicht viel. Aber Weihnachten war für mich trotzdem immer der beste Tag im Jahr. Ich bin dann mit meinem Vater in den Wald hinausgegangen, um unseren Christbaum zu holen. Anschließend haben meine Mutter und ich den Baum geschmückt, unter anderem mit Sachen, die ich selbst im Laufe der Jahre gebastelt hatte. Als ich elf war, bekam ich ein nagelneues Taschenmesser. Mit dem habe ich dann einen Stern für die Baumspitze geschnitzt. Als ich fertig war, hat mein Vater den Stern in die Hand genommen und war sichtlich gerührt. Er sagte, er sei stolz darauf, wie gut ich mit Holz umgehen könne. Den Stern stecken sie übrigens immer noch Jahr für Jahr auf die Christbaumspitze."

Diese Geschichte ging ihm nahe, und dem leicht verschleierten Blick nach zu urteilen, verfehlte sie ihre Wirkung auch auf Rachel nicht. Aber bevor er weitersprechen konnte, meldete sich Rachels Handy. Adrian wusste gleich, dass sie den Anruf nicht ignorieren würde. Das schaffte sie einfach nicht.

Aus dem Büro schien der Anruf nicht zu kommen. Dort kannte sie alle Mitarbeiter und hätte einen persönlicheren Ton gewählt. Nein, es musste jemand sein, den sie nicht sehr gut kannte. Die meiste Zeit hörte sie schweigend zu. Nach ein paar Minuten bedankte sie sich und beendete das Gespräch.

Mit einem Seufzer verkündete sie: „Gute Nachrichten. Die Straßen sind wieder frei. Das heißt, wenn wir vorsichtig fahren, können wir uns auf den Heimweg machen."

So gut fand Adrian die Neuigkeiten nicht. Er war davon überzeugt, dass Rachel, sobald sie in seinen SUV gestiegen waren und dessen Kühler Richtung Boston zeigte, ihn wieder Mr. Blackstone nennen würde.

„Wenn es dir zu heikel ist zu fahren, können wir natürlich auch bis morgen früh warten", fuhr sie fort.

Ihm schwante, dass sie von den *guten Nachrichten* genauso wenig begeistert war wie er. „Oder wir gönnen uns noch dieses Wochenende."

„Wie meinst du das?", fragte sie überrascht.

„Heute ist Freitag. Warum genießen wir nicht einfach das Wochenende hier und fahren am Sonntag zurück?"

„Ich … ich weiß nicht recht." Sie blickte auf ihr Handy, als hoffte sie, auf dem Display die Antwort zu finden. „Ich weiß nicht einmal, ob die Zimmer noch frei sind."

Organisatorische Details – das ließe sich alles regeln. Viel mehr interessierte ihn, was Rachel bei dem Gedanken empfand, das Wochenende mit ihm zu verbringen. „Ich kümmere mich darum. Ich dachte, wir könnten auch nur ein Zimmer nehmen. Das würde es einfacher machen." Deutlicher konnte er beim besten Willen nicht werden, ohne direkt auszusprechen, woran er dachte. Aber das war noch nicht alles. Rachel hatte jetzt die freie Wahl. Mit angehaltenem Atem wartete er auf ihre Entscheidung: Wollte sie bei ihm bleiben, oder wollte sie gehen?

„Glaubst du wirklich, dass das eine gute Idee ist?"

„Die beste, die ich je hatte." Er schenkte ihr ein Lächeln, das seine Mutter früher *charming* genannt hatte. „Was in New Hampshire passiert, bleibt in New Hampshire. Das ist wie mit Vegas. Nur dass es hier kälter ist."

„Wie könnte ich mir ein solches Angebot entgehen lassen?", meinte sie endlich.

Sie schaute ihn an, und in ihrem Blick bemerkte er dieselbe Glut, die er auch in sich spürte. Eines war sicher: Aus dem schönsten Tag, den er je erlebt hatte, würde eines der schönsten Wochenenden werden.

4. Kapitel

Rachel räumte die oberste Schublade der Kommode aus und verstaute die Sachen sorgfältig in ihrem Koffer, bevor sie die letzten Kleidungsstücke, die noch im Schrank hingen, obenauf legte. Wenn sie sie sofort wieder auspackte, sobald sie in Adrians Zimmer angekommen waren, brauchten sie auch nicht noch einmal gebügelt werden.

„Ich versteh das nicht. Es ist nur zwei Türen weiter. Wieso musst du da extra packen? Wir können deine Sachen doch hinübertragen."

Sie drehte sich zu Adrian um, der es sich in einem Sessel bequem gemacht hatte, nachdem sie sein Angebot, ihr beim Packen zu helfen, abgelehnt hatte. „Und wenn der Weg noch so kurz ist, werde ich meine Unterwäsche nicht einfach über den Flur tragen."

„Ich könnte hinter dir her gehen und alles aufsammeln, was du fallen lässt."

Sie lachte, während sie erneut alle Schubladen und Schränke durchging, um sicherzugehen, dass sie nichts vergessen hatte. Dann ging sie ins Badezimmer, um dort die restlichen Dinge einzusammeln.

Als sie vor dem Spiegel stand und ihr Blick auf ihr Ebenbild fiel, hielt Rachel nachdenklich inne. Dieses Wochenende würden sie und Adrian Blackstone in ein und demselben Zimmer verbringen. Obwohl sie schon eine Weile mit dem Umzug beschäftigt war, konnte sie noch immer nicht glauben, dass das wirklich passierte. Und sie war sich auch nicht sicher, ob es wirklich passieren *durfte*.

Eine gemeinsame Nacht, nachdem man zuvor in der Bar ein paar Drinks genossen hatte, war eine Sache. Der Tag danach war für sich genommen eigentlich nicht der Rede wert. Adrian und sie hatten schon viele Tage gemeinsam verbracht, sei es im Büro oder auf Geschäftsreisen. Trotzdem war dieser Tag etwas Besonderes. Nach außen hin wirkten sie eindeutig wie ein Paar. Dass sie nun in einem Zimmer wohnten, vervollständigte dieses Bild. Aber waren sie das? Ein Paar? Oder doch nur zwei Menschen, die eine flüchtige Affäre auslebten?

Rachel schrak aus ihren Gedanken auf, als Adrians Gesicht im Spiegel auftauchte. Er legte von hinten die Arme um sie und legte ihr das Kinn auf die Schulter. Ihre Blicke trafen sich im Spiegel.

„Ich bin ja im Prinzip ein großer Fan von deinem Intellekt", sagte er, „aber im Augenblick habe ich den Eindruck, du denkst zu viel."

Immerhin stand einiges auf dem Spiel, sodass es äußerst leichtfertig gewesen wäre, nicht darüber nachzudenken. Auch wenn ihr das gerade jetzt, wo sie die Wärme seines Körpers spürte, und sein Atem ihre Wange streifte, besonders schwerfiel. „Es ist sowieso zu spät. Wir haben ja bereits gesagt, dass wir mein Zimmer räumen."

„Es ist nie zu spät." Er küsste sie seitlich auf den Hals, bevor er im Spiegel wieder den Blickkontakt mit ihr suchte. „Wir können immer noch ein zweites Zimmer bekommen. Oder ich kann mir ein Motel suchen, nachdem die Straßen ja jetzt wieder frei sind. Auf dem Hinweg habe ich ein Schild gesehen. Das wäre kein Problem."

Irgendwie war es tröstlich, dass er das sagte. Trotzdem musste sich Rachel nicht lange besinnen, um sicher zu sein, dass sie das nicht wollte. Vielleicht waren diese Tage in New Hampshire die einzigen, die ihr mit Adrian fern von der Arbeit vergönnt waren. Und da hieß es, jede Minute davon auszukosten. „Versuchst du gerade, um das romantische Abendessen herumzukommen, das du mir versprochen hast?"

„Nie im Leben." Er ließ die Hände an ihren Hüften hinabgleiten. „Aber überlassen wir lieber diesen Raum den

Zimmermädchen, bevor ich mich vergesse und es mir egal ist, dass wir gar nicht mehr hier sein sollten."

Rachel nahm ihren Koffer und ging voraus. Als sie bei Adrians Suite angekommen waren, und er die Tür hinter ihnen schloss, überkam sie ein unbehagliches Gefühl. Auch wenn sie die vergangene Nacht schon hier verbracht hatte, war es jetzt anders. Die Rückzugsmöglichkeit war weg.

Inzwischen war das Reinigungspersonal hier gewesen. Das Bett, das sie zerwühlt hinterlassen hatten, war tadellos gemacht. Überhaupt sah alles wieder tipptopp aus. Dem ihr eigenen Ordnungssinn folgend, begann sie, ihre Sachen neben denen Adrians in den Schrank zu hängen und in der freien Schublade der Kommode zu verstauen.

Währenddessen untersuchte er die Schale mit den Kaffeepads, die aufgefüllt worden war, und murmelte vor sich hin: „Kein koffeinfreier Kaffee. Den trinke ich normalerweise nach dem Abendessen."

Alte Gewohnheiten waren hartnäckig. Daher sprang Rachel sofort auf und ging hinüber zum Telefon. „Ich ruf in der Rezeption an, dass sie uns welchen bringen."

Doch auf halbem Weg wurde sie gestoppt. Adrian ergriff ihre Hand und hielt sie fest. „Hey, Sie haben Feierabend, Ms. Carter."

„Dauert doch nur eine Sekunde."

Er zog sie an sich. „Ich wette, es dauert auch nur eine Sekunde, bis ich dich ausgezogen habe." Er knabberte zärtlich an ihrem Hals und machte ein knurrendes Geräusch.

Rachel musste lachen. „Außerdem bin ich mit dem Auspacken noch nicht fertig."

„Oh, bringe ich deinen Organisationsplan durcheinander?"

Er brachte alles durcheinander, wenn er ihr so nah war. Vor allem sie selbst und ihre Fähigkeit, klare Gedanken zu fassen. Als er sie küsste und dabei begann, ihr die Bluse aufzuknöpfen, hatte sie alles andere einschließlich ihres halb vollen Koffers vergessen.

„Dann sehen wir uns doch einmal an, was als Nächstes auf der Tagesordnung steht", meinte er, öffnete den letzten Knopf und streifte ihr dann die Bluse von den Schultern. „Romantisches Dinner zu zweit im Restaurant."

Das hatte wesentlich verlockender geklungen, als er noch nicht mit den Daumen über den BH gestrichen hatte – genau an der Stelle, an der sich ihre Brustspitzen befanden.

„Was noch?", fragte sie atemlos.

„Alternativ könnten wir miteinander schlafen, danach den Zimmerservice bestellen, etwas essen und wieder miteinander schlafen."

Rachel warf den Kopf in den Nacken, als er ihren Hals vom Ohr abwärts mit heißen Küssen bedeckte. „Ich halte die zweite Variante für entschieden effektiver, Mr. Blackstone."

Er schob sie sacht in Richtung des Betts, das sie dieses Wochenende teilen sollten. Rachel hatte das Gefühl, als würden sie seine verlangenden Blicken verbrennen.

„Dann zeige ich dir jetzt, wie effektiv ich darin bin, dich ganz auszuziehen."

Am Samstagmorgen hatte der Sturm sich gelegt und der Himmel war strahlend blau. In den Baumkronen funkelten Eiszapfen und glitzerten mit dem Schnee um die Wette. Aber der Sonnenschein war trügerisch, stellte Rachel fröstelnd fest.

„Ist dir kalt?"

Sie drückte zärtlich Adrians behandschuhte Hand. „Nicht so sehr, dass ich umkehren und zurück ins Haus müsste."

Es war Adrians Idee gewesen, einen Spaziergang zu machen, nachdem sie ein üppiges Frühstück im Bett eingenommen hatten. Rachel fand die Idee gut und war Adrian dankbar dafür, dass er nicht darauf verfallen war, Langlaufskier zu besorgen, denn sie hatte nach dieser wild bewegten Nacht noch reichlich Muskelkater.

Jetzt waren sie beide dick in Mäntel, Handschuhe und Stiefel eingepackt, die sie aus Adrians SUV geholt hatten.

Sich ohne dergleichen in die eisige Kälte von New England zu begeben, war schlichtweg wahnsinnig. Rachel hatte sich dazu noch einen hübschen Schal in der Boutique des Hotels gekauft, auf den sie am Tag zuvor schon ein Auge geworfen hatte. Jetzt wanderten sie Hand in Hand durch die malerischen Außenanlagen, deren Wege inzwischen geräumt worden waren. Ringsum war es ganz still, und die winterliche Szenerie schien wie verzaubert. Verzückt sah Rachel sich um. So kalt, dass sie diesen wunderbaren Spaziergang beenden wollte, konnte es gar nicht werden.

Und trotzdem hatte sie das Gefühl, das Schweigen nicht länger ertragen zu können. Denn je länger sie schwiegen, desto mehr Zeit hatte sie nachzudenken. Und leider kreisten ihre Gedanken immer wieder um die Frage, ob und wie dieses Wochenende die Zusammenarbeit mit Adrian beeinträchtigen würde. Sie wollte ihren Job auf keinen Fall verlieren. Andererseits waren diese Tage hier wie ein Weihnachtsgeschenk, das sie sich selbst machte. Das sollte sie sich nicht verderben. Über die Probleme, die das alles nach sich zog, konnte sie sich später immer noch den Kopf zerbrechen.

„Es sieht so schön aus, wenn die vereisten Bäume im Sonnenlicht funkeln", schwärmte sie. „Ich gehe sonst im Winter selten nach draußen. So etwas wie hier sieht man ja in der Stadt auch nicht."

„Was machst du überhaupt, wenn du nicht im Büro bist und arbeitest?", fragte er.

„Äh ... schlafen?"

Er schüttelte den Kopf und lachte. „Also wirklich. So hart musst du in der Firma nun auch nicht arbeiten."

„Nein, schon gut. In meiner freien Zeit erledige ich Besorgungen, mache die Wäsche und halte die Wohnung sauber. Solche Sachen. Ich bin nicht der Typ, der abends durch die Clubs zieht. Ich gehe lieber mit Freunden ins Kino. Was noch? Shoppen, lesen ... Kochen macht mir auch Spaß. Wie ist es mit dir? Was machst du?"

„Wenn ich ein paar Tage am Stück freihabe, nutze ich sie meistens, um nach Hause nach Vermont zu fahren. Ansonsten arbeite ich viel und lese Fachliteratur. Aber ich reise auch gerne – via Internet. Es gibt kaum einen Platz auf diesem Planeten, den man auf diese Weise nicht besichtigen kann. Wenn sich die Gelegenheit ergibt, gehe ich auch hin und wieder mit Freunden zu einem Spiel der Bruins."

Es war wie das übliche Geplänkel beim ersten Date, und Rachel amüsierte sich im Stillen darüber. Im Grund kannten sie sich schon lange, und trotzdem lag so vieles aus ihrem Privatleben noch im Dunkeln. Sie hätte zum Beispiel nicht gedacht, dass Adrian ein Eishockey-Fan war. Im Gegensatz zu ihren früheren Chefs hatte er nie von ihr erwartet, dass sie sich um seine privaten Termine, Besorgungen und Verpflichtungen kümmerte.

„Von Eishockey habe ich nicht so viel Ahnung", bekannte sie offenherzig. „Mein Vater war ein großer Baseball-Fan. Das war auch einer der Gründe, warum er sich nicht dagegen gewehrt hat, als meine Mutter nach Florida umziehen wollte. Denn dort findet die Saisonvorbereitung der halben Major League statt, Boston Red Sox inklusive."

„Als Junge habe ich Baseball gespielt. Ich war unser Star-Pitcher."

„Na klar. Star-Pitcher. Ich habe noch nie einen Mann gekannt, der zugegeben hätte, ein lausiger Pitcher gewesen zu sein."

Er blieb stehen und tat ein bisschen beleidigt. „Du glaubst mir wohl nicht, was?"

„Das habe ich nicht gesagt. Es war nur eine Feststellung." Sie konnte sich das Lachen über sein komisches Gesicht nicht verkneifen.

„Dann pass mal auf." Er ging zu einem Schneehaufen, formte einen Schneeball und zeigte auf ein Schild, das in einiger Entfernung stand. Dann warf er, und der Schneeball traf das Schild exakt in der Mitte. Mit einem selbstzufriedenen Grinsen sah Adrian sie an.

Aber Rachel hatte sich inzwischen selbst einen Schneeball gemacht, der ihn zu ihrem großen Vergnügen direkt an der Brust traf. Als Adrian sie drohend ansah und sich wieder nach dem Schnee bückte, suchte sie doch lieber Deckung hinter einem dicken Baum und begann dort, sich ihrerseits zu bewaffnen.

Die Schlacht wogte eine Weile hin und her, während sie sich gegenseitig bombardierten und jeder sich dabei von einer Deckung in die nächste flüchtete. Rachel war bald ganz außer Atem und schwitzte in ihrem dicken Mantel. Für einen kurzen Augenblick bot Adrian ein Ziel, und sie feuerte ihren Schneeball ab. Adrian konnte gerade noch den Kopf zur Seite drehen, dann traf ihn das weiche Geschoss seitlich am Hinterkopf. Der Schnee stob in alle Richtungen auseinander.

Mit einem wilden Aufschrei war er mit zwei Sätzen bei ihr, warf sich auf sie und versenkte sie mit seinem Gewicht in einer Schneewehe.

„Du hast mir anscheinend etwas über *deine* sportliche Karriere verschwiegen."

Rachel machte ein unschuldiges Gesicht. „Oh, hatte ich vergessen, die Highschool-Meisterschaften im Softball zu erwähnen?"

„Auch ein Star-Pitcher?"

„Nein, Fänger."

„Das erklärt dann wohl dein gestörtes Verhältnis zu den Pitchern."

Sie stieß mit der Hand gegen seine Schulter. „Quatsch. Ich habe nur gesagt, dass es bei euch Jungs auch welche gegeben haben muss, die als Pitcher ein Flop waren."

„Diejenigen werden es dir wohl kaum verraten."

Sie grinste. „Und jetzt runter von mir, du Baseball-Star. Es wird hier im Schnee allmählich ungemütlich." Tatsächlich waren ihre Jeans schon fast komplett durchnässt, und es fing an, empfindlich kalt zu werden.

Adrian richtete sich auf und reichte ihr die Hand, um ihr

hoch zu helfen. „Hast du Schnee in den Kragen bekommen?"

„Nein. Ich war schlau genug, mir schnell noch die Kapuze überzuziehen."

„Trotzdem sollten wir zurück, um aus den nassen Klamotten herauszukommen."

Der Gedanke, dass sie gleich in die Suite gehen und sich zusammen ausziehen würden, ließ sie für einen Moment die Kälte vergessen. „Ich hoffe, sie haben mir meine Wäsche zurückgebracht. Sonst habe ich nichts Trockenes mehr anzuziehen."

„Wo wäre da das Problem?"

Rachel lachte und nahm ihn bei der Hand. Adrian ging so schnell, dass sie Schwierigkeiten hatte, mit ihm mitzuhalten. Den Rückweg schafften sie jedenfalls in der Hälfte der Zeit, die sie für den Hinweg gebraucht hatten.

Bis sich die Tür ihres Zimmers hinter ihnen geschlossen hatte, gelang es Adrian noch, sich zurückzuhalten. Sobald das Schloss jedoch eingeschnappt war, drängte er Rachel gegen den Türrahmen und küsste sie, als ob es das letzte Mal wäre.

Irgendwie schaffte er es, ihnen beiden die Mäntel auszuziehen, ohne die Lippen von Rachels zu lösen. Dann aber kam ihr Pullover, und er musste wohl oder übel den Kuss unterbrechen, wenn er sie nackt sehen wollte. Offenbar hatte Rachel ganz ähnliche Pläne, denn sie begann sofort, sein Hemd aufzuknöpfen.

Adrian spürte, wie sein Blut schneller zu pulsieren begann. „Du musst aus deiner Hose raus", bemerkte er. „Ich will nicht, dass du dich noch erkältest."

„Ja, sie ist ein bisschen feucht."

„Ach, wirklich?"

Rachel verdrehte die Augen. „Sehr witzig. Hilf mir bitte aus den Stiefeln, sonst stehen wir morgen noch hier."

Er führte sie zum Bett, wo sie sich auf die Matratze setzte. Nachdem er ihr die Stiefel ausgezogen hatte, war die Jeans an die Reihe. Adrian griff nach den Hosenbeinen und zog so kräftig daran, dass Rachel fast vom Bett gerutscht wäre. Lachend entledigte sie sich selbst ihrer Hose, um nicht auf dem Fußboden zu landen.

Er kickte seine Stiefel von den Füßen, und fast ebenso schnell lag auch der Rest seiner Sachen neben ihm.

„Oh, schön", meinte Rachel, sowie er nackt vor ihr stand. „Ein Körper, der auf dreißig Meilen Abstand ein Käsesandwich zum Schmelzen bringen würde."

„Den Satz kenne ich. Der ist aus *Die nackte Kanone*. Ich werde wirklich schwach bei einer Frau, die im entscheidenden Moment Filmklassiker zitieren kann."

Lachend breitete sie die Arme aus, damit er sich zu ihr legte. „Hätte ich gewusst, dass du so leicht rumzukriegen bist, hätte ich zu meinem Kabelanschluss noch einen Spielfilmkanal dazugebucht."

„Noch mehr von diesen Kinoklassikern, und ich bin ganz von den Socken."

„Apropos Socken. Du hast mich immer noch nicht ganz ausgezogen."

„Warte es ab."

Er streifte ihr die Socken ab, ließ aber ihr Spitzenhöschen an Ort und Stelle, während er sich weiter nach oben zu ihrem BH arbeitete. Der feine Satinstoff vermochte die schon aufgerichteten Spitzen ihrer Brüste nicht zu verbergen. Eine davon nahm er in den Mund und sog daran. Danach fuhr er mit der Zungenspitze darüber, bis Rachel nur noch leise stöhnte. Schließlich schob er die Finger unter den BH und befreite ihre Brüste von dem störenden Stoff. Es folgte das Spitzenhöschen, und endlich lag Rachel ganz nackt in seinen Armen.

Adrian ließ sich Zeit, sie überall zu berühren und zu streicheln. Er liebte ihre seidige Haut und ihren Geschmack. Und er liebte das Feuer, das er mit seinen Zärtlichkeiten in ihr entfachte. Und als sie ihn schließlich anflehte, zu ihr zu kommen, war es auch mit seiner Selbstbeherrschung vorbei. Er wollte, er *musste* ganz eins mit ihr sein. Mit einem Ruck drang er in ihre feuchte Hitze ein. Das Gefühl war unglaublich. Er bemühte sich, den Genuss noch auszudehnen. Aber es war vergebens.

Unwillkürlich beschleunigte er seinen Rhythmus. Ihre Fingernägel bohrten sich in seine Schulter, und Adrian keuchte auf, als er spürte, dass Rachel ihren Höhepunkt erreichte. Sie klammerte sich mit aller Kraft an ihn und flüsterte atemlos seinen Namen. Er spürte, wie ihre Muskeln sich um ihn zusammenzogen, und das genügte. Sein Körper bäumte sich ein letztes Mal auf, und er fühlte das Pulsieren, als er sich in das Kondom verströmte.

Heftig nach Luft schnappend, streckte Adrian sich neben Rachel aus. Der heftige Orgasmus und die Schneeballschlacht zuvor forderten ihren Tribut.

„Unterhalte ich euch nicht?", fragte sie.

Er drehte sich zu ihr. „Was?"

„Erinnerst du dich nicht daran? Der Satz ist aus *Gladiator* mit Russell Crowe."

Adrian schloss sie lachend in die Arme. Dann überkam ihn die Müdigkeit. Nur ein paar Minuten, dachte er, lehnte sich mit ihr im Arm zurück und schloss die Augen.

Rachel schreckte aus ihrem Schlummer hoch und rieb sich überrascht die Augen. Dass sie tagsüber geschlafen hatte, war schon so lange her, dass sie sich gar nicht mehr daran erinnern konnte. Noch viel fantastischer kam es ihr vor, dass sie zuvor noch unglaublichen Sex gehabt hatte – und ebenfalls am helllichten Tag.

Dann hörte sie einen Klingelton und da wusste sie, was sie geweckt hatte. Ihr Handy. Auch wenn Adrian versuchte, sie zurückzuhalten, griff sie danach. Auf dem Display wurde die Geschäftsnummer angezeigt, und sofort verspürte sie ein schlechtes Gewissen. Sie wusste, dass das Unsinn war, aber ganz unterdrücken konnte sie es trotzdem nicht.

Es einfach klingeln zu lassen, bis die Mailbox ansprang, brachte sie nicht über sich. Aus dem Büro rief niemand an, wenn es nicht wichtig war. Sie hoffte, dass Adrian neben ihr still sein würde. Nicht, dass der Anrufer, wer auch immer es war, noch mitbekam, dass sie gemeinsam mit ihrem Chef im Bett lag. Adrians Stimme im Hintergrund zu hören, war zwar nichts Ungewöhnliches. Aber der Gedanke daran, wo und in welchem Zustand sie sich befand, ließ sie trotzdem erröten.

„Hi, Rachel. Hier ist Alex. Bist du sehr beschäftigt?"

„Nein. Hi, Alex. Was gibt's?"

„Ich habe eine E-Mail des Restaurants mit der Menüfolge für unsere Weihnachtsfeier an dich weitergeleitet. Das war vor zwei Stunden, aber ich habe noch nichts von dir gehört. Da hab ich gedacht, ich rufe lieber mal an."

„Du weißt schon, dass heute Sonnabend ist, oder?" Dass man, wenn sie einmal eine E-Mail für nur zwei Stunden unbeachtet ließ, schon besorgt telefonisch nachfragte, sagte einiges darüber aus, wie sehr sie Sklavin ihres Handys geworden war.

„Doch, weiß ich. Aber macht das jetzt so viel aus?"

Rachel lachte. „Also gut, du Quälgeist. Ich ruf gleich meine E-Mails auf und schau mir die Menüfolge an."

„Jetzt gleich?"

„Gib mir zehn Minuten."

„Du bist doch wieder in Boston zurück, oder?"

Rachel schluckte. Einen Augenblick lang war sie versucht zu schwindeln, sah dann aber ein, dass es unsinnig war. „Nein, wir sind noch im Mount Lafayette. Durch den Eisregen waren die Straßen gesperrt."

„Sind die nicht wieder freigegeben?"

„Der Highway ja, aber auf den kleineren Straßen hier in der Gegend sieht es noch schlimm aus." Das war nicht einmal ganz gelogen.

„Eingeschneit mit dem Chef? Wie spaßig."

Du weißt ja gar nicht, wie recht du hast. „Okay, Alex. Ich schau jetzt nach der E-Mail, und wir sehen uns dann Montag."

Als der Anruf beendet war und sie das Handy wieder weggelegt hatte, schlang Adrian einen Arm um ihre Taille und zog sie zurück zu sich ins Bett. „Du sollst hier nicht arbeiten. Ich habe das schon einmal gesagt."

„Die sind es gewohnt, dass ich auf eine E-Mail innerhalb von zehn Minuten reagiere. Offenbar hatten sie Angst, ich könnte von einem Wilden gekidnappt worden sein, dem ich jetzt in seiner Höhle seine totgefahrenen Tiere braten muss."

„So spannend das auch klingt", meinte er, während er die Hand auf der Innenseite ihres Schenkels hinaufgleiten ließ, „wirst du ab sofort keine Anrufe mehr annehmen."

„Ich … ich muss jetzt die E-Mail von Alex lesen", erklärte sie stockend, da seine Finger schon in ihrer empfindlichen Mitte angekommen waren.

„Unter einer Bedingung erlaube ich dir, seine E-Mail zu beantworten."

„Fantastisch. Ich habe einen Boss, der darauf besteht, dass ich *nicht* arbeite."

„Du kannst Alex antworten, aber dann bleiben wir den Rest des Tages und die Nacht in diesem Bett. Zimmerservice, Champagner, vielleicht eine kurze Unterbrechung für einen Abstecher in die Badewanne."

„Mit Schaumbad."

Er stöhnte theatralisch auf und rollte mit den Augen, als ob dieser Vorschlag völlig unter seiner Manneswürde war. „Meinetwegen mit Schaumbad."

„Ich brauche fünf Minuten, Adrian. Höchstens zehn. Das geht aber nur, wenn du aufhörst, mich abzulenken, und die Hand da wegnimmst."

Er zog sich ein Stück zurück. „Zehn Minuten, und dann bin ich wieder da, wo ich aufgehört habe. Und nicht nur mit der Hand."

Rachel brauchte volle zehn Minuten, hätte aber danach nicht mehr sagen können, was für ein Menü sie da abgesegnet hatte. Es hätten genauso gut auch Spiegeleier mit Bratkartoffeln sein können. Doch das war ihr eine Minute später völlig egal.

5. Kapitel

Reisen waren im Grunde gar nicht so sehr nach Adrians Geschmack. Er liebte sein Büro ebenso wie seine Wohnung und hatte gerne vertraute Dinge um sich. Wenn er auf einer Dienstreise war, freute er sich daher immer darauf, wieder nach Hause zurückzukommen.

Diesmal lagen die Dinge allerdings etwas anders. Je näher die Heimreise rückte, desto mehr ertappte Adrian sich dabei herumzutrödeln. Er konnte sich nicht recht entschließen, mit den Vorbereitungen für die Fahrt zu beginnen. Dieses Wochenende war nahezu perfekt gewesen. Es hatte nur einen entscheidenden Fehler: Es dauerte nicht ewig. Er hätte viel darum gegeben, es wenigstens noch etwas ausdehnen zu können.

„Was machst du denn für ein ernstes Gesicht?", fragte Rachel, die gerade dabei war, den Servierwagen in Richtung Tür zu schieben. Nach einem ausgiebigen Aufenthalt unter der Dusche trugen sie beide noch immer die blauen Hotelbademäntel. Rachel hatte das nasse Haar in einen Handtuchturban gewickelt und lief barfuß durchs Zimmer, was Adrian ausgesprochen sexy fand.

Vielleicht lag es daran, dass ihm diese ganze häusliche Szene so selbstverständlich vorkam. Sie rührte an sein Herz, und es wurden Wünsche in ihm wach, an die er früher keinen Gedanken verschwendet hätte. Eines Tages, das wusste er, würde er eine Frau finden und Kinder mit ihr haben. Bisher aber hatte sein Fokus auf dem Geschäft gelegen. Und unversehens war jetzt diese Frau in den Mittelpunkt gerückt, mit der er auf eine so unglaublich natürliche Art harmonierte.

„Ich habe darüber nachgedacht, wie die Straßen wohl aussehen", schwindelte er.

Er hörte es zu gern, wenn sie lachte. „Mit der Nummer kannst du dich nicht vor der Arbeit drücken. Die Straßen sind wieder frei. Und heute geht es zurück nach Boston."

Die Arbeit war es ganz gewiss nicht, wovor er sich drücken wollte. Er liebte seine Arbeit, was sicherlich auch damit zusammenhing, dass er wusste, dass er seinen Job gut machte. Wovor er zurückschreckte, war, dieses heimelige Refugium hinter sich zu lassen, das er und Rachel sich erschaffen hatten.

Er hüstelte unnatürlich. „Ich glaube, ich habe mir etwas eingefangen."

„Nein, nicht so. Ich werde hier nicht die Krankenschwester für dich spielen."

Jetzt war er es, der lachen musste. Er setzte sich auf die Bettkante. „Warum nicht? Für ein Rollenspiel bin ich immer zu haben. Du könntest auch die schöne Blonde sein, die allein an der Bar sitzt. Und ich bin der Fremde, der versucht, dich mit Drinks und schlechten Witzen rumzukriegen."

„Mit schlechten Witzen? Das würde nie funktionieren."

Er bekam sie zu fassen, als sie an ihm vorbeiging, und mit einem kurzen Ruck fielen sie beide rückwärts aufs Bett. Der Handtuchturban löste sich auf, und Rachels wirres, feuchtes Haar fiel wie ein Vorhang herab.

„Es gibt Frauen, die das ungeheuer erotisch finden", bemerkte er.

„Also, ich würde empfehlen, mit den Drinks anzufangen und erst dann mit den schlechten Witzen loszulegen."

„War das bei uns so? Bist du mit mir aufs Zimmer gekommen, weil ich dich mit ein paar Drinks herumgekriegt habe?"

Sie gab ihm einen Kuss auf die Nasenspitze. „Ich habe dich auf dein Zimmer begleitet, weil du sehr anziehend bist – und witzig. Und weil ich dich unbedingt wollte."

„Ich wollte dich auch. Und ich will dich noch immer."

„Das merke ich. Man sollte meinen, dass die Bademäntel in einem so feinen Hotel doch aus einem etwas dickeren Stoff sein müssten."

Er dachte gar nicht daran, sich vom Bett zu erheben, solange ihm eben jener Bademantel so herrliche Einblicke bot. „Oder wir spielen, dass ich ein gefährlicher Seeräuber bin und dich erbeutet habe, sodass du mir jetzt dienen musst."

„Quatsch." Trotzdem konnte sie ein Lächeln nicht verbergen. „Wie wär es damit: Wir spielen, dass ich eine Frau bin, die eine Mordsmenge zu packen hat, und du bist der Mann, der mir gleich die Koffer zum Wagen trägt."

Er glitt zwischen ihre Beine. „Kommt darauf an. Du müsstest mir für meine Dienste natürlich eine ziemlich großzügige Entlohnung geben."

„Klar." Sie griff nach ihrer Geldbörse.

„Witzbold." Er hielt ihr Gesicht mit einer Hand und strich ihr mit dem Daumen über die Lippen. „Ich hätte noch einen anderen Vorschlag: Ich bin der Mann, der dich hinreißend findet und seine Hände nicht von dir lassen kann."

„Dann bin ich die Frau, die bei solchen Schmeicheleien sofort schwach wird."

Das Gefühl des Triumphes gab seiner Erregung noch einen Extraschub. Er öffnete den Knoten des Gürtels und streifte ihr den Bademantel ab.

„Wir müssen aber trotzdem heute zurückfahren", erinnerte sie ihn.

„Später", murmelte er. Dann küsste er eine ihrer Brüste und sog fest an der Spitze.

Als sie schließlich aufbrachen, begann es bereits zu dämmern, aber Adrian bedauerte diesen Aufschub kein bisschen. Nachdem sie den Highway erreicht hatten, schaltete er den Tempomat ein, lenkte den Wagen mit der Linken und hielt mit der Rechten ihre Hand. Über den morgigen Tag verlor keiner von ihnen ein Wort. Im Stillen fragte er sich, wie Rachel sich den weiteren Verlauf ihrer Beziehung wohl vorstellte. Er wollte es wirklich wissen. Denn wenn er selbst zu hohe Erwartungen hatte, würde ihre Zusammenarbeit schwierig werden. Waren seine Erwartungen dagegen zu gering, entging ihm möglicherweise die Chance auf etwas Wichtiges in seinem Leben.

Er drehte sich zu ihr und suchte schon nach einem Einstieg, um das Gespräch behutsam auf diesen Punkt zu bringen. Aber dann musste er schmunzeln. Rachel hatte den Kopf an den Sicherheitsgurt gelehnt und war tief und fest eingeschlafen. Das war's dann wohl mit dem Gespräch, dachte Adrian. Eigentlich war er erleichtert, denn so lief er nicht Gefahr, von ihr zu hören, dass das Ganze für sie nur eine kurze Affäre gewesen war, aus der sie sich innerlich schon verabschiedet hatte.

Viereinhalb Stunden später, nach einem Streifzug durch die verschiedensten Radiostationen und einem harten Kampf gegen die Eintönigkeit des Highways, rüttelte er Rachel sanft an der Schulter, um sie zu wecken. „Honey, du musst mir zeigen, wo du wohnst."

„Du kennst meine Adresse doch", murmelte sie verschlafen.

„Ja, klar. Aber um nachts dorthin zu finden, musst du mir schon etwas helfen."

Sichtlich verschlafen richtete sie sich auf und dirigierte ihn durch die Straßen. Als sie angekommen waren, bat er um ihre Schlüssel. Dann ließ er Rachel im Wagen zurück und brachte ihren Koffer nach oben, wo er ihn hinter der Wohnungstür abstellte.

Auf halbem Weg zurück begegnete er ihr auf der Treppe. „Tut mir leid, dass ich die ganze Zeit geschlafen habe", sagte sie. „Ich war keine gute Beifahrerin, fürchte ich."

„Nein, du warst perfekt. Dein Schnarchen hat mich wach gehalten."

Sie war sogar zu müde, um ihm dafür einen Knuff zu verpassen.

„Wir sehen uns doch morgen, oder?", fragte er nach.

Sie sah ihn von der Seite an. „Selbstverständlich. Ich war es doch nicht, die so künstlich gehustet hat."

Zu spät wurde Adrian klar, dass er die Frage falsch gestellt hatte. Natürlich würde er Rachel am nächsten Tag im Büro sehen. Aber eigentlich hatte er wissen wollen, ob sie sich nach der Arbeit wieder treffen würden. Andererseits sah er ihr an, wie müde sie war, deshalb entschied er sich dafür, die Frage auf den nächsten Tag zu verschieben. Er beugte sich zu ihr und gab ihr einen langen, innigen Kuss. „Gute Nacht, Rachel."

Sie erwiderte den Kuss mit einem verschlafenen Lächeln. „Gute Nacht, Adrian."

Ihr Gähnen war ansteckend. Zurück in seinem SUV, drehte Adrian die Heizung herunter und das Radio auf. Er wartete noch ab, bis das Licht im Hausflur erloschen war, dann fuhr er los. Das Radio spielte eine alte Heavy-Metal-Ballade, und er sang voller Inbrunst laut – und ziemlich falsch – mit.

Rachel gehörte nicht zu den Leuten, die über Montage jammerten. Es war zwar nicht ihr Lieblingstag der Woche. Aber sie fand, dass der Wochenbeginn für die nächsten sieben Tage den Ton angab, und bemühte sich deshalb, die Sache positiv anzugehen.

An diesem Montag jedoch kam ihr Bus zu spät, und im Coffeeshop hatte sie versehentlich einen Kaffee mit Haselnussaroma bekommen, das sie nicht ausstehen konnte. Als sie dann Adrians Büro betrat, blickte der nur kurz auf, sagte Guten Morgen und widmete sich dann wieder dem Terminkalender auf seinem Smartphone.

Das war bei ihm an einem Montagmorgen zwar durchaus üblich, aber das hier war eben kein üblicher Montagmorgen. Es war ein Morgen, nachdem er sich mit einem Gute-Nacht-Kuss und einem stummen Versprechen in den Augen von ihr verabschiedet hatte.

Unsicher, wie sie mit der Situation umgehen sollte, passte sich Rachel seinem Verhalten an. „Guten Morgen, Mr. Blackstone."

„Rick Bouchard hat angerufen", erklärte er, während er einige Papiere durchstöberte. „Alex muss mit seiner Präsentation wirklich Außerordentliches geleistet haben, denn Bouchard ist

510

schon ganz wild darauf, mit mir zu sprechen. Unglücklicherweise gehört er zu jenen Menschen, die darauf beharren, dass man höchstpersönlich mit ihnen spricht. Deshalb brauche ich schnellstens einen Flug nach Colorado. Am besten schon morgen früh."

„Klingt gut." Das war es in der Tat. Wenn Rick Bouchard so scharf darauf war, sich mit Adrian noch vor Weihnachten zusammenzusetzen, war der Abschluss mit *Blackstone Historical Renovations* so gut wie unterschrieben. „Werde ich Sie begleiten?" Wieder ein exklusiver Wintersportort, wieder verzauberte Winterlandschaft. Und vielleicht würden sie erneut eingeschneit werden? Rachel spürte ein verdächtiges Flattern im Bauch.

„Nein, dieses Mal nicht. Das wird recht formlos abgehen, denn Bouchard will mit geschäftlichen Dingen möglichst wenig zu tun haben, während er mit seiner Familie im Winterurlaub ist. Außerdem brauche ich dich hier, damit du die Leute bei der Stange hältst, bevor die Betriebsferien beginnen. Und schließlich rückt die Weihnachtsfeier näher. Damit wirst du auch allerhand zu tun haben."

Das Flattern im Bauch hörte schlagartig auf. Die Gründe, die Adrian anführte, waren alle völlig nachvollziehbar. Doch sie hätte nichts dagegen gehabt, wenn er seine Absage mit ein paar einfühlsamen Worten eingeleitet hätte. Wie zum Beispiel: *Ich würde dich ja liebend gern mitnehmen, aber …*

„Ich buche den Flug sofort. Soll ich in Colorado einen Wagen mit Chauffeur anfordern oder lieber einen Mietwagen?"

„Da ich kaum die Zeit finden werde herumzufahren, um mir die Gegend anzusehen, wohl eher einen Wagen mit Chauffeur."

Irgendwie hätte das ja beruhigend sein können, dass alles zur professionellen Routine zurückkehrte, aber in Rachel verursachte es ein Gefühl der Leere. Adrian schaute sie nicht einmal an. Keine Chance, in seinem Blick so etwas wie Wärme zu entdecken.

„Ich mache mich gleich daran", erklärte sie kühl, machte auf dem Absatz kehrt und verließ sein Büro.

In ihrem eigenen Büro, das etwas kleiner war, ließ sie wie üblich die Tür offen. Es war kommunikativer. Immer mal wieder schaute einer von den Kollegen herein, und sie blieb mit den anderen in Verbindung. Wenn die Tür geschlossen war, scheuten sie eher davor zurück, sie zu stören.

Sie fuhr ihren Computer hoch und nahm einen kleinen Schluck von ihrem scheußlichen Haselnusskaffee. Es gab eine Kaffeemaschine für die Allgemeinheit, und sie hatte sogar eine eigene in ihrem Büro. Aber es war eben die Macht der Gewohnheit. Ihren ersten Becher hatte sie schon seit jeher im Coffeeshop gekauft.

„Hey, Rachel. Hast du die Spesenabrechnung von seinem Trip nach Philadelphia im Oktober?", fragte Del, der die Buchhaltung machte, durch die offene Tür.

„Die habe ich im Oktober geschrieben und dir geschickt."

„Huch!" Er lächelte verlegen.

„Ich schick sie dir noch mal." Sie schüttelte den Kopf, als Del zum Dank winkte und verschwand. Dann rief sie ihr E-Mail-Account auf und war wie immer bei solcher Gelegenheit froh, dass sie keine Belege mehr aus verstaubten Ordnern heraussuchen musste. Als sie die Abrechnung gefunden hatte, schickte sie sie an Dels Adresse und hakte diesen Punkt im Kopf ab. Die Buchung des Flugs und des Wagens waren danach an der Reihe.

Eine Stunde später erschien der nächste Gast in der Tür. Dieses Mal war es Michelle, eine Art Mädchen für alles im Büro. „Es gibt da ein Problem mit der Eiche, die Mr. Blackstone für das Cottage in Nantucket haben wollte."

„Und was ist das Problem?"

„Es ist Kiefer."

„Die Eiche ist Kiefer?"

„Die Eiche ist Kiefer?" Michelle schüttelte leicht verwirrt den Kopf. „Nein, sie haben uns anstatt Eiche Kiefernholz geschickt."

Rachel massierte sich die Schläfen. Ärger mit Lieferanten war der Teil ihrer Arbeit, den sie wirklich hasste. Die Folge waren endlose Telefonate. Man musste die Leute vom Bau vertrösten und sich die dummen Ausreden der Lieferanten anhören. Und miterleben, wie ein Adrian Blackstone vor Wut an die Decke ging. „Schick die Unterlagen zu mir. Ich kümmere mich darum. Mr. Blackstone fliegt morgen früh nach Colorado."

„Nur, dass du es weißt. Der Bauleiter hat den Lieferanten schon selbst angerufen. Es hat einen Riesenkrach gegeben und der Lieferant hat unseren Mann übel beschimpft und einen Stümper genannt. Die Stimmung ist also bereits sehr aufgeheizt. Außerdem denke ich, dass der Lieferant das vor Weihnachten nicht mehr geregelt bekommt. Was bedeutet, wir bekommen eine zweiwöchige Verzögerung, wenn nicht mehr."

„Danke für die Warnung, Michelle. Und tu mir bitte den Gefallen und such ein paar andere Lieferanten heraus, die infrage kommen. Mr. Blackstone wird es nicht dulden, dass jemand mit einem seiner Leute so spricht. Für den Fall, dass er sich von diesem Lieferanten trennt, möchte ich ihm gleich ein paar Vergleichsangebote vorlegen können."

„Alles klar."

In diesem Stil ging es den ganzen Tag weiter, sodass Rachel gar nicht den Kopf dafür hatte, sich über die plötzliche Distanziertheit ihres Chefs Gedanken zu machen. Als Adrian sich für den Abend dann auch noch mit einem Investor zu einem Geschäftsessen verabredete, wusste sie überdies, dass sie auf diese Frage so schnell keine Antwort bekommen würde. Sein Flug ging schon vor dem Morgengrauen.

Vielleicht war es ganz gut so, dass er allein nach Colorado flog. Seine Abwesenheit und der wachsende Abstand zu ihrem Abenteuer im Mount Lafayette konnten dazu beitragen, dass sie wieder Boden unter die Füße bekam. Während Adrian in Vail seinem superreichen Kunden um den Bart ging, würde sie die Gelegenheit nutzen, ihn sich aus dem Kopf zu schlagen. Durch schiere Willenskraft. Vielleicht begleitet von ein paar Tränen.

Adrian saß an dem großen Ahornschreibtisch, den er aus einer Konkursmasse gerettet und eigenhändig aufgearbeitet hatte. Aus irgendeinem Grund war er heute unfähig, sich auf die Arbeit zu konzentrieren. Das war ein Zustand, der selten vorkam.

Es war sein erster Arbeitstag nach der Rückkehr aus Colorado. Die Gespräche mit Rick Bouchard waren unendlich mühsam gewesen. Es hatte immer wieder kurze Treffen gegeben, die wenig bis nichts einbrachten, statt die Sache ein für alle Mal zu einem Ende zu bringen. Dennoch hatte sich die ganze Mühe und Geduld gelohnt. Denn nun stand Bouchards Unterschrift endlich unter dem Vertrag.

Inzwischen war es Donnerstag geworden, und die Weihnachtsfeier für die Belegschaft sollte am nächsten Abend über die Bühne gehen. Irgendwie hatte Adrian das Gefühl, als sei er in jeder Hinsicht ins Hintertreffen geraten. Vor allem hatte er keine Ahnung, wo er eigentlich mittlerweile mit Rachel stand. Sie hatte mit ihrem kühlen „Guten Morgen, Mr. Blackstone" schon am Montag die Richtung vorgegeben. Das klang unmissverständlich nach *ab sofort verkehren wir wieder auf rein geschäftlicher Basis*. Dabei waren sie in seinem Büro allein und ungestört gewesen. Aus Vail hatte er sie einige Male angerufen, aber er konnte sich dabei so nett und ungezwungen geben, wie er wollte, stets brachte sie das Thema auf die Firma zurück.

Nun, er hatte den Wink schließlich verstanden. Sie wollte ihr Verhältnis zu ihm strikt auf die Arbeit beschränkt wissen, und ihm fiel nichts ein, womit er sie umstimmen konnte. Durch die Tatsache, dass er in New Hampshire mit ihr geschlafen hatte, hatte er schon so etwas wie eine unsichtbare Grenze überschritten. Jetzt noch weiter zu gehen und Rachel hier auf der Arbeit zu bedrängen, war ein Ding der Unmöglichkeit.

Er musste mit ihr reden. Aber nicht hier im Büro, was vor der Weihnachtsfeier sowieso unmöglich war. Am Freitag, dem letzten Tag vor den Betriebsferien, machten sie schon am Mittag Schluss, zeitig genug, damit die Mitarbeiter sich in Ruhe für die Festlichkeit umziehen und sich in dem Restaurant, das für die

Party gebucht worden war, einfinden konnten. Bis zum sechsten Januar ruhte dann die Arbeit.

Adrian selbst arbeitete auch in den Weihnachtsferien weiter. Er vertauschte einfach nur seinen Schreibtisch im Büro gegen den zu Hause. Und er wusste, dass Rachel das auch tat. Also waren die Weihnachtsferien vielleicht der passende Zeitpunkt, um ein paar Dinge zu regeln und zwischen ihnen zurechtzurücken. Er wusste zwar noch nicht genau, in welche Richtung das gehen sollte. Aber eines war ihm völlig klar: So, wie es jetzt war, konnte es unmöglich weitergehen.

Adrian hörte, wie sich das Stakkato ihrer Absätze näherte, und schob die privaten Überlegungen beiseite. Nachdem er jetzt wusste, was zu tun war, würde er sich vielleicht endlich wieder auf die Arbeit konzentrieren können.

„Wir haben eine mündliche Nachricht auf der Mailbox erhalten. Es geht um das Anwesen in der Toskana."

„Ach, jetzt schon?" Bouchard war anscheinend doch ein tatkräftiger Mann, der nicht lange fackelte, seine Vorhaben umzusetzen. „Gibt es Schwierigkeiten?"

„Die Nachricht kam offenbar aus Italien. Da ich dieser Sprache nicht mächtig bin, kann ich es nicht beurteilen. Dels Großmutter hat früher zu Hause mit ihm Italienisch gesprochen, und er hat sich das angehört. Er meinte, es sei nur jemand, der sich vorstellen wollte. Aber auf Dels Übersetzungskünste würde ich meinen Kopf nicht verwetten."

An dem Projekt hing eine Menge Geld. Adrian brauchte zuverlässige Auskünfte und nicht irgendwelche halben Informationen. „Ich möchte, dass du jemanden hier im Umkreis findest, den wir als Vermittler einsetzen können. Einen Immobilienmakler vielleicht oder einen Juristen. Auf jeden Fall jemand, der zweisprachig ist und weder mit Bouchard noch mit dem Bauunternehmen zusammenhängt, sondern der absolut nur uns gegenüber loyal ist. Beziehungsweise dem Honorar, das wir ihm zahlen."

„Ja, Sir."

Die Art, wie Rachel diese beiden Worte aussprach, war wie ein Stich ins Herz. Der Ton war in keiner Weise aufsässig. Nur vollkommen emotionslos. Unpersönlich. Wohin war die Frau geraten, die so gern lachte und die sich so über seine Geschichte als Star-Pitcher lustig gemacht hatte?

Ihre Körpersprache sagte dasselbe. Er glaubte sogar zu bemerken, dass sie eine noch viel förmlichere Fassade aufgebaut hatte als sonst. Die einzige Erklärung, die er dafür hatte, war, dass sie den Aufruhr der Gefühle verbergen wollte. Wahrscheinlich war sie ebenso durcheinander wie er.

„Rachel, können wir mal reden?"

„Wenn es wichtig ist. Aber ich habe noch eine Menge zu erledigen."

Und ob es wichtig war. „Ist es. Mach bitte die Tür zu."

Für einen Moment entglitten ihr die Züge, und sie wirkte verletzlich. Wie eine Frau, die eine Auseinandersetzung lieber vermeiden möchte, von der sie glaubte, dass sie nicht gut ausgehen kann. „Adrian, es geht jetzt nicht."

Wenigstens nannte sie ihn jetzt wieder bei seinem Vornamen. Das war immerhin schon mal ein Anfang. „Bitte."

Sie schien zu schwanken, aber bevor sie noch etwas sagen konnte, stand Del hinter ihr. „Hallo zusammen. Ich habe mir die Nachricht noch einmal angehört, nachdem es jetzt nicht mehr so laut im Büro ist. Ich glaube, ich habe das Wort *Bastard* verstanden."

„Wir haben die Verträge doch gerade erst vor zwei Tagen unterschrieben", meinte Adrian. „Wen können wir denn jetzt schon so verärgert haben?"

„Vielleicht meinte der Anrufer ja auch Mr. Bouchard." Del legte die Stirn in Falten. „Oder er war einfach nur falsch verbunden."

„Besorgt mir einen verdammten Übersetzer", knurrte Adrian. „Warum erfinden sie keine App für so einen Mist?"

„Ich kümmere mich darum", sagte Rachel und wollte zusammen mit Del gehen.

„Rachel, warte."

„Wir müssen wirklich herausfinden, ob es da Probleme in der Toskana gibt. Ich werde die Nachricht auf mein Smartphone übertragen und gehe damit zu dem Restaurant, bei dem wir manchmal bestellen. Der Koch ist Italiener."

Sie war verschwunden, ehe ihm einfiel, besser Del oder Alex oder wen auch immer loszuschicken. Denn nun war ein Gespräch mit Rachel nicht mehr möglich. Und die Tatsache, dass sie ihm ganz offensichtlich aus dem Weg ging, setzte ihm zu.

Dann fiel ihm wieder ein, was er sich vorgenommen hatte. Über Weihnachten würde es zwei Wochen ohne Büro und den Arbeitsstress geben. Dann konnten sie sich in Ruhe unterhalten, ohne dass plötzlich jemand auftauchte und sie unterbrach, indem er seine zweifelhaften Mutmaßungen über italienische Schimpfwörter zum Besten gab.

Sein Telefon klingelte, und er drückte auf die Taste und meldete sich, ohne nachzuschauen, wer der Anrufer war.

„Hi, Adrian. Hier ist Diane. Wie ist es? Holst du mich morgen ab, schickst du mir einen Wagen oder treffen wir uns direkt auf der Party?"

Oh, verflucht. Er war so sehr mit Rachel beschäftigt gewesen, dass er Diane vollkommen vergessen hatte.

6. Kapitel

Rachel schaute in die Runde. Alles sah perfekt aus in dem Restaurant, das für den heutigen Abend gemietet worden war. Jedes kleinste Detail stimmte und befand sich an seinem Platz. Es war das dritte Jahr, dass die Belegschaft von *Blackstone Historical Renovations* ihre Weihnachtsfeier außerhalb der eigenen Geschäftsräume feierte. Zwar war der organisatorische Aufwand größer, aber Rachel fand, dass es die Zeit und das Geld wert war, um einmal im Jahr in einem richtig noblen Ambiente zusammenzukommen. Außerdem sparte man sich das Aufräumen hinterher.

Gleichzeitig war die Feier der Auftakt zu den jährlichen Betriebsferien, und Rachel durfte sich auf zwei Wochen ohne Büro freuen. Sie hatte etwas Erholung auch dringend nötig. Allein die Anspannung, Adrian täglich im Büro zu begegnen, machte sie fertig. Trotzdem kam es nicht infrage, mit ihm darüber zu sprechen, solange die Arbeit lief.

Sie hatte Adrian vermisst – den Adrian, wie sie ihn in New Hampshire kennengelernt hatte. Obendrein trauerte sie der perfekten, unbeschwerten Zusammenarbeit von früher nach. Es hatte sich ein gewisses Unbehagen zwischen ihnen eingeschlichen. Möglich, dass das zum Teil an ihr lag, aber sie wusste nicht, wie lange sie das noch ertrug.

„Die Häppchen sind göttlich", meinte Michelle, die mit einem Teller neben ihr aufgetaucht war, auf dem sich verschiedene Kanapees befanden. „Hast du sie schon probiert?"

„Ja, vorhin in der Küche. Ich finde sie auch gut."

„Oh, ich schwöre, das ist der beste Job, den ich je hatte."

„Finde ich auch", wollte Rachel mit einem etwas gezwungenen Lächeln erwidern. Aber da hatte sich Michelle mit ihrem Teller schon davongemacht.

Auch gut. Das machte die Sache einfacher. Dann musste sie jetzt nur noch den restlichen Abend hinter sich bringen. Seufzend straffte Rachel die Schultern und begann, sich ihren Weg durch die Menge zu bahnen und die vielen Gäste zu begrüßen. Alle schienen guter Dinge und bestens versorgt zu sein, nach einiger Zeit jedoch wurde ein unterdrücktes Murmeln hörbar. Man wunderte sich, wo der große Vorsitzende blieb.

Rachel erstarrte, als er schließlich erschien. Doch das lag nicht daran, wie überwältigend Adrian heute Abend aussah, in seiner dunkler Anzughose und dem cremefarbenen Sweater. Nein, der Grund für ihre weichen Knie war ein anderer.

Mit ihm und bei ihm eingehakt war Diane Austin erschienen – todschick wie immer, in einem kleinen Schwarzen, ihr dunkles Haar zu einem modischen Bob frisiert.

Als sie Rachel erblickte, lächelte sie, und Rachel lächelte zurück, obwohl sie das Gefühl hatte, dass ihr die Sinne schwanden. Adrian hatte es tatsächlich fertiggebracht, mit einer Frau an seiner Seite auf der Weihnachtsfeier aufzukreuzen. Und er hatte es nicht einmal für nötig befunden, sie vorzuwarnen.

„Frohe Weihnachten, Rachel." Diane war bei ihr und umarmte sie herzlich, bevor Rachel Gelegenheit hatte, sich unter einem Vorwand in Sicherheit zu bringen. „Es tut mir leid, dass wir so spät dran sind. Eine Mandantin von mir, die in Schwierigkeiten steckt, hat angerufen, und ich konnte sie unmöglich hängen lassen."

„Frohe Weihnachten, Diane." Rachel erwiderte die freundliche Begrüßung und schaffte es irgendwie, sich nichts anmerken zu lassen. Die beiden Frauen kannten sich schon, seitdem Rachel bei Historical Renovations angefangen hatte. Diane war damals Adrians feste Freundin gewesen.

„Das sieht alles wunderbar aus, Rachel", sagte er anerkennend. „Du hast das wie immer alles großartig hinbekommen."

„Den größten Teil der Organisation hat dieses Jahr Alex übernommen. Ich war ja während der Vorbereitungen eine Zeit lang ... ähm ... unterwegs." Bei der Erwähnung ihres Wintermärchens im Mount Lafayette wurde Rachel beinahe schlecht. Sie zwang sich, ihren Blick von Dianes Hand auf Adrians Arm loszureißen und sagte: „Aber jetzt müsst ihr mich bitte entschuldigen. Ich muss kurz in der Küche nach dem Rechten sehen."

So bekam sie einen einigermaßen eleganten Abgang gerade noch zustande. Dann stürmte sie an der Küche vorbei, verschwand hinter der Tür mit dem Schild *Ladies* und schloss sich dort ein. Als sie in den Spiegel schaute, zerbröckelte die Fassade samt dem professionellen Lächeln, das sie aufgesetzt hatte.

Warum sollte er sie auch vorwarnen, sagte sie sich bitter. Diane stand auf der Gästeliste wie jedes Jahr. Denn auch nachdem sie und Adrian sich getrennt hatten, hatte die schöne Brünette ihn weiter zu offiziellen Anlässen begleitet.

Doch sosehr Rachel auch versuchte, sich selbst zur Ordnung zu rufen, es half alles nichts. Dazu war der Schmerz zu groß. Es tat verdammt weh. Sie fühlte sich missachtet, und die Frage war eigentlich nur, ob Adrian das so beabsichtigt hatte, um ihr eine Botschaft zukommen zu lassen. Sie konnte sich eigentlich nicht vorstellen, dass er dazu fähig war. Aber ganz sicher war sie sich nicht.

Es dauerte ein paar Minuten, dann hatte Rachel sich halbwegs wieder im Griff und war bereit, auf die Party zurückzukehren. Auf keinen Fall durfte sie sich so auffällig verhalten, dass ihre Kolleginnen sie fragten, was mit ihr los war. Womöglich noch im Beisein von Adrian und Diane. Nein, wenigstens diese Peinlichkeit wollte sie sich ersparen.

Sie holte tief Luft und ging zum Buffet, wo sie sich einen großen Teller mit Leckereien zusammenstellte. Dann mischte sie sich wieder unter die Leute. Mit einigem Geschick gelang es ihr, während sie sich durch die Menge schlängelte und mal hier und mal dort ein kurzes Gespräch suchte, Adrian aus dem Weg zu gehen. Auf die Dauer konnte das nicht klappen. Aber wenigstens vorläufig war sie in Sicherheit und brauchte ihm nicht mit demselben erzwungenen Lächeln zu begegnen, das sie den anderen gegenüber aufsetzte. Denn im Gegensatz zu ihren Kollegen würde er sie sofort durchschauen.

Während Adrian mit seinem Drink in der Hand Small Talk mit seinen Angestellten und ihren Partnern machte, war er mit den Gedanken woanders. Er dachte an Rachel. Schon wieder. Oder – immer noch. Wie auch immer, er schaffte es nicht, auch nur eine halbe Stunde lang nicht an sie zu denken.

„Ich komm da nicht mit. Erst fängst du so etwas an. Und jetzt bist du gerade dabei, es in den Sand zu setzen."

Adrian sah sich erstaunt um. Es war Diane, die hinter ihm stand. Er runzelte die Stirn über dem Rand seines Glases. „Was meinst du?"

„Rachel." Er zuckte zusammen, und Diane lachte. „Adrian, ich bin weder blind noch begriffsstutzig. Ich merke doch, wie es zwischen euch knistert. Ich wundere mich nur, dass eure Arbeitskollegen noch nichts gewittert haben. Oder sie sind einfach nur klug genug, den Mund zu halten."

„Und wieso setze ich das in den Sand?"

„Na ja, mit mir auf die Party zu kommen, war nicht eben das Schlauste, Romeo."

„Aber wir sind doch …" Adrian verstummte mitten im Satz, als ihm endlich bewusst wurde, was Diane meinte. „Oh, verdammt."

Diane zuckte die Achseln und lächelte ein wenig mitleidig. Adrian seufzte. Er war davon ausgegangen, dass Rachel wusste, dass die Sache zwischen ihm und Diane längst nur noch rein platonischer Natur war. Aber jetzt fiel ihm nachträglich auf, wie rasch Rachel nach seinem Erscheinen verschwunden war.

Nach der ersten Weihnachtsfeier, die er für die Belegschaft gegeben hatte, hatte er es sich zum Prinzip gemacht, mit Diane zu kommen. Als er auf der ersten Feier allein erschienen war, hatten alle etwas verkrampft gewirkt. Sobald er aber dazu übergegangen war, eine Frau mitzubringen, hatten seine

Mitarbeiter in ihm nicht mehr so sehr den Boss gesehen, sondern einfach einen Partygast unter vielen. Im Gegenzug tat er Diane den gleichen Gefallen, und das Arrangement hatte sich bewährt.

„Du hättest mich auch anrufen und mir sagen können, dass ich nicht mitkommen soll. Das hätte ich natürlich verstanden. Ich hätte mich sogar für dich gefreut.“

„Es ist alles etwas schwierig“, murmelte er.

„Das glaube ich dir gern.“ Sie zuckte die Achseln. „Gerade wenn es sich um jemanden handelt, der so unentbehrlich ist wie Rachel.“

„Ich dachte mir, wenn jetzt die Ferien kommen, könnten Rachel und ich endlich mal in Ruhe reden. Wir könnten ein paar Tage in Boston miteinander verbringen und die Sache zwischen uns klären, bevor der Betrieb im Büro wieder losgeht.“

„Keine schlechte Idee. Aber du solltest besser heute schon etwas zu ihr sagen. Lass sie nicht so lange im Ungewissen.“

Er wusste, dass Diane recht hatte. Aber wenn er daran dachte, wie verschlossen Rachel in letzter Zeit war und wie sie ihm jetzt schon wieder aus dem Weg ging, fürchtete er, dass es nicht einfach werden würde, sie abseits von den anderen abzufangen.

„Derweil werde ich mir einen neuen Cocktail besorgen und sehen, ob ich nicht mal ein Schwätzchen mit Del halten kann.“

„Mit Del?“, fragte er verblüfft.

„Ja. Ich weiß auch nicht. Vielleicht macht es die Brille. Aber auf seine Art ist er doch ganz süß, findest du nicht?“

Adrian ging davon aus, dass das eine rhetorische Frage war, auf die Diane keine ernsthafte Antwort erwartete. Also enthielt er sich einer Antwort. Bei Frauen wusste man schließlich nie so genau Bescheid. Da war Schweigen sicherer.

Diane entschwand, und er schaute sich nach Rachel um. Er entdeckte sie im Gespräch mit Michelle und Dana an dem langen Tisch, auf dem die Desserts aufgereiht waren. Er sah, wie sie lachte, und musste daran denken, wie sehr er dieses Lachen während ihres gemeinsamen Wochenendes geliebt hatte. Der Gedanke daran schmerzte ihn.

Er musste das mit Rachel in Ordnung bringen. Er durfte sie nicht verlieren.

Rachel sah, wie Adrian und Diane hinten in der Ecke des Raumes die Köpfe zusammensteckten und sich offenbar sehr angeregt unterhielten. Es machte sie unsagbar traurig, sie mochte gar nicht mehr hinschauen.

Es gab keinen Zweifel – das sagten ihr Herz und ihr Verstand –, dass nichts mehr so sein würde wie früher. Sie liebte Adrian Blackstone. Da gab es kein Zurück. Wie viel einfacher war doch alles gewesen, als sie nur ein wenig in ihn verschossen gewesen war und ihn aus der Ferne angehimmelt hatte. Das war immer noch eine harmlose Schwärmerei gewesen. Aber mit ihrem Aufenthalt im Mount Lafayette war die Wende gekommen. Seitdem war es um sie geschehen.

Wie sollte sie das abschalten, wenn sie jeden Morgen ins Büro kam? So konnten sie einfach nicht weitermachen. Und es war keine Besserung in Sicht.

Sie konnte einfach nicht mehr damit leben, sich ständig selbst zu verleugnen. Es schmerzte zu sehr, und sie wollte sich das nicht länger antun. Außerdem hatte sie nicht mehr die Kraft, Adrian ständig Theater vorzuspielen. Ein paar Anläufe hatte er ja schon genommen, sich mit ihr auszusprechen. Ihm war vermutlich längst klar, dass die Sache zwischen ihnen vorbei war. Ihm vor diesem Hintergrund ihre Liebe zu gestehen, das brachte sie nun wirklich nicht fertig.

Kaum etwas in ihrem Leben war ihr so schwergefallen, wie diese Weihnachtsfeier. Dennoch lächelte sie entschlossen den Rest des Abends hindurch. Üblicherweise war Adrian der Erste, der die Party verließ. Und tatsächlich hatte Rachel das Gefühl, dass sie erst richtig wieder durchatmen konnte, wenn er gemeinsam mit Diane aufbrach.

Etwa eine Stunde später herrschte dann auch allgemein Aufbruchstimmung. Mit Küsschen und Umarmungen wünschte man sich gegenseitig frohe Weihnachten und ein glückliches Neues Jahr. Die Stimmung zum Abschluss war richtig ausgelassen. Nur Rachel wollte es nicht gelingen, sich anstecken zu lassen. Sie fühlte sich wie betäubt.

Als der Letzte gegangen war, bedankte sie sich noch beim Servicepersonal des Restaurants und ging ihren Mantel suchen. Draußen war es inzwischen Nacht geworden und bitterkalt. Rachel bereute, dass sie sich im Restaurant kein Taxi hatte rufen lassen. So schlug sie den Weg zur Bushaltestelle ein – und lief Adrian direkt in die Arme.

Das war zu viel. Vielleicht waren es die beiden Drinks oder der Zuckerschock vom Dessertbuffet. Jedenfalls schlug Rachels gedrückte Stimmung augenblicklich in Wut um. „Ach, du lauerst mir auf? Was soll das denn?"

„Lass uns irgendwohin fahren, wo wir miteinander reden können."

Sie schob sich an ihm vorbei. „Ich fahre jetzt nach Hause und sonst nirgendwohin. Gute Nacht, Adrian!"

„Rachel, warte! Ich will dir etwas sagen. Gib mir bitte nur eine Minute."

Sie erstarrte, atmete einmal tief durch und drehte sich dann zu ihm um. „Ich habe wirklich keine Lust, hier in der Kälte herumzustehen."

„Nur zwei Minuten. Du gehst mir schon die ganze Woche aus dem Weg. Da wirst du jetzt wohl zwei Minuten für mich erübrigen können."

Sie beobachtete die Schneeflocken, die auf ihn fielen, und musste sich zurückhalten, ihm nicht durch das dunkle Haar zu streichen. „Ich gehe dir aus dem Weg? Wir arbeiten zusammen. Da ist das doch gar nicht möglich."

Nicht möglich ist mein Stichwort." Er vergrub die Hände tiefer in den Manteltaschen. „Es ist alles so schwierig geworden, und ich will nicht, dass es so bleibt."

„Ich auch nicht. Und deshalb ist die Zeit für mich gekommen."

Er starrte sie verständnislos an. Rachel fürchtete fast, er könnte ihr Herz hören, so laut hämmerte es in ihrer Brust. Sie hatte gar keinen Plan gehabt, bis ihr die Worte plötzlich aus dem Mund gepurzelt kamen. Jetzt, nachdem sie ausgesprochen waren, fühlte sich das zwar entsetzlich an, trotzdem wusste sie, dass es das einzig Richtige war.

„Was soll das heißen ‚*die Zeit ist für mich gekommen*'?"

„Ich werde mir einen neuen Job suchen. Ich kann nicht länger für *Blackstone Historical Renovations* arbeiten."

Er schüttelte heftig den Kopf, als könnte er sie so dazu bringen, ihre letzte Bemerkung zurückzunehmen. „Du musst das nicht tun, Rachel. Bitte, tu es nicht. Wir können doch alles klären, wenn du nur mit mir reden würdest."

„Was zwischen uns gewesen ist, war ein Fehler." Es tat so verdammt weh, das sagen zu müssen. Sie sah, wie hart diese Worte Adrian trafen. „Ich habe gehofft, dieses Wochenende mit dir würde nichts an unserer Zusammenarbeit ändern. Aber das hat es leider. Und jetzt ziehe ich die Konsequenzen."

„Das muss doch nicht sein. Schau, ich hab das nicht so richtig auf die Reihe bekommen. Ich war bestimmt zu reserviert, aber ich wusste die erste Zeit nach unserer Rückkehr nicht, wie ich mich im Büro dir gegenüber verhalten sollte. Und dann habe ich den größten Mist gebaut, indem ich heute Diane mit auf die Party gebracht habe. Aber zwischen ihr und mir ist nichts – schon seit Jahren nicht mehr."

„Es gibt da keinen bestimmten Grund, Adrian. Unterm Strich ist es schlicht so, dass ich nicht mehr für dich arbeiten möchte."

Sie wusste jetzt schon, dass sie das Entsetzen in seinem Blick niemals vergessen würde. Es war nicht zu übersehen, wie sehr er sich im Stich gelassen fühlte. Aber jetzt war es heraus, ihre Beziehung war unwiderruflich zu Ende. Es war nicht mehr rückgängig zu machen, selbst wenn sie es gewollt hätte.

Ohne ein weiteres Wort wandte Rachel sich zum Gehen, und dieses Mal machte Adrian keinen Versuch, sie aufzuhalten.

Wie durch ein Wunder bewältigte sie den ganzen Heimweg, ohne in Tränen auszubrechen. Anstatt sich mit einem Schaumbad in die Badewanne zu legen und sich dann ihren gemütlichsten Pyjama anzuziehen, wie sie es sonst tat, wenn sie von einer Party kam, sank sie nur kraftlos auf ihre Couch. Die Folgen dessen, was sie gerade getan hatte, waren erdrückend. Sie brachte kaum die Energie auf, ihre Pumps abzustreifen.

Alle Hoffnung auf eine Beziehung zu Adrian war vergebens. Sie selbst hatte dieser Hoffnung den Garaus gemacht. Und obendrein hatte sie noch den vermutlich besten Job ihres Lebens gekündigt. Aber jammern half nicht. Jetzt galt es, ihren Lebenslauf auf den aktuellen Stand zu bringen und sich für die nächste Bewerbung einen guten Grund auszudenken, warum sie einem angesehenen und erfolgreichen Unternehmen wie *Blackstone Historical Renovations* den Rücken gekehrt hatte.

Aber zuallererst musste sie sich einmal ordentlich ausheulen und überlegen, wie sie mit ihrem gebrochenen Herz weiterleben sollte.

7. Kapitel

„Du hast deine Kürbiskuchen noch nicht einmal angerührt."
Adrian schrak aus seinen Gedanken, die sich wieder einmal um
Rachel drehten, auf, als seine Mutter ihn ansprach. „Dir fehlt
doch nichts, oder?"

„Nein, Mom. Ich bin bloß ein bisschen müde. Das ist alles."
Er schenkte ihr ein beruhigendes Lächeln und schaufelte sich
dann eine große Gabel voll Kürbiskuchen mit Schlagsahne in
den Mund.

Wie in jedem Jahr war Adrian an Weihnachten heim nach
Vermont gefahren, um die Feiertage mit seinen Eltern zu verbringen. Dieses Heim war nicht mehr das kleine Häuschen,
in dem er aufgewachsen war. Adrians Angebot, den Eltern
ein neues Haus zu bauen, hatte sein Vater rundweg abgelehnt.
Doch vor zehn Jahren hatte Don Blackstone dann ein zauber-
haftes Farmhaus entdeckt, das günstig zu haben war. Die Bau-
substanz war einwandfrei, allerdings musste es versetzt werden,
um nicht den Bulldozern zum Opfer zu fallen. So hatte Adrian
es gekauft und auch die Kosten für den gewaltigen Aufwand
auf sich genommen, das ganze Gebäude an einen anderen Ort
zu transportieren. Anschießend waren er und sein Vater daran
gegangen, das Schmuckstück zu renovieren.

„Du wirkst wirklich ein wenig abwesend, mein Junge", sagte
sein Vater. „Und du kennst deine Mom. Sie sorgt sich zu Tode
und bildet sich ein, du würdest an einer unheilbaren Krankheit
sterben, wenn du nicht endlich erzählst, was mit dir los ist."

Adrian hatte nicht die geringste Lust, über seinen Kummer zu
sprechen. Aber dass sich seine Mutter die ganzen Feiertage über
grämte, wollte er natürlich auch nicht. „Rachel hat ihre Kündigung eingereicht. Sie sieht sich nach einem neuen Job um."

Die beiden schauten ihn entgeistert an. Genauso musste er ausgesehen haben, als Rachel ihm das verkündete. Es war seine Mutter, die zuerst die Sprache wiederfand. „Aber du kannst sie doch nicht einfach gehen lassen."

„Fakt ist, dass ich sie offenbar nicht aufhalten kann."

„Aber sie ist eine so gute Kraft. Du hast uns immer erzählt, wie gut sie ist. Und ich habe mit ihr telefoniert und fand sie reizend. Warum will sie denn weg?"

Adrian atmete einmal tief durch. „Wir haben etwas miteinander angefangen."

„Ach, Junge. Das solltest du wirklich besser wissen."

„Sie wird dich doch nicht verklagen oder so etwas, oder?" Seine Mutter hatte die Gabe, Dinge auf den Punkt zu bringen.

„Nein, sie wird mich nicht verklagen. Darum geht es nicht."

Seine Mutter tat ihm noch einen Klacks Sahne auf den Kuchen, als ob das irgendetwas helfen würde. „Und worum geht es dann?"

„Ich hab's vermasselt."

„Was denn noch?"

„Ich bin mit einer Frau zu unserer Weihnachtsfeier gekommen. Diane, eine alte Bekannte von mir, die mich schon immer auf diese Party begleitet hat."

Lange Zeit herrschte Schweigen, während seine Eltern ihn ratlos anblickten, sodass Adrian schon unruhig auf seinem Sessel hin und her rutschte. Dann fasste er sich ein Herz und erzählte die Geschichte von Anfang an, wobei er sich alle Mühe gab, schonungslos offen zu sein. Es hatte sowieso keinen Zweck, irgendetwas zu verheimlichen. Erstens hätten seine Eltern das schnell durchschaut. Zum anderen liebte er die beiden und wollte ihnen nichts vormachen. Und sie liebten ihn auch, selbst wenn er Mist baute.

„Und jetzt?", fragte sein Vater schließlich, als Adrian geendet hatte. „Jetzt lässt du sie einfach gehen oder wie?"

„Ich kann sie doch nicht zum Bleiben zwingen."

„Wenigstens könntest du um sie kämpfen."

„Ich weiß nicht, was ich tun soll, Dad. Ich will ja nicht alles noch schlimmer machen. Weder für sie noch für mich."

„Hör mir zu." Don Blackstone rutschte nach vorne bis an die Sitzkante seines Sessels und stützte die Ellenbogen auf die Knie. „Wir hatten früher nicht viel, was wir dir geben konnten, auch wenn wir natürlich unser Bestes getan haben. Aber das Allermeiste musstest du dir selbst erkämpfen, angefangen von deinem Stipendium bis hin zu der führenden Stellung, die du inzwischen in der Branche hast. Heute verkehrst du mit Leuten, die so reich sind, dass ich gar keine Lust habe, mir all die verdammten Nullen auf ihren Konten vorzustellen. Du hast es also geschafft. Aus eigener Kraft. Und jetzt in diesem Fall? Wo es um das Wichtigste geht, was es für einen Mann gibt? Da willst du aufgeben?"

Adrian schluckte. Er hatte einen dicken Kloß im Hals. „Ich weiß nicht, ob ich es schaffe, sie zurückzugewinnen."

„Wenn du nicht an dich glaubst, hast du sie schon verloren", warf seine Mutter mit sanfter Stimme ein. „Aber wenn Rachel so einen guten Job aufgibt, kann das nichts anderes bedeuten, als dass sie verletzt ist. Und wenn sie verletzt ist, heißt das, dass du ihr etwas bedeutest. Offenbar sogar eine ganze Menge."

„Gleich nachdem sie Weihnachten gefeiert hat, musst du zu ihr gehen. Gib dir einen Ruck, aber bedränge sie nicht. Erzähl ihr einfach, was du fühlst."

„Ihre Familie feiert im Februar, weil die Eltern in Florida leben", erklärte er. „Rachel verbringt Weihnachten allein zu Haus und schaut sich alte Filme an."

Seine Mutter und sein Vater hoben gleichzeitig den Kopf und sahen ihn mit derselben erstaunten Miene an. Das wirkte so drollig, dass er fast gelacht hätte. Andererseits war ihm nun wirklich nicht nach Lachen zumute. Er zögerte kurz. Aber er durfte seine Eltern jetzt nicht allein lassen. An Weihnachten waren sie immer alle zusammen gewesen.

Als ob er seine Gedanken erraten hätte, sagte sein Vater: „Sei kein Dummkopf, Adrian. Du liebst diese Frau. Lass nicht zu, dass sie an Heiligabend allein zu Hause sitzt und sich elend fühlt. Und du bist hier und fühlst dich auch elend. Also geh zu ihr."

„Vielleicht findest du ja ein Geschäft, das noch geöffnet hat. Dann kauf ihr etwas Schönes als Geschenk. Etwas, das glitzert."

„Ich habe schon ein Geschenk für sie."

Für gewöhnlich fand Rachel Gefallen an ihren ganz persönlichen Weihnachtsbräuchen, die ja eigentlich eher ungewöhnlich waren. Aber das Arrangement funktionierte ganz gut, sowohl für ihre Eltern als auch für sie selbst. Im Februar, wenn ihre Mom und ihr Dad zum Skifahren in den Norden kamen, traf sich die ganze Familie und holte das Weihnachtsfest nach. Diese Lösung hatte sogar den Vorteil, dass man beim Geschenkekauf nicht in den Weihnachtsstress geriet. Vor allem brachte es aber auch ein wenig feierlichen Lichterglanz in den Februar, der sonst ein ziemlich trüber Monat war.

An Heiligabend allein zu Hause zu sitzen, bedeutete für Rachel also nicht, Trübsal zu blasen. Stattdessen machte sie es sich im Flanellpyjama auf ihrer Couch gemütlich und sah sich alte Filme an. Doch in diesem Jahr war alles anders. Diesmal war wirklich Trübsalblasen angesagt, und Rachel brauchte alle Papiertaschentücher und Süßigkeiten, die im Haus aufzutreiben waren.

Wie konnte man nur so blöd sein und mit seinem Chef ins Bett gehen? Und wie konnte man noch blöder sein und sich dann auch noch in ihn verlieben?

Sie hätte gewarnt sein müssen, gerade, weil sie sich schon zu ihm hingezogen gefühlt hatte, bevor sie ihn von seiner privaten Seite kennenlernte. Er hatte sogar ausdrücklich betont: Was in New Hampshire passiert, bleibt in New Hampshire. Und trotzdem hatte sie sich auf dieses Wochenende mit ihm eingelassen.

Eingemummelt in ihren Lieblingspyjama mit unzähligen kleinen weißen Schneemännern auf dem blauen Untergrund schaltete Rachel den Fernseher an und zappte durch die Kanäle, um einen Film zu finden, nach dem ihr zumute war. Sie konnte sich zwar nicht vorstellen, dass es irgendetwas gab, das sie von ihrer Trauer ablenken würde, aber versuchen konnte sie es ja wenigstens.

Schließlich landete sie bei einer Verfilmung von Charles Dickens berühmter Weihnachtsgeschichte aus dem Jahr 1951. Gerade erschien Alastair Sim als Scrooge auf dem Bildschirm, als Rachel plötzlich zusammenschrak. Es hatte an der Tür geklopft. Was war das denn? Am Weihnachtsabend neigte doch niemand zu spontanen Besuchen.

Als sie durch den Spion schaute, blieb ihr fast das Herz stehen. Adrian. Nein, sie wollte nicht öffnen. Aber er klopfte erneut, und sie wusste nicht, ob er freiwillig den Rückzug antreten würde, wenn sie nichts tat. Schließlich nahm sie die Sicherheitskette von der Tür und öffnete. Draußen wollte sie nicht mit ihm reden, dazu war es in ihrem Pyjama zu kalt. Da sie nicht wusste, was er wollte, wartete sie erst mal ab.

Adrian zog einen verschlossenen Umschlag aus seiner Tasche und überreichte ihn ihr. „Da ich davon ausgehe, dass du auf Jobsuche bist, habe ich ein Empfehlungsschreiben für dich aufgesetzt. Du bist in deinem Beruf so etwas wie ein Rockstar, und ich wollte sichergehen, dass das jeder auch sofort weiß. Du selbst sollst dein Gehalt bestimmen können. Denn egal wie hoch – du bist es wert."

Rachel spürte, wie ihr der Hals eng wurde. Natürlich tat solch eine Lobeshymne dem Ego gut. Aber es war nicht das, was sie von Adrian hören wollte.

„Danke." Sie nahm den Umschlag und hoffte, dass Adrian nicht merkte, wie ihr die Hand zitterte. „Du hättest dich aber nicht ausgerechnet am Weihnachtstag herbemühen müssen, um mir das zu geben. Ich hatte nicht vor, euch von einem Tag auf den anderen sitzen zu lassen. Nach den Ferien komme ich wieder ins Büro, es sei denn, du hast schon Ersatz für mich gefunden."

„Die Betriebsferien dauern zwei Wochen, und ich wusste nicht, wann du vorhattest, die ersten Bewerbungen loszuschicken." Er rieb sich die Hände, als wollte er die Kälte aus den Fingern vertreiben. „Und noch eines: Einen Ersatz für dich gibt es nicht. Eventuell ließe sich jemand finden, der die Büroarbeit ganz ordentlich erledigen kann, aber so jemanden wie dich gibt es nur einmal. Ich meine damit nicht nur deine Qualitäten als persönliche Assistentin. Ich meine deine Hingabe und dein Engagement, mit dem du dich genauso wie ich für den Erhalt altehrwürdiger Gebäude einsetzt."

Was er sagte, klang so verlockend, dass sie fast schon bereit war, nachzugeben. Für eine andere Firma zu arbeiten war bestimmt nicht, was sie wollte. Neben Adrian und der inspirierenden Arbeit für ihn gab es da ja auch noch ihre Kollegen, die sie mochte und schätzte. BHR war insgesamt ein Unternehmen, das wohl einzig in seiner Art war.

Aber ihm jeden Tag zu begegnen, jedes Mal daran erinnert zu werden und sich nicht anmerken zu lassen, wie weh es tat, dass sie für ihn offenbar ein Kapitel war, mit dem er abgeschlossen hatte, das ging nicht. Sie musste selbst den Schlussstrich ziehen.

„Danke", sagte sie noch einmal. Was hätte sie sonst sagen sollen?

Er wandte sich zum Gehen, hielt dann aber inne, als sei ihm noch etwas eingefallen. Er griff in seine Tasche, holte etwas heraus und drückte es ihr in die Hand.

Es war an einer silbernen Kette, an der eine Schneeflocke hing – kunstvoll aus hellem Holz geschnitzt. Behutsam strich Rachel mit dem Daumen über die polierte Oberfläche, und Tränen traten ihr in die Augen. Sie versuchte, sie wegzublinzeln, aber einige rannen ihr doch über die Wangen.

„Diesen Anhänger habe ich für dich gemacht. Während ich daran arbeitete, habe ich über uns nachgedacht. Und darüber, warum das so schrecklich schiefgelaufen ist, seit wir zurück in Boston sind."

Rachel konnte nicht länger an sich halten. „Als ich am Montag danach in dein Büro kam, da hast du mich genauso distanziert behandelt wie bei meinem ersten Vorstellungsgespräch. Ich habe daraus geschlossen, dass du es ernst gemeint hast, als du sagtest, was in New Hampshire passiert, bleibt in New Hampshire."

Er schüttelte den Kopf. „Das war doch nur ein dummer Spruch. Ich wollte damit bloß ausdrücken, dass niemand von mir erfahren wird, dass wir das Wochenende dort gemeinsam im Bett verbracht haben. Auf keinen Fall wollte ich dir zu verstehen geben, dass das, was in New Hampshire geschieht, auch in New Hampshire *endet*. Aber dann warst du so … Du hast mich Mr. Blackstone genannt – in deinem üblichen geschäftsmäßigen Ton. Also dachte ich, dass alles vorbei ist. Es war zwar kein One-Night-Stand, sondern ein *Three-Night-Stand*. Aber das änderte nichts daran, dass du unsere Beziehung beendet hattest, und wir nun zur Tagesordnung zurückkehren mussten."

So war das also. Obwohl ihr die Tränen noch immer über das Gesicht liefen, hätte Rachel fast laut gelacht. Sie waren beide unsicher gewesen und hatten angenommen, der andere wolle die Beziehung nicht fortsetzen. Aber selbst wenn das jetzt geklärt war, blieb immer noch eine Frage offen. „Bei dem Frühstück nach unserer ersten Nacht hast du gesagt, du seist noch nicht mit mir fertig. Das klang für mich etwas merkwürdig. Fast wie eine Drohung, obwohl ich mir das nicht erklären konnte. Aber als ich dich dann mit Diane gesehen habe, war mein Gedanke sofort: Jetzt ist es so weit."

„Ich werde niemals mit dir *fertig* sein", versicherte Adrian. „Dass ich Diane mit auf die Feier gebracht habe, war ein riesengroßer Fehler. Ich habe mir nichts dabei gedacht, weil unser Verhältnis schon so lange rein platonischer Natur ist. Nie im Leben wäre ich auf die Idee gekommen, sie als mein Date zu betrachten. Es tut mir furchtbar leid."

„Ich habe ja gesehen, dass sie auf der Gästeliste stand, und ich weiß auch, dass ihr euch gegenseitig zu offiziellen Anlässen begleitet. Aber ich hatte wohl gehofft, dass du sie dieses Mal nicht mitbringen würdest."

„Das hätte ich in der Tat nicht tun sollen. Stattdessen hätte ich lieber den Mut haben sollen, dich zu fragen, ob wir zusammen auf die Feier gehen. Und ich hätte dich am Montag küssen sollen. Dann hättest du gewusst, dass ich unser gemeinsames Wochenende nicht als das Ende betrachte. Sondern als einen Anfang."

„So habe ich es aber verstanden. Deshalb habe ich auch gekündigt."

Er trat einen Schritt auf sie zu. Sein Blick war so kummervoll, dass Rachel unwillkürlich die hölzerne Schneeflocke in beide Hände nahm und wie einen Talisman umklammerte. „Du hast gesagt, was zwischen uns geschehen ist, war ein Fehler. Aber das kann ich nicht glauben, Rachel. Mit dir dort eingeschneit zu sein, war das Schönste, was mir je widerfahren ist. Nie im Leben war das ein Fehler."

„Es war auch das Schönste, was mir je widerfahren ist", erwiderte sie leise.

Er zog sie an sich, und sie wehrte sich nicht dagegen. „Ich liebe dich, Rachel. Und wenn es unmöglich ist, dass wir zusammen sind *und* zusammen arbeiten, dann möchte ich, dass du da bist, wenn ich nach Hause komme. Eine Assistentin lässt sich vielleicht finden. Aber es gibt niemanden, die dich in meinem Herzen ersetzen könnte."

Immer schneller flossen ihre Tränen. Rachel holte tief Luft und legte die Hand auf Adrians Brust – genau an jene Stelle, wo sich sein Herz befand. „Ich liebe dich auch. Und es gibt niemanden, für den ich sonst arbeiten möchte. Das, was du machst, ist großartig, und ich wünsche mir so sehr, ein Teil davon zu sein. Aber noch mehr wünsche ich mir, dass wir abends, nach der Arbeit, zusammen nach Hause gehen."

„Ich verspreche dir, dass wir das hinbekommen. Ich möchte den Rest meines Lebens mit dir zusammen verbringen."

„Das nenne ich ein wirkliches Weihnachtswunder", sagte sie halb zu sich selbst. Dann fiel sie ihm um den Hals und küsste ihn.

Epilog

Ein Jahr später ...

Rachel stand auf und verließ das Büro. Ihr Boss wollte sie sehen. Sicherheitshalber nahm sie ihr Smartphone mit, falls der Terminkalender gebraucht wurde oder sie sich Notizen machen musste. Ohne anzuklopfen, betrat sie Adrians Büro.

Der saß an seinem Schreibtisch, ihm gegenüber im Besuchersessel ein potenzieller Kunde. Die Männer blickten auf, als sie eintrat, und Rachel begrüßte sie routiniert mit einem Lächeln. „Was kann ich für Sie tun, Mr. Blackstone?"

„Rachel, das ist Bill Kennedy. Er vertritt einen Investor, der unsere Dienste in Anspruch nehmen will, um ein altes Wintersporthotel in Vermont zu einer Wellness-Oase umzubauen. Natürlich mit ganzheitlichem Anspruch. Alte und neue Elemente sollen dabei harmonisch miteinander verbunden werden." Das wusste sie schon, denn sie selbst hatte die Vorarbeit geleistet und diese Geschäftsverbindung angebahnt. Aber das war nun einmal Adrians Art, seine neuen Kunden vorzustellen. „Bill, Sie werden häufiger mit Rachel zu tun haben, besonders, wenn ich auf Geschäftsreise bin. Aber sie wird sicherstellen, dass ich Ihnen zur Verfügung stehe, wenn Sie mich persönlich sprechen möchten."

Bill erhob sich aus seinem Sessel und schüttelte ihr die Hand, während sie beide ein paar Höflichkeiten zur Begrüßung austauschten. Da Rachel wusste, dass Adrian ihm ihre Handynummer geben und ihn auch sonst mit allen notwendigen Informationen versorgen würde, entschuldigte sie sich nach kurzer Zeit wieder. Die Besprechung stand ohnehin kurz vor dem Abschluss.

Sobald sie auf dem Flur die Tür hinter sich geschlossen hatte, holte sie ihr Smartphone heraus und rief die App auf, die ihr half, ihre zahlreichen Aufgaben im Blick zu behalten. Jetzt musste sie nachsehen, welcher Bautrupp in der fraglichen Zeit frei war. Denn wenn Adrian das Startsignal gab, würden die Umbauarbeiten an dem Hotel sofort beginnen. Das Toskana-Projekt hatte sich zu einem großen Erfolg entwickelt, und *Blackstone Historical Renovations* war weiterempfohlen worden. Inzwischen meldeten sich immer mehr finanzkräftige Investoren, die unbedingt mit ihnen zusammenarbeiten wollten. Adrian war in die erste Liga aufgestiegen.

Während Rachel eine kurze Notiz verfasste, fiel ihr ein, dass sie sich gleich noch etwas anderes notieren musste. Denn Adrians persönliche Assistentin würde demnächst eine eigene Assistentin brauchen.

„Hey, Rachel. Immer noch hier?" Es war Del, der sich wie die meisten anderen Mitarbeiter gerade auf den Heimweg machte.

„Drinnen sitzt noch ein Kunde. Aber sie sind fast fertig. Ich bin auch gleich weg."

„Wir sehen uns dann auf der Party."

Rachel sah auf die Uhr und erschrak. Sie musste sich beeilen. Normalerweise war sie als Erste im Restaurant, um sicherzugehen, dass alles für die Weihnachtsfeier vorbereitet war. So schnell sie konnte, packte sie die Sachen zusammen, die sie mit nach Hause nehmen musste, wenn das Büro über Weihnachten geschlossen wurde. Im Hintergrund hörte sie, wie ihre Kollegen gut gelaunt die Firma verließen.

Schließlich erklang auch Adrians tiefe Stimme, als er sich von Bill Kennedy verabschiedete und ihn zur Tür brachte. Unwillkürlich stieß Rachel einen erleichterten Seufzer aus. Sie würde es zwar nicht mehr frühzeitig ins Restaurant schaffen. Aber wenigstens würde sie nicht viel zu spät zu ihrer eigenen Party kommen.

Kurz darauf stand Adrian in der Tür. Als er seine Krawatte

lockerte, spürte sie wieder dieses Prickeln, das sie bei seinem Anblick noch immer überkam. Von diesem Mann würde sie niemals genug bekommen. „Glückwunsch, Mr. Blackstone", meinte sie.

Er ging auf sie zu, bis er ihr so nahe war, dass Rachel die Hitze spüren konnte, die von seinem Körper ausging. „Da Sie die Recherchen und die Akquise gemacht haben, möchte ich auch Ihnen gratulieren Mrs. Blackstone."

Sie konnte das gar nicht oft genug hören. Sechs Monate war es jetzt her, aber noch immer überlief Rachel ein Schauer, wenn er auf diese Weise Mrs. Blackstone zu ihr sagte. Ein weiterer Schauer überlief sie, als er sie so heiß und innig küsste, als hätte er das wochenlang entbehren müssen und nicht erst seit ein paar Stunden.

„Die anderen sind alle schon gegangen. Wir sind hier ganz allein", murmelte er, ohne seine Lippen von ihren zu lösen, und drängte sich noch enger an sie.

Sie schob ihn weg. „Wir müssen jetzt los, damit wir nicht zu spät kommen."

„Zu spät kommen ist doch in. Die Stars kommen immer zu spät."

„Netter Versuch, aber nein." Sie schob den Laptop in ihre Tasche und durchstreifte mit einem prüfenden Blick noch einmal den Raum. „Ach, übrigens: Hast du die Sachen aus der Reinigung geholt?"

„Ich dachte, du wärst damit an der Reihe."

Oh nein. Das durfte doch nicht wahr sein. Während sich die Gedanken in ihrem Kopf überschlugen, stieß Rachel panisch hervor: „Ganz sicher warst du an der Reihe. Was soll ich denn jetzt machen? Ich brauche doch das Kleid. Ich …"

Sein zufriedenes Grinsen ließ sie verstummen. Sie verzog das Gesicht und schüttelte den Kopf. „Das ist nicht witzig, Adrian."

„Es ist so herrlich einfach, dich auf den Arm zu nehmen."

Er löschte auf dem Weg nach draußen die Lichter, und gemeinsam überprüften sie, ob alles abgeschlossen und gesichert war, bevor sie auf die Straße traten.

Rachel fröstelte, als die eiskalte Dezemberluft ihr entgegenschlug. Rasch ließ sie die Hand in Adrians Manteltasche gleiten, während sie das kurze Stück zum Wagen gingen. „Man sollte die Weihnachtsfeier im Juli veranstalten", murrte sie.

Er lachte. „Das könnte aber für reichlich Verwirrung sorgen."

„Alle, die in Kleidern, Pumps und dünnen Strümpfen zur Party kommen, hätten dafür vollstes Verständnis." Sie war erleichtert, als sie die Zentralverriegelung des Wagens klacken hörte, und beeilte sich, auf dem Beifahrersitz Platz zu nehmen. Dank der Standheizung und der beheizbaren Ledersitze hörte sie augenblicklich auf zu frieren.

„Oben im Norden wird es noch kälter werden", meinte Adrian beim Einsteigen. „Es ist noch nicht zu spät, um umzuplanen und in den Süden zu fahren, weißt du? Wir könnten die Feiertage auch am Strand unter Palmen verbringen."

„Keine Chance." Sie beugte sich zu ihm und griff nach seiner Hand. „Wir haben deinen Eltern versprochen, übers Wochenende nach Vermont zu kommen. Und mir hast du versprochen, dass wir anschließend ins Mount Lafayette fahren."

„Wo wir Sex bis zum Abwinken haben werden und Heiligabend in unseren Pyjamas auf der Couch verbringen, um uns alte Filme anzusehen."

„Und dann? Wirst du dann wieder versuchen, mit mir *fertig* zu werden?"

Adrian lachte und zog Rachel an sich, um sie zu küssen. „Den Mann möchte ich kennenlernen, der mit dir fertig wird", murmelte er, während seine Lippen über ihren Hals glitten. „Ich jedenfalls werde den Rest meines Lebens damit zubringen, dich glücklich zu machen. Sehr glücklich, wie ich hinzufügen möchte. In jeder Hinsicht."

„Also, worauf warten wir noch? Lass uns endlich losfahren. Je eher wir von der Party zurück sind, desto eher kannst du damit anfangen."

Er küsste sie noch einmal. „Frohe Weihnachten, Mrs. Blackstone", sagte er. Dann legte er den Gang ein und drückte aufs Gaspedal.

– ENDE –

Informationen zu unserem Verlagsprogramm, Anmeldung zum Newsletter und vieles mehr finden Sie unter:

www.harpercollins.de

4 Romane in einem Band

Nora Roberts u.a.
Winterliebe

Nora Roberts:
Lebe die Liebe

Caine MacGregor weiß längst: Diana ist seine Traumfrau! Aber sie hat Angst ihm zu zeigen, welche Sinnlichkeit in ihr schlummert – bis sie sich gemeinsam vor einem Schneesturm retten müssen …

Band-Nr. 20065

9,99 € (D)

ISBN: 978-3-95649-656-1

512 Seiten

Heather Graham: Wie ein Stern in dunkler Nacht

Skiferien mit dem Chef. Nur ihrem Sohn zuliebe stimmt Cary zu. Womit sie nicht gerechnet hat ist, dass sie Jason begehrt, wie keinen Mann zuvor. Doch ihre Gefühle erscheinen ihr, wie Verrat an ihrem verstorbenen Mann.

Sherryl Woods: Heiße Nächte in Colorado

Eigentlich muss Lindsay nur beruflich nach Denver. Doch dann begegnet sie im Flugzeug einem faszinierenden Fremden, der ihr charmant sein Interesse zeigt. Spontan lässt Lindsay sich auf den heißen Flirt ein …

Cindy Gerard: Hochzeitsnacht im Winterwald

Durch tiefen Schnee muss Barbara die Blockhütte von Abel Greene erreichen – einem völlig Fremden. Für eine sichere Zukunft ist Barbara seiner Heiratsanzeige gefolgt. Doch hat sie die Macht der Gefühle unterschätzt?

NORA ROBERTS

BARBARA DELINSKY   CARLA CASSIDY

MARGARET WAY

Der Zauber dieser
Sommernacht

4 Romane in einem Band

Band-Nr. 20062

9,99 € (D)

ISBN: 978-3-95649-577-9

608 Seiten

Nora Roberts u.a.
Der Zauber dieser Sommernacht

Nora Roberts:
Megans Hoffnung

Sommerflirt oder wahre Gefühle? Megan weiß nur eins ganz genau: Nate ist ein echter Traummann. Kann sie mit seiner Hilfe endlich ihre Vergangenheit hinter sich lassen und der Liebe eine Chance geben?

Barbara Delinsky:
Ein nie gekanntes Gefühl

Sonne, Strand, Meer – Corinne könnte sich keinen schöneren Arbeitsplatz vorstellen. Wäre da nicht ihr Boss Corey, der zärtliche Gefühle in ihr weckt, die sie eigentlich niemals zulassen dürfte.

Carla Cassidy: Ich weiß nur eins, ich liebe dich

Gern hilft Dr. Frank der betörenden Fremden, die in der Hitze ohnmächtig geworden ist. Doch ein Kennenlernen scheint unmöglich: Sie hat Gedächtnisverlust – und weiß nicht einmal ihren Namen!

Margaret Way: Abschied von der Liebe

Jahre ist es her, dass sie Scott das Herz gebrochen und sich für ihre Tanzkarriere entschieden hat. Doch jetzt ist Alex zurück. Und plötzlich sind all die Gefühle jenes feurigen Sommers wieder da …

SANDRA BR ~~4 Romane in einem Band~~

4 Romane in einem Band

KRISTIN JAMES   ROSEMARY CARTER
STELLA CAMERON

Band-Nr. 20063

9,99 € (D)

ISBN: 978-3-95649-595-3

560 Seiten

Sandra Brown u.a.
Ein Brief vom Glück

Sandra Brown: Wenn die Liebe erwacht

Mit jeder Zeile verliebt er sich mehr: Trevor ist tief bewegt von Kylas Liebesbriefen, die nach dem Tod ihres Mannes irrtümlich an ihn geschickt wurden. Sein Entschluss steht fest: Er muss sie finden!

Kristin James: Heiße Lust in deinen Armen

Ausgerechnet ein Schreiben vom Gericht bringt sie zusammen: Anwalt James Marshall ermittelt gegen einen Betrüger – und verfällt dessen verführerischer Tochter. Eine verbotene Liebe ohne Happy End?

Rosemary Carter: Es geschah in Afrika

Die Briefe ihrer Schwester führen Melanie nach Afrika. Überstürzt beginnt sie eine stürmische Affäre mit dem geheimnisvollen Robin. Doch der scheint etwas mit dem Tod ihrer Schwester zu tun zu haben!

Stella Cameron: Du hältst doch zu mir, oder?

Kurierin Laurie ist überglücklich, dass sie in dem attraktiven Ian die große Liebe gefunden hat. Bis ihr plötzlich einige Briefe zum Verhängnis werden und noch nicht einmal Ian an ihre Unschuld glaubt …

Susan Wiggs u.a.
Ein Sommer
voller Liebe

Susan Wiggs: Träume von dir

Ohne Begleitung zu einem Klassentreffen gehen? Das ist die Hölle für Twyla. Aber was wäre, wenn sie einfach Rob Carter, den ihre Freunde ihr auf der Junggesellenauktion ersteigert haben, mitnehmen würde?

Band-Nr. 25924

9,99 € (D)

ISBN: 978-3-95649-299-0

720 Seiten

*Linda Winstead Jones:
Falsche Küsse – echte Liebe*

Daisys große Liebe Jacob ist zurück und er bittet sie, für seine kranke Großmutter, das glückliche Paar zu spielen. Ein gefährliches Spiel, denn Jacob darf nie erfahren, wie Daisy wirklich fühlt.

Beverly Barton: Eine sinnliche Affäre

CeCe ist süß, privilegiert und aus gutem Hause – und Gardner braucht sie, um sich für das zu rächen, was ihre Familie ihm angetan hat. Doch er hat nicht damit gerechnet, dass er sein Herz an sie verlieren könnte …

Laura Wright: Mein sexy Nachbar

Trent muss heiraten, sonst verliert er sein Erbe. Seine unscheinbare Nachbarin wäre die perfekte Kandidatin. Aber wie macht man einer Frau, mit der man noch nie gesprochen hat, einen Heiratsantrag?